# 雨の少女達

*Soji Mki*
**ソジ・ミキ** 作
**イハーブ・エベード** 訳

文芸社

# 雨の少女達　目次

登場人物

アマル ………… 市長の娘
サーラ ………… コールド・アイ、サイレント・アイと呼ばれる少女
アドナーン …… アマルの父
リーン ………… アマルの母
マージド ……… サーラの友人
マナール ……… サーラの祖母
ホダー ………… サーラを苦しめる少女、サーラのライバル
ハッサン ……… ホダーの弟
イサーム ……… ホダーの義父
ホサーム ……… 物売りの少年
ユーセフ ……… 村長
バーティル …… 悪魔
シャーキル …… サーラの母の再婚相手
アノワール …… ホダーの友人
グユーム ……… ホダーの親友
ハーリド ……… 警察官
サイラス ……… 魔女
ヤースィーン　医者で学者
ジュディ ……… 小さな精霊
ザンマール …… 村の扇動者
アラー ………… アマルの妹

# 雨の少女達

謝辞

親愛なる亡き父と
最愛の母、
私を愛してくれる家族や友人、
支えてくださったすべての皆さまに感謝を込めて

# イントロダクション

人生に、無二の親友と呼べるひとがいなかったとしたら。

そんな人生に何の意味があるだろうか。

真の友は、その悩みを自らのものとして抱え、困ったときにためらいなく寄りかかれと私に言う。

真の友は、利害関係も有効期限もなく、無心であなたを愛する。

恋人なしで人生を送ることはできても、友人なしで人生を送ることはできない。

友とは、傷ついた心を真に癒してくれる唯一の存在である。

# 第1章

冬の始まりに、道路は車で埋め尽くされ、やむことのない冷たい雨が、動けない車たちの上に音をたてて流れる。

雨の下には、幸せなひと、悲しみにくれるひともいれば、悩みをかかえるひと、罪をかかえるひと、虐《しいた》げられたひともいれば、ひとを虐げるひともいる。ありとあらゆるひとで街はあふれている。天使のような心のひと、その真逆のひとも、恨みの心にとりつかれたひとも。

気の滅入るようなことばかりのなかで、ごく稀に、人生は捨てたものではないと感じさせてくれる出来事がおこることもある。身を捨てて友や恋人のために尽くす、といった昔話のようなことに出会うと、いまの世の中でもまだ、真の友情という希望の存在をたしかに感じさせてくれる。

欧州の北国の村、凍えるような空の下で、氷のような雨がとぎれることなく降り続ける。

降り続く雨は集落を水浸しにし、さらに水嵩《みずかさ》が増してアマルが住む家にも近づいてくる。その激しい雨の中で、アマルは窓の外を眺めながら母親に語りかける。

「雨ってほんとにきれいね、ママ」

「そうね。だって雨は、神様からのお恵みだからね。日照りの後の雨はとくにそうね。苦しい日差しの後に、天使の羽みたいな雲が空を覆って、恵みの雨で私たちの苦しみを和らげてくれるものね。アマル」

「パパも、私たちみたいに雨のことを好きだといいのに……。一緒に雨の中で遊びたいな。ほら、あそこで遊んでいるひとたちも、すごく楽しそう！……でも、私と遊んでくれるひとはいないよね。パパ、雨きらいだもん」

「ママと一緒に遊ぼうよ、アマル！　雨の中で、遊びましょ！」

「本当に？　ママいいの？　ぬれちゃうよ？」

「いいのよ。アマルが笑ってくれるなら。さあ行きましょ！」

アマルは雨の降りしきる中に飛び出して、泥の上をかけまわった。アマルの母は、笑いながらアマルを追いかけた。服が雨と泥にまみれるのを二人とも気にも留めなかった。まるで、雨が二人の悲しみを洗い流しているかのように、一瞬ではあるが二人の心ははればれとした。

アマルの父が仕事から帰宅すると、二人が雨の中で泥まみれになっているのを見て激怒した。すぐさま家に戻って衣服と体を清めるように命じると、父はこう怒鳴った。

「馬鹿者、洗濯代の無駄遣いだ。こんなに汚して！　俺がお前らの飯や服の金を稼ぐためにこんなに働いてやってるっていうのに、そんな無駄遣いしやがってお前ら、何様のつもりだ！」

「パパの嘘つき！　私の面倒をみてくれるのも、服やご飯を買ってくれるのも、全部ママじゃない！　お父さんは自分のことしか考えないじゃない。稼いでいるお金だって、自分のためでしょ。だまされないよ！」

「それが親に対する口のききかたか‼」

アマルの父はいまにもアマルを殴ろうとした。母が立ち上がって言った。

「殴るなんて許さないわよ！　昔はあなたに逆らえなかったけど、もう許さないから。アマルに手を上げるなんて、金輪際許さないわよ！」

「前から思ってたけど、アマルはお前に似たからこんなバカ娘になったんだ！　そっくりのメス豚二匹で俺をにらみやがって、お前らなんかちっとも怖くないんだからな。氷みたいに冷たい眼をしやがって。見てろ、しっかりしつけてやるから‼」

父は鞭を手に取り、母が失神するまで打ち据えた。アマルは母に覆いかぶさって、日常的な虐待から母を守ろうとした。二人は痛みのあまり動くこともできず倒れ伏した。夫は一通り気がすむと、いつものようにどこへともなく出て行った。明け方、眠るために父は家に戻り、目を覚ますとまた家を出た。

アマルは父が嫌いだった。自分のことしか考えないところ、ほとんど笑顔を見せないところ。あわれな母の体の痣《あざ》をこれ以上見ずにすむように、心安らかに暮らしていくために、父がこのまま二度と帰ってこなければいいのにと何度も願った。

父は優しさのかけらもない男で、彼の心の中にあるのは、金持ちになりたいという欲望ばかりだった。私の学業などには興味を示したこともなかった。もし私に母がいなかったら、生きる意味もなく、あの野獣のような男の奴隷になっていたかもしれない。でも、母はつねに私を愛し、見守ってくれた。

父は村でも嫌われ者で、父の悪評のためにアマルも村人に疎《うと》まれていた。また、アマルは勉強ができたので、そのために一層近寄りがたく、同じ年頃の子供たちに妬《ねた》まれて、友達もいなかった。しかしアマルは、「私にはママがいる。ママさえいれば、ともだちなんていらない」と、自分に言い聞かせた。女子の友情なんて、そのばかぎりのはかないものだという話をたくさん聞いて、そういうものなんだと思い込んだ。母親に「いつかは私が先に逝くんだからね、アマル」と言われると、寂しさのあまり泣き出してしまった。父はといえば、父の役目も果たさず怒鳴るばかりだった。

母はよく父にこう言った。

「アマルのことはもう構わないで。あの子の親は私だけで十分なの。放っておいて」

父は答えた。

「構うもんか！　あんな奴お前にくれてやる。何かの役にたつかと思ってお前と結婚したけど、お前ら二人はまるで寄生虫だ。大失敗だ。いつかお前らなんか捨てて出て行ってやる」

「お願いだから出て行ってください！　だけど、娘には手をださないで。あの子に手をだしたら許さないわ！」

「ふん、気にするな。喜べ、まもなくお前とも離婚だ。準備が整ったからな」

「それでも人間なの？　ひとの心なんてないんじゃないの？」とアマルは父に叫んだ。

「この野郎！　父親にむかってなんて口のききかたをしやがる」

父はアマルの腕をつかんで言った。

「あんたなんかパパじゃない！　本当のパパならこんなひどいことはしないよ！」

「もういいの。黙ってここから出て行ってください」

母は言って、アマルを抱きしめながらアマルの部屋に連れて行ってくれた。ベッドの脇に置かれた、アマルの描いた絵に母の目がとまった。その絵に表れた恐怖や不気味さに驚いた母は言った。

「アマル、どうしてこんな絵を描いているの」

「夢の中に出てきたの。目が覚めて、憶えているうちに描いてみたのよ。それがどうかした？」

「ううん、気にしないで」

母は答えながら、ひそかにつぶやいた。

「こんな絵は早く燃やしてしまわなくちゃ……もしあのひとがこの絵をみたら、きっと私の教育が悪いせいだって難癖をつけて、アマルを連れて行ってしまうわ。そして二度と私に会わせてくれないに決まってる……」

「ママ！　どうしたの？　何をぶつぶつ言ってるの？」

「なんでもないわ！　女の子はつくづく、母親にとっての神様の贈り物だなって思ってたのよ。こんなに親孝行で、いつも思いやりを持ってくれるあなたを、誇りに思っているわ。ママのことをどうか許してちょうだい。大好きよ！」

「なんで？　なんで急にそんなことを言うの？　許すだなんて、ママは何にも悪いことなんてしてないじゃない」

「いいえ、私が悪いの。むしろ、全ては私の責任なのよ……いつかアマルにもわかるわ」

　アマルは立ち上がった。そして、母にピアノを弾いてくれとねだった。

「ママ、ピアノを弾いてほしいわ。私、ママのピアノを聴くの大好きだもん。どうして、ママはピアノを弾くのやめちゃったの？」

「やめてなんかいないわ。ただ、親としてあなたを守るために、しばらくの間弾くことができなかっただけよ。いろいろなことが起きるのが人生なのよ。それも運命ね」

　母はアマルの手を取りながら言った。

「アマル、あなたは自分の夢を大切にね。自分の人生を決めるのはあなた自身よ。ほかの誰かじゃなくて、あなたの夢をいつだって目の前に見据えて生きるのよ。それが一番大事なこと」

　母は手を胸にあてて、力強く言った。

「アマル、あなたは本当に私の唯一の生きる希望《アマル》よ。あなたがいてくれるから生きていけるの。あなたに何かあったら、私はとても生きていけないわ」

「もちろん、ずっとママと一緒にいるよ！　でもパパがね……パパは私たちが仲良くしているのが気に入らないみたい」

「お父さんのことね……あなたがもう少し大人になったら、胸のうちをすっかりあなたに話せるのに……愛しいアマル」

　母はアマルを強く抱きしめて言った。できるものならアマルを連れて、一刻も早く村を出て行ってしまいたかった。しかし、もし見つかってアマルの父に二人が捕まってしまったらと考えると、恐ろしくてどうしても行動に移すことができずにいたのだ。

　抱きしめられながら、アマルは、ある日の光景を思い出していた。

　アマルが自分の部屋を出た時に、扉の向こうで父母が小さな声で言い合っているのを聴いた。

「これ以上あの子に手を出さないで。あの子はあなたのおもちゃじゃない、モルモットでもない。あの子を無慈悲に弄《もてあそ》ぶなんて……！　今度同じことをしたら、警察に通報するわ！」

アマルの父は、母に平手打ちをして言った。

「俺はやめないぞ。あいつは俺のものなんだ。お前は何にもわかってないんだ！　おれとあいつは一心同体なんじゃないのか。なぜ俺があいつに遠慮なんかしなくちゃいけないんだ？」

「あなたはあなた、あの子はあの子なの。別々の人間なのよ！」

腕には、父がアマルに薬を試した跡があった。しかしアマルは父に嫌われたくない思いから、父の前では無理して笑顔を見せて、機嫌をとろうとしていた。

ある日、アマルの右腕を見た父は言った。

「アマル、これはどうした？」

「よくわからないの……何か変なの。時々かゆくなると、ママがガーゼの包帯を巻いてくれるわ」

「一緒に街に行こう、アマル。街の病院で検査をしてもらおう」

「でも……ママは私がパパと一緒に行くのを良く思わないわ」

「あいつは俺を嫌っているんだ。パパがアマルをもっと良い子にしてやろうとしているのを、きまっていやがるんだ。本当に悪い女だよ、あいつは。俺が本当のことを教えてやろうとしているのに、あいつはそれをいやがるんだから……。お前は、俺が思っていたよりずっと賢い子だね。いい子だ。パパに教えてごらん、アマル。絵を描いたろう。パパは見たんだ。いったいあの絵は何を描いたんだい？」

「パパ、見てくれたのね。あれはね、竜を描いたの。胸のところに何かが光ってる、大きな竜よ。不思議なことに、何度もあの竜が夢の中にでてきて、それで描いてみたの」

「それはお前の未来を表しているんだよ。でも、そのことをお母さんに話しちゃだめだ」

「宇宙最強の、恐ろしい女の子になってほしくないからだよ、アマル」

「なぜ？　なぜダメなの？」

　玄関の前で父とアマルが話し込んでいるところを見つけた母は、叫び声をあげてアマルを呼んだ。父はそれを見てニヤニヤと笑った。

「アマル！　お願い。パパの言うことにまともに耳をかさないで。愛されていると勘違いしないで。あのひとは、あなたを利用したがっているだけよ。純粋なあなたをだまそうとしているのよ。いくら家族でも、どうしようもない人間っているの。一刻も早く、この村から出なくては……これ以上、あなたがひどい目に遭うのを見ていられないわ」

　母はアマルの手を取って台所に連れて行き、手にしていた本に、街に住む母の友人の住所を書いた。

「この住所を鞄のなかにかくしておいて。困ったことがあったら、ここに書いてあるママのお友達を頼るのよ。パパにいつ裏切られるかわからないから。あの人は、とても信用できるようなひとじゃないのよ」

「ママと離れたくないよ！　一生、ママのそばにいて、パパから守ってあげる。ママ、私は強いのよ。お勉強だって、スポーツだってなんでもできるわ。この国で一番にだってなれるわ！」

　アマルは泣きながら言った。

「ママもいつだってあなたと一緒よ。あなたの心の中にも、ママはいつだっているわよね」

「そうよ、パパなんていらない、ママさえいてくれればいいの。ママがいてくれなかったら、人生だって意味ないわ。いつかパパがママにまた手を上げたりしたら、きっと私がパパをやっつけてやるわ。刑務所だって怖くないわ。ママを守るためならなんだってするわ」

「アマル、とっても嬉しいわ。でも、アマルには自分自身の夢を持った、大人の女性になってほしいの。いつかは、人は死ぬ。残るのは、その人が良い人だったか悪い人だったかっていう噂だけよ。刑務所に入るなんてダメ。

一生、あなたと一緒にいたいけど、あなたは自分の人生を生きなきゃだめよ」

それから三日後、アマルの父は帰宅すると、とある金持ちの女と結婚して街に住むことに決めた、と言った。

「お好きにどうぞ。私たちは出ていくわ。離婚届は数日後に届くと思います。アマルは私のものですからね。必要なものだけを持って、死が私たちを分かつ時まで。どうぞ行ってください。さよなら」

アマルは父に近づいてその足を蹴った。父はアマルを見下ろしながら彼女を突き飛ばし、こう言い放った。

「アマル、お前は俺の娘だ。俺の所有物なんだ。いまにみてろ。言うことをきかせてやる」

「今日から私がママの面倒をみるわ。あんたは金と女を追いかけていればいい。出て行って、けだもの！　絶対に、許さないから。いつか仕返ししてやるから。私たちにしたことを、一生忘れないから！」

睨みつけてきたアマルを、父は右足で蹴り飛ばした。

「私も一生、あなたを許さないわ」と母も言った。

「お前なんかもうすぐ死ぬだろう。そうすればアマルは俺のものだ。俺は一刻も早く獲物を手に入れたい男なんだ。そして俺にとって何より大切なのは、金だ。家族よりも、祖国よりも。お前らにわかるか」

アマルの母が待ち焦がれていたように、ついにアマルは10歳になった。あの日以来、アマルの父は姿を見せなかった。アマルは、何度も母に村を出ようと頼み込んだ。母は答えた。

「今はできないわ。でも、むかしあなたに約束したように、近いうちに街へ行って、あのとき教えた私の友人のところへ身を寄せなさい。きっと、彼女も私とおなじくらい、あなたのことを愛してくれると思う。いつだって、あなたのことを歓迎してくれるわ」

アマルは、母の言うことに納得できなかった。なぜ、わざわざ母が自分を突き放そうとしているのか、理解ができなかった。

「離れたほうが良いこともあるのよ。私たちがそれを望むと望まざるとにかかわらずね。運命が、それを望んでいるの。それが、私たちにとってより良いこともあるのよ。神様が定めてくれたことなの。私たちが生まれる前から、定められたことなのよ。それに従いましょう」

母と別れて暮らすことが決まると、アマルは母の胸の中で狂ったように泣いた。母を抱きしめ、一日中、何度も母の匂いを嗅いだ。

母は決意していたのだ。アマルのより良い未来のために。アマルの描いたすべての絵を燃やし、アマルの腕を隠し、アマルが腕の痛みを訴えたときには、その痛みを和らげるために必死に氷で冷やしてくれた。

母はある日、彼女の友人の元を訪れて、ひそかに保管していたファイルを渡した。父のことで何かトラブルが起きた場合は、すぐに警察に通報するようにアマルに頼んだ。母は服の行商をし、女手一つでアマルを育て、学費を支払った。アマルも、母の家事を手伝い、支え合って生きていた。

そんなある日、裁判所から離婚届がついに届いた。母は動じることもなかった。むしろ、愚かな男から解放された喜びを感じて晴れ晴れとした気持ちだった。

アマルは学校に通い続けた。一日たりとも休んでほしくない、というのが母の考えだった。母はつねに言っていた。

「教育は仕事よりも大切なのよ、アマル。いつか、あなたが夢をかなえるためのものなの」

女ひとりで娘を学校に通わせ続ける母のつらさをわかっていたアマルは、なんども自分も働くと主張したけれど、そのたびに母はそう言ってアマルを説得しつづけた。

アマルの通う学校で、アムステルダム国立博物館への修学旅行があると母に伝えた。それについてのレポートをコンテストに提出するように言われ、迷った結果、アマルは書くことにした。他の女子学生に何か言われるかもしれないと気にはなったが、でも母が喜ぶと思えばそんなことは平気だった。案の定、クラスメイトはアマルが母子家庭であることを理由に侮辱をしてきたけれど、母を悲しませないために、母の前ではできる限り笑顔でふるまった。苦労する母の姿を見てきたので、作文コンテストで受賞するたびに、その賞金の全額を母に手渡していた。母の喜ぶ顔を見られるのが嬉しくて、心の中でひそかに涙を流しながら、しかし母を喜ばせていることに誇りを感じていた。

母に、自分の娘の優秀さを見せたかったからだ。アマルは幼いながらに、人生とは何かを理解していた。

父が家を出て行ったあと、アマルは久しぶりに母を気分転換の外出に誘った。どこか母の好きなところで昼食をとろうと提案すると、母はアムステル川が見えるレストランに行きたいと言った。アマルは喜んで同意した。その翌日の昼下がり、アムステル川に面したレストランの川面に望むテラス席に座って、母とアマルはランチを注文した。魅惑的な風景と、おだやかな太陽がアマルたちの冷たい心を温めてくれた。

アマルは、スケートボードで遊んでいる少女をじっと見つめていた。そんなアマルを見た母は、アマルの手を握って言った。

「あなたにもきっと、スケートボードを買ってあげるわ。あなたが卒業した後になってしまうけど……」

アマルは、なんだか恥ずかしいように感じて、ほほ笑みながら母に返事をした。

「気にしないで。お母さんが幸せになるんだったら、私はなんだっていいの。そのかわり、ずっと私のそばにいてね」

アムステル川には、毎年1500万人以上の観光客が訪れる。その川のほとりを散策した後、バスに乗って、二人はフォーレンダム村に向かった。アマルが愛していた村だ。

風車や小さな湖、そして牧草地などのある小さな村。空気が新鮮で、どこまでも緑が広がっている。村人たちはみな、湖で釣りを楽しんでいる。母の気分転換にもぴったりの場所だとアマルは思った。古風な釣り竿を借りて、二人で釣りを楽しんだ。母の顔は喜びで輝いた。アマルにとって、母のそんな笑顔を見たのは初めてのことだった。あの忌々《いまいま》しい男のせいで、長い間母の顔は青ざめ、その顔から美しさとほほ笑みを奪っていたのだ。

神様、どうかお母さんを長生きさせてあげてください。アマルはそう願った。母を幸せにしてあげたい。母の傍にいることが、自分にとってのオアシスなんだから。母の幸せが自分の幸せなんだから。

時はあっという間に流れた。母はアマルに、ダム広場（訳注：アムステルダム旧市街の中心地にある広場）に行かないかと言った。

「いいわね、有名だものね」

アマルは答えた。

アマルは母と腕を組んで歩き、バスに乗ると母はアマルの肩に頭をもたれかけさせて眠ってしまった。母よりも、まるで私のほうが保護者みたいだわ、とアマルは思った。なんて幸せな時間だろう。このまま時が止まればいいのに、とアマルは感じた。

言葉で言い表せないほど、母は安らかな様子だった。二人でダム広場に到着した時、母の頭上を飛んでいた鳥たちを見て、鳥たちも母の平安を喜んでくれているのかしらとアマルは思った。

お母さんがどんなに穏やかだったか言葉にできない。広場に着いた時にお母さんの頭の上を飛んでいる鳥を見てきっと鳥たちも喜んでいただろうなと思った。

母は言った。

「気持ちいい場所ね。心が洗われるみたい。ほら、そこに王宮があって、向こうには戦勝記念碑があるのよ。混雑しているけれど、それでも本当にいい気持ち。懐かしいわ」

「お母さん、以前ここへ来たことがあるの？」

「あるわ。子供の頃ね。友達とよくここへ遊びに来たの。みんなと一緒にここで遊んだものだったけれど、随分時間が経ってしまって、いまはみんなバラバラの人生よ。残っているのは思い出だけ」

「やっぱり、友情なんて無意味なものなのね。いつか消えてしまうような関係なら、私、友達なんて一生いらない」

「違うわ、アマル」

母は言った。

「あのね、アマル。人にはいろいろな事情があるの。友達に会えなくなったからといって、それで切り捨てはだめ。きっとあなたもいつか、わかる日がくると思うわ」

母はアマルの右手首の注射針の跡を見て言った。

「アマル、この絆創膏を手首に貼ってちょうだい。あなたの傷、他の人に見られないように」

母は、かつて父親だった男がアマルにした仕打ちのことを思い出した。そのことに気が付いた瞬間から、アマルを守らなければいけないと覚悟を決めたことも。

「ねえお母さん。これ、一体何なのかしら？　いまでも時々、まるくて青い光が見えるのよ」

「心配しないで、アマル。時が経てば、必ず消えるわ。あなたみたいに小さな女の子がそんなひどい目に遭わなければいけないなんて……」

「お母さん、あそこに絵描きさんがいる！　私も絵を描くのは大好きだけど、あんなに上手には描けないわ」

「あらアマル、あなたはピアノを弾けるじゃない。ママみたいに上手、いや、ママよりもずっと上手に弾けるわ」

「とんでもない！　ママは私なんかよりずーっと上手じゃない！　私はまだまだ勉強中よ」

笑いながらアマルは言った。

楽しい時間はあっという間に過ぎて、二人は家に戻った。思い出せないくらい久しぶりの、楽しい時間だった。アマルは小さな子供のように、母の布団の中で眠った。手首に痛みを感じていたが、母には言えなかった。母をこれ以上心配させたくなかったから。母に髪の毛を撫でられているうちに、アマルは眠りに落ちた。

楽しかった一日の翌朝、アマルは希望に溢れた心で目覚めた。冷たく晴れ渡った空の下、彼女は屋上のテラスで朝食をとった。母親がやってきて、そろそろ学校に行くようにと声をかけた。その声をきいて階段を降りてきたアマルは、母親に抱きついてそのにおいを確かめた。

母親は自分の部屋に入り、スカーフを手に戻ってきてアマルに言った。

「もう外は寒いでしょう。あなたのためにこれを作ったのよ」

その日は急に冬になったかのような冷え込みだった。母親はアマルが風邪をひいてしまわないかと心配だったのだ。アマルはスカーフのお礼に母親にハグをしてバスに乗り込んだ。そしてクラスメイトの女子と合流し、学校の課外活動としてアムステルダム国立美術館へと向かった。

バスは美術館の前に到着した。ナポレオンの弟、ルイ・ボナパルトによって創設され、建築家のピエール・カイペルスによって現在の形となったこの壮麗な建築は、一目でアマルの心を奪った。

美術館の美しい床の上をあちこち歩きまわったアマルは、レンブラントの「家族の肖像」という作品の前でふと立ち止まった。

その作品は、当時の革新的は絵画技術を駆使して、レンブラントの非凡な才能が見事に表れたものだった。ナイフによって顔料がそぎ落とされたり、様々な色の濃淡によって画面が構成されたりしていた。アマルは思わず惹きこまれた。

気が付くと、アマル一人きりになっていた。広大な館内をやみくもに歩き回って、出口を見失ってしまったアマルは心細くなってきた。ふと右方向に目をやると、一人の少女が立っていた。彼女は小型カメラでアマルの写真を撮っていた。彼女は無邪気な声で言った。

「ほら、笑って、笑って」

「え、どうして」

思わずアマルは言った。少女は答えた。

「なぜそんなしかめっ面をしてるの。これまでいろんな人の写真を撮ってきたけど、こんなに笑顔のない人は初めて。寂しいわ」

「どうぞおかまいなく。私はあなたと友達でもなんでもないし。そもそもお子さまと話してる暇はないの」

「お子さま？　ははは、じゃああなたは何なの」とその少女は笑いながら言った。

「ほっといて！　これ以上ちょっかいだすならビンタするよ。わかった⁉」

侮辱されたと感じたアマルは、冷たく言い放った。

その少女は、趣味の良い身なりから、これまで嗅いだことのないような上質な香水の香りを漂わせていた。優しさを湛えた頬にはエクボが浮かび、なんとも美しい笑顔で少女は言った。

「私たち、きっとまた会える気がするの。これは私のお母さんにもらった、大好きなフランスの香水。これ、あなたにプレゼントするね。どうかもらって！」

少女は笑顔でアマルに香水瓶を渡した。そのまま少女は足早に立ち去ってしまった。

アマルが呆然としていると、大人の女性がアマルに近づいてきて話しかけた。

「小さい女の子を見かけなかった？」

「さあ、よく憶えてません」とアマルが答えると、どこへともなく女性は立ち去った。

アマルは混乱した。先ほどの少女の名前もわからないままだ。やがてクラスの担任がアマルを連れ戻しに来た。もやもやを抱えたまま、３時間が経過した。皆と一緒に昼食を食べ、クラスメイトとまたバスに乗りこんだ。バスの中でアマルが読書に没頭していると、また先ほどの少女が現れた。彼女はそっと彼女の隣に座り、アイスクリームを食べ始めた。

「なによあんた。また出てきたのね」

アマルは今日は最悪な日だ、と思った。

少女はアマルの制服に刺繍された名前を覗き込みながら言った。

「へえ、あなたアマルっていう名前なのね。綺麗な名前ね！　私の名前はね……」

少女が言いかけると、アマルは遮った。

「あんたには関係ないでしょ。ちょっと、私はいま本を読んでるところなんだけど、集中させてもらっていい？」

あっちの女子と一緒に座ったらどう？」

「本を読むと何かいいことがあるの？」

「本のいいところは、裏切らないところよ。飽き飽きさせられることもないし、がっかりさせられることもないでしょ。人間と違ってね。これでわかった？　だからもう黙ってくれる？」

「わかった、黙る。実はね、今日あなたを見かけて、ばあやのところから逃げてきたの。なんだかあなたのことが気になっちゃって。お友達になりたいって思ったの」

少女はそう言って手を差し伸べて、アマルと握手をしようとした。しかしアマルは手を差し出すこともなく、冷たい目で彼女に言った。

「さ、行って」

バスの外には少女のばあやが迎えに来ていた。少女はアマルの手に一枚の紙を握らせてバスを降りた。その紙にはこう書いてあった。

「Tomorrow is another day（諦めないで、明日という日は必ずくるのだから）」

バスが家に向かう間、アマルはあの少女が誰だったのだろうと考え続けた。あなたと友達になりたい、と誰かに言われたのは生まれて初めてのことだった。あの言葉が書かれた紙を取り出してみると、そこに電話番号が書かれていた。一瞬、それを破り捨てようかと思ったが、アマルは思い直してそれを衣服のポケットにしまった。少女に渡された香水は、クローゼットの奥にしまい込んでカギをかけた。

それから二年後のある日、思いがけないことが起きた。

アマルが部屋で勉強をしていて、その傍で母親が縫物をしながらアマルを優しく見つめていたときのことだった。手首のなかで、まるでガラス片が暴れているかのような激しい痛みを感じたアマルは、母親に言った。

「お母さん！　悪い予感がするの！　何かがこっちに向かう足音が聞こえるの！」

二人は急いで屋上に上り、遠くを見た。

「知らない男が二人、こっちに向かってきてる！　はっきり見えるよ！」

母親の後ろからアマルは叫んだ
「アマルの目は夜でもよく見えるのね。さあ、荷物をまとめて今すぐここを出ましょう」

母親は言って、家中の明かりを消した。

そして二人は、裏庭の茂みの間を抜けて逃げ出した。

男二人が到着した。彼らは長い外套に、白い馬の面をかぶっていた。彼らはレーダーを手にアマルを探していた。レーダーの画面には逃げる二人が映し出されていた。彼らの深緑色の目が突然、メガネザルのように大きくなり、彼ら二人の体は一瞬で山の間を抜けてアマルと母親の前に移動した。

「そこのおふたり。どこへ行くのです」

「アマルに近づいてみなさい。あんたらの命はないわよ」

母親はアマルを後ろに隠し、ナイフを男たちに突き付けた。

「あなたこそ、死にたいのでなければ娘を私たちに引き渡すことです。無駄な血を流さなくてすむように」

「やめて！　お母さんになにをするの」

「あんたは黙ってなさい、アマル！　お母さんの邪魔をしないで！」

男のうちのひとりが母親の首筋をひねりあげて言った。

「あなたのようなひ弱な女に、われわれの命令を止めることなどできるわけがありません」

アマルは必死にその男を叩きながら言った。

「やめて、お母さんを離して！　お母さんを傷つけないで！」

もう一人の男がアマルを捕まえて言った。

「無力な女たちよ。人間ふぜいが我々ジンやシャイターンに勝てるわけがないだろう」

そう言って、相方に母親を焼いて始末するように命じた。

その時、アマルの手首から激しい光が溢れ出した。強烈な風と閃光にあたりは包まれて、アマルの目は突如、ユニコーンの瞳のように赤く輝いた。普段の彼女の声とはまったく違う、低く不気味な声で彼女は言った。

「お母さんを傷つける奴は許さない。お母さんを傷つける奴は殺す！」

男たちは母親を放り出して、すぐさまアマルに襲い掛かった。しかしアマルは容易《たやす》くそれらをかわした。アマルは自分の胸の前に円を描いた。その円はたちまち炎の壁となって二人の男に襲いかかり、男たちを押しつぶした。もう少女ではない、別の生き物となったアマルを、母親はものも言えず見つめていたが、アマルがこれ以上恐ろしいことをしでかさないよう、後ろから思い切り抱きしめた。しかし、燃え上がる壁に押しつぶされて、男たちは焼き尽くされてしまった。母親は、気を失って倒れたアマルを抱き上げた。

そこに、カラスの衣装をまとった仮面姿の男が現れ、銃をアマルの母親の額に突き付けながら言った。

「アマルを連れて行くぞ」

疲れ果てたアマルが眼を開いた時、男は母親の額に当てた銃の引き金を引いた。

アマルは動くことすらできなかった。男に無理やり引きずられながら、アマルは涙を流して母親の亡骸《なきがら》を見つめていた。村全体が焼け落ちていた。焼け跡に、雨が降り続いていた。稲妻と雷が、アマルの心の中で鳴り響いていた。

翌朝目を開けたアマルは、初老の見知らぬ男がそばにいることに気が付いた。

その男は言った。

「私があのカラス男に呪文をかけて眠らせて、お前さんを逃がしたんだ。ここから逃げて、どこへでも好きなところへ行きなさい。決してここに帰ってきてはいけないよ。この村では、もうお前さんしか生き残りはいないんだ。さあ行くんだ、そんな目で見るんじゃない。ここにいてはお前さんも助からないぞ。行くんだ、生き残るために」

アマルの服はぼろぼろに破れ、行く当てもなく己の体を抱きしめて、左右にふらつきながら歩いた。その姿はまるで浮浪者だった。行く先々で誰かの助けにすがりながら、行先を求めてさまよった。

アマルの住んでいた村を襲った悲劇についてマスコミは報道したが、その原因は誰にもわからなかった。村人の全滅という衝撃的な出来事であったが、それは何らかの自然現象によるものであり、大量虐殺ではないだろうという識者の意見が採用された。そしていつしか、その悲劇も人々から忘れられていった。


それから８年が経った。

サーラは霧雨の降るなか、高校に向かっていた。夏の終わりのアムステルダムは程よい暑さだった。サーラは傘をさしたまま、ヘッドフォンで好きな音楽を聴いていた。一人の老婆が、雨で滑るのを恐れて壁にもたれかかりながら必死で歩いているのを見かけたサーラは、しかし彼女に手を貸すことはしなかった。心の中で「そんなに歩くのがしんどいのなら、わざわざこんな日に外を歩かなければいいのに」とサーラは思った。

サーラは交差点の信号の下で、車が通りすぎるのを待っていた。ふと後ろを向くと、一人の少女が先ほどの老婆を車に乗せる手助けをしていた。少女は赤い服に白い帽子を被っていた。彼女はハンカチで、雨に濡れた老婆の顔を拭った。老婆はその優しさに感激して、思わず彼女にキスをした。少女はサーラを見て、ほほ笑んだ。サーラは驚いた。その少女はカメラで老婆の写真を一枚撮った。サーラは思わず、胸に手を当てた。何かが高鳴る音がした。

その日は新しい学期の最初の日だった。サーラは学校に到着すると、階段の下で立ち止まり、右腕にスケートボードをしっかりと抱えた。そしてまっすぐ前だけを見つめて堂々と階段を上った。まるで矢のように、己の目標だけを見つめて。

まわりの女生徒たちも彼女を見ていた。サーラは長袖の黒シャツに黒いパンツを履いていた。いつものサーラの格好だ。ありふれた着こなしだけれど、色白で背の高いサーラにその黒づくめの衣服は美しく映えて、他の女生徒たちには、まるで女騎士かモデルのように見えていた。

サーラは18歳になっていた。自分と他の女子との間に壁をつくり、会話をかわすことは滅多になかったが、たまに口を開くと辛辣《しんらつ》な言葉が飛び出すことで知られていた。まわりからは「コールド・アイ」または「サイレント・アイ」と呼ばれていた。その冷徹さには校長のノハー先生ですら手を焼いていたが、サーラの言い分としては、他の女生徒から嫌がらせを受けないように防衛しているだけだと言ってきかなかった。

学業優秀なサーラは学校にとっても必要な存在だったため、ノハー校長もサーラの態度を大目に見ざるを得なかった。それに、彼女は今年は卒業するのだ。彼女はテコンドーや空手、競泳といった沢山の種目で、学校を代表して金メダルを獲得し、オランダでの学校の名声を高めてくれた。また成績もトップクラスで、沢山の学校が彼女を引き抜こうとしていたが、サーラ自身がそれを望まなかったため（自分の特権的地位をクラスメートに誇示し続けるためでもあった）、彼女はアムステルダムのこの学校にとどまっていた。

サーラは教室に入ると、自分の席に座った。周りのおしゃべりが聴こえないように、イヤホンを耳に差し込んだままだった。それでも、いやでも周りのおしゃべりが耳に入ってきた。

「今日みたいな天気って気持ちいいよね」

「ほんと。しっとりしてちょうどいい感じだよね」

たわいもないおしゃべりを楽しんでいるクラスメイトの声をきいて、サーラは立ち上がってイヤホンを外し、言い放った。

「あんたたち、いつもお天気の話ばっかりしてるけど、いいかげん飽きないの？　そもそも雨なんて水じゃない。濡れて面倒なだけでしょ？　いったい何が楽しいの？」

「雨の何が悪いの？　もしも雨が降らなかったら、私たちどうなるか想像できる？」とクラスメイトのリミヤは言った。

「カラカラに乾いて死ぬでしょうね」とサーラは答えた。

「でしょ！　美人のサーラさま。この星では雨は命の源だもの」

サミヤは言った。

「雨が命の源かどうかはどうでもいいの。一年中雨ばっかり降って、退屈だってことよ。よくもまあ、お天気の話ばっかりで飽きないね」

「飽きたりしないわよ」

サミヤは腕組みをしながら言って、サーラに近づいた。

「そんなにイライラしないで。いつか、雨があなたを解き放ってくれる日がくるかもよ」

「あなたは未来予測の科学者か何かのつもり？」

サーラは意地悪く笑いながら言った。

「そんなことはないわ。でもね。誰だって、突然何かを嫌いになることもあれば、それがいつのまにか一番好きになることもあるものよ。大嫌いだったはずのものが、幸せを連れてきてくれることだってあるんだから」

「ありがと。あなたのその妙な哲学、ムカつくわ！」

そこに担任であるバドリーヤ先生がやってきて言った。

「今年は最後の一年だ。大学入試に向けて、みんな精一杯頑張るように。目標を常に見据えて、自分たちの将来のために、夢を実現できるよう努力しなくてはいけない。君たちは、怠惰で無責任な人生を送ってはいけないよ。若い世代こそが、国の明るい未来なんだ。学問で身を立て、フロンティアを開拓し、国を盛り立てていくんだ。今、君たちがこんなに恵まれた暮らしを送っているのは、神様のご加護と、国からの保護があってこそ。その恩返しをするんだ。君たちの将来の子供世代が、安全で快適な暮らしができるように」

バドリーヤ先生がそう演説すると、教室から拍手が沸き起こった。

サーラは起立して発言した。

「先生のおっしゃる通りです。進歩する時代に乗り遅れないために、あらゆる分野で国の将来を担う人材が必要とされています。そして一番大切なことは、国民の間で愛国心を育むことだと思います。今起きている様々な政治問題は、愛国心の揺らぎが原因だと考えます。子供たちに愛国教育を施し、国外からの干渉や国内での裏切り行為から国を護る、強い精神を育むことが、重要な課題だと考えています」

「サーラ、素晴らしいわ。あなたはジャーナリズムの仕事がふさわしいかもしれませんね。発言力もあるし、人を惹きつける力もあるわ」

バドリーヤ先生は言った。サーラは着席し、授業が始まった。

新学期の初日は無事終了し、サーラが教室を出ようとすると、別のクラスのホダー（彼女はサーラのライバルであり天敵でもある）が教室の出口に立ちはだかった。

「あらサーラ。久しぶりじゃん」

サーラはイヤホンを耳につけたまま、無言で歩いていった。ホダーは振り返って「相変わらずのコールド・アイ！　またね」と言った。

ホダーのクラスメイトのアンワールは言った。

「いい加減、あいつをシメてやんなきゃ。一生高校を卒業できないようにしてやろう」

ホダーは言った。

「全力でやってやるわ。いい度胸してるじゃない。獲物としては十分よ」

帰り道、サーラは誰かに尾行されているような気がした。振り返ってみると、それはマージドだった。

「馬鹿！　なんで後をつけたりするのよ」

「ごめんサーラ。ただ会いたかったんだ……」

「一生私の後をつけまわすつもり？　いい加減、村に帰ったらどうなの？」

「あと数日で帰るつもりなんだ。父のために、街でいくつか工具を買う用事があって。それで、もしかしたらサーラも僕に会いたがっているんじゃないかと思って、会いに来ちゃったんだよ」

「馬鹿にしないで。くだらない妄想はいい加減にしてよ。だれがあんたなんか」

サーラは不愉快をあらわにしてマージドを見た。

「うそ、うそ。冗談に決まってるだろ。それよりも、ここ何年か、妙なことがいろいろ起こっているっていうのは聞いてる？」

「ええ。よく聞くわ。学校でもいろんな噂があって……」

「君の学校の女子が何人も消えてるっていうのは、本当？」

「本当よ。ある子は家出をして、別の子は誘拐されたって言われてる」

「君もそのうち誘拐されるかも。怖くない？」

「ぜんぜん。わざわざこの私を誘拐する馬鹿なんていないわ」

「へえ、そうなの？」

マージドは笑いながら言った。

「じゃあさよなら。おひとりで帰ってね」と言ってサーラはスケートボードに乗り、立ち去った。

帰宅したサーラは、祖母の顔をみるとすぐに抱きついた。

「ただいま、大好きなおばあちゃん！」

「私も大好きだよ、可愛いサーラ。早く服を着替えて、夕飯にしましょう」

祖母は言った。

「ところでサーラ。今朝マージドが会いに来てくれて、サーラのことを訊いてきたよ。サーラは学校に行っているよって伝えておいたけど」

「ああ、会ったわ。あいつのこと、私あんまり好きじゃないの。気に食わないわ。おばあちゃんの顔にめんじて我慢してやってるだけよ」とサーラは手を洗いながら言った。

「マージドはあなたのことが好きなんだって。以前、私にそう言っていたよ」

「興味ないわ。さっさと他の子に乗り換えてくれればいいのに。恋愛なんて、くだらない。どうせ結婚したら、そんな感情は消えてしまうんだから。私には、そんな一時的な感情なんかより、もっと大切なものがあるの」

「いいえ、サーラ。そんなことはないわ。男の人の愛が本物だとしたら、一生妻を愛し続けてくれるものなのよ」

祖母は料理の皿を置いて言った。

「私を説得しようとしたって無駄よ。さっさとご飯を食べて部屋を片付けさせて。私が好きなのはおばあちゃんだけ。私が子供のころから今までずっと育ててくれたおばあちゃん。病気の時だってなんだって、ずっと面倒をみてくれて、それこそが真実の愛だわ。私も一生おばあちゃんの面倒をみてあげる。おばあちゃんでもあり、お母さんでもあるんだから」

サーラはさっさと食事を済ませ、部屋に戻った。サーラの言い分をいつも聞き流している祖母は、何も言い返さずに、立ち上がってサーラの部屋に向かった。サーラは部屋の中で、一枚の紙を手にしてそれをじっと見つめていた。

「サーラ、それは何？」

「私のファンがくれたのよ」

サーラは皮肉を込めて言った。

祖母は優しくサーラの肩を叩いて、「もっと詳しく教えてよ」と言った。

「これは誰かの電話番号なの。でも、誰の電話番号なのか、なぜ私がこれを持っているのか、わからないの。まったく憶えていないの」

「無理もないわ……あのひどい交通事故で、ご両親も亡くなって、あなたも記憶喪失になったんだもの』

祖母はサーラを抱きしめながら言った。

「幼い頃に両親を亡くすなんて残念なことよね。私、何も憶えていないんだもの」

「少し休みなさい、サーラ。あとでお店にいきましょう」

祖母はそう言って部屋を出た。

サーラはその紙きれを小さい鞄に入れ、それを箪笥の引き出しにしまい込んだ。

翌朝も雨だった。午前10時、激しく降る雨にうんざりしながら教室に座っていたサーラの隣にダラールが腰掛けた。

「ねえサーラ、何を考えているの」

ダラールは尋ねた。

「昨日からずっと降ってるね。あなたが雨が嫌いだってのはわかってるけど、なんでそんなに雨を嫌うのよ。理由がないと納得できないよ」

「大きなお世話。ほっといて」

「あなたがこの学校に転校してきてからずっとそんな感じよね。明日はハイファの誕生日会に行く？　みんな行くつもりみたいよ。きっと盛り上がるよ。ハイファのおうちってお金持ちだから、きっと素敵なプレゼントもあるよ」

「それって、ハイファじゃなくてハイファの親のお金が目当てってこと？　金のために友達のふりをしてるの？」

サーラは怒りを込めて言った。

「ちがうわよ。わかってないなぁ。私たち、みんなハイファのことが好きだから行くのよ」

ダラールは恥ずかしそうに言った。

「へえー！　そんなものかしら！」

「ハイファがみんなを誘ってくれたのよ。行きたくなければ来なくていいよ。あのお祖母さんの家に引きこもっていればいいわ」

「今の発言を取り消して！　さもなきゃ無理にでも撤回させてやる！」

サーラはダラールの胸ぐらを掴んで言った。恐ろしくなったダラールは
「悪かった、ごめんなさい」と言った。

サーラはダラールを前に突き飛ばして、教室を出て屋上に向かった。屋上の椅子に座り、曇り空と降り続く雨を眺めた。雨は彼女の顔を濡らし、サーラは帽子で顔を覆いながら独り言を言った。

「この忌々しい雨は、いったいいつになったらやむんだろう！」

半時間ほど経って、サーラは屋上から階下に降りようとした。何人かの女生徒のグループが、一人の少女を取り囲んでいるのを見た。サーラがそちらに向かうと、足音を聞きつけた一人の女生徒が不愉快そうに振り返って言った。

「おやおや、コールド・アイのサーラじゃない」

「あんたたち、何をまた馬鹿なことやってんのよ」

サーラは毅然とした態度で彼女たちに近寄ってきて言った。

「こういうのってもう見飽きたのよ。みんなで寄ってたかって、バカみたい。その子を離してあげてよ」

そしておびえている少女を見て言った。

「あんた、新入生？」

少女は頷いた。

「ほら、もう行きな。こんな馬鹿な連中にひっかかってちゃダメ。弱いものいじめぐらいしかできない奴らなんだから」

少女を取り囲んでいた女生徒の一人がサーラの肩をつかんで、彼女を地面に引き倒そうとした。体勢を立て直したサーラは、制服の襟を整えながら、またその新入生に、ここを離れるように繰り返した。逃げようとした少女を、ひとりの女生徒が脚をひっかけて転ばせた。サーラはその女生徒につかみかかり、彼女が気絶しそうになるほどひっぱたいた。他の女生徒たちは、サーラの怒りに怖れをなして逃げていった。

「さ、とっとと教室にもどりな」

おびえていた少女を助け起こしてサーラは言った。少女が礼を言おうとすると、サーラは言った。

「あんたのためじゃないよ。私はただ、あのバカな連中が我慢ならないっていうだけ。じゃあね」

そう言ってサーラは立ち去った。

屋上から降りてきたサーラは教室に戻った。授業に遅刻してしまったので、担任の教師は罰として彼女を廊下に立たせた。サーラの前を通りすぎる他のクラスの生徒たちはサーラをあざ笑った。サーラは成績はトップクラスだったけれど、こういうことはしょっちゅうあることだった。授業が終わると、サーラはやっと自分の席に座って一息つくことができた。外では雨があがっていて、サーラは晴れ晴れとした気持ちになっていた。窓から眺める青空は美しく穏やかだった。

クラスメイトのハウラが隣にやってきて言った。

「サーラ、どうして雨がやむといつもそんなに幸せそうな顔をするの？」

そんなバカげた質問のせいで、せっかくの幸せな気分を邪魔されてしまったサーラは、不機嫌そうに言った。

「そういうハウラは、いったいどこまで余計なお世話をすれば気が済むの？　頼むから放っておいて。私のプライベートは立ち入り禁止なんだから！」

「まあ、傲慢《ごうまん》ね。もしもあんたが金持ちの娘だったら、きっと手に負えない自惚《うぬぼ》れやになっていたでしょうね。あんたが貧乏で助かったわ」

ハウラは言い捨てた。サーラはハウラに向けて手に持っていたペンを投げつけ、窓を閉めて教室を去った。校庭に出たサーラは、肩にかけていたバックパック（昔、彼女の母親が細い糸で美しい刺繍を施したもの）からチョコレートをひとかけ取り出して食べた。目を閉じていると、小鳥の鳴き声が聞こえた。目を開けて声のする方を見ると、木の上の小鳥もサーラを見つめていた。小鳥に向けてチョコレートのかけらを投げてやったが、小鳥はそのまま飛び立ってしまった。サーラはほほ笑みを浮かべ、地面に落ちたチョコレートの欠片を拾って水で洗い、それを食べてしまった。

「わあ、地面に落ちたものなんて食べるんだ」

サーラの様子を見ていた二人の女生徒が言った。

「私の口なんだから私の勝手でしょ。ほっといてよ、ババア」

彼女たちは怒って、サーラに砂利を蹴ってひっかけた。サーラは彼女たちに掴みかかろうとしたが、たちまち逃げていった。

から」

「馬鹿な連中。同世代なんて馬鹿ばっかり。あいつらの頭のなかには、見た目のことと、金のことしかないんだから」

ふと、サーラが左手の方向を見ると、黒光りした真新しい高級車が停まっていた。

その最新式のドイツ車から降りてきたのは、すらりと華奢で、褐色の美しい肌をした高貴な少女だった。サーラは思わず目を奪われた。彼女は肩までの長さの濃い茶色の髪に、鮮やかな青の帽子を被っていた。

「また例のくだらない上流階級から、お姫様が一人やってきたってことね！　これまでに一度も見たことがない子だわ。いったい誰だろう。どこか国の大統領の娘か、はたまた首相の令嬢か、それとも腐った実業家のお嬢様かな……？　ま、私には関係ないけど！」

サーラは眉を吊り上げてつぶやいた。

いつの間にか、少女は大勢の女生徒たちに囲まれていた。少女は歩き方も姿も、そして声までも優雅で美しかった。少女はボールを蹴っているサーラと目を合わせた。サーラは彼女に向けてボールを蹴ってやった。ボールは少女の足元に落ちた。少女は優しい笑みを浮かべてボールを取り、サーラに投げ返した。彼女を取り巻いていた女生徒の一人が言った。

「あんな子、相手にしなくていいのよ。みんなの嫌われ者なの。あのみすぼらしい身なりを見れば、わかるでしょ」

「シンプルで素敵だと思うわ」と少女は答えた。

そこに教師がやってきて言った。

「あなたがアマルね？」

「はい、そうです」

「ようこそ。これから校長室に案内します。ついていらっしゃい」

アマルは校長室で短い挨拶を終えて転入の手続きを済ませ、その後校内を見学してまわった。サーラは、アマルが大勢の生徒たちに囲まれながら校内を歩いているのを眺めていた。校長先生さえもが、彼女につき従って必死に案内をしていた。サーラはそんな様子を、ポケットに手を突っ込んだまま壁にもたれながら見ていた。

「私たちを見ているあの子はだれ？　どうしてあんなに冷たい目で私たちを見ているの？」

アマルはサーラを見て校長に尋ねた。

「彼女はサーラというんだ。成績は優秀なんだが、変わり者なんだ。口数も少ないし、態度も問題があってね……」

校長は怯えるように言った。

「そうなのね。それにしても、どうしてあの子は、まるで私を責めるような目で見るのかしら？」

「あの子は、何もかもが気に入らないんだ。もう今年いっぱいであの子も卒業だから、学校としては一安心なんだ。君も、あまりあの子を気にしないほうがいい」

校長の発言に、アマルは思わず笑った。サーラはアマルの笑顔を見て不思議に思った。

「なんであの子はこっちを見て笑っているんだろう？　校長が何か冗談でも言ったのかな」

アマルの態度が気に入らなかったサーラは、アマルの方に向かっていった。みんなは怯えていたが、アマルは堂々としていた。サーラはアマルの前に立ちはだかって尋ねた。

「あなたは何者？」

校長は慌ててすっ飛んできて言った。

「お願いだから静かにしておくれ。この子はアムステルダム市長のお嬢様だよ。これからこの学校に入学されるんだ。どうかみなさん、仲良くしておくれ。私からのお願いだよ」

「私に、この子に土下座しろとでも言うの？　それに、みんな恥ずかしくないの。彼女を取り囲んでぞろぞろと、まるで召使いみたい。そういう卑屈な態度って大嫌い」

サーラは校長をにらみながら言った。

「私だって好きじゃないわ。自然な態度が一番好きよ」

アマルは優しい声で言った。

「さあどうだか。あんたの本音がどうだかなんて、信じられないね。それに言っておくけど、こうしてあんたがみんなに取り囲まれているのだって、あんたのお父さんが市長だからであって、みんながあんたのことを好きだからじゃないいんだからね」

サーラの言動に驚かされたアマルは、サーラが教室に入って座るのをじっと見つめていた。始業のチャイムが鳴り、女生徒たちはみんな教室に戻ってきた。アマルも教室に入り、皆の前で自己紹介をした。

「初めまして。アマルと言います。歓迎してくださってどうもありがとう。早くみんなとお友達になりたいです」

サーラ以外のすべてのクラスメイトからアマルは歓迎された。アマルの笑顔には誰もが惹きつけられた。アマルがほほ笑むと、頬に愛らしいえくぼが浮かんだ。

アマルは、サーラの隣の席が空いているのを見つけると、大きな声で「私の席は、ここがいいです」と言った。

担任の教師はアマルの耳元にささやいた。

「あの席は、ずいぶん前から空席なんだ。サーラの隣に座りたがる子はいないから……」

他のクラスメイトも、アマルに、あの席には座らないようにと説得を試みたが、アマルはその席に座ると強く主張した。

アマルは、美しい笑みを浮かべながら、サーラからの挑戦を受けてたつかのようにサーラの隣の席に座った。サーラはそのお返しに、アマルの手を思い切り強く掴んで、骨が折れるかと思うほどに握りしめてやった。痛みに耐えきれず、アマルはサーラに手を離すようお願いした。

「いい加減に目をさまして。これ以上私を挑発するのはやめることね。私は絶対に負けたりしない。たとえ相手が市長の娘だろうがなんだろうが、私が負けを認めることはないんだからね」

あまりの痛みに、アマルの目には涙が浮かんでいた。

「私に涙を流させたわね……そのことに関しては、許さないわ」

「最初から勝ち目のない挑戦なんてするからよ。ちゃんと、私のことを先生から聞いた？　そのうえでかかっておいで。無邪気を装った女子になんて、絶対に負けないんだからね。ほら、離れて座ってよ」

「私は、あなたのことも、他の誰かのことも、打ち負かすつもりなんてないわ」

ほほ笑みながらアマルは言った。

早速もめごとが起こったと感じた教師は、アマルに席を替えるよう説得しようとしたが、アマルは断った。教師は、席替えを促すようにじっとサーラを睨んでみたが、無駄だった。その日の授業が終了したあと、クラスメイトたちはアマルを、例のハイファの誕生日会に誘ってみたが、アマルは忙しいから参加できないと断った。その様子を見て、サーラはあざ笑いながら「誰がそんな偽善の会に行くかっていうの！」と、アマルの後ろでわざと聴こえるように言った。

アマルはそんなサーラを見ながら、クラスメイトたちに「じゃあ、私も行くわ。今夜8時に、お伺いするわね」と言った。クラスメイトたちは喜んだ。サーラは、宣戦布告を受けたかのような目つきでアマルを見据えた。アマルは、「サーラはパーティーに来ないの？」と尋ねた。

「サーラはパーティーなんて嫌いなのよ。さっきもおっしゃったとおり、誕生日パーティーなんて偽善で、馬鹿な女子の見せびらかしだっていうのよ。それに、サーラはちゃんとした上流階級のおうちの子じゃなくて、庶民の子なのよ。私たちとは違うの。テストの成績がいいから、ギリギリここでもやっていけてるだけよ」

それを聞いてアマルは顔が熱くなった。

「いいじゃないの。お金がないのはちっとも恥じゃないわ。むしろ、私が求めているのはそっちだわ。手に入りづらい夢があってこそ、困難を乗り越えて、より良い人生を創り出す力になるじゃない」

そう語る美しいアマルの横顔に、皆は驚いた。

アマルはサーラを追いかけた。サーラは黒いヘルメットを被り、スケートボードに乗っていた。小雨が降る中、アマルは車に乗り込んで、運転手にサーラを追いかけるように言った。サーラに追いついて車のウィンドウを開けると、サーラは車の中のアマルに向かって言った。

「あの馬鹿どもに比べたら、私のほうがマシってわけ？」

「マシとかじゃないわ。あなたと知り合えて、嬉しいの。このひどい世の中で、あなたみたいな人がいるのを、誇りに思っているわ！」

アマルがなぜそんな風に言うのか、サーラは理解できなかった。こんなお姫様に私みたいな人間が褒められるなんておかしい、と思ったサーラはアマルに言った。

「それは人をおだてでだますテクニックか何かなの？」

「ほら、こんな素敵な天気じゃない」

「何ばかなこと言ってんの？　相変わらずの雨じゃない。私、雨が大嫌いなんだから！」

雨を嫌いだなんて、いったいなぜ？　と言ってアマルは悲しそうにした。アマルは、車内からカメラを取り出し、サーラの写真を撮った。サーラはそんなアマルの様子を冷たく眺めていた。

「ほら、少しは笑顔を見せてちょうだい」

「なんのためにあんなに笑顔なんか見せなくちゃいけないの？」

「笑顔ひとつで、人助けができるのよ」

「なにそれ。私はあんたに用なんてないの。もうあっちへ行って」

サーラは角を左に曲がって去ってしまった。アマルは車に乗せられて帰宅した。家に着くと、アマルは部屋着に着替え、自分の部屋で少し勉強をしてから、ダイニングルームにいった。そこでは、アマルとのランチをいつも楽しみにしている父親がアマルを待っていた。

アマルの母はファッション関係の仕事をしていて、この日も出張で家にいなかった。アマルは母がいつもいないことを寂しく思っていたが、それを口には出さなかった。

「ママは大切な仕事をしているんだもの。パパがこうしてそばにいてくれるから、私は大丈夫よ」

アマルの言葉を聞いて、父親はアマルの悲しみを感じた。アマルの誕生日が過ぎてしまったというのに、母親からは誕生日おめでとうの電話すらなかったのだ。ありとあらゆる知人が、アマルの誕生日を祝うために電話をかけてきたというのに、実の母親だけがアマルの誕生日を忘れてしまっていたのだ。父親は、母親に電話をかけて、もう少しアマルのことを気にかけて、誕生日の時くらい連絡をするようにと言った。母親は、忙しくて忘れていたのだと言い訳をした後、アマルはそろそろ大人なんだからいい加減自立しないと、と電話口で言った。その会話を、アマルは家庭用電話機の別の受話器でつい盗み聞きしてしまっていた。思わず電話を切り、母親からそんな言葉を聞いたショックでアマルは泣き崩れてしまった。

アマルの悲しみを癒してあげようと、父親はアマルを誘って美しい島へ一泊二日の旅行へ出かけた。そこでアマルのために盛大なパーティーを開き、沢山のアマルの友人を招待してあげた。アマルは喜んだ。しかし、心のどこかで、このパーティーに集まってきた女の子たちは、美味しい御馳走やプレゼントなど、物を目当てに集まってきているだけなんだわ、と自分に言い聞かせていた。

我にかえったアマルは父親に言った。

「パパ！　今日はね、私ソウルメイトを見つけたのよ」

「なんだいそれは？　新しいチャレンジか何かかい？」

「ちがうわ。私が心から幸せにしてあげたいと思える人に出会ったの。パパは知っているでしょ？　私の人生の目標を」

父親は、我が娘が清らかな心の持ち主であることに誇らしさと喜びを感じながら、アマルの隣に座ってその肩に手をかけ、言った。

「さあアマル、それはどんな子なのかな。パパに教えておくれ」

「その子は、みんなにコールド・アイって呼ばれているの。ひどいでしょ。私のことも〝よそ者〟だって言うの。みんな、その子のことをあれこれいうけれど、私は自分の目で確かめたいのよ。だって、遠くで噂だけをきいているときと、実際に親しく付き合ったときに見えてくるものは全然違うものでしょ。本当のことを言うとね、あの子に会いたくて、あの学校に決めたのよ。いままで秘密にしていたのだけれど」

「そんな理由でパパに転校の手続きをさせたのかい？　すっかりアマルにしてやられたな。その子はなんていう名前なんだい」

「サーラっていうの。まるで以前に会ったことがあるような気がするのよ。どこかで見たことのある顔なの」

「雑誌か何かの写真で見たんじゃないのかい？」

「どうかしら。とにかく、どこかで見た憶えがあるの」

「この街でも噂になっている子だね。パパもその子に会ってみたいよ」

「パパもそのうち会えるわ。でも、まず私が彼女の友達にならなくちゃ。簡単には心を開かない子だと思うけれど、いつか私に心を開いてくれるまで、私やってみる」

「彼女が心を開いてくれなかったらどうするんだい？」

「いいえ、いつかきっと、サーラは私に心を開いてくれるわ。きっとそう。信じているの」

アマルの純粋さに思わず父親は笑ってしまった。アマルは言った。

「パパ、馬鹿にしないで！　私は本気なの。本当にあの子と友達になりたいの」

「いや、悪い悪い。アマルがやりたいようにやるといいよ。もし、その計画に力仕事が必要だったらパパが手伝うからな……っていうのは冗談だけど、とにかく元気で頑張っておくれ」

「ええ、そうするわ。もう、しばらくはこの話はしないわね。それはそうとパパ、今日は新しいクラスのお友達の誕生日パーティーがあるんだって。私も行ってきてもいい？」

「もちろんだよ。プレゼントも用意してもっていきなさい」

一方のサーラは、祖母がきりもりする花屋の仕事の手伝いをしていた。花に水を与え、枝を整え、まるで我が子のように世話をする。彼女は花々を愛していた。その花の美しさに惹かれて花を買いに来る人もいれば、誕生日、ヴァレンタインデー、あるいは卒業式のお祝いのために買いに来る人もいる。祖母のマナールはほほ笑みながらサーラに言った。

「サーラ、いつもありがとうね。助かるよ」

「大丈夫よおばあちゃん。すべてはお金を稼ぐためだもの。花がバンバン売れさえすれば、どんな変な客だって気にしやしないわ」

笑いながらサーラは答えた。

「やめなさいサーラ、お客様にきこえてしまうよ……」

マナールお祖母さんが言った矢先に、若い男が入ってきて花を注文した。

「どちらのお花になさいますか」

「いま、君が持っているお花にするよ」

「かしこまりました」と言ってサーラは花を包んだ。花を渡して代金を受け取ろうとすると、その男は妙な触り方でサーラの体を撫で上げた。とっさにサーラはその男の頬をひっぱたいてやった。男は思わず地面に膝をついた。

「こんどふざけた真似をしたら、こんなんじゃ済まないからね！」

「なんて野蛮なガキだ。たまたま俺の手が当たっただけじゃないか」

「うるさい、さっさと出て行け！　このお店は今後出入り禁止よ」

男を追い出した後、息を切らしながらサーラは立ち上がると、両手で顔を覆って泣き出した。

「泣かないでサーラ……おばあちゃんが悪かったのよ。あんたみたいに綺麗な娘を、こんな小さなお店で働かせたりしたのが悪かったんだよ……。ひどい目に遭わせてごめんね。もうこんな店で働きたくないってお前が思うなら、もう働かなくていいんだよ」

「心配しないで、おばあちゃん。いつか私が、おばあちゃんをここから連れ出してあげる。大きな綺麗な家を買って、おばあちゃんをそこのマダムにしてあげる。おばあちゃんのお世話だってしてあげる。仕事は大切よ。生きるためにはお金がいるのだもの。大好きなおばあちゃんのためなら、なんだってできるわ」

店をたたんで帰宅した二人は、先ほどの嫌な客のことを忘れるために、家でささやかな御馳走をかこんだ。午後９時、時計の針を見ていたサーラにマナールお祖母さんが話しかけた。

「サーラ、何を考えているの？」

「別に。ちょっとぼうっとしていただけ。たいしたことじゃないの」

「何よ、隠し事しないでおばあちゃんに教えてちょうだい」

「本当にたいしたことじゃないのよ。それよりも、家をもう少し片付けましょ」

片付けを済ませたサーラは一人で屋上に上った。両手を頭の下に敷いて寝ころび、星空を眺めながら思った。

「ああ、ママ！　ママは一体いまどこにいるの？　とても会いたい……今日の夜空は晴れているけれど、ママも晴れ空は好きなのかな。この空を一緒に見ているのかな」

突然、サーラの携帯電話の着信音が鳴った。クラスメイトからの電話だった。

「ねえ、いまハイファの誕生日パーティーが超盛り上がってるところなのよ！　あんたもくれば？　アマルもついさっききてくれたところなの。すっごく素敵なプレゼントを持って！　とってもゴージャスだったわ。みんなで写真もとって、最高に楽しんでるところ！」

「用事はそれだけ？」と言ってサーラは電話を切った。

「偽善とお世辞まみれのパーティーね。アマルのプレゼントでみんな買収されちゃったってわけか」

お祖母さんが果物を皿に盛って屋上に上がってきた。皿を受け取ったサーラは、あの偽善者たちのパーティーにいるより、ここでこうしておばあちゃんと一緒にいるほうがはるかに楽しく、心が落ち着く、と考えた。そして、いまごろパーティーの花形になっているであろうアマルのことも少し考えた。

「ほら、また何か考えてる。何か気になることでもあったんじゃないかい？　さっきからずっと、上の空みたいに見えるよ」

「今日クラスに入ってきた、あのよそ者のことが気になるの……なんでこんなにあの子のことが気になるんだろう？　私もよくわからないの。あの子がそばにきてくれたとき、不思議と心が落ち着いて、なんだか幸せな気持ちになったんだ。まるでおばあちゃんと一緒にいるときみたいに」とアマルは戸惑いながら言った。

「ついに、アマルは私以外の人に心を開くようになったんだね」

「誰にでも心を開くってわけじゃないよ。おばあちゃんは、私のことを損得勘定抜きで愛してくれるでしょ。他のひとはそうじゃないもの。あいつらが見てるのは、私が何かの役にたつかどうかだけ。そんなことで近寄ってくるやつは嫌いなの」

「マージドだって、お前のことを愛しているんだよ」

「おばあちゃんはいつもマージドの肩を持つけど……あの人、何かが私をいらだたせるの。私は苦手だわ」

「なるほど。じゃあ、そのアマルって子はいったいどうなんだい？」

「わからない。でも、なぜだか以前に会ったことがあるような気がするの。今日会ったばかりだというのに」

「そういうことってあるかもしれないね。会ったばかりなのに、ずっと前から知っているような気持ちになる。それが、人を好きになるっていうことかもしれないね」

「私の心って、ずっと虚しさや怖れでいっぱいなんだ……。今まで生きてきた時間があるはずなのに。記憶もあやふやだし、自分の子供のころのことは何もしらない。アマルは、もしかしたら、過去のどこかであったことがあるのかもしれない。神さまが、私に送り込んでくれた子なのかも」

「お前は、私と一緒にくらすようになってからずっと、妹が欲しいっていっていたよね。アマルはもしかしたらお前の妹なのかもしれないね」

「……何もわからないよ。ちょっと外の空気を吸ってくる。おばあちゃん、果物美味しかったよ」

サーラはマナールお祖母さんの手にキスをした。

「お前の心を溶かしてくれるような友達が、お前には必要なんだね。信じることができて、心を温めてくれて、そして傷を癒してくれる本当の友達が。ただお前に近づきたいだけじゃなくて、お前の苦しみを理解してくれる本当の友達が……」

サーラはバックパックを背負って自転車に乗った。賑やかな商店街に立ち寄って祖母のために買い物をし、ハイファの家に向かった。

家の前に立つと、まぶしいライトや騒がしい音楽が扉の向こうから漏れていた。初老の執事がドアを開けてサーラを迎え入れ、笑顔で中へと案内してくれた。飲み物が出され、「どうぞごゆっくりしていってください」と言い残して執事は退出した。言われるがままに来てはみたものの、居心地の悪さを感じたサーラは、やはり帰ろうと思った、そのとき、クラスメイトの一人に腕を掴まえられてしまった。

「やっときたのサーラ、遅いわよ。まだバースデーケーキを切らずにまっていたところよ。さあこっちに来て」

「私、もう帰らないと……」

右手の方に目をやると、ちょうど別の部屋からアマルが入ってきたところだった。アマルは喜びと優しさに満ちた目でサーラを見たが、サーラは気にもかけないそぶりだった。

「あのよそ者に、みんなお金で買われちゃったんじゃない？」と、腕を掴んだ少女に言って意地悪く笑った。アマルは下を向いてしまった。

みんなが見つめる中、サーラが階段を降りていくと、ホダーが階段の下で待っていてサーラに言った。

「ようこそ、上流階級のパーティーに来るなんて初めてのことでしょ。いったいどうしたの？　気でも変わったの？　あんたがあたまのてっぺんまで浸かってる貧乏生活から抜け出すために、お金持ちとお近づきになろうとでも思ったのかしら？」

サーラがホダーに掴みかかろうとすると、何人かのクラスメイトがホダーをかばうように立ちはだかった。

「手出しはさせないよ。ここにいるみんな、あんたの敵なんだからね」

「今日だけは大目にみてやるわ。こんなクソみたいな場所で、あんたたちが喜んでいるのを邪魔したくないからね」

サーラは後ずさりしながら言った。

「またどうせすぐに会うわ。そのときは覚悟しておいてね」とホダーは言った。

「どうぞ。あんたなんかにやられやしないわ、ホダー」

パーティーを抜け出すと、サーラは深呼吸をして自転車に乗った。ハイファの家の屋上を見上げると、アマルが泣いているのが見えた。泣かせたのは自分だろうか、とサーラは胸が痛んだ。

「もうそんなに泣くのはよして。すべてあんたのパパがお金で解決してくれるわよ。気にしないことね」

アマルは恨みのこもったような眼でサーラをにらんで、屋上から降りて行った。パーティーに参加していたクラスメイトたちは、アマルが怒ったような表情で階段をずんずん降りて行くのを見て、何が起きたのかを知ろうとしたが、アマルは彼女たちを無視して玄関へと向かった。玄関の扉をあけると、そこにサーラがいた。

サーラは自転車から降りてアマルに笑顔を見せたが、アマルはサーラに詰め寄った。

「あなた、私が想像していたよりずっと失礼な人だわ。でもいいの。いつかあなたのその傲慢さを私が変えてみせるから……！　人の気持ちを思いやるってことを、あなたは教わってこなかったの？」

「あんたたちみたいな人間には、人の痛みってものがわからないんだから、徹底的に無礼でお返ししないとだめなんだよ」とサーラは冷たく言った。

「まだ出会ったばかりなのに、なぜ私がそんな人間だって決めつけるのよ」

「そんなの見ればわかることよ。あなたもお馬鹿なお金持ちのお嬢様の一味でしょ。金ぴかの見えっぱりで、偽善者で、嘘つきで、庶民から盗んだ金でビロードのコートを羽織っているのよ」とアマルを上から下までなめるように見ながら言った。そしてアマルの耳元で「あんたによくお似合いよ」とささやいた。

アマルの目から涙が溢れてきた。怒りに満ちた目でアマルはサーラを見つめ、思わずサーラの肩をぶって立ち去った。アマルはお抱え運転手の車に乗り込み、家に向かうよう頼んだ。車がサーラの横を通り過ぎるとき、サーラはまるで獲物を仕留めた狩人のような眼でアマルを見つめていた。

疲れ果てたアマルは父親に電話をして、息苦しさを訴えた。アマルの父親はすぐ病院にいくよう命じ、アマルが病院に運ばれた後に自らも病院に出向いて、待合室でかかりつけの医師がでてくるのを待った。

「お嬢様はいくつかの検査が必要ですね。もうすこし健康に留意していただかないと。最後の検診から、ずっとおいでいただくのを待っていたのですが、ずいぶん間が空いてしまいましたね」

「申し訳ない。あの子は頑固で、健康なんかよりも大切なことがあると言ってきかないんです。検査も注射ももうこりごりだと。何も楽しいことがない人生なんてまっぴら、もう好きなように生きたいんだと言うんです。私も、娘が悲しんでいる姿をみたくなくて、つい……」

「本当にお嬢様のことを愛していらっしゃるならば、なおさら病院に連れてきてくださらねばなりません。少しでも長く、お嬢様と一緒にいられるようにするためです」

一時間ほど病院で休んだ後、アマルは車で家に向かった。帰りの車の中で、父親はできるだけ無理をしないようにと娘に言い聞かせた。

「さ、ベッドまで連れて行くよ。この頑固者のおじょうさま」

「お父さん、すごく眠いの……」

アマルは父親の肩に頭を寄せて、疲労のあまり深く眠ってしまった。アマルを起こさないようにそっとベッドに運んだ父親は、部屋を出たあと、海外にいるアマルの母親に、一刻も早く帰宅するように電話をかけた。

「いま、すごく大切なプロジェクトを抱えているのよ。いますぐ帰るなんて無理にきまっているでしょ」

「アマルはお前を必要としているんだぞ。それなのにお前はヨーロッパ中をふらついて。すぐに帰ってこれないのなら離婚も考える。アマルは今が一番難しい年頃なんだ。母親ならそのことをもっと考えてやれないのか」と父親はさけんだ。

「仕方ないでしょ。仕事なのよ。あなただって親なんだから、あなたがアマルの面倒をみればすむことでしょう」

と言ってアマルの母親は電話を切った。

アマルの父親は椅子に座り込んで泣いた。母親のことを一言も悪く言わず、責めることもなく堪えてきた娘がなんでこんな仕打ちをうけなくてはならないのだろうと思った。二階からアマルの声が聞こえて、父親が立ち上がるとアマルが階段からおりてくるのが見えた。

「お母さんと話しているのを聞いたわ。これまでも何度も聞いていたの。私は大丈夫。私には、お父さんさえいてくれればいいの。もう、お母さんに連絡をするのはやめて、お父さん。お母さんも私のことを思う気持ちはあるんだと思うけれど、お母さん自身がまだよくそれをわかっていないんだと思う。私には、お父さんさえいればいいの」

アマルは父親にしがみついた。

まだ母親に愛されているという希望を捨てきれないでいる娘の言葉に思わず泣きだしそうになったが、父親は涙を抑えてアマルに笑顔を向けた。

「アマル、週末にお父さんと旅行に行こう。例の新しいお友達を誘ってもいいよ。そのためにも、今は薬を飲んで、ベッドでゆっくりお休み。いいかい、週末だよ。わすれないでね」

アマルは父親の提案に喜び、ベッドにもぐりこんでサーラのことを思い浮かべた。サーラの言った言葉が蘇ってきた。本当に、自分の父親の仕事はサーラが言うような腐敗した職業で、稼いでいる金はサーラの言うような汚れた金なのだろうかと考え込んだ。

「……いや、そんなはずはないわ！　あんなに優しいお父さんだもの。そんな卑しい泥棒みたいな真似をお父さんがするはずがないじゃない」

心の中の言葉とは裏腹に、胸が激しく動悸していた。

一方でサーラはテレビのニュース番組を眺めながら、お祖母さんに言った。

「おばあちゃん！　もうすぐドラマがはじまる時間よー！」

お祖母さんは一人でドラマを見ることは決してない。お祖母さんにとって、サーラの隣でドラマを見るのが何よりの楽しみだった。

ドラマの前のニュース番組では、レポーターが非合法ビジネスや誘拐、人身売買などについて語っていた。その報道の後、レポーターは久しぶりにアムステルダムに帰還した男性について話題を移した。その男性の名前が読み上げられるのを聴くと、サーラはテレビのリモコンを手にしてテレビの音量を上げた。そこへお祖母さんがやってきて隣に座った。

「どうしたんだい、サーラ。何を見ているの」

テレビの画面に気づくと、お祖母さんは素早くリモコンを取ってテレビの電源を切った。

「どうして切っちゃうの？　見せてよ」

「おかしなニュースだよ。サーラには関係ないし、見なくていいよ」

「さっき男の人がテレビに映っていたでしょ。あの人だれだろう？　なんだかどこかで会ったような気がするんだけど、思い出せないの」

「よくテレビに出てる有名人だからでしょう。見たことがあってあたりまえだよ」

お祖母さんは何でもないという風に言って果物を切りはじめた。

「なるほどね」

サーラは果物ナイフを持つお祖母さんの手が震えていることに気がついた。

「どうしたのおばあちゃん？　なんだかおかしいよ」

「なんだか具合が悪いみたいだよ……悪いけどサーラ、代わりに切ってくれるかい」

「うん、もちろんよ。おばあちゃんは休んでいて。あとでお水を持っていくから」

お祖母さんはベッドに横たわるなり、部屋に閉じこもったままになってしまった。心配したサーラは往診の医者を呼んだ。

「私はちょっと疲れていただけなんです。あの子には何も言わないで、心配させないでください」とお祖母さんは医者に頼んだ。

診察を終えた医者はサーラに言った。

「疲れが出たようですが、大したことはありませんよ。安静になさっていれば大丈夫です」

医師を玄関まで見送ってきたサーラは、お祖母さんがキッチンに入ろうとしているのを見つけた。お祖母さんの両肩を掴まえてサーラは言った。

「どこへ行くの、おばあちゃん？　ベッドにもどらなきゃ。お医者様が、安静にしていなさいって言っていたよ。今日は家事も仕事もしないで。私が食べ物を買ってくるから、何も作らなくていいよ」

サーラはお祖母さんをベッドに連れ戻し、毛布を掛け、部屋の窓も開けてやった。

「気持ちいい風ね。最高においしいものを買ってくるよ。すぐ戻ってくるから待っててね」

外出の支度をしているサーラを見つめながら、お祖母さんは独り言をつぶやいた。

「いったいいつまで、私はあの子に隠し通せるだろう？　隠しているものが大きすぎる……あの子を失うのが怖くてたまらない……。あの子はもう何でも理解できる歳になった。誰か私の代わりに、あの子の痛々しい過去を教えてやってくれないだろうか。でも、あの子が自分の過去を知ったとき、きっと私のことを許してはくれないだろう……。ああ、いったいどうすればいいの……！」

サーラは市場に出かけた。お祖母さんが喜びそうな食べ物を探していると、道路の向こう側にアマルの姿を見つけた。アマルは幸せそうな少女の手を引いて店に入っていった。サーラは、あれはアマルの妹さんだろうかと考えた。数分後、店から出てきたアマルはその少女にお菓子と飲み物と鞄を手渡した。サーラに気づいたアマルは、道路の反対側からサーラにほほ笑みを送ったが、サーラはいつも通りそれを冷たく無視した。少女は言った。

「あ、あの人が、アマルが孤児院で話してくれた例のおねえさん？」

「そうよ、ラマ。でもちょっとプライドが高い子なの」

「ねえサーラ！　アマルがあなたのことを、プライドが高すぎる謎の女の子だって言ってるよ」

ラマは大声で叫んだ。

アマルは慌ててラマの口を手で塞ごうとした。サーラが道路を渡ってこちらに向かってくるのを見て、アマルは焦った。

「何とでも好きなように言えばいいわよ。気にもしてないから」

サーラは二人の前で立ち止まって言った。

「変なことを言ってごめんなさい。ただ、あなたのことが嫌いとか、そういう意味じゃなかったの。あなたのキャラクターについてお話していただけなのよ」

アマルは申し訳なく思って、すぐさまサーラに謝罪した。

「謝る必要なんてないよ」

「どうして口喧嘩してるの？」

ラマは尋ねてサーラの手を握った。

「あ、冷たい手ね！　アマルの手とはずいぶん違うわ。サーラ、あなたも一緒に次のお店に行く？」

「あっちの店にしよう」

アマルは遠くの店を指して言った。

「こっちの店でも同じものを売ってるよ。なぜわざわざ、あんな遠いところに行くの？」

サーラは聞いた。

「私が小さいころ、お父さんが私に教えてくれたの。街で商売をする人がみんなうまく回るように、一つの店を依怙贔屓《えこひいき》せずに、全ての店が儲かるようにしなさいって。だから、いつも違う店で買うようにしてるのよ」

突然、サーラの目に涙がこみあげてきた。なんとかそれを押しとどめて、サーラは言った。

「今日は帰る。それじゃ」

そのままサーラは二人の前から立ち去った。

「どうしたのかしら、サーラ……突然、顔色も声もかわってしまったわ」

「ラマが何か怒らせることを言ったの？」

「そんなことはないわ。行きましょ。遅れちゃう」

サーラは悲しみでいっぱいだった。

「お父さん。アマルと違って私、お父さんのことはほとんどなにも憶えていないんだ。どうして、何も思い出せないんだろう」

サーラの手首は光を帯びていた。手首の中には水晶のような球が輝き、血管が鮮やかに赤く浮き出していた。

帰宅したサーラは、お祖母さんがモップで床掃除をしているのを見つけた。買い物袋を床に置き、お祖母さんの使っていたモップを取り上げていった。

「今日は一日安静だって、お医者様に言われたでしょ。どうしてお掃除なんてしてるのよ」

お祖母さんはサーラの手首に真っ赤な血管が浮き出しているのを見た。

「何かあったのかい、サーラ」

「特に何もないわ。買い物の途中でアマルにばったり会っただけ」

「アマルが何か、お前を怒らせるようなことを言ったのかい？」

「自分の父親の話をしただけよ。でもそれが私には耐えられなかった。私と違って、あの子にはお父さんとの思い出がたくさんある。それなのに私には何もない。それが悔しくて、妬《ねた》ましくて……」

サーラはお祖母さんに背中を向けて話した。お祖母さんは後ろからサーラを抱きしめて泣きだした。

「お前は両親の優しさに飢えているんだね。お前は何もわるくないよ、当然の気持ちだよ」

振り向いたサーラはお祖母さんの涙を見て言った。

「おばあちゃん、なぜ泣いているの？　どうか泣かないで。おばあちゃんのせいじゃないんだから」

「許しておくれ、サーラ。どうか私を見捨てないでおくれ」

「おばあちゃんを見捨てたりするわけないでしょ。絶対にないよ。おばあちゃんのためなら、私何だってしてあげるんだから。ねえ、おばあちゃん、膝枕をして。私がちいさいとき、よく膝枕をしてくれてたでしょ。あんな風にしてちょうだい。子供の頃からこうしてあやしてくれたね」

　アマルはラマを彼女が住む孤児院の部屋まで送っていった。

「必ずまた訪ねてきてね」とラマは言った。

「頼まれなくたって必ず来るわ。当たり前じゃない。私はあなたのお姉さんなんだから」

「お姉さん、大好き！　アムステルダムに引っ越してきてくれて嬉しいわ。これからはいつでもね！」ラマは走っていってぎゅっと抱きしめた。

「もちろんよ！　もういやと言われるほどに遊びに来るわ」

「いやなんて言うわけないでしょう！　あなたは私の幸せそのものだもん」

　一瞬アマルの頭にサーラのことが浮かんできた。ラマを悲しませたらいけないので気になった。

「ねえ、ラマ、私もういかなくちゃ。パパが心配性だから」と言って、頬っぺたにキスをした。

　翌日、全ての夢や希望が叶うという気持ちで人々は目覚めた。神様《アッラー》を信じる人にとって明日を信じることこそが信仰であり、大切なのは心からほほ笑むこと。そんな朝であった。

　サーラは出かける前にお祖母さんの手からリンゴを取り、彼女のひたいにキスをした。外は激しく雨が降っていて、雨音に全てがかき消される中でアマルとサーラは並んで信号待ちしていた。アマルが先に学校に着き、教室に入ろうとした時、ホダーに呼び止められた。

「アマル、おはよう。ちょっといいですか」

「おはよう。ホダー」

「なぜアマルは私たちの学校に来ることにしたの？　あと、わざわざサーラのいるクラスにしたのもなぜ？」

「それは答えなきゃいけない？」

「うん、お願い」

「とっても個人的な理由なの」

「サーラが関係しているんでしょう！」とホダーは横柄に言った。

「お好きに解釈してちょうだい」

アマルが前に現れたサーラの方を見た。

「あっ、お嬢さま参上だわ。どうぞ彼女のところに行きなさいよ。また会うわ」

アマルは教室に入り、席に着いた。

授業が始まって、女教師が課題を説明しはじめた。アマルは昨日のことを謝りたくてサーラをじっと見つめた。

「そんなに見られると私の顔に穴が空くよ。厳しい目で見るのはよして」とサーラは先生の説明を書き取りながら小さな声で言った。

「あ！　ごめんなさい……！　昨日のことが申し訳なくて……」とアマルは恥ずかしそうに言った。

「そんなの、何とも思っていないわ」

「ううん、あなたの心を傷つける発言をしたんじゃないかと思って……」

そこでサーラは突然アマルの方を向いて脚を蹴った。

「痛い？」

「少しだけ！」

「それと同じよ！　少し痛んでもやがて消える」

すると先生がアマルに対して言った。

「アマル！　さっきから授業が始まってからずっとよそ見ばっかりしている。こっちへ来なさい。罰として黒板に〝申し訳ありません〟を100回以上書くこと！　他の子は続けて私の言うことを書き取りなさい」

アマルは黒板の前に立って、書き始めた。一方でサーラはまた手首が燃えるほど痒くなったので、ガーゼを巻いた。

授業が終わるとサーラはトイレへ急いで手首を冷たい水で洗い流してまた包帯を巻いた。突然ホダーが入ってきた。

「何を隠しているのよ！　厄介な人ね。いつも問題に巻き込まれ、学校に迷惑をかけるのね。まだ誘拐事件は解決されてもいないのに今度はあなたの番？」

サーラは痛みが少し治まるのを待って言った。

「あなたが言うように学校はあなたが辞めて海外にでも行ってくれれば、学校はきっと助かるでしょうね！　麻薬売買で評判が悪いお父さんだけでたくさんだけど……」

ホダーは怒り狂ってサーラを叩こうと襲いかかったが、サーラはそれをかわした。

「指一本でも触ることができると思ったら大間違いよ！　私をそこらの人と一緒にしないで！　どいて！　教室に戻るわ」

サーラが怒り心頭のホダーをおいて教室に向かった。ホダーはトイレのドアーの前に立って呟いた。

「あのやろう！」

「懲らしめてやった？」とホダーの友達は尋ねた。

「いつも逃げやがって」

サーラは昼ご飯を食べに食堂に行った。水やフルーツだけをもくもくと食べていた。今日のサーラはいつもと違い、女子たちに囲まれてもくもくと黙って食べ続けていたので、アマルもみんなも不思議そうに彼女を見ていた。いつも喧嘩を吹っかける女子さえを無視して、食べ終わるなり食堂を出て行った。午後の授業が始まると教師は「明日はみんなでアムステルダム国立美術館に行きます。準備しておいてください」と伝えた。

一人の女子は「私はそんなに美術館が好きじゃない」と言った。しかしアマルは喜んでいた。それを見たサーラは頬杖をしながら言った。

「そんなに嬉しいの？」

「うん、私は美術館大好き！　あの……」と言いかけて黙った。

「何？」

「何でもないわ！　サーラに言ったら妬《や》かれるかもしれないから、やめておく！」

「誰も妬かないわよ！」とサーラはアマルに財布を投げつけながら言った。その後、教師に向かって大きな声で言った。

「先生、すみません。やっぱり行きたくないです」

「いいえ、行きなさい。行かなかったら、減点します」

サーラは目を閉じて、机に頬を付けながらぼやいた。アマルはそんなサーラをじっと見ていた。

「見ないで！　妬まれたら嫌だから」

アマルはほほ笑み、手元の本を読むふりをした。

授業が終わるとアマルはサーラが聞いている前で皆に大きな声で言った。

「今週末に皆さんを私のパパと一緒に旅行へ招待したいの。行き先は、この街のアーイ湖の海岸よ。みんなでバーベキューしたり遊んだりしましょう」

サーラはアマルの方に一旦振り向いて、何も言わず静かに去って行った。アマルはサーラを追いかけてサーラの左手を掴んだ。

「何よ？」

「パパの旅行に参加してほしいの！　お願い！」

「行きたくないわ！　前のことから学ばなかったの⁉」

「まだ時間はあるわ。ゆっくり考えて。参加する気になったら教えて」

鞄から出したノートに挟んであった一枚の紙をサーラに渡してアマルは立ち去った。サーラはこの光景には覚えがあった。しかし思い出せない。アマルも少し立ち止まって、立ち竦《すく》んだサーラを見て頭に何かが浮かんできた。しかし何だったかさっぱりわからなかった。

サーラは帰宅後、お祖母さんが掃除するのを手伝った後、お店の手伝いに行った。そこでメモ用紙のことを思い出した。お祖母さんが、あのノートを近所の女子がしばらく借りたいというので貸したと言っていたのも思い出した。サーラは「ちょっと出かけてすぐ戻る！」とお祖母さんに伝えた。

近所にたまに孫たちが遊びに来てもらうのを楽しみにしている70代の老婆が7匹の猫と暮らしている。サーラは動物が好きではないし、触れるのも嫌いだ。孫たちもいつも騒がしいので、そのご近所さんの老婆のことも好きではない。

サーラはベルを鳴らしたが、誰も出なかった。15分ぐらい待っていると、外から帰ってきた女の子がノートを右手に持っていた。サーラはノートを見た瞬間にそれを奪った。中を調べたが、メモ用紙は入っていなかった。

「ここにあったメモ用紙は？」

「何のこと？　何も入っていなかった」と怯えながら女の子が答えた。

「あのね‼　そのメモ用紙はなかったら、絶対に許さないよ」

「本当よ！　そんなの入っていなかった。どうぞ家に入って好きなだけ見てよ！」

「こんな家、入りたくないよ！　あんたが入って、捜してきなさい！　私は玄関先で待っているから」

女の子は隅々まで捜したが、何も見つからなかった。サーラのところへ戻って、怯えながら言った。

「ノートには何もメモ用紙はなかったよ！　本当よ」

「じゃ、お祖母さんに聞いてみなさいよ」

この会話を聞いていた老婆が出てきた。サーラに向かって言った。

「ちょっとあんた。あなたの人生は波乱万丈だ。気をつけなさいよ」

「何あんた。先のことがわかるとでもいうの？」とサーラは怒った調子で言う。

「いいえ、でもそれはあなたの顔に書いてあるのよ。目が深い海のようで先が見えない。時には穏やかで時には嵐のように荒れるような、そんな海だよ。何もかも根こそぎにしてしまう運命だよ」

それを聞いたサーラは恐ろしく感じて、後退《あとずさ》り、走って逃げてしまった。

「なぜ怖がらせたの？」と孫は老婆に聞いた。

「それはサーラが知るべき事実だからだよ。あの子は、私のことがあまり好きじゃないと知っているけれど、私はあの子に同情する。これから起きることに神様《アッラー》のご加護がありますように！」

喘《あえ》ぎながら店に戻ってきたサーラは、椅子に座った。お祖母さんが水を出してくれた。

「一体どうしたの？」

「大事なメモ用紙を捜しているのに、見つからないの。失くしたかもしれない！　きっとあの女の子が失くしたんだよ」

するとお祖母さんがお財布から何かを出した。

「これ？」

「あっ。これよ！」

サーラはそれを手にするとびしょびしょだと気づいた。

「ごめんね。濡らしちゃったみたい」

「ううん、大したことじゃないよ。中身を読む運命はもともとなかったということね。ま、いいか！」と言って、ポケットにしまった。お祖母さんが鞄を開けると、お水のボトルがしっかり閉まっていなかったので、紙切れがびしょびしょになってしまったことがわかった。帰宅すると、すぐに紙切れを乾かそうとアイロンをかけてみたが、それを見たお祖母さんは笑いながら言った。

「どうしたの？　必死になって。この手紙は友達からなの？　それとも彼氏？」

「どちらでもないよ。ただ好奇心でこうしているだけ」

恥ずかしそうにサーラは座りながら言った。

「じゃあ、内容を教えてあげる！　しまっておく前によく読んだので」

「何が書いてあったか教えて！　お願い！」とサーラが跳ぶようにお祖母さんのところへ駆けてきた。

「わかった。教えてあげる。内容は旅行の招待状だったよ。それに住所も電話番号も日時も書いてあったわ。行くの？」

「考えてみる！」

お祖母さんはサーラの携帯電話を手に取ってアマルの電話番号を登録した。

「電話番号はいらないよ！」

「万が一、いる日が来るかもよ！　アマルは気が合う真の友人だと思うわ」

「友情なんていらないわ！　自由は最高だ！　おばあちゃん以外は誰もいらないよ」

「友人は午前四時にでも電話をかけられるものだ！」

「説得しようとしても無駄だよ！　特に友情に関する文学者の文句なんて私には響かないの！　それに感動するのはナイーブな人だけ。あっごめん。おばあちゃんのことを言っているんじゃないの」

「いつかわかる日が来るわ！　この店を賭けてもいい。アマルはいつかきっとあなたの心を開いてくれる」

「おばあちゃんは大丈夫なの？　具合でも悪くなったんじゃない。他人をそんなに信じちゃってはいけないよ」

「アマルとの関係はどうなるかは楽しみだね」

「ごめん。おばあちゃん、私はそろそろ寝ないと」

サーラは自分の部屋のドアを閉めるやいなや、うきうきした気分になって、心の中で呟いた。

「いやだ！　自分が誰かに好奇心を抱くなんて！　しかもあの馬鹿なアマルに」

翌日は寒い朝だった。空も少し曇り空で、しめった風が心を慰めるように優しく吹いていた。

サーラは学校に行くために、いつものコートを着た。街の天気予報によると一時間以内に悪天気になり大雨になるとのことだった。お祖母さんには家を出ないで店を休むようにと注意したが、自分は傘を持たず出かけた。

途中で傘を思い出したが、後10分で授業が始まるので、取りに帰る余裕がなかった。サーラは女学生が窓際で空を見ているのを嫌な気持ちで見ていた。アマルも窓際で女学生と嬉しそうに空を見ていた。

「雨って本当にきれい！　恵みの雨だよ。苦しみの後には必ず幸せがやってくるという希望を与えてくれるわ」

「本当かなあ！　いったい誰がそんなことを決めたの？」

「雨は神様の最高の恵みの一つだと思うわ。まだそれに恵まれていない人もいるもの！　そういう人たちが幸せにならないわけはないでしょう」とアマルはサーラのひねくれた発言に対して言った。

サーラはふと、このような雨の話をいつか誰かとしたのを思い出して、急にドキドキして立ち竦んだ。見ると、アマルが雨の中で、指を動かしていた。彼女の表情は前にどこかで会った誰かのことを思い出させたが、ぼやけたような感じで誰だか思い出せない。例の紙切れを手に取って、頭に浮かんだ様子を描こうとしたが、無駄だった。

どこから始めたらいいかわからない。女学生の一人が雷の音に驚いた。

アマルがサーラの方を見ると、表情が怖くて、震えながら汗をかいていて、かわいそうに見えたので、慰めるように後ろからサーラの肩に手を置いて抱きしめながら両手でサーラの目を覆ってささやいた。

「ちょっと落ち着いてね！」

サーラが激しくため息をつきながら、アマルの手を退けて振り向いた。

「支えはいらない。助けもいらない。追いかけるのもいい加減にやめて」

教師が教室に入り、アマルが自分の席に着き、雨が怖いほど激しく降っている。道路が冠水しているし、天気予報では外出を自粛するように呼び掛けていたので、学校は女子学生に雨がやむまで帰らないように命じた。そしたら学校では停電になったので、美術館への課外授業が延期となった。4限目が終わって雨は少し弱くなった。校長は嵐がまた吹くかもしれないので、学生たちにこの悪天気で無茶しないで帰宅するようにと言った。

サーラの手首がまたも痛くなった。

「神様！　お願い。助けて。今はまずい」とサーラは手首を強く押さえながら小声で呟いていた。

「痛いところがあるの？」とアマルは尋ねた。

「私を見ないで、自分のことを考えて。こっちを見ないで」とサーラが神経質そうに言った。

押さえるのをやめると出血していたので、サーラは立ち上がって、教室を出た。女子学生はみんな帰宅しようとするところだったがサーラのことを心配したアマルだけが残った。床を見ると血痕が付いていてアマルはハンカチで拭いた。数分後、まるで何もなかったかのようにサーラは少し真っ青な顔で戻り、帰宅する準備をするとアマルは言った。

「大丈夫？　一緒に帰ろうか！」

「お願いだからほっといてよ！　助けなんかいらない。女子学生全員が私を怖がっているのに、あなただけが日に日に頑固さが増してくる！」

「手首から出血しているよ。病気なの？」

「訊かれる筋合いはないので訊くな。わかった？」

二人はふと右側を見るとホダーが友達と話していた。

「みんなが帰ったのに、二人だけ残って……。内緒話でもしているの？」

「機嫌が悪いので、一言でも言ったら、許さない！」

「気が荒いね！」

ホダーの友達は笑いながら言った。

ホダーがアマルに言った。

「嵐が激しくならないうちに帰宅しないと病気になるよ。またこの野生の猫とつるんだらお父さんに怒られてしまうよ」

「その通りよ。お父さんに怒られるので、気をつけて早く帰ってよ！　私は私のことをするから」とサーラはアマルの顔を見ながら言った。

「わかった。ホダー！　優しい心遣いありがとう」とアマルは言った。

帰宅したサーラは、着替えてお祖母さんのところへ行った。

「お帰りなさい！」

「いったいいつまでこんな嫌な天気が続くの！　雨が大嫌い！　湾岸諸国でも引っ越したいわ！　あっちでは暖かくて雨もたまにしか降らない」

「あっちこそが雨降りを願っている。サーラがあっちへ行ったら雨が降るかもね」

「おばあちゃん、ふざけないで！　今マジで怒っているよ」

お祖母さんは軽くサーラの頭を叩いた。サーラはテーブルの上に置いてあった新聞を手に取って大見出しを読み始めた。

「誘拐や遺跡を盗まれる事件が多くなったわね！」

「え？　見せて。それより誰がこの新聞を持ってきたの」とお祖母さんは訊いた。

「知らない」

突然、マージドがサーラの部屋の向こうの部屋から現れた。

「僕が持ってきた」

「びっくりした！　驚かさないで！　いつからここにいるの？」

「早朝に来て、合鍵持っているから、ちょっと仮眠させてもらった」

「嫌なやつ」

「さっきの話だけど、誘拐事件が増え始めて、大半は少女だ。何のためでどこに連れて行かれるかは不明だ」

「興味津々ね」

「あっ！　サーラが焼きもちを焼いている」

「焼きもち？　バカなんじゃないの？　お願いだから黙ってくれる？　記事を読みたいから」

「簡単に教えるよ！」

マージドが手にしている新聞をじっと見ているお祖母さんを見た。サーラが部屋に行ってドアを閉めた途端に、マージドはお祖母さんをキッチンへ連れて行き尋ねた。

「どうしたのか教えてください。新聞を持ってくるたびにお祖母さんに燃やされる。こうしてサーラが今後一切新聞を読まないとでも思っているの？　それを読ませて勉強させてください。世の中のことを知ってほしくない理由とかがあるのかなぁ！」

「黙って！　今後一切新聞を持ってこないで！　私はサーラのことをよく知っている。新聞はあまり読まない。

政治にも興味ないし、スポーツ以外は何も興味ない人だから、わざとらしいやり方をやめなさい」

「リビングで置き忘れただけ！　わざとじゃない。誓う！　こんなに早く帰ってくるとは思っていなかったんだ！

それより新聞がどうしたのか教えてください」

「教えない。さあ行きなさい」

「わかった。街で仕事があるので、行ってくる」

「怪しいわね。ぱっと現れて、ぱっと姿を消す！　何を隠しているの？　マージド！」

「農家には常に高度な機器が必要で、僕は科学進歩で開発されたものを使って収穫が増えるように自分の畑を豊かにするのが好き。それだけ」

「わかった。それはもう二度とはしないでね」

翌朝になってみんなは美術館に行くのが楽しみで好奇心が溢れている。女学生が二人ずつ手を繋いだままバスに乗った。サーラは一人ぼっちで座ったが、アマルは小説を読み始めた女学生と一緒に座った。アマルはカメラを取り出して、女学生に向けた。

「はーい、記念写真を撮るわ！」

それを見たサーラは尋ねた。

「あなたは想い出が好きなの？」

「ええ！　楽しい方だけ。悲しい方はどこかにわざと置き忘れる。また思い出したくない。写真撮ろうか？」

サーラがカメラのレンズを手で覆った。

「いや、結構！」

「記念なので、笑顔で！」と勝手に撮った。

「サーラは読書が好きなの？」

「そうね、それがどうしたの？」

「ううん、でも読書って何がいいの？」

「人がいらないし、静けさと心の落ち着きを感じる」

二人とも前にこんな話をした気がした。アマルがため息をついて言った。

「なるほど。友人と一緒と時間を過ごすよりもいい？」

「ええ、誰よりも良くて、友情はそこまで興味がなくて、信じないもの」

「いつか友情が自分の人生をよくしたものだと認める日が来るわ」

「あなたかわいそうだね！　愛や忠誠の時代と思っている？」とサーラはアマルに皮肉っぽく言った。

「そうね、誰だって愛情を持ち合わせているけど、それは皆と共有すべきよね。他人を思ったり、愛したりしない人は人間とは呼べないわ。この世は儚くて、いつか必ず死ぬんだから、皆お互いに愛を持って接して、それを誇りに思って生きて行かなきゃ」

サーラは後ろを見た。到着したようなのでバスが止まった。鞄の中に本をしまって席を立った。

「やっとこのつまらない会話から解放。どいてちょうだい」

「アマル！　到着しましたよ。降りないのですか？」と先生は言った。

「はい、降ります。すみません」

全員が降りてから二班に分かれて、アマルは女学生と一緒にいて、好きなシーンにシャッターを切っていた。

「あ〜、全然変わっていない。豪華な美術館が大好きだ」とアマルは言いながら、女子たちとあちこちでシャッターを切っていたが、サーラは一人行動してメモを取りながら歩いていた。

ある絵画を見て、数年前に同じ場所で見たのを思い出した。絵画の前で釘付けになって絵画に触れようとしているサーラを遠くからズームで写真に撮っているアマルは近づいてきた。アマルは、ここであの子と出会ったと心の中で呟いた。目を閉じてその子の表情を浮かべようと思ったができなかった。

「ここに来たことがある？」とアマルはサーラに訊いた。

「知らないけど、この絵画を見たことがある気がして……」

その子の名はアマルだったけど、でもこの子はサーラという、とまたアマルは心の中で思った。

「私の想い出は全部消えた。そもそも楽しい想い出だったかどうかは知らない」

帰りのバスで本に夢中でむさぼるように読んでいるサーラをアマルはじっと見ていた。

「じっと見ないでくれる。ちょっと嫌だから」とサーラは言って、本から視線を変えアマルを見て付け加えた。

「言っている意味がわかる？　私にくっつかないで！　私は友達にならない。心が閉ざされた人だから、優しくするのもやめて！　誰も信じないから」

「神様《アッラー》は人を他人の助けなどになるように造った。私はあなたと一緒になる運命だと信じている。そのために2回巡り合っているが、今回は見逃さない」とアマルが苦笑いで言った。

「名前が違うが、以前に会った子かどうか確認しなきゃ！」とアマルは心の中で思った。

サーラはアマルのしつこさに呆れ、アマルの左腕を掴まえて強く引っ張った。

「あのね、これだけ憶えておいて。私は自分の世界に誰かが入るのを許さない。私は誰も耐えることのできないつらく暗い人生を送ってきたから、ほっといてほしい。誰かに執着心を抱いてから離されるのが嫌なの」

「絶対離さない。約束する」

「違う。母親しか値しないから母にしか執着しない。人のことが好きなるより執着心を持った方がつらい。好きな人の不在は、時間をかけた自殺同様。もう議論しないで。一人にさせて」

サーラの言葉はきつくて非人間的だったのでアマルはしばらくサーラを見つめていた。

「真の友情は利益と関係ないので、雨の概要を再び考えさせてくれる」とアマルは言って席を立って後ろに座って美術館で撮った写真を見直していた。携帯電話が鳴った。美術館への旅行はどうだったかを心配したアマルの父親からの連絡だった。アマルの頭にあるアイディアが思い浮かんだ。

「いいよ。アマルが病院の検査へ行ってくれたら何でも言うことを聞いてあげよう」と父親は言った。

鞄の中にカメラを入れ、目を閉じた。学校に到着してからみんなそれぞれ家に帰った。アマルは病院の検査に行って帰ってきたが昼ご飯を食べる気はなかった。父親は食べさせてあげようとしたがアマルは全く食欲がなかった。部屋でいったいサーラがあの子かどうかを考えていた。一時間後、父親がドアを叩いて入ってきた。その時アマルは読書をしていた。

「まだ好奇心が続いているかな？」

「まだ」

「じゃあ、これはその時のサーラの先生と集合写真だが、どれがサーラか私にはわからない」

「見せて。他に何か言われた？」

「最初はあの年に美術館に行った時の情報は教えてくれようとしなかったが、この写真をくれたから、お前の分のコピーをした。美術館の担当者の話によれば、この子たちはサーラと同じ学年だそうだ」

アマルは写真に学校名が書いてあったので思い出したが、あの子たちの表情を思い出そうとしている。

「他の子と違う特徴的な何かはあった？」

「背が高くて細くて髪の毛が長かった」

父親は一緒にじっくり写真を見てその特徴に当てはまる子にマルをつけた。つけた写真は3枚で、それぞれの写真の中に女子は20人以上いる。

「この中の一人がサーラ。でもあの子はアマルという名前だった。名前は変わるもんかな！」

「さあ、何かの事情があって名前を変えたかもしれない」

「この４人の写真を保管する。サーラの世界に入り、彼女の秘密を見つけるわ」

「それよりはアマルの健康状態が優先だ。忘れたのか？」

「忘れていない。でもサーラも私にとって大切。サーラが私の一番の友達で、誰よりも大切だと確信している」

翌朝、サーラは校舎で自習していた。他の女子と話して連絡先を交換しているアマルを遠くから見ていた。アマルはわざと一日中サーラを無視していた。教室でも昼ご飯の時でもわざとサーラへの視線をそらして、放課後アマルは車に乗り家に向かった。ホダーもそれに気づくくらいだった。

帰宅時にアマルは花屋さんに寄った。

「いらっしゃいませ。どんな花をお求めですか？」

「そちらの好みでお任せします」

店員さんはしばらく探しに行って、アマルは椅子に座って待った。

「このチューリップはいかがですか？」

アマルはじっくり見て気に入った。財布からお金を取り出した。その女性店員は電話番号が書かれたカードを渡して言った。

「いつでもお花を求めたらお届けします」

「親切にありがとうございます」

アマルが店を出ようとした瞬間にサーラがそこに入ってきた。

「アマル！　ここで何をしている？」

「サーラ！　失礼だよ。お客さんとして来店するのは当たり前でしょう！」

「驚いただけ。だったら買ったらとっとと帰ればいい」と口どもりながらサーラは言った。

アマルはお祖母さんにお金を渡してお礼を言った。

「サーラの機嫌が悪くて本当にごめんなさい。お客さんに失礼な態度をして申し訳ありません」

「ううん、大丈夫です。サーラの態度にもう慣れているから」

お祖母さんはサーラにアマルを店の外まで送るように言ったが、サーラが不機嫌そうな態度だったので、お祖母さんが怒った目でサーラを睨んだ。そしてお祖母さんは何も言わずアマルを外まで送ってまた店に戻っていった。

アマルは「一言も声をかけず、店の入り口までも送ってくれないなんてなんてケチなの。ほんとに疲れる人だけど頑張るわ！　お祖母さんも助けてくれるし、サーラをもっと詳しく知るためにちょうどいい機会だと思うから」と心の中で思った。すると店のカードを見てまた思った。

「よし！　いつか連絡して、お祖母さんに会ってもらうようにお願いしよう！　神様《アッラー》よ！　お助ください」

夕方晴れた空、爽やか風が吹き、街中は珍しく静けさに包まれていた。

サーラはどこかの大通りの木陰に座り、目を閉じてイヤホンを付けたままオランダ音楽を聴いていた。誰かが近づいてきたのに気づかずに、右側へ振り向いたらホダーがこっち向かってほほ笑んでいた。サーラはイヤホンを外した。

「街がこんなに広くて色々なオープンエリアがあるのになんでわざわざここ？　あっち行って。見るのが嫌」

「偶然見かけたから、気分を害してやろうかなと思って来た。どうもアマルはあなたの事が大好きで、親友になりたがっているみたい。あなたは私だけのものなので、あの子を離した方がいい。さもなければ私の怒りや呪いはあの子にもかかる。私たちのどっちかが死ぬまではあなたとの戦いは終わらない」

「アマルとの関係はないわ。本人に言いなさい。ぎりぎりで知っているくらいなのに友人だと？　一人でいたいので、消えてくれる？　この偽善者！」

ホダーは車に乗って帰っていった。

アマルは手元に持っていた店のカードをずっと知りたかった事実への鍵の宝物かのように眺めていた。そこで携帯電話を手に取って花屋に電話したが、誰も出なかったので、もう一つの番号にかけたらお祖母さんの携帯電話だった。

「もしもし、どちら様ですか」

「こちらはサーラの友人のアマルです」とアマルは恥ずかしそうにドキドキしながら答えた。

「アマルちゃん、元気？　電話してくれてとても嬉しい」

「本当ですか」

「会った時に気に入ったし、サーラもあなたのことを結構話すから、もっとアマルのことを知り合うことによってサーラが閉じこもった殻から抜け出してほしい」

「お祖母さんにそう励ましてもらえるとサーラのために頑張りますが、できればお祖母さんに会いたいです」

「明日の昼頃にお店でどうですか？　その時間はサーラが出かける時間。私も会えるよう少し開店しようかな」

「はい、ありがとうございます」

サーラはお祖母さんに二日後は旅行に行くと伝えて、お祖母さんに一緒に来てほしいと誘った。

「それは行かないでしょう。若い子であるあなたたちが迷惑するわ！」

「おばあちゃんが一緒に行かなかったら私も行かない。本当に」

「わかった。わかった。頑固ちゃん。アマルのパパがいいと言ったら行くわ」

「絶対大丈夫」

「まる一日もおばあちゃんを独りにしたくない」

「サーラも一番大切な人だもの。最近誘拐事件が多くて心配だわ」

夜にはアマルの体調が悪くなって、父親が病院まで連れて行って、朝方まで付き添った。帰宅してから父親が学校に体調不良で欠席する旨を伝えた。それを知った女学生が放課後はお見舞いに行くことにした。サーラも帰宅した時、お祖母さんにアマルが体調不良で学校に来れなくなったと伝えた。お祖母さんは初めてサーラが誰かのことを気になって話しているのを見た。

「お見舞いに行った方がいいかな」

「ええ、それはお見舞いに行くべき。いいこと」

「でも一人で行くのは嫌、おばあちゃんも一緒に行ってくれない？」

「雑用がいっぱいあって、時間がないので、一人で行って、アマルが疲れないうちにあまり長居せずにすぐ帰ってね」

サーラが家を出てアマルの家に向かっていった。着いた時、他の女学生がちょうど玄関にいるところだった。メイドさんがいて大きな庭があって真ん中に噴水があって庭師は庭の手入れをしていて、まるで宮殿のようだった。

父親が皆を迎えに出てきた時に、後ろに向いたサーラが独りでいたので、サーラのところへ向かった。

「お嬢さん、なんで一人なの。寒いからどうぞ中へ入って」

サーラがほほ笑みながら玄関へ向かった。造花の水仙で作られた大文字がきれいに飾られ、気に入った。玄関は白い大理石でそこに透明な正方形の装飾が施されて、本堂に通じる廊下の両側には壁に花の形の壁掛照明がかかっていた。上部には青緑色の円形のシャンデリアがあって、壁は白くて、部屋に続く長い階段があった。左に向かったら、両側に花が飾ったホールがあって、メイドはインドチャイやスイスコーヒーを出していた。白い色のフレンチソファに座って、アラベスクで飾られた草色の壁の真ん中にクーフィー体でアマルの名前が描かれていた。他の女子は名前を読めなかったので、父親にこう教えてもらった。

バジルの香りが溢れていて、サーラが感動するほど立派な家だった。サーラは出されたお金持ちの好むインド紅茶を口にしたが、口に合わなかったので、テーブルに置いておいて、腕時計を見た。

やがてアマルが現れてみんなに挨拶した。みんなはアマルにプレゼントを渡し、アマルはそのお礼を言った。

その後サーラのところに来て言った。

「来てくれてありがとうね！　本当にありがとう」と言ってサーラの好きな香水を渡してから強く抱きしめたので、サーラは恥ずかしそうになった。

「とても心配したわ。突然押しかけてごめんね！」と一人の女子が言った。

「とんでもない。いつでもいいよ」

そこでドアのベルが鳴って、メイドが開けに行ったら、ホダーだったのでサーラがびっくりした。ホダーはアマルに挨拶してからこう言った。

「アマルの友人じゃないのは事実だけど、私が大好きな人と親しい関係にあるからお見舞いに来た」

とサーラに対して嫌味で言った。

「もうそろそろ帰らなければならない。一刻も早く治るよう願うわ」とサーラは席を立ちながら言った。

「どうしたの？　やっぱり田舎娘が世界の違う我々と一緒にいるのは恥ずかしい？　でもお見舞いに来たほとんどの女子が持っていない知能はあなたが持っている」

「ホダー！　サーラにはもう嫌がらせをしないで！　喧嘩に来たわけ？」

「まさか！　住む世界がまるで違うサーラに会えるとは思わなかったわ」

傷ついたサーラはホダーに向かって大声で言った。

「あなたたちのことをちっとも気にしていない！　お金持ちに生まれたかもしれないが、マナーも口も悪くて仕方ない。どんなに社会階級や経済状態が悪くても人間の幸せは満足感にある。もういい加減に差別はやめなさい。みんな同じ生身の人間だから。もう帰るわ、アマル！　失礼します」

「こいつは中流階級。高いプレゼントは買えないものね」と別の女子が言った。それを聞いてしまったサーラは立ち止まった。

「あのね。私は頑張って働きながらやっている。、街の第一位となって、正々堂々とやっている。誰かと違って進級のために成績を買ったりしないからお金なんかはいらないわ」

それを聞いたアマルは嬉しかった。というのはサーラが誰にも頼らず自立していて、自分なりにして、また自分の知能や才能に頼る人であることを誇りに思ったのだ。

サーラが去ろうとしたら、アマルは追いかけていった。

「サーラ！　ちょっと待って！　お見舞いに来てくれて、本当に嬉しかった。来てくれるとは夢でも考えなかった。サーラって不思議な人！　自分を犠牲にするほど親切な人に見える時もあれば、凶暴で厳しい時もある。でも今日はあなたが誰かに執着心を持ってから取り残されたら痛まないように、親切さを表わさない人だと確認した。そんな気がした」

「もう私の性格分析は終わった？　じゃあね！」とほほ笑ながら言って玄関のドアを閉めていった。

戻ってきたアマルは女子たちにどんな客でも尊重しなければいけないと説教して、またこれからサーラの悪口を言った人はもうその子とは話さないと警告した。皆はアマルに謝ってから帰った。横でそれずっと見ていた父親はアマルに拍手を送った。

「立派な娘だ！　成熟した考え方だ」

「パパ！　恥ずかしい。パパにはいつも見習っているのに。パパはいつも私に善悪の判別をしなきゃと教えてくれているじゃない！　学校の学びも大事。でも人生に学ぶことがたくさんある。それは全部輪を成しているわけで、それが切れたら全部だめになる」

お祖母さんはアマルに体調のことで電話した。その時にアマルはサーラのことを話してお祖母さんに謝って直接会って話したい旨を伝えた。

　時計の針が午後7時を指したころ、サーラは街をローラスケートで走っていた。まるでどこか平和に暮らせるようなところへと旅立とうしている鳥のように両手を広げて走っていた。目を開けて空を見上げると照っている月を見て深呼吸した。楽しそうに遊んでいた二人の女の子がいたので、サーラがほほ笑ましく見ていた。母親が来て二人を強く抱きしめた。

「神様！　一生この子たちを守りますように」と母親が言って子供たちも母親の手にキスをした。

　その場面をずっと横で見ていたサーラは言った。

「私にも抱きしめてくれませんか」

　母親は不思議に思いながら「抱きしめることによってほっとして悩みが消える」と言ってサーラを数秒間抱きしめた。

「あなたの抱擁は温かくて優しい。娘たちを離さずに大事にしてください」と言って鞄からハンカチを取り出し、サーラの顔に描かれた悲しみを見て泣いた母親の涙を拭いてあげた。

　サーラが帰って、昼頃にアマルの家であった腹が立ったことから気を紛らそうとしていた。お祖母さんのところへ行って家事を手伝おうとしてキッチンの掃除をし始めた。

「どうしたの？　なんで掃除をしている？　お昼に掃除したのに？　それにどこに行っていたか教えてくれない」

　サーラは何も言わずに掃除機を止め、突然お祖母さんに抱きついた。

「どうしたの？　何かあったの？　教えて」

「別に、ただ抱きしめたかった。ママの抱擁が恋しくて。恋しくてドキドキして体が震えるくらい。言いたくても言葉が喉に引っかかってつらい。今の気持ちを言葉で言い表せない」

「私はあなたのお母さんの身代わりになれないのを知っているけど、あなたのお母さんに守るように言われたのでできる限りあなたの痛みとつらさを軽減し幸せにしてあげたい。一刻も早く心が穏やかになるように」

　サーラはお祖母さんの額にキスをした。お祖母さんはアマルと話したことをサーラに怒られないようにわざと隠しておいた。

　サーラがそっと家の中庭に出て、また手首から出血しているのを止めようと押さえていた。お祖母さんにバレないように塗り薬を塗っていた。

「危なかった。ささっとおばあさんの前からあの瞬間に消えなかったらバレてしまっただろう」と心の中で思った。満月を見て、傷口に土埃をまぶして地べたに座って、息を荒くしていた。携帯電話を取り出し、映った自分の顔を見て言った。

「うわー！　目がこんなに！　まるで怪獣のよう。もう嫌！」と目を閉じて、今日一日の嫌なことが頭に浮かんできた。

「今までこんな経験があってもしっかりして強かったのに、いったいどうしたかしら？　崩壊寸前だった」と呟いた。すると携帯電話をいじっている間に左側を見たら、お祖母さんがお茶とケーキを持ってきてそばに座った。

「とても寒いのになんでこんなところに座っている？　旅行はいつになるの？」

「明後日」

「その準備はもうできたの？」

「いいえ、深く考えていない。何を持って行けばいいかわからない」

「もう～」

「本当に何もいらないわ。このままで行くわ」

「バカなことを言わないで！　参加者にはせめてお土産を持って行かないと。みんなにちゃんとしないといけない。それよりおばあちゃんも一緒に行くと友達に伝えたの？」

「ごめん。忘れちゃった。でも今すぐ伝える。お土産も何でもいいから、おばあちゃんに任せるわ」

「さあ、家に入って、温まりましょう」

家にの中に入ってリビングのソファに座った。

「私はここで休む」とサーラはお祖母さんのコートを体にかけながら言った。

「わかった。好きなように」

サーラは早速アマルにお祖母さんも一緒に行っても良いかというメッセージを送った。すぐにはアマルから電話がかかってきたので、びっくりしたが電話に出た。

「サーラの家族の方も一緒にきてくれるから嬉しいわ。本当に」

「おばあちゃんが一緒に行かなかったら、家で一緒にいてあげただろうと思う。じゃね」

アマルは携帯電話をじっと見てソファの上に投げて、椅子に座って薬を飲んだ。お祖母さんに会ったらサーラのことをもっと知ることになるので、旅行でお祖母さんに会えるのを楽しみで体調を整えたいと思った。

時計の針は午後10時を指していた。お祖母さんはサーラの大好きなシーフード料理を作っていた。テレビのドラマを見ながら晩御飯づくりを楽しんでいた。サーラはドラマのシーンを見て笑いながら玉ねぎの皮をむいて輪切りに切っていた。サーラは足りない材料があったので、徒歩10分ぐらい離れている八百屋さんで野菜を買ってくるとお祖母さんに伝えて出かけていった。

誰かに尾行されているような気がしてサーラは足取りを速め、路地に入ると壁にピタリとくっついて姿を隠した。

自分の前を通り過ぎていった人物が自分をつけていたのだと思ったサーラは、素早く家の中に入って玄関にカギをかけた。自分の部屋の窓から外を見ると、そこには誰もいなかった。

突然、ある人物が現れて、サーラは身震いした。その人物は、背が高く黒の外套と黒の帽子を身に着けて、カラスの面を被った男だった。その男が自分の家を見つめている様子を目にして、サーラは恐怖のあまり体中ががたがたと震え、床に座り込んでしまった。全身から汗が吹き出し、腕はずきずきと痛み、彼女の右目は真っ黒な光に覆われ始めていた。

恐ろしい過去の風景が頭の中を激しく横切った。彼女の手首には、これまで感じたことのないほどの痛みが走り、そして燃えるように熱くなった。サーラは部屋のドアを閉めてベッドの毛布を頭からかぶった。手首の痛みはますます激しくなり、真っ赤な血管が浮き上がった。あの男に見張られている。おばあちゃんに心配をかけてしまうから助けも呼べない。息苦しさと、あまりの痛みにサーラは涙を流した。

数分後、なんとか心を落ち着けたサーラはシャワーを浴びて、何事もなかったかのように部屋を出た。右手には白い手袋をはめていた。

「サーラ、いったいどこにいたんだい？」

「シャワーを浴びてきたの。ずっと部屋で自習をしていたんだ」

「どうしたの、手袋なんかはめて。寒いのかい？」

「うん、ずいぶん寒いね」

戸惑いながらサーラは言った。

「おや、こんなに手はあったかいじゃないか。むしろ熱いくらい」

お祖母さんはサーラの左手を握って言った。

「いま熱いシャワーを浴びたばかりだもの」

「サーラ、なにかおばあちゃんに隠してるんじゃないかい？」

お祖母さんはサーラのためにコップにジュースを注ぎながら言った。

「何にも。隠してなんかないよ。ちょっと疲れたから、もう休むね」

「そうかい。おやすみ。明日はパイとケーキを焼いてあげるよ」

「いいね。きっとみんな、おばあちゃんの手作りケーキを喜んでくれるわ」

サーラはお祖母さんを安心させるために無理に笑顔を作って言った。

「ちゃんと休んでね。旅行は朝早いし」

「うん、遅刻しないようにしなくちゃ」

「そうよ。だれかさんみたいに、早起きが苦手でしょっちゅう遅刻するみたいなことがないようにしなさい」

子供の頃、サーラは学校の保護者会の日にわざと遅刻して登校していた。サーラは成績優秀だったけれど、お祖母さんには学校に行ってほしくなかったのだ。それに対して、サーラは後悔もしている。父親が学校に来るようにと言われた時は、毎回「父は健在ではない。祖母も都合が悪くて来ることができない」と教師に言い訳をしていたのだ。

午前10時にサーラのクラスとホダーのクラスと合同で、フットサルの試合が行われた。サーラはホダーより大会優勝回数が多いし、それに成績優秀だったので、ホダーはサーラに対して嫉妬心を燃やしていた。ホダーはいつも準優秀選手にしかなれないので、今シーズンこそはベストプレイヤーになりたがっていた。今日はまさに挑戦の日だ。アマルはサーラと同じチームだった。サーラはアマルに近づいた。

「あなたは体力あまりないし、弱そうだからマルヤムにメンバーを譲ってくれない？　チームの足を引っ張らないでほしいの」

「コーチが選んだメンバーでしょ。出るわよ。チームの足なんて引っ張らないわ」

侮辱された気分になったアマルは言った。

試合が始まって、ホダーのチームが先攻した。サーラはアマルのことを心配していた。それに気づいたホダーは別の女子に合図して、アマルの体にわざとボールを当てた。アマルは倒れた。

「ちょっと、今のわざとでしょう？」とサーラは怒ったが、レフェリーはすぐに仲裁し、試合は続行された。

試合が再開して盛り上がってきた。天敵同士のサーラとホダーの、記念すべき対決になりそうだとみんなは思った。ホダーのチームは1点リードして先制していた。サーラはアマルのことを気にしながら時間のことも気にしていた。試合終了1分前でサーラのところにボールが回ってきたので、サーラは素早く走って素晴らしいゴールを決めた。

「何人かのミスがなければ勝てたのに」

サーラはベンチに座り、顔をタオルで吹きながらチームのメンバーを叱責した。

「この子に感謝しているわ」とアマルを指さし、大声で笑った。

だから言ったでしょ？　誰のせいで同点に終わってしまったと思う？　と言いたげな目でサーラはアマルを見た。アマルはその場を去り、着替え室に向かった。彼女のせいで同点になってしまったという目でみんなに睨まれたことに耐えられなくて、着替え室でひとり泣き崩れてしまった。サーラはそれを見て、アマルを屋上に連れて行った。

「くだらないことでめそめそ泣いて。なんであなたはそんなに弱いの？　一つ教えてあげる。何があっても絶対に人に弱点を見せないこと。さもなければ利用されてしまって笑いものにされるだけよ。あなたは全てを持っているのに、本当にだらしないわね」

「全てだなんて！　金を持っているから完ぺきというの？」とアマルは叫んだ。サーラはアマルを引っぱたいてその場を去ろうとした。ふと地面に目をやると、そこに血が滴り落ちているのを見た。

「アマルは負傷しながらずっと試合を続けていたんだ！」

やっとサーラは気がついた。戻ってきたサーラはアマルの左手を取り、ちゃんと手当をするように保健室へ向かった。

「なんで教えてくれなかったの？　言ってくれさえすれば、すぐにでも試合を中断したのに」

アマルは何も言わず、ただ保健室の先生ばかりみていた。

「大したけがじゃないし。全力でチームを支えたかったの。傷なんて平気よ。それにあなた、私のことを弱くてチームの足を引っ張るって言ったから、そんなことはないって見せたかっただけよ」

しばらくの間、沈黙が続いた。その間にアマルの手当てが終わった。

「無理をすることはなかったのに」

「せめて、私に謝ってちょうだい」

「あなたには、もっと強くなって、自信を持ってほしかったの」

「あなたのアドバイスはいらないわ。そういう言葉は自分にかけてあげてちょうだい。自分のことはわかっているし、自分でやっていける。アドバイスの仕方もひどいわ。あれじゃ誰の役にも立たない。むしろ自分のこともあなたのことも嫌になるだけじゃない」

「それで結構よ。何もわかっていない人に時間を無駄にするよりマシだから」

授業の間、サーラとアマルは、互いに言葉をかけることはなかったが、時に互いを睨むような時があった。生物の時間にカエルの生態についての授業があった。アマルはそれが一番苦手で触りたくなかったので、みんなに笑われた。サーラが一匹のカエルを捕まえてアマルの手に入れてやると、アマルは思い切り叫び、投げ捨てた。

「そこの二人！　やめなければ出て行ってもらいますよ」と生物の教師が言った。

放課後ホダーはアマルが一人で歩いているのを見て付いて行った。その後ろを歩いていたサーラはそれが気に食わなかったので急いでアマルの手を掴んでホダーから引き離した。その二人を阻止したホダーは言った。

「いったいなにを急いでいるの？」

「アマル！　この嫌な女に近づかないで。いつかひどい目にあわされるから。気を付けて」

「恥知らずなやつね。なんであんたに、誰と友達になるかの指図を受けなきゃいけないの？　私はアマルとお友達になりたいって言いにきただけよ」

「いいよ。確かに自分で決めることね」とサーラは言った。

「お好きにしたらいいわ。ただ、忠告だけはしたからね。蛇みたいなこの子に、いつ噛まれてもおかしくないからね。何があっても私は護ったりしないわ」とサーラは言って去った。残されたアマルは悲しそうにサーラの後ろ姿を見ていた。

サーラが去って行くのを待っていたホダーは言った。

「あんなやつ、なんで好かれるんだかさっぱりわからないわ。自惚れすぎだし、貧乏人だし」

「いつまで人のことをそういう価値基準で判断するの？　もうそういうのはうんざり。心の貧しさが一番の貧しさよ」

それを聞いていた同級生は、アマルの発言に感動してこっそり拍手をした。

「それじゃ、また明日ね」と言ってアマルは迎えの車に乗った。明日の旅行を最高の旅にするためにこれから家で用意をするのだ。旅行に参加する女子は最終的に6人で、アマルはバタバタしながら　食事やテントやゲームなどを用意した。そこへ父親は入ってきて言った。

「今日のアマルは張り切っているね。これは全部サーラを深く知るため？」

「サーラの心は凍りついていてなかなか溶かせない。お金じゃないのよ。優しさや暖かい心で接すれば、彼女は心を開いてくれる。彼女は頑固だけど、愛情深いひとよ。もっと仲を深めて友達になりたいわ。努力するわ。間違いなく彼女だという気がするの。お祖母さんに全部詳細に教えてもらうつもりよ。だけど、いったいなぜ名前が変わったのかしら。それが謎だわ」

「今日はゆっくり休んで。明日になればわかるけど、お祖母さんと連絡を取っているのをサーラに知られたまずいよ。ばれないように気をつけて」

「知っているわ。確かに彼女はそういうのに敏感ね。人嫌いで、集団に混ざるのも好きじゃなくて。謎めいているわ。口数が少なくて、自分のことはほとんど語らない。神経質で気分屋で、誰もよせつけない。彼女の暴言を恐れず、彼女を理解しようとしてくれる人が必要なのよ。彼女はまるで永遠に解けない謎のようだけど、私はそれを解きたいの。残念ながら彼女に無視されてしまっているけど、だんだん近づいていると思うの」

「不思議だな。あの子以外、何年も誰とも友達にならなかったのにね。友情とは信用だ。信用を得るのは難しいことだ」

「でも彼女は、私のことを思い出してくれないの。いつも素通りしてしまう。じっくりと私のことを考えてくれようとしないの」

「誰もが善意だけでできているわけじゃないから、お前も気をつけなさい。サーラはじゃじゃ馬のような子だ。簡単には調教できない。さあ今日はゆっくりおやすみ」

アマルは幸せな気持ちでベッドに入り、深い眠りについた。

一方ではサーラは、お祖母さんとケーキを作っていた。荷造りをしていると傘を見てしまったので、不機嫌になったが、「念のために持って行く」と言って鞄に入れてベッドに横たわって読書していた。しばらくすると眠くなったので右手で本をテーブルの上に置き照明を消し、明日はハプニングがない日であると願いながら眠りについた。

翌朝アマルは荷造りして父親と車に積みこんだ。そこから1時間後ホダーから参加したいとの連絡があり、アマルはそれを断らなかったが、ホダーが違うクラスなので変に思った。場所を説明してから住所を教えてあげた。全員が揃ったがまだサーラとお祖母さんは来ていない。二人が着くや否や全員は車に乗った。お祖母さんはいつもの遅刻を謝ったがサーラは黙ったまま何も言わなかった。車の中を覗くとホダーが乗っているのがわかりそこにいるだけでも嫌な気分になった。来ているのをわかっていたら来なかっただろう。それに気づいたアマルはサーラの機嫌を損なったと悟った。父親はみんなを歓迎し、全員車に乗るように伝えた。ホダーはサーラをじっと睨んでいた。道中みんな歌ったりしていてお祖母さんも喜んでいたが、サーラは車窓を通して外のきれいな景色を見ていた。

アマルはサーラがぼーっとしているのを見て、言った。「どうしたの？」

「もし最初からあの子を招待しているのを知っていたら、来なかったと思う」

アマルはサーラの激怒の声に震えて弁明しようと思い、言った。「誓って彼女の方から行っていいと連絡してきた。サーラが来るのも教えていないし、好きじゃないことも知っている」

「どうでもいい。あなたが計画した旅行だし、誰を招待するかはあなたの勝手だし。私は関係ない」

一部の女子はお祖母さんが作ったケーキを食べたが、サーラは食べずに車の中でずっとイヤホンをつけたまま顔を黒の帽子で隠しながら黙っていた。到着してすぐに荷物を取り出して。アムステル川の近くで二人ずつで泊まれるようにテントをたてた。他の子は、食事の準備を始め、お祖母さんもアマルのお父さんが野菜切りやお米やお肉の下ごしらえや火起こしをするのに協力していた。天気は寒かったので火で温まっていた。サーラはお祖母さんの隣にいて手伝っていながら、アマルのことが気になる。アマルが一人で川の近くを散歩していてホダーが付いて行った。天気は寒かったのでホダーがアマルに自分のコートを貸してアマルは恥ずかしそうにお礼を言った。

それを見ていたお祖母さんは言った。

「老婆のように一人で座らないで、アマルのところに躊躇《ためら》わずに行って。アマルと気が合うのであればそれを伝えて」

「私が？　あの子に気が合うと？」

「目を見ればわかる。さっきからずっと目であの二人を追っている」と笑いながら言った。

「私はあの偽善者のホダーが好きじゃない。常に私を陥れようとしていて、今はアマルに近づくことで私を挑発しようとしている。どうしても私の機嫌を損なおうとしている。見てごらん。ずるい狐のような目でこっちを見ている。もう耐えられない」とサーラは切っていたトマトと包丁を置いて離れて行った。

「うん、むこう行って。手をあの二人のせいで切るところだった」

ホダーとアマルは岩に座っていてアマルは足を冷たい川の水で遊んでいた。

「ねえホダー！　誰に私の電話番号を教えてもらったの？」

「同級生から教えてもらった。ごめんなさいね。直接アマルに教えてもらいたかった。教室でみんなアマルの旅行について話していたので参加してお友達になろうと思った。もちろんアマルもよければ」

「うん、いいけど。友情って言葉ではなくて実際の行動だから。言葉だけの友達はいらない。私は人生の伴侶が欲しい」

「人生の伴侶って？　今は強い関係で結ばれているお友達はいないの？」

「ただの同級生よ。私はお金に換えられない宝石を探しているの」

「それってどこにあるというの？　現実の世界に生きているんじゃないの」

「人生ではたった一人の親友がいると信じている。いつ会えるかわからないけど、ひたすら待っているの」

アマルのことを弱くてそんな言葉を言えると思わなかったホダーは、アマルの言葉の正直さの衝撃を受けて、内心では〝くそ、友達にしてくれないんだ！　でも彼女の人生に侵入してやる。きっとサーラのことを意図しているけど、私の前では認めたくない。いつかそれがわかる日がやってくる。その時思い切り利用してやる。この獲物《カモ》を〟と思った。

「さっきからサーラは私たちを睨むように見ているけど、私がアマルに近づくのがどうも気に食わないようだ」

「サーラといがみ合う理由は何？」

「おたがいさまなのよ。それがいつ終着するかはわからない。それよりサーラは馬鹿だ。裏で何を企まれているか知らないから。だからアマル！　見ているもの全ては信じない方がいい。偽善というのは言葉じゃなくて行動に隠れる時があるから要注意。じゃあまたね」

父親に呼ばれたアマルは急いでそっちへ行った。ホダーはまた内心で、面白くなってきた、サーラとの友情はどうなるか見よう、とアマルを目で追いながら考えた。

父親はアマルに花束を渡した。

「まるでアマルのように繊細で優しい花だね」と父に言われて、アマルは恥ずかしかった。

「お祖母さんのところへ行ったらどう。一人で寂しがっているから」

「はい、お父さん」と言ってお祖母さんのところへ向かった。

それを見ていたホダーは「よし、始まった。アマルはサーラのお祖母さんに近づいた。それはサーラのことに執着しているという意味だ。この旅行に参加してよかった」と独り言を言った。

「いらっしゃい。サーラの親友だ」とお祖母さんは言った。

アマルはお祖母さんのほっぺにキスをして尋ねた。

「サーラはどこ？」

「サーラはテントにいると思う。ホダーがアマルに近づいていたから怒っちゃったみたいで」

「あの二人の仲が悪いのは知っているけど、なぜホダーはそこまでサーラに対して悪意とわだかまりをいだいているか知らない？」

「サーラの子供の頃からホダーに追われていて迷惑をかけられたんだよ」

「腑に落ちない疑問があるけど……」

「何？」

「子供の頃に名前を変えた？」

こんな質問をアマルにされるとは思わなかったお祖母さんはしどろもどろになって包丁を皿に置いた。

「ううん。子供の頃からサーラだよ。両親が事故で亡くなったので私が面倒を見ることにしたんだ」

「残念ね。てっきり数年前に私が会った女の子だと思った。名前はアマルだった」とがっかりした声で言った。

「サーラと親友になりたくない？」

「なりたいに決まっているわ。だって同一人物だと思ったし、サーラに訊いても『思い出せない』と言われたの。判断にはまだ気が早かったかな」

「今夜アマルをうちに招待したいけれど、どう？」

「喜んで。嬉しいわ。だけどサーラが興奮して怒ったりしたら怖いわ」

「ずっと隠すわけにいかない。サーラにあなたが親友になれると気づいてほしいよ」

「彼女は孤独が好きなのね」

「そう、誰もいないところへ行くのはあの子の夢だけれど、私がその夢の実現を邪魔しているんだよ」

アマルはお祖母さんの手の上に手を置き「サーラはお祖母さんを愛しているからそう簡単に見捨てないわ。お祖母さんがいる中で彼女の夢が現実になるので、悲しまないで」と言ってアマルは父親のところへ行った。

お祖母さんは、「アマルは唯一私が打ち明けられる人だと思う。もう隠し通してきたことに疲れた」と心の中でつぶやいた。

テントから出てきたサーラは麦藁帽子を被っていたので、みんなその姿をふりかえった。一人の女子が口笛を吹きながら叫んだ。

「素敵。まるでファッションモデルみたい」

満更《まんざら》でもなさそうにほほ笑んだサーラは言った。

「一緒にバレーボールをするのは誰？」

アマルの方を見た。

「どう？　一緒にする？」

アマルは喜びながら「うん」と答えた。

一方ではホダーはサーラがその態度で挑発していると思った。というのはサーラが無視して誘わなかったのは、ホダーを十分怒らせることで、当然のことでもあった。アマルの父親が観ている中で女子たちが叫び声をあげた。アマルの父親はお祖母さんに声をかけた。

「お祖母さん！　見てごらん。まるで大会のように気合が入っているね」

「この歳ではみんなそうです。私もそうでした」

「サーラは孤児なんですか？」

「いいえ、私はあの子の父親でも母親でもあるのです」と〝孤児〟という言葉を耳にした時に戸惑い、唾を呑みながら言った。

「変な質問をしてごめんなさい。悪意があって質問したのではないんです。むしろ娘はサーラのことが大好きなので、謎の女の子のことを知りたくてたまらないんです。それで質問したんです」

「近くで見た人にしかわからない。孤独な心の持ち主だし、大好きな女性の娘である。それしか知らないし、それしか言えないけど、トライするのに値する女の子だと思っています」

「無理に話さなくて大丈夫です。私はアマルの父親として気になるけど、他人《ひと》のことには干渉したくない。サーラが今置かれている状況から抜け出せるようにアマルが手助けできればと思っています」

「あの子はめったに学校でのことを教えてくれないけど、どうかアマルのことを教えて」

「アマルは花のようで、どこに行っても周りの人を喜ばす存在で優しい子です。サーラのことを良い人だと信じ切っている。どうかあの子には幸せになってほしい。他の人の幸せまで考えるアマルのような子は幸せになるべきだ。あの子は常にこう言っている。『人は他人《ひと》を助けている限り神《アッラー》はその人を助けるでしょう』と。孤独感に悩まされる時もあるけど、他人のことを一生懸命にしようとしている。彼女は他人に差し出した善意は必ずその分報われると信じているからです。サーラとアマルはまるで太陽と月のようで、互いに助け合って人生が変わるでしょう。アマルは単なる道連れではなく、人生の伴侶を探しているのです」と父親は目を輝かせながらアマルのことを語った。

「それはどう違うものなんですか？」

「道が切れたり、分かれ道になったりすることもある。道連れと別れて、それぞれの人生や道を送るけれど、人生は永遠の一本道です。アマルはサーラと楽しい時もつらい時も一緒にいて支え合いたい。親友というのは本当に貴重なものだ。アマルはそれを探しているなかでサーラに出会った。運命は互いの心の傷を癒してくれる。一部の人がどん底に引きずる悪友と付き合うけど、サーラの考え方や行動が違うにもかかわらず、アマルは正義感が強くて正しい道を求める伴侶を欲しがっている。だけどサーラはいつも周りの人を遠ざけさせて本心を見せないとアマルは言っているのです」

「お母さんは？　お母さんの話はなかなか出てこないし、今日も一緒じゃありませんね」

「妻は我儘《わがまま》な人間です。自分のことや自分のキャリアしか興味がない。アマルが２歳の時から保育士に預けて、そこから私が面倒を見ることになった。それでもアマルは私に母親のことを悪く言ってほしくはない。母親は何をしても母親です。母は好きな人生を生きればいいと常に言っています」

「サーラも自分の母のことを愛していたんですが、残念ながら他界して……」

「私の妻は健在だけど……。人は他人を失ってからその人の価値を初めて知るのは不思議なことです。死は人間の一番大切なものを奪ってしまう。それが運命というもの。しかし自ら離れるというのは運命じゃない。後で後悔しないように、アマルの母親に一刻も早く気づいてほしいと思っています」

「かわいそうなアマルとサーラ。二人とも心が叫んでいるのに沈黙を選んでいるんですね。サーラがアマルを受け入れて、姉妹のような友達になれるといいと思っています」

「アマルがこれまで会ってきた人間は、利害関係で近づいてくる人ばかりだった。私は父親として頑張っているつもりでいましたが、やはり女の子は両親以外の、自分の友達を自分で選ぼうとするものですね」

父親の電話が鳴ったのでちょっとそこから離れて電話に出た。

「女の子を誘拐して国境辺りで売り飛ばす2人の犯人が捕まった」と市長の顧問は言った。

「わかった。今夜行く」と電話を切って戻った。

ホダーはわざとサーラにボールを当てていたが、サーラはそれを見逃していなかったので、可能な限りそうさせないようにしていた。サーラは小学校の初登校にホダーにいじめられたことは一生忘れられない。ホダーとその連中に毎日笑いものにされたことも忘れることがない。バレーボールの試合が終わり、女子たちは地べたに座り込み水筒の水を飲んでいた。アマルの父親がやってきて

「どうしたんだい？　遊び疲れたの？」

「寒くなってきたからこのぐらいにしましょう」と他の女子が息を切らせながら言った。

「天気が悪くなったね。雨が降りそう」とサーラは言った。

「サーラは雨が嫌いだもんね。どこに行っても雨に降ってほしくないんだから」とホダーは小ばかにしながら言った。

「私が何が好きであろうとなかろうと、あなたには関係がないことよ」

サーラは言った。

二人が喧嘩しないようにアマルはすぐに話題を変えようとした。

「パパ！　お腹が空いたわ。今日の昼ご飯は何？」

「さあおいで。私とお祖母さんが何を作ったか、その目でたしかめてごらん」

みんな急いでテーブルについた。サーラはホダーとアマルに同じテーブルに座ってほしくなかったので、ぶつぶつ言いながらお祖母さんの近くに座った。

「どうしたの？」とお祖母さんは尋ねた。

「別に。あの二人を見て。ホダーはまるで世界一大人しい人に見える。アマルはホダーがどんな人か何も知らない。もうあんな偽善はつくづく見飽きたわ」

「サーラ！　あまりじっと見ないで、笑顔を見せてちょうだい」

「どうしたの？　問題でもありましたか？」と父親は言った。

「大丈夫です。サーラは相変わらず料埋が気に食わないみたい」とお祖母さんは言った。

「違う。料理は美味しいけど、気に食わないのはいやな奴がひとりいるからよ。それだけ」とサーラは言った。

「誰もみんな好きになってくれと言ってないわ。好きな場所、好きな人を選んで座ればいいわ」とアマルは言った。

「確かに。でも誰かさんに呼ばれて来たんだから」とサーラが言うと、お祖母さんはその失礼な発言に怒った。

「サーラ！　そんな失礼なことを言って。いったいどうしたの？」

サーラは席を立ってテントに向かった。手首から腕全体として痛みが走ったので、サーラは包帯を巻いた上に長袖で手首を隠した。そして持っていた水のボトルで必死に手首を冷やした。こんな姿を誰にも見られたくなかったので、テントの小さい隙間から誰か来ないように覗き込んでいた。ベッドに横たわり毛布にくるまって顔を帽子で隠した。

30分後、アマルの父親がやってきてなぜサーラはそんなことしたかを訊いた。

「わざとじゃないわ。ちょっと興奮しちゃっただけ。もともとこういう性格だし」

父親はサーラの手を握った。サーラにとって、それはこれまでに感じたことがない手の温もりだった。一生手を離さないでほしいと思ったほどだった。

「あなたはお祖母さんに何かを隠しているね。私は君のプライバシーに干渉する資格はないと知っているが、父親みたいな気持ちで、自分の娘と同じように思っているんだ。しかし君はいつも興奮したりすぐに怒ったりして、誰にも近づいてほしくないみたいだ。他の誰も寄せつけようとしない。アマルであろうとアマル以外の人であろうと」

サーラは一言も言わずにじっと手を見つめていた。

「ごめんなさい。ずっと手を握って」

「ううん、ずっと握っておいて。なんだか少しほっとするの」と言いたかった。

「あなたは素晴らしい人です。神のご加護がありますように。でもホダーからアマルを護ってください。ホダーの家族はヤクザで有名です」

「サーラ！　ホダーと、その家族がやっていることは関係ない。彼女はあなたと同じくただの女の子で、彼女には何もできないかもしれない」

「子供の頃からホダーを知っているの。彼女に対する見方が変わることはないわ」

「君は頑固だね。アマルは大変だ」

「アマルは私の人生には何の関係があるの？」

「関係ないかもしれないが、いつか関係があるかもしれない。昔あなたに何が起きたか知らないが、夢を実現するためにもう一度立ち向かわなければいけない。周りのひとに邪魔されてもそれにはめげずに進まなければないらない。人生を変えるために夢を信じなければいけない。愛と夢の風が通るように心を開くんだ。その時に胸に愛を込めた人もいるということがわかる。人生を180度変えろと言わないが、まずその暗闇に明かりを当てなければ。それと会った時から、ぶすっとしていて笑顔を見たことがない。人を愛して善意をふるまうんだ。そうすれば、その分君はいつか必ず報われる」

何も言わずにずっと見つめていたサーラは、人を信じるなんてあり得ないと思った。アマルの父親の話が気に食わなかった。

みんなはテントの中で雨宿りをしていた。雨の匂いがする中でサーラは一切出てこず独りで雨がやむのを待っていた。1時間にも及ぶ雨がやっとやみ、空が澄んだ。その夜は満月だった。

アマルが薪で火を起こすのを見たサーラは、

「何をしているの？」

「冷えて来たでしょ。温まるように薪を起こしているの」

「お父さんにお説教されたわ。もし私は男だったら殴っていたかも」

「父は本当に身一つから成功した人で、努力家なの。そのうえ、他の人を幸せにしようと一生懸命なの。私はその辺でパパに似ているわ」

「かけがえのないお父さんね。どうか大切にして」

「うん。そうするわ」

「ねえ、いつもカメラを持ち歩いている？」

「うん、カメラは私の幸せの源よ」

「気のせいかもしれないけれど、どこかであなたに会った気がするの。でもそれがどこだったかわからない」

「どこかしら？」

「思い出せないの」

「じゃあほほ笑んで」とアマルはカメラを構えてサーラに言った。

「一枚だけでいいからほほ笑んで。心からの笑顔で」

「心からね！　無理かも。苦笑いしかできないよ」

アマルはサーラの腕を掴まえて体をくっつけて言った。

「人生から追い出されるか死ぬまであなたにくっつくわ」

「ちょっと、放して。こんなに人にくっつく人は初めて。接着剤みたい。将来の旦那はかわいそうね。くっつかれて愛想を尽かされるよ……。撮影するのに素敵な場所を連れて行ってあげるから。こっちへきて」

二人は森に向かって行った。アマルは父親が言ったサーラについての言葉を思い出し、少し進展があったので心をそのうち開いてくれると嬉しく思った。

あるところに着いて立ち止まったサーラは言った。

「はい、では早く目を閉じて」

「なんで？　どうしたの？」と少し不安になったアマルは言った。

「とにかく早く目を閉じて」

アマルはため息をつきながら目を閉じた。

「さあ目を開けて」

すると虹がかかっていた。

「なんて綺麗な景色なの。夜に虹が見えるなんて信じられない」

「満月の時の雨上がりには夜虹が見えるよ」

アマルは最高に幸せな気持ちになり思わずサーラの頬にキスをした。虹の写真を撮ってからサーラを見ると、サーラは恥ずかしそうに眼を大きく開けたままでびっくりして固まっていた。

「もしこんなことをすると知っていたら、最初から連れてこなかっただろう」

「もう連れてきてくれたから遅い」と言って強くサーラを抱きしめた。

「ありがとう。本当にありがとう。最高に嬉しい。大好き。初めてこんな言葉にできない素敵なものを見せてもらった。サーラは最高だ」

「どうしたの？　アマル。何もしていない。アマルは写真が好きなので、見せてあげようと思っただけ。そんなにすごいこと？　それよりも放して。苦しい」

「ごめん」

虹の写真ばかり撮っていたアマルにサーラは言った。

「まだ撮り足りないの？　そろそろ戻ろう」

「明日雑誌の人に連絡するわ。こんな素敵なところがあるとサーラが教えてくれたのを話して載せてもらう」

突然、サーラはアマルの手を引っ張って草むらの中に入り、頭を下げるよう言った。

「どうしたの？　怖いよ」

「静かに。ここにいて。すぐ戻るから。２分後戻ってこなかったら、振り返らずにこの道を辿って」

アマルは立ち去ろうとしているサーラの手首を掴んだ。

「どうした？　もう行くよ」

「意味がわからない。なんで隠れなきゃいけないの？　野獣か泥棒でもいたの？」

「もう。面倒くさい女ね。黙って従えないの？　戻ってきたらちゃんと理由を説明するから。さあ」

サーラが去ってすぐに恐怖感にかられたアマルは、暗やみが恐ろしくて泣きそうになった。あたりは真っ暗で、何かの鳴き声が聞こえたので、余計に怖くなった。２分経ってもサーラは戻ってこないので、言われた通り行くことにしたが、逃げかえるのではなくてサーラが歩いた道を慎重に辿って行った。草には血痕があって毛皮もあった。サーラも怪我をして木にもたれていた。

「どうしたの？　何がおこったのよ？」

「この馬鹿！　2分経って戻ってこなかったらキャンプ地に戻りなさいと言ったでしょ⁉　野犬に襲われたのよ。ちゃんと撃退したから大丈夫。あなたが現れたので逃げて行ったのよ」

「バカにしているの？　冗談を言っている場合？　バカ。立って。お父さんに手当をしてもらおう」

「なんで逃げずこっちに来たの？」

「暗やみの中で放っておけなかったから。つらい時も楽しい時もいっしょにいるのが友達でしょ。ずっと一緒にいるわ。あなたを暗闇から救い出してあげるから」

サーラはアマルの言葉に感動した。サーラはアマルの肩に寄りかかってキャンプ地へ歩いて行った。サーラの怪我の手当をした父親は、サーラがどのようにして野犬から助かったかを不思議に思った。夜なのに森に入るなんて軽率だと咎《とが》めるお祖母さんの方を黙ったまま見ていた。

「ごめんなさい。私が頼んだの。それでサーラに連れて行ってもらったの」とアマルは謝った。

「違う。私が無理矢理連れだしたの」

「二人とも悪い。こんな場所へ連れてきた私も悪い。朝早く出発しよう。今夜は火を消さずにつけたままにして寝よう。私は朝まで見張りするから。また襲いに来るかも。サーラ！　今夜ゆっくり寝るんだよ。明日病院で傷口を診てもらおう」と父親が言った。

「そんな必要はない。そのうち癒えるから大丈夫だ。どのようにやられたか暗かったのでわからない。見えていたらやっつけてやったのに」

「すごい。同じ人間とは思えないわ。サーラ」

「恐怖のあまり泣こうとしたのは誰かしら！」

「あなたのことを心配していたの」

テントの外に集まった女子たちに父親は言った。

「サーラは大丈夫だ。みんなゆっくり休みなさい。早朝に起きてここを出発するから」

「サーラは絶対に普通の子じゃない」とホダーは言った。

「あの子は強いわ。野獣にも勝てる強さよ」とアマルは言った。

「野犬に襲われて助かるような人間なんかいると思う？」とホダーはアマルに近づいて言った。

「おしゃべりはここまでだ。要はサーラが大丈夫だってことさ。さあおやすみなさい」

テントに戻ったホダーはサーラのテントを見つめながら、いったいどうすれば野犬に襲われても助かるかということが、気になって仕方がなかった。

一方でアマルのテントで言った。

「アマル！　考えすぎないで。サーラは運が良くて助かったのよ、きっと」

「うん、でもサーラの手首を見た？」

「見たけど、何ともいいようがなかったわ」

頭に疑問ばかり抱えたお祖母さんはじっとサーラの日を見ながら言った。

「武器を持っていないあなたが野犬を撃退したなんて、誰が信じるというの？」

「お祖母さん！　頼むからしずかにして。少し寝かせて」

「ごめんなさい。ゆっくりおやすみ。いつかあなたの秘密をわかる日がやってくる。何があってもずっとあなたは私の愛しい娘ってことには変わりはないからね」

夜が明けるとすぐ、女の子たちは荷造りをして出発する支度をした。道中でホダーがまたあの話題について話していた。

「思春期の女の子が、野犬の襲撃からそう簡単に助かるもんかなあ！」

「ホダー！　黙りなさい。みんな疲れているし、サーラも疲れているからそっとしてあげてちょうだい」お祖母さんは言った。

「お祖母さんの言う通りよ。もうこの話は終わり。サーラは私たちを助けてくれたんだもの。逆に感謝すべきだと思う」とアマルは言った。

みんなホダーが黙るようにきつい視線を送った。

「私はただ訊いてみただけ」

「いつかわかる日が来るわよ」とサーラが言った。

サーラは、アマルと歩いている際に誰かに尾行されていることに気がついたのだった。最初は犬だと思っていたが、途中から、それが人間だと気がついたのを思い出した。しかしなぜ尾行されているかわからなかった。

アマルの父親はラジオをつけてニュースを聞き始めた。ちょうどヤクザと女子誘拐事件のニュースだった。それを聞いてもしかして尾行していたのは、そいつらかもしれないと思ったサーラはアマルの父親に訊いた。

「市長として、その犯人たちが誰だかわかりますか？」

「今明らかになっているのは、闇で動いている組織だが、残念ながらまだ詳しいことはわかっていない。捕まえるように努力するよ。何か気になることがあるの？」

「黒のコートの男をちらっと見た。以前も見たことのある格好だった」

アマルの家に到着すると、その前で女子たちの家族が迎えに来ていた。父親はサーラを病院に連れて行こうと言ったが、迷惑をかけたくないのでサーラは断って、お祖母さんとタクシーで病院へ行った。タクシーの中でアマルから電話があり、医者の診察後にメッセージを送るように頼んだ。

時間は午前9時だった。アマルの父親は眠かったので自分の部屋に入ったが、アマルはサーラからのメッセージをリビングで待っていた。時間が経っても、サーラから何も連絡なかったので、アマルはサーラに電話した。

「さっき病院から帰って来たの。すごく疲れていたので寝てしまったの。電話するのをすっかり忘れてしまってごめんなさい」

電話を切ったアマルは父親のために軽食を作りにキッチンへ向かった。父親は起きると一緒にご飯を食べながら「昨日サーラがアマルのためにしたことに、私は感謝しているよ」と言った。

「うん、あの子は勇敢な子でしょ。私もああなりたいわ」

「アマルも強かった。友達をほっとかずにずっと一緒にいたんだから。サーラをお見舞いに行ったら？」

「うん、今ゆっくり休んでいるみたいよ。夜に行くわ」

「君も少し休んだ方いいよ。明日は学校だし。あっ、そういえば、明日はサーラの誕生日だね」

「えっ、誰に教えてもらったの？」

「お祖母さんに。やっぱりサーラを陥れようとしている誰かいるので味方になってやってくださいと頼まれたんだ。お祖母さんはサーラのことを詳しく教えてくれなかったけど、その分アマルがサーラの世界に、自分自身で入らないとね」

「うん、そうするわ。めげずに。何を犠牲にしても彼女の親友になる。お父さんいつもありがとう」

「でも本当にどうやってサーラが野犬から命びろいをしたのか、不思議で仕方ない」

「確かに。普通じゃない。何かを隠しているみたいね」

「私もそう思う。とにかくちゃんと薬を飲んで休むんだよ。夕方サーラの誕生日プレゼントを買いに行きなさい。私はミーティングがあるから」

「今朝ラジオで聞いたニュース関係のミーティング？」

「そうだよ。日に日にことが複雑になってきているから、アマルも一人で出かけないように用心するんだよ。必ずドライバーと一緒に出かけて。何か欲しいものあったら遠慮なく教えておくれ」

サーラは自分の怪我を見つめながら、アマルが近くにいたことによって危うく秘密がばれそうになったことについて考えていた。何とかしてアマルを遠ざけようとしないといけないと考えた。さもなければこれまで数年頑張ってきたことは水の泡になってしまうだろう。そうするとアマルも危ない目に遭ってしまう。このように秘密がばれるより、孤独な毎日を送る方がまだましだとサーラは考えた。

午後7時に家のチャイムが鳴り、お祖母さんが扉を開けると、包装されたプレゼントを持ったアマルがいた。

「いらっしゃい。どうぞお入りください。よくきてくださった。住所はどうやって知ったんです？」

「ごめんなさい。サーラのことを心配だったので、ドライバーにサーラの後を付いて行くように頼んだの」

アマルは照れながら言った。

お祖母さんはアマルを抱きしめながら言った。

「なんと優しい子だろう。おいで。サーラの部屋を案内するわ。夕食を食べ、薬も飲んだのできっと明日は元気になると思うわ」

アマルはサーラの部屋のドアを叩いた。

「だれ？」

「アマルよ」

「どうしたの？　おばあちゃんはもう大丈夫だと伝えてくれたでしょう？」

部屋に強引に入り、ベッドに座るアマル。

「うん、教えてくれたよ。でも昨日のことを直接会ってお礼を伝えたかったの」

「大したことじゃないよ。誰だって同じことをしたにきまってるよ」

アマルはサーラを強く抱きしめながら言った。

「あなたと知り合えて嬉しい」

「世間知らずの馬鹿ね。あれはあなたのことが好きだからしたとでも思ったの？　あれは、みんなによく思われたいと思ったからしたことよ。みんなの前では私は強い子で、あなたは邪魔者だと見せたかったのよ。弱くて常に人に世話をかける子だと。お父さんが哀れね。きっと悲しむでしょうね。自分のことでさえ護れない子を持って……」

「どういう意味？」

耳を疑うように尋ねるアマル。

「つまりあなたはみんなに好かれたいだけでしょ！　慈悲の天使だと呼ばれたいだけでしょ！　博愛主義者ってやつね。それを私が信じられるとでも思ったの？」

「誤解よ。私はそんなにいい人間じゃないかもしれないけど、他人のためになることをするのが好きなの。本当にあなたの妹のような存在というか、いつもそばにいる親友になりたいの。何を言われても私の考え方は変わらないわ」

「わかった。とにかく帰って。二度とここに来ないでね」

部屋を出てドアを閉めたアマルはお祖母さんに言った。

「もう帰ります。持ってきたケーキをあとでサーラに渡してください。一緒に祝いたかったけど、どうやら私は馬鹿だったみたい。突然に押しかけて本当にごめんなさい」

お祖母さんは部屋に行くとサーラが窓際でしとしとと降る雪を見ていた。

「アマルが泣いていたわ。いったい、何を言ったの？」

「お礼を言いに来たみたいだけれど、そういうの好きじゃないの。彼女のことが好きだからやったんじゃなくて、みんなの注目を浴びるためにしたことだと伝えたの。怒って帰ったわ」

「わざとそんなことをしたの？」

「おばあちゃん！　本当にごめんなさい。そういうしがらみが好きじゃないの。彼女の目の中に、私への愛着を感じたのよ。私は友情なんてものを信じないから」

「一体誰があなたの頭にそういう考え方を植え付けたの？　ジャングルに生きているのではないのよ。世の中には善と悪がある。このままでは、彼女を失ってしまうわ。見てごらん。わざわざあなたと誕生日を祝うために持ってきたケーキでしょう。あの子を泣かせて、何の利益があるというの？」

「私は一人で生きていくと決めたの。平穏が必要なのよ。人生には伴侶なんていらない。家族の想い出さえないのに今更、一方的な友情を作りたいなんて。いちいち人生に干渉されたくないのよ。疲れたの。あの子も、私以外の人を探せばいい。あの子とお父さんがどのように彼女を扱うかを見て、一瞬でいいからあんな父親が欲しいなと思ったわ。そう思ってしまった自分が嫌になった。彼女に家族があって当然だけど、私はこの性格では家族を持つ資格はないわ。アマルのお父さんは立派な人よ。もう誰とも暮らしたくない。私の心は凍りついているの。あの子は私に何を求めているの？　私は役立たずよ」

「大丈夫よ。サーラだって、大きくなって結婚して、家庭を作って、お友達だってかならずできるよ」

「おばあちゃん！　この話はもう終わり。もう寝るからそのケーキはお隣さんにあげて。猫と一緒に食べればいいよ。明日学校だしレポート提出もあるし」

　お祖母さんは部屋を出ると、サーラは毛布で顔を隠しながら泣き崩れた。

　一方では帰宅したアマルは泣きながらシャワーを浴びた。その後着替えてから父親を見に行くと、もう寝ていたので頬にキスをして部屋を出た。そこにホダーから電話があった。明日話すことがあるので会ってほしいとホダーに頼まれ、会う約束をした。

ホダーはこの問題を簡単に終わらせたくなかった。サーラに腹をたてていたのだ。まるで運命がサーラを悪から守ったかのようで、どうしても復讐してやりたいと思っていた。

朝は天気が良く、太陽が再び昇り、人生をより良く変える新たな始まりであるという希望を与えてくれる。それは人生の光だ。家と通りの廊下の間の雪、鳥枝から枝へと飛び回る鳥の鳴き声、空を飛んで行く夢、おそらくより美しい現実とより良い未来という吉報である。

サーラは学校の屋上でテニスボールで遊んでいた。サーラは学校に入ると、女子たちが自分を見て震えているのを思い出した。昨日の事件についての女の子の話を聞いて、それについて尋ねてきた。しかし、サーラはもう怒りたくなかったので、教室に向かった。ポケットに手を入れて歩いていて、気分を乱したくないのでイヤホンを耳につけていた。音楽はカラスの鳴き声のようなおしゃべり声より美しいと思った。

「ねえ超人」と女子が呼ぶ。

「なんてよんだ？」

イヤホンを外しながら言う。

「超人」

「はい、何でしょうか？　いったい誰がそんな名前でよびだしたのよ？」

「みんな話しているよ」

「よかったね。じゃあどうぞどんどん広めてくださいな。マスコミのおえらいさん」

教室に入ったサーラはペンと一枚の紙を持ち、そこに〝噂を全て信じるな！〟と書いて教室の後ろの壁に貼った。そしてみんなに大きな声で言った。

「昨日のことはアマルとお父さんを狙ったいたずらよ。私は何もしていない。みんなわかった？」

「よし。行こう。任務完了」と窓際に立っていたホダーはそれを見て笑っていた。

サーラはアマルの方を見て言った。

「わかった？　これでいい？」

アマルは頷いてそのまま本を読んでいた。終日互いに口をきくことはなく、教師たちもあらかじめ校長先生がミーティングをして、このことについて触れないようにしようと決めた。

サーラは、自分について広められた噂や、誰に止められない野獣だと呼ばれたことを思い出しながら、テニスボールを壁打ちしていた。マスコミも学校に押しかけてきた。学校が取材を断ったが、新聞にもサーラのことが載っていた。サーラは気が狂ったかのように止まることなく一人テニスをしていた。まるで言われたことを忘れようとしているかのように。実態も知らずに噂されたり、馬鹿にされたりするのはどんなにつらくて痛々しい気持ちか誰にもわかってもらえない。そんなサーラをずっとアマルは見ていた。そこにホダーがやってきて皮肉に言った。

「羨ましい。すっかり有名人になったね。それ以上何を望むというの？　新聞もテレビも彼女について話しているわ」

「あなたが報道機関に流したのね」とアマルは言った。

「ええ、光栄でしょ。あなたを野犬から助けてあげたので賞賛評価に値するわね」

「それが報いなの？　私たちが寝ている間に襲われていたら？　あなたこそ人間ではなくて狐だと思う。失礼する」

「私は普通の人間よ。あの子の方が奇妙だよ。数年前の少女殺害事件について話してもらえなかった？　あの子こそいつも問題を起こすわ」

「あなたたってなんて失礼なの。それは全部嫉妬からくるんだと思うわ。女子の間に毒のような噂を広めて。私は許さない。あなたに立ち向かうわ」

「はたしてサーラはあなたを必要としているかしら？　あなたがいようがいなかろうが関係ないと思っているのよ。あなたよりサーラのことよく知っているので、そろそろ諦めた方がいいわよ」

「あなたと話すとムカムカしてくる。じゃあね」

学内放送で警察が来ているのを聞いてサーラは立って見ていた。

「とても重要なことについて話したい」と３人の刑事教室に入ってきて言った。

アマルは警察がサーラを取り調べるために来たのではないかと心配した。

「あなたがサーラ？」

「はい」

「座って」

「はい」

「皆さん！　絶対にどこかへ一人で行かないでください。行くなら必ずご家族の方と一緒に出かけてください」

「じゃあ、家族がいない人は？」

「家にいてください。この街で奇妙な事件が起きているのを聞いているでしょう！　数年前に起きたこの学校出身の女子殺害事件も今年の頭に起きた誘拐事件も」

「なんで思春期の女子を？」

「これ以上言えないが、とにかく警察は全力でみんなを護るので、皆さんの協力が必要なんです。つまり学内または学外で不審な行動をしている女子とかいたらすぐに通報してください。可能だったら写真も撮ってくれれば、その犯人たちを巣穴から誘《おび》き出すのに非常に役に立ちます」

「もしそいつらが人間じゃなかったら？」とサーラは紙を刻みながら言った。

「ここは火星じゃない。地球だ。〝異常現象〟などは伝説や迷信だ。誘拐事件は世界中どこでも起きる事件だ。

とにかく常に家族と一緒にいるようにして用心してください。よろしくお願いします」と刑事はサーラを意味深な目で見ながら言ったので、アマルはそれが気に食わなかった。話を終えた刑事は校長先生および保護者と話すためにそっちへ向かった。

刑事の話を聞いた女子たちは怖くなって、道中にサーラを見ながらどのようにした野獣に勝てたかを疑問に思っていたが、サーラは相変わらず気にせずに耳にイヤホンをつけて音楽を聴いていた。

帰宅したサーラは家の前で、何人かの新聞記者が待っているのを見て大声で言った。

「聞いた話は全て嘘だ。ホダーが嘘やデマを流しているんだ」

噂をメディアに流したのはホダーだということをサーラはアマルから聞いていた。

午後3時に帰宅したホダーはおかあさんの隣に座り、自己陶酔しながらサーラとのことを語った。

「ホダー！　悪女にならないように用心して。パパの死はショックだったことはわかるけど……」

「それにしても、ママは数か月後あの裏切り者のイサームと結婚したよね。そんなイサームはうちの家族に何ということをしてくれたの。パパの会社を乗っ取ったうえ、やばい仕事をして。パパの名を汚して。パパは私の全てだったのに。亡くなってから私の心から優しさを奪って、抑圧を植え付けた人よ」

「違う。あなたは現実を認めようとしないのよ。パパはもう帰ってこないのよ」

「そうだけど、パパが殺された理由も犯人もわからないままで、その上にイサームに全部無理矢理取られてしまうなんてひどいわ。イサームが死ぬまでは、私の気が休まらないの。いつかそれを見せてあげる」

「イサームのように憎しみや復讐心にかられないで」

「どうでもいい。無理矢理でもしたいことを手に入れる。獲物が引っかかるまで待ってそれを滅多切りにして弱火でコトコト煮だす。ママは私と弟のハッサンに起きたことの責任を取って。思い存分に屋敷を楽しんでください」

お母さんはホダーに現実を突きつけられ、残酷な言葉に泣いた。ホダーはイサームの存在が嫌いなので、帰ってくる度に家を出て別館としてついている小さな家でハッサンと暮らしている。弟が16歳になるまで面倒を見ることに決めている。

弟の隣に座り、一緒にご飯を食べようとして言った。

「お姉さん！　お父さんの汚いビジネスにあまり巻き込まれてほしくない。お父さんの評判は最悪で……」

「気にしないで。私に合ったことをしているだけ。悲しませることは絶対しない。それとあの人はお父さんではなくて母の夫なだけで、昔から悪評だ。しかし残念ながら誰も近寄れないのよ。世の中は汚くて犯罪者が守られていて、かわいそうな人は野獣で慈悲のかけらもないような人に逮捕される決まりなのよ」

「お願いだからママを許してやって。家族の面倒を見てくれる男性が欲しくて再婚したのに、あんなに最低な人だとは気がつかなかったんだよ」

「過去のことはどうでもいい。今が重要だ。あの人を信じてしまって工場や会社の管理を任せてしまって。亡きパパにしたことを後悔させてやる。パパの死を利用して、私を騙し、工場や会社を乗っ取った。それより今日は天気がいいから、今4時だけど出かけない？」

「お姉さんは疲れているようだから無理しなくていいよ」

「気にしないで。どこに行きたい？」

「子供の頃パパがよく連れて行ってくれた、アムステルダムの運河をゴンドラに乗って水上散歩したいな。あの時は本当に幸せだった」

「わかった。行こう」とホダーの目に涙が浮かんだ。

白の長いジャケットに赤の帽子に赤のマフラーを巻いて、ハッサンの手を取って車に乗ってドライバーに運河へ行くように頼んだ。イサームはちょうど車から降りたところで二人を見ていた。

「バカな家族だ。いつか全員始末してやる。でもまず、この長女からかな！　おばかさんは簡単だ」とイサームは呟いていた。

屋敷の中に入ったイサームは妻のことに構わず、口止め料として少しお金をあげて書斎へ向かった。パソコンを取り出し、誰かに電話してサーラの事件についての情報や資料を郵便で送るように頼んだ。娘はサーラの同級生で全てを教えてくれた、と電話の相手に伝えた。

電話を切ってパソコンの中の写真を見るイサーム。サーラが犬と凄まじいパワーで戦っている写真だ。こんなにパワーがあると思っていなかったが、最高のものにするにはあともう少しだ。パーフェクトな状態で彼女をゲットして利用する。組織もサーラが順調に成長しているのを喜んで、イサームが頑張った分を報酬として与えた。

ホダーはサーラを捕らえる方法を考えていた。

「あまり考え込まないで。一瞬でいいから悩みを忘れて昔のように無邪気に遊んでほしい。子供の頃のお姉さんは他の子を助けたり、動物の世話をしたりしていたね。10年前のあの事件も憶えている？　盗難容疑がかけられた14歳の物売りのホサームという男の子のこと。あの時はお姉さんは必死で守って両親の借金まで立て替えて両親にレストランを購入してあげたし、ホサームを学校に行かせ、授業料も払ってあげたね。常にホサームが善人で将来立派な社会人になれるように励ましてきたんじゃない。そうすると将来彼が今度は困った人や貧しい人を助ける番になると言っていたじゃない？　今はどう？　１８０度変わり、復讐心にかられた人間に変身した。ホサームは今立派な大人になり姉さんに会いたがっているのに、姉さんは誰も気に掛けなくなった。服装だって地味になった」と弟はホダーの手の上に手を置きながら言った。

ホダーは涙を拭きながら様々な気持ちになった。あの頃の自分を思い出したくない。むしろ当時の純粋で知られていたホダーでいたかったが、騙されたり利用されたり負けたりしないために、きつくて気の荒い人間にかわったのだ。今大学で法律を学んでいてじきに卒業するホサームでさえ連絡しても無視しているが、大学の学費はホダーが払った。定期的に成績証明書などを送ってくれていたが、笑顔でそれを見ても全く返事することはしなかった。家を訪ねてきた時も、守衛の人に家に入れないよう命じていた。それでもホサームは雨の中家の前で守衛の人と話し、ホダーがなんで変わってしまったのかを直接本人に訊くまでずっと待っていた。ホサームはハーグで勉強しているけど、ハーグのことはあまり詳しくない。何回かホダーが通う高校を訪れたが、学校関係者が学内に入れてくれなかった。ホダーは恋愛や献身や人道などの感情から心を遠ざけた。まるで戦争中で復讐心しかなくて恋愛を考えている場合ではないかのようだった。

サーラにも復讐したいし、それと同時に亡きパパの会社をとりもどしたい。会社を回ったり市場調査をしたりして持っているお金は全部弟の口座に入金し、もし突然彼女の身に何かあったら彼女の相続分は弟に譲ると遺言まで書いた。正義を実現できる前に死ぬのが怖い。必死でイサームの弱点や会社のお金の横領の証拠を掴もうとしているが、毎回毎回まるで全ては彼の味方であるかのようダメだった。

13歳の時のホダーは、弟のハッサンに頼んでイサームを書斎から誘き出してもらってその間に証拠探しに侵入したが、見つからなかった。椅子に座って泣いていて顔を両手で隠していたら指輪を落としたので、しゃがんで拾おうとしたら机の下にガムテープでくっつけた鍵があった。きっと何か大事なものをしまったところの鍵に違いない。金庫を開けようと思ったらどうやらそうじゃないようだ。突然イサームが入ってきてホダーの首を掴んで壁に引きずった。ホダーは急いでカギを隠した。

「ここで何をしていた？」

「何も。泥棒としてずっとこの家に入ってから、私たちを入れてくれることがなかったあなたの書斎を見たかった」

イサームが顔を強く引っぱたいたので、床に倒れた。無理矢理引きずりながら書斎から追い出した。

「いつか後悔させてやる。絶対にやってやるからな」

部屋に戻ったホダーのところへ母親が入ってきた。

「ママ！　鍵を渡したらどこの鍵かを教えてくれる？」

「やってみる」

母親は手にした鍵を見て思い出しながら言った。

「この鍵は確か私が特注で作ってもらった金庫の鍵よ。後にパパはそれを会社の部屋で使って大事なファイルを保管するのに使った」

「ありがとう、ママ。彼が私たちにしたことを私は許さない。神様に誓ってあの人に血の涙を流させてやる」

「ホダー！　もう二度とあなたを失いたくないわ。あの男は人間じゃない。あらゆる場所で権力を持つようになってきたから、機会があればあなたを容赦なく殺してしまうかも」

「どっちにしても、私は死んでると思っているから、好きなようにさせて。ママに一度殺されたから」

黙ったまま強くホダーを抱きしめて部屋を出た。

翌日の放課後、会社に行って秘書室で2時間待たされ、やっとイサームの部屋に入った。

「おっ、社長がお見えか？　どうしたの？」と苦笑いでイサームは言った。

椅子に座ったホダーは誰がお父さんを殺したかを教えてくれるように訊いた。

「車の中で突然死ぬなんておかしくない？　死因もわからずに。きっと何かある」

唾を呑み込んだイサームは内心で〝この歳で子はもうはや蛇になった。私を恐れず怯えることはない。これからは気をつけながら彼女に死ぬまで闇の泥にどっぷり入り込む罠を仕掛けないと〟と思った。

「前に伝えたがあなたのお父さんは心臓発作で亡くなっていると」

「しかし司法解剖の報告書でそう書いていなかった」

「知らない」

「いつかあなたが犯人だと証明したらどうする？」

「黙れ。何という生意気な女の子だ。出ていけ」

「ここは私の会社だ。私を殺さない限り会社からは追い出せない」とホダーは言って出て行った。

椅子に座りシャツのボタンを全開し、ため息をつきながら引き出しから拳銃を出した。

「あの娘の頭にこれを撃ち込んでやる。夢を叶えるためならこれっぽっちも躊躇うことはない。気分を害するものは始末しないと。その前に何を考えているかを知らなきゃ」

イサームを挑発したことにより彼が犯人だということを確認できたが、今のところ証拠はない。もっと会社の部屋をじっくり見ることにした。

夜中に会社に侵入することにして弟のハッサンとホサームと３人で出かけた。建物は５階建てで監視カメラがついている。ホダーに出会うまで厳しい環境の中でホサームは家を登るのが得意だった。それに弟のハッサンはコンピューターが得意で着くや否や監視カメラを消し、顔を見せずに守衛の目をそらした。

ホダーは中に侵入して金庫へ向かった。中にあったすべての書類を取り出した。窓の外でぶらさがったまま待っていたホサームにしがみついて下りて逃げた。最寄りの公園で携帯電話のライトを当てて書類を見ると、中型のファイルで中には知らない人の写真や手紙が入っていた。

「まさかあの人の前の家族の写真かな。なんで今も大切にしているんだろう？」

写真の裏を見ると温かい愛の言葉が書かれていた。それを残してその他の書類を燃やした。憎しみで一杯になったホダーはじっと写真を見つめながら何も一言しゃべらずに帰宅した。ハッサンもホサームもどうしたらよいかわからなくなった。

「もう寝よう」

「うん、明日また何をするか考えよう」とハッサンが言った。

ホサームは泣きながら読んでいたあの手紙の内容で一変したホダーのことを心配した。

翌日警察が会社に来て大騒ぎになった。あの会社が盗難に遭うなんて珍しいことであった。ホダーは教室で新聞のニュースを読んでいた女子から聞いて大笑いしていた。

「お父さんの会社が盗難に遭ったのに笑うの？」

「ええ、笑う。ざまあみろ」と持っていた写真を見ながら教室を出て行った。廊下で別の女子に肩同士でぶつかって写真が床に落ちた。後ろを振り向き「見えていないのか」と言った。

その女子がこっちを振り向いた時、ホダーは衝撃を受けた。写真の中の女の子にそっくりだ。その子のことを気になり調べたり情報を集めたり、家まで尾行したりした。

老婆と一緒に住んでいた。その辺りを通った男性に訊くと、最近この街にやってきた老婆と花屋の仕事を手伝いながら一緒に住んでいるということがわかった。

車に乗り帰宅したホダーは別館の部屋に入って少し休もうとした。手紙を読めば読むほど怒りや憎しみが倍増した。イサームの声が聞こえたので急いでズボンのポケットに写真を隠した。外ではイサームが電話で叫びながら話していたので、大笑いした。それを見たイサームは急いでこっちに来た。

「お前が犯人だと知っている」

「その証拠は？」

「俺の部屋にいた」

「あなたも殺害現場にいたが証拠はなかった」

「悪女だ。見せてやる」

ホダーは別館の部屋のドアを閉め、イサームの脅迫に気になり恐怖感に駆られてしまったが、亡きパパと母親のことを思い浮かべて励まされた。写真を取り出して言った。

「これが弱点か！　こっちこそ見せてやる。今日から変わってやる」と言って写真を床に投げ落とした。

「お姉さん！　着いたよ。降りない？」と弟のハッサンに呼ばれて正気に戻ったホダーは、「あごめん。降りる」と言って傘を差し弟と並んで歩いて行った。横を通った男性に突然手を握られた。振り向くとなんとホサームだった。

「やっと会えたね。何年ぶりかな！　あれ以来かな！　あの侵入作戦から。なんでずっと僕を無視しているかわからない。もし僕が悪いことをしていたら罰を受ける覚悟ができているけど、何もしていない。ずっと無視されて死にそうだった」

「あなたのためにいろいろしてやったのにそれ以上何がほしいの？　それに手を放して」と言ってホサームを払って顔を平手打ちした。

「ハッサン！　行こう」

「なんでそんなに変わってしまったの？　君は単に逃げているんだよ。やっと久しぶりに会えたのに。中国へ短期留学しにいくと報告しに来たのに。それに僕が君に対して何の罪を犯してきたかを知りたいと思ったから。心も体もボロボロだ。どうか僕に理由をおしえておくれ」

「別に。あなたの存在が好きじゃないの。さよなら、泥棒さん」

侮辱されたホサームは怒りで動けなかった。ホダーの手を掴み、強く握ったので、その痛みの分をホサームの心が痛がっているとホダーは悟り、自分がホサームにしたことを許されないと思った。

「これまでありがとう。無礼を謝るよ」

ホダーが流した涙は雨と混ざったので、彼女はわざとそうしたというのがホサームにはわからなかった。車に乗ったホダーは雨の中で見ていた。

「他人を低く見たり罵《ののし》ったりすることなんて、これまでなかったのに、お姉さんはなんであんなことを言ったの？　亡くなったパパは常に人間は尊重と道徳を身につけなければいけないと言っていたでしょう。今のは人間性を失わせる粗野な行動だよ」と弟は尋ねた。

「状況が、相手を自分から護ったり敵から護ったりするために、そうさせてしまう時があるの」

「お姉さん！　僕に心をひらいて。たった一人のお姉さんなんだ。心配しないで。イサームのことなら僕が阻止するよ」

「何も言わなくて大丈夫。家に帰ろう。ハッサンはまだ若いわ。大きくなったらお母さんのことを守ってね。わかった？」

「お姉さんも守るよ」

「うん、ありがとう」

あの日から変わらなければ今日まで生きてこられなかっただろう。自分だけでなく弟もお母さんも。

ホサームは私ではなく他の女の子が相応《ふさわ》しい。私は自分の人生のことは、いつ死ぬかわからないし、もしかしたらもうすぐかもしれない。彼をこれ以上悲しませたくない。私抜きで生きて行けばいい。私が死んだらちょっと悲しむかもしれないけど、そのうち忘れることだろう。これまでの人生で2度ショックを受けた。パパの死と友情や恋愛を嫌うもう一つの出来事だ。もうそういう感情に負けたくない。憎しみという感情だけを持ち合わせることによって止まらずに前に進めるのだ。

第1学期の期末試験期間がやってきてそれぞれの学生は勉強に励んでいた。サーラもアマルもホダーも、あと1学期で卒業ということで試験勉強だけに集中している。試験期間は2週間でやっと最終日を迎えた。サーラは相変わらず問題なく第1学期を終えたので喜んでいた。アマルは少し疲れ気味だが、父親と休み中にゆっくりできるので嬉しかった。ホダーはサーラをいつでも落とせるように懸命に企んでいた。

２週間に及ぶ冬休みが始まり、サーラは毎年のようにお祖母さんとお祖母さんの故郷へ行った。サーラが生まれた村とお祖母さんの村との間は約20分で、アムステルダムからお祖母さんの村までは30分だ。サーラは道路を見つめながら言った。

「おばあちゃん！　この道を何となく知っているような気がする」

「知らないと思う。あなたは都会生まれだから、知るはずがない」

「村に来る度に胸のあたりで何とも言えない痛みを感じるの」

サーラの目から流れた涙を、お祖母さんはふいてやった。

「おばあちゃんに悩んでいるところを見せるんじゃなかった」

「見せなくても目が全てを語ってくれる。冷たい目だけど綺麗な目だ。胸の中を全部打ち明けてほしいわけじゃないけど、サーラがよければ聴いてあげる。ちなみにあなたのママはあなたの目のことを活気あふれる目だと言っていたよ。でもママが逝ってからお前の目は冷たい目になった」

「私の人生の中の一枚のページがちぎれたような感じよ。なんでおばあちゃんは私のような冷たい女の子に耐えているの？」とため息をつきながら言った。

「もう一回言ってごらん。私はどれほど幸せかあなたにはわからないだろうね。お馬鹿さんだね」

「私はおばあちゃんと一緒にいるのに値する人間かしら？」

「もちろんよ。お前を愛しているよ。あの鎖のように連なっている山を見てごらん。私はあのぐらいお前を愛しているよ。一生一緒にいたいと思っているよ。この美しい顔に値する男性と結婚して、子供が生まれる。そんなサーラが見たいよ」

「大げさだね。その時まで生きていられる保証はどこにあるというの？」

「サーラ！　私は悲観的な考え方や死の話が好きじゃないよ。確かに死は事実だけれど、死が訪れるまで人生を止めてはいけない。人生は続く。その苦楽を含めて生きなきゃ。心からその悲しみや不安を取り除き、代わりに喜びを与えてくれる友達が必ず現れる。友情を信じるかい？」

　サーラは携帯電話を覗き、そして左側の車窓から見える雲を見て言った。

「あの雲はどれほど遠いかわかる？　信じないし誰も私を説得できない。私たちは自己愛とお金の時代を生きているの。お金こそ幸せの秘訣で、人はお金のために自分の祖国だって売ることがある。多くの人はそう思っている。私は友情なんか気にしない。友情は幻よ」

「それが結論なの？」

「おばあちゃん！　人々はもはや関係を築いたり、真心を込めて互いに好きになったりしなくなったのよ。世の中を動かしているのは利益よ。ほとんどの人は家族がいるというのに一人で住んでいる。お互い理解し合っていないし、同じ食卓を共有しないし、昔の価値観はもうないの」

「そんな昔じゃない、本当の話を教えてあげるよ」

「いいよ。どんなお話？」

「腎臓を患った少女がいて移植が必要だった。ある日親しい女の子からプレゼントが届いてそれを開けた。中は何だったと思う？」

「何？」

「その女の子の友達からの臓器提供同意書だった。信じられなく喜びのあまり泣き崩れてその友達を抱きしめた」

　俯いたサーラは言った。

「それはめったにない献身的な行為だね。提供者が見つかってよかったね」

「お前には何を話しても無駄なのね。大事なお話だったのに」とお祖母さんは怒って言った。

# 第2章

お祖母さんは生まれた故郷に無事に着き、村人にサーラと挨拶に行った。その中にはマージドがいて、温かく迎えてくれた。お祖母さんとサーラのスーツケースを運ぼうとしたけれど、サーラはそれを断ったので、お祖母さんのスーツケースだけを運んだ。

「いつまでも頑固だなあ」

「自分のことは自分でするのが頑固かしら？」

「僕の言いたいことはわかっているだろう！」

「私は自分のことは自分でするのが好きなの。おばあちゃんのために生きていているの。よそ者には干渉されたくないのよ」

「僕がよそ者？　それはどうもありがとう」

「二人とも落ち着いて。着いたばかりでもう喧嘩？」

マージドがほほ笑んで家の中にスーツケースを置き、サーラへ振り向かずに言った。

「何かいることがあったら教えてください」

「紳士だね。結婚する人はなんて運がいい女の子でしょう」

「わかってくれればいいけど」

「少し休むから、お二人どうぞ嫌味を言い続けてください」とサーラは言って消えた。

マージドがいなくなるや否やサーラは戻ってきた。

「近寄ってくるのが嫌い。気持ち悪くなる。あの人の仕事は何？」

「大学を卒業してから村に戻ってきてお父さんの仕事を手伝っているみたいよ。街の方で職探しをしているけど、見つからないらしいの」とお祖母さんはソファに腰を掛けながら言った。

「なんで村の人たちと顔が違うの？」

「それはスカンディナヴィア系の母似だから、肌が白くて赤毛で青い目をしている」

「よく焼いたパンにしか見えないわ」

「声が大きいよ。マージドが聞いたら自殺するかも。あなたのことが好きで近づこうとしているのに、あなたがそんなに拒んでいるから。村人みんなそれを知っているし。お父さんがそれに反対しているのに」

「お父さんはえらいわ。私は息子さんが嫌いだから私も反対よ。ちょっと散歩してくる。帰ってきたら夕食にしよう。お腹が空いているから」

「わかった。美味しいご飯を作っておくから、後で好きなようにしてください。よし、まずスーツケースね。それと掃除を手伝ってから出かけて」

2時間経った後、サーラが携帯電話を覗くと圏外だった。本当は携帯を使いたくない。誰かから連絡が来るわけではないし、気にかけてくれる人もいないが、お祖母さんのために持っているだけだ。

サーラは後ろを見ると窓越しで料理に没頭しているお祖母さんの姿が見えた。歯を食いしばりながら言った。

「私にこんなにしがみ付いてこなければよかったのに。おばあちゃんを独り置いて逃げようと考えたのを知ったら怒るでしょうね。しかしおばあちゃんが良くしてくれたのは一生忘れないわ。神様に長生きして、亡き母にも慈悲を与えるように祈るわ。常にあなた二人のために祈っているわ」

右手の手の平を見て切なさを込め、ため息をついて歩きだした。

畑を通りかかると、農家のひとたちが仕事しているのが見えた。携帯はバイブレーションモードになっていて、右のポケットに入っていた。村人たちが感心しているような目でサーラを見ていたので、恥ずかしかった。そこに8歳ぐらいの男の子がやってきてオランダの名物のブラックチューリップを右の方向へ指しながらくれた。よく見るとその花はマージドからだった。サーラはしゃがんで子供と話そうとした。

するとと子供は耳元で「これはマージドからだよ。あなたのことが好きで常に会いたがっている。お友達になりたがっている」と言った。

「私は誰とも友達にはならないの。この花を彼に返してちょうだいね。二度とこんな真似をしないようにと伝えてください。彼に似たような馬鹿な花をもらえるような女の子じゃないの。また来たら叩くわ。さあ行って」

子供は竹藪の間を通って「マージド、マージド」と名前を呼びながら急いでマージドのところへ向かった。それを見たマージドは白い帽子で顔を隠した。サーラの反応は予想通りだった。顔はまるで氷水をかけられたかのような怒った顔だった。

マージドは「彼女は僕を受け入れていないけど、諦めない。遊びではなく本当に好きだということを伝えたくて花をあげようとしたのに」と心の中で思った。

サーラは竹藪の中のマージドの視線を感じながら歩き続けた。香りが漂う水仙畑へ行った。右の方を見ると、60歳のガッサーンおじさんが野菜を乗せた車を引っ張っていた。しかし道が険しすぎて、そこに止まっていた。

「毎年タバコを吸っているお金で道路を舗装したらいいのに。タバコに使うお金を集めたら道路を舗装するのに充分な金額になるのに、残念ながらそれを考えられないのね」

「誰もお前さんに助けを求めていないよ。毎年ここへ戻るたびに、まるで自分のお金で買っているかのように、タバコをやめて女子のための学校建設をしろとお説教だ。こりごりだよ。女はみんな主婦になるために生まれてきたにすぎないってのに」

「それはあなたたちが望んでいることでしょう。読み書きができなくて教養がない人であってほしいのよね。便利な奴隷がほしいのね。女性に対して失礼よ。私たちだって、学んだり自分を守ったりする権利があるわ。石器時代からの古い習慣から女性を解放してやってちょうだい。単に女性だから家の中に閉じ込めるなんて馬鹿げた、遅れた考えよ。こっちへ戻る度に、いつかあらゆる村に学校ができたのを見るまではそれを主張するわ。同じくお金を集めて井戸を掘ったら、いちいち湖までわざわざ水を汲みに行ったりしなくても済むのに。あなたたちの考えはとにかく古いわ。もう少し頭を使ってちょうだい」

「黙れ小娘。この村からさっさと出ていけ。こんな頭の娘を持つお祖母さんはかわいそうだ」とガッサーンは声を荒げて言った。

「おばあちゃんこそ、ずっとこんなところに住んでいなくてよかった。さもなければ女中のように家畜の世話をしたり、ヤギの乳を搾ったり家を掃除したりしていたことでしょうね」とサーラは言い返した。

「もう行け。村人に不安や変わった考え方を植え付けようとする反抗者め」

ガッサーンは車を力強く引きながら言った。

サーラは頭を左右に振りながら歩いて行った。村人の古風な考え方は別として、この村の全ては素敵だ。

「なんで常に独り言を言っている？」とマージドが近づいて尋ねた。

「わかってくれる人はいないから」

「僕がいるよ。君が心を開いてくれれば」

「本当にわかってくれる？　無理だと思うわ。相手は一言も言わなくてもわかるものよ。それとあなたにそんな理解力があると思えないし」と悲しげに言った。

「僕は魅力的ではないかもしれないけれど、あなたのことが好きで一緒になりたいと思う普通の人間だよ」と当惑しながら言った。

「それは難しいわ。これまで信用できるような男に会ったことはないわ。好きな人のために犠牲を払った時に、その時に地上での男の存在を認めるわ。あなたにできる？」

「できる。決して失望させないよ」

「じゃあ簡単なことをお願いしていい？」

「なんなりと」

「暗くなるし、ちょっと邪魔だから道を開けてくれる？　まだ散歩したいから」

マージドは怒りを感じながら自信満々に歩き出したサーラをじっと見て言った。

「いつか立派な男として、ものにしてやる」と右手の拳を握りながら言った。

午後6時頃にガッサーンが帰宅した時、娘のハニーンは夕食の用意をしていた。怒った感じで破れた帽子を取ってテーブルに置いたので娘がやってきて尋ねた。

「どうしたの？　お父さん」

「あの子」と左手で指しながら言った。

「どの子？」

「サーラ以外に誰がいるというのかね？　こっちへ戻る度に混乱を引き起こす。まるでこの村の婦人であるかのように、私たちはまるでいないかのように振る舞っていて見ていられない。あんな娘を持ちたいと思わない。もしいたら追い出してやる」

「あの子はへつらうこともなく悪気なくしゃべるわね。でも彼女が要求していることは悪いことじゃない。私も賛成しているわ」

「料理を続けて。そんなのはいらない。都会の女の子がどれほど変わっているかを見てみろ。教育だと？　娘がそんな風になるのを絶対に許さない。あいつが言ったことも忘れろ」

ハニーンはため息をつきながら台所へ行った。ハニーンはサーラより2歳年下で、大学に行きファッションデザイナーになることを夢見ているが、その夢は延期となった。ハニーンはサーラの大ファンで、そんなに話したことはないけれど、尊い使命を持っているだけでサーラはあこがれの的だ。その使命とは虐《しいた》げられた女性に権利を与え、教育を続けさせることだ。

サーラは湖の近くを散歩してほとりに座って休憩した。首に右手を当ててネックレスを触った。見えないようにいつもそのネックレスとペンダントヘッドを隠している。黒の石でできたペンダントヘッドで端には丸の模様で真ん中には空洞の目が彫られている。子供の頃からずっと着けているがその詳細は知らない。首から外して水につけたが、手が震えたのですぐまた着け直した。

3歩歩いてまるで空から見下ろすハヤブサのようにその鋭い目で誰かに尾行されているかどうかを確認して黄色の岩のそばを掘り始めた。そこから赤の3個の卵を取り出した。その3個の卵は見つかった時から今までここに隠していた。ちょうど4か月ぐらいの赤ちゃんの手のひらの大きさで、不思議なことにその卵は環境の影響を受けない。重くて殻も鉄のように固い。

帰宅道中に暗くなった。髪の毛を弄りながら携帯でメールチェックしている。アマルからのメッセージで、いつ会うの？　という内容だった。電波が弱いのでメッセージをずいぶん遅れて受信している。

帰宅したマージドは、妹のハニーンが泣いているのを見て涙を拭いてあげてから尋ねた。

「なんで泣くの？」

「お父さんに権利も夢も奪われて……」

「悲しまないで。いつか夢を叶え、したいようにやれる日がやってくる。時間がかかるかもしれないが、お父さんも村人も優しさを以て接すれば変わる」

「いつ来るかな！　その日は」

「必ず来る。世界中の人に反対されても信じて夢を信じて諦めずに忍ばなければならない。どの人間にも権利があるわけだから立ち向かって実現しなければならない。夢は目標なのでいつか現実になる」

「お兄さんも、結婚はまだ考えていないの」

「僕の夢はサーラだ。この夢の実現は譲らない。お父さんに反対されているけど、いつか同意してくれるはずだ。サーラは僕にとって大事な存在だ。確かに高嶺の花かもしれないが、同意してくれるまで諦めない」

「ところでお父さんは今日サーラに会って喧嘩したらしいわよ」

「うん、遠くから見た。二人は似た者同士だが、サーラは強い。したいことを手に入れるまでは黙らない。あの子を信じている」

「お父さんはサーラのこと好きじゃないし、結婚も反対するでしょうね」

「気にしないで。お父さんのことなら大丈夫だ。問題なのは、彼女は心が入りにくいことだ。一方ではお父さんには結婚するようにしつこく言われているが、まだ時期じゃないと伝えている。まだ思春期中のサーラと結婚したいと伝えていない。サーラは落ち着いて家庭の責任が取れるまではあと5年必要だ。勉強が終わるまで待ってお祖母さんに挨拶に行く。お祖母さんは僕の気持ちを知っているから、説得させるように協力してくれると思う。時間が経つにつれて心が僕に傾いてくれるかもしれない」

　サーラは石を蹴りながら独り言を言っていた。いつまで村人たちがそんな状況にいるかを考えていた。その姿を2階の窓からマージドが見て心の中で呟いた。

「それだ。この村が必要としている人だ。強くてしっかりしていて、圧倒させるラテン系の美しさだ」

　サーラの頭の中でなぜかアマルのことが浮かんだ。アマルにメッセージを書いたり消したりしていて結局送らずにいた。帰宅して水を飲んだ。外は寒くなり雪が降りだした。お祖母さんは寝ていたので、サーラは入浴して夕食を食べた。本を見つめてから一冊の本を選び、床に座り温かいコーヒーを飲みながら読書に没頭した。

　窓の外をふと見たら、綿花のような雪が降っていたので、窓を開けて手を出した。右手の手の平に当たってすぐに溶けた。それを見たサーラは言った。

「私の悩みはこの雪と同様に溶けて消えればいいのに」と言って雪を写真に撮りアマルに送った。

「雪の粒の数を数えられたらいつ会えるかを教える」とメッセージに書いた。アマルはその時に病院で検査をしていたところで、それを笑いながら読んだ。検査が終わると座ってじっと写真を見ながら数え始めた。30分後アマルは、ベッドに横たわってオランダの音楽家アンドレ・リュウの「The Last Rose」を聴いていたサーラにメッセージを送った。その中で「バカにしているの？　数えられるわけがない。あなたこそ数えられたら離れてあげる」と書いた。

「なんて頭いい子だ。面白い反応。どう返せばいいかわからないが、合わせてやろう」と思って次のように書いた。

「数はどうでもいい。要は好きだということ」

「なぜ気が変わったの？」

「別に変わっていない。アマルは雪が好きだから、相変わらず喜ぶと思ったから送った」

「ありがとう、とても嬉しかったわ。見ることのできないものを見せてくれてありがとう」

「なぜ見られないというの？」

「冗談よ」

アマルはサーラに電話しようと思ったが、サーラは口悪いので傷つけたくなかったのでやめた。それに体調が悪いことを伝えることによって同情させて悩みを増やしたくなかった。

サーラはアンドレ・リュウの音楽をアマルに送った。

「どう？　アンドレ・リュウは気に入った？」

「誰それ？」

「ネットで検索したらわかるわ」

「後で落ち着いた時にね」

サーラは立ち上がって「落ち着いたら？　何かあったのかしら？」と疑問に思って電波を受信できるように外に出た。携帯が電話を受信できるまで家の階段に座り込んだ。初めてサーラは受信のことを気にした。普段はお祖母さんと話す以外には携帯を使うことはない。携帯が電波を受信できるようになり、アマルにメッセージを送った。

「どうしたの？」

話の趣旨がなぜ変わったか知らないアマルは言った。

「つまり、さっきはパパと外で買い物中だったの。今帰宅しところだ」

「なるほど。父さんと楽しんでいたわけ。じゃあ遅いからもうおやすみ」

「了解。お姉さんの言うことを聞いて寝るわ」と言って心の中で「なぜサーラと話すときってこんなに笑顔になるのかしら！」と思った。

翌日の早朝にお祖母さんは朝食の用意をして、それを畑にいる農家の人たちに持って行ったが、サーラに伝言を残した。

午前10時頃サーラの目が覚めて時間を知ろうと思って携帯を見たら、アマルからメッセージが入っていた。

「バラのような朝でありますように」

それを読んだサーラはほほ笑んで不思議な気持ちになった。

「おはようございます。水仙さん」と書いた。

「黒花さん！」とアマルは返した。

サーラは笑って尋ねた。

「なぜ？」

「黒花を見るとあなたのことを思い出すから」

「そんなに私は腹黒？」

「ごめん。そういうつもりじゃない」

つまりサーラは黒が好きというのとサーラの人生の暗くて見えない部分を意味して、それを照らしたいという意味だった。

「アマルに迷惑をかけていないし、誰かの心を傷つけていない限り私にとってはこれがいいの。よそ者には心には侵入はできない」

「小窓をこじ開けたいわ」

「言うのは簡単だけどね。自分の沈黙を理解してくれる人はなかなかいないと思うわ」

「私は理解しているわ」

サーラはベッドの右側の引き出しを開けて卵を見た。とても熱くてペンダントヘッドも手首も光っていた。起き上がって髪の毛を後ろに束ねた。常に持ち歩いている鞄から一冊の本を取り出して88ページを開けた。そこに載っている写真を見て「卵には驚くべき力がある」と書いてあった。次のページを捲《めく》ると、見つけているペンダントヘッドのイラストもあった。その下には「古代文明の部族のもので、持っている人は誰に止められることのできない悪魔になる」と書いてあった。

「私はなんて馬鹿だ。なんでそんなものにハマったんだろう。いますぐ捨てなきゃ」と本を閉じて卵と本をいつもの場所に戻した。

何もなかったかのように部屋を出てお祖母さんを呼んだが、返事はなかった。台所と部屋を探している時にテーブルに置いてあったメモを読んでお祖母さんが出かけているのがわかった。朝食を食べお祖母さんがいる畑へ向かった。

　マージドは畑に近づいてくるのを見て、お祖母さんのところに行って少し話した。

　サーラはお祖母さんを呼び、お祖母さんはサーラの方を優しくほほ笑みながらサーラを強く抱きしめた。

「どうしたの？　手が震えている」

「うん、寒くて震えている」

「家に帰った方がいい」とマージドが言った。

「関係ない。自分のことだけに集中したら？　私はおばあちゃんと話しているの」

　サーラは携帯を覗いた。

「誰かから連絡を待っている？」

「別に」と誤解されないように素早く返事した。

「おばあちゃん！　疲れているだろうから家に帰ろう！　今日はお出かけなしだ」

「話を変えましょう。今日私は5時に集会に行く」

「そういう集会が嫌い。毎年行われているけど、何も変化はない」

「声が大きい。村長に聞かれたら追い出されるよ」

「おばあちゃん！　見てごらん。村の小さな女の子はいつまでこんな遅れた状態が続くの？　私はあの子らの教育を受けられる権利しか求めていない。女の子は主婦になるために生まれるのではない。この宇宙ぐらいの視野や夢もある。女性が解放されるのが怖いという伝統や慣習に執着せずに縛らずに彼女らが生きたいように生きさせよう。女性は単に自立したいだけ。男性に劣っているのではなくてむしろこの広い宇宙で男性の強い支えだ」

「サーラ！　もうよして。村から追い出されてしまう。毎年来ても歓迎されなくなる」

「村長を始めとして村人はいつか後悔してしまう日が来るわ」

「僕はサーラに全面的に賛成する。村長や村役場の人たちはサーラが要求していることに耳を傾ければこの村はもっともっと良くなっていただろう。発展というのは決してこれまで育ってきた価値観を捨てるのではなくて、むしろ発展しながらそれを守ることによって良くなる」とマージドが言った。

「あなたはサーラのことが好きだから味方をしているんでしょう?」とお祖母さんが言った。

「好きな気持ちと関係ない。客観的に見て、彼女は正しい」とマージドは恥ずかしそうに言った。

「変化を信じない者には無駄よ」とサーラはコメントした。

「いつか村が変わる日がやってくる。そのうちにきっと」とお祖母さんは言った。

「そうは思わないわ。口を酸っぱくするほどに変化のことや女子や村の一般的なことをもっと公平に扱わなければならないと言ってきたわ。そう簡単じゃない」

アマルは前の日、病院から帰ってきた時からずっとベッドに寝ていた。退屈なのでもうそろそろ学校に戻りたくなってきた。最後にサーラを見たのは試験期間中だった。サーラと一緒に出かけたり、散歩に行ったり一緒にご飯を食べに行ったりしたかったが、断られることが怖かった。時計を覗くと午後6時だった。支度してサーラの家に向かった。ホダーはもうすでにアマルの家についていて、アマルが出かけているのを見て付いて行って携帯に連絡をした。

「今どこ?」

「今は外出中」

「どこに行くの?」

「市場へ」

サーラがホダーのことを嫌っているのを知っているので、アマルは本当のことを言いたくなかった。サーラの家に着くや否やホダーからまた連絡が来た。

「本当に市場に行っているの？」

アマルは振り向くと後ろにホダーの車があった。

「もう喧嘩したくないから言いたくなかったの。それにサーラとの仲はあなたと関係ない。ほっといて」とアマルは電話を切った。

車を降りたホダーは急いでアマルを追いかけた。アマルはサーラの家のドアを叩いたが、返事はなかった。ホダーはアマルのそばまで来て
「サーラはいない。２週間帰ってこない」

「じゃあなんで最初から教えてくれなかったの？」

「私はサーラのことなら今何処にいるなど全て知っている。彼女のところへ行きたい？」

「疲れたので帰る」

アマルは呆れて言った。

「一緒に行かなければ、私一人で行って迷惑をかける」

脅迫してきたホダーを見たアマルは言った。

「なぜそんなに憎んでいるの？　彼女はあなたに何もしていないでしょ。競い合っているからといって、学校外で憎んでいいというわけにいかないわ」

「彼女が先にふっかけてきたの。あなたもその間に入ってきたのよ。彼女には私と同様に痛みを味わわせてやるつもりなの。あなたも痛みを味わいたいならばどうぞ、私があの人のために作った世界へようこそ。入ってしまったらもう出られないわよ」とホダーがアマルの手を握りながら言った。

「狂っているわ」

寒くなって雪が降りそうな空の下で、アマルは言った。

「もう帰るわ。あなたの脅しに屈しない。サーラも強い子よ。あなたなんかに負けないわ」

「あっそう。あなたを通してあいつも痛みを感じるかしら。または……」

「またはだれ？　サーラにはお祖母さんしかない。あのお祖母さんに害を与えるつもり？　サーラがあなたのことを生意気で人間じゃないと言った時は正しかったわ。もう帰る」と言って車に乗った。

雪が降り始めた。ホダーは怒りを込めた目でアマルを見た。ドライバーに迎えにくるように連絡して、車に乗って家に向かった。

帰宅したアマルは部屋で泣いていた。薬を飲むために起き上がって、花束を写真に撮ってサーラに一文字も書かずにメールで送った。それを見たサーラは「とてもきれい」と返した。

サーラはほほ笑んで携帯をベッドサイドに置き、眠りについた。

アマルは、病院と数日前に訴えてきた痛みのことを思い出し、涙を流しながら心の中で思った。

「一度病院に行くだけで人間がいかに健康に恵まれているかを神様に感謝しなければならない。健康を失くして初めてそのありがたみがわかる。神様！　これまで不満ばかり言って感謝していなかったことを許してください」

父が入ってきて隣に座って頭を撫でながら蒼白な顔を見つめていた。父親は何度も妻に帰国するように頼んだが、妻は娘よりももっと大事な理由のため戻ってこなかった。

「ねえ、お腹空いていない？」

「ううん、帰り道でちょっと食べたから」

「いつ出かけたの？」

「さっき。すぐ帰ってきた。サーラに会ってすこし話したかったんだけど、お祖母さんと里帰り中でいなかったんだ」

「なんで教えてくれなかったんだね？　何も言わずに出かけるのは悲しい」

「ごめんなさい。許して」と父親の手を握りながら言った。

「わかった。また出かけることがあったら教えておくれ。私が送ってあげるから」

「パパ！　いつまで私は周りの人に頼って生活をしなければならないの？」

「バカなことを言わないで。人間は誰でも助けが必要だ。支え合えるために生まれたんだ。いくら独りでいる方が楽だといっても人は一人で生きていけない。自分を欺いて誰もいらないと説得しようとしても、誰かがいると、疲労や恐れのあまり頼ってしまうんだ。悲観的に考えないで。お前のことが好きな人は必ずそばにいるから」

「なんでママはパパのように優しくしてくれないの？　そばにいてくれないの？　ずっと妹か親しい友達が欲しかったわ。どうして、ずっと私と仲良くしてくれる人は誰もいないの？」

「私がいる。忙しくて一緒にいられない時があるけど、ずっと心の中にいる。でも、そんな言葉だけでは物足りないだろう。誰か常にいてくれる人が欲しいよね」

「変なこと言ってしまってごめんなさい。体が疲れすぎて、心もまいっちゃったみたいなの。パパと一緒にいて心がすこし安らいだわ。さっき言ったことを忘れて。もう寝るわ」

「娘にがっかりさせてしまって……娘を守れないダメな父親だ。最初からしっかりすべきだった。あの子にはあんな母親しかいないのは、あの子に何の罪もない。妻に好きなようにさせてしまって、それが唯一の娘の人生にしわ寄せが来るのに気づかなかった自分はなんて弱い男だ」と父親はつぶやいて、アマルの部屋を出るや否や携帯電話を床に投げ捨てた。

　サーラは、手首から少し出血していたので浴室を水で洗浄した。顔を見ると右目の下に黒い血管が見えた。それを隠そうと、クリームをぬったり氷で冷やしたりしてみたが、無駄だった。外でお祖母さんが呼ぶ声がしたが、サーラは返事ができなかった。浴室のドアを閉めて、中からシャワー中だと伝えた。

「ご飯の用意ができたよ。今日は天気がいいし一緒に食べよう」

「後で行くから待ってて」とさけんだ。どれほど目に氷枕を当てて冷やしてもダメだった。まずは心を落ちつかせようと、服に着替え、読んでいた本を手に取って開いた。でもすぐに本を閉じて元の場所に戻して浴室に戻った。鏡で顔を見ながら右手を目に当て、体の内側から湧き上がる何かの力に身を任せた。数分も経たないうちに黒い血管は消えた。気を取り直して、サーラは作り笑顔でお祖母さんのところへ行き、朝食を一緒に食べた。

「長かったね。ご飯が冷めちゃったよ」

「大丈夫。冷めても美味しいわ。それより昨日の集会は？」

「相変わらずさ。いつも何を提案しても結局誰も賛成してくれないよ。昨日は、マージドが女子学校を建設するか、村の外の学校に通わせることを義務付けるという、お前の案に賛成すると発言したんだ。そうしたら、ほとんどの奴らは自分の娘を取り上げられるんじゃないかとか、都会は危なくて一人じゃ通わせられないとか、村には学校建設のための場所も金もないと言って怒っていたよ」

それを聞いて熱くなったサーラは「で？　その後はどうなったの」と尋ねた。

「結局おしまいさ。誰も賛成しなかったよ」

「私がいたらそのテーブルをひっくり返して帰ったと思うわ」

「サーラはメンバーじゃなくてよかった。マージドはあなたの考えに賛成しているし、私も意見を言ったんだけど、残念ながら提案を実現できるほどの票は集まらなかったよ」

「おばあちゃんさえ許可してくれて、私も一緒に参加させてもらえれば、皆を説得できたと思うわ。去年の夏のことを憶えているでしょ？」

「うん、あれは残念だったね。サーラがあの13歳の女の子たちに紙を渡して、自分の夢を書くように言った時だね。それを集会で開いた時、どの子もみんな、勉学を続けたいと書いていたね」

サーラはため息をついた。

「あの時から、あの子たちの夢が叶うように、なにがあっても主張することにしたの。泣きながら『教育を受けたい』と言っているのを見て、どうしてもその夢が叶えられるべきだと思ったのよ。特に覚えているのが、スアードという子ね。『私は宇宙飛行士になりたい』って言ってたわ。他の子も、『私は作家になりたい』とか、別の子も『子供たちのために無料で治療する小児科医になりたい』とか。あの子たちの夢は叶えられるべきだわ」

遠くのほうで何かの声が聞こえたので、サーラがそちらへ振り向くと、目を疑った。なんとホダーが車で来たのだ。村人たちが集まっていた。こんなところまで付いてくるなんてあんまりだ。怒り心頭のサーラはホダーのところへ向かった。

「何しに来たの？　すぐにここを出なければ、顔に泥をひっかけて村の外に追い出してやるわよ」

「あら、その気になればこの村ごと買収だってできるのよ。遠くから、あんたがお祖母さんと夢中に話しているのを見たわ。ひとまず、向かい側の家を買ってやったわ」

サーラはホダーの傲慢《ごうまん》な態度が頭にきて、顔を引っぱたき、手を引っ張って泥沼に落っことした。

村人たちはサーラの行動に驚いた。

マージドは怒り狂ったホダーを泥沼から出るのに手を貸してやった。

「申し訳ありません。ご主人様」

「誰があなたの主人だって？」

「あなたです」

ホダーはサーラにこの男性から「ご主人様」と呼ばれるところを聞かせてやりたかった。

ホダーは車のところへ戻って見下すような調子で言った。

「野獣ファイターのサーラ！　左手に噛んだ跡があるけど、ついに精神崩壊でもしたの？」

「どうか落ち着いてください。ご主人様。好きなところへどうぞいらしてください。歓迎も尊敬もしますから」

マージドはホダーに言った。

サーラは怒ってマージドに詰め寄った。

「なんでこんなやつを尊敬するの？　土下座みたいに這いつくばって」

それを聞いたマージドはほほ笑んだ。

「私はいつだって女性を尊敬してるさ。しかし、物事には限度があるよ。サーラは悪いことをしたんだから謝らなきゃ」

「この馬鹿な女に謝るなんて、それこそバカげてるわ。さっき言ったのを聞いたでしょ。夢の中でも謝らないわ。あなたが代わりに謝れば」

お祖母さんは家に戻ったサーラを落ち着かせようとしたが、サーラはすっかり興奮していた。

「おばあちゃん！　街に帰ろう。もうここには1分たりともいたくない。嫌なら私一人で帰るから、あなたはあの馬鹿女とここにいればいいいわ」

「落ち着いてサーラ。水を飲んで。そんなに慌てなくても大丈夫よ」

「おばあちゃん！　あいつは、わざわざ意地悪をするためにここへ来たのよ。何をしたがっているかを知っているわ。なぜお金持ちは私たちをいつも見下しているの？　平等なんてどこにあるの？　子供の頃からこんな目にばかり遭ってきたわ。みんな燃やしてやりたいわ。ママだって、ずっとそばにいてくれると約束してくれたのに、私を独り置いて死んでしまうし」

泣きながらサーラは自分の涙を拭いた。サーラがこんなヒステリックになったのを初めて見たお祖母さんは、サーラを強く抱きしめた。

「お前のお母さんはずっとお前の心の中にいるよ。いまでもサーラのことを愛しているよ。だが死は突然来るものなんだ。長生きして、そしてまた天国で会える。必ず待ってくれているからね」

「母が守ってほしいと言っていたことをずっと守ってきたけど、もう疲れたの。毎日何かが起きるけど、もうくたくた。私だって生身の人間よ」

「サーラ！　私がいるよ。絶対にお前を離さないよ。わかった。もう家に帰ろう。さあ支度して。ここには1分たりともお前をいさせない」

「あいつは私がどこに行っても付いてくるの。あいと関わりたくなんてないのに。ずっと学校でしか喧嘩を吹っかけられなかったけれど、今年になってからは学校の外でも……」

　突然扉を叩く音がした。お祖母さんが玄関に見に行くと、それは村のユーセフ村長だった。70歳がらみの男性で、お祖母さんは温かく迎えた。村長はサーラにホダーに謝るように頼んだ。どんないきさつがあったとしても、ホダーはお客様で尊重しなければならないというのだ。

　それを聞いて、気が狂ったようにサーラは言った。

「私はこの村と村人が好きですが、ずっと私に迷惑ばかりかけようとしている人間に謝るくらいなら死刑判決を言い渡される方がマシです。私を放っておいてくれませんか？　この村は村長さんと村人のものでしょう。お望みでしたら今すぐこの村を出ますが、謝罪はしませんわ」

「座って落ち着いてください。これは私一人の頼みじゃない。村人みんながあなたの行動を問題視しているのですよ。村にもお祖母さんにも迷惑をかけたと思いませんか」

「村長さん！　私は子供じゃありません。生意気な人との接し方がわかっているつもりです。あいつが私に言ったことを聞かなかったのですか？」

「あの方が何を言ったかはどうでもいいんです。村にとってはお客様なので尊重しなければならないのです」

「彼女がここに来るべきではないんです。招かれざる客よ」

「軽蔑している隣人であっても、訪ねてきたら大切にもてなすべきでしょう？」

「私の言いたいことはわかってもらえないのね。彼女は私の人生を引っ掻き回すんです。しかもとんでもない言葉づかいで。もうあいつを今すぐここから追い出してやるわ」

村長が立ち上がったサーラの手を掴んで言った。

「座りなさい。それがあなたのするべきことですか？　罰せられてしまうよ」

ソファに座ったサーラは言った。

「私に罰を与えるほどあの子は素晴らしい人間かしら？　結構だわ。どうぞ好きなようにしてください」

「あくまで意地を張るんだね。じゃあやはり罰を与えるしかないな。ここでは皆平等だ。人の上には人はいない。罰としてあの松の木の下で2時間立つこと、それから馬小屋を掃除すること。それから村の入り口の掲示板に謝罪文を書くこと。わかったかい？　ここではそういう決まりなんだ。それが平等ってやつだよ」

村長が家を出ていくのを、お祖母さんは何も言わず見送ったが、数分後お祖母さんはホダーのところへ代わりに謝りに行った。

「サーラを許してやってください。わざとしたのではないんです。お願いです。村長さんにサーラを懲罰しないようにたのんでください」

ニヤニヤしながらホダーは言った。

「それはいいお知らせだわ。サーラにあなたの謝っている姿をみせるんだったら許してあげるわ」

サーラはお祖母さんを探して歩いていた。通りがかりの男が、向かい側のホダーの家に入って行くのを見たと言った。扉を蹴って入ってきたサーラは、お祖母さんが土下座をしてホダーに謝っていたのを見て、床に倒れるほど思いきりホダーの顔を叩いた。ホダーの顔から血が流れた。

「そんな真似を二度としてみろ、今度は髪の毛を引っ張って村の外に追い出してやるわ。おばあちゃん！　行こう」

立ったお祖母さんは怒ってサーラを叩いた。

「せっかくホダーさんが私の謝罪を受け入れてくれたのに。お前のせいですべて水の泡だ」

「最高の見ものね」と血を拭きながらホダーは言った。

「サーラ！　その腕の噛まれた跡は何？　それに、なぜいつも手と手首を隠しているの？　私たちに何か隠しているでしょ。まさか、麻薬中毒者かなにかじゃないよね」とホダーは言った。

「うるさいわ、黙れ」とサーラは言い捨てて、お祖母さんに付いて出て行った。

「なんと感動的な話かしら。私のせいでお祖母さんが孫と戦って。松の木の下で立たされたあいつを写真に撮って、新聞に載せてやるわ。サーラを潰すのは案外簡単になってきたわね」とホダーは心の中で呟いた。

お祖母さんに付いて行ったサーラは一生懸命にお祖母さんに話しかけた。しかしお祖母さんは返事をしないまま家に着いた。

「中に入らないで。どうぞ好きなところに行ってちょうだい。なんでホダーにみすみす勝つチャンスをくれてやるの？　一度でいいから賢くなりなさい。あの子はずる賢しいから、お前のことをよくわかっているのよ。あなたのヒステリーを利用して、思うようにことを進めているのよ」

「私は単に誰であろうとも人に土下座なんてしてほしくないのよ」

「じゃあどうしてほしいの？　毎回お前があの子に負けてくるのを見て、お前を守るために何かをしたかったんだよ。私のことを頼りない人だと思っているのかい？　私は穏便にこの問題を解決したいんだ。謝れば世が終わるわけじゃないよ。むしろみんなに尊敬だってされる。私たちが喧嘩したのを、ホダーは喜んで笑っているよ。私たちの仲を裂くのが目的なんだからね」

「お願いだから私と離れないで。それだけは耐えられないわ。おばあちゃんがいなくなったら、私の心はひからびてしまうわよ」

「もう取り返しはつかないよ。村長さんのきめたことに、お前は従わなければ」

お祖母さんは、サーラを強く抱きしめて両手で顔を触りながら「お前を信じているよ。いつか悩みから解放される日が必ずやってくるよ。好きな人を大切にすることだよ。人生は厳しくても、一度でいいから人を信用して、心を開くんだ」

サーラはお祖母さんの頭にキスをして、自分の罰を受け入れた。ひとり、極寒の中で松の木の下で立ちに行った。

話を聞いたマージドは村長に恩赦の説得をしようとしたが、村長の意志は固かった。

寒さが激しくなる中木の下でサーラは立っていた。

「謝れば済んだことなのに。なぜそんなに頑固なの？　君は出会ったときからずっとそうだね」とマージドは言った。

「ええ、そうよ。ほっといて。私のことが好きな人は私の性格も好きなはずよ。私の性格が無理なんだったら、それでいいわよ。さようならね」

「ほっといたりしないよ。僕はずっと君のそばにいる」

「マージド！　からかわないで。さっさと行ってよ」

「寒いだろ。毛布を持ってきてあげるよ」

「たったこれっぽっちの時間で、そんなに寒くなるわけないでしょ。そんなにヤワじゃないわ。早く帰りなさいよ。私は一人で罰を受けているから平気よ」

そこへ村長がやってきた。彼はマージドに帰るように言った。さもなければサーラにまた別の罰を与えるつもりだと宣告した。マージドは悲しそうな顔をして帰った。

「サーラ、君ほど頑固で愚かな女の子は見たことがない。こんな反抗的な態度をとって。そんな罰を甘んじて受けるほどの力があるなら、たった一言謝ればよいのに。『ごめんなさい』という言葉は、決して君の価値を下げるものではないんだ」

サーラは俯いた。

「私の悩みは村長さんにはわからないのです。でも、いつかきっと私に罰を下したことを後悔なさる日がくると思います。全ての時代に当てはまる規則なんていうものはないと思います」

「サーラ、ちゃんと私の目を見なさい」

サーラは村長の目を見ようとはしなかった。村長は何故かほほ笑みながら、両手を背中の辺りで組んで帰った。

村人は同情の目で彼女を見ていた。お祖母さんは、罰を受けているサーラのことを想って泣いていた。

時間が経つにつれて、凍るような雨がサーラを苦しめ始めた。マージドは、お祖母さんの家の窓からサーラを見つめていた。雨の中で彼女は凍えて死ぬのではないかと心を痛めた。サーラは、自分の犯した罪に向きあわなければいけないのだ、とマージドは心の中でつぶやいた。

一方、ホダーはといえば、サーラが罰を受ける様子を携帯電話のカメラで撮影し、その拡大した写真を新聞記者に送り付けた。また、同じ写真をアマルにも送信した。

「この写真、みてよ。アマルに一緒に来て、と言っていたのに、初日からこのざまよ」とメッセージを添えて。

サーラは、黒色に変わってきた右手を見た。サーラの右目も黒っぽく染まっていった。まるで爆発寸前の火山のような怒りが彼女の中に満ちていた。自分の中には野獣がいるとサーラは思った。両目から涙を流しながら、雨が降る中で自分を見つめているお祖母さんの姿をサーラは見ていた。

「雨なんて大嫌い。雨が体に触れるのも大嫌い。なんでこんなに憎らしいんだろう」

サーラは心の中でつぶやいた。黒くなった右手で、焼けるような右目を覆いながら、アマルのことを思い出した。手の甲には血管が浮き上がっていた。目の周りには、何かがうごめいていた。

「サーラに何か恐ろしいことが起きているかもしれない」とお祖母さんは叫んだ。

村長は村人たちに、皆それぞれの家に入るように命じた。

お祖母さんは窓際に立ち尽くして、雨の中で凍えているサーラの姿を見つめていた。

サーラは、黒くなってしまった右手で携帯を手に取り、アマルの携帯電話の番号を鳴らした。携帯電話からアマルの声が聞こえると、サーラにかすかな笑顔が浮かんだ。

「お嬢さん！　元気？」と震えた声でサーラは言った。

「どうしてそんな震えた声なの？　今どこにいるの？　雷まで聞こえるわ。外にいるの？　教えてちょうだいよ」

「私は死にかけているのよ」

「サーラ！　なんてことを言うのよ。何が起きたか知らないけど、今すぐそっちに行くわ。しっかりしてちょうだい」

「ねえアマル！　私を一人にしないで。私、あなたが必要なのよ」と言ったあと、携帯電話がサーラの手から落ちた。床に倒れたサーラは、遠くを見つめながらつぶやいた。

「サーラ！　しっかりして。生きて立ち向かわなきゃ。あなたは自由なの。そして強い女の子なのよ」

サーラは、遠い記憶の中の母親の幻を見ていた。彼女はそのまま目を閉じた。唇は真っ青だった。

アマルは携帯にメッセージが来ていることに気がついた。それはホダーからだった。添付された写真を見て驚いた。あわててホダーに連絡した。

「お願い教えて、一体サーラに何があったの？」

ホダーは洗いざらい話してやった。アマルはホダーに、サーラのことを許してあげてほしいと頼んだ。

「許してもいいけど、条件があるわ。アマルが村に来て私のそばにいること、それとサーラからのメッセージには返事しないこと。わかる？　それからサーラに、こう言ってちょうだい。あんたなんて嫌い、あんたみたいなた。


野獣は恐ろしい。友達がいないあんたを憐れんでいただけだ、とね。それが条件よ」

「それは言えないわ。そんなことを言ったら、あの子はきっと壊れてしまうわ」

先ほどの会話で、アマルはサーラに必要だと言われたのを思い出した。アマルはサーラを失望させたくなかった。

「だったら許してあげないわ。このまま、木の下で死なせておきましょ」

「……わかったわ。言う通りにするわ。でもこのお芝居は長く続かないわよ」

アマルは怒りに震えながら言った。

30分後、マージドはサーラのところにやってきた。サーラは気を失ったまま地面に倒れていた。マージドはサーラをおぶってお祖母さんの家の中に運んだ。マージドは罰されることも厭《いと》わずに、村長を見て言った。

「私が代わりに罰を受けます。この寒さの中で、こんなに若い女の子は死んでしまいます」

「わかった、マージド。つれていきなさい。その後どうするかはまた後で考えよう」

マージドは零下7度の寒さの中で、母の名を呼んでいるサーラを毛布でくるんで背負った。そこまでに至らせたサーラの強情と、ホダーの予想もできない悪事に腹を立てた。

お祖母さんがスープとお茶を用意しているあいだ、マージドはサーラをベッドに寝かせ毛布を掛けた。そして浴室に行って温かい湯を沸かした。医者を呼ぶあいだ、お祖母さんに、サーラを着替えさせて温かいお風呂に入れてくれるように頼んだ。

そのころ、既にホダーは村長のところへ行って、サーラを許したことを話し、罰を止めるようにと頼んでいた。ホダーはロッキングチェアに座って緑茶を飲み、電話で友達とサーラに何をしたかを話した。また、アマルはもう自分の味方になった、ということを笑いながら話してきかせた。

アマルは既に荷造りを終えていた。そして父親に今すぐ出かけることを伝えた。

「アマル！　お前は今朝病院から帰ってきたばかりだろう。見てごらん、今は午後2時だ。ゆっくり休んでからにしなさい。せめて夕方まで休んでいなさい。そうしたら私が送ってあげるから」

「夕方まで待てないわ。善は急げ、というでしょ、パパ！　私はもう大人よ。自分でちゃんと自分のことは気をつけるから、心配しないで」

「パパ！　サーラはいまとても危険な状態なの。心配でたまらないわ。自分の目で確かめに行くわ」

「一緒に行ってやりたいけど、仕事があるから行けないんだ。お願いだからアマル、慎重にね」

アマルがホダーに住所を教えてくれと連絡すると、ホダーは最高に嬉しそうな調子で教えてやった。

「30分でそっちに着くわ」と言って、アマルは電話を切った。

ホダーはドライバーに、アマルを村の入り口に入る前の主幹道路で待つように頼んだ。ホダーはそろそろ眠たかったが、弟のハッサンに連絡をした。ハッサンは義父のイサームが旅行中で数日後帰ってくると伝えた。

「飛行機が墜落してくれればいいわね。そうすると永遠にあの吠え声から解放されるから。とにかく心配しないで。すぐにそっちに戻るから。お母さんのことをよろしくね」

イサームは電話で、友人たちとホダーの村でのことについて話していて、その面白いドラマを楽しそうに聴いていた。

アマルは父親の頬にキスをして家を出た。玄関を出ると、雨は激しく降っていた。

マージドは医師とちょうどサーラの家に入るところだった。それを見たホダーは喜んだ。時計を覗いて少し寝ようと思った。

「かなり熱もあるし、心拍数も低い。お薬も出します。できる限り、肉体的にも精神的にも負担をかけさせないでください」と医師が言った。お祖母さんと二人きりで尋ねた。

「サーラは何か服用していますか？」

「よくわかりませんが、身体に悪いものは普段なにも摂取していないはずです」

「別の医師に検査してもらってください。私はこの村の医師で、この子のことでこれ以上混乱を起こしたくないんです。もう既に起きたことで十分ですから」

「心配ですね……この子が起きたら、ゆっくり訊いておきますから」

ホダーが見舞いに来たが、マージドは彼女を部屋に入れないように阻止した。マージドはお祖母さんに静かにするよう言われた。

「お祖母さん！　この子はサーラのことを嫌っているんだよ。とてもじゃないが受け入れられないよ」

「ホダーは自分からお見舞いに来たんだから。馬鹿な真似をするはずはないでしょう。そうでしょう、ホダー？」

「ええ、そうよ。サーラが嫌がることなんてしないわ。ただお見舞いに来ただけよ」とホダーはほほ笑んで答えた。

「弱っているサーラを見物に来ただけだろう」とマージドは冷たく言った。

「さあどうぞ、おはいりなさい。お茶を持ってくるよ」

「お祖母さん、ありがとう。長居はしないわ」

ホダーはサーラの部屋へ向かった。お祖母さんはマージドの手を掴んで言った。

「失礼な真似をしないで。彼女はお客様なんだから。もし彼女に失礼なことをしたら、村長に怒られるよ。これ以上サーラをトラブルに巻き込みたくないんだよ。落ち着いてマージド。嵐はいずれ去って行くよ」

「僕はそうは思わないね。ホダーの目つきからして、むしろ嵐はいま始まったところだと思うね」

目を開けたサーラは、目の前にホダーがいるのを見た。起き上がろうとしたができなかった。

「やっと起きたのね。あんたって、寝ているときもお行儀がよいのね。あのけだものみたいなサーラが、どんなに弱ったかを見に来たのよ。かわいそうにみんなに同情されているわよ。家族も親友もいないし。これからはもっといろんな目に会うわよ。これまでのは前座、メインはこれからよ。手首の跡もますます興味深いわね。どこかであんたのことを見た憶えがあるけど、思い出せないわ。その秘密も、いつか暴いてみせるわ。惨めで不幸なあんただもの、どこかで麻薬の注射でも売っていたんじゃないかしら。あなたの秘密を暴いてやったら、きっとあんたは刑務所に入るでしょうね。そしたら私はきっと最高に嬉しいわ！　クール・アイと呼ばれたあんたが！ははは。じゃ、そろそろ帰るわね。不幸な夢を。またね」

　堪えられなかったサーラは、ただでさえボロボロの体が心を受け止めきれず、泣き崩れた。毛布でくるまって、初めてホダーに負けたと打ちひしがれていた。単に病気のせいなのか、それともホダーが強くなって付いていけなくなったのか、サーラにはわからなくなった。アマルのことを思い出して、携帯電話を探しに起き上がった。弱っていて、まともにまっすぐ歩けない状態で、ふらふらと歩いていた。ちょうどお祖母さんとマージドが部屋に入ってきたところだった。

「大丈夫？　いまはまだ起き上がれる時じゃない」と二人で言った。

　マージドはサーラを支えてベッドに寝かせようとしたが、サーラに押し戻された。疲れてベッドに座ったサーラは、前屈みで前髪もゆらゆらと揺らしながら、俯いたままで「お願いだから、このまま死なせて」と言った。

「熱でうなされているんだよ。そんなつまらないことを言わないで。あなたは簡単に降伏する人じゃない。ホダーや嫌なことを言うやつのことはほっといて、前だけ見ていればいい。それがサーラだろ」とマージドは言った。

「言うのは簡単なことよ。自分は誰なのか、それさえもわからない。知っているのは、本当の両親は事故で死んだってことだけ。両親との想い出さえもない。早く人生を終わらせてママのところに行きたいの」

　マージドはサーラの頬を平手打ちした。サーラは気を失った。マージドは倒れたサーラを抱えてベッドに寝かせ、毛布を掛けた。お祖母さんはまるでテレビドラマを観ているかのように、口を手で塞ぎながら驚いていた。

　部屋から二人が出た。

「僕はずっとここドアの前で待つよ。何が彼女に起きたのか、どうしても知りたいんだ」

「熱のせいだよ。かなりひどかったから……」

「それは知っているけど……」と自分の右手を見ながら言った。

「今度、サーラに手を出すようなことがあったら、自分でこの手を切ると誓うよ。でも、さっきはそうせざるを得なかった。あんなに弱って、打ちのめされたサーラは初めて見た。ねえ、お祖母さん！　サーラがほんとうに死んでしまうんじゃないかって心配だよ。あの子が本当に困っていると、心が訴えかけてくるんだ。お祖母さん、何か知っていたらどうか教えてください。もしかして解決法を見つけられるかもしれない。それであの子が悩みから解放されて、僕とじゃなくても好きな人と一緒になれるんだったら、それでいいんだ。彼女は他の人と一緒で幸せであれば、僕もそれでいいんだ。たとえそれが僕の不幸だったとしても」

マージドは、ホダーのことを思い出して気がふれたかのように彼女を追いかけた。ホダーが歩きながら、周りのに人に愛想よく振る舞っているのを見た。マージドは、駆けていって彼女に追いつき、その腕を引っ張った。

「ちょっといいかい？」

「どうしたのよ？　腕をこんなに引っ張って。友達がもうすぐ着くから迎えに行かないといけないの。用があるなら早く言って」

「サーラに何を言ったの？　あの後、彼女はボロボロになっていたんだ」

マージドは怒りのあまりホダーの腕をもっと強く握った。

「腕を放して。村長にまた訴えるわよ」

マージドはホダーの腕を放した。

「君は、思ったよりはるかに邪悪で冷酷だね。でも、君が本当に欲しいものは、君には決して手に入らないよ」

「もう行くわ」とホダーは言った。

「なぜサーラのことをそこまで憎むの？　いったい過去に何があったの？」

「あなたには関係ないでしょ。彼女は私の獲物よ。これ以上は何も言わないわ。調べてみれば、いつかわかるかもね。彼女をいつか始末するつもりだから、その日はやってこないかもしれないけどね」

マージドはホダーの右手の手首を強く掴んだので、痛みのあまりホダーは口を開けた。

「痛いわ！　放してよ」

「サーラはこの何倍も痛がっているんだぞ！」

「放しなさい！」

跪いて痛がっていた。マージドは手を放して後ろに下がった。

「僕は死ぬまでサーラを守る」

そこでホダーの携帯が鳴った。アマルだった。

「もしもし、アマル。あなたが来るのを待っているわよ」

「どうしたの？　声がおかしいわ。疲れているの？」

「ええ、少し。でも大丈夫。今どこにいるの？」

「村の入口に入ったところよ」

「素晴らしい。それじゃ待っているわ」

アマルは道中ずっと、いまからサーラに会えるとウキウキしていた。どうしているだろう、元気かな、と考えていた。ホダーのドライバーはアマルを家まで送ってくれた。

サーラは一言もしゃべることなく、身動きもせずにベッドに横たわっていた。すると突然、窓の外に真っ赤に燃える剣を持った男が現れた。最初は熱か薬のせいだと思った。赤のスーツに赤の帽子にカラスのような形の面を被っていた。サーラは目を一生懸命に開き、立ち上がろうとしたが、できなかった。

「貴女《あなた》は今疲れているが、まもなく治るだろう。そして、以前よりもっと強くなるだろう。私たちは、しかるべき時が来るまで、貴女を見ているのだ。その時、我々は共に生きていくのだ。正確に言うと、貴女は我々と共に働くのだ」

「なんですって。誰がそんなことを決めたのよ」

「それは貴女の意志で決めるものではない。貴女は我々のものだ。かつてよりさらに強くなり、誰にも負けることはなくなるだろう。貴女に悪事を働いたものは皆、命を落とすことになるだろう。なぜなら、貴女は……」

「私はどこにも行かないわ。私が大声を出す前にさっさと消えなさい。あんたなんかのおふざけに付き合える気分じゃないから」とサーラは遮って言った。

手首が燃えてくるのを感じて、サーラはその男を見た。

「痛い」

「貴女はまだ力が完成していない。しかしそれも、時間の問題だ」

サーラの右目はすっかり黒一色となり、目の周りは燃えるように赤くなった。

「ほら見るがいい。貴女はとてもよい進化をしている。貴女は私のご主人様にとって、世界で唯一の傑作なのだ。この状況をきっとお喜びになるだろう。貴女は自分の価値をまだわかっていないので私たちはここにいるのだ。私たちは貴女の全てを見張っている。孤独な鍛錬も、技術を磨くために家族と離れたところで頑張っていることも。全て期待通りだ。しかし、ひとつ質問がある」と言って、男はゆっくりサーラに近づいた。

「近づかないで」とサーラが手をかざすと、光の柱が突然サーラの掌から発射された。男はすばやくそれを避けた。

「貴女はまだ成長中だ。またここに私は現れるだろう。私は貴女にしか見えない。声も貴女にしか聞こえない。時が経つにつれ、貴女の人生は大きく変わっていくだろう。その時、貴女は私のことを必要とするようになるだろう。私の名はバーティルだ」

ちょうどマージドが帰ってきたところだった。ドアのむこうからサーラのしゃべり声が聞こえてきた。熱のせいでうなされているのだろうとマージドは思ったが、心配に思ったのでドアを叩いてサーラの部屋に入った。サーラは座っていて、こっちへ振り向いた。

「さっきここに変な男が来ていたのよ」

マージドは近づきサーラの額を触った。

「熱がまた出てきたみたいだ。さあ、ゆっくり休んで。あとでその男の話を聞いてあげる」

お祖母さんも入ってきて、サーラのうわごとを聞いた。サーラに何もしてあげられないことをお祖母さんは悲しんで、ドアのところに立ち尽くした。

午後2時半頃、村に到着したアマルはホダーと仲良く話していた。

「アマル！　明日しないといけないことがいっぱいあるのはわかっているわよね！」

「わかっているわ。どんなことをさせられるんだか知らないけれど」とため息をつきながら言った。

「携帯を見せて」

「どうして？」

「条件を守っているかどうかを確かめるためよ。それに知っているように、サーラは興奮しやすくてミスを犯すから操れるの。今度やらかしたら、次こそは、村長も許さないと思うわ」

アマルはホダーに携帯を渡し、ホダーは発信着信履歴とメッセージを見た。

「素晴らしい。彼女に返事しなかったのね。いい子だわ、アマル！　絶対に私を騙さないでちょうだい。せめてここにいる間はサーラに何も話さないでね。さもなければサーラをめちゃくちゃにしてやるわよ」

「ホダー！　どうしてそんなにサーラを憎むの？　せめて説明してくれたら、二人の問題を解決して、二人を友達にしてあげられるのに」

「何ですって？　サーラの友達に？　馬鹿なことを言わないで。あのひとには、私が味わった地獄のすべての代償を払ってもらうのよ。わかる？　私が言う通りにしてもらうわ」

「ひどいわ。そんなことを考えながら生きていくなんて、人生真っ暗だし、悲惨だわ」

「もとから悲惨よ。これ以上何かが起きたって気にしないわ。さあ話を変えましょ。後でお出かけするんだから、おしゃれをしてちょうだいね。アマルがどれほど私と一緒にいて楽しくて幸せかってことを、彼女に見せつけてやるの。それと、サーラの病気のことは誰も気にしてないってことも見せつけてやらなきゃ。約束したとおり、彼女に会ったら教えた通りに伝えるのよ。わかったわね」

　数時間後、夕方の空気はすこし冷えてきたが、穏やかな空が広がっていた。

　サーラは少し体調が良くなってきた。深呼吸をするために窓を開けた。処方された薬を飲み、お祖母さんが用意したサラダを少し食べた。ちょっと散歩に出かけようと考えて、一階に下りるとマージドがちょうど家に入るところだった。

「サーラ、おはよう。ちょっと具合がよくなったみたいだね。よかった。元気になった？」とほほ笑んで言った。

「ええ、ありがとう。おばあちゃんは？　見当たらないけど」とソファに腰を掛けながら言った。

「集会に行ったよ。すぐ戻ってくる。そう言えばさっき、ホダーと別の女の子が一緒に歩いていたよ」

「誰かしら？」

「名前は確かアマルだったような。とても魅力的な女の子だった」

「嘘でしょう！」

「本当だ。アマルといって綺麗なえくぼがある子だよ」

　サーラは立ちあがり、玄関の外に飛び出した。通りの向こうに、ホダーとアマルがジュースを飲みながら椅子に座って話しているのが見えた。悔しさのあまり、歯ぎしりをしながら拳を握りしめた。

「アマルって誰？　友達？　応援しにきた戦友かい？　こっちはちゃんと出迎える準備をしているよ」

「バカにしているの？」

「ごめんなさい。冗談のつもりで言ったんだよ。撤回するよ」

「だったらいいわ」

「いつになったら笑ってくれるんだい、サーラ？」

「あなたと関係ないでしょ」

アマルはサーラがマージドと話しているのを見てホダーに尋ねた。

「あの若い男の人は誰？」

「サーラのことが好きな男だと思うわ。彼女のために私を殺しかけたんだもの。さあサーラのところへ行きましょ！」

ホダーはジュースを飲みつつトランプで遊ぶ様子をサーラに見せつけながら言った。

「お願い。これ以上傷つけるのはよしましょう。サーラへのしうちはもう十分でしょ。今ホダーと一緒にいることで十分サーラは傷ついているでしょう？　これ以上欲張らないで」

「それは私の条件に反することになるわ。わかった。今すぐ、もっとサーラが嫌がるようなことをしてやるから」

アマルはホダーの腕を掴まえて「わかったわ。行くから。言う通りにするから」と言った。

「じゃあ早くほほ笑んで頬にキスして」

それを見たサーラは目が点になった。

「あの二人は親友同士になったの？　ホダーが私にしたことは気にせずに……。どいつもこいつもおんなじだわ」

「それのどこが悪いの？」とマージドは尋ねた。

「何も知らないくせに口出ししないで。私のことはもうほっといて」

ホダーがアマルの手を繋いだまま、サーラのところにやってきた。

「アマルは私のところへ遊びにきてくれたのよ。休みが終わるまでずっとここにいるんですって」

「だから何？　私とは関係ないでしょ。新聞にでも載せたら？　わざわざ私の村まで来るなんて馬鹿な女の子ね。こんな広大な地球なのに私の村しか好きじゃないなんて馬鹿みたい」

サーラはアマルを見て言った。

「どう、楽しんでる？　お嬢様」

「はい、ホダーと一緒にいるのは楽しいわ。この場所も好きよ。静かで心地良くて、騒音も混雑もなくて……」

アマルはおどおどしながら言った。

「だからといって私に迷惑をかけていいの？」

「ここはあなただけの場所じゃない。私だって家を借りて住んでいるんだから、機会があればアマルとまた遊びに来るわ。秩序を乱すような人間抜きで、二人で楽しくやってるのよ」

「あんたたちは仲が悪いと思っていたわ」

「そんなことはないわ。ホダーとは一番のお友達になれそうよ。大人しい子だし、冷たくてわけのわからないことをし始める子とは違うもの」

「なるほど。いつからそんなに仲良しになったの？　まあそれはあなたの人生だもの。好きな人を選べばいいわ。私には関係ないことだし。友情なんてほんと馬鹿みたいね」とサーラは言った。

「もう、これでサーラを失ったわ……」とアマルは呟いた。

「何か言った？」とホダーは尋ねた。

「ううん」

「私たち、いままではただのクラスメイトだったけれど、これから親友なれるかもしれないわね。私たちがお互いに望めば。ねえアマル！　返事は？」

「ええ、そうね」

マージドはサーラの今にも噴火しそうな怒りに気づいた。

「さあ、お嬢さんたち！　どこかへ遊びに行っておくれ」

家に戻ったサーラは、怒りをおさえきれずに歯を食いしばった。

「あの子が私のために来てくれると思っていた私はバカだったわ。『大丈夫？』という一言さえもなかったわ……！」

ホダーの家の方から、二人の笑い声が聞こえてきた。アマルが大声で話す声も聞こえた。

「自分のために私が来たとでも思っていたのかしら！　いつも黙りこくったままで、傲慢で狂暴なあの子には飽き飽きしていたのよ。世界が自分を中心に回っているとでも思っているのかしら。ありえないわ。私はみんなと仲良くしていたいのよ。庶民やよそものはどうだっていいの。サーラと一緒にいたのは、たんに暇つぶしをしていただけなんだから」

「お二人さん！　黙ってさっさとどこかへ行って。さもなければ、土をひっかけるぞ」

マージドは二人に言った。

サーラは怒り狂い、彼女の手首も燃えるようだった。彼女は家を裏口から飛び出して、大樹木と枝の間を走り、視野から消えてしまった。

マージドは家に入りサーラを探した。彼女がどこにもいなかったので、部屋に行って探した。それでもサーラは見つからなかった。その頃、サーラは地べたに座って息を荒くしていた。思い切り叫びたかったが、人に聞かれるのが怖くて悔しさを堪《こら》えていた。

「なんで私は人間を信じたんだろう。私は馬鹿だ。あいつらは、自分のことだけが好きな連中だ。私を弄《もてあそ》ぼうとしているだけなんだ」

灌漑用の蛇口を捻って右手に水を当てた。右目の色も変わってしまった。

「嫌な顔……心も愚かだわ」

手首の色が変わり黒の斑点が見えてきた。それが少しずつ大きくなったり落ち着くと消えたりしていた。そんな右手をサーラは眺めた。

「この斑点の理由を知って、操らなきゃいけないわ。さもなければ大変なことになる」

と呟いた。

集会から帰ったお祖母さんはアマルを見かけて挨拶した。

「アマル！　無視して」とホダーは小さな声で言った。

お祖母さんは手を出してアマルに握手をしようとしたが、アマルは何も反応をせずに去って行ったので、驚愕した。

「変だね。どうしたのかしら」と不思議に思った。

近くにいたマージドを見て呼んだ。

「お祖母さん、遅かったね」

「大切な集会だったんだよ。それよりびっくりしたことがあるの」

「何だい？」

「アマルはさっきここにいたのに、挨拶しても無視されたんだよ。アマルはサーラにも会ったのかい？」

「うん。あの二人は結構ひどいことをサーラに言ったんだ。そのせいで、今サーラはどこにいるかわからなくなってしまって。そのアマルって誰なんだい？」

「アマルはサーラを変えてくれる唯一の希望だったんだよ……。今日の彼女の行動は予想外だったよ。サーラは気が狂っても無理もない。さんざん私はサーラに、アマルに心を開きなさいと言って……私もサーラもアマルを信じていたのに」

突然ドアが開いてサーラが入ってきた。急に降ってきた雨でびしょ濡れになってしまったサーラは、泣きはらして目が真っ赤になっていた。

「おばあちゃん！　もし、もう一度でもおばあちゃんに心《カルブ》を開きなさいと言われたら、きっと私は心臓《カルブ》をえぐり抜いて死んでやるわ。もう誰もいらない。なんで人離れをしていたかをこれでわかってくれた？　じぶんの魂だっていつか離れていくのに、どうやって他人が永遠にそばにいてくれると信じろというの？」

お祖母さんは泣きながらサーラを強く抱きしめて、マージドは一言も言わずに涙を飲んだ。急いでアマルとホダーを探しに出かけた。アマルは涙を拭きながら彼方を見ていて、ホダーはサーラの表情をあざ笑っていた。アマルはサーラを見て言った。

「サーラにしたことの報いで、私たちは血の涙を流す日がきっと来るわ。他人《ひと》の不幸の原因になるのは二度とごめんだわ。そんなことのために私たちは生まれたんじゃないわ。互いに愛したり、他人を幸せにしたりするために生まれたはずだわ。サーラにしたことで胸が痛むわ……」

遠くから二人の名を呼ぶマージドの声がした。マージドは二人に近づき、アマルの手を掴み、急いで引っ張って行った。

「引っ張って行くのはやめてよ。いったいどうしたの？」とホダーは二人を追いかけて言った。

「あなたは関係ない。あとひとことでも口を開いたら、その手を切って捨ててやるぞ」

「サーラに何かあったの？」とアマルは尋ねた。

「サーラのことが気になるのかい？　いったい君はサーラに何を言ったんだい」と立ち止まってマージドは言っ

た。

　本当のことを言おうと思ってアマルはホダーの方を見た。ホダーはアマルが前言撤回しないように、左手を強く掴んだ。アマルはその手の痛みを感じると、サーラが受けた心の痛みを思い浮かべて涙を流した。

「ごめんなさい」とアマルは両手で顔を隠した。

「ほら泣かした。もうほっといてちょうだい。アマルは家に連れて帰るわね」

　アマルは目眩《めまい》がしたのでホダーは支えた。

「さ、これで満足？」とホダーはマージドに言い捨てた。

「くそ！」

　去って行く二人の姿を見ながらマージドは言った。

　ホダーがアマルを部屋に入れてベッドに寝かした。

「どうしたの？　本当に疲れたの？」

「うん、薬を飲まなくちゃ。私のあの黄色の鞄にあるから持ってきてくれない？」

　ホダーは薬と水を持ってきた。

「少し休みたいわ。ちょっと具合が悪いの」

　アマルが携帯を覗くと、父親から着信が10回以上入っていた。アマルは父親にメッセージを送った。

「パパ！　私は元気よ。心配しないでね」

　アマルが眠りつくとすぐに、ホダーは部屋を出て行った。そして、彼女も弟に携帯電話でメッセージを送った。元気でやっていることと、サーラにしたことの自慢話だった。弟の返事はすぐに来た。「お姉さんは心の中の憎しみや憎悪に引きずられているんじゃないかなぁ！　お姉さんが他人の悲しみをあざ笑ったり、痛いところを突き込んだりするのを見るのは不愉快だよ」という返事だった。

「私を傷つけて、私の子供時代を奪った人は、そんな罰に価するのよ」とホダーは言った。

「僕が8歳の時のことを憶えている？　父親にチョコレートを食べないように言われた時のことだよ。あの時にお姉さんが買って僕の鞄に入れてくれて、僕は夜こっそりそれを食べたんだ。ぼくのためにわざわざそんなことをしてくれたんだって、嬉しかったよ！」

「あれは昔の話でしょ。驚かせて喜んでもらおうと思っただけよ。あなたが泣いていたのを見て悲しくなっちゃったから、後で隠れて食べられるように、わざと鞄に入れるところを見せたのよ」

「あの頃のホダーに戻ってほしいよ。大好きなお姉さんを失いたくないんだ」

「また後で話しましょう。今は喧嘩をしたくないから」

ホダーはマージドを仲間にとりこもうとしたが、思い通りに服従させるための手管《てくだ》が見つからなかった。マージドは気が難しくて調教しにくいとホダーは思った。一方、アマルは繊細で他人の気持ちを大事にする性格なので、ホダーにとっては簡単な獲物だった。

サーラは自分の部屋でお祖母さんに抱きしめられながら眠っていた。お祖母さんは心の中で呟いていた。

「サーラを守るためにどうしたらいいだろう！　あの日以来、心配でたまらない……」

右手の手首を見て毛布の下に隠した。

「神様！　この子が失われてしまいませんように」

お祖母さんはため息をつきながら祈った。

その翌日も、孤独が溢れ、愛が薄れた騒がしい一日だった。サーラは畑仕事で一日を始めた。そこにマージドが手伝いにやってきた。会話が弾み、サーラは元気になってきたとマージドは感じた。

「街から来たアマルはサーラの一番の友達なのかい？　みんなサーラのためにやってきたね。みんなが君のことを悪く言ってたわけじゃないだろう？」

サーラは枝を切っていたのこぎりを地面に置き、白いタオルで汗を拭き、それを左のポケットにしまった。水を飲みながら地面に座った。

「ごめんさない。あの二人の話でいやな気分にさせちゃったね」

マージドは言った。

「やっとわかってくれたのね。このこのこぎりであんたの舌を切り落としてやろうかと思っていたところよ」とサーラはほほ笑みながら言った。

唾を呑んだマージドは黙ってサーラはしゃべり続けた。

「もう家に帰るわ」

「ゆっくり休んで。まだ完全には良くなっていないんだから」

「じっとするのが好きじゃないの。ここの仕事が好きよ。少なくとも気がまぎれるもの。不愉快なことを考えなくても済むからね」

「その不愉快なことの中に僕も入っているの？」

「質問が多すぎるわよ。手伝いに来たの？　それともおしゃべりをしに来たの？」

「その両方だよ。サーラに、誰のことも気にせずに生きていってほしいんだ」

「それ、まさに私がやってることよ。誰かに気にかけてもらったり、好かれたりするのは期待しないわ。自分だけを信じて生きていくの」

「お祖母さんは、君のことをずっと見守っているよ」

「もちろん。おばあちゃんだけが信じるに値するひとよ」

お祖母さんはちょうど立ち上がろうとしたところだった。サーラはお祖母さんを見て、肩に右手を置いてほほ笑みながら言った。

「おばあちゃんの愛は本物よ。唯一信じている人だわ。おばあちゃんなら、私をがっかりさせることはないもの」

「がっかりさせたりなんかしないよ」とお祖母さんは悲しげな声でマージドを見ながら言い、サーラの方を見た。

「ずっと好きだよ。さあサーラ！　もうすぐ昼になるので家に帰りましょう。美味しい料理を用意したから」

サーラはお祖母さんの手をとり、マージドを独り置いて行った。

「お祖母さんはサーラを何の偽りもなく心からの笑顔にできる唯一の女性なんだ」とマージドは呟いた。

アマルとホダーは部屋で遅めの朝食をとっていた。アマルに父親から電話があった。

「今日の新聞でサーラと罰の話が載っていたよ。もしかしてそっちに行ったんじゃないかい?」

「はい、だが私がしたことで、サーラには決定的に嫌われたの。もう二度と、サーラに友達にしてもらうことも、信用してもらうこともないと思うわ」

ホダーはもうこれ以上話さないでという意味でアマルに電話を切るように合図した。

「ごめんパパ！　ちょっと散歩に出かけるからまた後でかけるわね」

「うん、わかったよ。体に気をつけて。薬もちゃんと飲むんだよ」

「はい、パパ。ありがとう」

「あなたはよくできた生徒だわ。言うことを聞いてくれる子、私、大好きよ」

ホダーはアマルに言った。

「街に戻ったら、こうはいかないわ。言うことを聞いているのは今だけなんだから」

サーラは家の帰り道で、アマルとホダーがまるで何も悪いことをしなかったかのような感じで話しているのを見た。ホダーは顔をしかめてアマルに言った。

「後ろを見て」

サーラは村の伝統的な作業服姿だった。

「何を着てもやっぱりサーラは素敵ねえ」とアマルは呟いた。

アマルは突然カメラのことを思い出し、部屋へカメラを取りに行った。

「ここでも写真を撮るの？」とホダーは言った。

「うん、カメラは私の相棒なのよ。ちょっと撮影してくるわ」とアマルは言った。

サーラの家の前を通り、畑や農園の間を歩き回り、気に入ったものを撮った。すれ違った子供にほほ笑んだり、年寄りを重い荷物を運ぶのに手伝ったり、一緒に写真を撮ったりした。台車を引いていた老人の手伝いもした。

「なぜもっとスムーズに荷物を運んだり台車を引いたりするための道路をつくらないのかしら？」とアマルは尋ねた。

「村長に何度も説得しようとしたが、きいてもらえないんだ。かわいそうなサーラも常に説得しようと頑張っているけれど、いつも失敗するんだ」と老人は言った。

アマルはそれを聞いて悲しくなった。またしばらく歩いていると、マージドが畑を耕しているところに通りかかった。アマルはマージドの目を見てほほ笑んだ。

「やあ、元気？」

「はい、元気です。それと昨日したことを代わりにサーラに謝ってくださいませんか」

「君が謝る必要はないよ」とマージドは言った。

サーラはお祖母さんに外で昼食をするように提案した。

「いつまであの二人をじっと見るつもりだい？」

「心配しないで。いつか終わるわ。この戦い、最後は私が勝つつもりなの」

ホダーはアマルの部屋の窓からサーラの様子を覗いていた。

「今日のサーラは機嫌よさそうね。それとも私たちの前では元気なふりをしているのかしら？　でも大丈夫、次の罠をしかけてやるわ」

鏡の前でネックレスをつけながら、アマルはホダーに言った。

「そういうのは少し休んで、自分の人生を楽しんだらどう？　ホダー。人生はたった一度しかないのに、どうしていがみ合ったり、憎しみ合ったりするのかしら。そんなこと、何の役にも立たないわよ。いつかあなたにもそれがわかると思うわ」

「あなたの意見なんて聞いてないわ。言う通りにすればそれでいいの。繊細なお嬢さま！　この世では優しさや善良さや無邪気さなんて、役に立たないの。そんなものでお腹はふくれないのよ。むしろその弱さのせいで、人は負けたり、支配されたりするんだから。私を信じて、あなたも性格を変えるといいわ。もっと強く、凶暴になって無理矢理でも自分の権利を主張するべきよ。こんな優しい性格では弱すぎて、世界と向き合えなくなるわよ」

とアマルの腕を掴んで言った。

「私はあなたともサーラとも考えが違うわ。私には生きたい夢があるの。かなえたい夢があるのよ。必ず成功してみせる。サーラを変えようとしたように、あなたを変えてみせるわ。それが私の使命だと思っているの。人を嫌っているような暇はない」

「そんなの疲れちゃうだけよ。人を信用して全て奪われるよりも、強くなって人を憎むことの方が、自分の幸福につながるのよ。その方が人生は安泰になるの。人間は基本的に欲張りなものよ。神様から与えられた運命には満足できないものなの。お金のため、地位のために、人は殺し合ったり、奪い合ったりするものなの。毎日、あなただって新聞を読んでいるから知っているはずでしょう。人間は同じ人間を、理由もなく殺したりするでしょう。殺される方もなんで殺されたかわからないが、殺す方は冷酷で情けもなく非人間で殺すのを楽しむの。それなのにあなたのようになれと？　いや、私は死ぬまでそう生きて行くつもりよ」

「私が言っているのは、正しくて現実的なことよ。シェークスピアが言っているように『善行を残せないのならば、せめて悪事は働かないようにせよ。何故なら、悪名よりは無名のほうがましだからだ』。この意味がわかる？　つまり、人はみんな美徳があれば憎んだり憎しみ合ったり邪視したりしないはずってことよ。残酷になると心が目より先に見えなくなる。心は人間を操るもの。大切にしなければ心が真っ黒になってしまうものなのよ」

「話は終わった？　さあ出かけましょう」

ホダーはアマルを見て言った。

「あなたは本当にきれいね。この村によく合うカジュアルな服じゃない。寒いから、カーディガンを着てちょうだい」

アマルはピンク色で端が縞模様のカーディガンを取り出し、ホダーにほほ笑んだ。

「どうしたの？」

「別に」

「いつもアマルはほほ笑んでいるのね」

ホダーはアマルが階段を降りるところで言った。

「仲間に対するほほ笑みも善行のひとつよ。それに、誰かを喜ばせることにもなるし。相手が悲しんでいる時にほほ笑んであげることも、どれほど助かるかわからないわ」

「あなたも、あなたの考え方も無邪気そのものね。私たちは現実を生きているのよ。あなたが考えているようないい世の中じゃないわ」

「話を変えましょう。悩みに囲まれた悲観的な人は好きじゃないの。太陽が毎日昇る限り私は希望があると思うわ。自分たちで善への道を見つけなくちゃ」

「さあカメラを持ってきて撮ってちょうだい」とホダーは家の玄関扉を開けながら言った。

「その薬は何の薬？」

「父親が薬局で持ってきてくれた鎮痛剤とビタミン剤よ」

「なるほど、そんなに痩せているからね。さあ散歩にいきましょう。コックに美味しい昼食を用意するように言っておくから。どこで食べたい？」

「どこでも好きなところでいいわ」

アマルはサングラスをかけて、ピンクの帽子を被り、黄色のシャツに白ズボンを履いた。晴れ渡る空、太陽の光の温もりがくすぐったいほどに気持ちいい。

サーラがお祖母さんと話していた時、アマルの方を見て狡猾にほほ笑んだ。アマルはそのほほ笑みに驚愕した。サーラの表情から判断するとアマルの芝居をそのまま信じてしまったようだった。二人はサーラの方を見ずにそのまま歩いて行った。

サーラは家に戻り、お祖母さんの皿の片づけを手伝った。そして家の掃除をし、洗濯物を外で干した。その後で小さなグロサリーで必需品の買い物をした。店を出た瞬間にマージドが目の前にいた。マージドはサーラの隣を歩きながら言った。

「あなたはどこに行っても付いてくるのね」

「小さな村だから、どこに行っても会ってしまうんだよ」

マージドはポケットから何かを取り出した。

「これ、どうぞ」

「結構よ。チョコレートは好きじゃないの」

「どうして？　栄養があるよ。この寒さに最適だ。お食べよ」

「無理矢理私に食べさせるつもり？」

「いや、ただ情報を伝えただけさ。冗談もアドバイスも受け付けない人だね。一緒に散歩しない？　ちょっと話したいことがあるから」

「私には時間がないの。おばあちゃんのところへ行かなくちゃ。おばあちゃん、一人で待っているから」

「それは知っているけど、すぐそこだし、別に野獣に襲われるような森に住んでいるわけじゃないだろう」

「わかったわ。じゃあ、どうぞ」

「あの丘のところに行って座ってゆっくり話そうよ」

サーラはアマルのことについて話されるのだろうかと心配していた。

もうアマルとの関係はこれで終わってしまって、凹むほど強い関係じゃなかったんだと思うようにした。

アマルは散歩をしながら、サーラとマージドが丘にいるのを見た。

「あの二人はやっぱり付き合っているかしら？」と疑問に思った。そしてほほ笑んで言った。

「そんなわけないわ。あの人は誰とも友達を作っていないんだから、そんな簡単に恋人を作るなんて不思議だわ」

「あの二人は付き合っているのね。お似合いだし」とホダーは言った。

「幸せになるといいわね。マージドが運命の人であれば」

「なんて優しいの、アマル。彼女の幸せを祈ってるの？」

「ええ、つねに祈っているわ。友達ではなくなっても陰で祈るわ。祈りは愛だから」

ホダーはアマルの口を手で塞いだ。

「理想的な話はもういいから。誰に教わったか知らないけど、あなたの言葉って本当にいらいらする」

アマルの口から手を離した瞬間にアマルは「パパよ。パパが私にそれを教えてくれたの。それに、役に立ったくさんの本を読んだからよ」と言った。

サーラはマージドと木の下で座った。

「さあ、どうぞ話したいことを言ってくださいな」

「面白くないことだったらどうする？」

「あの石が見える？　あれで頭を殴ってやるわ。はやく教えて。私の時間は貴重なの。わかる？」

「話したいことは現実的で具体的な話だよ」とほほ笑みながら言った。

サーラの右手を見た。

「サーラが隠している斑点を見せてくれないか？　ごめん、関係ないと思うがサーラのことを家族同然で心配している」

「あなたとは関係ないわ。私の勝手よ。子供の頃の痣《あざ》よ」とかなり怒った調子で言った。

「あの時の医者の態度が気になっていたんだ。お祖母さんはサーラに怒られると思って話さなかったけれど、僕に正直に話してくれた。僕も心配だよ。どうか心を開いて教えておくれ」

「正直言ってあなたとは気が合わないのに、どうやって心を開けというの？」

「子供の頃から知っていて、君に想いを寄せているんだ」

「だから何？　こんなの強制的だわ。コントロールができない気持ちの問題よ。この話はやめましょう。二度とこの話を私にしないで。唯一私に訊く権利があるのはおばあちゃんだけよ。子供の頃から育てくれたし、面倒見てくれているから。わかった？」

サーラはズボンに付いたゴミを掃《はら》いながら立ち上がった。

「じゃあ戻る。プライバシーにはもう立ち入らないでちょうだい」

「頑固だね。本音で話しているか、それとも単に僕を離そうとしているか、彼女の気持ちはわからない」とマージドはため息をつきながらつぶやいた。

アマルは昼食を食べたあと、日向ぼっこを楽しんでいた。父親と一緒に行った夏のマイアミの太陽と空気を思い出した。こっそり母親へ会いに行った時のこと思い出した。直接話すことはできず、母親を遠くから見ていた。

声さえも忘れた。かろうじて年に一度、電話で話すくらいだった。多ければ二回で、それは父親が無理矢理母親にさせる時だ。母親が電話を切った時にアマルは胸が苦しくなる。

通話は一分足らずで、忙しいという口実で電話を切られる。

想い出は痛々しい。現実に戻ってホダーはジュース一杯を持ってきてくれた。

「想い出にふけっていたわね。何を考えていたの？」

「ママのことを」

「母親はどうしたの？」

「一年前から会っていない」

ホダーは同居しているのにあまり話したくない自分の母親のことを思い出した。

「続けて」

「ママは自分や自分の幸せは私より優先しているの。なんでそんなに我儘《わがまま》なのかしら？　自分の自由を選ぶのであれば、どうか私を突き放してほしい。私は唯一の娘だし、ママが恋しくて仕方ないのに。恋しくて会いたくてもいない。パパは一生懸命私を育ててくれているけれど、やはりママが恋しいの。でももうママが私を好きになってくれるには遅いと思うの」

ホダーはアマルの手に手を載せた。

「考えすぎないで。いつかアマルのお母さんは優しくなる。母親はどんなに忙しくても子供のことが気になるものよ。私も母親にかなり怒っているけれど、恋しいのはほんとうよ。母親の顔を見るたびに私と弟にしたことを思い出すわ」

「何をしたの」

「史上最低の男と結婚したの。お金のために自分の親、自分の子供さえ売ってしまうほど。信じられないほどお金の亡者。そのせいで父親が亡くなって、私は家を出て屋敷の小さな別館で暮らしている。母は許してほしいと思っているみたいだけれど、私はできない」

　アマルはホダーに近いて抱きしめた。

「ホダー！　許してあげて。親がどんなことをしても許してあげて親孝行もしなきゃ。そうすると私たちも将来子供たちに親孝行してもらう」

「できない」

　ホダーはアマルの手を取り、胸に当てた。

「うちの母親は私のこの心を壊したので、私は執念深くなったの。憎しみが血の中に流れているのよ」

「ホダー！　神様がすべてを許されるように、私たちも許し合いしなければならないわ。あなたの立場だったらすぐにお母さんに、心から『愛している』と言うと思うわ」

「アマル！　黙ってくれる？　許し合いの話をしないで。話を変えましょう。サーラを見てごらん。洗濯物を取り込んで籠に入れているわ」

　サーラは空を見た。空は雲に覆われて真っ白になっていた。村人は天気のことを一番わかっている。いまにも雨が降りそうだった。アマルとホダーは、たった3時間しか洗濯物を干していないのに、なぜサーラが洗濯物を取り込んだかわかる由《よし》はなかった。

　サーラは椅子に座って二人をじっと見ていたが、二人は天気のことは気にしていなかった。10分も経たないうちにどしゃ降りの雨が降り始めた。ホダーが雨から逃げてドアのところに立った。お祖母さんはサーラを見ていた。

「サーラ！　なんで二人に雨のことを教えてあげなかったの？」

「したくないから。私を怒らせて、一日中ずっと傷ついているのよ。私もあいつらをあざ笑いたかったの。ちょうどやり返すチャンスだったから」

アマルは大喜びして激しく降っている雨の中でまるで鴨のように遊び回っていた。サーラはアマルが雨が大好きであることを思い出して、憂鬱な気持ちになった。馬鹿な女の子だと眉を吊り上げていた。数分後ホダーはアマルの手を引っ張って家の中に入れた。

「ばかね！　病気になったらお父さんに怒られるでしょう。病気になったら街に戻らないといけなくなるじゃない。そうしたら私の計画は台無しになってしまう。早く温かいシャワーを浴びて着替えてちょうだい」

シャワーから上がったアマルは着替えて、タオルで髪の毛を拭きながらサーラがお祖母さんと話しているのを見ていた。窓を開けて雨の中に手を出した。それを見たサーラは、どうして自分と違ってアマルがこんなに雨を好きなのかを考えた。

「雨は恵みなのに、なんでサーラはそんなに雨が嫌いなの？」

「好きじゃない。嫌いな本当に理由はわからないわ。雨がやむまで部屋で休んでくる」

ベッドに座って携帯を触っていると、マージドからのメッセージが入っていた。

「今日はサーラと話ができて嬉しかったよ。プライバシーに踏み込んでしまったことは謝る。だけど、君のことを本当に心配しているんだ」と書いてあった。

「大丈夫。気にしないで」とサーラは返信した。その後、毛布でくるまって寝がえりを繰り返していた。

ホダーは夕食の前に、テレビを見ながら大好きなフリット（アムステルダムの人気料理であるフライドポテト）を食べていた。その横でアマルは一冊の本を手に取って読書していた。

「ああ、アマルでさえ読書に夢中ね」

「そうよ、パパの影響で私も読書が大好きなの。今読んでいる本はこれよ」

ホダーはその本のタイトルを見た。

「心理学と性格分析？『内なる力の出し方　ロブヨング著』？　何それ。馬鹿げているわね。心理学なんて嫌い。心理学の本を読んだり、精通したりする人ほど、精神的におかしくなって、性格分析がわからなくなる気がするわ」

鋭い目でホダーはアマルを見た。

アマルはホダーがむきになって話しているのを見て大笑いをした。

「私の性格分析をしたり、または『あなたは何々が欠けている』と言ったりしないで！　そんなジンクスや迷信をやめた方がいい。わかった？」

「落ち着いて。なんでそんなに攻撃するの？　心理学は役に立つし楽しいから読んでいるの。ホダーも一度でいいから読んでみて。逆に感謝してくるかも」

「いやいや、結構よ。私の趣味はホラーやサスペンス映画の鑑賞なの」

「なんて残酷なの。男の子じゃなくて私たちは女の子でしょう」と表情が一変したアマルは言った。

「それぞれ好きな趣味があるってことよ。私はフェンシングもしているわ」

「あまり好きじゃないわ」

「別に好きになってくれと言っていないわ。いつか優れたフェンシング選手になるつもりよ。でも先にこの使命を終えてから、好きな趣味に専念するわ。あのね、私が10年前にサーラと対戦して負けてしまったの。あの人は実にうまい選手だったわ。私が教室で一番だったのに、簡単に私を破って。そこからサーラが一位で私は二位になった。決勝戦で対戦中に私に『この親不孝』と言われたの。その戦いは彼女が優勝したわ」

アマルは読んでいた本を置き、興味津々な顔をした。この話の続きを聞きたくなったのだ。

「で！　その後はどうなったの？」とアマルは右手の掌を顎に載せて言った。

「別に。サーラのことを余計に嫌いなったけれど、責めることはできなかったの。というのは、みんな私が母親と一緒に住んでいなくて会うこともあまりないことを知っていたの。でも、それが私の悩みだということはみんな知らなかった。サーラはそれを利用して私を負かして、私を笑いものにしたの。そして、その後その年のフェンシングの最優秀賞を取ったのよ。私は今、あの人を後悔させることを探しているってわけ」

アマルはため息をついて本を手に取り、立ち上がった。

「ホダー！　過ぎたことはもう終わったの。どうか過去を忘れて。あなたがどんなに恵まれているかを自分でわかっていたら、心に憎しみなんて芽生えなかっただろう。今の自分の状況に感謝しなければならない。私がホダーだったら、全てを自分の趣味に注いだだろうと思う。虐《しいた》げた人に対する最大の復讐は、成功してみせること。他人が信じられないぐらい夢を実現することよ。互いに慈悲を以って接しなければいけないわ。そして、友達にもなること」

「アマル！　読書でもして私を独りにしてちょうだい。私はサーラを破滅させるという、人生最大の目標の中で生きるの。それがなければ生きる意味がなくなるのよ」

ホダーは家を出た。夜空に美しい満月だった。それに気持ちいいぐらい風は爽やかだった。少し散歩をすると、何かの動物の鳴き声が聞こえたので、少し不安になったが、その鳴き声のところへ行ってみることにした。アマルは、村人たちが寝ている中で夜遅く出かけるホダーが心配になったので、遠くからそっと見ていた。鳴き声は仕掛けにかかった犬だった。左脚が引っかかっていて出血していたので、ホダーは悲しくなって助けようとしたが、犬は痛みのあまり興奮状態だった。

「はいはい、静かにして。助けてあげるから。わからないの」

追いかけてきたアマルはホダーに近づいたが、ホダーは子犬の助けに没頭していたためにアマルに気づかなかった。

ホダーはこんなところに仕掛けを置くなんて、と怒り心頭だった。そんなのは残酷だ。ホダーは子犬の脚の代わりに挟む木の棒を探すために携帯のライトをつけて草むらの中に入った。後ろからアマルの声が聞こえた。

「何か探している？」

「ううん、散歩をしているだけ」

「嘘つき。叫んでいて誰も助けてくれないこのかわいそうな子犬のためでしょう？」

「ばれたの？　だったら手伝ってちょうだい」

　二人は棒を探して、アマルは一本の棒を見つけた。

「じゃ、犬の気を紛らわすように話しかけたり音を出したりしてよ」

　アマルはこわごわと子犬に手を叩きながら近づいた。

「ここはシアターでもサーカスでもないわよ。何か音を出してと言ったけれど、拍手しろとは言っていない。おバカさんね。いい声をしているから犬はきっと気に入るわ。さあ、歌いなさいよ」

「手伝って悪かったわね。でも全てはこの子犬のためね。仕方がない」

　アマルは歌いながら子犬に近づいた。子犬もアマルの目を見ながら地面に座った。ホダーはその仕掛けをこじ開けた。かわいそうに、子犬はその仕掛けに気づかずにハマってしまったのだった。

「なんて野蛮なの。残酷よ。ゆるせないわ。こんな小さな犬に」

　ホダーはドライバーに、すぐに怪我をした子犬を獣医のところへ連れて行くよう頼んだ。そして仕掛けの罠を家に持ち帰った。服がかなり汚れてしまったので、それを暖炉に投げ捨て燃やした。何も言わずにアマルを痛そうな目で見ていた。

「これがホダーの本当の姿で、なぜか残酷な振りをしているだけだわ。いつかその理由がわかる日が来る」とアマルは心の中で思った。

「どうしたの？」

「別に、ホダーがやったことを誇りに思っているわ」

「当たり前のことをしただけよ。シャワーを浴びて寝るわ」

その時、ドライバーから「犬は獣医のところへ行く途中で亡くなった。手当てができなくて申し訳ありません」と苦しそうな声で連絡があった。ホダーの手は震えた。義父が屋敷の庭の中にしかけた罠に、知らずに幼いころのホダーがハマって痛かったことを思い出した。叫んでも誰も助けに来てくれなかった。母親は義父がしたことは知らなかった。怒りのあまり地面に埋まっていた仕掛けそのものを抜いた。未だに母親に義父がしていたことを言っていない。義父は単にホダーを怖がらせて家から追い出そうとしていたが、ホダーは強かった。

アマルは急いでホダーを抱きしめた。

「ホダーはできる限りのことをしたと思うわ。死んだのは、避けようのないことだったのよ」

「助けられて嬉しかったの。あの鳴き声を聞いて、心の中で泣いてしまったわ。なんでそうなるの？　あのような仕掛けで殺すなんて残酷よ。仕掛けた人に、どうか罰が当たりますように」とホダーは粒雪《りゅうせつ》のような涙を流しながら話した。

アマルの前でホダーが泣き崩れたことは、アマルにとって初めてで、まるでシェークスピアのハムレット演劇のワンシーンのように感じられた。両目は潜んだ悲しみや痛み、憎しみや憎悪に満ちていた。ホダーは自分の部屋に戻り、ドアを閉めた。アマルは一人で、ホダーとサーラの人生を分析しようと思った。二人は繋がっているところがあり、共通点もある。しかしそれは何だかわからない。二人の過去を知る必要があるとアマルは思った。

翌朝アマルはホダーに、ホダーの好きな朝食を用意してあげた。ホダーは驚いて言った。

「なんでトーストとジャムと卵の黄身とフレンチサラダが私の好物だと知っているの？」

「簡単なことよ。ドライバーに訊いて教えてもらったの。あのドライバーはサーラのことをよく知っていて、忠実なひとね」

「いけない子ね。でもありがとう、本当に。あなたがサーラの人生に関与しなければ、もっとよかったのに」

「さあ座って食べて」とアマルは強い口調で言った。

「私に命令をしているように聞こえるけど」

「ううん、単にホダーのように強くなりたかっただけ」とアマルはほほ笑みながら言った。

ホダーは青白い顔で笑った。どうやら昨晩だいぶ泣いたようだが、アマルはあえて訊きたくなかった。アマルはスプーンを手に取り、ホダーの昨日の嫌なことを忘れるために歌い出した。

ホダーは涙を流しながらご飯を見ていた。

「命を助けようと思う度に目の前で死んでしまう。なんて不公平な人生かしら。死んでほしい人は死なないというのに、何の罪のない子犬は簡単に死ぬのね。そして誰も罰せられない。私たちって、死ぬまでこんな人生を生きていかなければいけないの？」

アマルはホダーの横に座った。

「私たちには他人の死を決めるような力はないわ。私たちは人間で、その力は限られている、死は昨夜言ったようにみんな経験するものよ。ただそれが別々の日に訪れるっていうだけ」

「あなたは冷静で他人の死に無関心なのよ。ただ人のそばにいて助けることしか考えていない。私たちじゃなく、あなたが一番同情すべき人だと思うわ」とホダーは叫んだ。

立ち上がったアマルはホダーの顔を叩いて部屋に駆けこんだ。ホダーはご飯を投げ飛ばして嵐のように思い切り叫んだ。部屋で泣いているアマルは母親のことを思い出して悲しんだ。胸が苦しくなったので薬を飲んだ。そして少し休もうと思ったが、その時にホダーがドアを叩いて外から謝ってきたので、アマルはドアを開けてやった。

「あなたの怒る気持ちもわかっているけど、その怒りを私に発散してほしいの。私はできる限り、あなたを少しでも喜ばそうとも思っただけ」とアマルは言った。突然ホダーはアマルを抱きしめた。

「こうしているとなんだか姉妹みたい。アマルにも幸せになってほしいけれど、サーラがいないところで。あの人がアマルと仲良くしているのを、私、許せないわ」

「死ぬまでやってみせるわ」

村には恒例の平和を祝う祭りがあった。夕方ホダーとアマルが窓から外を覗いていると、村人たちがどんどん一か所に向かっている様子が見えた。何があったかわからなかったので、外に出た。老夫婦を見つけ尋ねた。

「いまから何があるの？」

「ここから徒歩10分のところ湖の近くで祭りが催されるんだ。私たちも夫婦で歩いて向かうところだよ。馬で行っている人もいれば自転車で行く人もいる」

サーラとお祖母さんは荷物を持って出かけた。

「何この変な村の変な儀式は？」とホダーが言った。

サーラはホダーとアマルの方を見てほほ笑み、二人に聞こえるようにお祖母さんに向かって言った。

「おばあちゃん！」

「サーラ！　失礼だよ。行こう。この村には村のことをわかっていない宇宙人がいるようだから」

「サーラ!　失礼だよ。二人はお客様だよ。客は三日までというでしょう」

「これ以上、私が怒らないうちに行きましょ」

ホダーは急いでサーラのところへ行った。

「祭りに行きたいわ」

「来る必要はないわよ。ここに残ってくださいな」

「私も行きたいの。私たちはお客様なんでしょ。きっと歓迎されるわね。ねえホダー！」とアマルは言った。

「もちろん。先に行きましょ。この二人をほっといて」

ホダーはアマルの手を引っ張った。

「今朝のことはごめんなさい。ちょっと怒っていて落ち込んでいたのよ」

「大丈夫よ。気持ちはわかるわ。私も悪かったの」

ホダーはアマルの肩に載せた。

「大丈夫。アマルは自由奔放なのがいいところだから。人間は気分で動いているものだし、時に怒りに支配されることだってある。それより薬は飲んだ？」

「うん、飲んだわ。それと今日はお休みしていい？　サーラと喧嘩しないでほしいの。また私に、サーラに対していじわるさせないでほしいの。おねがい」

「わかったわ。ただし彼女と接触しないで。あなたは天使なんだから」

アマルはほほ笑み、ホダーはアマルの後ろを無邪気にほほ笑みながら走って行った。

ふたりの後ろをサーラとお祖母さんは歩いていた。サーラは好奇心に駆られていた。

「アマルとホダーもう友達になったんだね。ずいぶん仲良しになったみたい」とお祖母さんは言った。

「それはよかったこと。アマルからこれでやっと解放される。裏切り者め」

「そんなことを言っちゃいけない。思い込みで判断しないで、本人にそのわけを直接きいてみなくちゃ。きっと理由があるはずだよ」

「どうでもいいよ、理由なんて。もううんざり。ふたりで好きなようにすればいい。めそめそしたくないの。私がそんなふうになることが、本当におばあちゃんが望んでいること？　歩きましょ。あの二人のことでおばあちゃんと喧嘩したくないわ」

アマルは村で行われる祭りがどんなお祭りなのか気になっていた。

祭りの場所に着いた。人で溢れていて、みんな楽しそうな顔をしていた。

村長の姿をみかけたが、サーラは無視していた。村長はサーラに与えた罰で機嫌が悪いのを知って、にやにやしていた。誰もが好きな場所に座っていて、広場の真ん中には大きなテーブルが置かれていた。それに風船や旗も飾られて音楽が流れていた。右側では大きな鍋で料理をしていた人もいれば、湖へ魚釣りに行った人もいた。一番大きな魚を釣った人には賞があるとのことだった。

村長と老人たちは客を迎えていて、祭りは歓迎の言葉と祝詞で始まった。そして、この村にまつわる話で村人が干ばつの時にどれほど犠牲にしたかというエピソードが語られた。その後、みんなにお菓子が配られた。子供たちが遊び戯れ、だれもが幸せだった。

サーラは遊びに行って、それにアマルは付いて行った。サーラは馬レースに出場した。アマルはサーラが優秀な騎手であることを初めて知った。サーラはこの村出身だし、子供の頃乗馬を身につけたはずだ。2年連続で隣の村から騎士《ナイト》の称号を与えられたが、勉強のため最後に行われた大会に参加しなかった。

レースが始まり、サーラはアマルを見て右目でウィンクした。

アマルはホダーの耳元で言った。

「心理学では右目でウィンクする人は理論的な人なのよ」

「お願いだから心理学分析から解放してちょうだいよ、レースを見ましょうよ」とホダーは不満をもらしながら言った。

「あらそう。私は単にホダーの知識を増やしてあげようとしただけよ。サーラはお祖母さんの仕事を手伝いながら、勉強の傍ら、いったいいつ練習できる時間があるのかなと思ったの。まるで別世界から来た人みたい」

「優れていることはたしかね。しかしきっと弱点もあるはずよ。ぜったいに」とホダーは両腕を組みながら言った。

「今日は言い合いしたくないわ。おねがいしたはずよ」とアマルはホダーの脚を握りながら言った。

「わかった。泣かないでよ」とホダーは笑いながら言った。

審判はスタートのホイッスルを吹き、レースは始まった。アマルは他の観客を見て思わずサーラの名を叫びながら応援エールを送った。それを見たホダーは首を傾げた。

「サーラを応援するの？　応援してほしくないわ。あの人はあなたに嫌われていると思っているわ。気分屋だと思われるでしょう」

アマルは手を止め、俯いた。

「気分屋でもなく偽善者でもないわ。あなたに強制されているだけじゃない」

「顔をしかめることはないわよ。今日は好きなようにして。じゃあね」とホダーは言って観客の中を抜けて去って行った。

「ホダー！　ありがとう。あなたをもとの姿に戻すと約束するわ」とほほ笑みながらアマルは言った。

このような雰囲気を味わったことのないアマルは心の中で思った。

「村人同士の親しみや許容が街にもあったらいいのに。こんなのを味わったことはないわ。ここでみんな互いに支え合っているのね」

アマルはサーラの方に目を向けて、カメラを手に取ると彼女の写真を撮った。サーラは集中していて、今年も勝ちたいと思っていた。ホダーにサーラはヤワではないとわからせ、もっと苛立たせてやるのだ。ホダーは、自分が乗馬がうまいとは知らないはずだから、これでもっと怒るはずだ。サーラは目を閉じた。すると幼い頃の記憶が突然浮かんだ。サーラは目を開けた。レースが始まった。

レースは終盤を迎え、サーラは叫び、勝った。馬の背から飛び降りると、お祖母さんの方に駆け寄った。お祖母さんは笑顔で涙ぐんでいて、立ち上がるとサーラが倒れそうになるほど強く抱きしめた。

サーラは女王のように村一番の騎手として表彰された。

マージドはサーラの強さや冷静さ、判断力を誇りに思ってとても喜んだ。

「運でも良くないと彼女には勝てないな」

マージドはサーラの前に進み出ると言った。

「美しい騎士《ナイト》様、おめでとうございます。あなたが一番だといつも確信していました」

サーラは答えた。

「神様《アッラー》のおかげで勝てたの。褒められても嬉しくないわ」

そしてお祖母さんを見て言った。

「おばあちゃん、私お腹空いたわ。一緒にご飯たべたい」と言った。マージドは後ろを見て、優しい女性が来たと言った。サーラが振り返ると、アマルが目の前に立っていて「おめでとうサーラ、頑張ったわね」と言った。

サーラは眉をひそめて言った。

「なんで私のところに来たわけ？ こんなことして自分が恥ずかしくない？ ずいぶん出しゃばりなのね、お友達のところに行きなさいよ、姿は見えないようだけど。おばあちゃん、今日はひとりにさせちゃったわね。行こう、この人たちと一緒にいたくない」

アマルはサーラを平手打ちして行ってしまった。マージドは「心配しないで、サーラは君に怒ってるんだよ。落ち着いたらしゃべってくれるさ」と言った。

アマルはつらそうな声で「仕方ないわ、サーラは私を信じてくれたのに、私あの子を見捨てたんだもの。家に帰るわ、少し疲れちゃった」と言った。そしてホダーに連絡し、来るように頼んだ。

サーラは食事をしていたが目はアマルを追っていて、アマルがホダーと一緒に去るところを見ていた。

マージドは言った。

「どうしてアマルを見ているんだ、悲しいのか？」

サーラは「そんなわけない。あなたは私の一挙手一投足を監視しているわけ？　見るのはご飯だけにして」と言った。

ホダーは「顔色がすごく悪いわ。私にちゃんとつかまって」と言った。

周りを見回すと自転車が歩道に停めてあるのを見つけ、アマルに言った。

「ちょっと待ってて」

走って自転車を持ってくると、「ほら乗って。これで連れてくわ」と言った。

アマルは疲れた声で言った。

「私歩ける。この自転車は人のものでしょ、勝手に借りたらだめよ」

「アマル、無理よ。震えてるし家まで辿り着けると思わないわ。10分で着くし村に着くまで湖を突っ切れば大丈夫。おとなしく乗って」

アマルは折れた。

「しっかりつかまるのよ。私あなたの後ろに座るから。家に着いたらお昼食べて薬飲むのよ」

サーラはアマルの青白い顔を思い出していた。落ち着かず、立ち上がって言った。

「みんな残って打ち上げしてるのにアマルは家に帰った」

急いで家の方へ向かった。

「冷たくするんじゃなかった、アマルはか弱くてすぐ傷つくのに。私なんてバカなんだろう、あの子は一緒にいてくれたのに」

二人の姿はもう見えなかった。もうすぐ家に着く頃だろう。

サーラは言った。

「アマルが無事でいますように、神様《アッラー》が守ってくださいますように」

アマルは薬とスープを少し飲んでベッドに横たわり、ぐっすり眠っていた。ホダーは自問した。

「アマルに何があったんだろう、急に疲れたりして。アマル、あなた何を隠してるの？」

ホダーが窓を閉めようとするとサーラが遠くから歩いてくるのが見えた。サーラはアマルの部屋を見て目を閉じ、物音を聞こうとしていた。ホダーは眉をひそめ、「どうしたんだろう、何をしてるんだろう？　ときどきあの子の行動が怖い」と言った。

サーラは家に入ると座って休んだ。時間が経つと、お祖母さんが家に来て、それを見るとすぐにサーラは言った。

「ホダーの家に行って、アマルが大丈夫か確かめてきてくれない？」

お祖母さんは言った。

「ピリピリしてどうしたの？　どうしてアマルが具合悪いと思うの？」

サーラは言った。

「顔色が悪かったし、呼吸も遅くて、打ち上げが終わる前に帰っちゃったから」

お祖母さんは「わかったよ。座ってな、行ってくるから」と言った。

「おばあちゃん、私が行けって言ったって言わないでね」

サーラが言うと、お祖母さんはほほ笑み、「プライドが高いねえ」と言った。

アマルがホダーとしゃべっていると、使用人が来て「アマル様にお客様です」と言った。アマルは誰が自分に会いたがっているのか見に行き、驚いた。お祖母さんが言った。

「大丈夫かい？　今日見かけた時具合が悪そうだったよ」

アマルは言った。

「おばあさま、私は大丈夫です。少し体調が悪かっただけです。気にかけていただいてありがとうございます」

ホダーはアマルの近くでつぶやいた。

「絶対サーラがお祖母さんを来させたんだわ、私にはわかる」

お祖母さんが帰ると、アマルはホダーにまるで月の光のような輝くような笑顔を向け、お祖母さんを通してでもサーラが自分を気にかけてくれたことにとても喜んでいた。

ホダーはアマルの手を握って言った。

「部屋に戻って休みな、今日は甘やかしてあげる。わかった？」

アマルはホダーに近づき、頬にキスすると、お礼を言って、ホダーを残して階段を上がった。ホダーは言った。

「二度とキスはしないで、私あなたの友達でも何でもないから。次やったら叩くわよ、この悪魔」

お祖母さんからアマルは大丈夫で体調も良いと聞いて、サーラは少し落ち着いた。

座って紅茶を飲み、お気に入りのナギーブ・マフフーズの小説『ハーン・ハリーリ』を読んだ。お祖母さんがサーラのために新しいスカーフに刺繍していて、せっせと針を動かしながら言った。

「今日みたいに嬉しそうなところを初めて見るよ、サーラ。アマルとの間で何かいいことでもあったのかい？」

サーラは本を閉じながら言った。

「何も。あの二人が近くにいなければ、もっとリラックスして平和な気持ちになれるんだけど。村での日々を楽しめるとは思わないわ。あの二人が近くにいるんだもん」

お祖母さんは刺繍の手を止め、サーラの近くに座り、言った。

「いつまでアマルに挑み続けるんだい？　アマルと仲良くしなさい。お前が内向的だとか孤立しているとか言われるのを聞きたくないんだよ。お前の年頃の女の子は明るくて仲良くし合うものだよ」

サーラは言った。

「友情とか友達とか、嘘の一時《いっとき》だけの関係よ。他の人を見つけたらすぐそっちに行くんだわ。私そういうのほんとに見てきたんだから」

「それはそうだけど、お前もそういう人たちみたいになるわけじゃないだろ」

お祖母さんが言うと、サーラは顔をしかめて言った。

「私が狂暴だって言いたいの？」

「ちがうよ、私はただ、お前は友達になりたがっている女の子を騙したりできない、と言いたいんだ。アマルなんかぴったりじゃないか、お前と姉妹みたいな友達になりたがってる。お前は嫌がっているがね。あの子みたいにお前に言い返せる子はいないよ」

「おばあちゃん、アマルと知り合ってからため息ついてる。私のこと罵ってくるし、一日中一緒にいて迷惑？」

「どうして話をすりかえるんだい？　お前の存在を嫌がっているとでも思っているのかい？　私はお前に幸せでいてほしい、それだけだよ」

サーラは言った。

「私はおばあちゃんと一緒にいて幸せよ」

お祖母さんは立ち上がって言った。

「もう寝るよ。お前にいろいろお願いしすぎて舌が乾いてしまった」

サーラはほほ笑むと頬にキスをして見送った。

「私ももう寝るわ。今夜は雪がたくさん降っていて怖いわ」

その頃マージドは、父を手伝い厩《うまや》を掃除していた。雪が多く馬が嫌がるのだ。マージドは心のなかで言った。

「サーラは今何をしてるんだろう。一緒にいて手伝ってくれたらやる気も出るんだけど」

父親がマージドに大声で言った。

「ボーっとして別世界にでも行ったか」

マージドはほほ笑んで言った。

「愛の世界に、なんてね」

父親は言った。

「黙って仕事を終わらせな」

アマルとホダーは映画を見ていた。雪の音が外でしていて、アマルを怖がらせた。

「外は大変ね、暖まるものがない家もあるんじゃないかと思うと心配だわ」

「薪を欲しがっている人がいないか見に行かない？」

ホダーが言うとアマルは言った。

「手伝うわ。でも天気が全く良くないわね」

ホダーは運転手に連絡した。運転手は急いで来て、ホダーは彼に薪を持って行って必要としている人に配るように頼んだ。彼はひと山持っていくつかの家族に援助しに行った。

アマルは言った。

「なんて良い人なの、ホダー。あなたがこんなに優しくて愛情深いことをするなんて想像もしていなかったわ。ほんとに、個人的にその人のことをよく知らないと、どうこう言えないわね」

ホダーは言った。

「父が人に良くするのが好きだったんだけど、私もそうなりたいの。昔父に言われたわ、善い行いをした人が、私たちを苦しみから救い、悩みごとを取り去ってくれるって」

アマルはふしぎそうにホダーを見ていた。

ホダーは言った。

「私何か変なこと言った？　私をそんな風に見ないで、恥ずかしくなるじゃない」

アマルは笑いながら言った。

「いつもこういう風でいてよ、サーラの前でのあなたのまがい物の鎧には耐えられないわ」

ホダーは言った。

「もう寝るわ。また明日ね、サーラが呼ぶところの『お嬢さん』」

アマルは言った。

「わかった、私も一緒に行って寝るわ」

アマルはシャワーを浴びに行き、歯を磨いた。すると鼻血が出てきているのに気づき、タオルで拭いて、すぐにベッドに行って寝た。

朝が来た。昨夜は荒れ、3人の間は寒さと静けさに満ちていた。

道路と家の周り中心に雪かきを終え、アマルは今回は一人で村の周りの平原を散歩してみようと思った。何か魅力を感じていたのだ。その平原や雪かき中の人々の写真を撮ると、時計は午前11時を指していた。小さな岩の上に座り、少し休むと紅茶を飲んで暖まった。手袋さえも冷たくなっていた。

収穫物の近くにサーラが遠くから見えたが、いなくなった。アマルは彼女の方に向かい探したが、見つからず、後ろを振り返ると、目の前にサーラがいた。決まり悪く思っていると、サーラは言った。

「私のこと探してるの？」

アマルは小さな声で答えた。

「いや、ただこの場所を見ていただけ」

サーラはわかったと言い、その場を離れ2歩進むと他の人に混じって雪かきを始めた。アマルはほほ笑みかけながらサーラを撮った。サーラは言った。

「写真を撮るのをやめていただけるかしら、パシャパシャうるさいわ。あなたのせいで気が散ってしょうがない」

アマルは言った。

「ごめんなさい」

サーラは右のポケットから何かを取り出し、アマルに投げてよこした。アマルが受け取るとサーラは言った。

「ケーキよ、食べれば。昨日具合悪そうだったし」

アマルはお礼を言うと、「どうして知ってるの？」と言った。サーラは「どうして知ってるかはあなたには関係ないことでしょ。家に帰りな、風邪引くわよ。こういう天気に耐えられる体じゃないでしょう。最近やせたみたいだし、どうして実家に帰らないの？　この土地に向いてないと思うわ」と言った。

「その方がいいわね」

アマルはため息をついた。サーラはマージドの父が歩いてくるのを見た。彼はサーラに「偉そうだな」と言いながら腰に両手を当てて少しかがんでいた。

サーラはため息をついて言った。

「私はいつか夢を叶えるわ。あなたはそれを祝う最初の人になるのよ、頑固者さん」

アマルはサーラの前に立ち、「私があなたの代わりに叶えてあげる」と言った。

サーラは「結構よ、人の手は借りないの」と言った。

アマルが「困った時の友は真の友よ」と言うと、サーラは「そう友情よ！　誰がそんなこと言いだしたのかしら、そしてあなたもいつまでそんなこと言ってるの？　私は友達も人生の伴侶もいらない。おわかり？　お嬢さん」と言った。

アマルは「どうして私を名前で呼んでくれないの？　最初会った時から私の前で名前を呼んでいるのを聞いたことないわ」と言った。

サーラは偉そうに言った。

「あなたの名前好きじゃないの。ホダーのところに行きなさいよ、ここにいるのを見たら怒るかもよ」

アマルは「そうね、怒られるのは嫌だわ」と言い、黙った。そして「ここらへんで終わりにした方がよさそうね。帰るわ」と言った。

お祖母さんはスカーフ二つに刺繍し終わっていたが、まだサーラに伝えていなかった。家を出るとアマルが歩いてくるのが見えた。彼女はカメラで撮った写真を見ていた。お祖母さんは彼女を呼び止め、彼女の方を見て言った。

「このスカーフを持っていきなさい。お前のために刺繍したんだよ。一か月もかかったんだ」

アマルはとても喜び、お祖母さんを強く抱きしめた。アマルの目は喜びでいっぱいで、他人が何かをくれたことに驚いていた。お祖母さんは言った。

「喜んでいいんだよ、アマル。お前がいい子だって私はよくわかってる。自分のことは忘れて他の人を喜びでいっぱいにするくらいね」

アマルは言った。

「そんなことないです、すべて神様《アッラー》のおかげです。でも改めてありがとうございます。一生大事にします」

アマルの父親が電話してきて、戻ってくるように言った。アマルはとても疲れた声で言った。

「あと二日で戻るわ」

父親は怒り、怒鳴って電話を切った。アマルはホダーを見ると階段を降りてきていて、アマルに笑いかけていた。スカーフがアマルの首元にあるのを見ると言った。

「誰にもらったの？　安物ね、布の質が悪い。でも刺繍はきれいね」

アマルは言った。

「どうでもいいわ、大事なのは良い行いをすることと、相手が心を込めて贈ってくれたことだもの。それが一番大事。私はサーラを傷つけたのに、あの方は私につらく当たらなかった。あの人たち、純粋できれいな心を持っているのよ。知ってた？　善いことへの報いは、善いことでなくて何であろう。って言うでしょ。目を覚まされた気分よ」

ホダーは言った。

「お好きにどうぞ、ちょっとふざけてみただけ。朝ご飯食べよ」

アマルは「おなか空いてないからいいや。来る時サーラにもらったケーキ食べたから。そういえばサーラがお祖母さんを寄越したっていうのは本当だったのね。あの子、今日私の体調を聞いてきたわ」と言った。

ホダーは「サーラとしゃべったのね。顔が輝いてるわ、サーラもお世辞しか言わない人もめろめろになっちゃいそう。あの子のこと好きすぎて、あの子みたいに振る舞っている時あるものね。静かな時とか。似てきたわね。あの子もだんだんあなたに似てくると思うわ。心理学でも言われていることだし、そうでしょアマル？」と言った。

アマルはどもりながら言った。

「似てるところなんて一つもないわよ。第一あの子が私を遠ざけるのに、どうやって彼女みたいになれるっていうの？」

ホダーはほほ笑みながら言った。

「アマル、そのうちわかるわよ。サーラを良く知るひとはあなたが似始めてきたのに気づくわ。よし、私は朝ご飯を食べてちょっと出かけてくる。ていうかアマル、私バスルームで血が付いたタオル見つけちゃったわ。誰かさんのために体を大事にしなさい」

アマルは動揺して言った。

「シャワー浴びてるときに指をケガしちゃっただけ、心配するようなことは何もないわ、全然大丈夫よ、ホダー。

それにお父様がまた電話してきて、帰ってこいって言われちゃった」

ホダーは言った。

「帰るから心配しないで、ここに永遠にいるつもりはないわ。そうよ、ここは静かだけどサーラの近くにいるのは嫌だわ」

アマルは座ってスカーフを見た。人間が誰か好きな人や執着している人の特徴を取り入れることがあるのだな、と思った。これは心理学の研究で言われていて、実際自分も気づかないうちにあの子に似てきたのだ。

10分後、サーラが来て、皮肉っぽい笑みをホダーに向けた。ホダーは村を散歩中で近くを通ったのだった。ホダーにはサーラの皮肉っぽい笑みの秘密がわかった。

サーラが家に入ると、お祖母さんが歌いながら朝食を作っていた。後ろから抱きしめられ、お祖母さんは言った。

「どうしたんだい？」

サーラは言った。

「ホダーはいつも私に怒ってくるの。それを見ると満足するの」

そして椅子に座り、机に突っ伏して目を閉じた。サーラの母親が頭の中でやってきて、言った。

「心を開くのよ、サーラ」

お祖母さんは座ろうとしながらサーラを見ると、瞳が濡れているのに気づいた。サーラは悲しげにほほ笑んでいて、ぼーっとしていた。

お祖母さんはサーラを怖がらせないために動きを止めた。想像の中でも、少し彼女に何も聞かせないようにしてやりたかった。サーラが目を開けると、お祖母さんがサーラを思いやってほほ笑んでくれていた。お祖母さんの心はサーラを愛していた。サーラは言った。

「どうしたの、そんな風に私を見て。初めて私を見たみたいじゃない」

お祖母さんは右の手のひらをサーラの右手の上に置いた。

「愛しているよ」

サーラは神に讃えあれ、と言って「どうしたの、こんな気持ち好きじゃないわ。心配させないで」と言った。

お祖母さんは話を変えて言った。

「朝ご飯を食べな、お腹が空いてつらいだろう。お腹がぐうぐういっているじゃないか」

サーラはスプーンを手に取りスープを飲み始め、パンをちぎり、卵やサラダを食べ始めた。サーラは静かに丁寧に食べた。お祖母さんが白湯を持ってきた。

サーラは「最近お母さんの夢を見るの。なんでかはわからないけど。お母さんの顔も覚えていないのに」と言った。お祖母さんは口ごもって、「あらそう、きっとお母さんがお前に会いたいんだね。できるだけお母さんの信頼に応えるんだよ」と言い、口数が多くなった。

「さっきアマルに会ってスカーフを渡したよ。お前とアマルに作ったものだ」

サーラは「なにそれ、不公平じゃない？　どうしてあの子にもあげるわけ？」と言った。お祖母さんは部屋に行って、戻ってくると「これはお前にと思って刺繍したんだ」と言い、うわっと言ってから「これはアマルのだ、そう書いてある。間違えてしまった。アマルのところに行ってこれを渡して、彼女のをもらってきなさい」と言った。

サーラは怒って立ち上がった。

「いやだ、私ホダーの家には行かないから。私に持ってきてほしくても嫌、あの子に持ってこさせたいわ」

お祖母さんは言った。

「アマルは私が間違えたって知らないよ」

サーラは右の眉を上げ、「わざとでしょ」と言った。お祖母さんは両手を高く上げ、「いや、誓ってわざとじゃない」と言った。

サーラは椅子を少し持ち上げると机に仕舞い、「わかってるわ、おばあちゃん。行ってもらってくる。ずるがしこいホダーが戻ってくる前に」と言い、後ろを向いて言った。

「おばあちゃん、どうしてあの子の分も作ったの？　そんなに知らないのに。あの子の私への態度も知らないのに」

お祖母さんは言った。

「人には親切にせよ、さすれば心を掌握できるだろう」

サーラは言った。

「なんでもお説教のネタになるのね」

お祖母さんは笑った。

「死んだ後も人が良い行いと共にお前を覚えていてくれたらすてきじゃないか。どんな良い行いがお前を天国に入れてくれるかわからないだろ。それは単純なことかもしれない。ほら行きなさい、小難しいことは考えずにね、お嬢さん」

アマルはシャワーを浴びていて、タオルを忘れた自分を責めていたが、プレゼントのことを思い出し、お祖母さんに抱きしめられた暖かさを、母親に抱きしめられたように感じた。

「サーラのお祖母さんがしてくれたようなことをしてくれる人がいるなんて考えたこともなかった。ああいう暖かいお祖母さんがいたらどんなにいいだろう」

アマルは服を着ると髪を整えた。すると誰かがドアをノックし、開けると使用人だった。

「お客様です」

アマルはお祖母さんだ、と思い、急いで階段を降りて言った。

「ようこそ、おばあさん」

サーラが目に入るや否や、アマルは歩みを緩め、とても怖がりながら言った。

「なんだってホダーの家に来たの？　ホダーに見られたらまたケンカになるわ」

サーラは飛んでいきそうな声で、「仕方なく来たの。あなたたちに会うと苦痛を感じるわ」と言った。アマルはうつむき、サーラは言った。

「とって、これあなたのよ。おばあちゃんが間違えたの。あれは返して」

アマルはスカーフを見ながら言った。

「そういうことね、部屋に行って持ってくるわ。ちょっと待ってて」

サーラは両手をポケットに突っ込んで、家を見渡した。使用人が来て、温めたジュースをくれた。サーラはありがとうと言い、振り向くとアマルがいてスカーフを手渡してくれた。アマルはサーラの右手の指に黒いものが少しあるのを見て言った。

「指どうしたの？」

サーラは指をみて、「あなたには関係ないでしょ、お嬢さん」と言った。スカーフを首に巻くと、アマルの香水の香りがして、言った。

「あなたの香水の匂いがスカーフについてる。匂いは気に入ったけれどアマルの純粋さを濁らせているから洗って匂いを取るわね」

アマルは言った。

「好きなようにして、私もうあなたの態度で悲しくはならないわ。あなたを責めもしない」

サーラは言った。

「言ったわね、私を責めないって。わかった、もう行くわ。あの魔女に会いたくないから。私言ったからね、ホダーは性悪な女だって」

アマルは悲しそうな声で言った。

「あなた間違ってるわ。ホダーは完全に愛と優しさでできている人よ。よし、私不可能なことをやってみるわ。あなたたちを仲良くさせて友達に、仲の良い姉妹にしてみせるわ」

サーラの右目が赤くなり、アマルをみると強烈な恐怖を感じ、その場から動けなくなり、遂にサーラからオーラが出て少し大きくなった。サーラはアマルに近づき、言った。

「もういっぺん言ってみな」

アマルは決然と言った。

「だから、あなたたちを友達にするわ」

サーラはアマルの首を掴み、後ろに引きずった。サーラの髪は逆立ち、燃えるような色に変わった。アマルは苦しそうな声で言った。

「何？　どうしてそんなに怖い顔してるの？　怖いわ、何をそんなに憎んでいるの？　心が闇に包まれてしまっているわよ、サーラ、気をつけて」

サーラは力を強めながら言った。

「お前の首をもいで舌も引っこ抜くぞ」

サーラの爪が伸び、アマルの首が傷ついた。ホダーが入ってきて言った。

「離しなさい、この野蛮人！」

サーラが振り返るとホダーはその顔に怯え、「ああ神様！　あなたの中にいて支配しているこの獣は何者なの？」と言った。アマルは「静かに、ホダー。サーラは今、私のせいで怒りに支配されてる」

サーラはホダーの方を向き、もごもごと重い声で言った。

「私の人生から消えな、でないとお前は死体になってハイエナの餌食になる。もう気をつかわないからな」

突然サーラは元に戻り、地面に崩れ落ちた。アマルは駆け寄り、右の腿にサーラの頭をのせると、「サーラ、目を覚まして、どうしちゃったの」と言った。彼女の手は震えていて、ホダーがサーラの手首を見ると、それは光を放ち血が流れていた。使用人を呼んで応急措置を頼むと、手首に包帯を巻き、アマルは言った。

「サーラは呪われてるんだと思う。少しネットでサーラの手に出るようなしるしを調べていたんだけど、見て、右手の手のひらに黒いしるしが出てるでしょ。あとはほら、左腕にも黒い染みが出てる。それにサーラの右目のあたりで何かが動くのを見たの。ああ神様、一体何がいるの?」

アマルは怖がりながら言った。

「サーラに何が起きているの? よくわかんないけど、これが呪いや手品なのか、それともジンに取り憑かれたのか、だれかがサーラで遊んでて悪魔を追い出したのか、わからないといけないわ」

アマルはため息をついた。

サーラはお祖母さんの家に運ばれ、マージドが迎え出て言った。

「サーラに何をした? こんなになって」

アマルはマージドの手を握り、申し訳なさそうに言った。

「誓って何もしてません」

マージドは言った。

「いや、君たち嘘をついているな。君たちが村に来てからサーラはどんどん悪くなっていってる。呪われろ、村から出ていけ。君たちにここにいてほしくない。サーラが良くなるように祈って、離れて暮らしてくれ。君たちが憎い、二度と来ないでくれ」

アマルは無意識にホダーの左手を握り、ホダーはアマルを見て、マージドに言った。

「サーラには何もしていません。アマルが誓ったのに信じないんですか。アマルはサーラの近くにいたいだけです。サーラのことが大好きだから」

ホダーの声は大きくなった。

「どうしてアマルにそんな態度をとるんですか。私が今までの醜い仕打ちをアマルにさせたんです。これでアマルを信じてもらえませんか？　アマルは花みたいに周りを通り過ぎる人を喜ばせるのが好きな人なんです。摘まれても見つめるだけです」

マージドはアマルを見ると、彼女は目に涙を溜めていた。

「この子が言ったことは本当か？」

アマルは弱々しく言った。

「本当です。今までのこと本当に申し訳ありませんでした。いつも私のせいで他の人が悲しんで、周りの人は心を乱されています。私は強くないから。二人みたいにすごくないから」

マージドは言った。

「君たちが話したことは全部サーラに伝えるよ。帰って休みなさい。その後話がある。起きたことを詳しく話してくれ。良いね？」

二人は帰路につき、アマルは言った。

「どうして本当のことを言ったの？」

「あなたの視線に耐えられなかったの。殺されるかと思ったわ。それで本当のことを言わざるを得なかったのよ」

ホダーは言って、アマルを見た。

「もうしないで、アマル。あなたの視線に殺されるところだったわ」

ホダーは父親の眼差しを思い出していた。病気になったり何かに悲しんでいる時に、優しく、悲しんでくれる時の眼差しを。ホダーはそういう目で見られると動揺するのだった。

マージドはサーラの傍に座り、サーラが目を覚ますと言った。

「大丈夫か、ホダーの家で何があったんだ」

「わからない、誓って何が起きたのか覚えてないの」

マージドはサーラが何か恐ろしいことを隠しているのだと思い、言った。

「まあいい、無理強いはしないよ」

お祖母さんが入ってきて、サーラと二人きりにしてくれるよう頼んで、言った。

「私がホダーの家に無理やり行かせたんだ。スカーフを取り換えさせたくてね。それでこんなことになってしまった。私のせいだ。行かせなければ良かった」

マージドが部屋のドアを閉めた。サーラは目を閉じ、ため息をつくと目を開けて右手を見た。ホダーの家に入る前、右手が燃えるのを感じていた。何があったのかは思い出せない。アマルを傷つけたのではと心配になり、立ち上がるとドアを開けた。二人のささやき声が聞こえた。オーラを使って何を話しているのか聞くと、マージドがお祖母さんにこう言っていた。

「アマルの首に傷跡があった。獣に襲われてできたような傷だよ。怖くてアマルにサーラがやったのか聞けなかった。でも確かめてくるよ」

マージドは出ていき、お祖母さんは困惑したまま取り残された。サーラはこれまでよりも状況が大ごとになるのを恐れて、右手を強く噛むと自分に言った。

「神様、私一体何をしたの？　人間じゃなくなっていたみたい。どうしよう」

お祖母さんはサーラが自分の手を噛んで震えているのを見て、彼女に近づき、「怖がらなくていいんだよ、サーラ。私たちが一緒にいるからね。私たちはお前のことが大好きだし、何も変わらないよ」と言った。

サーラは怖がりながら、「いやおばあちゃん、私あの子のこと傷つけたのね。意に反してあの子を殺しちゃってたら……。私どうなるの？　絞首台に連れていかれるわ。おばあちゃん、抱きしめて私を隠して。こんなの耐えられない」

お祖母さんは愛と恐怖を感じながらサーラを抱きしめた。天を仰ぎ、小さなわが子と一緒にいさせてくださいと祈った。

「神様《アッラー》がお与えになった悩みや恐怖を怖がらなくていいんだよ、神様と一緒にいて、あとは気にしなくていい」

マージドはホダーの家に向かった。座って二人とお茶を飲みながら、ホダーはサーラとの間に起きたこと全てを話した。

「サーラの体には獣がいて、目覚め始めようとしてるんだと思います。私たちが見たような状態を引き起こす要因があるはずで、私の知る限り、こういう古い黒魔術やしるしは遠くからコントロールされていないと出ないはずです。サーラは時が経つにつれて支配下に置かれます。奴らはサーラの中に住み着いている獣を目覚めさせたがっています」

アマルはマージドを見て言った。

「お願いです、サーラを助けてください」

「俺はショックを受けている。君の首の傷を見るに、サーラは二重人格なんだろう。自分や自分の怒りをコントロールできないんだ」

ホダーは後ろにもたれて足を組み、腕を組んで言った。サーラはゆっくり崩壊している。こうなったら我慢できない人間になって、たくさん苦労して、困難に満ちた人生を送ることになる。最終的には死ぬかもしれない。

アマルは叫び、立ち上がって両手を耳に当て、泣き叫んだ。

「だめよ、サーラは私たちと同じ人間よ。良い子だし愛情もある。だめ、誰にもあの子の人間性を殺させないわ」

彼女は出て行った。狂ったように走ってサーラのお祖母さんの家に入ると、サーラを探した。彼女は深く眠っていた。アマルは静かに入ってサーラを見た。お祖母さんは彼女の近くにいて泣いていた。アマルは駆け寄って泣いている祖母を抱きしめた。

「言っておくれ、サーラに起こっていることは真実ではなく、この子は私たちとずっと一緒にいるって」

アマルはお祖母さんを見た。

「誰もサーラを連れて行ったりしませんよ。私たちは大学に入って、なりたい者になって、世界をより良く変えるんです。私はサーラを失いたくありません。サーラは元気だと言ってください」

お祖母さんは口に手を当て、肩を震わせていた。

「何か言っておくれ、息苦しいんだよ。のどが痛くて苦しい。この子の代わりに私を連れて行けと奴らに言っておくれ。誰も私なんかいらないだろうが、サーラは賢い女の子で明るい未来があるんだ、夢もたくさんある」

「お祖母さん、私がサーラのこと大好きだって伝えてください」

マージドが帰ってきて、お祖母さんに話がしたいと言った。アマルは言った。

「サーラの話を教えていただけませんか？　以前話してほしいとお願いしましたが、沈黙を貫かれましたね」

お祖母さんはためらいながらアマルを見ると、泣き崩れて言った。

「何年も前にサーラの母親は私のところにきて愚痴をこぼしていた。夫からの虐待やサーラに激しい恐怖を与えていることなんかをね」

お祖母さんは嗚咽《おえつ》し、「サーラの母親に言われたんだ、サーラは生まれたとき手首にダイヤモンドの結晶のようなものが埋め込まれていたと。誰もどうしてこんなことが起こるのかわからない、と。彼女の夫はこのことが明るみに出るのを恐れていた。しかし悲しいことに彼は奇妙な事故で亡くなり、彼女は別の男性と結婚したんだ。

こいつがサーラに注射をして、幼い頃に魔除けを飲ませた。この男はサーラを早く変身させたがったが、サーラは逃げて、あの雨の日に私のところに来て、泣いて私に言ったんだ、『お母さん』と。それからあの子が記憶を失っていて、自分の村に何が起こったのかも知らないことがわかった。それで私はあの子の名前をサーラに変えたんだ。あの子の本当の名前はアマルというんだ。私はあの子を恐れるあまり、愛称すら変えたよ。あの犯罪者にサーラが見つからないように。あの子は母親に何が起きたのか知らない。母親はいくつかの書類を残して、サーラに何か起こったら警察に渡してほしいと言った。それで私はこれまで保管してきたんだ、何が入っているのかも知らずにね。サーラはあの男が父親だと思っているが、母親の再婚相手なんだ。母親は、サーラの気持ちとまだ子供であることを考えて、あの子に言いたくなかったんだ。あいつは母親を虐待し、鞭で殴っていた。私は母親をあの男から離れるように説得しようとしたが、結局離れられなかった。母親は私に、サーラを抱きしめ、守り、遠ざけるように頼んだ。その後、私はサーラに言った。両親は良い人で、事故で亡くなった。お前の名前はサーラだと。私は彼女を学校に入れるために夫の名前を付けさえしたよ。そして、いつの日か秘密が明らかになり、サーラに嫌われるんじゃないかと恐れている」

アマルは涙を流しながら言った。

「では彼女の名前は本当はアマルなんですね」

お祖母さんは言った。

「そうだよ、あの子の名はアマルだ。母親がこの名前をとても気に入っていたからね」

「それなら、サーラは私が子供の頃に美術館で見た子だわ。そうだと思っていました」

お祖母さんは言った。

「どういう意味かね？」

アマルは熱く言った。

「誓ってあの子はサーラだわ、子供の頃に友達になりたかったあの子と同じ人よ。家に写真があります。とっておいたんですが、あんまり見ていなかったんです」

アマルはお祖母さんの手にキスをし、「ついに見つけたわ。何年も待ったのよ」と言った。マージドは言った。

「その書類をください、お願いです、だめとは言わないでくださいね」

お祖母さんは言った。

「あれはサーラに関するものだから、あの子が開けないとね。他人に見る権利はないよ」

マージドは言った。

「サーラは危険にさらされているんですよ。あの子に何が起きたのか知らなければ助けられません。俺は再婚相手についてもっと知りたい。そいつは一体何者なのか。お祖母さんはサーラの村が全滅して、あの子だけが生き残ったのを知っているでしょう」

「どうしてそれを知っているんだね」

「みんなあの日のことは知っていますよ」

アマルは言った。

「私もマージドさんに賛成です。サーラをまず自分自身から、そして犯罪者たちから守らないと」

お祖母さんは書類を持ってきた。そしてマージドは、幼い頃から今までサーラに起こった出来事を結びつけ始め、お祖母さんに対して悲しみを感じた。始まりの出来事からは伝えられていたわけではないからだ。アマルは書類を読み、話を聞いていたが、一言も発さなかった。衝撃的な出来事にいちいち唖然としていた。彼女は前よりも強かった。マージドは言った。

「再婚相手が誰なのかを知らなくちゃならない」

お祖母さんは言った。

「残念ながら私は顔を見なかった。私が知っているのは、彼の名前がシャーキルということだけだ」

マージドは言った。

「何か呪いを解く方法を見つけないと。どんな手段でもいい。お祖母さん、この書類はあいつを牢屋にぶち込むことができる」

「今はじめて私はサーラがどうして人に心を開かないかわかったよ。あの子の心の中の無垢なものは全て子供の頃に殺されたんだ。犯罪者があの子の美しいものすべてを、記憶や人生、聖域から消し去ったんだ。かわいそうな母親のことで一人で苦しんで、致命的な恐ろしい沈黙の中で生きている。他の女性だったら悩みすぎて死んでいただろう。サーラは記憶を消して自分に何が起きたのかも知らない。私のところにいても、私に1年も心を開かなかったし、本当に内向的で、無理やり学校に行っていた。あの子が勉強するように応援したんだ。毎日泣いて、寝ながら叫ぶし、抱きしめて克服したんだ。あのかわいそうな子は私を愛してくれた。あの子に何が起きたのか思い出すたびに、私は一人で泣いたよ。そしてあの子が人を信じられるように、人助けをして仲良くできるように頑張ったんだが、残念なことに結局失敗に終わってしまった。愛もあの子の心には効かず、すべての話を知るまでは安らぎを覚えることもないだろう」

マージドは言った。

「今になっても政府は、どうやって村が全滅したかわかっていない。サーラはその鍵だと思う」

アマルは言った。

「何ですって、サーラを政府に渡すってこと？」

マージドは言った。

「ちがうよ、俺たちだけで調べるんだ、これは俺たちの問題だ。３人でサーラを正しい道に戻して、自然な生活をさせるんだ」

マージドはアマルに言った。

「ホダーはどこだ、どうして来なかったんだ？」

アマルは言った。

「ほかにやらなきゃいけないことがあるんです」

マージドは言った。

「ホダーがサーラを放っておいて、干渉してこなければいいが。サーラはホダーがいつも人生に口出ししてくるのを嫌がっていた。あれはまるでサーラの邪魔をするために生きているみたいだったな」

アマルは言った。

「ホダーのことは神様《アッラー》しかおわかりになりません。私二人のこと責めたりしません。二人には二人の問題があるから。ホダーがアマルを憎む理由を知る必要があります。解決の糸口があるのかもしれないし、ホダーも冷静になって憎しみを忘れられるはずです」

マージドは言った。

「ホダーのことはわからないが、サーラからは遠ざけてくれ。とにかく、何か情報を得ても教えないでくれ、とにかく急がないと。刻々と時は過ぎて、サーラが耐え切れなくなってしまえば彼女は手を失ってしまうかもしれない。アマル、君に期待しているよ、君だけがサーラの心を開けるのだから」

アマルは言った。

「どういうことですか、あたまが追い付かないです。それにサーラも私には人生に関わってほしくないはずです。ご期待には添えません」

マージドは言った。

「君の心、人の良さ、愛が彼女を少しいい方に変えるだろう。とにかく君の態度は魅力的で、自発性がより重要だ。俺は残念なことにサーラに好かれていないものでね。理由はわからないが」

お祖母さんは言った。

「サーラはどんなにすばらしい人でも、好きにならなければ心を開かない子なんだよ」

マージドはため息をついた。

「よくわかってる。だからアマルに望みを託したんだ。あの子を頼むよ」

アマルはやってみますと言った。お祖母さんは「アマル、顔が疲れているよ。前より弱々しくなったみたいだ。ちゃんと栄養のあるものを食べているのかい?」と言い、アマルは答えた。

「はい、ホダーはなんでも気前よくくれます」

アマルは家に帰り、予想通りだったと言った。コーヒーを啜ってホダーの近くに座ると、彼女は遊んでいた。

アマルは叫んだ。

「何か大事なことを調べているのだと思っていたわ」

ホダーは静かに冷たく言った。

「あの子に全ての時間を使うわけにはいかないでしょ。私は一つしかしない、それがあの子にとってもいいことよ。繰り返しはしない。サーラは私の獲物なの。他の人には渡さない。サーラが私だけのものになるまで奪いにくる奴らは殺すわ。そして私があの子を静かにじっくり手にかけるのよ。私はあの子を静かな火にかけて料理するだけ。私が手伝うのはこの目的のためで、細かいことはどうでもいい」

近くのテーブルの上のコップの水が目に入った。アマルは水をホダーの顔にかけて去った。ホダーは甲高い声でアマルを嗤《わら》った。

雨混じりの風が吹き始めた。1時間も経たないうちに大雨が降って激しい嵐になった。それは一晩中続き、誰も家から出なかった。サーラはアマルとの間に何が起きたのか思い出そうとしていた。しかし徒労に終わり、窓に目をやると雨が降っていた。後ろを見ると、バーティルがいて、言った。

「大きくなったな。俺のものだったのは短い間だったが、不快になったのはお前の人間性だよ。まだ心に残っているみたいだな、取り去らないと。俺たちのように慈悲も情けも持たないようになるんだ」

サーラは言った。

「私は誰のものでもない。自由になるのよ。誰にも屈さない。あなたのボスにそう言っておいて」

バーティルは両手を背中の後ろに隠し、ゆっくり歩きながら言った。彼の両目は真っ黒に変わっていた。

「誤解するな、あのお方はすべてお前のためになさっているんだ」

サーラは大声で言った。

「嘘つかないでよ、この犯罪者！　人殺し！　下劣！　人の心なんかこれっぽっちも持ってないくせに。あんたたちのせいで人生めちゃくちゃよ。いつか誰のせいかつきとめてそいつを破滅させてやる、私がされたように。黒幕に伝えて、お前の死は私の手の中にある、策略は失敗に終わるだろうって」

バーティルは言った。

「おしゃべりだな。人間と一緒にいて口数が増えているんだ、これから弱く壊れていくだろう。俺たちみたいになれ。人間よりも強く、奴らを思いのままに支配するんだ」

彼が口を開けると恐ろしい牙と真っ赤な舌が見え、毒蛇のように舌をチロチロと出してきた。

「俺は人間が嫌いだ。だがお前はあのお方によって守られている」

サーラは彼の外見に身震いした。バーティルはサーラの手を掴み、少し持ち上げた。

「腕にあるこのしるしが見えるだろう。これがお前の人生を良い方に変えたんだ」

バーティルは結晶の場所を掴み、それを強く押した。

「お前はあのお方のものになるのだ。お前が死んだら、残念だがこの結晶は永遠に消えてなくなるだろう。だからお前を我々の世界に連れて行くのだ」

バーティルは手を乱暴に離した。サーラは笑い声を上げ、立ち上がると眉毛を上げた。両目は鷹のように大きくなり、真っ赤に変わり、爪が伸びた。

「そうはさせないわ。何かしようとしたら私は自分を殺す」

バーティルはにやついて言った。

「自分を殺すことなどできるわけがない、お前はハエすら殺せない人間だ。どうやって人間の魂を殺すんだ？　言っておくが、あのお方は俺の目を通してお前のことを見ているからな」

サーラは目を閉じた。オーラが出始め、大きくなり、あの緑色になった。バーティルに強打を加え、彼は地面に倒れ込んだ。バーティルは不意をつかれたことに怒った。

「くたばれ。まさかお前に殴られるとはな。大胆な行動に出たりジンと戦うことはないと思っていたよ。お前は半分人間で、半分悪魔だ」

サーラは指の間の火を弄び、投げ槍や矢の形にしてバーティルに投げつけ、言った。

「お前にも他の奴らにも手加減はしない。わかったか」

「そのうちお前は我々の方に来るさ、お前は悪魔だからな」

バーティルは彼女の前から消えた。サーラは青白い顔で立ち上がり、元の人間のサーラに戻った。ベッドに腰かけ、スカーフを見た。アマルの首元にあった、香水の香りがするスカーフ。サーラはほほ笑み、失敗した男について言った。

「私はアマルのそばにはいないようにする。あの子の前では、他の清らかで愛に満ちた心の女の子たちと友達になろうと苦労する姿しか見せない。私は我儘で自分のことしか考えられない。終わりが近いのがわかるわ」

サーラは叫び声を聞き、外に飛び出すと、ホダーの家が燃えていた。恐ろしくなり、その場に固まって動けなかった。村の人々は急いで火を消そうとしたが、消せず、マージドがサーラのところに来て言った。

「さあ来て助けてくれ」

皆がアマルや家を救おうと頑張っていた。ホダーが来て加勢した。皆は去り、行ってしまった。彼女は地面に座りこみ、動かなかった。地震のように揺れ、恐怖のあまり自分を抱きしめて目を閉じた。

ひどい頭痛が彼女を襲った。彼女は過去の何かを見たよう目を開けた。叫び声や恐怖、混乱の音が聞こえた。火事はすべてを飲み込み、逃げるよう彼女に頼んだ。彼女は両手を頭に当て、強く叫んだ。

地面に倒れ込むと、母親が炎につつまれながら、「アマル」と呼び、手を伸ばしてきた。サーラは母親を助け出せない。サーラは誰かに手を掴まれ、母親の方を見ないようにさせられた。母親は撃たれ、慈悲は強い光となって母親を滅ぼした。母親は投げ捨てられ、動かなかった。サーラはその光景に固まり、すべてが彼女の前で砕け散った。気づくとお祖母さんがいて彼女を揺すり起こしていた。お祖母さんに助けを求め、立ち上がると幽霊のようにゆっくり歩いた。マージドは彼女が目の前を歩いているのを見ると、彼女は何も感じず、目は真っ黒になっていた。雨はざあざあと降り、風も強い。マージドはサーラに呼びかけたが、聞いておらず、お祖母さんの声も聞こえていないようだった。マージドはお祖母さんの前に立って言った。

「サーラはどうしたんだ?」

「死んだ人みたいだ。私にもわからないよ」

サーラはみんなの真ん中を歩き、やがてホダーは恐怖を感じた。あのしるしが動いている。ホダーは叫んだがサーラは意に介さず歩き続けた。家に着くと、目を閉じて、彼女のオーラは広がり家を包み込んだ。サーラはアマルの声が聞きたかった、彼女がどこにいるのかわかった。アマルの方を向くと、オーラは炎や上から落ちてくるすべてのものからアマルを守った。サーラはゆっくり歩きながら言った。

「お母さん、私はここよ。怖がらなくていいわ、私はもう前みたいに弱くない。今助けるからね。そしたら誰にも見つからない場所に行こう。二人だけで幸せになろう」

　サーラは階段を上った。炎が彼女を包んでいた。サーラは自信たっぷりに歩き、もう上は見ず、下を見つめていた。アマルの香水の匂いを嗅いで右を向くと、アマルが地面に横たわっていた。近づいてオーラで包むと、肩を掴んで背負い、稲妻のように素早く歩き、ドアの前に立った。マージドとホダーは駆け寄り、アマルを病院に連れて行った。サーラは静かにその場を去った。お祖母さんは言った。

「火は怖かったろう」

　サーラはお祖母さんを見て悲しくほほ笑み、言った。

「私は今や獣だから何も怖くないの。私の名前はアマルね、恐れていたつらい過去を思い出したわ」

　お祖母さんはサーラの頭の二つの小さな角を見て、どもって言った。

「記憶が戻ったのかい？」

　サーラは言った。

「うん、残念だけど」

　サーラはお祖母さんの視界から消えた。

　いつも語りかけてくる悪魔のバーティルが言った。

「人間性よくたばれ、まだ生きていたのか。何か手を打たないと、こいつを真の悪魔にするためになにより、オーラを出して強くなる時にこいつの角が現れ始めた。進化が中断されるのはごめんだ、村人の記憶を消してしまおう。まだ誰にも知られたくない。まだその時ではない、早すぎる」

　バーティルは皆に煙のようなものを吹きかけ、彼らは起きたこと全てを忘れ、一言も発さずに帰った。まるで魔法にかけられたようだった。この話を知っているのは、舞台となった場所の外にいた５人以外いなかった。つまり、サーラ、アマル、ホダー、お祖母さん、マージドだ。すぐにアマルの父は娘に何が起きたのか知り、すぐにやってきて村の病院で娘に付き添い、彼女が目を覚まして家に連れて帰れるのを待っていた。ここにアマルの居場所はない。ホダーは父親に言った。

「私がアマルを火事から助け出したんです。アマルはサーラのことがとても好きです。サーラはアマルを見ているだけで何もせず、干渉もしていませんでした」

父親は激怒した。彼の娘が死にかけたのは、全てサーラと一緒にいたことが原因だ。

マージドは沈黙し、家を離れず茫然としていた。サーラは力尽きてしまったかのようだった。何をしても帰ってこず、完全にコントロールされてしまっていた。お祖母さんが来て言った。

「サーラはまだ帰ってこないよ。心配だ」

マージドは言った。

「すこし放っておきましょう、一人になって人生について整理したほうがいい。自分が他の人とは違うと理解する時間が要るだろう。あの子がこれから人生をどうするか、我々にはわからない」

サーラは母親とあの男と暮らした村の周りを回っていた。父親が心の中に現れてき始めていた。石ころやほこりがそこここに積みあがっているなかを歩いた。雨で地面は水浸しになっていた。サーラは走って母親と暮らした家を探した。そう、この辺りに住んでいたのだ。大声で母親を呼んだ。雨は降り続けていた。そこには何の生き物もいなかった。

「ひとはどこ？　この道、母と歩いてた。あのシーソーでお母さんが遊んでくれたな。そしてこの場所は……」

サーラはがれきの山の前で足を止めた。上に登って小さく二歩歩くと、小さな機械があった。サーラはあの雨の日を思い出した。試験の成績が良くて、ご機嫌で家に帰ってきたのだった。狭い歩道を歩くと、寒さと激しい雨に凍える猫がいた。鳴き声が凍えるつらさを訴えていたのでサーラはかわいそうになり、近寄って、スカーフをほどくと包んであげた。急いで母親のところに持っていくと、掃除をしていた母はサーラがずぶぬれになっているのを見て、ほほ笑んで抱きしめてくれた。猫は病気だった。母親は言った。

「貸して、お湯で温めて餌をあげましょう。アマルあなたはすべてに優しいのね」

サーラは言った。

「そう、お母さんみたいにね」

母親は容器に餌を入れ、子猫が食べられるようにした。猫はガツガツ食べた。母親は言った。

「小さな善行を侮《あなど》るな。善くあれ、さすれば報われるだろう」

サーラは我に返ると、母親のものが何か残っていないか探した。何も見つからず、右手をがれきの山の上に置き、右手を見て言った。

「仇《かたき》を取るからね、お母さん。あの男にわからせてやるわ。あいつは裏切って消えた。あいつのせいで私はお母さんの優しさと愛を失ったんだから」

サーラは夜に家に戻ると部屋から出ず、誰にも会いたがらなかった。アマルにさえも会いたがらず、彼女のことを聞こうとも思わなかった。アマルはサーラがあの大火事から助けた後無事で、サーラは村の人たちに毎度恐怖の目で見られるのを恐れた。サーラは食事もとらず、ただ部屋で時間をかけて入浴したり、お祖母さんがしみやしるしを隠すために作ってくれた布で隠した手を見ていた。お祖母さんが遅くに来て言った。

「誰だい」

彼女の服は鞄に詰められていた。彼らは街に行くのだ。サーラは休み、日用品を詰め始めた。自分に角があることを思い出すたびに、頭を見た。それは出てきたり消えたりする。自分に嫌悪感を催し、帽子を被って部屋のドアを開けると、マージドが立っていた。彼はほほ笑んで、君たちを街に送っていくよ、一緒に行くからね、と言った。サーラは、「お好きにどうぞ。とりあえず道を空けてくれる？　通りたいんだけど」と言った。マージドは道を空け、言った。

「どこでも好きなところに行きな、必要な時は常に俺がついてる。君が嫌がったとしてもね」

サーラは後ろを見て言った。

「別に」

マージドは後ろに付いて来て、言った。

「アマルとホダーも街に行くよ。アマルはありがたいことに元気だ。お父さんが来てくれたから、豪華な車であの子を連れていく」

サーラは座席に座った。お祖母さんも出ようとしている。外で人の声がした。マージドは見に行き、サーラも興味をひかれた。彼らはアマルの父親に挨拶をしていた。歓迎し、娘に起きたことを残念がっていた。村長が言った。

「大変ですね」

アドナーンは言った。

「これは天の定めですから」

彼は立っているサーラを見ていた。

「ありがたいことに娘は元気で、私と一緒に帰りますから、彼女を待つあらゆる害悪から守るつもりです。たとえ娘が自分のことを好きで自分のために犠牲になってくれると思っているような人間だとしてもです。厚くもてなしてくださりありがとうございます」

アマルは車に乗り疲れ、ホダーは自分の車の窓からサーラを見ていた。憎々しげに嗤いながら、運転手に言った。

「行って」

マージドはアドナーンの発言に腹を立てていた。アドナーンがサーラを見ながら彼女に対してした発言の意味を、サーラに説明してあげてほしかった。サーラはマージドの手を掴んで言った。

「あの人に何も言わないで。皆の前にあの時現れた獣を見なかっただけで充分よ」

彼女はマージドを見た。

「私あの人がアマルを私から引き離してくれて感謝してる。私あの子の友達にはふさわしくないわ。アマルはかわいそうな女の子ね、私に合わせられないから。私の人生、悲劇的だし。私いつ死んでもおかしくないし、自分の中にいる獣が私を殺すところをあの子に見られたくない。あの子の目には、もし私が見たなら、私への恐怖が浮かんでいると思う。私のことを恐怖の目で見てくる人は村の人たちだけで充分よ。村の人たちはきっと、私が村を離れるから喜んでいるでしょうね」

マージドは胸が詰まり、涙を押し込めた。黙って彼女をこれ以上傷つけないようにした。サーラの声は悲しさと陰鬱《いんうつ》さを増していた。マージドは鞄を持ち、車に積み込むと、出発した。車の中で、お祖母さんはビスケットでもいいからサーラに何か食べてほしがったが、サーラはお腹がすいていないと断り、お祖母さんの肩にもたれ、目を閉じ、眠りについた。お祖母さんはほっとした。サーラは、ここ数年お祖母さんが隠していた真実を知っても、お祖母さんを責めたり、逃げ出したりしなかった。お祖母さんはサーラの手を握りしめ、キスし、胸に抱きしめた。

アマルは住んでいた街に帰ってきた。家に入ると、帰ってきて嬉しくなり、父親に言った。

「何年も帰ってきていなかったような気分だわ。数日だったとは思えない」

父親は笑い、一緒に昼食をとろう、でないと私は何も食べないぞ、と言った。アマルが「もちろんよ、世界一すてきなお父様。シャワーを浴びて着替えてくるわね。その後来てお昼を作るわ」と言うと、父親は「いや、私が作るよ」と言った。アマルは父親に近づくと、頬にキスをし、部屋に上がっていった。鏡の自分を見ると、疲れが顔に出ていた。アマルは父親に苛々《いらいら》されたくなかった。そしてこう自問した。

「どうしてサーラは自分を火事から助けなかったんだろう。黙って動かず、私から離れていたんだろう」

アマルは首に目をやった。子供の時に母がくれ、大事にしていたネックレスのことを思い出した。

マージドは停車して、ブレーキを直し始めた。サーラは目を覚まし、マージドを見ると少し外に出て、緑の山々を見、滝の音を聞き、心を休めた。サーラはマージドに、終わったら呼ぶように言った。

マージドはわかったと答えた。マージドがサーラにほほ笑みかけると、サーラは表情が曇り、ポケットに手を突っ込んで草原に向かい、滝の周りを歩き回った。右手を出すと、指の間からネックレスが垂れ下がっている。

「これどうしたんだろ。部屋を掃除するまで気づかなかった。ベッドの下にあったのよね。あの子とケンカした時かな、いや、助けた時？」

彼女はマージドを見た。

「この人付いてくるしどうしよう。誰にも私の心に踏み入ってほしくない」

サーラは滝つぼに着くと、手を前に上げた。

「これここに捨てていこうか、それともアマルに返すか……。わざわざ返すまでする必要あるかな。でもアマルが大好きな誰かからのプレゼントだったらどうしよう。悲しませてしまうかな」

彼女はため息をつき、目を閉じた。水しぶきが彼女の頬を撫でた。マージドに呼ばれ、車に戻るとお祖母さんの隣に座り、少し気分が良くなったのを感じた。お祖母さんは言った。

「一人の方が気分がいいかい？」

「滝の近くに行ったらちょっと落ち着いた。滝ってすごいリラックスできるし、心配事を取り去ってくれるのね。で、あとどれくらい？」

サーラが訊ねるとマージドは言った。

「心配しないで。あと15分で着く。もう少しの辛抱だ」

サーラは消え入りそうな声で言った。

「子供の時からずっと我慢、我慢。我慢したって何も変わらないのに」

サーラはお祖母さんを見た。お祖母さんは怖くなった。サーラはお祖母さんに言った。

「大好きよ」

「ほんとかい？」

お祖母さんは泣き出した。

「疑わないでよ、もう全部忘れて。私はおばあちゃんの孫、それで充分じゃない」

アマルは父親と昼食をとり、バラエティ番組を見た。

「サーラには失望したよ。ホダーがお前を火事から助けるためにものすごく頑張ってくれたのを知ってるか？

神よ娘をお守りください。ホダーに感謝しなさい」

アマルは悲しくため息をついて言った。

「はいお父様、そうするわ。でもまだサーラが良心の呵責《かしゃく》を感じていないなんて信じられない。私だったらあの子を助けるためにどんなことでもするわ。そんなのサーラの勝手だけど……。私あの子の姉妹でもないし、そもそも友達ですらないんだし。私ただあの子を苛つかせるだけなんだわ、しつこく友達になろうとなんかして」

父親は言った。

「サーラのことは気にするんじゃないよ。もう寝て、休みなさい」

アマルは薬を飲み、深い眠りについた。父親はアマルのそばに座った。

「この子は二日後には学校に戻る。大変な受験勉強が待ってるんだ」

そう願い、アマルの手にキスすると、部屋を出て、アマルを休ませた。娘の邪魔になりたくなかった。

サーラはベッドの上に横たわり、ネックレスを見つめていた。マージドからメッセージが届いた。

「もし何かあったらいつでも呼んでくれ。そうしてほしければね。今は誰とも話したくないだろうけど、俺はいつもそばにいるよ」

サーラは言った。

「これで千回目だけど、私、誰のことも必要としてないから。あなたが同じ家にいるってだけでもうたくさんだし、そのせいで眠れない。村でも落ち着かなかったけど街にもついてくるなんて。早く仕事を見つけてもらえるかしら、そうすれば常にあなたに会わなくて済むし」

マージドはお祖母さん経由で言って寄越した。

「俺が君たちと一緒に住んでいるのは、元々近所に家を借りることになっていたのを、君のお祖母さんが頼んできたからだ。君に言われたことは気にしないよ。君のことはわかってる。もう議論はやめにしよう」

お祖母さんが部屋に入ってた。サーラは床に寝そべりながらトレーニングしていた。

「毎日運動しているね」

「運動してネガティブなエネルギーを取り除いてるの。嫌なことも考えなくて良くなる」

「わかったよ。サーラ、私は晩ご飯を作ってくるよ。何が食べたいかね？」

「おばあちゃんが作ってくれるものなら何でも」

お祖母さんはほほ笑んだ。

「ありがとう、大好きだよ」

サーラはドアを閉め、ネックレスを取り出して言った。

「いつあなたをアマルに返そう？　あの子のこと考えてる？　ほんとに戻してほしい？　とりあえず学校に行くか……」

ホダーは家に戻り、母親にただいまを言い、強く抱きしめ、兄のことを聞いた。

「友達と遊びに行ってるわよ。戻ってくると思うけど」

「お父さんはどこ？」

「いつも通り出かけてるわ。遅くにならないと戻らないわよ」

ホダーは母の手をじっと見た。布で隠れている。母の手を取り、布を取り去った。彼女は自分の目が信じられず、大声で叫んだ。

「あいつに殴られたの？　なんの権利があって殴れるのよ」

母親は落ち着かせようとして、夫にいろいろ聞いた私が悪いの、と言った。ホダーは両手を頭に当て、言った。

「何言ってるの？　毎日あいつに謝って、私たちよりあいつのことが好きなんでしょ」

母親は否定して言った。

「違うわよ、私はあなたたちだけを愛しているわ。あの最低な男があなたたちに何かしないか心配なのよ」

「あいつがしなかったことある？　何度もお母さんと私を殺そうとしたじゃない」

「いつ？」

ホダーは黙って、言った。

「あいついつか代償を支払う時が来るわ。悪魔が仕返ししてくれる。あの男も同じ人間なのに、どうしてこんなことできるんだろう？　人の心がないのかしら、私たちの人生を地獄に変えやがって。お母さんはあいつに騙されてるのよ」

ホダーは母親を抱きしめ、泣いた。

「こんなところ出て行く。出て行こう」

「だめよ、この立派な家はお父さんが何年も一生懸命働いて建てたのよ」

「その間お母さんは昼も夜もあの邪悪な男に尽くしてきたんじゃない。もうこれ以上言っても無駄ね、いつか私は死ぬかもしれない。お母さんはあいつのそばにいて、私が出て行っても気にしないんでしょうね」

「ホダー、おねがいだからこれ以上私を苦しめないでちょうだい、毎日あなたの言葉のせいで焼かれるようにつらいのよ。そのうえお父さんが火に油をかけるように、その行動や発言で私を更に強い火で焼いてくる。いつかあの人も報いを受けるわ」

　ホダーは叫んだ。

「いつかっていつよ、私もう18歳なのよ。あの男が来てから心が休まったことがないわ。お母さんとハッサンのことが心配なのよ。あいつの邪悪さと憎しみに何かされるんじゃないかって。こんな闘いはすぐに終わらせるわ。いつかあいつを殺す。見てて、牢屋に入ることになっても構わない、お母さんをあいつから自由にしてあげる、そして私の心もあいつの支配から解放するの。私はもう灰になった。あちこちにこの灰を撒いて私の周りの人の心を燃やしてる。お母さんはこれでいいと思うの？　お母さんと話すとすぐ喧嘩になる。原因はあの男じゃない。いつもあいつの肩をもって。ねえお母さん、ハッサンすらもあのバカのために見捨てたでしょ。毎日殴られて暴言を浴びせられて、黙ってあいつを恐れて、いつ勇気を出して親権を取るの？　私くらいの年の女の子は皆お父さんと出かけてるわ。なのに私はあなたの夫に棒で殴られて家を出てるのよ。あいつの言葉が私の体を創って、そして細胞一つ一つを殺すの。もしハッサンがいなかったら私とっくに自殺してるわ」

　ホダーは母親の手にある書類に気づいた。近づいて手に取り、言った。

「何この絵、どこで知ったの？」

「イサームの手首にあったのよ。気に入ったから描いておいたの」

　ホダーは笑った。

「かわいそうなひとね、これはイラストじゃなくてやくざのマークよ。あなたの夫はその一員なのよ。ありがとうお母さん、頼んでもないのに、助かったわ。手首なんか気にしてなかった、そもそも見てもなかったわ。じゃあ後でね」

　ホダーは豪邸を出て急いで図書館に向かった。夜の9時だった。図書館に入ると、館長に古代文明とその魔術への利用に関する本を見たいと言った。職員が言った。

「学校の課題？」

「そうです、歴史の課題で、このテーマを取り上げたくて」

　職員は3冊の有名な本の題名を教えてくれた。借りて2時間読んだが、求めている情報は見つからなかった。ハーグ時代の知り合いに連絡すると、本をたくさん頼んだ。

「明日大学図書館を探させて連絡させるわ。で、郵便で送らせるわね」

　ホダーは座ってあのマークがサーラの手首のマークに似ていることを考えていた。サーラに起こったことと何か関係があるのだろうか？　確かめないと……。

　時間が経ち、ホサームは他の人と一緒に携帯を見つめていた。彼女から一通でもメッセージが来ないかと待ちわびていた。彼女は何年も彼に返信してこず、彼から遠ざかっていた。ホサームは中国での仕事が終わるのを待って、彼女のためにすぐにもどった。ホサームは豪邸に戻り、ホダーの車を見つけた。彼女がここにいるのを知って、急いで会いに行き、ドアを開けてホダーが眠っているのをみると安心した。

「やっと戻ってこれた。ずっと会いたかったよ。ほんとうにつらかった、どんなに昔が懐かしかったか。君は僕にとって無垢で美しい妹で、友達だった。元気でいてくれ」

　ホサームはホダーのそばに座ると、彼女を見つめ、手を掴むと強く引っ張った。彼女と歩いて学校から帰ってきた時のことを思い出した。ホサームが頼んだのでホダーが連れて行ってくれたのだった。彼は外が好きで早く家に帰りたくなかった。ホダーの手を掴んで揺らし、何かしら頼んでいたのだった。

　ホダーはホサームをある路地に連れて行った。おばあさんがいて、家から水を出そうとしていた。おばあさんをじっと見て、ホダーは言った。

「どうされたんですか?」

そして、ホサームに「ここで待ってて、すぐ戻るから」と言って、おばあさんの元に行った。

「すこし休んでください」

そしてホダーは家に入ると、一緒にバケツを持ってきて、その中に水を入れた。その後、「何でもないことです」と言い、運転手に連絡するといくつか頼んだ。10分後、運転手が来ると、「ここに、家の前にセメントを置いて。そしたら残りの水を出しちゃってくれる? このバケツ使って。雨がやんだら屋根に上がってドアのあたりにこのセメントを塗ってきて。そうすれば家の中に水が入らないでしょ。この家、入り口が低くて道が高いからこんなことになっちゃってるのよ」と言った。

おばあさんはホダーを抱きしめながら、喜びのあまり泣いていた。ホダーは言った。

「何か困ったことがあったら、この番号に電話してください。私の電話番号です。すぐに来ます。お子さんはいらっしゃるのですか?」

「いいえ、でも神様はあなたを私の元にもたらしてくださった。あなたを産んでくれたお母さまに感謝しなくてはね」

ホダーは言った。

「いつでも呼んでください、おばあさん」

その後、弟のハッサンがおばあさんを定期的に訪ね、様子を見ていた。ホダーはもうおばあさんの様子を尋ねず、気にもかけていなかった。彼女は自分の人生を取り巻く環境に慣れ、興味があるのは自分の継父への復讐だけだった。ハッサンはぐっすり眠っているホダーを見てため息をついた。

「ああ、いろいろあったせいで変わってしまったね。ホダー、僕はとても驚いたよ。でも何をしても僕は姉さんを愛しているよ……」

夜の11時だった。皆、ホダーもサーラもアマルも一人で座り、一人で出かけ、悲しみを感じていた。アマルは女の子が母親といるのを見るたび、母のやさしさを恋しがり、うらやましく思った。

「お母さんは生きているけど私に全く興味がない。こういう大事な時にはお母さんが必要なのにな。でももう黙っているのは疲れちゃった。それが唯一の武器だったのにな。お母さんへの希望があふれた時の……。お母さん、もう少し私のこと気にかけてくれないかな」

ホダーは豪邸の庭を散歩し、犬の世話をし、遊んでいた。そしてサーラの手と継父の手にあったあのマークのことを考えていた。

「あの二人に何の関係があるんだろう。二人で示し合わせているんだろうか、どんな手を使っても始末してやる！」

気がつくと犬が吠えていて、遊んでくれとホダーを呼んでいた。犬と一緒に走り、庭を出て家の周りを歩いたり走ったりした。月を見ると父親を思い出した。彼はホダーのことをたくさん愛してくれた。喧嘩はしたけれど惜しみなく愛情を与えてくれた。母親は仕事に忙しく、父親は仕事のことは母親ほどは考えていなかった。涙が水晶のように流れ落ちた。

サーラは近くの湖の方に向かった。月の光が湖を照らしていた。彼女はほほ笑み、目を閉じると、母親の香水の香りが横を通りすぎた。目を開け、左右を見、後ろに振り返ると強引に正気を保った。息が詰まる思いがして、力の限り叫んで母を呼んだ。

「もう生きていたくない、優しいおばあちゃんが私の名前と愛称を変えて、悲しい過去がわからないようにした。でもおばあちゃんは私がおばあちゃんのこと大好きで心から許してるって知らないんだわ。おばあちゃんにはずっと私のことを良く思っていてほしい……」

新しい日が来たが、何も変わらなかった。ただ悲しい歌が彼女たちの燃えるような一つの心に流れているだけだった。ホダーの元に荷物が届いた。3冊の本で、ホダーは友人に感謝のメッセージを送り、夢中で読み始めた。

アマルは父親のために昼ごはんを作った。父親にあれこれ作ってほしいと頼まれたのだった。サーラのことや村で起こったことを思い出していて、ネックレスのことも考えていた。見つからずに気を病んでいたのだった。村で失くしたのではと思った。サーラについて、父親に言った。

「あの子自分を大事にしないのよ」

マージドから連絡が来て、元気か確認され、お礼を言った。アマルがサーラを助けたいなら、会いたいとマージドは言った。

「ええ、あの子のために何かしたいわ。でも先にお昼を食べさせて。その後どこでも行くわ」

マージドは近くのカフェに来るように言った。アマルは言った。

「わかった、1時間で行くわ」

父親が仕事から疲れ切って帰ってきた。アマルは出かけたいと言った。父親は言った。

「昨日あんなに疲れてたのに今から出かけるのか、何があるんだい」

「大事な用なの。サーラのことよ。やらなきゃいけないの」

父親は声を荒げ、アマルが怖がっているのを感じた。

「悪いがサーラのことは忘れなさい。お前があの子を必要としていた時、あの子は無関心だったんだぞ」

「過ぎたことは気にしないわ。私が間違ってたの、あの子を責めたりしないわ」

「なぜだ」

アマルは村で起きたことを詳しく話した。食事を終えると急いで家を出た。家を出る前に父親はアマルに、薬を飲んで、3日後に病院に経過観察のために行こうと頼んだ。

サーラはお祖母さんといて、マージドを家から追い出してほしいと頼んでいた。しかしお祖母さんは了承せず、マージドが好きだし、ここにいてもらわないと、と言った。サーラは家の周りをお祖母さんと歩きながら言った。

「何を頼んでるわけ？　私たちずっと前から二人きりだったじゃない、何か変わったって言うの？」

お祖母さんはサーラの方を向いて言った。

「いろんなことが変わったさ。お前はお前のことを愛してくれる人が周りにいた方がいい。アマルやマージドや私だ。みんなでお前のために団結しないとね」

サーラは言った。

「あの人たちには関係ないじゃない。でしゃばりは嫌いよ。アマルだってもし私を見たら嫌いになるはずだわ。私の顔は醜くなってしまったから」

お祖母さんはサーラの右の頬に手を当てて言った。

「私たちはお前の顔が好きなんだよ。お前はお前だということだけで愛されているんだ、わかるかい？　お前がどうなるかはどうでもいい、大事なのはサーラが私たちのもので私たちと同じ人間だったことだ。お前を傷つけようとするものは、私たちの命に代えてでも追い払うよ。お前は私たちにとって大事な存在なんだ。私たちは強く団結している。サーラ、備えるんだ。サーラ、強くなるんだ。私たちはどんなときもずっとお前のことを守るからね」

お祖母さんの熱意がサーラの心を動かした。サーラは言った。

「おばあちゃんたちの命が危ないと思ったら私は去るわ」

お祖母さんはサーラの頬を殴り、言った。

「もう一度同じことを言ってみな、もうお前とは二度と話さないからね。お前はわかってない、初めて会った時から私はお前のことが大好きなんだよ。私がお前のことを小さいときから知ってるんだってことを忘れないでおくれ。私は自分のことは心配していないが、お前のことは心配だ。確かにお前とは血は繋がっていないが、本心だよ。誰かを愛したら、血のつながりなんてたいしたことじゃないんだ」

　サーラはお祖母さんを抱きしめた。

「感動したわ、おばあちゃん。そのことばが聞きたかった。私おばあちゃんのことだけを信じてる。おばあちゃんが私を前に進めてくれた。大好きよ、おばあちゃん。お願いだから私を一人にしないで。何が起きても私から逃げないで、近くにいて。私、おばあちゃんのことすごく必要としてるの。最近身内が私たちに危害を加えようとしてる。他人が私たちの支えになってくれてる。人生で与えてくれる人が変わったのね、おばあちゃん。今は危機で、いつか殺されるかもしれないし、もっと良くなるっていう私たちの希望を生き返らせてくれるかもしれない」

「お前を一人にするもんか、私の心はお前に鎖みたいに巻きついているんだ」

　サーラはアマルのネックレスのことを思い出した。明日アマルに会うからどう思っているかわかるだろう。

　お祖母さんは言った。

「上の空になってどうしたんだい」

「学校のこと考えてただけ。明日ホダーとアマルに会うから、激しく衝突するだろうなと思って」

　アマルはマージドが指定した場所に着いた。彼を探したが、混みあっていた。彼が呼んでいるのが聞こえ、近づいた。挨拶すると、座った。

「何か頼むか?」

「コーヒーを」

　マージドは注文し、自分のオレンジジュースを飲んだ。アマルは言った。

「今日は寒くて、夜は雪が降りそうですね」

「そうかもな、新聞でもそう言っていたよ。本題に入るが、サーラに起きたことをまとめてみたんだ。サーラは俺たちがここ数年のあの子の秘密を暴いたことを知っている。あの子のために静かにやろう」

「それがいいですね」

「見てくれ、まずあのマークだ。何日か前、大学で古代エジプトの歴史を調べていて見つけたんだ。知ってるか、最新の研究を。古代エジプトは進歩していたし、繁栄していた。魔術も当時占い師が使っていたんだ。彼らは魂や来世を信じていて、魔術も操っていた。俺を悩ませているのは、サーラには悪魔が見えることだ。俺はあの子が悪魔と会話しているのを聞いた。でも何を言っているのかはわからなかった。あの子が前を見ていて、そこに誰もいなかったとき、恐ろしくて震えたよ。問題はあの子が心を開かず、自分のことを詳しく話してくれないことだ。とにかく、あの子にかけられた魔術は、俺が調べた限り、古代エジプトの魔術だ。単なる研究だから、確かめないと」

アマルはサーラにかけられたかもしれない様々な魔術について読みながら言った。

「カルデアの魔術って何ですか？」

「イラクの地名だよ。バビロンにある。知ってるだろ、カルデアの文明では魔術を良い方にも悪い方にも使ってたんだ。このことに深入りしたくないが、役に立つものは知っておかないと。ホダーは何か新しいこと言ってたか？」

アマルは右の方を見た。

「いえ、あの子は何もしていませんでした。ホダーはサーラのことなんてどうでもいいんです。ホダーが学校で問題を起こすんじゃないかと思って心配しています」

アマルは手を首に当て、マージドは言った。

「君、来てからずっと手を首に当てているね」

アマルはほほ笑んで、マージドを見た。

「母からもらったものを失くしたんです。人生で大事なものを失くしたような気がして。気にしないでください」

マージドは言った。

「まずサーラの父親を見つけよう。そのためにレポートを読んでくれ。サーラの母親から届いたもので、母親が亡くなる数か月前に説明したことだ。サーラの父親が誰なのか君に知ってほしい。俺たちはよくわかっていないから」

「明日サーラに会うので、明らかにできるように頑張ります。詳しいことがわかるように。どうして自分の娘に魔術を使えるのか。こんなこと許されないわ」

「ヨーロッパに行ったら勉強できるさ。テレビを見てみなよ。とにかく、俺たちは全ての真実を知らなくちゃいけない」

雨が降り出した。空を見ながらマージドは言った。

「行こう、何かわかったら教えてくれ」

マージドの電話が鳴った。

「これで失礼するよ」

アマルは雨の中遊んでいる二人の女の子を見た。幸せそうな二人をアマルは見つめた。雨が強くなり、アマルは家に帰った。父親がニュースを見ていた。

「何かあった？」

「先月女の子が集団で誘拐されていたが、今日二人ドイツとの国境で見つかったよ。いつまでこんなこと続くんだ？」

アマルは父親のそばに座った。

「怖いわ、お父様」

父親はアマルの手を握った。

「怖がらなくていいよ、お父さんがついてるし、お前は市長の娘なんだから。自分の体のことだけ考えてなさい。友情を理由に走り回ってはいけないよ」

アマルはうつむいた。

「お父様、私子供の時から友情に恵まれなかったわ。皆そういうふりをしていただけだった。お父様の地位があるから。あの子に、サーラのことね、会った時、私のそばにいたがらなかった。誰も私の近くにいたがらないし、誰も私のことを好いてくれない。そんなの良くわかってるわ」

父親はアマルが自信を失っていると思った。

「違うよアマル、全部お前の想像だ。お前のことを友達として好いてくれる人を見つけなさい。サーラは事情があるからお前や他の子のことを友達と思えないんだと思う。お前たち二人が友達になることが運命だとしたら、落ち込む必要はないよ。自分に自信を持って、お父さんがここにいるじゃないか」

アマルは父親にほほ笑みかけた。

「お父様、私サーラこそが何年か前に会った子だってわかったわ。心が教えてくれたの。私嬉しい」

「それは良いニュースだ。とても会いたがっていたものな」

「そうなの」

アマルは繰り返し母親のことを聞いた。

「お母様は元気？」

父親は口ごもった。

「何もわからないんだ。好きなことをさせてやろうじゃないか」

「お父様、私の目を見て。お父様はお母様のことをとても愛しているから他の女の人とは結婚しないし、お母様以外を愛したこともないでしょ」

「アマル、この話はお前にはまだ早い。部屋に言って勉強しなさい。私やお母さんのことは気にするな。お母さんが選んだ人生が私には合わなかっただけだ。私にはお前の方が大事だしな」

アマルは言った。

「もう一度一緒になれる運命だといいのに。私が逝く前に」

父親は立ち上がると怒りが彼の顔に広がった。

「私に怒ってるの、お父様？」

「黙って部屋に行きなさい」

「お父様、現実を見ましょうよ。私の人生は試されてるの。お父様だってそれをわかってるから私のしたいようにさせてくれるんでしょ。生きている間いつも幸せでいられるように。私、お父様が私に理性的に接してくれて感謝してるの。そのおかげで幸せよ」

父親はアマルを見た。その目には涙が浮かんでいた。

「もしそんなことが起きたら教えてくれ。私もお前と一緒に逝くよ。お前がいない人生なんて耐えられない」

父親はアマルを骨が折れそうなほど強く抱きしめた。

「お父様はこうやって抱きしめてくれるけど、私は今日死ぬわけじゃない。まだ時間があるわ。サーラとホダーの心を開いて、平和を植え付けないと」

アドナーンはアマルに言った。

「さあ、明日は新しい日だ。笑って、人生を生きるんだよ。過去にとらわれないで、そこから学べたらいいだろう」

父親はアマルを部屋に連れて行って、毛布をかけて言った。

「おやすみ、お姫様」

ホサームはホダーにメッセージを送り、我慢強く頑張れと応援した。

マージドはサーラを褒め、耐えて強くなれと言った。厄介事はサーラから遠ざけた。

アドナーンはドアを閉め、言った。

「お前がいだいている欠乏感は、お母さん以外埋められないだろう。でもあの人には愛も優しさもかけらも持っていない。変な世界だよ、女が子供を一人産みたいと思い、美しい花を手に入れたのに、水も愛もやらずに放っておくんだから」

アマルはアルバムを開き、写真を見ていた。お気に入りの写真は、母親が生後一か月のアマルを抱いている写真だった。母親は毎晩アマルを抱いて寝ていたのだった。アマルはいつもこうやって苦しんでいた。

ホダーもまた父親の写真を見ていた。殺されたのに、敵を討てていなかった。毎日父親の夢をみて、大泣きしながら起きるのだ。

サーラは毎晩胸が苦しくなっていた。父親に殴られ、暴言を吐かれたことを思い出していた。それらは剣のように彼女の体を突き刺すのだった。母親が不幸な死を遂げたのは、自分が原因だと思った。サーラは人生の変化に対してどうしていけばいいかわからなかった。最後まで行くか、泥のような闇の中に落ちるのか？　彼らの手によって転落から救ってもらえるのか？

３人は新しい日をポジティブに始めようとした。したいことを実現させるのだ。マージドは夢中でサーラの人生の隅々まで調べていた。お祖母さんも、サーラがずいぶん前に部屋に入ると、マージドを手伝った。孫を待ち受ける悪から助け出そうと時間稼ぎをしようとしていた。夜が明け、空気は凍てついている。３人はため息をついた。静かな人生を望み、希望をもたらしてくれるよう神に願った。

# 第3章

天気は雨でも美しい。少しだろうが、心からの笑顔は心配ごとを回避する。学校生活が戻り、街のすみずみに小さな子から若者までがいる。3人はそれぞれ家を出た。ホダーとアマルは車で、サーラは自転車で。それはお祖母さんがサーラの15歳の誕生日に贈ってくれたものだった。サーラは未だに使っていて、買い替えるつもりはなかった。雨を見るとため息をつき、学校へ急いだ。今日からいい流れが始まるかもしれない。農家が言うように、収穫の時期は雨の吉兆が見えた時なのだ。3人は学校に着くと、お互いを見た。ホダーはアマルといて、サーラはいつも通り一人でポケットに右手を突っ込んで歩いている。右手でネックレスをいじり、アマルを見た。二人で笑いあっている。アマルは教室に入り、ホダーと別れた。ホダーはそのとき、サーラが通るのを待っていて、怒らせようとしていた。壁のところに立って携帯をいじっていた。サーラはホダーのことは気にもしていなかった。ホダーは低い声で言った。

「サーラは物理的に悪魔になった。あ、ごめん、今のは忘れて」

サーラは足を止め、ホダーを見ると腹を立てた。学校初日だし、サーラはこらえた。ホダーは教室に入った。そしてアマルに目配せし、アマルはホダーが何か強烈なことをサーラに言ったんだ、とわかった。サーラは教室に向かった。窓の近くに座り、アマルから離れた。

アマルはクラスメイトとしゃべっていた。ケガについて聞かれると、アマルは言った。

「ホダーが火事から助けてくれたの。感謝してるわ」

サーラはアマルを見て、鼻で笑った。アマルは言った。

「ちょっと頼まれてくれる？」

クラスメイトたちはサーラを見た。サーラは手を心臓に当てていた。心臓が痛い。顔が少し赤くなり、脂汗をかいていた。教師が入ってくると、全員起立した。サーラは教師にトイレに行きたいと申し出、許可をもらった。教師は皆に座るように言うと、英語の授業を始めた。十分経ち、サーラは戻ると着席した。アマルはサーラが心配だった。サーラの顔は赤くなっていた。またあの状態になるのだろうか？　自分が原因かもしれないと恐れ、罪悪感を抱いていた。そういうタイプの人間ではなかったが、彼女が無関心で、自分のところに来ず、話しかけてこないことに満足していた。授業が終わると、アマルはサーラのところに行き、言った。

「ごめんなさい」

右手をサーラの肩に置くと、サーラは激しく反応し、アマルの手をぴしゃりと叩いた。

「あなたバカなの？　物事を一方からしか考えられないわけ？」

「なんのこと？　どういう意味かわからない。どうしてそんなに怒ってるの？　私あなたに何もしてないじゃない」

「自分の席に戻って。お願いだから死ぬまで自分のことだけ考えてて。あなたのことなんかどうでもいい」

アマルは黙って席に戻った。歴史の教師が来て、２時間授業した。数学は休講になった。皆は喜び、外に出て行った。他の人は残ってしゃべっていた。アマルはずっとサーラを見ていた。サーラは紙飛行機を作り、飛ばして遊んでいた。ひとつアマルのそばに落ち、アマルは手に取ってサーラに投げた。サーラはほほ笑んで立ち上がると、一人で出て行った。アマルが追いつくと、サーラは立ち止まり、振り返って言った。

「私あなたのお母さんじゃないのよ、ついてこないで。教室に戻りなさいよ。先生に次の授業は欠席するって言っといて」

アマルはサーラの声色に恐怖を覚えた。真剣で厳しい声だった。視線は鋭く、銃弾のようにアマルの心を突き破った。その場から動かないでいると、サーラは立ち去った。アマルは振り返り、ゆっくり歩き出した。悲しみが顔に浮かんでいた。サーラが現れ、アマルをじっと見た。ネックレスを取り出し、見つめ、もう一度ポケットに戻した。1時間後、物理の教師が来てサーラがいないことに気がついた。アマルは言った。

「サーラは来ません」

すると突然サーラが現れた。

「誰がそんなこと言ったの？　誰があなたに嘘を教えたのかしら」

アマルに目配せすると席に座った。アマルはサーラを見、紙を投げつけた。教師は授業を続けている。

「あなたが頼んできたんじゃない。私嘘なんてついたことないわ。あなた私のこと嘘つきって言いたかったんでしょ。で、先生に叱らせたかったんだわ」

サーラは笑って紙を寄越した。

「誰もあなたに私を信じろなんて頼んでないわよ。私が言うことは全部信じるの？　他の人に言われたことと同じように？」

アマルはそれを読んだとき意味がわからなかった。

「どういう意味？」

アマルは聞いた。

「別に。勉強に集中しなさいよ」

休み時間になり、ホダーがサーラの教室に入ってきた。急いでアマルのところに行くと、座って話し始めた。

「アマル散歩しに行こ。寒いけど天気良いし」

「今は外に出たくないな。疲れたから座ってたい。ケーキ食べてジュースを飲んで、薬も飲まなきゃ」

「毎日薬飲んでどうしたのよ？」

「ちょっと苦しいのと、目眩《めまい》がするだけ。心配ないわ」

ホダーは言った。

「ネックレスはどこ？　いつもつけてたじゃない」

サーラは二人の会話を聞いていた。アマルは言った。

「失くしちゃったの。火事の時だと思う」

ホダーはサーラを見ながら言った。

「盗まれたんじゃない？　気に入った人が無理やり取ってったのよ。アマルが気づかないうちに」

「わかんない。誰も疑うつもりはないわ。確かに失くしてすごくつらいけど、誠実な人の手にあることを神様に祈るしかないわね」

サーラはホダーのところに行き、手首を掴むと外に引っ張って行った。アマルは二人を見つめた。学校の初日から争いあっている二人が怖かった。

「ずいぶん嘘がうまいのね。初めてあんたのことカスだと思ったわ」サーラは言った。

「別になんて言われようがどうでもいいわ。あんたにカスだと思われても何とも思わない。私が気にしているのは自分がしたいことをできるかどうかだけ。つまりあんたを破滅させるってこと。待ちきれないわ」

サーラは手を上げ、ホダーを叩こうとした。しかしその手をアマルが掴んで言った。

「どうして暴力に訴えるの？　そうやって家で教わってきたわけ？」

ホダーはアマルが自分の味方についたので、喜んだ。

「そうよ、みんな知ってるわ。サーラの家族は暴力や殺し、盗みをやるって。呪いもかしら、サーラ、あってる？」

アマルは言った。

「ホダー、それ以上言わないで。教室に戻って」

サーラはホダーに言われたことなんか気にしていなかったが、アマルのことばに動揺した。

「ネックレスはどこ？」

アマルはサーラがそう聞いてきたことに驚き、手を離した。サーラは立ち去った。アマルは言った。

「どうしてああいう行動をとるのかしら？　特に火事の時なんか謎だわ。皆怖がっていたけどサーラは違った。ホダー、火事から助けてくれてほんとにありがとう。でもネックレスはどこ行っちゃったのかしら。お父様が村の人たちに聞いてくれたんだけど見つからなかったの。がれきの中に入っちゃってたとしても出てくるはずだし。破片と灰しかなかったから」

ホダーはピリピリして言った。

「ほんとにどこに行ったのか私もわからないの」

内心ではサーラが持っているのではと恐れていた。アマルが知る前に取り返さなくては。これが私の無実を証明する唯一の証拠になる。後でわかるわ。くそ、今回は運はサーラの味方ね。とにかく早く確かめないと。

ホダーの友達のアンワールが来て、ノートを借りたいと言った。数学の授業に出られなかったからだ。

「教室の机の上に置いてあるわ」

アマルは言った。

「あの子と仲いいの？」

「ううん、皆お金目当てで近づいてくるの」

「悲しくならないの？」

「悲しいしつらいけど、ただ助けるだけ。友達はいらない。アマル私行くわね。ちょっと散歩してくる」

アマルは立ち上がり、体を反らすと、サーラとホダーの間で迷った。どうしたら両方とも助けられるだろう？

二人とも自身の心の中の抑圧や嫌悪、憎悪に苦しんでいる。これらに支配されていて、世界は輝いていない。アマルはホダーの友達のことを思い出し、教室に行った。

「こんにちは。ホダーのことで話したいんだけど、着いてきてくれる？」

アンワールは怖がりながら言った。

「いやよ、ホダーのこと口に出さないでくれる？　私あの子のこと怖いの」

アマルはアンワールの手を握り、言った。

「ホダーには知られないわ。もう一度聞くから、答えてほしいの」

「わかった。何なの？　ホダーが来る前に言って」

アマルはため息をつき、言った。

「いつからホダーを知ってる？」

「10歳の時から」

「いいわ、サーラのことは知ってる？　どうしてホダーはサーラを嫌うの？」

「サーラのことは知ってるわ。でもどうしてホダーがサーラを嫌うのかは知らない」

「そう、ありがとう」

アマルは立ち去り、心の中で言った。

「誰に助けを求めたらいいんだろう。ホダーの人生について詳しく知りたい」

廊下を歩くと、屋上に向かった。サーラを見かけた。彼女は携帯で電話していて、壁に寄りかかっていた。

唇を噛み、目の周りが光り、右手からは血が出ていた。電話を切ると、アマルを見て言った。

「何見てるの？　気が狂った人でも見るような眼をして、何？」

アマルは急いで近寄り、ポケットからハンカチを出した。

「血が出てるわよ、サーラ」

　サーラは自分の手を見た。

「気づかなった。医者に行くわ」

「そうして。でもせめて拭き取らせて」

「アマル、私に構わないで。ホダーのところに行って。あの子の方があなたのこと好きだし、優しいでしょ。私は単なる頭痛の種じゃない。それにいい友達じゃないわ」

「もう黙って。痛いでしょ。皆があなたについて言っていることなんて気にしてないわ。それであなたと友達になるのをやめたりしない。いつか私のことを友達と、姉妹と呼ぶときが来るわよ。アマル大好きよって言うわ。というかなんのせいで右の手首から血が出るのかしら？　誰かと喧嘩でもしたの？」

「いいえ。でもあなた私の人生のこと全部知ってるでしょ。たまに血が出てすごく痛くなるのよ。一人で逃げ出して、座る。誰かをまちがって殺してしまうんじゃないかって怖いわ。あなた私のこと嫌いでしょ。私が悪魔になったと思ってるでしょ」

「どうしてほしいのか言って。なんて言ってるのか聞こえなかった。あなたの心が善良だってことはわかったわ。自信をもってそう言える。私常にあなたの味方よ」

　アマルは続けた。

「友情は太陽のよう、いなくなることはない。友情は雪とは違って溶けない。友情は愛が死なない限り死なない」

　アマルは教室に戻って黙っていた。サーラはひとりになった。

　サーラはアマルが行って一人残された後、アマルを見つけ出し、言った。

「何の友情について言ったの？　自分を愛せない人は他の人のことも愛せないし、良いことをしてあげられもしない。どうやってこの腐った時代に真の友情関係を築くっていうの？」

　サーラはネックレスを取り出し、遠くに投げようとしたが、やめた。後ろを向くと2組の生徒たちがいた。長細い棒をそれぞれ手に持っている。女生徒が大声で言った。

「あんたにわからせてやるわ」

サーラは言った。

「あなたたちと喧嘩する気分じゃないの。あなたたちなんか私にしてみればほんの子供よ。私テコンドー習ってるの。あなたたちがバドミントンで遊んでる間にね」

サーラは馬鹿にして笑った。

「ほんと傲慢《ごうまん》で偉そうよね。後悔させてあげるわ、サーラ」

女生徒たちは襲い掛かり、どんどん殴った。サーラは地面に倒れ、ネックレスが落ちた。女生徒が拾い上げ、言った。

「この子高そうなネックレスなんか持ってるわ。誰から盗んだの？　よし、売りに行こ」

サーラは立ち上がろうとした。つらそうな声で、口から血を流しながら手を伸ばし、言った。

「それは私のものよ。返しなさい、バカ」

女生徒はサーラの手を強く踏みつけ、サーラは激しい痛みに叫び声を挙げた。他の生徒はサーラの腹を蹴った。サーラは唇を噛みしめ、怒りを鎮めた。殴られても耐えた。すると両目が赤くなり、サーラはゆっくりと立ち上がった。背後にいる生徒たちを罵り、目の前に立つ女生徒に言った。

「ネックレスを渡しな」

女生徒はサーラにネックレスを投げつけた。サーラは拾い、強く息を吸った。女生徒たちはサーラの声が荒いことや赤い目に恐怖を感じ、急いで逃げ、悪魔だ、悪魔だと叫んだ。サーラはゆっくりと右手を顔に当て、目を閉じた。そして元の自分に戻った。サーラは歩いて教室に戻った。アマルはサーラがけがをしているのを見た。サーラは席に着くと、息を吸い込んだ。アマルは何か怖ろしいことがサーラに起こったんだと思った。サーラのところに行き、座って言った。

「どうしたのサーラ、喧嘩でもした？」

「いや、ただ他の子たちの興味の的にされただけ。敵意をもたれるのは慣れてる。殺してやりたかったけど人殺しにはなりたくなかった。誰も死んでいい人なんかいないから」

「誰にやられたの？」

「あなたには関係ないわ。これは私の問題。もうホダーのところに行きなさいよ、あの子私よりもあなたを怖がってるわ」

アマルは言った。

「こんな幼稚なことするのやめなさいよ。それにあなた匂わすだけで何言ってるかわからないわ。私単純な人間なの」

「いいわ。そうやって何も見ずバカなままでいれば？」

アマルは決然と言った。

「わかった。私自分がなりたいようになって、自分に責任を持つ。ああいう風にはなりたくない。天使のような人を探しに行くわ。つらいときに私を必要とするひとを見捨てないような人間であることに満足よ」

サーラは言った。

「あなただって匂わせてるじゃない。こんなにすぐに私から学んだなんてね」

「そう、あなたから学んでるわ」

アマルはホダーに言われたことを思い出した。アマルが気づかぬうちにサーラに似てきていることを。

サーラは言った。

「何考えてるの？」

「あなたには関係ないでしょ、サーラ。聞いてもいい？　お願いだから答えてほしいんだけど」

「内容によるわね！」

アマルはため息をついて言った。

「誰かのこと疑ってる？」

「どういう意味？　わかりやすくはっきり言って。私バカだからすぐわからないわ」

アマルは笑った。

「わかってるくせに。質問から逃げようとしてるでしょ。あなたをこういう風にした人がいるはずよ」

「それが聞きたかったのね」

サーラはホダーを見た。ホダーが遠くから歩いてきていた。

「そう、いるわ。でも言いたくない。言ったら復讐させないようにするでしょ」

アマルはサーラの手に自分の右手のひらを当てながら言った。

「ありえないわ。あなた人殺しじゃないでしょ」

「あいつなら殺せるわ。あなた私の苦しみがわかってないのよ。私ためらわないわ、わかる？　誰にも私の邪魔はさせない。私こんな風になっちゃったのよ。お願いだから助けようなんて思わないで。私の好きなように解決させて」

アマルは立ち上がって、いつもの自分の場所に座った。手首を見ているサーラを見つめた。サーラは黙って痛がっていた。両目は冷たく、誰かがサーラのことをあの冷たい目、と呼んでも揺らがなかった。彼女は死ぬほど冷たいところで生きているのだ。誰もその心の叫びを聞くことはない。

ホダーは学校の廊下で何人かの生徒と一緒にいた。彼女たちが、サーラのポケットにあったネックレスのことをホダーに話した。

「あの子から取ってこれなかったわ」

ホダーは腹を立て、同時にネックレスがサーラの元にあることに安心した。これでホダーの別の目的が達成されるだろう。サーラとアマルとの関係を完全に終わらせてやるのだ。そのネックレスはアマルの母親からのプレゼントで、価値は計り知れないものだ。

アマルはサーラが自転車に乗っているのを見た。ゆっくり動いていて、家には辿り着きそうもなかった。サーラは喧嘩のせいでけがをしている。ホダーはアマルに近づこうとしたが、追い付けなかった。アマルはサーラのほうに急いで向かっていたのだ。アマルはサーラに言った。

「ほら乗って、家まで送るわ」

「ありがとう、でも自分のことは自分でやるわ。あなたの助けはいらないのよ、慈悲深き天使様」

「何言ってるの、耐えられないわよ。このままじゃ疲れて転ぶわ。空を見て、雨降ってるし、寒いじゃない。ほら乗って、頑固にならないで勇気を出すのよ」

「いいけど、自転車はどうするの？」

「運転手さんが持ってくわ。車の横に付けておく。あなたと一緒に送るから心配しないで。まるでこの自転車が恋人みたいに扱うのね」

「そうよ、あなたには関係ないけど。理由は説明するつもりないから」

アマルは笑って、運転手に自転車をサーラの家まで持っていくよう指示した。アマルは父親に連絡し、すこし遅れると伝えた。電話を切ると、サーラは言った。

「すごいわね、お父さんに起こったこと逐一報告するのね。神様がお守りくださいますように」

「アーメン。私ああいう人と結婚したいわ。でも無理ね、お父様みたいな人なんていないもの。私をお父様くらい愛してくれるひともいないわ」

サーラは言った。

「そうかもね、最近感情が死にかけてるから。両親の感情だとしてもよ」

アマルはサーラを見て言った。

「なんでも起こる可能性はあるわ。世界は全ては与えてくれない。子にひどいことする親もあんまりいないわよ」

サーラは手を握りしめ、アマルの近くの窓を見た。

「知ってるわ。でも私たち子供に罪はないでしょ。一緒に住んでれば愛着が湧くわ」

アマルは自分の母親が一言もしゃべれなかったことを思い出した。サーラはため息をつくと、自分の近くの窓の方を向いた。すごく冷える日だったのでガラスが曇っていた。サーラは「お母さん」ときれいな字で書き、近くにハートを足した。アマルはサーラを見ると近くに寄り、左手で「アマル♡」と書いた。サーラは言った。

「私の窓の近くに書いてどういうつもり？　あっちに書きなさいよ」

「これは私の車よ。どこでも好きなところに書くわ」

「ああ、ごめん」

「そういうつもりで言ったんじゃないわ。冗談よ。でも私あなたのお母さんと一緒にあなたのこと愛したいの」

サーラは言った。

「それは夢みたいなことね。お母さんだけが私の病気が悪化した時そばにいてくれた。私を、私の能力を信じてくれた。お母さんがいなかったら私今頃死んでたかもしれない。お母さんは自分を犠牲にして私を救ってくれたの。まだ生きているのに気づかないうちに猛毒を飲みこんで殺される。私ももうすぐ後に続くわ」

アマルはサーラの頬を叩いた。サーラはアマルの手を握って言った。

「そんなことしないで」

アマルは怯えて言った。

「かわいそうなあなたを見たくないわ。私何年もあなたのこと探してたの。2回しか会ってないのに、一緒にいると落ち着くのよ。小さい時からあなたが親友か姉妹だったらいいなと思ってた。友情は白い花。心で育って、心で花を咲かせ、枯れることはない」

サーラは言った。

「誰のこと？　私たち会ったことあるの？」

「うん」

アマルはおおきな声で言い、サーラは驚いた。

「落ち着いて。私あなたに会ったこと覚えてない。時々見たことがある光景だなと思うことはあるけど、頭が混乱してるんだと思う。ごめん」

アマルは泣きながら言った。

「他の人たちみたいにアマルって呼んでよ。私名前があるの。お母さんがアマルってつけてくれたのよ」

アマルは手を握りしめた。

「いつまでお嬢さんって呼ぶつもり？」

アマルはサーラの家に着いた。サーラは車を降りると自転車をとって、アマルの座席のドアの前に立った。窓を指でノックすると、アマルは目を向け、涙を拭いた。雨は土砂降りで、サーラの口からは白い息が出ていた。

サーラはアマルの窓にアマルと書き、横にスマイルマークを添えた。サーラは心の中で言った。

「この笑顔が好き」

そして静かに去った。アマルは心の底から笑顔になった。親にすこし不機嫌になったあと、なんでもないプレゼントに喜ぶ子供のようだった。

サーラはネックレスを取り出した。

「いつ戻そう。後悔してきた」

アマルは車を停めると湖を見た。雨がなければ車を降り、近くを歩くのに。父親が電話してきて、天気が悪いから帰ってくるように言った。

サーラは座ってお祖母さんとお昼を食べていた。とてもお腹が空いていた。お祖母さんが言った。

「顔や手の傷はどうしたんだい。まあいい、食べなさい。しゃべらなくていいから。こんなに食べるのは見たことないよ」

サーラは口いっぱいに食べ物を詰め込んで、話しづらそうに言った。

「同じの取って。私やばいくらいお腹空いてるの。何か月も食べてなかったみたい」

お祖母さんは喜んだ。初めてサーラが食べ物を勢いよく食べてくれた。目から涙がこぼれ落ちた。サーラはお祖母さんを見て、悲しくなった。お祖母さんを強く抱きしめると、引き寄せて言った。

「大好きよ。おばあちゃんのおかげでいつも幸せ。なにか失敗してても許してね」

お祖母さんは涙を拭き、言った。

「ほら食べなさい。働くんだから」

サーラは言った。

「待ってよ、一緒にお花を買いに行こう」

マージドが入ってきた。サーラの表情が変わり、どうして来たのかしらとつぶやいた。マージドはお祖母さんの近くに座った。お祖母さんは食事を用意した。

「お腹空いたしのども渇いたし死にそうだ。仕事大変だったよ」

サーラは言った。

「いつからここで働いてるの？」

マージドはサーラを見て、口を動かしながら言った。

「教えない。お祖母さんの手料理を食べるのに忙しいんでね。食べたら少し寝るよ。そしたらまた出かける」

サーラは言った。

「それがいいわ。すこし休みましょう。おばあちゃん、お花買い終わったら仕事に行こう、1時間もしないうちに戻れるわ。チューリップの花束を買いたいの」

お祖母さんは驚いた。

「どうしてだい⁉」

「おばあちゃん、詮索しないで。ほら立って」

サーラは食事を取り終えるとすぐに机と台所を片付け、傘を持った。二人は出かけた。マージドは見送ると、部屋に入った。アマルからメッセージが届いた。

「もしサーラが自分とお母さんにいろいろした奴に復讐したいと思うとしたら、それはあの子の父親だと思います。彼がサーラにメッセージを送る前に、彼を見つける必要があります」

「そうだな、そうやってサーラと一緒にいてくれ。何を考えてるか聞きだすんだ。近くに父親がいるなら危険だ。国外にいるなら見つけるのが大変になってしまう」

携帯をベッドの上に置くと、書類を取り出してまた調査し始めた。

サーラはお祖母さんと手をつなぎ、到着すると運河の小舟に乗った。少し散歩するつもりだった。小さな船が彼らを運ぶ。観光客がたくさんいてうるさかった。ヨーロッパ中から人々が訪れていた。お祖母さんは今までここに来たことがなかった。耳にしたことはあったが、こんなにも魅力的で美しい場所だとは思っていなかった。良い香りを楽しんだ。きっとチューリップと水仙を見つけるだろう。この二つがここオランダで最も育てられている花なのだ。特にアムステルダムは水路が囲われていて、景色が魅力的でライバルはいない。自分でブーケや植物を買うこともできる。二人は市場を端から端まで歩き、サーラはたくさんの花を背景にお祖母さんと写真を撮った。サーラはお祖母さんに言った。

「どう？　ちょっとした旅行でしょ。すくなくとも毎年来てここを楽しまないとね」

サーラは立ち止まってチューリップのブーケが欲しいと言った。お金を払うと、家に向かった。二人はとても楽しんだ。午後6時になっていた。お祖母さんは座るとサーラに言った。

「お茶を持ってくるよ。お茶売りが近くにいるからね」

お祖母さんは歩いていき、雨を見た。傘を差し、お茶売りのところに着くと紅茶を二杯頼んだ。少し待つと手渡されたので、お金を渡そうとすると一部が落ちた。カップを机の上に置き、お茶売りの方を向いて、お金を拾おうとすると、車が急いで来て歩道のあたりで急いで引き返すのが見えた。黒塗りの高級車だった。近くを通ると、ぶつかりそうになった。サーラが大声で叫んだ。

「目ついてんの！」

車は止まり、運転手が降りてきて、謝罪した。サーラはいいわ、と言い、服を払った。

「もう一度よく見な。道路でしちゃいけないことあるでしょう。ちゃんと守って」

窓が開き、運転手は傘を取って来た。右側の後部座席の窓の前に立ち、ドアを開けると、痩せた長いスカートの女が出てきた。高そうな冬服を着て、赤い帽子を被り、髪は短く金髪だ。肌は白く、美しく、40代にさしかかったあたりの女だった。サーラに近づくと、とても偉そうに、静かでなめらかな声で、高慢にサーラを上から下までじろりと見て言った。

「私に道で叫ぶなんて何様なの？　そんな安っぽい服を着て濡れて。お金なさそうね、やだ、まだ生きてるのね」

女はサーラの手のコップを見た。

「なにそれ、露店で買ったものなんか飲んでるの？」

サーラは我慢の限界が来て言った。

「口あけなさいよ、飲ませてあげるわ。よく味わうといいわ、あんたの臭い口よりいいから」

女は怒り、言った。

「後悔させてやるわ、ゴミが」

サーラは女の手を取り引っ張って行くと紅茶をかけた。女はヒステリックになり、サーラの頬を叩くと、突き飛ばした。

「これあげる。サーラはお金を掴むと、女に渡し、女の手を掴んで言った。

「このお金で舌を整形したらいいわ。あんたにふさわしい人間としてのことばだけ話せるようにしてもらいなさいよ。それで自分の美しさに騙されたらいいわ。誰もあんたを愛さない。周りに無理やりいさせられている人はあんたの性格の悪さを我慢してるだけなんじゃないかしら。旦那と子供がかわいそう、もしいたらだけど。こんなに美人なのに舌は醜くて汚いのね。ああかわいそう。失せな、おばさん」

女はお金を地面に投げつけ、大声で運転手に車に乗るように言った。運転手は乗り込み、女は去った。サーラは言った。

「あいつらを見てよ。金の亡者ね。人間性なんてほとんどない。あんな奴ら消えればいいのに。あいつらのせいでこうなったのよ」

「わかった、ありがとう」

女は鞄からパウダーを取り出し、腹を立てて言った。

「今日がこの国での初日なのに、良くない未来が待ってそうだわ。ああいう娘には吐き気がする。この服今日おろしたてで故郷に帰ってくるから着てきたのに、全部あの娘のせいよ」

運転手はほほ笑んで、心の中で言った。

「誰もあんなことしようとしなかった。心の底からあの子を応援するよ」

女は自問した。

「確かに私、愛されてないわ。どうしたのかしら、あの愚かな娘に言われたことを考えてる。あの子、私が憎くてうらやましいのね」

化粧直しをしてから携帯を取り、娘に電話した。

アマルの携帯が鳴った。表示された名前を、アマルは信じられなかった。この電話を待ち望んでいたのだ。アマルは言った。

「お母様！」

「申し訳ないけどリーンさん、って言ってくれる？」

アマルの心は悲しみに覆われた。

「わかったわ、リーンさん。どこにいるの？」

「家の近くよ。最悪なことがあったの。お手伝いさんにお湯を沸かしとくように言って。シャワーを浴びて出かけるから。お父さんはどこ？」

「外出しているわ。連絡してリーンさんが来たって言っておく」

「いいわよ、後で会うから」

アマルは言った。

「お母様、いえ、リーンさん、とっても会いたかったわ」

「ありがとう、私もよ」

母親は電話を切った。数分後、リーンは家、いや、大豪邸に着いた。すべてが使用人の手により準備され、整っていた。アマルは母親を待っていた。最高におしゃれをして、かわいくしていた。母親に近づくと、すぐに抱きしめたかったが、リーンは言った。

リーンは言った。

「やめなさい。止まって。私あのバカ娘のせいで汚れてるの」

アマルは惨めな気持ちになった。母親にとても会いたかったからだ。

「おいで」

母親はアマルと客間に座ると、アマルのために買ってきた服を見せた。アマルは新しい服や靴、帽子がどれだけすばらしいものかについては興味がなかった。アマルは立ち上がると母親が忙しそうなのを見て、その場を去った。母親はアマルがいなくなったことに気がつかなかった。アマルはドアを閉めるとヒステリックに泣き、言った。

「お母様は私に興味なんてないんだわ。会いたかったと言ったのに対して何も言ってくれなかった。違う世界の人としか思えない」

1時間が経ち、父親が電話してきたがアマルは出なかった。父親が帰宅し、妻が一人で夕食を取っているのを見ると、言った。

「いつからここにいるんだね。もう待ちくたびれたよ」

リーンの頬にキスすると、隣に座った。

「アマルには会ったか?」

「ええ、でもどこか行ってしまったわ」

父親は腹を立てると、テーブルに電話を叩きつけ、立ち上がって言った。

「来ないでくれた方がマシだったたな」

リーンは冷たく言った。

「出てくわ」

鞄を掴むと、すばやくアマルの部屋に向かった。父親はドアを開けようとしたが、鍵がかかっていた。二人はアマルを呼んだが、返事はなかった。アマルはシャワーを浴びながら泣いていたのだ。30分後、アマルは部屋から出てきた。父親はその青白い顔と両目が泣いて赤くなっているのを見て、言った。

「今日はどこでも好きなところに行くってのはどうだい？　天気も落ち着いているよ」

「出かけたよ。昔の友達に会いたいそうだ。結婚記念日のパーティーに招待したいんだとさ」

「それはいいわね」

父親は自分の学校の友達も呼んだらいいと言った。アマルはためらっていたが、同意した。

「お父様の顔を見ておきたかったの。今日は寝るわ、眠くなってきた」

父親はアマルの手を握ると言った。

「お母さんを嫌わないでくれ。薬を飲むんだよ」

「違うわお父様、私お母様のこと嫌いになったことなんてない。お母様が私を産まなきゃよかったと思っているとしても。お母様は私の唯一のお母様だし。お母様の口が悪いのも我慢しなきゃ。神様がお許しになりますように。いつかお母様も、アマルという名の娘がいるって言うわ」

父親はアマルを強く抱きしめた。アマルは額を父親の胸につけ、激しく押し殺した声で泣いた。父親の頭にキスすると、枯れた花のように歩き出した。

リーンは帰宅すると、座って夫と話した。夫は紅茶を飲み、寝室で本を読んでいる。リーンは髪をいじり、寝間着を着ている。リーンは夫の隣に座り、言った。

「私が来てから一言も発さないのね。どうしたの？　壁と話してるみたいだわ」

「それがアマルの気持ちだよ。お前と一緒になってからずっと、今になってもそう思う。母親や妻としての義務を忘れたのか？」

リーンは講釈をたれるのが好きではなかった。いつものように言った。

「心配ないわよ、アマルは大きくなった。私たちの社会的地位に見合った結婚相手を探すわ」

夫は苛々して言った。

「俺が見つけるんだよ。あの子を愛し、信じてくれる男をな。俺が一番アマルのことをわかってるんだ。アマルは俺に言ってくれたことがある、俺に結婚相手を見つけてほしいとな。俺はあの子の保護者としてあの子のためになることは何でもするんだ。お前は年二回来るだけで娘のことを何も知らないだろ。あの子を失っても泣きもしないだろう。国から国へぶらついてたあの数年が戻ってこないかと思うだけだ」

「ぶらついてたわけじゃないわ。自分の人生を生きたかっただけ。そしていろいろ学ぶのよ」

「邪魔はしないが勝手にやってくれ」

「私、親に無理やり結婚させられたのよ。もうこの話はやめましょう。過去をほじくり出したら死んでしまうわ。そういえば今日傲慢で憎たらしい娘に会ったの」

アドナーンは興味ありそうなそぶりをしたが、心の中では、どっちが傲慢なんだか、と思っていた。

「どうだった？」

リーンはあざ笑いながら出来事を話した。アドナーンは言った。

「その娘は勇気があるな。今まで会った中で一番だ。気に入った。会ってみたいよ」

「何言ってるの、頭おかしくなったの？　誰が恥知らずの小娘に会いたがるのよ。あの娘、目上の人を敬えという教育すら受けてないわ」

「お前は娘を育てたのか？　アマルがその娘みたいだったらどうするんだ」

「ありえないわ。娘は繊細で優しくて、私を愛しているもの。あんなことしないわよ。人に何を言われるかわかったもんじゃないわ」

「他人のことなんかどうでもいいだろう、アマルのことだけ気にかけてくれ、母親なんだから。もう寝るよ、電気を消すぞ」

サーラは空を見上げ、頭の中で母親と話していた。会いたくてこの数日気が狂いそうだった。母親はもう戻ってこない。メッセージが届いた。アマルからで、今から家に行ってもいいか、と聞いていた。サーラは言った。

「わかった、来ていいわ」

「今から行く」

夜の12時だった。サーラはお祖母さんのところに行った。お祖母さんは服を編んでいた。

「おばあちゃん。しなきゃいけないことがある。アマルが来るって。あの子お金持ちの子だから、こういう貧乏な家でどうやって迎えてあげたらいいかわからない。どうしよう、何を出したらいいかな」

「サーラ、愛と関心をあげるんだ。あの子はそれが欲しいんだよ」

サーラは黙って床に座った。

「あの子はなんでも持ってる。何を出そう。私感情も持ってないし、がさつだわ。友情も信じてないし知らない。ただ学校での面倒事だと思ってるだけ」

サーラはお祖母さんにほほ笑みかけると、お願い、と言った。

「サーラ、一度でいいから理性的になりなさい。アマルがかわいそうだ」

「私だってかわいそうじゃない、おばあちゃん。私誰にも何も求めないわ」

「サーラどうしたんだい、人間誰しも我慢と尊敬はできるんだよ。もしかしたらお前に友達や姉妹を見出したのかもしれない」

「おばあちゃんいつからそんな哲学者みたいになったの?」

お祖母さんは笑って言った。

「そう、友情は愛の友達だ。そうやって生きていなければ真の愛を知らないだろう」

サーラはお祖母さんに近づくと、ずるくいじわるな口調で言った。

「おばあちゃん友達いるの？　誰かが家に来るのを見たことない。いなくなったの？」

お祖母さんはサーラをおしのけた。

「もうお行き。厚くもてなしておやり」

「わかったわ。怒らないでね。行ってくる」

サーラは外に出るとアマルをドアのそばで待った。外は寒く、両手を擦り合わせて温めた。サーラは心の中で言った。

「アマルになんて言おう、こんばんは、元気？　いや、これはかしこまりすぎね。うまくできない」

サーラは顔を帽子で覆った。すると咳払いが聞こえてきた。サーラは視線を上げ、動揺し、笑いかけた。アマルは進み出るとサーラを抱きしめ、言った。

「私数分でもここに立ってられないわ。お願い」

サーラは固まって、抵抗しなかった。アマルはサーラを見ると、出迎えてくれたことにお礼を言った。サーラは言った。

「お礼なんていいわ。どうしてこんな時間に一人で外にいるの？」

「息が詰まりそうだったから逃げてきたの。運転手さんにここまで送ってもらったわ。真夜中にね」

「あらあら、大きくなったわね」

アマルは笑った。サーラは言った。

「中に入ろう」

アマルはこう返した。

「ううん、ここで座ってるだけで充分よ。外でいいわ。いま憂鬱な気分なの」

「そう、わかった。好きなようにして」

サーラはアマルを見た。顔に悩みと不安が見て取れた。サーラはあえて聞くことはしなかった。隣の家のお祖母さんの声が聞こえてきた。サーラは愚痴を言った。

「ほら聞いてよ、このお祖母さん毎日8匹の猫と叫んでてほんとうるさいの」

アマルはにっこりして言った。

「動物の方が人間より誠実で愛があると思うわ」

サーラは俯いて言った。

「そうね」

アマルは立ちあがると、お祖母さんの家側の壁にかかったはしごに上った。

サーラは言った。

「気をつけて、お祖母さんを刺激しないようにね。敵対的なことするとどなってくるわよ、お嬢さん」

アマルは言った。

「ちょっと見てみたいだけ」

アマルはお祖母さんを見た。彼女は猫と遊び、餌をあげ、おしゃべりしていた。アマルは言った。

「なんてかわいそうなの、誰も訪ねてくれる人がいないんだわ。誰かいる？」

「いるわ。息子がいるんだけど、5年前に刑務所に入ったの。数えられるほどしか面会できなかったみたい。保釈金も用意できなくて、私が知る限り誰も一度も来てないわ。子供の時、おばあちゃんに行って元気か見てきてあげなさいって言われたの。それでいやいや行ったんだけど、ドアを開けて中に入ると、部屋から出てきて私に怒ってきたのよ。今でも忘れられないようなこと言われたわ。それからあの家には入らないし、猫も嫌いになった。お母さんは、『私たちが子供の時はひどいことばは忘れなかった。大人になっても忘れられない傷として胸に残るのよ』って言ってた」

「息子さんは何をしたの？」

「銀行から借金をして病気の母親を治療しようとしたの。でもお金を返せなくて、それで刑務所に入った。おばあちゃんが助けようとしたけど、金額が大きすぎたのよ」

アマルは言った。

「それは悲しいわね。この村の人が皆で助けてあげてれば、お母さんのところに戻れたのに」

サーラはアマルを見た。顔は悲しみでいっぱいだった。サーラは言った。

「もう降りなよ。祈ろう、あの人かわいそうだから。神様がお助けくださいますように。皆がお祖母さんのこと忘れても、神様はお忘れになりませんように」

アマルは言った。

「そうね、神様がそばにいてくださいますように」

はしごを降りた。サーラは言った。

「いいもの見せてあげる」

アマルは興奮した。

「何？」

「ほらこっち来て」

サーラはアマルの手を取ると、屋上に上がり、敷物を床に敷いた。一緒に座ると、アマルに目を閉じて、仰向けになるように言った。そして、目をあけるように言うと、静かな星々が見えた。その静けさはアマルが失っていたもので、これまで経験したことがないものだった。アマルは顔いっぱいの笑顔でとても喜んで言った。

「なんてすばらしい景色なの。とっても美しいわ。空を飛んでるみたい。良いわね、こんな良い景色いつも見れて」

サーラは言った。

「お母さんに会いたくなると毎日ここに来て、話しかけるの。そしてお母さんが聞いてくれてるって感じるの。それだけで充分よ」

アマルは座って言った。

「私にはお母様がいるけど良い思い出がないの」

サーラは驚いて言った。

「ほんとに？　そんなことある？」

アマルは言った。

「お母様は世界中を旅していて、私の心には来てくれないのよ。ずっといてくれようとも思わないんだわ」

サーラはアマルを見て言った。

「もしあなたのお母さんに会うことがあれば言ってやるわ。天使みたいな娘がいるのに、あんたはそれにふさわしくないって」

アマルは笑った。

「お母様は口が立つし頑固なの。あなたに似てると思うわ」

「どういうこと？　でもお父さんがいるからそれでいいじゃない」

アマルは言った。

「そうね。人間って貪欲ね。いろいろ望むなんて、自分を恥じるわ。あなたが気にかけてくれているんだから。毎日ご飯も食べられない人がいるのに、私はお金があるし、いい父親もいるんだから」

サーラは手を頭の後ろで組み、寝そべりながら言った。

「父親っていうのは家族の安全弁でしょ。でも私の父親はいつか代償を支払うことになると思う」

アマルはサーラを見た。

「お父さんのせいなの？」

サーラはため息をつき、言った。

「そうよ。警察には言っちゃだめよ」

サーラは冗談めかして言った。アマルは口ごもった。

「誰にも言わないわ」

「あいつのせいで幸せや優しさ、愛の意味を全部忘れたの。お母さんも失った。真実を完全に知らなくちゃいけない。あいつを見つけて、どうして私たちにこんなことしたのか理解するまで気が済まない。私の心は灰色に、黒くなった。安らぎを味わったことないのよ」

「お母さんの胸に抱かれて寝ている所を想像してみて」

夜が明けそうだった。感情は沸騰せず、それを言い表すこともできない。アマルは悲しんで言った。

「あなたのお母さんみないなお母さんがいたらな。一日だけでいいから経験してみたい。それ以上は望まないわ」

アマルの瞳が宝石のように輝いた。ため息をつくと、うつむいた。

「お母様はマイアミから戻ってきてから私の人生のこと考えてるの。考えてみて、あの人私に婿を見つけようとしてるのよ。私今までお母さんから愛を感じたことはない。結婚させて永遠に私を遠ざけようとしてるとしか思えない」

サーラは言った。

「今は結婚したくない？」

「全く考えたことないわ。結婚には早いと思う。お父様が私にふさわしい男の人を見つけてくれるって約束してくれたの。お父様が一番私のことわかってるわ」

「わかった。お嬢さん、今結婚したくないならお母さんにそう言えばいいだけじゃない。思い通りにさせなきゃいいのよ。あなたのお母さんがどう思うとしても、あなたはお母さんが支配するための商品じゃないでしょ」

「わかんない。結婚記念日のパーティーで、立派な家族から私の相手を見つける気よ。そしていつ結婚するか決められるんだわ」

サーラはアマルの右手首を掴んだ。

「私、あなたがこういうふうに弱くて怖がってるの嫌い。あなたの人生でしょ。どうしてそんなに冷めてるの」

アマルはサーラを見た。

「心配ないわ。近いうちに自分で決められるようになると思う」

サーラはアマルの目が冷め、ビー玉のようになっているのを見て、話題を変えようとした。アマルに泣いてほしくなかった。彼女は気を休めるために来たのであって、泣かされるためではない。

「アマル、ちょっと待ってて」

サーラはお祖母さんの部屋に降りた。お祖母さんは寝ていた。

「どうしよう、お嬢さん泣きそう。私バカだ。悲しませちゃったかな」

ノートが目に入った。ペンと一緒に手に取り、急いで戻った。アマルはサーラを見ると、彼女は紙飛行機を作っていた。三十個以上も手早く上手に作っていた。作り終わるとサーラは言った。

「ぜんぶ取って、翼に願いを書いて。冷たい風に乗って飛んでって、いつか願いがかなうかも」

アマルはペンを持ち、思いついたことを全部書いた。そして立ち上がると、屋上の縁に近づき、力いっぱい飛ばした。アマルは笑っていた。嬉しかったのだ。次から次に飛ばし、とうとうなくなった。サーラは言った。

「そう、あなたは自由よ、アマル。何でも好きなことを、自分の人生にふさわしいことをしなきゃ。なりたいようになって、自分が望む人と一緒にいるのよ。そして美しくいるの」

アマルはサーラに駆け寄り、抱きついた。

「サーラ、家族みたいね。大好き！　いつもこうやって優しく一緒にいて、アドバイスして、隣に立ってて。失望するのが怖いの」

サーラはアマルに何といったらいいかわからなかった。サーラはアマルと自発的に話していたのであって、アマル自身を信じてほしかった。人生が誰かのところで立ち止まるわけではないと信じてほしかった。空が曇り、雨がざあざあと降り始めた。サーラは屋上のドアに所にいたが、アマルは濡れるのも厭《いと》わず雨と戯れていた。サーラを呼び、一緒に雨と遊ぼうと言った。サーラは声を張り上げて言った。

「私、雨は嫌いなの」

昔は好きだったけど、と後から小さな声で付け足した。サーラは無理やりアマルを家の中に入れた。

「風邪ひくわよ。お母さんに恨まれちゃう」

アマルは言った。

「あの人は私が誰を大事にしてるかを知るために私の心の中を知ろうとはしないわ。もう家に帰るわ。悩みごと全部なくなったみたい。ありがとう、心の底から感謝するわ。いつも神様があなたを幸せにして、心に静けさと安寧を与えてくれますように。悪い人や憎しみを遠ざけてくれますように」

サーラは言った。

「待って、服を着替えた方がいいわ。そしたら行っていいから」

「ほんとに心配してくれてるの？　それとも同情？」

サーラは手を頭に当て、言った。

「あなたまだ子供ね。小さい子供には優しくするけど、あなたちがうじゃない」

アマルは笑った。

「大好きよ」

サーラは固まった。何と言ったらいいかわからなかった。アマルは言った。

「顔が赤くなってるわよ。恥ずかしいの？」

「私が怒る前に帰って」

お祖母さんは立って遠くから二人を見ていた。

「あの子かわいそうにねえ」

サーラはアマルを車まで送った。アマルが言った。

「ありがとう、話を聞いてくれて。今まで嫌わないでいてくれてありがとう。私本当にあなたをどう表現したらいいかわからない。時々いい人だし、でも私のことを憎んでいるみたい」

「時間が経てば人の本質はわかるわ。心に従うのよ。誰かに言われることじゃなくて。わかった？」

「うんわかった、おねえちゃん」

サーラはアマルに愛情深くほほ笑みかけると、球根のことを思い出した。

「ちょっと待ってて」

急いで走り、探しに行くと、果たしてそれはベッドの下にあった。渡すと、アマルは驚いて言った。

「何これ？」

「球根よ、植えてね。プレゼントするわ。花が咲いたら気に入ると思うわ」

アマルの目に喜びが広がった。言葉にならないほど感謝した。そして、窓を閉めると、帰って行った。

サーラが台所に行くとお祖母さんがいて、料理をしていた。

「こんな時間に誰のために作ってるの？」

「お前だよ」

「お腹空いてないわ」

「いや、絶対空くね」

「わかった、お腹空いたわ。なんでかわかんないけど、アマルと会うとあの子、私みたいな感じがするの。姉妹がいて日常のことをしゃべれたらいいなとか、一緒に買い物に出かけたり喜んだりできたらいいなとほんとに思うわ」

「一人でつらいのかい」

「あの子がかわいそうだって言ったでしょ。大きな愛も、素敵な優しさも失っているのよ。私にはおばあちゃんがそれを与えてくれる」

「じゃああの子を助けてやりなさい。隣にいて、一人にしないことだ。世界は大丈夫だって感じさせてやるんだよ。頼まなくても与えてくれる人が、愛してくれる人がいるんだって思わせてやるんだ。神様のことも見返りを求めずに愛するひとがいるんだってね」

「おばあちゃん、私わかんないわ。私が経験してきたことがあの子を傷つけるんじゃないかって心配なの」

「お前は私が何を言いたいかわかってるはずだよ」

お祖母さんは言った。

「それにアマルはお前を見捨てることは絶対にない。友達っていうのはつらい時も嬉しい時もいつもそばにいるもんだ」

「小さいときにお母さんが言ってくれたこと思い出した。『サーラ、いつか誠実な友達が見つかるよ。お前を愛して助けてくれ、どんなときもそばにいてくれる人がね。その時を待ちなさい。そういう真の友達が現れるまで生き続けるのよ』って」

　お祖母さんは言った。

「お前の母親のことはよく知っている。お前を生かすために自分を犠牲にしたんだ。お前が自由でいて、願いを叶えられるようにね」

　サーラは冷たく言った。

「願いって何の願いよ。私には目的がひとつあるだけ。私の心とお母さん、村を燃やした奴を見つけるの」

　サーラの手を見た後、お祖母さんはサーラを見て言った。

「なんてことだい、また元に戻ってしまった」

　サーラは言った。

「おばあちゃん、冷たい水持ってきて」

　サーラの目は燃え上がり、心臓は強く鼓動していた。お祖母さんは言った。

「どうしたんだい」

「怒るとこうなるの。ちょっと待ってて」

　サーラは両目を閉じ、立ち上がり、歩き始めた。そして突然稲妻のように消えた。ドアの後ろにいた何者かがサーラを捕まえたのだ。サーラは怒って言った。

「私の家で何をしてるの？　こんなことして恥ずかしいと思わないの？」

「やっとお前を捕まえた」

「あんたたち何者なの？」

　男が笑うと牙が見えた。

「我々はいつかお前を人間でないものにしようとしている者だ」

サーラは屋上に飛び上がると、男を右手の平で殴った。

「私行かない。私は人間よ」

男は立ち上がると、服を整え、口から流れ出る血を拭いながら言った。

「そう、お前は人間だ。しかし今や我々の仲間だ。人間はお前を歓迎しないだろう。お前をこの世界から追放するだろう。お前の目が証拠だ。お前の体や肌の色、声色、すべてがそうだ。お前は変わり始めている。いずれ人間である自分が嫌になるだろう」

サーラは男と戦い始めた。手首からナイフを取り出した。それは青く輝き、苛立って激しく殺しあった。男は空高く飛び、ナイフは手首から消えた。

「あとで会おう、獣め」

サーラに人間らしさが戻った。お祖母さんはサーラが疲れで喘《あえ》いでいるのを見た。その場はまるで悪意に満ちた戦場のようだった。

「いつになったらこの憎しみや闘いは終わるんだい。お前が心配だよ」

サーラはお祖母さんの手を握って言った。

「これを恐れてたのよ、おばあちゃん。中に入ろう」

アマルはマージドと携帯で話していた。

「もし父親がそうなら、明らかだわ。あの子認めたもの。ずっとそうじゃないかと思ってたけどはっきり言ったわ」

サーラは窓越しに、喘ぎながらマージドを見た。彼は入ってこようとしていた。サーラにアマルからメッセージが届いた。人生の友を見つけた、とあった。サーラは複雑な気持ちになった。アマルからの愛情を感じたからだ。

「残念だけどもう夜遅いわ、アマル」

ドアがノックされた。

「誰?」

するとマージドが俺だ、と答えた。入っていいと伝えると、サーラは言った。

「今までどこに行ってたの?」

「俺に会いたかったって認めるのか?」

「ありえない。頭によぎりもしなかったわ」

サーラはマージドに近寄りながら言った。

マージドの肩に触れると、彼は後ろに下がった。サーラの力が日に日に増していたのを知っていたからだ。

「変なにおいがする。誰か知らない人に会った? 初めて嗅ぐ匂いだわ。ほんとうのことを言って、マージド」

サーラの目は黄色く光った。マージドは動揺して言った。

「いや、知ってるだろ。ここら辺のパーティーはうるさくて人混みがすごくて、他の人に触れてしまうんだ。しかたないさ」

そして心の中で言った。

「家に入る前に香水をつけるのを忘れてたな。くそ、俺はなんてバカなんだ」

マージドはサーラに笑いかけた。サーラは片眉を上げげながらマージドを見て言った。

「なるほど、確かにそうね。でも気をつけないと。背中を見せたらだめよ、刺されるかもしれないわ」

「心配ないさ。今日はどうしたんだ、俺の願いを叶えてくれるのか?」

「人間と住むと注意深くなるし、彼らからたくさんのことが学べる。一番大事なのは誰も信用しないこと」

「どうしたんだ、怖いこと言って。今日はオーラも出てきてる」

「そうね、出してるから。あなたの考えを読もうと思って」

マージドはためらって言った。

「もう行くよ、疲れた」

マージドはドアを閉めた。サーラの手は光っていた。そしてサーラは言った。

「私の人生の崇高な目的を邪魔する奴は全員潰す。アマルは私にあの子みたいな寛大な人間になってほしがってるけど、私はあいつを許せない。あいつを後悔させる。自分が冷血にも犯した全ての罪を後悔させるわ。近いうちに会うんだから」

マージドはお祖母さんと座って、言った。

「サーラが今日変なんだ。気が狂ったみたいだった。自分が怖いよ」

お祖母さんは言った。

「あの子が怖いのかい、マージド」

「もちろんそうじゃないけど、力はものすごいし、もしヒステリックに起こったら俺は殺されるかもしれないですよ」

「何か新しいことはわかったかい？　アマルと話したけど一瞬だったからねえ」

マージドはカバンから装置を取り出し、起動した。

「なんだいこれは」

「サーラに聞かれないようにするためです。あの子は鋭い聴覚と嗅覚を持ってる。目もかなり良いです。真っ暗なところでも見える。あの子の目の変化について調べたんですが、どうも夜行性の動物が持っている網膜を彼女も持っているみたいです。前に話してくれた事件あるじゃないですか、サーラが森でアマルと一緒にいて、自分たちの場所がすぐにわかった、というやつです。真っ暗闇でも足跡が見えた。俺たちみたいな普通の人間には、そんなに強力で鋭い視力はない。まるでコヨーテの目みたいだ。あの子はそういう視力も操るが、この装置はあの子が俺たちの会話を聞けないようにしてくれるんです。振動を発生させてあの子の耳を狂わせるんですよ」

　お祖母さんは手を胸に当てた。

「怖ろしいことを言わないでおくれ、マージド」

「お祖母さん、サーラは俺たちが止めなきゃ時間とともに悪魔になって、血みどろの人殺しになってしまいますよ。俺はお祖母さんを心配させたいわけじゃないけど、これが現実なんですよ。サーラが今経験していることです。俺はいろいろ調べたし、それに……」

　マージドはうつむき、口ごもった。お祖母さんを見ると、彼女は手をマージドの肩に当て、続きを言いな、と言った。

「もしサーラの血が俺たちの血と違うなら、つまり新たな血液型でいわゆるas＋《プラス》という混合型なら、新たな血液型が生まれたことになる。これがサーラを変貌させた原因だ、というのが俺が出した結論です」

「どうやってあの子の血を調べたんだい」

「あの子がアマルを助けたときに検体を採って、専門の病院で検査してもらったんです。レポートが出たので、すぐにここに帰ってきました。あの子の目の色が状況によって変わるのを見て、俺の説は立証されたと確信しました」

　お祖母さんは言った。

「どうやってこんな情報を手に入れたんだい？」

「サーラのためならずっと調べられますよ。ご存知でしょう、俺はあの子が好きだし元の姿に戻ってほしいんです。嫌われてもいい」

「もう部屋に行きなさい。あとで話そう。サーラは今学校があって卒業しなけりゃならないだろ。私はあの子を大学に入れようと思っている。あの子が行きたがっているからね。私は自分の命をかけてでも、あの子が向こうで他の女の子と同じように、普通の人間として生きているのを見たい。あまり時間がないんだよ」

「お祖母さん、あの子は精神面での強力なひと押しを必要としています。過去を、そして今や現在を乗り越えなきゃいけない。あの子は自分に起こっていることに気づいていると思う。賢い子ですからね。気づかないかもしれないが、私はあの子の父親が気になります。父親が何者なのか知らなきゃいけない。サーラだけが父親の顔を知っているんですが」

「あの子は今二つの思いを抱えている。私たちに私生活に干渉してほしくないんだ。もしこのことを知らなかったら、教えてくれなかっただろう。あの子はとても口が堅いし、自分の中に違う世界を持っている。心の中に爆弾を抱えていて、ふさわしい時以外は爆発しないみたいだ」

マージドは部屋から出ると、サーラの部屋のドアを見た。歯ぎしりして言った。

「君をあいつらには渡さない。君のために戦うんだ。犠牲を払ってでも君のために闘うよ、サーラ」

マージドはサーラの部屋のドアの下を見た。まるで明るい光のようだ。近づくと、突然サーラがドアを開けて言った。

「なんか用？」

「何でもない。早いね、びっくりしたよ」

「そうよ、私人間の姿をした悪魔だもの。近寄らないで」

サーラはドアを閉め、床に座り込んだ。いくつかの動きで自分の力を制御しようとした。そして自分の精神や怒りもコントロールしようとした。

アマルは庭で球根を植えていた。チョコレートをもらった子供のように喜んでいた。頭にはサーラと、サーラに起こったことが浮かんでいた。家に一緒にいた時どうしてあのマークが手首に現れたのだろう。小さなスコップを置くと、胸が激しく鼓動した。アマルは小さな声で言った。

「サーラの身に危険が迫っている。協力してサーラのまわりにある暗号を解かないと。何もしなかったら友達にふさわしくない。彼女が苦しんでいたのは自分自身だったことを思い出した。しかし彼女は自分のやり方に固執している」

父親がほほ笑みながら、アマルを遠くから見ていた。夜のこんな時間に何を植えているのだろう。だがあの子の邪魔はしない。黙ってその場を後にした。アマルは一人で座っているのが好きだった。自分と話して心地よさを感じるのだ。そうすると気分を軽くし、考え方を悪い方からいい方に変えることができると思っていた。そして農作業もアマルをとても幸せにしたし、濁った気分を変えてくれた。

それからアマルは部屋に向かった。ぐっすり眠った。右手を抱きしめていた。初めて安心できた。朝になると、アマルは母親の叫び声を聞いた。携帯を見ると、父親からメッセージが入っていた。

「アマルのことを愛しているよ。放課後、病院に行って検査を受けよう」

アマルは学校に行く準備をした。今日の夕食のパーティーに備えていた。教科書を準備すると、すぐに部屋から出てサンドイッチをたべ、母親に声をかけずに家を出た。母親はパーティーのことに没頭していて、娘を気にかけてはいなかった。父親は寝ていた。アマルはサーラに会うのが待ちきれなかった。母親がアマルを呼び止めて言った。

「ちょっと止まって」

母親はアマルの服や髪型、香水を確認して言った。

「あなたはおしゃれで私みたいに美人ね。母親に比べるとすこしやせてるけど」

「ありがとう、お母さん。褒めてくれて。もう行っていい？」

「行きなさい、いつもそうやって魅力的でいるのよ。あなたの美しさにふさわしい男性を、今日の結婚記念パーティーで見つくろってあげるわ」

アマルは冷たく笑うと、車に乗り込んだ。

「服やおしゃれかどうかじゃなくて私の心に興味を持ってくれればいいのに。変わらないわね、残念だけど」

アマルは昨日サーラに会ったときのことを思い出した。小さな素朴な家だったが、安心できたし、心を乱されず、愛に満ちていた。ずっとあそこに居続けられたらな、と思った。父親からの愛があるから何とか家にいられたが、自分が選んだ男とアマルを結婚させたがっている母親に腹が立っていた。アマルには意見がないかのように母親はふるまっている。学校に着くと、ホダーが彼女を待っていた。アマルの右手をとると、隣で歩き出した。ホダーは言った。

「悪魔のサーラはどう？　なにかあった？」

アマルは言った。

「あなたには関係ないじゃない。サーラのこと助けたくないんでしょ」

ホダーはサーラの手を離すと前に二歩進み、振り返って言った。

「古い伝説に出てくるグリフォンの話知ってる？」

「知らないし知りたくもないわ」

「あらそう。もうじきグリフォンのマークがサーラの手首に現れるわ。私もうあなたたちを手伝わないから」

「どういう意味？」

「あなたのために調べてあげたの。グリフォンは強い異常な女の子を選ぶのよ。私サーラが選ばれたんだと思うわ。他にも秘密があるの。グリフォンは産卵の時、孵化《ふか》するときまで自分たちを守ってくれる人を選ぶのよ。サーラに聞いてみなさいよ。もっと詳しく教えてくれるわ。私とは話したくないんでしょ。これで私の義務は果たしたから。じゃあね」

ホダーは自信たっぷりに姿勢よく歩き出した。彼女はサーラを見た。サーラは鋭くにらみ返してくる。サーラの顔はほとんど人殺しのようだった。サーラは奴らに勝てるのだろうか？　視線をアマルに向けると、彼女は教室に入ってこようとしていた。サーラはアマルの肩を掴むと、言った。

「いつもホダーといっしょにいるのね。あの子の汚らわしさのせいで吐きそうよ」

アマルはほほ笑んで言った。

「あなたがホダーと喧嘩していることは私には関係ない。あなたたちトムとジェリーみたい。今は喧嘩しているけど最終的には友達になるんだから」

サーラは叫んだ。

「あなたにしてみたら私たちアニメってこと？」

「ただの比喩よ。二人を仲直りさせたいだけ」

サーラは目を見開いて言った。

「仲直りって何を？　アマル目を覚まして。私あの子とは比べ物にならないわ。わかってる？　それに私あなたの友達でもないし」

「怒らせちゃった？　後ろを歩いたほうがいいかしら」

アマルはホダーに言われたことを思い出した。サーラの手首を掴んだが、グリフォンはまだ現れていなかった。

アマルはサーラに突然言った。

「卵を守ってるの？」

サーラは唾を飲み込むと、口ごもった。

「卵って何？　何を言いたいのかわかんないんだけど」

アマルは片眉を吊り上げた。

「はぐらかさないで、質問に答えてよ。卵を持ってるの？」

「この話はおしまい。遠くに行こ」

サーラはアマルを図書室に連れていった。本に囲まれて座ると、サーラは低い声で言った。

「誰に聞いたの？」

「それはどうでもいいじゃない、答えて」

「ええそうよ、三つ持ってる。小さいときに興味をひかれたの。でも誰が置いていったのかわからない。おかしいのよ、孵化しないのに毎年1センチずつ大きくなってるの」

「どうやって手に入れたの？」

「わかんない。村で見たの。おばあちゃんが初めて私のところに来た時、私の近くにあるのを見つけたのよ。寝てるときで、大きな満月の日だったわ。誰にも見られないように隠して家に持ってきたのよ。触ると冷たく光るの。本にはそれはグリフォンの卵だって書いてあったわ」

「その生き物が面倒を見てもらうためにあなたを選んだのよ、サーラ。見てみたいんだけど、良い？」

「情報が多すぎるわ。わかった。好きな時に家に来て。さあ、教室に戻ろう。遅刻したら先生に怒られるわ」

ホダーは遠くから二人を見ていた。毒蛇のように獲物が落ちてくるのをまって、丸のみするのだ。

休み時間になった。サーラはアマルを見ると、彼女は前に一人で座っている生徒のことをじっと見ていた。サーラは言った。

「あの子のこと考えてるでしょ」

「うん。学校に来てから、そしてこのクラスに来てから、あの子が誰かと話してるのを見たことないの。他人と関わらないのね。誰もあの子のこと知らないわ。怖いくらい」

「あの子の事情があるのよ。かわいそうだと思うわ。1年前からこうなの。私がこのクラスに入ったときはこんなんじゃなかった。もっと明るかったのに、あの悲しい事件から変わってしまったのよ」

「何があったの？」

サーラは立ち上がった。

「本人に聞いてみたら？　あの子のことは私には関係ない」

アマルは立ち上がり、その生徒のところに行こうとした。

サーラがアマルの右腕を掴んだ。

「あの子のこと信じるの？　やめといたほうがいいわ。近寄らないほうがいい」

アマルはサーラの手を振り払いながら言った。

「行って助けが必要じゃないか聞いてくる。私がいるんだから」

サーラは笑った。

「ばかね。あなた周りの人全てのそばに立つ天使じゃないのよ」

「天使じゃないけど、人間は助け合うものでしょ。弱肉強食の世界にいるわけじゃないんだから」

「いいえ、弱肉強食なのよ。世界中の政府がそう望んでいるんだから。世界で起きている戦争とか宗派争いとか知ってるでしょ」

「政治も利権も関係ないわ。誇れることや幸せになれることだけをするの。あなた真の幸せを味わったことないのよ。いままで見知らぬ人への人助けなんて考えたことないんでしょ。私は死んだ後も人に良く言われたいだけ。人生で興味あるのはそれだけよ」

サーラは言った。

「最高に素敵な話ね。神様が望みを叶えてくださるといいわね、だって愛や善い行いしようとしているんだから。会う人皆に喜びの香水をかけてあげようとしてるんだものね」

　サーラは腕を胸に当てて言った。

「話しかけてきたらいいわ」

　サーラは小さな声でアマルと言った。アマルはゆっくり彼女の方に近づくと、隣に座って、ホールという名の生徒を見た。彼女は大声で言った。

「あっちいってよ、私に構わないで、ばか」

　アマルは立ち上がった。怖がっていた。サーラを見ると、肩をすくめていた。アマルはサーラのところに来て座り、顔を覆って言った。

「私どうして他の人のことに首をつっこんじゃうのかわかんない。人が悲しむのを見たくないのよ。私ってなんてばかなんだろう」

　サーラはアマルの右肩に手を置いて、言った。

「人に干渉しないことよ、お嬢さん。それぞれの人生があるんだから。干渉されたい人なんていないわ。あの子のこと教えてあげる。あの子はね、すごく好きな人がいたんだけど、あの子を残して外国に行ってしまったのよ。それだけよ」

「ほんとに？　でもどうしてあんなに悲しがっているのかしら。向こうも彼女のこと愛していたら戻ってくるでしょ」

「ちがうの、その人は別の人と結婚しちゃったのよ。新聞で結婚式の写真見たわ。彼はオランダの著名人の一家の出だから。あの子は簡単に振られるなんて思ってなかったのよ」

　そして続けた。

「別れる口実として、彼の家族は社会的地位のない家とは婚姻を結びたくないって言ったのよ。資産がすくないのに資産家の男と結婚するのを良しとしなかったの」

アマルは笑った。

「それは皮肉ね、彼は真の男じゃないわ。あの子は遊ばれただけよ。その男は人の心がないのね」

サーラはアマルに耳打ちした。

「あの子が自分が何をされたかわかったとき、どうしたか知ってる？」

「何？」

「彼の家に行って彼の部屋に火をつけたのよ。５万ユーロ以上かかったらしいわ。まるでお城みたいな家で、損害はすごかったらしいわよ。あの子結婚式の部屋を知ったとき、激怒して、美しい服やそこに置いてあった花嫁のアクセサリー、服、靴、彼女が実家から持ってきたものすべて燃やしたの。そんなことしても嬉しそうじゃないわ。頭おかしいわよ。あの子の家でパーティーがあって、クラスの子全員行ったんだけど、彼女の心は癒えなかった。かわいそうに、彼が時々この街に来ているのを見かけては泣いてるわ」

アマルは言った。

「あの子のこと監視してるの？」

「そんなわけないじゃない。小さい街だから全部筒抜けなの。それに私の力知ってるでしょ」

「そうね」

「よし。お嬢さん、あの子はほっといて。時間が経てば強くなるわ。そして誰があの子のために一緒にいてくれるかわかると思う。これはあの子の悲しみで、運命は変わらないわ。運命が彼女を変えるのよ。いずれわかるわ」

アマルは言った。

「あの子のこと助けたの？」

サーラは頬杖をついた。

「助けなかった。約束を破ったり人を傷つけるのは嫌いだもの。あの人がアムステルダムに戻ってきたって知って、そうなったわ。知りたい？　結婚して1年経ってから二人はもめたの。この結婚は単なるお金目当てだったから。感情を捨てて、お金が幸せだと思っていたの。お金は手段であって、最終目的ではないことに気づかなかったのよ」

アマルは言った。

「そうよ。そういうの見てきたわ。私この言葉が好きなの。『心を人に明け渡すな、人の心を居場所にせよ』」

サーラは答えた。

「私はこの言葉が好きなの。よく聞いて。『自分に満足するのは心地よいことだ。他人の心のために自分をすり減らすな。他の人のために自分を傷つけるな』」

アマルはきっぱりと言った。

「これも聞いて。『心の道から障害物を取り除くことが一番の褒美だ。一番大変なのは目の前の道から障害物を取り除くことだ』」

サーラは拍手した。

「それいいわね。でも誰も心の障害物を取り除けないわ。むしろそれを求めてもてあそんで、息が詰まっていると思う。聞いて、『人は汝の欠点を銅に彫り、美点を水に書きつける』なんか文学の授業みたいね」

二人とも相手を黙らせたかった。アマルが答えに窮し、話題を変えた。立ち上がって生徒たちに言った。

「みんな、うちの両親の結婚記念日のパーティーに招待するわ」

アマルはサーラを見ると、出席するように言った。サーラはアマルのために了承した。サーラはつぶやいた。

「胡散臭いパーティーね」

ホダーはイサームに知らされ、アマルに会うためだけに承諾した。サーラも確実に出席することはわかっていたが、喧嘩するいい機会だと思った。

アマルは父親と病院に向かっていた。アマルはとても怖がっていた。採血され、検査が終わり、医者の部屋から外に出た。アマルは父親に言った。

「お願いよ、私の病気を追い払って。周りの人に知られたくないの。お父様が私と一緒にいてくれて嬉しいわ。それだけで気持ちが軽くなる」

父親は言った。

「神様に託そう」

「サーラのところに送って行ってほしいの」

父親は送っていった。

サーラは街中を歩いていた。家に着くと大雨が降りだし、お祖母さんがドアのところにいるのが目に入った。六十がらみの知らない男と話していた。近づくと、お祖母さんに言った。

「誰？」

男はサーラに目を向けると、ほほ笑んで言った。

「大きくなったな。すっかりおねえさんになって、若い雌ライオンみたいだ」

サーラは男の答えが気に入らなかった。

「誰？」

お祖母さんが言った。

「わからないのかい、今日出所したんだよ」

「誰のこと？」

「お隣のエリザベスさんの息子さんだよ」

「誰が借金を返してくれたの？」

「わからないんだよ。息子さんも知らないそうだ。お礼を言いたいからとしつこく頼んだけど、教えてもらえなかったそうだよ」

男が言った。

「どうやってお礼をしたらいいかわかりません。こんな素晴らしいことをしてくださって……。私の苦痛は解放されました。神が彼らの苦痛を解放し、永遠に幸せにしてくださいますように。彼らが私にしてほしいことがあれば何でもします。母を一目見たとき、母は椅子に座っていましたが、その両腕に飛び込みました。手や足にキスをしました。どんなに幸せだったことか。こんな日が来るとは、まさにこの場所で母に会えるとは思っていませんでした。希望を失って、もう二度と出られないんじゃないか、二度と家族と一緒にいることはできないんじゃないかと思っていたんです。母は私の出所にとても喜んでいます。私も自由になれて嬉しい」

サーラは後ろに下がると、携帯をカバンから出してアマルに電話した。アマルはすぐに出た。サーラはアマルに大声で叫んだ。

「あなたの仕業《しわざ》ね」

アマルは驚いて言った。

「何のこと？」

「知らないふりしないで。私が話したあの男の人の借金を肩代わりしたでしょ」

「ええ。私がやったわ。神様が私にお金を恵んでくださったから。神様がその方の苦痛を解放するために使わせてくださったのよ。いつか私の苦痛も解放くださるわ。その方の幸せが私の幸せよ。『友情のために手を下ろせ。首にかかった災いのひもが緩むだろう』。必要な時に見捨てられたの」

サーラは言った。

「何のこと？」

サーラは電話を切ると、壁にもたれた。大雨が降っていた。座ってアマルがした善い行いのことを考えていた。そして彼女の心にある慈悲について。

「今まで善いことをすることが人を安らかに安心させるなんて思わなかった。アマルは良い子すぎるんだろうか、それともそういう性格で、知っている人も知らない人も助けてしまうのだろうか？」

サーラは家に戻った。お祖母さんが涙を拭っていた。

「どうして泣いてるの？」

お祖母さんが詰まった声で言った。

「あの人が家族といるところをもう一度見られるとは思っていなかったからねえ。お孫さんはあの人を見た瞬間に大泣きしていたよ。こんなことってあるかい。それで一緒に泣いて、帰ってきたんだよ。誰がこんなことしてくれたんだろうねえ。一番幸せな人で、善い行いをなさるんだろうね。心を幸せにする。これが寛大さであり、与えるということだよ、サーラ」

サーラは言った。

「私夢の中にいるのかしら？　本当にそんな寛大で愛情深い人存在する？」

「するんだよ。たくさんいるけれど気づかないだけだ。目の前に現れる人は少ないからね。他の人はこっそり神様のためにやるんだよ」

サーラはため息をついた。自分の部屋に入ると心の中で言った。

「お母さんが死んでから、誰かのために何か善いことをしようなんて思わなかった。自分のことだけ考えて、自分の体の秘密やこの苦しみの秘密を解くことだけを考えてた。くそ、お母さんは私が何かしてあげるのに値する人だった。私はただの女の子でこの人生には何の価値もないけど、お母さんは違う。どうやって善いことを言ったりしたりできる人間になるか考えないと。喜捨によって私の苦痛や悩みは除かれるんだわ。アマルは良い教訓を与えてくれた。人生はまだ大丈夫だって」

サーラは枕の下からネックレスを取り出した。電話が鳴った。アマルからで、彼女はこう言った。

「今から行きたい。話の続きがしたいの」

サーラは驚きながら言った。

「わかった。待ってるわ」

ドアがノックされた。マージドだった。

「パーティーには行くのか？」

「なんで知ってるの？」

「お祖母さんさ。ドレスを持ってきたよ。きっと似合うだろう。ピンク色だよ」

「この色はいや」

「他の人は気に入ると思うよ」

「わかった、着るわ。アマルが来てほしがってたから」

「いつもと違うことをしてみるのもいいことだ」

アマルはサーラの家に着いた。マージドが出迎え、褒めたたえた。アマルはいそいでサーラの部屋に入ると、サーラはドレスを試着していた。アマルはサーラを見て言った。

「うわあ、とっても素敵ね。マージドが夢中になるわよ」

「もう一度言ったらたたくわよ」

サーラは服を着替えてアマルのそばに座った。そして卵を三つ取り出すと、身に着けているネックレスを見せた。アマルは言った。

「わあ、どうやって隠してたの。首にかけてたなんて」

アマルはそれに触れて言った。

「すてきだけどちょっと変ね」

卵を掴むとサーラは本を取り出した。

「本はこれしか持ってないんだけど、これだけが役に立つの」

「この卵は動くの？」

「ううん、ただ光るだけ。いつ孵《かえ》るかもわかんない。混乱するわ」

「卵をネックレスの周りに並べて、床の上に置いてみて。何が起こるか見てみましょう」

「いいわ」

二人は床に座って、卵とネックレスを置いた。アマルはサーラに右手を卵の上に置くように言った。ひと押しした。サーラは恐怖の目でアマルを見た。なにかが起こるのではないかと怖がっていた。アマルは言った。

「サーラ、勇気を出して」

サーラは手を当てて、目を閉じ、深く息を吸い込んだ。アマルは言った。

「力を抜いて」

すると突然、グリフォンのマークが手首に現れた。

「一体何が起きたの？　これは魔法？」

アマルは言った。

「ちがうわ、あなたこのネックレスと卵と繋がってるのよ。あなたも輪っかの一つで、繋がってるんだわ。わかった。これは隠して調査に戻りましょう。もっと詳しくなれるように。あとネックレスのことも教えて。偶然見つけたの？」

「違うわ。お母さんがくれたの。10歳のときよ。これで私の力を父親から隠しなさいって言ったの。父親は、私が秘密を暴いたら、私を手に入れようとすると思う。くそ、八つ裂きにしてやる」

アマルは言った。

「落ち着いて。私家に帰ってパーティーの支度をするわ。あなたもそうして」

サーラは言った。

「私のことで何か隠してるでしょ。違う？」

「何も隠してないわ」

「私に力を使わせないで。あなたの考えなんか読めるのよ」

アマルは動揺した。そして誓って何もないと言った。時が来たらすべてを自分のやり方で伝えると言った。

アマルはマージドにすべてを話した。マージドはアマルに、悲しんでる声だね、と言った。

「違う、私サーラのこと心配してるんです。だから私の声が悲しそうなんて思うんじゃないですか」

「そうは思わないな。何かほかに君を悲しませていることがあるんじゃないか？」

アマルはため息をつき、しつこく聞かないでくれと頼んだ。考えたくもなかった。

夜7時だった。参加者たちが到着し、ホダーも来た。完璧におしゃれで美しかった。みんながすてきだと思った。ホダーは短い袖のドレスを着ていて、ドレスの色は赤く、膝が見える短い丈だった。髪はおろしていた。彼女の左側には何人かの青年がその美しさに魅了され、くっついてきていた。

アマルは階段を下りた。黒いドレスを着て、ダイヤのイヤリングをつけ、髪は背中に垂らしていた。参加者たちは思わず見惚れた。アマルは客人にあいさつした。母親が来て、ある女性にアマルを紹介した。アマルは母親に耳打ちした。

「この人が花婿さんのお母さん？」

母親はほほ笑んで言った。

「どうしてわかったの？」

「この人しか紹介されてないからよ。お母様、あなたの試みは成功しないわ。わかった。話すわ。私は政略結婚はしたくない。お父様も私が嫌がる人とは結婚させないわ」

母親は怒ってその場を去った。アマルはサーラに電話した。

「どこにいるの？　まってるわよ」

サーラは今向かっていて、マージドが車で送ってくれていると言った。サーラは後部座席に座りながら言った。

「どうして送ってくれるの？　私一人で行けるわ」

「こんなにきれいだから男の目が心配なんだよ。道行く人みんなが喜んじゃうだろ」

サーラはマージドをカバンでたたいた。

「私を痴漢の簡単な獲物だと思ってたわけ？」

「ちがうよ、君が強いのは知ってるけど用心するに越したことはないだろ。ほら着いた。気をつけてな、サーラ。みんなの視線が心配だよ」

「心配しないで。おばあちゃんが神様に祈ってくれたから大丈夫」

サーラは続けようとしたが、ためらい、左を見ながら言った。

「ありがとう」

マージドは目を見開いた。

「今なんて言った？」

窓に近づくと、顔を出して言った。

「もう一回言ってくれ」

サーラは歩き出し、「絶対いや。一回しか言わないし、もう一回はないわ」と言ってほほ笑んだ。マージドはアマルのおかげだと思い、彼女に感謝した。

ホダーが来てアマルと話し込んだ。

「あれはどこ行ったの？　あなたのネックレス、すてきだったのに。お母さんは失くしたこと知ってるの？」

アマルは笑い声をあげ、母親を見た。彼女は客人と話していた。

「あの人そもそも私にかまわないから。興味もないし自分があの時ネックレスをあげたことなんて覚えてないわ」

「アマル、盗まれていたとしたらどうする？」

アマルはホダーを見た。

「どういう意味？　誰かを疑ってるの？」

「誰かに利用されて、盗られたんじゃない？」

アマルは後ろを向いた。サーラがうしろに立っていた。そしてアマルの方に歩いてくるサーラを強く抱きしめて言った。

「なんてきれいなの。このドレスもおしゃれでセンスがいいし、長い髪も焦げ茶色で、ほどいて肩のあたりに垂らしてあげる。ほんとにきれいね。うわあ、ほんとに最高、あなたの絵を描いてくれる芸術家はいないのかしら？」

「おおげさよ、私普通だから」

アマルは言った。

「男の人たちの視線で食べられちゃいそうね。マージドが嫉妬するわ」

サーラはほほ笑んで、声を抑えて言った。

「あなた以外誰も知り合いがいないから場違いな感じがするわ」

するとホダーが言った。

「私がいるわよ」

ホダーはあいさつしたが、サーラは手を出しもしなかった。アマルがしつこく頼み、3人一緒に座ることをサーラは了承した。サーラはホダーに話しかけなかった。アマルだけが二人と話した。

「パーティーどうかしら？」

ホダーが言った。

「すてきね」

サーラは言った。

「私パーティーは好きじゃない」

アマルは言った。

「無理やり来させてごめんね」

サーラは言った。

「そういう意味じゃない。でもほんとに好きじゃないのよ。あなたがいるから来たの」

アマルは手をサーラの手に重ねた。ホダーは二人を見て言った。

「あなたたち何があったの？　私は蚊帳の外？」

サーラは言った。

「あなたなんかどうでもいいのよ、この嘘つき」

ホダーは言った。

「私がいつ嘘ついたっていうのよ」

アマルは立ち上がって言った。

「お願い、二人とも今夜は喧嘩しないで。今日だけでいいわ。面倒ごとはごめんよ。すぐ戻ってくるから、私のために二人ともおとなしくしててね。サーラお願いよ」

サーラは言った。

「あなたのために我慢するわ」

アマルは少しその場を離れた。二人は憎々しげに睨み合った。ホダーは言った。

「こんなパーティーに来るなんて厚かましいわね」

「あの子のために来たのよ。あんたには関係ない」

ホダーは意地悪に言った。

「今ネックレスもってるの？」

サーラはホダーを見た。

「それを聞いてなんて言ってほしいの？　あなたがあのカスを寄こしたんでしょう」

ホダーは笑った。

「そうよ、あなたが持ってるって確かめたかったの。無事かどうかね。あなた自分の命みたいに大事に守ってたらしいじゃない。素晴らしいわ」

サーラは言った。

「あなたってほんとずるがしこいわよね。あなたがアマルを助けたって言ったらしいじゃない。あの子のために何もしなかったくせに」

ホダーはサーラの手を見た。

「あのマークはどこ？」

「あなたが怖くて逃げたわ。あなたの力に恐れをなしたのね」

ホダーは笑った。

「いいわ、真実はいつかばれるし、皆あなたから逃げ出すわ」

「わかってるし気にしないわ。おばあちゃんとアマルは私のことを好きでいてくれるから。知り合いから愛されなくても、二人が近くにいてくれればそれで充分よ。それだけで人間にも心があるっていう希望と望みをくれるから」

　ホダーは言った。

「あなたが変身したのは自分の意思じゃないって知ってるわ。それで得する人がいるんでしょ」

「私のこと調べたの？」

　ホダーは言った。

「あのかわいい純粋さんに手伝うように頼まれたの。そういえばマージドも調査に加わってるわ。私はあなたに興味ないけど。奴らはグリフォンに出てきてほしくないと思うの。他の獣があなたの中に存在してるんでしょ。あなたは善も悪も持ってて、細い糸がその二つを分けている。奴らは悪の部分を欲しがっていて、恥を目覚めさせてがってる。未だにどうしてかはわからないけど」

「人間はみんな二つの種を持ってる。善の方に水をやって、育てて、大きくして、人に広めるの。悪い方は周りのもの全てを燃やす」

　サーラは突然ホダーの過去を掘り返し、挑発しようとした。

「何年か前の友達との話、忘れたの？」

　ホダーはアマルを見た。彼女は話に夢中だった。

「グユームはほんとに雲で、私の人生で暖かいものだった。でもあの子は残るより去る方がよかったみたい。あの子がいなくなったことをやりすごせなくて、とてもつらかった。そしてあの子を嫌いになった。多分あの子は私が許せる唯一のものだった。私の父が死んだとき、そばにいてくれたし、どうしてあんなに暖かくて優しいんだろう。あの子のおかげで父の死の衝撃が和らいだの。どんなに私があの子を必要としていたか。あの子は数週間私と一緒にいた。神様とあの子がいなかったら、今頃頭がおかしくなっていたと思う。あの子にやり返そうとは思わない。こんなに良くしてくれたんだし、不信心にはなりたくないから。あの子のお父さんに起こったことを知っても、ざまあみろとは思わなかった。世界は回っているし、それを考えると気が楽になる。あの子が幸せな人生を送っていればいいと思うわ。そしてもう会いたくない。あの子は友情の誓いを破ったのよ。あのつらい過去をもう一度経験したくはないわ」

サーラは言った。

「あなたの家族についていろいろ噂があるでしょ。そのせいであの子あなたから逃げたのよ」

ホダーはサーラを見た。

「私の家族を嗅ぎまわってるの？」

「ちがうわ。でもあなたの家族、マフィアややくざと強いつながりがあるんでしょ」

ホダーは怒って言った。

「ちがう、ぜんぶでたらめよ。あの男が私たちの人生に登場して、そのせいでこうなったんだわ。うちの家族は男気があって誠実だって有名なんだから。何も知らないくせに、黙っててよ」

サーラはずるく笑った。

「私はあなたの過去全部知ってるのよ。でもまだあなたのお母さんの再婚相手には会ったことないわ。名前はなんて言うの？」

「あなたには関係ないでしょ。でもいつかわかるって約束するわ。近いうちにね。あいつほかの人みたいに後悔するわ」

ホダーの目は毒蛇のようで、サーラを見た。サーラは言った。

「私のこと言ってんの？」

「あなたの父親はどこにいるの？　まだ生きてるの？」

　サーラはアマルを見た。

「あなたには関係ないでしょ。グユームがアムステルダムに戻ったみたいね。私に連絡してきたわ。どこであの子を見たか知ってる？　何日か前に学校の周りをうろついていたのよ。あなたのことを探してたんだと思うわ。私以外はあの子に気づいてなかった。あの子と少し話したわ」

　ホダーは怒っていた。

「何よ？」

「嘘つかないでよ」

　サーラはカバンから写真を取り出して言った。

「見て。あの子でしょ？　戻ったのよ。写真撮ったの、あなたに見せようと思って。あなたがいつもそうして私を苛《いら》つかせるみたいにね。あの子のところに行かないの？」

　ホダーは写真を見つめ、父親が死ぬ前の美しい過去を思い出した。グユームはホダーや父親を訪ねてきたものだった。ホダーはグユームのことが大好きで、いつも父親は言っていた。

「グユームはハッサンの奥さんになる。二人がおおきくなったらな」

　ホダーは恥ずかしい反面嬉しかった。グユームはホダーに、それはいいわね、私常にあなたのそばにいたい、離れたくない、と言った。サーラは言った。

「もしもし？」

　ホダーの手から写真を取り上げると、ホダーは言った。

「私の傷口を開いたわね。心の墓場に埋めて忘れたと思ってたのに。神様、どうしてあの子はここに来たんですか？　せっかく全部忘れてたのに」

サーラは言った。

「忘れないで。あの子はあなたの心にいる。あの子があなたを傷つけたことで、あの子はあなたの心にまだいるのよ。何年も経ったのにまだ忘れてないんでしょ。一つの状況だけでも過去に戻れるわ。まるで昨日のことみたいにね。起こってしまったことだし、少しは痛みも飲み込みなさいよ。毎回私のことを飲み込んでるみたいに」

ホダーはうしろを振り向いた。ハッサンが呼んでいた。

「どうして遅れたの？」

ハッサンはアマルを見て言った。

「すごく忙しかったんだ。それでこの通りさ」

ハッサンはサーラにあいさつすると、姉の横に座り、アマルを見続けていた。サーラは言った。

「どうしてそんな風にアマルのことを見てるの？　目であの子のこと食べる気？」

ハッサンは恥ずかしくなった。ホダーは言った。

「この子私より2歳年下なんだけど、私より背も高いし、何もかも私より良いわ。それに優しいの」

ハッサンはホダーに言った。

「やめてよ。僕は大したことない人間だよ。もしお姉さんが言うような人間なら、あの人も僕のことを見てくれるはずさ」

ハッサンはまだアマルを見ていた。ホダーが言った。

「いつかあなたのこと見てくれるわよ。心配しないでいいわ。まだ付き合うには早いんだし」

「たしかにね」

そしてホダーに耳打ちした。

「今日グユームを見たよ。そしてお姉さんのことを話した」

ホダーは歯ぎしりした。

「あの子何がしたいのかしら？　感情ってものがないの？」

「グユーム、お姉さんと話したがってたよ。自分がしたことを申し訳ないって言ってた」

「あの子のこと話したら二度と話さないから。あの子は死んだと思ってる」

「ホダー、落ち着いてよ。グユームはお姉さんに説明したいだけなんだ。それから判断したらいいじゃないか」

「ハッサン、あなたグユームがどんなに私の心を殺したかわかってない」

「ホダー、ふたりともまだ子供だったじゃないか。グユームはもう大人だよ。本当に自分のことを軽蔑していた。お姉さんにしたことに対してね。そしてお姉さんを失いたくないと思ってる」

「何？　あの子私を捨てた時から、私を失ってるわよ。私あの子を雨の中公園で待ってたんだから。その時、あの子が私の元から去ったって知ったのよ。あの子の行動や、私の連絡を無視したこと、あの子の父親の言葉、私の家族をあの子の前で傷つけたこと。あの子は私を守るどころか父親の側について、別れも告げず、謝りもせず、行ってしまったのよ。学校ではなんの興味も湧かなかったわ。私たちニコイチだったから。お父さんが死んで、お母さんがあのバカと再婚してから、グユームの態度が変わって、私から離れていったの。私の背中を真っ二つにして、心を枯れさせたの。あの子とあの子の家族の行動のせいで、私は学校で嘲笑《ちょうしょう》の的になった。それからは私の人生はあなたのため、そして継父への復讐のためのものになった。なのに今、あなたは私に簡単に過去を忘れてあの子を受け入れろって言うのね。これはあなたの望みなのね、ハッサン」

「ちがうよ、誓って僕はお姉さんの味方だ。でも僕たち許し合わなきゃ。人間を慎み、善くあれ。ホダー、お姉さんはいい人だよ」

「いいひとでも得しないわ。ただ損するだけじゃない。あの子のところに行きなさいよ。そして、こう言ってやって。『ホダーは死んだ。もしもう一度僕を見かけても話しかけないでくれ。君には興味がないから。もっと大事なことがあるんだ。心の痛みしか得られない関係よりも大事なものがね。君は痛みに耐えなかった。だから僕に許してほしい、過去のことは忘れてほしいって言うんだろ』」

ハッサンは言った。

「頑固者は損するよ」

ホダーはハッサンを見た。

「お父さんを失って、お母さんを失って、これ以上つらいことがある？」

サーラは言った。

「なに人前で喧嘩してるの？」

ホダーは言った。

「あなたには関係ないでしょ。あっち行って」

二人は話し続けた。

「あなた、私みたいに兄弟いないのね」

ホダーの言葉がサーラの心を燃やした。ハッサンがささやいた。

「どうしたんだ、こんな風に人と付き合ってちゃだめだよ」

サーラは言った。

「私、妹いるわ。アマルよ」

ホダーは言った。

「あなたたちの姉妹関係はいつまでつづくかしらね」

サーラは右を向いた。マージドがそばに立っていた。サーラは立ち上がった。

「どうしてここに来たの？」

「僕にいてほしいと思うよ。わかるんだ。慣れない環境にいるから問題が起こると思って。もし喧嘩が起きたら僕をいつでも頼っていいんだよ」

「あらゆる場所を嗅ぎまわってるの？」

マージドはサーラの向かいに座った。アマルを見て言った。

「ほんとに美人だなあ」

ハッサンがマージドを殴って言った。

「彼女に何か言ったら目をくり抜いてやるからな」

マージドは笑うと、両腕をテーブルの上に置いた。

「どうだい、喧嘩してるか？」

二人はお互いを見た。ホダーが言った。

「殴ったら私が勝つわ」

サーラは言った。

「そうはさせないわよ」

マージドはため息をついた。

「どうしていつも喧嘩してるんだ？　ダーヒスとガブラーの戦いみたいだ」

ハッサンは笑って言った。

「二人はこうなんですよ。僕はアマルが二人の心を開いてくれると思ってる」

二人は同時に言った。

「ありえない」

マージドは言った。

「嫌悪のあとには愛しか残らない」

アマルは女の子としゃべっていたが、遠くから彼らを見ていた。客を放っておくことはできず、話を続けた。

アマルはマージドとハッサンがいて安心した。二人とも知り合いだったからだ。ハッサンは言った。

「ちょっとアマルにあいさつしてくるよ。そしたらテーブルの上の赤い花を持ってくるね」

アマルはハッサンが近づいてくるのが目に入った。アマルが女の子に断りを入れると、ハッサンが甘い声で言った。

「あなたの美しさは僕をいつも喜ばせてくれます。こんなこと言ってすみません、でも気づかないうちに出てきてしまうんです」

「いいわよ。でも繰り返さないでね」

母親が近くに来て言った。

「この子は誰？」

「彼は……」

ハッサンが遮って言った。

「ハッサンと申します。ホダーの弟です。ホダーのことはご存じですよね」

「ええ、もちろん。あなたの家族は有名ですもの。あなたハンサムだけどまだ若いわね」

「はい、歳は若いです。でも精神は成熟しています」

母親はアマルを見た。

「そうみたいね。気に入ったわ」

母親は夫の元に向かった。アマルは言った。

「質問してもいいかしら？　いろいろ考えすぎて死にそうなの」

「なんですか？」

「どうしてホダーはサーラが嫌いなの？　どうして悪意を抱いてるの？」

ハッサンは近くのウエイターからジュースのグラスを取ると、悲し気に姉を見ながら言った。

「ホダーはあなたが思っているような人ではありません。あの人は思ってるよりもずっとすてきな人です。でもいろいろ経験したんです。僕は自分が恥ずかしい。弟なのに姉さんのことを気にかけてやらず、自分のことばかり考えていた」

アマルは言った。

「ホダーがいい子で優しいのは知ってるわ。でも私の周りにいる人を嫌うのよ。ホダーが暗い人生を送っているところを見たくないの。まるで月食中の月みたいだわ」

「姉さんは自分は厳しい人だって言うんです。でも心は粉々です」

「私の質問に答えないつもり？」

ハッサンはため息をつき、アマルを見た。彼女の無垢な瞳を見据えた。

「説明するのは難しいんです。もし答えてほしいならホダーの心に入り込んでください。いつかあなたに話してくれると思います。ごめんなさい、僕は姉さんを裏切ることはできません」

「裏切りじゃないわ。私二人を助けたいの」

アマルはすこし疲労を感じ、ハッサンに言った。

「悪いけど少し部屋に行くわね」

「大丈夫ですか？」

突然アマルの表情が変わり、彼を残して部屋に上がった。サーラはアマルがゆっくり上がって行くのを見て、アマルのところに行きたくなった。しかしマージドがだめだと言った。

「ここにいた方がいい。あの子の母親がどんな目で君を見てるか見てごらん。銃弾のようだよ。問題を起こしたらだめだ」

「でも……」

クラシックが流れ始めた。夫婦で来ている人たちは一緒に踊りだした．アマルはベッドに座ると涙を拭いた。薬を飲んで、化粧を直すと、水を一杯飲んで、休んだ。曲が終わると、立ち上がって深く息を吸うと外に出た。ほほ笑んで、カメラを持つと母親と父親を撮った。二人と一緒に写真を撮り、出席者の写真も撮った。

リーンはホダーとサーラのテーブルに行った。ホダーにあいさつし、たくさんほめると、サーラを見て言った。

「以前会ったことあるわね。あなたの顔見たことあるけど思い出せないわ。あなたが着てるもの、素朴だけどきれいね。お顔はもっときれい」

「あなたの意見はどうでもいいです」

「傲慢ね、失礼じゃない？」

「利口に話さない人にはバカみたいな答えしか返ってこないんですよ」

サーラは心の中で続けた。

「この人がアマルの母親ね。美人だけど偉そうだわ。神様がアマルをこの冷たい厳しい母親から守ってくださいますように。こんな母親いるのね。自分の子供のことに興味がなくて、子供と生活を共にもしないし、自分より子供を愛することもない。でも人間にはこういう人もいるっていういい例ね」

サーラは状況を思い出し、この人が誰なのかわかった。リーンは言った。

「あなたが着てるもの、ほどほどの稼ぎがある人のものね」

サーラは立ち上がった。

「そうです。でも美しい。みんなあなたのために来てくれたんだから、それで十分じゃないですか？」

マージドはサーラの切り返しに喜んだ。

「あなたの高い服はいつか汚れるけど、洗濯すればまた輝くわ。でもあなたの心は汚れたらきれいにできるのかしら？　心がきれいじゃなかったら、どんな服を着てもきれいにはなれないですよね。アマルがあなたから逃げて私のところに来たのも責められないわ」

リーンはサーラに近づき、頬を叩こうとしたが、マージドが止めた。

「もう一度やろうとしたら後悔することになりますよ。我々は客です。尊重すべきでしょう。あなた方の階級ではこういうことは教わりませんか？」

リーンは言った。

「いいわ。あなたに免じて黙ってあげる。あなたとどこで会ったか思い出したわ。道で会ったでしょう」

サーラは自信ありげに立ち、言った。

「そうです。あの子は私です」

「誰に呼ばれたの？」

リーンはホダーに聞いた。

「あなたがこの子を呼んだの？」

「違います。歓迎もしません」

サーラは二人の会話に腹を立てた。マージドとハッサンが言った。

「どうしたんですか、僕たちパーティー中ですよ。みんなに見られますよ。さあ女性の皆さん、落ち着いて、明るくやりましょうよ」

リーンは言った。

「こいつをここからつまみださないと」

サーラは言った。

「私はアマルのために来たんです」

マージドがサーラの手を掴み、ごにょごにょとつぶやいた。サーラは言った。

「何言ってるの？」

「怒らないでって言ったんだ。お願いだよ、皆が見てる。責められるぞ」

「おばあちゃんのせいよ。私を説得したんだから。無理やり来たのに」

「高慢な態度はやめるんだ。アマルのために来たんだろ。あの子の頼みは何でも断らないだろ。僕にはわかる。あの子のことなら何でもＯＫするだろ」

サーラはマージドを見た。右手を背中に当てると、熱を感じた。

「ごめん」

「馬鹿げたことを言ったら燃やすから。よく考えてよ。この女が原因でしょ。アマルはよく我慢できるわね」

ハッサンが言った。

「どうしてサーラを攻撃するんですか？　サーラはいい子ですよ」

ホダーがハッサンを叩いた。

「黙りなさい。誰があの子の弁護士になれって言ったのよ」

リーンは後ろを振り返り、アマルを呼んだ。アマルはリーンの方に向かった。彼女の心臓はばくばくしていた。

サーラが心配だった。皆がサーラを攻撃するんじゃないだろうか。アマルはサーラの横に立った。

「何かあった？」

リーンは言った。

「あなたがこの子をこの大パーティーに呼んだの？」

た。

「そうよ。どこでも一緒にいてほしいの」

アマルはサーラの手を取ると、強く引っ張った。サーラは心配になった。アマルは震えていた。サーラは言った。

「あなたの娘はいい子です。あなたよりもいい母親がふさわしいわ」

リーンは怒り狂い、今すぐ出ていけと言った。そうしないとどうなるかわからないと脅した。

「私、あなたみたいにぎゃあぎゃあいう女が嫌いなんです」

サーラのからだが冷たくなり始めた。アマルはサーラの手からそれを感じた。サーラを母親の鋭い爪から守ってあげたかった。それに事態を悪化させたくなかった。サーラは怒ったら何かしでかすだろう。母親はためらわずに警察を呼ぶだろう。リーンはこれ以上なく偉そうに言った。

「私たちは上流階級の尊敬されるべき一家よ。こんなくだらない利益関係の友情なんて許さないわ。この子はあなたのお金を目当てにしている。友情や愛が無意味な時代を生きているの。一時的な関係ですぐ終わるのよ」

「ママ！　お願いだから黙って。私には自分で選ぶ権利があるわ。ママにとやかく言われることじゃない。私の自由。それと感情についてママだけには言われたくないわ。こんなにそばにいるのに感じてくれない、一度でも私のことを気にかけてくれたことはないでしょう。大丈夫？　とか、ちゃんとご飯を食べた？　とか、何か要る？　とか、私ママに言われたことないわ。そして今、まるで自分が被害者みたいに話している。ママは自分のことしか考えない。私はママのおもちゃじゃない！」

サーラはまるで、ずっと溜まっていたものが一気に爆発したかのように話しているアマルの方を見ていた。

「それにパパは何も言っていない」

「あなたのパパが甘やかしたせいでこうなったわけ」

「これ以上はあなたに唯一の娘のことを悪く言うのを許さない。どうぞ勝手にあなたがあこがれた上流社会に戻りなさい。アマルが病気になった時、あなたはどこにいたの？　母親が恋しくなって泣いていた時、あなたはどこにいたの？　アマルはあなたと私とのこととは関係はない。今更あなたの思い通りに生きてほしいなんて勝手すぎる」とアドナーンはアマルとサーラを擁護するように大声に叫んだ。

「ごめんなさい。そこまで皆さんが言い合いするほどのことではないです。ただの誤解です。サーラ！　奥様に謝ってください」とマージドは言った。

「私が？　そっちが私に襲いかかったんでしょう。なんで悪くないのに毎回毎回私が謝るわけ？」

突然マージドの携帯が鳴ったので、みんなに謝って外へ出た。

「サーラは様々な分野で優れていて素敵な女の子だよ。この歳ですごい業績をあげている。新聞で読んだことはない？　身近に知っている人は、教養があって優秀でオランダで将来有望な女子だと言っています。さっきの発言は不適切な発言ですよ。撤回してください」とハッサンはコメントをした。

リーンはあまりの悔しさに下の唇を噛んだ。突然ホダーは遮った。

「リーンさんを責められないですよ。なにしろサーラは、残念ながらよくない噂もあるんです。学校の校庭で死体で発見された女の子とのこととか」

「なんて図々しい！　私が殺したとでもいうの？　何も知らないくせに黙って。もし私が犯人だったら今頃刑務所でしょう！」

「証拠はなかったからじゃない？　なんでいつも運が味方するのかわからないわ」

「それは誤解だわ。私は無罪よ。あの子は何年前に亡くなっているでしょう。冥福を祈りもせずに亡くなった人の悪口を言うなんて信じられない。もう帰るわ」

「そう。じゃあそれは一体何？」とホダーはサーラの首元に掴みかかって言った。サーラは、ネックレスのことを狙ってサーラを倒すのではないかと心配した。

「ホダー！　何が欲しいの？　言ってみたらどう？　聞いてあげるわよ」とリーンは言った。

「あのネックレスのことを教えなさいよ」

ホダーはサーラを見ながら嫌味で言った。

「どのネックレス？　アマルにあげた白くてダイヤが象眼されたネックレスのこと？　あれは消えた。アマルはその話の続きを知っているわ。いつも正直で嘘嫌いなサーラ、教えてちょうだい」とリーンは言った。

「どういう意味？　ネックレスと何の関係があるの？」とアマルはサーラを見ながら言った。

「私を疑っているの？　私が盗みでも働くとでも思っているの？」とサーラは疑われるのではないかと心配し、アマルの目を見ながら言った。

「一回も疑ったことはないわよ」とアマルは答えた。

「サーラ！　ネックレスはどこにいったのよ？」とホダーは尋ねた。

「学校で気絶した時にネックレスは失くしたの。きっと通った人が拾って持って行ったんじゃないかしら。学校で付けていた私が悪かったのよ」とアマルはサーラをかばって、しどろもどろになりながら言った。

「アマル、私は嘘が嫌い。たとえそれが私を庇うための嘘であっても。まるで私が盗ったと確信しているみたいよ」とサーラは言った。

「ええ、私が持っていたの。アマル、どうぞ。お返しするわ。でも誓って私は盗っていないわ。そのうち、どうやって私のところに来たかわかるはずよ。それではこれで失礼します」とサーラはリーンを見ながら、鞄からネックレスを出して言った。みんな黙ってしまった。

「どこへ行くの？　泥棒さん！　警察に通報して捕まえてもらいます。あなたには刑務所で更生してもらうわ」とリーンは大きな声で言った。

「私は善良な市民よ。周りの人の心を傷つけたりしないし、迎合したり偽善者ぶったりへつらったりもしないわ」

言った。

とサーラは言って立ち去った。アマルは追いかけようとしたが母親のリーンに止められた。

「自業自得よ」とホダーは言い捨てた。

「お姉さんの肩をずっと持っていた僕はバカだった。お姉さんは別人になってしまったみたいだ」とハッサンは言った。

「肩なんて持たなくて結構。彼女はひどい仕打ちに値する人」とホダーは返した。

「アマル！　サーラを追いかけてあげて。なぜネックレスが彼女のところにたどり着いたのか、その経緯をちゃんと訊いてあげて。それと、もし彼女が盗んだのだとしたら、なぜそんなことをしたのかも。誤解されたままでは、人間関係が崩れてしまうだろう。疑う前に人の気持ちを確かめなければ」とアドナーンは言った。

激しく降っている雨の中で、アマルはサーラを探して走った。

サーラは雨の中で歩いていた。

「一体どうしたの？」とアマルはサーラの氷のように冷えた手を掴み、サーラの目の黒い血管が浮かんだのを見てびっくりした。

「サーラ、どうしたの？　ごめんね。許してちょうだい」

「もうお願いだから構わないで。私の人生から出て行って。あなたにもう迷惑をかけたくない。私たちはそれぞれ別世界で生きているの。友達や姉妹にはなれないの」とサーラは低い声で言った。

「死ぬまであなたのことを放っておくことはないわ。いつも一緒にいるわ。私が犠牲を払うのは、サーラはそれに価するひとだからよ」

「私の正体を見たい？」

サーラは長くなった爪を自分の手首に刺して、青い血を滴らせた。

「……何？　それは……」

「怖い？　これが私よ。人間と全く関係のない生き物なの。ホダーは私の正体を知っていると思うから、きっとそれを利用して、みんなに暴露するでしょう。あなたのお母さんがこれを見たら、間違いなく通報してすぐに私は死刑になると思う。これはあなたに秘密にしておきたかったわ。ねえアマル、両親がそばにいてくれる幸せをかみしめて、自分を大事にして」

アマルは初めてサーラに〝アマル〟と名前で呼ばれたので泣き出した。

「こんな状況だからこそ、力を合わせて乗り越えましょう。協力すればもっと強いものになれるし、立ちはだかる困難やハンディに立ち向かえるわ」とアマルは熱烈に言った。

「さあ行って。私の身に何が起きているか、おそらくあなたにはわからないと思う。早く両親のところに戻りなさい。さもなければろくなことにならないわよ」とサーラは言って素早く走り去った。

二人を追いかけてきたホダーは着き、彼方を見ているアマルを見た。

「もう行ってしまった？」

「うん、これで永遠に会えないかもしれない。あんなに怒っているサーラを初めて見たわ」

「私も帰るわ。母の夫が来たみたいなの。あいつの近くにいるのも嫌なのよ」

「いつ来たの。見ていないわ」

「ちょうどアマルがサーラを追いかけていった時に来たのよ。サーラのことで頭がいっぱいで、ほかの誰も見えなかったでしょう？　彼女と喧嘩したのね？　やっとこれで気が休まるわ」

ホダーが後ろをふりかえると、そこにマージドがいた。

「他人の人生を破壊するのが目的なのか？　なぜサーラにあんなひどく当たるのか理解できないよ」

「あんたには関係ないことよ。あいつが先に死ぬか私が死ぬまで、私は闘うつもり」

アマルはホダーの腕を掴んだ。

「死なないで。むしろ、ともに生きましょう。そして、あなたたちも友達になれるわ」

「教えてあげるわ。サーラにも言ったけど、あの子は心の中で善と悪が戦っているの。善なる鳳凰と悪魔的な存在が、どちらも彼女の中にいて、その両者が戦っているみたいなのよ」

「そうなんだ。それはきっとサーラの魂の戦いなんだろう。きっとサーラは最後までやり抜くと思う。僕らもあの子を応援しなきゃ」とマージドは言った。

「全部あなたのせいよ、ホダー。ママもパーティーに来なければよかったのに。私は好きな人と幸せに生活を送りたいだけなのに、無理なのね」とアマルは言った。

「リーン！　さっきは信じられないほどひどい態度だったじゃないか。一体いつまで続くんだい？　いい加減にしてくれ」とアドナーンはリーンを叱っていた。

「そんなに怒られるような悪いことはしていないでしょう。サーラはアマルの近くにいるべき人間ではない。まさか平凡な男性と結婚させるわけがないよね」

「あの子にふさわしい人を選んであげる。君はお金が大事だと思っているけど、私は品性、知性で選ぶつもりだよ。選ぶ時期は関係ないだろう」

「もういい。サーラのせいで台無しになったパーティーのために、私は立ちっぱなしで朝から頑張っていたのよ。もう疲れたから寝たいわ。招待客がどのように私たちを見ていたか、あなたは見た？　本当に恥ずかしかったわ」

「相変わらずだね、君は。優しさのかけらもない女だよ」

激しく降っている雨の中でホダーは弟と車の中で話していた。

「今日は最高に気持ちよかったわ。もう一度サーラのあの顔を見たかった。ハッサン！　勝利の味って本当に最高」

「残念だよ。ぼくのお姉さんがこんな人だなんて。最悪だよ。お姉さんの人生にもう一度、仲良しだったグユームがもどってきてくれたら、お姉さんも正気に戻ってくれるんじゃないか。みんなが好きなホダーに戻ってほしいよ」

「そんなのいらないわ。みじめなサーラがいるだけで、私は幸せよ」

アマルは目覚めた時、マージドに、サーラを放っておいたことを責めるメッセージを送った。マージドは、重要な連絡が来ていたせいで、サーラを無視していたわけではない、と返信してきた。アマルは腹が立って、マージドに電話をかけて声を荒げた。マージドは謝って、アマルに落ち着くように言い聞かせ、必ずこの問題を乗り越えられると安心させた。

ホダーは帰り道にグユームの家の近くを通りかかった。遠くからその家を眺めながら心の中で思った。

「本当に私のために帰ってきたのかしら。それとも前のように私のことをバカにするつもりかしら」

ホダーは家に帰り、ベッドの上で横たわりながらテレビを見た。その間、グユームとのことを思い出し、おもわず笑顔がこぼれた。

グユームのことを思い出したホダーだったが、彼女に会いたくはなかった。ホダーがグユームに遠くへ行くのを阻止しようとした時、グユームがそれを気にも留めなかったことを思い出したのだ。

「犯罪者の娘で泥棒を働いたような子と、私はお友達にはなりたくないの」とその時にグユームが言ったのだった。

ホダーはそこに置いてあった、赤い鼻をした白いクマの縫いぐるみを手にとった。その胸に書かれた〝アイラブユー〟という文字を眺めた。この縫いぐるみは６歳の頃、お祭りでグユームと初めて会った日に、グユームからもらったプレゼントだった。ホダーは射的屋で、お目当ての品を当てられなくて泣いていた。そこにグユームが来て、ホダーが欲しがっていたクマの縫いぐるみをみごとに当てて、それをホダーにあげたのだった。その時から二人は友達になった。

「やっぱり、こじれた人間関係は、全てをダメにするんだわ。私は誰にも執着したくない。そういう感情のせいで人は弱くなるし、陥れようとしてくる奴らに狙われやすくなるものだから。私はそんな感情はいらないの」と自分に言い聞かせた。

　縫いぐるみを持ってぼうっとしているホダーのところにハッサンが入ってきた。

「グユームのことが好きじゃなければ、お姉さんも今日までこの縫いぐるみを持ったりしないでしょう」

「捨てるほど、彼女のことを気にしていないっていうだけのことよ。私の人生で一番大事ことが何か、ハッサンは知っているはずよ」

「ホサームのことも大事にしなかったでしょう。お姉さんの人生の問題が消えるまで棚に上げて、また同じことになると思うよ！」

「ハッサン！　好奇心旺盛なのね。そんなことはほっといて勉強でもしてなさい。でないと、アマルとの結婚を許してあげないわよ」

「お願いだから、そんなこと言わないで。今日はアマルを近くで見ることができて、最高に幸せだった。こんな気持ちははじめてだよ。言葉にできないこの気持ち、これは本当に謎みたいな感覚だよ」

「あらまあ、ハッサンは詩人になったのね」

「詩人じゃない。単にあの子に見惚れてしまっただけだよ。魅せられたってこういうことなんだね。目が合うと頭が真っ白になってしまう。もうちょっと僕が大きかったら、今すぐにでも求婚しに行ったと思うよ。アマルがいつか、別の人と結婚するかと思うと、不安で仕方がないよ」

「アマルと結ばれる運命だったら、神様《アッラー》がそうさせてくれるから、安心して彼女のために頑張ってちょうだい」とホダーはクマの縫いぐるみを横に置いてハッサンの手を握りしめながら言った。

「もちろん頑張るとも。彼女を手に入れるためなら何だってする。お姉さんは本当に不思議な人だ。今のお姉さんとサーラといる時のお姉さんはまるで別人みたいだ。まるで二重人格みたい。お姉さんはいったい、どっちの自分が好き？」

「その時々によるわ。お子様には関係ないことよ」

時計の針が午後11時半を指していた頃、マージドはサーラを探しにお祖母さんの家へ行った。しかしお祖母さんは、サーラはまだ帰宅していないと告げた。

「なんてことだ。自分を傷つけていないといいけど。もうとっくに帰っているはずの時間なのに」

「行ってしまった時に目が真っ赤だったわ」と、サーラを心配しておしかけていたアマルが答えた。

「何度も電話をかけたけれど出てくれないの。お祖母さん！　電話してみてくれる？」

「ええ、そうしてみましょう」

その頃サーラは、野獣の目をして震えていた。ふらふらと、激しい雨の中で路地を歩いていた。突然、ある女の子が「助けて」と叫ぶのが聴こえた。サーラはそちらを見ると、その女の子と、車いすに乗ったもう一人の女の子が、増水したぬかるみの中で動けなくなっていた。サーラはアマルの言葉を思い出した。

「こんな遅い時間に、悪天気の中で歩くなんて正気？」

「この子が雨の中を歩きたいと言ったの。雨の中を歩くのが幸せだっていうから、言うとおりにしてあげようと思って。私たちは二人とも、物心がついた時から両親がいなくて、ふたりっきりの親友なのよ。お願いだから助けて。彼女の身に何かあったら、私、自分を許せないから」

「こんな真夜中、ひどい天気の中で、一緒にお出かけするほど、彼女のこと好きなの？」

「ええ、友達以上に思っているわ。姉妹同然よ」

「わかった。目をつぶって。私は車いすを押してあげるから」

サーラはやまない雨の中で、懸命に少しずつ車いすを押してやった。そのかたわらで、その女の子は祈っていた。サーラは車いすを無事にぬかるみから引っ張り出してやった。

「本当にありがとうございます。こんな強い雨の中で」

「いいえ、たいしたことないわ。そこまで送ってあげるわ」

「本当にごめんなさい。私たちは姉妹みたいな存在で、いつもそばにいる唯一の支えなんです。父が亡くなって以来、ずっと同じ孤児院で育った仲なの」

「彼女はあなたのことが好き？」

「大好き。私の欠点さえも好きでいてくれるほどよ」

「素敵ね。何があってもあなたたちの仲を誰にもじゃまさせないようにしてね。ありのままの二人を受け入れてくれる人を見つけるのは難しいからね」

「はい、彼女は神様《アッラー》がくれた最大の恵みだと思うわ」

「大事にしてちょうだい」

サーラは、震えながら店の前で立っていたその女の子を見た。女の子はサーラの赤い目を見て小さい声で言った。

「こんな美しい目は見たことはないわ」

サーラはほほ笑んだが、あっという間に姿を消してしまった。その女の子は大きな声で「ありがとう」と叫んだ。

サーラは遠くの路地から二人を眺めていた。他人を助ける喜びを生まれて初めて感じていた。彼女の胸にあった悲しみや怒りや悪が、一気に消えたような感じがした。

「きっと、アマルが困った人を助けるたびに、いつもこんな気持ちになっていたんだわ。そういえば母も、常に私に善行を積むように勧めてくれいたわ。でも、私はずっとそれを裏切ってきたんだわ……。何をしても、いつもストレスを感じていたけれど、今は不思議と、幸せや安らぎを感じるわ。神様！　ありがとうございます」とサーラは呟いた。雨の中で立ちあがり、両手を上げた。そして空を見上げながらほほ笑んでいた。

帰宅した時のサーラの手には果物が入った袋を下げていた。お祖母さんとマージドは、まるで別人を見るようにそれを見て尋ねた。

「サーラ、大丈夫？」

「ええ、大丈夫よ。どうしたの？　何かいつも私を見る目と違うわ」

「もうお前がどこかに消えてしまったんじゃないかと心配していたんだよ」とお祖母さんはサーラを抱きしめながら言った。

「大丈夫よ。ちょっと散歩したかっただけ」

「雨が好きじゃないのに？」とマージドは尋ねた。

「わからないけど、雨の中で散歩したら、なんだか気が休まる気がしたんだもの。さあ、美味しい果物を土産に買って来たから食べましょう。ちょっと濡れちゃったけど、ほら、美味しいわよ」

アマルは家に帰っていて、ずっとサーラの安否を気遣っていた。マージドから、サーラが無事に帰宅して、後ほどくわしく話すというメッセージを受け取った。

お祖母さんはマージドの部屋に行った。

「マージド！　なんだかあの冷静さは気になるわ。こんなサーラを見るのは初めてだもの」

「やっぱり？　僕もそう思った。サーラが何を考えているかはさっぱりわからない。アマルのパーティーではイサームが来たでしょう。あの悪評でいろいろな容疑がかかっている奴だ。立証されていないイサームだけれど、いつかミスを犯して捕まると思う。サーラのところへ、お父さんや写真を持っているかどうか、父親の面影を憶えているかどうかも訊きに行かなきゃ。もう待てない。こっちからしつこく訊かない限り、彼女は何も言ってこないから。ホダーはサーラのことを嫌っているけれど、誰もその理由は知らない。それと当時に、父親が理由もわからず亡くなって、すぐに母親が再婚した相手のイサームもひどく嫌っている。イサームは近所の村からやってきた平凡な男で、ホダーの父親の下で働いていた男だけれど、その結婚のおかげで金持ちになった。そしてサーラはシャーキルと呼ばれる父親のことも嫌っている。いったいそのシャーキルてやつは誰？　謎でいっぱいだよ」

「父親のことを訊くと、サーラはいつも怒ってしまうんだよ。やめたほうがいい」

「いや、もう待てない」

「お願い。サーラをこれ以上失いたくないんだよ。これまであの子と話す勇気はなかったんだ。あの子はストレスで爆発寸前になっているよ。あの子は私のために、あなたのことを無理して我慢している。ゆるしてやっているんだよ。我慢の緒が切れたらあなたに危害を加えてしまうかも」

「お祖母さん。このままの方がサーラを見失ってしまうと思うよ。心配や躊躇なんかでは、あの子を守ることはできないよ。ぼくは行ってくる」

マージドはサーラの部屋のドアを叩いた。

「誰？　何の用？」

「ちょっと話したことがあるんだ。入っていいかい？」

「どうぞ。だけどあなたのせいでいつも機嫌がわるくなるのよ。せっかく今は穏やかな気持ちでいるのに」

マージドがドアを開くと、サーラは窓を全開にして、冷たい風が吹く中で本を読んでいた。マージドは彼女に近づいて床に座り、洋服ダンスに寄りかかった。

「はい、何かしら？　言いたいことを言ったらあっちに行ってくれる？　ひとりにしてほしいの」

「まあ、落ち着いて。喧嘩をしに来たわけじゃないんだ。お願いだから怒らずに聴いてほしい。僕たちは君のためを思っているし、君のためなら何だってするつもりなんだ」

お祖母さんも来てマージドの隣に座った。サーラは読んでいた本を閉じ、床に置き、眼鏡を外した。

「サーラのお父さんは誰かを教えてほしい。過ぎ去った今でも覚えているかい？」と冷静に尋ねた。

「父は死んだの。これで満足？」

「嘘をつかないで。サーラは嘘が嫌いでしょう？」とお祖母さんは言った。

「おばあちゃん！　つまり私の人生から消えたという意味での〝死んだ〟わけ」

「どんな大変な人生だったかはわかるが、僕たちがサーラのお父さんを知ることによっていろいろなことがわかってくると思う。つまり何を企み、君に具体的に何をしてほしいなどを知りたい」

「父は私が仕留める。誰にもさせない。わかった？　どうぞ一人で探してください。それ以上は言わない」と立ちながらサーラは言った。

マージドも立ち上がり、サーラの左腕を掴まえ、強く引っ張った。サーラは手を払ってマージドを睨みながら部屋を出て行くように言った。

「出て行かない。せめてどこに住んでいて、どんな顔付きかを教えて。損することはないでしょう！」

「とんでもない。あの人のせいで人生そのものを損したから、取り残された私の人生も理不尽に奪われた分を取り戻すために私が仕留める」

「僕が君の権利を取り戻すと約束する。法律というものがあるから」

「法律？　娘とその母親を守ってくれなかった法律？　もうこれ以上怒らせないでくれる？　そもそもあなたも怪しいわ。よく不在にするし、夜中に家を出ることもあるし。いったいどこに行っているの？」

「ちょっと忙しかった。定職に就くまで時々新聞配達したり、パン屋でアルバイトしたりしている。聞いて満足か？」とマージドはためらいながら言った。

「そのうちに本当のことがわかるわ。お祖母さん！　帰してあげて」

「サーラ！　ごめんね。マージドがいることによってあなたが助かるのよ」

「何回言わせれば気が済むの？　いらない。助けはいらない。帰ってください。互いのためだから」

アマルの父親は懸命にアマルの悲しみを取り除こうとしている。

「パパ！　ママが言ったことは気にしていない。ママの暴言には慣れているから。一度も愛してやまない子の心を癒すような言葉なんて言われていない」

突然リーンが入って来て言った。

「今日からはあの子と離れなさい。そして卒業後、一緒にマイアミに来るの。向こうで大学に入ればいい。わかった？」

「そんなことは許さない。小さい彼女を置き去りにして一人でアメリカへ行って今更何だ？　アマルはマイアミには興味ないし、私と一緒にいたがっている」

「パパ！　リーンと二人きりで話していい？」

「アマル！　私たちを置いて行ったり、パパをがっかりさせないでくれ」

「パパ！　心配しないで。パパと死ぬまで一緒にいるから」

お父さんは泣きながらアマルを強く抱きしめた。

「このお芝居はいつまで続くの？」

アドナーンは二人にさせてドアを閉めて出て行った。アマルは椅子に座った。

「リーンさん！　何でしょうか？」

「あの野性的なサーラから遠ざかってほしいの。あなたには似合わない気がする」

「理解はできるけど、サーラは私の人生の一部で、子供の頃私は友達に選んだ。彼女も私に強くて幸せになってほしいと思っているだけ。口では言わないけど、行動で示している。友達どころか姉妹同然。子供の頃からパパに妹が欲しいとおねだりしていたけど、『ママはいつも海外に行っていて子供が欲しくない』と言われた。別の人と結婚するようにも言ってみたけど、『ママ以外の人との間の子供はいらない』と言われたよ」

リーンは泣きながらアマルの横に座った。

「パパに少しでも私の苦しみをわかってほしくてパパにひどく当たってたの。だからといってこれは許せない。サーラはあなたには似合わない子よ。彼女が役に立つことは何もない。性格は荒いのであなたも荒くなってしまう。そんな娘は見たくない」

「サーラからたくさんのことを学んだわ。芯が強くて他人に操られることなく、何も恐れず正直に生きることを教えてくれた。ママはいったい何を教えてくれた？　ママがこの家に着いた時からグチャグチャになった。ママは仕切りたがるけど、それはパパが嫌がっているし、私も嫌。まるでここにいる人みんながママの奴隷みたいでいやだ。家族がそばにいないママは幸せ？　教えて。いったいママといろいろな気持ちを共有するにはどうしたらいいかを教えて。いったい私の存在を意識したことがあった？　じゃ今そばにいる私を感じる？　おそらくそうじゃないでしょうね。よその人の方がママよりずっと私に優しい。サーラは12歳の時に母親をなくしているけど、私は母親がいるという実感がない。サーラはいない母親のことを愛を込めて語っているけど、私は何を語ればいいかわからなくて黙っていた。美しい想い出もなければ、語るものもない」

そこでアマルのことがまるで胸に刺さる剣のように耐えられなくなったリーンは立ちあがり、去ろうとした。

「ママ！　正直に話してごめんなさい。でも言わざるを得なかった。数年間の沈黙の末、やっと自由になった気がしたの。それとこのネックレスを返すわ。もうママを思い出させるものはいらないから。またマイアミに行きたければどうぞ一人で行って、帰ってこなくていい。私はパパといれば大丈夫だから」

リーンは悔しそうに部屋のドアを開けた。

「サーラはあなたの友達にはならない。私が死んだらどうぞその時は好きなように」

アマルは屋敷の庭の噴水のところで待っているお父さんにメッセージを送った。

「好きなパパ！　ずっと一緒にいる。ママには言いたかったことを全部言ったのでスッキリした。頑固なママは私のことを悲しまなかった。単にプライドが高いので意地を張っている」というメッセージを見たアドナーンは返信した。

「ママが言っていることを気にしないで。いつかママがわかる日が来る。薬を飲んで休んでください」

「パパ大好き。明日休みなのでちょっと出かけたい」

「どうぞ気にしないで好きなようにして。愛している」

マージドはサーラの部屋の前で彼女からの返事を待っている。

「暗闇に隠れずに堂々と出てきて。みんな君の味方だ。サーラの過去を教えてくれ」

突然バーティルが現れた。

「一言も言うな！　さもなければお前のお母さんにしたように彼らを始末してやる。よく憶えておけ」と言って姿を消した。

「今何か現れた？」

「ううん。何も」と震えながらサーラは答えた。

「いや、現れた。僕たちには見えないけど。脅されたりしたのか？」とマージドは悔しそうに怒って出て行った。

お祖母さんはサーラの隣に座り、サーラを抱きしめた。

「おばあちゃん！　やっぱりあの人らほっといてくれない。私いつか始末する」

マージドはアマルに連絡して「もう疲れた。やっぱり諦める。サーラは無責任だし、身の危険がわかっていない」とマージドは伝えた。

「今日はサーラの血が真っ青だったのを見た？」

「うん、見た。時間につれ血の色が変わっていくのは知っている。それは自然なことだ。特にサーラは珍しいケースだから。というのもサーラの体は僕たちと違うし、血も複雑な構造だ。さっきは一緒だったけど、誰かがいた。僕には姿が見えなかったけど。見えていたら殺したのに」

「それは誰？」

「悪魔とつながっているってアマルは知らない？　姿が見えないけどどのようにしているかわからない。何も教えてくれなかった。バカな父親との嫌な過去があるにもかかわらず、父親のこともかたくなに話したがらなかった。一人で復讐したがっている。僕たちが妨げるのが嫌みたい」

「マージド！　そばにいてあげて。あの子は疲れている。明日会いに行くから」

お昼にアマルはマージドにサーラのことがどうなったかを知りたくて連絡した。

「神様《アッラー》に感謝だ。よくなったが部屋から一歩も出ていない。今お祖母さんが付き添っている。今まだ話を切り出せない。それよりアマルはどう？　声からいうと体調悪そうだね。大丈夫？」

「うん、大丈夫。ちょっとだけ疲れている。サーラにお昼ご飯を作ったからそれを届けたい。ドライバーが今から1時間後に届けるので、受け取ってくれるといいわ」

「心配しないで。愛や優しさを込めて作ってくれたアマルのような人だから喜ぶと思う。逆にアマルの方が愛や優しさを必要としているのに、他人のことまで考えるなんてあなたのような人間はいないと思う」

「褒めすぎ。恥ずかしいわ。お世辞ありがとう」

「お世辞じゃない。本当だ。お祖母さんはアマルのことばかり言っているし、サーラもあなたのことが好きになったので、僕を男性として見なくなったし。どちらかというと残念ながら僕を敵だと思っている」

「サーラは限られた人にしか安心を感じない。私に対してもなかなか感じなかった。でもママへの怒りでサーラとの友情関係に響くかもしれない。ごめんなさい、ご飯を用意しないといけないので、また」とアマルは電話を切った。

「この子はなかなか諦めないね」とマージドは呟いた。

サーラは食べる気がないので、お祖母さんがマージドのところへお昼ご飯に何を作ってほしいかを訊きに来た。

「さっきアマルから連絡が来て、ご飯を作ってくれたので、1時間後ドライバーが届けてくれると。休みの日でもサーラのことを考えている。僕は何でもいいから、お祖母さんは気にしないでください」

「サーラは疲れているので、食べられないかもしれない」

「いや、そんなことない。確かにサーラは石頭だけど、相手はアマルだからきっと喜んで食べるでしょう。ただそれを表に出さないだけで、誰かに執着心を持つのを怖がっている。父親との嫌な想い出や母親をなくしたことがどれほどつらかったことだろう」

「あの子の気持ちがよくわかる。これ以上は彼女を追い込まないようにしましょう。運命に任せて。私たちは身内なので彼女のために何だってする。そしてアマルはサーラが自分との内なる戦いから抜け出るのに唯一の希望《アマル》となるわ」とお祖母さんはため息をつきながら言った。

「アマルも疲れているけど、口が重くて何も言わない」

その時のアマルはキッチンでサーラのために夢中で食事を作っていた。父親は仕事から帰ってきて紅茶を飲みながらそこにあった新聞を読んでいた。

「ねえ、アマル！　今日の新聞の女子誘拐事件の記事を読んだかい？」

「はい、パパ。以前読んだ事件と同じような事件。またあのような事件が起きてて、嫌な記事。非人間的な行為だわ。いったいどうなっているかさっぱりわからない」と涙を流しながら玉ねぎを刻んでいた。

父親はキッチンに入り、アマルの頬の涙を拭いてあげて椅子に座って新聞を読みながら言った。

「我々市議会でいったいそんな卑劣なことをしているのは誰だか懸命に今捜査している。この街の子供や女子を守るためにいかなる方法を使ってでも犯人を突き止めたい。不思議なことに誘拐された女子はみんな同年齢で、どうやら人身売買として売られているようだ。また別の目的のために使われているかもしれないが、どうもそれがまだわからなくて」

「パパ！　イサームさんは？」

「イサームさんって誰？」

「ホダーのパパよ。正確に言うとホダーの義父」

「ああ、あの人はあまり付き合いたいと思う人じゃない。悪評だし何か私とは気が合わなさそうな気がする。だがママは残念なことにイサームさんの工場と取引があるみたいだ。ママが言うには、工場で最良のシルクや綿を買っているらしい。悪評はどうでもいいと思っているみたいだ。彼女のお金だから関係ないけど……。あのね……」

そこでリーンが入ってきたので会話が途中で止まった。

「何この美味しそうなにおい？　私たちのために何か作ってくれているのかしら？」

「違う。これはサーラのため。私のご飯はパパが手料理で作ってくれる。ママはお友達と食べれば」

「そもそもあなたたちと食べたくない。高級レストランで食べてくるわ」

「独身みたいなものなので、ずっと外食だね」

アマルは昨日のようにまた母親に咎《とが》められるのがいやで、黙々と料理を作り続けた。1時間後ドライバーにサーラのところへ届けるように言っておいた。

アマルはマージドに電話をかけて言った。

「サーラは料理が気に入ってくれるといいけど。でも先に彼女は牛肉は大丈夫かどうかを訊くべきだったと思う」

「さあわからない。お祖母さんに訊いてみないと」

電話を切ったマージドはお祖母さんに訊いた。

「サーラは牛肉アレルギーがあるわ。マージド！　どうしよう？」

「10分後、本人が決めればいい」

ドライバーが中ぐらいの鍋を持ってきて到着した。

アマルの父親のアドナーンはアマルの右肩を優しく撫でながら言った。

「昨日は出かけると言いながら結局キッチンにいたじゃないか？」

「サーラにお詫びとして何か作ってあげようと思ったの。昨日ママはサーラに客としての最低限の礼儀を払わなかったから恥ずかしかった。でも、サーラが私のお詫びを受け入れてくれるかどうかわからない」

「きっと大丈夫だ。どんな嵐が吹いたとしてもお前たちの友情は真の友情だったら一生壊れることはない。それを壊すような邪魔者がいたらそれを断ち切らなきゃ。一部の人は他人の友情を壊すためにわざわざ穴を探すことがある。嫉妬や邪視だってあるから」と父親はほほ笑みながら言った。

「ありがとう、パパ。ちょっと入浴してくる。その間にお昼ご飯よろしく」

「今の薬を飲んでどう？」

「鎮痛剤でしかない。完治は神様《アッラー》の領域」

「神様《アッラー》に任せながら頑張り続けるしかない」

家のベルが鳴った。お祖母さんが開けるとドライバーが鍋と小さい箱を渡して帰った。お祖母さんはキッチンのテーブルに置いてサーラの部屋に向かった。マージドはテレビでニュースを観ていた。同時にもサーラの反応を待っている。お祖母さんはドアを叩いて冷酷な目のサーラが開けた。

「アマルがこれを送ってきた。つまりこれを作って送ってくれた。それにこの箱も」とお祖母さんは不安げに言った。サーラは一言も言わずに素早くそれを手に取って、ドアを閉めてその箱をテーブルに置いた。お祖母さんはマージドのところに戻りそばに座った。

「どうやら食べる気がないみたい。二人でお昼ご飯を外で食べないかい？　穏やかでいい天気だし」

「いいよ。行こう」

「でもサーラは大丈夫かしら？」

「サーラは大丈夫だ。逆に少し自由を与えた方がいいと思う。さもなければ僕たちといること自体が嫌いになるかも」

「そうね。では行きましょう」

サーラは窓から二人が出て行ったのを見てすぐに部屋のドアを開けてキッチンに向かった。料理を見たら何を作ってくれたかわかった。皿を取ってそこにちょっと盛って椅子に座った左手で涙を流しながら食べ、水を飲んだ。あまりにも美味しかったので亡き母がよく作ってくれた料理を思い出した。

右の方を見たらまるで母親の霊がサーラの右手を撫でながら食べさせていた。

「愛しい娘！　召し上がれ。ずっとついているよ。私の魂はあなたを護る」

「ママ！　あなたを必要としているのよ」とサーラは震えながら母親の幻に向かって言ったが、姿が消えた。

サーラのお腹が痛くなったので、部屋に戻り、薬を飲んで少し仮眠をとった。30分後起きてから鍋を持ってアマルの家に向かっていった。道中にお祖母さんが好きな「フレミンクス」を売っている男性を見つけたので、お土産に買っておいた。そしてその男性にご飯をわけてあげた。

「美味しそうなニオイです。助かりました。わざわざ今日は外食しなくてよくなりました。愛を込めて作られたので、家庭料理は最高です。どのレストランの自慢の味にも負けてしまいます。こんな美味しいご飯を作ってくれたお母さんにお礼を伝えてください」

それを聞いたサーラはほほ笑んだ。アマルの家に着き、ベルのボタンを押してから玄関のドアの前に鍋を置いて家に戻った。家ではキッチンへ行き。テーブルの上に「フレミンクス」を置いて部屋へ行った。

部屋ではアマルが送ってきた箱を開けずじっと見ていた。

アマルは川辺に面したレスランでお祖母さんと昼ご飯を食べているマージドに連絡した。

「サーラは鍋を届けてくれたが、気に入ったかどうかはわからない」

マージドはほほ笑んだ。

「気に入ったよ。保証してあげる」

「どうやって私の手料理が気に入ったことがわかるの？」

「わかる。サーラは優しい心をもっているが、それを汚した人がいるから腹黒くなった」

「友情と愛は表裏一体だけど友情はサビつかない」とお祖母さんは言った。

それを聞いたアマルは、励まされて自信を持って因らわれたサーラを解放するためにもっと進もうと心に決めた。

「死ぬまでマージドと一緒に闘う」とアマルはマージドに言った。

「アマルは大丈夫？　さっき声がこもっていたけど」

「大丈夫。肉体疲労だけ。それだけ」

「身体に気をつけて。アマルはこれからも必要だから」とマージドは言って電話を切った。

「やっぱりサーラがゆっくりできるようにお祖母さんと出かけてよかった」

案の定サーラはアレルギーにもかかわらず、お腹が空いていたからではなくて、アマルが作ってくれたので食べた。アマルのお母さんにされたような失礼さで返さずにアマルの気持ちを受け入れた。みんなで力を合わせてサーラに手を差し伸べたら、もっといいことがあるのをサーラはまだ知らない。

「マージドもサーラへの恋も長い目で待ったら！」と美味しそうにご飯を食べ出したお祖母さん。

「お祖母さんが知っているようにサーラへの気持ちは、他の人を見もしないぐらい大きい。一生誰もいないままでもずっと振り向いてくれるまで待つ。僕はただ毎日顔を見るだけでいい。ずっと支えながら守ってあげる」

「嬉しい。でも質問がある」

「何？」

「何か私たちに隠していない？」

「隠していない。子供の頃から知っているマージドだよ」と動揺しながら言った。

「そうだといいけど」

二人が家に帰ったが、サーラは家にはいなかったようだ。キッチンへ行ったらサーラが買ってきた「ソレミンクス」が置いてあった。お祖母さんはサーラに電話しようとしたが、マージドに止められた。

「お祖母さん！　サーラはまだ若いから、好きなようにさせてあげて」

「でも問題にでも巻き込まれたらどうしようと心配で……」と二人で話していた矢先にサーラが帰ってきた。

「どこにいた？　心配していた」

「薬局へアレルギーの薬を買いに行ってきた。ついでに散歩もしてきた」

マージドを見てサーラはまた言った。

「もうここにあなたがいるのが耐えられない。そもそもなんでここにいるかわからない」

マージドは怯えて一言も言わずに出ていった。

「サーラ！　どうしたの？　あんなひどいこと言って？」

「おばあさん！　マージドは前と違ってきた。何かの秘密を隠しているが、それは何だかわからない。何か嫌な予感がする。私の予感が当たるから、そのうちそれが本当であることを証明するわ。アマルと違って曖昧で秘密主義者だ。それに何か問題を起こすような気がする。その時今の話を思い出して。私は正直でお世辞を言わない人間だから。ごめんなさい」

「なんでそんなことを言うの？　心が痛むわ。マージドは孫のようなものだよ」

「洞察力の問題。もう寝なきゃ」

アマルは、サーラがあの料理が気に入ったかどうかを考えながらご飯を食べていた。贈った指輪のことを何も言わなかったから気になっていた。

アマルにホダーから何回も連絡があったが、サーラとのひどい行動でアマルはわざと出なかった。

夕方リーンはアマルにショッピングに付き合ってほしいとアマルの部屋に来たが、アマルは勉強があるという口実で断ったので、リーンは攻撃してきた。

「サーラのために頑張って料理を作ったりしたけど、私のためには時間を作ってくれないの？」

「本当のお母さんになったら土下座して謝る。でもお願いだから怒鳴り散らさないで。ママが来てから静かだった家がうるさくなった」

「口が悪くなったね。前はそうではなかったのに。大人しくて素直だったのに」

「人間というのは、好きな人に大切にされなくなったりすると、根本的に変わってしまうものよ。私が人として、良い方に変わったらママからは気に入られなくなる。どちらかと言うと、ママが利用しやすいよう私に弱いままでいてほしいわけ」

「たかがショッピングに付き合ってほしいというだけで説教されて。もういい。ありがとう。もう結構」

リーンは怒ってドアを閉めて出ていった。

「心を込めた『愛しているよ』という一言を言ってくれればいいのに、感情を渋っている」

「躾《しつけ》されていない失礼な子。すっかり口が悪くなって」と廊下を歩くリーンは呟いている。

「躾されていないと？　目に余る。もう冷たい君にうんざりだ」

リーンの前に突然現れたアドナーンはリーンの顔を叩いたので、リーンはその勢いで倒れそうになった。部屋から出てきたアマルは父親の両脚を掴み、懇願した。

「パパ！　お願いだから、ママに手を上げないで。その方がママの厳しさよりつらい」

「アマル！　立って。ママに教訓をあげよう。正気に戻るかもしれない。40代の女性なのに思春期の女子みたいに行動をしている」

リーンは頬に手を当てながら立った。一言も言わずに泣いていた。

「アマル！　部屋に行くんだ。ゆっくり休んで。さっきのことはパパとママとのプライベートなことで、妻として選んだ私はその責任をもって解決する」

アマルはそこまで怒った父親を初めて見たので素直に部屋に向かっていった。

アドナーンとリーンは別の部屋に行って、アドナーンは冷静に話し出した。

「リーン、申し訳ない。でもそこまでさせたのは君だよ。私は女性に手を上げる男性が大嫌いだ。だから君に手を上げた自分を許せない。なので、自分には罰を与えていいけど、唯一の娘に怒りをぶつけないでほしい。あの子ほど優しい子はいない」

「私はあなたがちゃんと躾していないという意味で言ったのではない。あの子に怒っていたから。二人に失礼なことを言ってごめんなさい。アマルはもう私が知っていたあの大人しいアマルではなくなった。全部あのサーラという子のせいだと思う」

「私は逆に変わってよかったと思う。私はアマルに意志の強くて自分のことを自分でする子に変わってほしかったんだ。この時代には強くなければ壊されてしまう。サーラがよくやってくれたと思う」

「とにかく後２週間でマイアミへ戻るわ。どうやら二人は私の存在を煙たがっているようだし、そもそもここにはいる必要はないという気がする」

「君は大人だからそれは自分で決めればいい話だ。ただ知っておいてほしいことは、愛と憎しみは本人の行動から生み出されるもの。時には何もしていないのに他人に嫌われることがある。しかし近くにいるはずの人からこれまでと違う接し方をされると心がひどく痛むものだ。地位や美容などでは人間の価値は決まらないので、大人の人間として他人に優しく接するべきじゃないか。リーン、ちっとも変わっていなくてまたこれからも変わらない君を見るのがつらい。幸せだと思っているその傲慢は、大悪魔のイブリースが天国から追い出される原因だった。娘に対してこんなひどい君はすっきりした気持ちで寝られるか？　神様《アッラー》の前では言い訳できるかな？」

「もういい、お願いだからもう言わないで」と小声でリーンは言った。

「よくない。ずっと我慢して黙っていたが、ずっと胸にためていたのを言ってすっきりする、まさに今それを言う時間だ。リーンはもっとアマルのそばにいないといけない年頃だよ。アマルは君を母親として友達として必要としている。そばにいて彼女に善悪の区別や役割など教えるべきだ。母親というのは祖国であり、安らぎや安心を感じられる温かい居場所のはずだ。君という母親がまだいるのに、アマルは母親がいない孤児のようだ。まだ遅くないから今のうちにあの子の悲しい心を優しさで洗ってやってくれ。あの子を完全に失ってしまわないうちに目を覚めして正気に戻って。人間が死んだら残るのはその人の想い出だ。そのために一言でいい、他人を幸せにしよう。この世を去る日のために用意しようよ。確かに君が言うように私たちの結婚は家族同士の策略結婚だったかもしれないけど、私は君のことが好きになった。君が私を受け入れていなかったのを知らなかった。リーンは私を受け入れていると言われたので、それが嘘だということを知らなかった。君に確認すべきだった」

「まだ小さかったし、母親に強制されたし。アマルが生まれた時に自分で自分の人生を壊したと思ったけど、あなたは何も悪くないと知っている。しかしあなたを好きにはなれなかった。なぜなら私には他に好きな男性がいたから。でも、住む世界が違っていたし、罰を受けるのではないかと怖かったので親には言えなかった。両親は私にあなたと結婚するんだと刷り込んだ。そんな経緯からあなたと娘に怒りなどをぶつけてしまった」

「じゃあ、私が君とその男性との関係を壊したわけか？」とアドナーンは椅子に座りながら言った。

「ちょうど16歳の時で片思いだったので、打ち明けられなかった。18歳の時に結婚したので、思春期で、その男性に対する感情は終わっていたし、忘れたわけ。その人のことは今知らない、全く気にしていない」

「心の奥で燃えるような何かがある。離婚してその男性と一緒になりたければ止めたりしない。他の男性のことが好きな女性と一緒にいたくない。もうまた馬鹿にされたくない。なるほど、だから私のことを好きになれなかったわけか！」

「その人のことはもう好きじゃないし、忘れたわ」

「嘘だ。心の中にまだ生きているのだろう。その人のせいで私に対する接し方がひどかった」とアドナーンは叫んだ。

「違う。神様《アッラー》に誓ってその人のことを考えていないし、あなたに対する接し方とは関係ない。結婚した歳は若かったので、妻としてやっていける歳じゃなかった。それにその時は好きじゃない男性と気づいてショックだったけど、それだけ。今は、世界中探してもあなたのような素敵な男性は見つからないし、二人とも失ったと反省している」とリーンはアドナーンに近づき、手を握りながら言った。

　何も言わずに部屋を出たアドナーンは車に乗り、アクセルを激しく踏んでいた。

　アマルは泣きながら部屋から出てきて父親を探していた。

「パパはちょっと出かけたわ。しばらく帰ってこないわよ」

「あんなふうに怒らせるなんて。一体ママは何を言ったの？」

「結婚してから22年間ずっと隠していた事実を伝えたわ。部屋に戻って休んでなさい。アマルはまだ小さいので大人のことがわからないわ」

「小さい？　ずっとパパの世話をしてきて、好きなもの嫌いなものを全部把握してきた。その時ママは何をしていた？　マイアミで遊んでいたでしょう！　いったいどっちの方が理解していない？」

父親から〝今友達のところで少し落ち着いてから帰る〟というメッセージが来た。連絡しようと思ったが、やめた。

「かわいそうなパパ。ママはパパにふさわしくないわ」

「自分に嘘をついてまで、思ってもいない気もちを伝える事はできないわ」

「そうかもね。そもそもママは愛を知らないのに他人に注ぐわけない。失礼します。貴婦人さん！　部屋に戻るわね。おやすみなさい」


アマルは教室にいる。連絡を返してくれなかったからホダーにと怒りは向かった。

「ホダーのせいで私の家族とサーラとの問題が起きた。いったいいつまでそれが続くの？」

「使命を果たすまで」

「使命って？　両親も兄弟もいる。いったい何が足りないの？」

「サーラが足りない。後は誰からも何もいらない。それを手に入れたらドイツに行くからもう顔を見せない。ここにいるといろいろと嫌なことを思い出すから、離れたい。じゃあ、また後で」

アマルに他の女子がネックレスのことを訊きに来た。

「あれはママが持っていたので、見つけた。聞いた話は全部でたらめで、私は何も盗まれていないのだから、確かめてもいないのに、いい加減にデマを広めないでくれる？」とアマルは言った。

サーラは到着して席につき机に頬を載せて目を閉じた。アマルには一言も話しかけなかった。アマルもあえて話しかけなかった。料理と粗末なプレゼントへの感想を聞きたくて好奇心がいっぱいだったが、あの冷酷な目を見るや否や恐怖感が体中に走った。他の女子たちさえも街中に広まった噂のことをあえて訊けなかった。

　サーラはアマルの方を見て言った。

「料理ありがとう。美味しかった」

　雑誌を読むのに没頭していたアマルは嬉しくなって笑顔がこぼれた。サーラも喜んでいるアマルを見て安心した。２時間後サーラは音楽室でピアノを弾いていた。弾いていたのはヤニーの『バタフライ・ダンス』だった。女子たちは聴いていた。サーラは自由自在にピアノを操っていた。音楽室では女子たちが静かに集中してサーラの演奏を聴いていた。ホダーも実はサーラの品のあるピアノ演奏が好きだった。音楽の先生は学生楽団に入るように何回も説得しようとしたが、サーラはピアノ演奏が好きだけど誰かと何かをすることが向いていないという理由で断った。演奏を終えたサーラに女子たちが同じヤニーの『November《ノウベンバー》 sky《スカイ》』を弾くように頼んだが、他人のためではなくて自分のために弾くのが好きだから断った。アマルはヤニーの曲が好きで、校内放送で聴いた時に誰が演奏しているかを探しに行った。サーラが演奏しているのを見て驚いた。サーラがこんなにピアノ演奏が上手だとは知らなかった。部屋を出たアマルはお祖母さんにサーラの指向を訊くために電話した。

「そうね、サーラはかなりピアノ演奏が好き。母親が素晴らしいピアニストだったのを知っている？　しかし残念ながら結婚してその才能が奪われた。もし生きていれば世界的に有名なピアニストだっただろうと思う」

「残念だわ。母親譲りなのね。今日サーラの素敵な演奏に感動した。なんで大会などに参加しないのかしら！」

「いつも演奏したいわけではない。母親の演奏が恋しくなった時に演奏するのよ。あの子の本当の指向は学業で夢を実現すること。アマルは知っているでしょう！」

　アマルは電話を切り部屋へ戻ろうとした時にホダーが出てきた。

「ホダーもいたの！　みんなサーラの素晴らしい演奏でうっとりしたね」

「なぜかあの子の演奏に魅せられてしまう。うっとりして信じられないぐらい哀愁を感じてしまう。演奏が止まると正気に戻ってくる」

「やっとサーラの気に入る良いとこを見つけたのね？」

「唯一の利点だけど、永遠に演奏し続けられるわけではない」

みんなサーラの演奏が気に入り拍手した。弾いていた曲名は少ししかわからなかった。サーラは席を立ち、廊下を歩き出した時、電話が鳴った。突然サーラは校舎の方へ走っていった。遠くから見たアマルは、初めて見るような女の子が来ていた。

「あれはグユームだわ。間違いなくグユーム」とある女子は言った。

温かくグユームを迎えたサーラを見てアマルは悔しくなり、「あっそう！　その子とあんな笑顔になれるのに、私に対して一言しかなかった」と心の中で思った。

「グユームとホダーのこと知らないの？」と隣にいた女子がアマルに尋ねた。

「ううん」

その女子はホダーとグユームとのことを詳細にわたって教えてくれた。その後アマルはホダーの教室へ行った。ホダーは窓際で怒った表情で外を見ていた。

「どうしたの？」

「どうしたかって？　おしゃべりのサーラから聞いているくせに」と悔しそうにホダーは言った。

「サーラからは聞いていない。教室の女子から聞いた」

ホダーは走ってサーラのところに向かっていった。サーラとグユームは二人きりで静かなところで話していた。

「帰ってきたことでホダーに対して全面戦争布告することになると知っているけど、真っ先にサーラに帰ってきたことを知らせようと、それと許してほしいと思って来た」

「あなたはホダーの味方だけど、グユームがいることは、私が少し平和に過ごせることに大いに貢献するわ」

「ホダーは私たちが一緒にいるのを受け入れないでしょうね。もっと嫌いになり野生ネコになってしまいそう」

とグユームは笑いながら言った。

「グユームが離れてからホダーはなにもかもを私に八つ当たりした。もう平和に暮らせるように彼女を大人しくさせなきゃ。グユームにしかできない。みんなはあなたが戻ってきたことを驚くと思うけど……」

「ええ、私はホダーに対して変わらず愛や好意を抱いている。前のような関係には戻れないかも知れないけど、頑張る」

　ホダーがやって来たのを見て二人は立った。ホダーは怒りで真っ赤だった。

「サーラ！　これは新しいゲーム？　私が嫌がるようにわざわざグユームを呼び戻したようね。言っておくけどこの子のことを何も思っていないし、生きているかぎり許せないし、目障りだし、名前もロバの鳴き声のような声も嫌い。心も腐っている」

「ホダー！　この子はグユーム。ここに戻ってきて当然。あなたと話がしたいんでしょ。戻ってきたのはあなたとの関係で私には関係ない。それに彼女はあなたの親友でしょ？　許してあげたら」

「嘘」

「嘘じゃない。本人に訊いたら？」

「ホダー！　かなり傷をつけたことわかっている。信用を取り戻せるように頑張る」

「無理だね。信用は一度しかない。感情も一度しかない。あなたにまた弄《もてあそ》ばれるのをもう許さない。あなたは生意気か図々しいかどっちかだ。私は操り人形じゃない。どうぞお父さんのところへ行って『ただいま。帰って来たよ』とさっさと伝えて」

「パパは知っている。それと本人からあなたに代わりに謝るように言われた。実はパパは半身不随になって歩けなくなったので、ママが世話をしている。で、帰ってきた。あなたに許してもらえるまでここにいる。神様にも許してもらえるように頑張る」

「お父さんのために帰ってきたか。なんでみんな何かに見舞われた時に、簡単に他人に許してと言えるのかしら？　もう口をきかないで。もう一度友達になるくらいなら死んだ方がマシだわ。話しても無駄。嫌い」とホダーは言い放って去った。アマルはグユームに会釈してホダーを追いかけていった。

「この大人しい子は？」

「あれはアマル」

「アマルという名前を言った時に、なんで声のトーンが変わったの？　それとずっとサーラはアマルを見ていたけど、ホダーとの話を聴いていた？」

「うん、聴いていたよ」

「アマルとはどんな関係？　友達？　それとも仲悪い？」

「どっちでもない。それより泊まる場所はある？」

「話をそらさないで。アマルは友達だと思う。しかも親しい」

「違う。あの子はかわいそうな子。それだけ。どこに住む？　マンションでの一人暮らしは難しいでしょう？　女の子だし」

「さあまだわからない。これから探す。特にこれまで住んでいた豪邸は売却されたので」

「私があなただったらホダーの家に行って住むわ。そうすることによって許してもらえるかもしれないし」

「それは難しい。ホダーは一番の親友である私に裏切られたんだから許してもらえないと思う」

「ホダーに対してひどいことをしたんだから、少なくともグユームはちゃんと許してもらえる努力をして彼女の行動に耐えて」

「ホダーといがみあっているにもかかわらず、彼女の肩を持つなんて不思議」

「私とホダーとのことは別だ。いつか正気に戻ると思うかもしれない。私は平和に暮らしていきたいだけ」

「サーラ！　本当に優しい」

「そうでもないよ。ちょっと待って。私が手配してあげる」

サーラは電話を出し、アマルにメッセージを送った。

「ちょっと会いたい」

「いいけど、今ホダーと忙しいので、終わったら連絡する」

「わかった。待っている」

グユームはサーラの方を見た。

「ありがとう。サーラ！　それより表情は変わったけど、体調は大丈夫？」

「私はちょっと行ってくるから、帰ってくるまではあなたは学校の周りを見学してね。またどうなるかを教えてあげるから」

アマルはホダーと公園のところに座っていてホダーを落ち着かせようとしていた。

「サーラのやつ！　絶対に見せてやる。まさか私に嫌がらせするためにグユームとのことを使うなんて。最低」

とホダーは悔しそうに唇を噛みながら言った。

「気にしないで。たかだか女の子が戻ってきたってだけじゃない」

「破壊してやる。泣かせてやる。私が苦しんだ分の代償を払わせてやる」

「なんでそこまでサーラのことが憎いの？」

アマルはホダーの手を握りながら尋ねた。

「言ってもわかってくれないと思う。きっとあなたのことだから彼女のために犠牲になって、結果彼女への復讐を妨げるかも。あなたのような友達を持つサーラが羨ましくて仕方ない」

た」


「あなたの友達でもあるのよ」

「結構。これまでの経験のおかげで頼れるのは自分自身のみ、他人のことなんかどうでもいい。もう誰も信用できなくなった。グユームのせいで友情に対する考え方が完全に変わった。グユームは一緒に作った想い出を壊した」

アマルはホダーを強く抱きしめた。

「心から憎しみや憎悪などを捨ててほしい。他人に対する愛をこめてほしい」

ホダーはまるで誰かに打ち明けたくなるこの瞬間を待っていたかのように、泣きながら全てを語り始めた。

突然雨が降り出した。

「ずっとこんなことを心に秘めいていたのね！　ホダーがいい子で、時間《とき》が別人に変えてしまったと確信した。でも大丈夫。そのうち全ての真実がわかる。しかし、サーラは彼女のお父さんがホダーにしたこととは関係ない。サーラもホダーと同じくかわいそう」

「とんでもない。娘だから同じだ。普通の親子のように好きなはず。好きじゃなかったら手紙なんか送らない。一方では私のパパを奪い、大きくなって自立するまで私を苦しませた」

「心の傷口はいつ必ず癒える。確信している。希望や望みがあるからそう思って生きなきゃ。それにサーラのお父さんには会ったことはない。ホダーは？」

「いつか会える。あなたの好きな友達が来たから、じゃあね」とホダーは悔しそうに言いながら立ち上がった。

アマルは後ろを見て言った。

「後もう少しのところで全てを知るところだったのに」

「サーラに伝えて。『本当の戦争はもう始まった。残るのは私かあなたのどっちかだ』と」ホダーは言った。

ホダーとサーラはすれ違った時に火花が散るような目で互いに睨み合っていた。

サーラは立ち止まったアマルに言った。

「雨が降っているから、ここで雨宿りしなきゃ」

「ここに座ろう」とアマルはサーラの手を引っ張りながらサーラに言った。

「どうしたの？　かなり強く引っ張って。要はホダーにグユームを家で居候させてあげるように説得して」

「は？　正気？　ホダーはグユームと同じ場所にいるより砂漠に一人でいた方がマシだもん。サーラはやっぱり変」

「そんなことを言わずに。とにかく説得するように伝えてね。以上」

「私には何の得もない」

「見返りが欲しいわけ？」

「ええ、ホダーはそう簡単に納得しないとわかっているでしょう！」

「じゃ、何が欲しい？」

「あなたと今度の祭日の時に出かけたい」

「わかった。ただし、1時間だよ。欲張らないで」

「わかった。難しいけどホダーを説得してみる」

「なんで私と出かけたい？」

「サーラと一緒にいるのが好きだから。サーラはパパの次に安心を感じられる人だから」

午後サーラが帰宅中にグユームから連絡が来た。

「どう？」

「心配しないで。アマルに説得してもらえるように頼んでおいた。早くしてくれるといいけど」

「サーラ！　ちょっとお願いしてもいい？」

「はい、何？」

「恥ずかしいけどサーラしかいないので、ちょっとお金を貸してくれる？　パパのお金は凍結されたし、私のクレジットカードも使えないから。パパは横領の問題で捕まって、その後病気になったので私が今仕事をして家族を助けている。でもホダーのために戻ってきた。私とパパがしたことを許してほしい。私とパパはホダーにひどいことをしたけど、その後ずっと様々な問題を抱えてきたので、許してもらえることによって解決されるかもしれない。一度も戻ってくることは考えなかったけど、パパの病室の隣の病室にいたおばあさんに教えてもらった。外でパパを思って泣いているところを見られて、そばに座り肩を撫でながら『泣くことで病人は治らない。また泣いても遠く離れた好きな人は戻ったりなんかしない。神様《アッラー》に許してもらえるようにするしかない』と言ってくれた。その後私の顔を見てどのようにしてホダーのことを読み取ったのかわからないけど。そしてほほ笑みながら言ってくれた。『お父さんをよく知っている。お父さんがしたことを考えてみなさい。今起きていることは償いまた誰かにひどいことをした罪滅ぼしだ』。おばあさんはそれを言ってから去り、私は病室にいる両親のところへ行った。オランダへ行ってホダーに私の分もパパの分も許してもらえるまで帰ってこないと伝えた。パパはかなり疲れた様子だったけど、反対せずにむしろ誰かにひどいことをしたままこの世を去りたくないのでって励ましてくれた」

「そのおばあさんが教えてくれたことで目が覚めたわけ。不謹慎な言い方だけど、お父さんが……」とサーラは言いかけた。グユームは泣きながらサーラの口を手で塞いだ。

「サーラが言う通り。目覚めさせた神様《アッラー》に感謝」

「わかった。じゃうちにおいで」

「わかった。行く」

サーラは電話を切った時にアマルからの連絡があったことに気づいた。

「ホダーはやっぱり駄目だったので、グユームは私が泊める」

「アマル、ありがとう。そこまで思ってもいなかった。でも余計にホダーはアマルのことが嫌いになるんじゃない？　大丈夫？」

アマルは板挟みにあって困った。

「サーラがグユームを助けようとしているから。それに祭日はサーラと出かけるし、サーラには一日付き合ってもらうわよ」

早速サーラはグユームに連絡して知らせた。その後グユームとどこかの路地で会ってお金を渡した。一緒にご飯を食べている途中で雨がやみ、爽やかな雨上がりの匂いがしていた。

「雨が大好き。サーラは？　まだ雨のことが嫌い？」

「前ほどではないかな。今は少し落ち着くようになって大好きな女性への愛しさを感じるようになった。少なくとも雨は素直で色も匂いも変わっていなかった。常に幸せにしてくれる」

「誰かが恋しい？」

サーラは時計を覗いた。

「あっ、おばあちゃんとの約束に遅れそう。帰らなきゃ。でも先にあなたをアマルのところへ送ってあげる。行こう」

ちょうどアマルはお父さんとグユームを迎えるという話をしていたところだった。

「グユームって誰？」

「私はよく知らないけど、サーラに助けるように頼まれたのでそうすることになった」

「サーラの頼み事なら断れないいんだね」

「ええ、頼られたら断れない」

「わかった。また後でその子に会おう」

アマルは屋敷の庭を散歩しながらマージドに電話してホダーとのことを話した。

「アマル！　ありがとう。いろいろつながってきたが、できるだけサーラからお父さんのことを聞き出すようにしておくれ」

「心当たりがあるけど、当たっているかどうかはわからない」

「誰？」

「何となくイサームは関係していると思うの」

「やっぱり？　僕もそう思ったが、早とちりだと言われるのが怖くて。早速情報を集める」

「だけどサーラのお父さんはシャーキルというけど」

「名前を変えることなんて簡単だろう。あの人のことだからありうるよ」

「確かに」

ホダーがサーラへの企みを巡らしていたところへ弟のハッサンが来た。

「イサームが何人かの男性と帰宅した。今度は何を企んでいるかわからない」

「今はサーラのことで頭がいっぱい。よりによってグユームが戻ってきたことによって気が散って仕方ない」

「サーラのことばかりで飽きないの？　そんなのをほっといてママと3人で海外へ行って平和に暮らそうよ」

「いや。勝つまではオランダを離れない。それかここに骨をうずめるか。わかった？」

イサームは書斎で男たちに小声で話していた。

「いいか！　よく聴け。今がこの発明の一番重要な段階だ。これからもっと慎重に、内密にしないといけない」

と言ってリモコンのボタンを押すと床が開いた。

「さあ入ろう」

男たちは地下室のようなところに降り始めた。イサームは照明をつけて全員が入ったのを確認して地下室の扉を閉めて、長く続いている通路を歩いた。あるところに着いたら階段を下りて立ち止まった。男たちはイサームを囲んだ。

「この地図をよく見て」

「何の地図？」

男たちは尋ねた。

「伝説では１００年に一回しか生えてこないとても珍しい赤チューリップのことが述べられている。学者たちももう全滅したと思っていたが、科学の発展では発見できた。だがその花が生えている場所は呪われているので、普通の人ではなかなか辿り着けない。その呪文の解き方は我々ではできないので覚醒した少女の力を借りてその呪文を解くわけだ。そしてその花を手に入れたら魔術師のところへ持って行く」

「その花の力は？」とある男性は訊いた。

「想像を絶する力を与え、それに不老不死の薬にもなる」

みんなは拍手喝采した。

「その少女が数年前にちゃんと見つかっているので、そこに誘《おび》き出す。もちろんその少女が完全に覚醒するために全てを揃えた。有名な女魔術師と協力している。ただ問題は一つ残っていて、それが起きたら我々の夢は水の泡になってしまう」とイサームは付け加えた。

「それは何？」

「その少女の手首に水晶があって、それが大きくなって鳳凰になったら全ては台無しになる。善の心が大きくなると水晶は鳳凰になる。だからできるだけ少女には悪の思いを抱いてもらい、善良な鳳凰の代わりに内なる野獣に出てもらわなきゃならない」

「確かにみんなは同時に善悪を持っていて自分で選ぶんだ。その少女の道を悪の道にしなきゃ。ドラゴンになってもらって〝蛇の洞窟〟と呼ばれている洞窟からその花を取り出してもらおう。その洞窟はあまり知られていなかったが、私は化石学者をしていたので、それを見つけて取り出そうとしたが、できなかった。これらを基に頑張って我々と歴史学者、物理学者と成功させたい。それより一番需重要なのは、マフィアが興味津々で我々と協力している。そういう意味でこの中の誰か一人でも情報を漏らしたら命はないということだ。わかったか？」と眼鏡をかけて髭を生やした褐色肌の男性は言った。

「私たちは何があっても味方だ。この発明と業績のためにお金を融資する」と男性たちは言った。


サーラはグユームとアマルの家に着き、アマルは温かく迎えた。

「アマル！　本当にありがとう」

「お礼を言うことはないわ。私は人を助けるのが好き。サーラに感謝しているよ」

「アマルはそう思ってくれてるのね。では私は帰らなきゃ。グユーム！　いい子にしてね」

「子供じゃあるまいし」とグユームは笑いながら言った。

「知っているわ。とにかくおばあちゃんを待たせているから帰る」

アマルはサーラの手を握って玄関まで送った。

「どうしたの？　手を握って。道は知っているよ」

「でも人生の進むべき道知らないから私が案内する。死ぬまで諦めない」

サーラはアマルの手を払った。

「私は自分で道を選んでからは振り向かない」

「わざわざ手を汚すことはないと思う。神様《アッラー》が見ているから」

「知っているけど、奪われた権利のために闘う。世界中のどの女の子も好きな人と平和に子供時代を生きる権利がある。私から人生を奪って道端に捨てた奴らは許せない」

「素敵なお祖母さんとマージドといるんじゃない！」

「おばあちゃんは確かに。でもマージドは怪しいよ。あなたも私から離れて。私はあなたと一生の友達になる運命じゃない」

「運命は関係ない。サーラは単に頑固で人々はみんな同じだと固執している。グユームがホダーにしたことはどう思う？　グユームは謝罪に来ているのに。グユームを友達に選んだホダーを責めない」

「遅いから帰るわ」

「あの球根ありがとう。きっとあなたのようにきれいなチューリップになるでしょう。チューリップさん」とアマルは大きな声で叫んだ。

サーラはほほ笑みながら去って行った。アマルはグユームのところへ戻った。

「サーラとの話が弾んだね。ごめん、別にあなたたちのことに首を突っ込んでいるわけではないから」

「サーラとの関係はややこしいわ。本当の友達にはなれないと思う」

「ホダーを裏切って一番大変な時に捨てた私は、サーラの気持ちがわかる。私って本当に我儘《わがまま》で反省しないと」

そこへアマルのお父さんがやってきた。

「いらっしゃい。あ、憶えている。あなたはサーリフさんの娘のグユームだね」

「はい、そうです。二日前にアメリカからこちらへ戻ってきました」

「お父さんはどう？　元気？　最後にアメリカへ行った時にあまり元気ではなくて……」

「半身不随で車いす生活をしながら治療をしています」

「お気の毒だ。早く治るといい。施しをして治るように祈ってやってください」

「はい」

アマルはグユームの腕をとって部屋を案内しに行った。

「パパ！　ごめんね。グユームに部屋を案内する」

アマルはグユームに泊まる部屋を案内してまたお父さんのところへ戻った。

「かわいそうな子だね。きっと苦労しただろう。早く両親の元へ戻れるように祈ろう。ちゃんと優しくしてあげてね」

「もちろんパパ。妹のような大事な客よ。でもママがグユームのことをどう思うか心配」

「大丈夫。ママはあの子の両親をよく知っているから。金持ちのひとのことは好きだから嫌なことは言わないさ」

そこでリーンは外から帰ってきて一言も言わずにアドナーンと目を合わさずに姿を消した。

「パパはママと話さないの？」

「話さない。好きなところへ行けばいい。離婚もしたければしてもいい」

「パパ！　お願いだから離婚だけは」

「ママの顔を見るたびに息苦しくなる。あんなに彼女に愛を注いだのにこれっぽっちも愛しくれなかった。むりやり他人に好きなってもらうのは無理だし。愛情は買うものではなく乞うものでもない。相手が正直にこっちに対して向けなければいらないし、お世辞や偽りもいらない。ちょっとまだ仕事が残っているから行ってくるよ。ドイツとの国境辺りで何人かの少女が確保されたが、今まだ捜査中だから」

お父さんを送ったアマルは、グユームのために簡単な軽食をキッチンへ作りに行った。グユームはお母さんと連絡していて昔の想い出にふけっていた。学校でホダーとの楽しかった頃のことや、ホダーのことを裏切って女子の間で裏切り者の代名詞となったことで死にそうに思ったことなど。それに一番つらかった罰であるお父さんの身にあったこと。突然リーンが入ってきた。

「ここで何をしているの？　ドアは半開きで電気がついていたので見に来たけど。びっくりしたわ」

「ごめんなさい。ここでしばらくお世話になります」

「グユーム？　元気？　やっとうちの娘は友達選びが上手になったね」

お父さんが言った通りに母親がグユームをほめちぎっているのを聞いていたアマルは入ってきた。

「グユームはホダーの友達で、私はサーラの友達」

「グユーム！　見てごらん。アマルの趣味の悪さを」

「サーラは曖昧だけど、世界一最高の女子」

「ほら！　ママ」

「ごめん。今から出かけてくるからまた後で。ゆっくりしていいわよ。マイアミに戻る時、グユーム一緒に行こうね」とアマルに意地悪を言いながらリーンは去っていった。

「アマルのお母さんは若いね」

「形式的にママというだけなんだ。さあ食べて」

「ありがとう。でも大丈夫。私は休みたいだけだから」

「もちろん。無理に食べることはないわ。テーブルの上に置いとくから、好きな時に食べてね。また何か必要だったら、教えてね」とアマルは言ってから去ろうとした。

「アマル！　あなたのお母さんは冷たいけどあなたを愛しているわ。だから悲しまないで」とグユームは言った。

「知っているけど、大切にされなければ愛は無意味よ。私も冷たくなるし。むしろ愛を交わしてほしくない。ママが好意を持ってくれるまで黙っておくしかない」と言って涙を流した。首を指さしながらまたグユームに話し続けた。

「ママの冷たい態度を思い出す度にここが痛むの。誰にも想像できないくらい痛々しい気持ち。家のあらゆる場所でママの匂いがするけど、抱きしめようとするとまるで娘じゃないみたいに嫌がられてしまう。私の気持ちが先に切れてしまいそう。その前にママには出て行ってほしい」

グユームは強くアマルを抱きしめて背中を左手で撫でながら一言も言えなかった。

サーラが帰宅した時にお祖母さんは家の前を掃除していた。

「おばあちゃん！　代わって。家の中に入って。もう日が暮れようとしている」

お祖母さんはサーラを無視して掃除を続けて、花に水やりしたり、鳥に餌を上げたりしていた。

「なんで無視するの？　私にはおばあちゃんしかいないのに。最近ママが夢の中に現れるの」

お祖母さんは一瞬で動揺し、サーラに耳を傾けた。

「まるで何かに注意するよう促しているように見える。けど何だかわからない。パパも現れて暗い所にとじ込めようとしていた」

「パパは誰だか知っている？」

「記憶喪失になった時は目の前に現れてもわからなかったけど、記憶が戻ってからは遠くにいてもわかるようになった」

「じゃ誰だか教えて」

「言わない。それにマージドのことを煙たいと思っているから。おばあちゃんが私に怒っているのを知っている。おばあちゃん！　アムステルダムは息苦しくてもういたくない」

「じゃ、どこへ行きたいの？」

「アマルとパパとホダーとマージドから離れた場所ならどこでもいい。おばあちゃんと一緒にいたい」

「逃げるわけ？」

「逃げるか恐れるかの問題。好きなものを失いそうな気がするし、近いうちに何か嫌なことが起きそうな感じがするけど、何だかわからない。もはや現実なのか夢を見ているかわからない。新聞を読んだ？」

「うん」

「見つかったけど、次は私の番という気がする」

「たわ言を言っている。そういう縁起悪いことを言うのはやめて。おばあちゃんはいつもあなたのそばにいるよ」

「おばあちゃん！　抱きしめていて。あのひとらに闇の谷に引きずられないように守ってね。おばあちゃんと離れたくない」とサーラは泣きながら言った。するとマージドが入ってきた。

「ごめん。荷物を取りに来た。お祖母さん！　お世話になってありがとう」

マージドの携帯が振動した。バーティルが突然サーラの前に現れた。

「マージドに用心しろ」と言って姿を消した。

マージドは顔が真っ青になったサーラを見た。

「どうしたの？　誰か現れた？」と言ってサーラに近づいたが、サーラはマージドを後ろへ強く追い払った。マージドは倒れて頭を打って軽いケガをした。

「ごめん」とサーラは言い放って部屋に急いで行った。マージドは追いかけたがサーラは部屋に入って鍵をかけたので、入ることができなかった。

「僕は気にしていない。誰が現れたか知っている。僕が助けるから、協力しておくれ。僕は君に迷惑をかけるためにいるのではなくて、君を護るためにいると誓う。どんなに悪い噂を聞いても信じないでくれ。あいつらはサーラの気を散らしてサーラと僕との間に亀裂を入れようとしているんだ。一度でいいから冷静になって考えて信じてほしい。もし僕が悪人で君を利用しているのだったら、僕を殺して構わないから」

サーラは部屋のドアを開けた。マージドは入って彼女を見た。悪魔に変身していた。

「どうだ？　今の私は？　これでも私についての噂は嘘か？　私の中の悪魔を見てみろ。子供の頃から少しずつ成長してきた。私は今人間半分悪魔半分なんだ」

お祖母さんが入ってきて、その光景の恐ろしさに驚いた。

「あり得ない。うちの娘は美しい人間。別の生き物に変えられるなんて許せない」

「お祖母さん！　落ち着いて。バカな行動をしないで」とマージドはお祖母さんに言ったので、お祖母さんはアマルに連絡してすぐ来てもらえるように部屋を出て走った。

「サーラ！　落ち着いて。その悪魔を沈ませて。人間に戻って」

「怖いか？　じゃあ、この問題からどのように私を救い出すか教えて」

「君は僕たちと同様に人間だよ。だが卓越で天才的で強い子という運命だったので、君のお父さんに利用されたんだ。手首の水晶は救ってくれるが、悪魔ではなく鳳凰をうちから取り出さなければいけない。サーラが自分と能力を信じているのは知っている。だからその野獣に打ち勝ってほしい」

「あなたこそ本当のことを言って。殺したりしないと約束する。私とおばあちゃんにしたことを償いながら生かしてあげる」

「僕は恥じるようなことはしてない。僕はまっすぐな人間で善行しかしていない」

「あなたはただの村の若者じゃない。私に人間に戻ってほしいならば、強くあなたを信じているかわいそうなおばあちゃんに隠している本当のことを言いなさい」

「サーラ！　僕のことはどうでもいい。僕はただ真実を知りたくて来たんだ」

「真実は何？」

「君が僕の人生の唯一の真実」

お祖母さんは震えながら入ってきてサーラを見ていた。サーラの顔の半分は悪魔の顔で、もう一つの半分は人間の顔だった。角も生えていて声が怖ろしかった。目も野獣の目で真っ黒でその中は赤点だった。爪も長く髪の毛が真っ黒で長い。黒い斑点は顔の右半分を覆っていた。サーラは手首から刀を出し、体の中では何かが動いていた。まるで体の中に生き物が生きていて中の悪魔を起こしているようだった。

「どうなっているの？」とお祖母さんは叫んだ。

「わからない。私のせいかなあ！　せっかくしばらく大丈夫だったのに。自分を許せない」

アマルもやってきて最初は目を疑った。瞬き一つもせずにサーラをじっと見ながら、サーラに近づいていったが、マージドはアマルの左手を掴んで止めようとした。

「近づかないで。害を加えられるかも」

「みんなは私を他人に害を加える怪物として見ている」とサーラはアマルに言った。

アマルはサーラの刀を握った。

「私の刀に触るな。ケガをする。これは私とマージドとの問題。アマルは関係ない」

「サーラ！　黙って。サーラのことを大切に思っている。サーラも私を必要としているのも知っている」

アマルは少し後ろに下がったが、その手は血まみれだった。

「もうやめようサーラ。君は天使のような心を持った人。正気に戻って」

サーラが怒り、アマルを押した。お祖母さんはアマルが立つのを助けた。

「諦めない」とアマルはマージドを獲物として狙っているサーラに向かって叫んだ。

「どうぞ僕を好きなようにしてくれ。命乞いなんかしない。覚悟はできている。僕は心も君に支配されているから」

サーラとマージドが話している隙を狙ってアマルはサーラに飛び込み、抱きしめたままサーラを床に倒した。

「動かないよ」とアマルは言った。サーラは気絶するまで叫んでいた。サーラは一瞬戻ったが、すぐにまたバーティルが現れてサーラの体の中に入った。

「ためらったり、他人のことが気になったりすると舐められる」とバーティルはサーラをそそのかした。

マージドはバーティルに気づいてサーラのところへ駆けつけて大声で叫んだ。

「サーラ！　お母さんはここにいるよ」

サーラは目を開け、深呼吸してこっちを見てほほ笑んでいるアマルの方を見た。

「私に何が起きた？　なんで床に？　なんでアマルはここに？」

「ずっといるよ。みんなサーラの味方だよ」

「その悪魔と闘ったサーラは誇らしい」とマージドは大きな声でその悪魔に対して言った。

「まだここにいるんだったら出てこい。出てきて僕と決闘しよう。女子の体に入り込みそそのかすなんて……」

「もういないよ。奴は私の体に入り込み、体の中から私に話すから。私の中にいる悪魔を起こそうとしているから疲れるよ」

サーラはアマルとマージドの傷の手当てをした。

「アマル、マージド、ありがとう」とお祖母さんは言った。

「何もしていない」とアマルは言った。

「とんでもない。私は近づく勇気さえなかった。襲われるのが怖くて……」とマージドはアマルに言った。

「いやいや、マージドは私より強かったわ。挑んでいて時間稼ぎしてくれた。それにあのセリフ」

「本当に？　何か言った？　サーラと話すと気負ってしまうから」

みんな笑っているところにサーラがやってきた。

「普段言い慣れていないことだけど、みんな本当にありがとう。それとマージド！　ここに好きなように残っていいよ」

サーラはアマルの方を見て言った。

「今出かけようか?」

「うん、そうしよう」

アマルとサーラは二人で出かけた。雪景色だったが晴天で太陽がみんなの心を温めていた。アマルはサーラの手を握っていた。

「サーラの手が好きで気持ちいい」

「今日一日出かけると約束したから、今日は好きなように言っていいし、好きなようにしていいよ」

「ありがとう。ずっとサーラと出かけたかった。朝から丸一日というわけにはいかなかったけど。もう午後5時だけど、仕方がない。欲張ってはいけないね」

「えらい。確かに欲張りは良くない」

「ねえ、サーラ! 訊いていい?」

「何?」

「なぜマージドに対して冷たいの?」

「あの人はあなたに何か話した?」

「ううん、でもサーラの態度を見ると冷たくて嫌いかなと思った」

「好きでも嫌いでもないけど、そばにいるのが好きじゃないんだ。まるで監視されている気分になる。それに何かを隠しているように思う。それよりはグユームは?」

「大丈夫だよ」

「いつまで手をずっと握っているの?」

「死ぬまで。サーラは私にとっては姉妹同然。だよね?」

「わからない。でも今日は好きにしていいし、反抗しないよ。車が好きじゃないから自転車で行かない? なんか車だと落ち着かない。ごめんね」

「ううん、別に大丈夫。行こう！　乗せてくれるの？」

「いいよ。しかも行きたい場所まで」

アマルは大喜びした。

「さあ、乗って。二人乗りしたことはないでしょう？」

「ない。初めて。なんか楽しそう」

アマルはヘルメットを被ってサーラの自転車の後ろの方に乗った。

「行くよ。出発」

サーラが走り出すやいなや、アマルは怖くなって目を閉じた。

「怖いわ。落ちたりしない？」

「大丈夫、私がついているわよ。鳥のように飛べるわ。どこまでも行くよ！」

サーラはそう言って加速した。

アマルは目を開き、前を見つめた。まるで人生の悩みも、嫌なことも、悲しみからも、全て解放されたかのように感じた。

アマルはまた目を閉じた。髪の毛が風になびいていた。

「どう？　もっと速く走ってみる？」

サーラが尋ねた。

「うん、飛びましょう」

サーラはキューケンホフ公園につながる道を通って、自転車を二人で降りた。そしてバスに乗り換え、アマルとともに公園の方へ歩いていった。

その公園は、素晴らしい景色でさわやかな風が吹いていた。

「もっとこの公園のことを知りたい？」

サーラは言った。

「サーラは歴史の話が好きよね」

「ええ。いろんな話をひとつひとつ教えてあげるわ」

「どうしてこの公園に来たの？　サーラ」

「この公園が好きだからよ。前からここに来たいと思っていたの。こうしてあなたと一緒に来ることができたわ」

「きっと神様のおかげね。せっかくだから二人で写真を撮りましょう。一眼レフも持ってきていれば良かったわ」

「持ってこなくて良かったわよ。あなたがいつでもずっとカメラを構えているのは好きじゃないの。もう行きましょ。この公園はもともと自然保護地域だから、とても貴重な鳥も生息しているのよ」

「はい、先生」

「バカにしてるの？」

「まさか。とんでもない、馬鹿になんてしていないわよ」

アマルは携帯のカメラであちこちの写真を撮って回った。花の香りを胸いっぱいに嗅ぎまわり、まるで天国にいるような心地になった。

サーラは気を取り直して言った。

「この公園には、１００種類のユリと、全部で４５０万本の花が咲いているの。そして87種類の木々が２５００本植えられているの。２８０席のベンチも設置されているわ。公園の全長は15㎞で、15の噴水と32の橋がかけられているの。それに土産物や花の売店も設置されているわ。公園内のフラワーロードは全長15㎞に及び、１８９２年に設置された歴史的な風車が有名ね。様々なオブジェや銅像もあるし、公園を横断する花電車もあるわ。それはロシア帝国から寄贈されたものなの。そして公園内を移動するボートもあるわ」

説明が終わるとサーラは立ち上がった。アマルは尊敬の念を込めてサーラを眺めていた。

「私ほど幸せな人ってきっと他にはいないと思うわ。ねえ、一緒にそのボートに乗りましょうよ。サーラが漕いでちょうだいね」

アマルはサーラがオールを握っている様子をカメラにおさめ、そして自撮りもした。これがもしかして、自分の最後の楽しい思い出になるかもしれないという思いがアマルの心をよぎった。

サーラがボートを漕ぎ続けている間、アマルはひたすら写真撮影に没頭していた。

サーラは皮肉な声で言った。

「あなたはいいわね。あなたは私の写真を撮る係、私はボートを漕ぐ係。まるであなたの召使いみたいなものね」

アマルは笑いながら言った。

「あなたが、今日は好きなようにしていいって言ってたじゃない」

突然、アマルの頭が激しく痛み始めた。しかし、アマルはそれをサーラに知られたくなかった。

サーラが言った。

「どうしたの？　どこか痛いの？」

「ううん、ちょっと目眩《めまい》がしただけよ」

「そう、きっとボートに酔ったのね。そんなに岸から離れていないから、そろそろ戻ろうか？」

「ううん、あなたともっと一緒に楽しく遊びたいわ。まだ帰らないわ。サーラ、あの素敵な場所で一緒に写真を撮りましょうよ」

ボートで池を一周した後、二人は公園内を散策し、ケーキを食べたりジュースを飲んだりした。そしてその様子を写真に撮ったり動画を撮影したりした。

アマルは恥ずかしそうに言った。

「サーラ、私に自転車の乗り方を教えてくれない？」

サーラは笑いながら言った。

「いいわよ。あっちに行こう、自転車をレンタルして公園の周りをまわってみましょう」

自転車を借りると、サーラはアマルに自転車の乗り方を教え始めた。

「私が自転車を支えていてあげる。アマルはペダルに足をのせて。そして前を見て、バランスをとりながら、ペダルをこぐのよ」

「手を離さないでね……！」

「大丈夫よ。私がずっとついているから」

「私を離さないと、約束してくれる？」

「約束するわ。大丈夫だって。じゃあ、押すわね！　1、2、3と数えるわよ。準備はいい？」

「わかったわ」

「さあ、自由な世界へ行って！」

アマルはゆっくりと自転車をこぎ始めた。サーラはアマルの心を落ち着かせるために、後ろから話しかけ続けた。

「どう？」

サーラはアマルに尋ねた。

「なんだか鳥になったみたい……自由に飛んでるみたいな気持ちよ。これで、どこまでも行けるわ。サーラ、あなたと一緒なら……！　ほんとに幸せな気分だわ。サーラ、絶対に離さないでね。離したら許さないわよ」

「大丈夫。ずっとそばについているから。アマルは前を見ていてね」とサーラは言って、手を放して立ち止まった。自転車はそのまま進み、アマルは一人で自転車をこぎ続けた。

アマルは数メートル進んだ後に、後ろを振り返ると、大声で叫んだ。

「……裏切者!! 転んでしまうじゃない！」

サーラはアマルのところへ駆け寄り、自転車を再び支えてあげた。サーラは言った。

「私がいつまでもあなたのそばにいてあげられるわけじゃないの。いつか、あなたも自立しなきゃいけない時がくるでしょう」

アマルは腹を立てて言った。

「私が一人で自転車に乗れるようになったら、あなたはそうやってどこかへ行ってしまうつもりね。じゃあいいわ。自転車になんて乗れるようにならなくていいわ」

アマルは続けて言った。

「サーラ、あなたは自転車にも乗れるし、馬に乗るのも上手だわ。私は自転車にすら乗れない。なんて惨めなの」

「どうしたっていうの、アマル？ 急に悲劇のドラマの主人公にでもなったの？ 私は自転車のことを言っただけよ。ささやかなことでも、自分の力でしっかり立ち向かってほしいってことよ」

アマルはサーラに励まされて、再び自転車に挑戦することにした。羽織っていたシャツを脱いで腰に巻いた。そして言った。

「よしっ！」

1時間半が過ぎ、その間にアマルは転んだり、サーラが笑ったりしていたので、芝生の上に座って休むことにした。

「サンドウィッチ食べない？」とサーラは提案した。

「うん」

「わかった、買ってくる」

アマルはサーラが売店の人に注文しているのをサーラの携帯で撮影していた。すると若い男性がアマルの隣に座り、話し始めた。それに気づいたサーラはアマルの表情からすると嫌がっていたように見えたので、遠くから大声で言った。

「アマル！　明日ボクシングがあるって忘れていないよね」

若い男性はアマルを見て尋ねた。

「お友達？」

「うん」

男は立ち上がった。

「本当にボクサー？」

「サーラのことを聞いたことはない？」

「あの神経質で乱暴な学生のこと？」

「うん、彼女よ」

「ボクシングは得意じゃないし、それに一人だと思ったから、ごめん」と言って怯えながら去っていった。

アマルはゲラゲラと笑いながら芝生の上に大の字になって寝転んだ。

帰ってきたサーラは隣に座って尋ねた。

「どうしたの？　何か面白かった？　さっきの男の子はジョークでも言ってくれた？」

「ううん、むしろ逃げ方が面白かった。最初は痴漢されるかとハラハラしたけど、サーラのことを聞いた途端に逃げるように走って去って行ったわ」

「ああいう男は女性を弱いものとして見ているから」

「なんて？　私のこと弱いとでも思っているの？」

「ええ、さっきの男が近づいた時のあなたの顔を見せてあげたいわ」

「とんでもない。私は強いけどさっきの子は大目に見てやっただけよ」

「口数が減らない子。男が苦手だということは知っているよ。アマルには武術をお勧めするよ。武術はスポーツであり、護身術でもあるから。今の時代は誰も信用しない方がいいよ」

「お腹空いた。私の分ちょうだい」とアマルはわざと話をそらしたのでサーラはアマルを睨んだ。

サーラが携帯電話を弄《いじ》っている一方ではアマルは彼女を見つめていた。

「ねえ、いつまで私をじっと見るの？」

「携帯電話を弄るのをやめてくれるまで。私のことをほっといているから」

「じゃ、あそこの遊び場で子供たちと遊んできたら！」

「子供と遊ぶために来たんじゃない。でももういいわ」とアマルは去ろうとした。

サーラは携帯電話を閉じ、鞄にしまった。アマルとブランコで遊んだり、サッカーをしたりした。

そして射的屋で遊んで、小鳥をかたどったペンダントヘッドが当たったので、サーラはそれをアマルにあげた。

サーラはジェットコースターを見てアマルに言った。

「どう？　ジェットコースターに乗らない？」

「怖いからやめておく」

サーラはアマルの手を掴んだ。

「なんでもかんでも怖い怖いと言って。いつになったらチャンレジするの？　おいで。乗ろう」

サーラはジェットコースターのチケットを買ってアマルの隣に座った。シートベルトを締めて、席の前の手すりを握った。ジェットコースターがゆっくり動き出したので、アマルはサーラに体をべったりくっつけた。ジェットコースターが上に上がった時にアマルは目を閉じたが、サーラは怖がるふりをして叫びながら、べーっと舌を出していたが、アマルは怖くて叫んでいた。

「本当に子供だわ」とサーラはアマルに言った。

ジェットコースターはやっと止まって二人は降りた。アマルは目が回っていてフラフラと歩いていたので、サーラはそれを笑っていた。サーラはアマルを座らせてあげた。

「ひどいよサーラ。許せない」

「ごめんね」

アマルはサーラの肩に頭を載せた。

「ずっと一緒にいれたらいいね。約束してサーラ」

「それはわからない」と小さい声でいった。

アマルは期待していた返事ではなったので、がっかりした。世間一般的な友達同士で交わす〝一生そばにいる〟という約束の言葉じゃなかった。

「アマル！　素敵な指輪ありがとう。でも私にはもったいないよ」

「本当に気に入った？　もったいないなんて言ったら悲しむわ。あれは友情の印として」

「私はそういうのに慣れていないから。他人や友達からプレゼントをもらったりしたことがないから」

「これからずっとする。喜んでほしいし、嫌なことがあっても世の中はまだまだいいことがあること見せてあげたいし」

「やっぱりもらわない」と冷たい目でアマルを見ながら言った。

アマルは悲しげにほほ笑みながら言った。

「それってつまり私の友情そのものを受け入れないってことだよね」

「だからプレゼントの話をしているの。友情じゃなくて」

「まあ少なくとも〝アマル〟と名前を呼ばれたし、お礼も言われたからいい。欲張ってはいけない」

サーラはほほ笑んだ。

「サーラに謝りたいことがある」

「何？」

「ホダーに嘘をつかれた。助けてくれたのはてっきりホダーだと思っていたけど、マージドが教えてくれたわ。あなただったのね。あの時の火事で助けてくれたのは」

「アマル！　もうその話はいい。確かにあの時ホダーの嘘を信じてしまったあなたに怒っていたけど、今はもう大丈夫。忘れたから。誰だって間違えることはあるし。間違えない人間なんていない」

「じゃ許してくれたってこと？」

「ええ、もちろん」

しばらく歩きながら会話が続いた。

「ねえ、アマル！　もし私が違う人になってもずっと支え続ける？」

「友情と表裏して愛がある。だけど決して錆つかない」

「退屈さから抜け出させてくれたのはアマルだけだったって知っている？　安心を感じられたのはアマルだけ。ずっとそんな人に会えるなんて思ってもいなかった。昔私と同い年の知らない女の子が突然私のところに現れて電話番号をくれたんだ。不思議な子だなあと心の中で思ってたんだけど、無邪気な子だった」

「その子の顔付きは憶えている？」

「よく憶えていないけど、あなたのようにえくぼがあったわ。カメラもあなたのように好きだったわ。でも名前は何だったか知らない」

「いつかその子に会いたいと思わない？」

「好奇心はあったけど、てっきり同じ街の人だと思っていたから、また会えると思ってたけどその子消えてしまって」

「その子が私だったらどうする？」

「冗談でしょう？」

サーラは立ち止まっていつもの笑顔のアマルを見て言った。

「違う。冗談じゃない。本当だもん。そうなの、サーラとだいぶ前に会っているけど、サーラには言えなくて」

「えっ、ちょっと待って。信じられない。なんで気づかなかったのかしら」

「記憶喪失だったからじゃない？」

アマルはサーラを抱きしめた。

「サーラ、やっと言えてよかったわ。サーラにとって誰よりも一番近くにいたい。本当の姉妹のように」

「何と言えばいいかわからなくて。なんか恥ずかしいような動揺しているような。そういうのに慣れていなくて。母に友情を大切にしなさいと言われてきたけど、反抗していたし。父は厳しい人でちっとも優しくしてくれなかった。父に対して一度も安心感を抱いたことはなかったわ。いつかその代償を払わせてやる。遅かれ早かれね」

「サーラのパパってイサーム？」とアマルは小さい声で尋ねた。

サーラは俯いたまま拳を握っていた。アマルはそれを見て確証した。

「もしあの人がそうだったとして、私の苦しみは変わらない。あの人になぜ私が苦しまなければいけないかを説得することができるか？」

「ねえねえ、私がいるじゃない。二人で力を合わせて解決策を見つけよう」

「もう日が暮れるから帰ろう」とサーラは話をそらそうとした。

アマルのママから10回ほど着信があったが、アマルは機嫌が悪くならないようにわざと出なかった。

「お母さんが心配しているでしょうから出てあげた方がいいよ」

「ただ家に帰ってほしいだけ。私のことをどうでもいいと思っているくせに。きっとパパからサーラと一緒だと聞いたからでしょうね」

「私のことを嫌がっているのは知っているよ。でもそれは仕方ない」

サーラの家への帰り道でアマルは店を見た。

「パパにお土産を買ってくるからちょっと待って」

「うん」

アマルはその店で今ではあまり売っていないキャンディーがあったので、買ってきた。お金を払ってお釣りを募金箱に入れた。両親とサーラのために祈りながら店を出た。ほほ笑みながらサーラにイチゴのキャンディーを渡した。

「帰ろう」

「うん、ありがとう」

帰宅したアマルはちょっと玄関のところで休んで、部屋に上がろうとしたらリーンがやってきた。

「あの子と出かけていたの？」

返事をせずにそのままアマルは部屋へ行こうとしたが、追いかけてきた。リーンは後ろからアマルを掴まえてアマルの顔を覗くとアマルがかなり疲れていることがわかった。

「ママお願い、疲れているので今日は言い合いしたくない。手を離してくれる？　せっかく楽しい一日だったのを台無しにしたくない」

「あの子に魔法でもかけられたの？」

「うん、美しい心で私を魅了した。大切な人のために時間を割こうとしない人もいれば、親戚でも何でもないのに安心感を得られる人もいる。皮肉なものね。口数少ないしいちいち訊いてこないし。でも一緒にいるのが楽しくて仕方がない。どれほど妹がいればと思ったことか。パパは頑張ってくれているけど、ママの代わりになれない時だってある。私はママの操り人形じゃない。世界中の母親は子供に優しいはずなのにママを見ると喧嘩ばかりで嫌。世間体のためにパパと結婚して私を作っただけなの。その後は自分の仕事だけが生き甲斐だったんでしょう。念のために言っとくわ。私はママが選ぶような人と結婚なんかしない。自分が結婚したい人と結婚する」

リーンはアマルを強く引っぱたいた。

「これしかないよね。ママから受けるものは。暴力と侮辱だけ。本当に私はママの娘？　もういい。パパにこれを渡してくる。おやすみ」

アマルは泣きながら部屋へ駆けつけた。

帰宅したサーラはお祖母さんとマージドが中庭を掃除しているのを見た。

「お帰り。家に入って休んで」とお祖母さんは言った。

「大丈夫。私も手伝うから」

「大丈夫。もうすぐ終わるから」とマージドは言った。

「あなたに言っているんじゃない。おばあちゃんに言っているの」

「お願いだから二人とも喧嘩しないで。せっかく今日は暖かくて穏やかな日なんだから」

部屋に行ったサーラは、テーブルの上に指輪が入った箱を見た。指輪を取り出して薬指にはめて眺めながら心の中で呟いた。

「きれいなだけで、やっぱり私には似合わない。あの子のような優しさはないからふさわしくない」

その時にアマルから連絡が来た。

「サーラ！　今日はありがとう。楽しかった」

「どうしたの？　何かあったの？」

「ううん、最高に幸せだよ」

「なんか怪しいね。ちょっと待って。写真を送るから」

屋上に上がったサーラはそこの写真を撮り、アマルに送ったので、アマルは喜んだ。アマルはちょうど寝るところだったが携帯を見るとサーラから写真がまた送られていた。アマルがあげた指輪の写真でアマルの悲しみが一気に消えたように感じた。アマルは涙を拭き、サーラに一言で返事をした。

「好き」と送ってから携帯を枕の下に置き、毛布にくるまった。サーラは枕に頭を載せて呟いた。

「ママ、おやすみ。また夢の中であえるように」

グユームはリーンと一緒にいた。先ほどのアマルとの言い合いの一部始終を見ていた。

「リーンさんはなんでアマルに対して厳しいのですか？　ママは一度も手をあげたことはありません」

「それはグユームがいい子だし、反抗していないからよ。でもアマルはあのサーラという子のせいで反抗ばかり」

「リーンさんの考え方は間違っていないけど、親友がいない人は、蓄えがないのと同じです」

リーンは黙ったまま最初はグユームが言った言葉の意味を理解できなかった。

「では失礼します」とグユームは言ってアマルの部屋へ向かっていった。

入ろうと思ったが、やはり勇気がなくて自分の部屋へ戻った。部屋の中で自分がリーンに言った言葉を思い出した。グユームとホダーが別れた日にホダーがグユームに言った言葉でもあり、ずっとグユームの頭の中に刻まれていた。

ハッサンとホダーが自宅にいると、イサームが現れた。

「昔あんたが捨てた娘とその母親は元気？」とホダーはイサームに訊いた。

「関係ないだろう。何を調べているんだ？　まあ好きにすれば良い。その子が見つかったら教えてくれ。会いたいから」とニヤニヤしながら言った。

「もっと怒ると思ったけど、あなたは人間性のかけらもない人だと思い出したわ」

「人間性か？　お前はどうなんだ？　学校で何をしている？　そのサーラという子に」

ホダーは激怒した。

「あなたも調べているのね。まあ無理もない。とにかくあなたが死刑になる日を楽しみにしているわ」

「お姉さん！　腹を立てないで。行こう」

二人が去って行く後ろ姿に対して皮肉を込めてイサームは拍手した。ホダーとハッサンは母親のところへ行った。

「ママ！　イサームという人はいったいなんなの？」とホダーは涙を流しながら母親に訊いた。

「人間じゃない。残念ながら私を騙して捨てたのよ」

突然そこへイサームが入ってきた。

「君の娘は私を調べている。私を落とせるとでも思っているのかな？」

「そうね、ママを殺そうとしたのもどうかしら？　全部お金のため。いつか後悔させてやる」

「お姉さんに近づかないで。僕はお姉さんを守る。あなたのような人は刑務所で償えばいい」とハッサンは言った。

「誰が私を刑務所へ連れて行ってくれるかな！」とイサームは笑いながら言った。

「罪を犯した人は必ず裁かれる日がやってくる。世の中はそう。たとえ時間がかかっても必ずその日はやってくる。神様も見ている」

「たわ言だ。俺はもう寝る。お前はママと一緒に私の屋敷にいるが、近いうちに新しい妻がこの屋敷にくるぞ」

「本当に？」とホダーはママに向かって訊いた。

「そうみたい。この前知らされた。20代のきれいな女の子だって」

「そうだ、きれいな女の子だ。俺は若くてきれいな妻を持ちたい。このおばあさんはもう飽きた。お前たちがここにいられるのはあと僅かだ」

そこへ突然ホサームが現れた。

「ホダー！　心配しないで。僕がいるから」

「おっとっと！　ここで俺が『びっくりした。こわい。この計画は止めるわ』とでも言うと期待しているのか？いいかお前ら！　何をかげで話しているか知らないが、証拠がなければ俺は捕まらないんだぞ」

「じゃあ証拠を出したら自首する？」

「俺は有名な実業家であちこちに権力を持っているから、捕まらない。仮にそうなったとしても、その前にお前らを始末する」

笑いながらイサームは去って行った。その笑いで余計にホダーの怒りが増した。

「ホサーム！　なんで帰ってきたの？」

ホダーは叫びながら訊いた。

「そんなに私のことが心配？」

ホダーは俯いた。ホサームはホダーに近づいた。

「僕はグユームでもなく弱い男でもない。前より強くなって帰ってきた。僕は法律家で大丈夫だから心配しないで。僕はホダーにしてもらったことは一生忘れないので、全面的にホダーを支えるよ」

ホダーはホサームを押して言った。

「ほっといて。邪魔するような人はいらない」と言って家を出たのでホサームは追いかけて話しかけたが、ホダーは無視して車に乗り、ドライバーに早く出すように言った。ホサームは車で追いかけていった。ホダーはアマルに連絡して今すぐ会えないか聞いてみた。ホダーの声を聞いて心配したアマルは了承した。アマルの屋敷に着いたホダーは中に入って行ったが、ホサームは入れなかった。ホダーは屋敷の門の前で待っているホサームを遠く見ながら中へ入っていった。ホダーはアマルが出してくれたコーヒーを飲んだ。

「どうしたの？　何かあった？」

「アマル、ごめんね。こんな遅い時間に。それに疲れていそう。大丈夫？」

「ううん、大丈夫。ちょっと息苦しいから外で話そう」

二人は家の外へ出た。その時、ホダーが上を見ると誰かが二階の窓から覗いていた。よく見るとグユームだということに気づいた。

「信じられない。この人はここで何をしているの？」

「落ち着いて話を聞いて」

「ごめん、落ち着くわけない。帰るわ。アマルはその卑怯者といればいい」とホダーはグユームと同じ空間にいるのが嫌で腹が立つので去ろうとした。

グユームはアマルに電話した。

「ホダーは私を見たから帰ったの？」

「ええ、なんで姿をみせるの？　まだあなたがここにいるわけを説明していなかったのに、もう永遠に問題が続くわ。どうしたらいい？」

「アマル！　ごめん。やっぱり出て行く。これ以上アマルに迷惑をかけたくない」

「そういうつもりで言ったんじゃないわ。でもホダーにあなたとサーラも味方だと誤解されたくなかった。とにかくグユーム、今日はおやすみなさい。きっと明日はいいことがある」

ホダーの携帯にハッサンから連絡があったが出ずに車に乗った。突然ホサームも乗ってきた。

「諦めない。わからないのか？」

「降りなさい。あなたと話すことはない。なんでストーカーするの？」

「ホダーは僕にとっては大事な存在だから」

「あなたが好きだったホダーはもういない。別人になった。そっちこそわからないの？　私に残されたのは母と弟だけ。あなたは私なんか追いかけてないで、どうぞ自分のことに専念して」

ホサームは叫んだ。

「よく聞いて。君のお義父さんには罪を償ってもらう。必ず刑務所に行くか死ぬかのどっちかだ。わかる？　君の家族にしたことの代償はしっかり払わせる。きっと僕にまで何かしようとしてくるだろう。今はいったん引くけど、伝えておくよ。君でなければダメなんだ。君と一緒になるか死ぬか。君のために死ぬのも本望だ。君の恩は一生忘れない。でも君の中に以前と同じ素敵な女性が潜んでいるから簡単には君から離れない」

ホサームはそれを言ってから車を降りた。車窓からホサームの悲しそうな顔を見たホダーは厳しくしすぎたかなと反省したが、父を失った時のつらさやグユームとのつらさもあったため、また誰かを失うのが怖くてそうするしかないと思った。もう一度あの時の気持ちになりたくないし、イサームは悪質なので刑務所送りにできないもどかしさも感じていた。

空で稲妻が光り、雷が鳴った。すぐに雨が激しく降り始めた。帰宅したホダーは弟のハッサンと言い合いながら、これはホダーの問題なのでホサームに諦めてもらうようハッサンから説得することを頼んだが、ハッサンは同意せず、ホサームは弁護士なので支えてもらえるし、このイサーム問題にはとても重要な役割を果たすと信じているので断った。

ホサームはホダーの部屋の窓の前でこの悪天気の中、立って待っていた。問題をかなり抱えているホダーに傷つけることを言ったのではないかと罪を感じた。イサームが屋敷の中に入るのを見て話しに行った。

「これは俺とホダーとの問題だから、引っ込んでくれ」

これを言われたホサームはまるで自分が無力だというように言われている気がして立腹した。

「ホダーに指一本でも触れたらこの手で殺してやる」

「お前には何もできない。それに中国帰りのお前を誰が雇うか」

「あなたを刑務所送りにした後はいくらでも仕事がある。僕は弁護士だし、中国で好評だし。絶対に全てを元に戻してみせる。子供の頃からホダーを大事にすると自分に誓ったが、彼女はわざと離れていった。しかし、私はまた戻ってきた。そしてここを離れるつもりはない」

「どうぞ、ホダーの大ファンさん。好きなだけ私の屋敷にいればいい。でもあの子は別館にいて、女の子だから別館にいくわけにはいかないだろう」

イサームの発言に腹を立てたホサームはイサームを殴り、地面に倒した。

「ことは始まったばかりで、これからだ。力を合わせてお前のようなくず人間を倒してみせる」

ふとホサームはイサームが付けている指輪を見た。

「それは魔術師たちがつけている指輪だ」と叫んだ。

「頭がいい。そのうちわかる」

ホダーが別館の玄関にいて見ていた。特に二人が声を荒げた時にホダーはそれに気づき、外に出た。ホサームがイサームを殴っているところを見て喜んでいた。

翌日の朝、女子学生は体育館へ向かった。今日はサーラのチームとホダーのチームとでバレーボールの決勝戦だ。アマルは体調が悪く出場していないので、観客席の方に座っていた。試合は10時に始まるが、時計の針は9

時を指している。それぞれのチームが準備している中で一部の保護者の姿が見えた。アドナーンとその妻、ハッサン、ホサーム、グユームは来ていた。グユームの姿を見たホダーは浮かない表情だった。サーラはホダーに言った。

「ほら見てみなさい。ずっと私に嫌がらせをしてきたけど、散々私にやってきたことが今こうして自分にかえってきているじゃない」

「じゃ、サーラの優しいお父さんは？　あなたとお母さんを置き去りにして出て行ったんだって！　かわいそうに」

観客席にパパと座っているアマルは呟いた。

「ホダーはサーラに対して火に油を注いだようだ。まずいわ」

サーラが振り向くようにわざとアマルは叫んだ。こっちを振り向いたサーラは応援幕を持っているアマルの姿に気づいた。そこには〝自信を持って。あなたは最高だから必ず勝つ〟と書かれていた。

サーラは気合を入れ直し、観客席の方から声援が聞こえた。

「みんなあなたの正体を知らないのに好きで応援している。いったいあなたは何者？」とホダーが近寄って言った。

「あなたはうぬぼれているようね。そして私に対して理由もなく理不尽に憎しみを抱いているわ」

「いつかわかるわ。お馬鹿さん」

「ホダーの態度はよくないな。いつも向こう見ずな態度で失敗している」とホサームは言った。

「あれがお姉さんのホダー。トラブルメーカーだ」とハッサンは言った。

「ホダーと言い合いしている子は何という子？」

「あれはサーラ。ホダーは子供の頃からサーラに対して挑発的なんだ」

「なんで？」

「知らないし、お姉さんは教えてくれない」

「ホダーは知り合った時からずっと黒い服しか着ていない」

「うん、サーラも僕が10歳の時に初めて会ったんだけど、その時からダークブルーの服しか着ていない」

なんでお姉さんの態度に耐えているか不思議だよ」

試合が始まり、10分経ったところでホダーのチームが先制した。その後サーラが素晴らしい一点を入れた。両チームが絶対譲らない熱い試合だ。ホダーの最大の目的は勝利というより、サーラにボールを当てて怪我をさせることだ。

休憩の時間となり、サーラは汗を拭き、水分を補給している。試合が再開して両チームが最高のパフォーマンスを見せている。

「今日こそ負かしやる」とホダーは言った。

「夢でも見ているのかしら！」とサーラは言い返した。

立ち上がったサーラは再びプレイをする。サーラが右側方の観客席を見ているのをホダーは見逃さなかった。ホダーは唾を呑み込み、思いきってボールをサーラに向けて打ち込んだ。ボールはサーラのお腹に当たり、サーラは地面に倒れた。

救急隊員が来た。サーラは何も言わずに立ってコートを去って行った。コーチが呼んでも何も聞こえていないかのように去って行った。まるで抜け殻になったサーラの態度を見て観客も驚いた。サーラは休憩室で冬にもかかわらず冷水を浴びていた。地面に座り、目を閉じたままで足を伸ばして泣きながら震えていた。外から呼んでいる人の声が聞こえたが出たくなくて家に帰りたかった。

試合はホダーのチームの勝利で終了した。ホダーは勝利よりもサーラの衰弱を喜んでいた。更衣室に向かおうとしたホダーの前にグユームが現れた。

「今日は好きで友達だった頃のあなたとはまるで別人のあなたを見てしまった」

「あなたとの友情からは痛みしか残らなかった。関係ないから首を突っ込まないでくれる？　戻ってきた時にもっと嫌いになったわ」

「確かに私はあなたを責める立場ではないけど、私は頑張って犯した間違いを正すから、あなたに許してほしいの」

「誰が許せると言ったのかしら！　死ぬまで許さないから。あなたとしゃべると余計に腹が立って不眠症になるから、どいて」

「私は諦めないし、どんなに長い期間がかかっても我慢するわ。ただ、サーラとあなただと、サーラの方がより強いので、最終的にはこの勝負サーラが勝つと思うわ。彼女はあなたに対して悪いことをしていないのに、あなたが彼女に数え切れないほど嫌がらせをしてるもの」

「私の方が強いからサーラは私には勝てないわ。あなたが戻ってきて私の計画が台無しになった」

「計画？　世界大戦じゃあるまいし」

グユームは馬鹿にする笑いをした。

「もういい。話しても無駄」とホダーは言ってグユームを押しのけて更衣室へ向かった。

アマルはサーラを探し回ったが、見当たらなかった。自転車もなかったので、心配し始めた。携帯電話を取り出し、サーラに連絡したが出なかった。体育館へ行ってそこでグユームに会った。

「サーラを見なかった？」

「ううん、残念だったわね。いったいどうしたのかしら！　わからない」

「私もわからない」

そこへホダーがやってきて嫌味ったらしく言った。

「目くそと鼻くそが友達に」

アマルは思い切ってホダーの顔を引っぱたいた。

「そこまで。本当にまるで子供みたい」とアマルは言った。

「ええ、子供よ。人生が奪われた子供よ」

そこにハッサンとホサームがやってきた。二人ともサーラを探していた。

「もう帰ってしまったかな」とハッサンは呟いた。

「そうかもな」とホサームは言った。

「よっぽどのことでない限りサーラは隠れたりしない。まるで突然怖いものを見たような表情だったわ」とグユームは言った。

「おやおや、みんな寄ってたかって父親譲りの犯罪者を探している。みんなどうかしている」とホダーは言った。

アマルは何も言わずに去って行った。グユームは追いかけていった。

「お姉さんは試練に立たされているような気がして、そのうちひどい目に遭うと思う。その時後悔しても遅いし、そうなるのは時間の問題だよ」

「私は後悔しない」

「きっと後悔する。人間は憎しみや恨みに駆られたら、後で自分でも理解できない行動をとってしまう。それに気づいた時はもう遅い」とホサームは言った。

アマルはサーラの家へ行ったが、そこにもいなかった。

「アマル！　落ち着いて。心配しないで。必ず戻る」とマージドは言った。

「今回はそう思えない。かなり悲惨な状態だったから。まるで幽霊でも見たかのような感じだった」

「なんで私は毎日こんな思いをしなければならない？　無事に戻ってくるように」とお祖母さんは呟いた。

「警察に連絡した方がいい？」とマージドは提案した。

「いいえ、夜になってまだ戻らなければパパから警察に連絡してもらいましょう」とアマルは答えた。

「私も警察署で知り合いがいるからきっと協力してくれる」とマージドは言った。

「お願いだから、何でもいいからあの子が無事に戻れるように」

その時、サーラは雪がかなり降る中で路地を歩いていた。午後5時になろうとしていた。寒くなったのでサーラはそこに座り込んで、口を手で塞ぎ、顔が寒さと疲れで真っ青だった。息苦しくて震えていた。携帯を手に取って見たら、ホダーからメッセージが入っていた。

「今日は楽しかった？　観客席で私が用意したサプライズは気に入ったかしら？　久しぶりに会えてどんな気持ちだった？　あなたが嫌がらせでグユームを連れてきたように私も彼を連れてきたわ。私は最高の気分だったわ」

サーラは携帯を地面に投げ捨てた。胸も痛かった。通りかかった老婆が携帯を拾ってサーラに返した。

「なんでこんな悪い天気の中で外にいるの。きっと家族が心配しているでしょうから帰った方がいいよ」

サーラはその老婆を見て立った。

「家族？　誰のこと？」

「お父さんとかお母さんとかあなたのことを好きで心配する友達とか」

それを聞いたサーラの頭にアマルのことが浮かび、指輪を見た。そしてアマルが言った言葉も思い出した。

〝寂しくなったら私のことを思い出して、すぐそばに行く。ただ扉を叩くだけ。そしたら飛んでいく〟

携帯を手に取ってアマルに電話をした。直接話さずに老婆に話してもらった。

「この子は誰だか知らないけど、とにかく体調が悪そうなので、私が一緒に今ついている。場所は路地のところで、ちょうど菓子屋さんのところ。そこまで連れて行くから迎えに来てくれる？」

アマルはお祖母さんにストーブをつけるように頼んだが、薪がなかったので、アマルはドライバーに家から薪を持ってくるようにお願いした。そしてキッチンへ行って野菜スープを用意し始めた。待つのが耐えられなくて老婆に電話をした。

「なぜか座り込んだまま、顔色がどんどん変わったりする。救急車を呼んだ方がいい？」と老婆は言った。

「大丈夫です。すぐに、すぐに迎えに行きます」

「サンタマリアの店の近くにいます」と老婆は電話を切った。

アマルはマージドにそれを伝え、二人で急いで迎えに行った。路地に入ったら、寒さで震える小鳥がいたのを見つけてアマルはマフラーを取り、小鳥を温めてあげた。

「アマル！　そんな暇はないけど」

「ほっとくわけにはいかない。ほっといたら心が痛むわ」

サーラの場所にたどり着いた二人は老婆にお礼を言って小鳥を渡し、世話をしてくれるように頼んだ。

「喜んで世話をするわ」と老婆は言った。

マージドはサーラの頭をマフラーで巻き、立ち上がらせた。アマルはサーラの腕を支えながら車のところまで連れて行った。帰宅してドライバーが持ってきた電気ストーブのところに座らせた。お祖母さんも野菜スープを持ってきて食べさせてあげようとしたが、サーラはちゃんと食べなかった。毛布を掛けてあげて解熱剤を飲ませた。アマルは朝になったらサーラが元気になっているように祈っていた。

眠っているサーラの横にアマルとお祖母さんが座り込み、サーラについて話し始めた。

「私がアマルについて話すと、サーラはこれまで見たことがない笑顔になるのよ。いったいこの子にどんな魔法をかけたの！　アマルのおかげでこの子の心の痛みが少し和らいだと思うわ。名前を偽造したのに気づいた時は捨てられると思ったわ。ところがこの子は優しさでそれを返してくれた。この子のことを愛しているから名前を変えざるを得なかった。おばあちゃんほど私のことを愛してくれる人はいないと言われたのは私の宝物よ」

「お祖母さんは立派な人です。それに素晴らしい母親です。神様《アッラー》はそんなお祖母さんだからサーラをお祖母さんに贈ってくれたんだわ」

「確かに神様《アッラー》は誰も見捨てない」

マージドはキッチンから出てきて、サーラの額に手を当てて熱が下がったかどうか確かめていた。

「病院に連れて行った方がいいかな！」

「もうちょっと待って。熱が下がらなかったら病院に行きましょう。外は寒いし。逆に危ない」

二人の様子を見たお祖母さんは言った。

「あなたたちは、誰よりもサーラのことが好きなんだね」

二人はほほ笑んで照れていた。

「お祖母さんには勝てないけど」と二人は言った。

「サーラに私たちの気持ちが伝わればいいけど」とお祖母さんはため息をつきながら、サーラに飲ませる野菜スープをもう一度温めていた。

「かわいそうなお祖母さん。かなり苦労したんだと思う。夫に死なれて、子供にも恵まれなくて、再婚もしなかった」とマージドは言った。

「確かに亡き夫ほど心がきれいな人はいなくて、でもサーラが自分の心の穴を埋めてくれたと言っていたわ。家族も友達もいなかったみたい」

「そばにいる友達がいない人は寂しいね。世界中の人が背中を向けても真の友達だけはこっちへやってきてそばにいてくれる」とアマルはサーラの手を握りながら付け加えた。

「確かに愛がなくても生けていけるが、友達抜きの人生は寂しい。それより今日の観客は多かった？　誰が来ていた？」

「けっこういたわ。でもホダーはどこかの男性と話していた。きっとそれが今日の問題の発端だと思う。彼女はいい人なのに、今日はさすがに目に余る態度に呆れて引っぱたいちゃったわ」

「まさかイサームじゃないでしょうね。そのせいでサーラはこんな風になって」

「そうかもしれない。ホダーはサーラを倒すのに手段を選ばないからね」

「アマル！　ちょっと出かけてくる」

お祖母さんはやってきてアマルの隣に座った。

「さあアマル、何か食べよう。あなたは朝から何も食べていないでしょう！」

「大丈夫。食欲がないから。サーラが元気になったら食べる」

「サーラが起きた時に、アマルがやつれていたら悲しむと思うよ」

「大丈夫。そこまで私のことを気にしていないから。どちらかというと、私が追いかける側なので。最近私ってなんてプライドがない女の子なんだろうって思ったりするわ。いつもサーラを追いかけては、サーラから拒絶されて、落ち込んでいるから」

「それは違うわ。落ち込まないで。私を見てみなさい。20年間、何もなく独りでいたけど、数年前にサーラを授かった。確かに血のつながったお祖母さんではないけど、本当の孫だと思っている。一緒にいて幸せだわ。この子は黒花のように心は燃えているけど、私には一言も言わないわ」

アマルはお祖母さんを抱きしめた。

「お祖母さんとサーラが大好き。ここにいると自分の家より優しさや温もりを感じる。家だと言い争いばかりで、ここの静けさが好き。二人と一緒にいるのが好き。パパは好きだけど市長をしているので、忙しくて家にいないことが多いから。温かい家庭にあこがれる。ママにお祖母さんのサーラへの接し方を見習ってほしい。ママはこっちに戻ってから一回も抱きしめてくれない。それどころかママのせいでイライラしてしまう」

「悲しまないで。希望を捨てないで。お母さんの態度が大きいかもしれないけど、いつか自分の間違いに気づきアマルのことを好きになってくれるから。そして今までの分を補ってくれるわよ」

マージドが戻ってきた。

「原因がわかった。やっぱりイサームは体育館にいた」

「サーラのことが嫌いなはずなのになんで行ったのかしら？」とお祖母さんとアマルが尋ねた。

「さあ、わからない。でももしかしたらホダーが呼んだかもしれない。サーラはあの人と諸事情があるから、同じ空間にいることさえ嫌で、きっとそのせいで突然に試合を放棄したんだろうね」とマージドは言った。

「ホダーがその真相を知らなきゃ。そしてイサームがとんでもなく悪者で、サーラとお母さんに暴力をふるっていたから、同じ空間にいることさえ嫌だということを伝えなきゃ。でもどうやってイサームが体育館にいたのを知ったの？」

「とにかくわかった。じゃあね、また後で」

時計の針が夜8時を指したところ、サーラは目を覚まし、みんなの顔を見ながら言った。

「どうしたの？　ここはどこ？」

「家よ。路地にいたのでここへ運んできたの。試合はホダーのチームの勝ちだったわ」

サーラは悲しくなった。アマルはサーラに近寄って言った。

「気にしないで。私たちから見ればあなたが勝者よ。あの人は汚いやり方で勝ったって知っている。挑発して試合を放棄させたんだから」

「もうちょっと冷静でいるべきだったな」

「でも本当に何があったの？」とアマルは知らないふりをして尋ねた。

「何があったかなんてどうでもいい。要は試合で負けたということ。あの試合で優勝するのが今年の目標だったのに。もう全てダメ」

「そんなことはないよ。お祖母ちゃんが知っているサーラは諦めない、降参しない。目標を達成するまでは頑張る。常に他の人が見習うべき一番の手本でいて。でもホダーは曲がった汚いやり方で優勝をしたり、他人の上に立ったりする人だわ」

「まだだるいから部屋で休むよ」

「パパが心配しているから私もそろそろ帰るね。もう元気そうなので安心したわ」

お祖母さんはサーラを見て言った。

「サーラ！　なんて冷たい人なんだ。アマルは一日中ずっとあなたのことを心配して付き添ってくれたのに。何も言わず、もう寝るわなんて冷たいよ」

「おばあちゃん！　言い訳するような気分じゃないけど、感謝はしてる。アマルも家に帰って休まなきゃ。他人より自分をもっと大事にしなきゃ」

サーラは部屋に入って洋服ダンスを開けてお母さんの写真が入った箱を出して、写真にキスした。床に座り、じっと眺めていた。

「ママ！　本当にいたよ。本当に私のことを心から好きになってくれる人ができた。その子は私に対し、私よりも優しい。でもいつか去ってしまうんじゃないかと心配で喜べないんだよ。まるで喜びを一瞬しか味わえない運命なんじゃないかって不安になっちゃうから」と写真の中の母に話していた。

アマルが部屋で勉強していると、ドアを叩いてお父さんが入ってきた。

「どう？　調子は」

「うん、いいよ。サーラも元気になったし」

「それはよかった。じゃ、安心だね」

「ええ、少し」

「なんだ？　どうしたんだい？　ほかになにかするのかい？」

「ええ、まだ心配することがあるの」

「なんだい？」

「サーラに平和に暮らしてほしいの。そしてあの大嫌いなイサームという人には捕まってほしい。本当に悪人だわ」

「それは簡単なことじゃない。残念ながらこれまで悪事の証拠が挙がらないんだ。いつも法の網から抜ける。でもいつかへまをして捕まると思う」

「サーラのお母さんと結婚していたという証拠があるけど」

「そうなの？　今度見せてくれ」

「わかったわ。マージドに伝えてみる」

「今日のミーティングにイサームが出席していて、世のため人のためを考えているんだと興奮してしゃべっていた。ミーティングが終わってから私のところに来て一票を入れてほしいプロジェクトがあると言ってきたよ。先にそのプロジェクトの話を詳しく知らないと票を入れるかどうかはわからないと言ってやった。彼は『もちろん。でも今から娘のホダーの大事な試合が学校であるから』と言っていたよ」

「そうなのね、あいつが来ていたのね。あいつのせいでサーラは負けた。一刻も早くサーラがあの悪人から解放されるように。あの子は悪人の標的になるような子じゃないから」

「ところでアマル！　ちゃんと薬を飲んでいるかい？」

「ええ、でも今日はちょっと飲むの遅くなっちゃった。帰って来てから飲んだので今日はもう寝るわ」

「パパは、とにかくアマルに幸せになってほしい。それしか望んでいないよ」

「ありがとうパパ。パパが子供のころから教えてくれたように善行を積めば必ずその分が返ってくる。またはその分幸せになる。でしょう？」

「うん、まさに。でも最近忙しくてアマルに構ってあげられていないので、本当にすまない」

「大丈夫パパ。わかっているから。大好きよ」

「今日グユームはママとリビングで話していたよ」

「うん、そうみたいね。早くも意気投合したみたいね」

「やきもちを妬いているかい？」

「ううん、でもいつか一家団欒で仲良くお茶を飲みながらわきあいあいとしている姿を夢見ていたけど、その夢の実現はほど遠いみたい。でもグユームがママの相手をしてくれて、私がしなくて済むからかえって助かるわ。ママの話は他人の欠点についてばかりだからいやな気持ちになるの」

「おやすみアマル。ゆっくり寝て」

アドナーンはアマルに毛布をかけ額にキスをして部屋のドアを閉めていった。

ホサームとハッサンはホダーに、サーラのことは放っておいてほしいと話していた。

「いつまでこのおしゃべりが続くの？　早く寝たいから、部屋から出て行って」とホダーは迷惑そうに言った。

「イサームに対する憎しみはわかるけど、サーラは関係ない」とハッサンは言った。

「誰がそんなことを言ったの」

「誰でもいい。とにかく知っている」

「サーラはイサームの娘だ。ずっと娘という理由でホダーはあの子に嫌がらせをして苦しませた」とホサームは言った。

「うん」

「バカだね。ホダーは何もわかっていないな。自分のことしか好きじゃない男と、サーラは何の関係があるというの？」

「とにかく娘だから時には恋しくなったりするかもしれないじゃない。グユームがしているように、イサームがサーラに喜んでもらえるように何だってすると思うわ」

「ホサーム！　行こう。お姉さんは頑固でちっともわかろうとしない。憎みたがっているわけだよ」

ハッサンとホサームが別館を出たところにイサームがいた。

「こんな時間にここで何をしている？　屋敷はそっちじゃない」とハッサンは言った。

「私の勝手だろう！　全部は私のものなんだから。お前たちには私の優しさでいさせてあげているんだよ」

「あなたには僕たちを追い出せない」

「僕たちを監視している？」

「お前には関係ない。それにお前は縄張りを荒らしているから、とっとと中国へ帰れ」

「ホサームはお兄さんみたいなもんだ。そしていつかホダーと結婚すれば本当のお兄さんになる」とハッサンは言った。イサームは笑ったので、余計にホサームが怒ったが、ハッサンがここはこらえて言い合いせずに帰った方が無難だと諭した。イサームはあくどいのでどんどん悪い方に引きずるかもしれないからと。

「たしかにハッサンの言う通りだ。じゃあ帰ろう」

イサームは家の中に入ると、妻は椅子に座って雑誌を読んでいた。

「ねえ、いつになったら君の娘は私に絡んでくるのをやめてくれるのかな。このまま絡み続けられたら、始末してしまうかもしれないけど責めないでくれよ」

妻は読んでいた雑誌をぱたんと閉じ、そこにあったテーブルの上に置いた。

「あの子はあなたと私がやったことに心を痛めている。前の夫を殺害したことによ」

イサームは怯えている妻に近づき、腕を掴んだ。

「じゃ、いったい誰がこの私に結婚するように頼んだんだ！」

「バカだったわ。あなたに騙された。いい人だと思ったらとんでもない人だったわ」

イサームはゲラゲラ笑った。

「黙って寝ろ！　この役立たずめ」

妻はイサームの右腕の模様を見て、ホダーが前に教えてくれたサーラの手首の模様に似ていると思った。

「あなたって魔術師？」

「お前は私を監視しているのか？」と疑う口調で言った。

「違う。でも目がいろいろ語っているわ。何か恐ろしいことを隠している」

「お前も娘と変わらん。スパイの真似をしやがって。ちなみにもうちょっとしたらお前たちにこの家を出て行ってもらう。この間言ったように別の女と結婚するからな」

「勝手にして。もうあなたに対して何の気持ちもない。出て行ってやるわ」

「ありがたいね。ついでにいますぐこの部屋も出て行ってもらえると、もっとありがたい」

イサームは鏡ごしに映る妻の日線を見ていた。

妻はその視線に気づき「別に何でもないけど」と言いながら目をそらした。

イサームは自分の手首を見た。

「くそ！　この模様に気づいたか！　でもなんで知っているだろう！」と呟いた。イサームの携帯が鳴った。

「わかった、すぐ行く」

ホダーは、イサームが魔術師なので用心するようにという内容の連絡を母からもらった。テレビを見ていたハッサンにそれを伝えた。

「これで確信できた。でもママが危ない。イサームの書斎に入らなきゃ」とホダーは言った。

「ちょっと待って、一緒に行く」とハッサンは言った。

部屋を出たハッサンはちょうど家を出ようとしていたイサームを見た。急いで先に母のところへ確認しに行った。その後イサームの書斎へ向かってドアを開けようとしたが開かなかった。そこへホダーがやってきた。

「どいて、私に任せて。小さい頃からピッキング専門家だから」

「ホダー！　お願いだから弟と海外に逃げて」と母親は言った。

「ママ！　私はどこにも行かないし逃げないわ。ママは私たちの気持ちを無視して、今は逃げろと？　それならママ一人で海外へ行ってください。パパの仇《かたき》は私が討つから」

「私には何もしてあげられない。それは本当に悔しいけど、二人のことをあの人から護ってあげたいのよ」

「別にママを責めてるわけじゃないわ。ママこそ早く屋敷を捨てて3人で暮らそう。神様は見ているから、いつか必ず事態が変わる。犯人も裁かれるはずよ」

ホダーは書斎のドアを開けることに成功した。

「ほらママ、粘れば必ず成功するもんよ。必ず解決策を見つけてやるわ」と母親にほほ笑みながらホダーは言った。

書斎に入ったら何か腐っていて鼻が曲がりそうな異臭が充満していた。我慢できなかったホダーは口と鼻を手で塞いだまま、また出てきた。

「それは魔術に使われる化学薬品のにおいよ」

イサームは途中で地下室へ通じる廊下のドアを閉め忘れたことに気づき、妻に電話した。

「あっ、イサームから電話よ。ホダー！　早くドアを閉めてここから離れて。疑われているかも」と妻は叫んだあと動揺しながらイサームの電話に出た。

「さっきキッチンで異臭がしていた。ガスが漏れているか、何かの食べ物が腐ったかもしれないのでメイドに掃除するように言っといてくれ。私はお客とすぐ戻るから」

　電話を切って二人にその旨を伝えた。

「嘘つき。においは間違いなく書斎からなのに。絶対何かを隠している。調べなきゃ」とホダーは母のスカーフで口を塞ぎ、書斎に入った。なぜか前より豪華で広くなったような気がした。あちこちで異臭の源を探したが、何も見つからなかった。書斎を出て部屋に戻ってドアを閉めた。

「何も見つからなかったから、今度あの人が海外に行っている時にゆっくり探したいと思うわ」

「お姉さん、正気？　自ら犯人のアジトに行くわけ？」

　そのにおいのせいでホダーは息が苦しくなったので、眠くなってベッドに寝転んだ。

　戻ってきたイサームは書斎に入り、実験室へ行って反応炉を閉めた。異臭の源は漏れだった。医者たちに連絡して明日来るように言っておいた。医者たちの不注意でそうなったのが気に食わない。イサームは屋敷の近くに土地を購入してその下には地下室へ通じるトンネルも作った。土地には誰も住んでいない家を建てた。


　時計の針は午後1時を指している。1週間中ずっと激しい雨だったので、サーラもアマルも学校には行かなかったがホダーは家にずっといて雨を眺めていた。この雨に子供の頃からずっとこびりついている心の悲しみなどを洗い流してもらえればいいと思った。それとストーカーのような男性の悪夢も消えればいいと思った。

　アマルは胸が痛くなるほど咳をしていて口から出血もしていた。リーンはグユームとテレビを観ていた。帰ってきたアドナーンはリーンの顔を見ずに尋ねた。

「アマルは？」

「15分前にここにいたけど、出かけたみたいよ。どこへ行ったかは知らないけど」

「この道を歩ているのを見たわ」とグユームは言った。

アマルがどこに行ったかアドナーンにはわかった。

「どこに行ったか知らないぐらいあの子のことはどうでもいいわけか？」

「喧嘩をしに帰ってきたの？　お願いだからやめて。ここ何日間口をきいていなくてすっきりしていたのに」

「リーンさん！　アドナーンは本当に素敵な男性ですが、リーンさんのことよりアマルの方が好きです」とグユームは言った。

「愛などの疲れる話はどうでもいいわ。それよりこの刺繍を見て。生地を選ぶのにグユームがいて助かったわ。アマルも見習えばいいのに」

アドナーンはアマルの部屋へ行ったがドアが閉まっていた。心配して電話をしたが出なかった。部屋の中から携帯電話の音が聞こえるが出ない。強くドアを叩いた。

「アマル！　お願いだから返事して」

ほほ笑みながらアマルはドアを開けた。

「どうしたのパパ？　お手洗いにいただけよ。パパ本当に心配性ね」

「ごめん、とても動揺した。パパはアマルがいない人生は考えられないんだよ」

「パパ、いったいどうしたの？　まるでお別れを言っているみたいよ」

「なんでここへ」

「なんとなく。何かに呼ばれたような気がして来たの。ママとの想い出のビデオテープを見ていた。少ないけど充分」

椅子に座ってハンカチを見つけ、立ってゴミ箱に捨てた。

「アマル！　いつまで薬から逃げるんだ？」

「飲みたくない、いらない」

アドナーンは立ち、アマルの方へ向かって言った。

「むりやりにでも病院へ連れて行く。アマルまでいなくなってしまったら私はどうしたらいいんだ」

「パパ！　自分をごまかしてどうするの？　治療法はなくいつ死んでもおかしくないって知っているでしょう？　私の病気は治らない。ただ最期の時を過ごしているだけ。薬や検査はもうイヤなのよ。子供の頃から病院へ連れて行ってもらった時に、他の子供が苦しんでいるのを見てきた。泣いている子もいれば、叫んでいる子もいる。私はただただそれを見ているだけで治療の順番待ち。貧血に治療法はないわ。もう私の体をいじるのはやめよう。カプセルや注射などで体がしおれてきたわ。魂もなくなりそう。最期の時を静かに生きたいの。だからお願い、夢を実現させてください。死んだらスッキリするかもしれないから」と怒鳴りながらアマルは言った。

震えながら椅子に座った。アドナーンは近づきひざまづいてアマルの泣きそうな顔を見て、涙を拭いてあげた。

「ようやく言いたいことが言えたか？　すっきりしたかい？」

「パパ！　ごめんなさい。でもパパがストレスを与えたのよ。まるで私が治りたくないみたいに思われている。私はできるだけ自分の病気を忘れて普通に暮らそうとしているだけなの。パパは私の人生の唯一の希望よ。だからそばにいて、支えて。それでも死んでしまったらそれはしょうがない。ママは私の病気に全く気づいていない。同じ家に住んでいるのに唇がなんで乾燥しているかは気づかないし気にしない」

「じゃ、サーラに説得してもらおう」

「パパ！　絶対に絶対に伝えないで。同情されるのが好きじゃないから。悲しい目で私を見てほしくないの」

「わかった。じゃ誰にも教えずに病院へ行って治療を再開しよう。パパにもう一度チャンスをくれないか」

「わかったわ。いつもいつもパパには根負けしちゃうわ」

サーラはお祖母さんと昼食を用意してみんなで食べていた。サーラは貪《むさぼ》るように食べるマージドを見た。

「マージド！　ゆっくり食べて。料理は飛んだりしないから」

箸を止めたマージドは言った。

「お祖母さんの料理が大好きなんだ」

「召し上がれ！　お腹が空いているでしょうから、全部食べてください」

「ずるい。なんで全部マージドに？　私はまだ何も食べていないのに」とサーラはスプーンを手に取り、ライスをすくい、口に運んだ。

「塩味が全く足りない」

サーラは食べたのを吐き出して、バスルームへ走っていって扉を閉めた。石鹸を見て、口に入れたが全く味はしなかったので、泣き出した。しばらくしてから食卓に戻った。

「どうしたの？　私の料理は気に入らなかった？」

「とんでもない。ちょっと気持ち悪くなっちゃったの。でも大丈夫。休めば治るわ」

お祖母さんはサーラに自家製のレモンジュースを出した。

サーラはそれを持って窓際で雨を眺めながら、このジュースを飲むか飲まないかを迷っていた。味覚は完全に失くしたようなので、お手洗いにそれを流して捨てて、コップは食卓の上に置いた。

マージドはサーラの部屋のドアを叩いた。

「入っていい？」

「なあに？」

「一つの質問だけ。その後帰る」

「わかったわ、どうぞ入って」

部屋に入ってサーラのところまで近づいた。

「今どんな感じ？」

「どういう意味？」

「最近料理の味がわからなくなってきた、違うかい」

「そんなことはない。でも……」

マージドは遮って言った。

「いつまで意地を張る？　僕たちは君の人生の一部じゃないか」

「誰も私の人生の一部じゃない。わかる？　ここにいるのは構わないけど、私のことに首を突っ込まれるのはちょっと。でなければ私がこの家を出ていってやる」

「できないだろう？　お祖母さんを独りぼっちに残して出ていくなんて。誰よりも君が好きなお祖母さんなのに。みんな知っている。お祖母さんもこの世では神様の次に君に頼っているけど」

「昨日から味覚を失ったので、一種の病気かなと気になって調べたら、私はもう人間ではなくなったことがわかったわ。人間の体をしているだけ。それと昨日お腹が空いていたので、生きるために何を食べればいいか調べた。だったら私が生きるために何かを手配して。それがどんなに苦しいかあなたにはわからないでしょう」

「どうやって君のために魂を手配しろというのかい？」

「知らない。行ってくる」

「魂をいただくために誰かを殺すの？」

「ええ、必要だったらそうせざるを得ないわ」

マージドはサーラの手を掴み、後ろで交差させ縛って床に座らせた。

「君をどこにも行かせない。僕が魂を手配してやる」

「どうやって？」

「僕の魂を」

「正気じゃない」

「君が生きる方が大事だ。人間の魂をもらえればしばらくお腹が空かないで済む。その後からは遺体安置室へ行って、亡くなった人をいただけば良いじゃないか？」

「なんでそんな全部知っているの？」

「君と同じく調べてわかった」

「じゃ、今安置室へ行ってくる」

「今は体が疲れているからできないと思う。僕の言う通りにして。僕の魂を食べて後で返してくれればいい」

「できないわ。最近自分の状況が理解できたところなのよ」

そこにバーティルが現れた。

「悪魔の魂を手配してあげよう。その方が人間の魂より強いから」と言って、死んだ悪魔を取り出した。

「さあ、背中を噛んで魂が出てきて、あなたの口に入る。それを食べればより強くなる」

「誰と話している？　絶対言うことなんか聞かないで。サーラが危険にさらされるよ」

「無理。美味しそうだし、それにお腹が空いているもん。こんな美味しいご馳走を見逃すわけには行かないわ」

と言って悪魔の魂を食べ始めた。バーティルが目の前から消えた。床に座り込んだ。

「言うことを聞いてしまったねサーラ」

「ごめん。私の中にいるもう一人の私だもの。抵抗しても無駄だわ」

マージドはサーラの目を見た。片方の目は青くなり、もう片方は薄茶色だった。

「目の色が変わったね」とマージドは訊いた。

「ええ、知っている。自分でも気づいた。お願いだからそれを内緒にして」

バーティルが再び戻ってきて、サーラに言った。

「次まではこの装置を、死んだ悪魔の場所を探すのに使うがいい」と言ってまた姿を消した。

「これは何？　サーラ！」

「ご飯の場所がわかる装置だって」と答えたサーラは右の手首にはめて、そこを掃除した。

部屋を出たマージドは一階に降りてお祖母さんに言った。

「ちょっと散歩してくる」

「え？　この悪天気で？」

「雨が大好きなんだ。すぐ戻ってくるから心配しないで」

「なにか顔色が悪いわ。どうしたの？　何かあった？」

「何もないよ」とほほ笑みながらお祖母さんの頬にキスをして出て行った。

お祖母さんはサーラの部屋に向かったが、サーラは寝ていた。

「どうしたの？　こんなに静かになって」

午後5時頃にアマルはグユームと一緒に着替えて車に乗るところだった。リーンはアマルを見て言った。

「アマル！　どうしたの？　こんなにショッピングに出かけるのが嫌いな女の子を見たことがないわ。グユームを見てごらん」

「あのねママ！　好きな人と出かけるのと、好きではない人と出かけるのとでは全然違うのよ」

「なんて生意気な娘。私は母親なんだから、せめて最低限の敬意を払って」

アマルの目から涙がまるで待っていたかのように溢れ出た。車窓から遠くを見ながら心の中で、このまま出かけてあの屋敷に永遠に帰らなければいいのに、と思った。

「アマル！　どうしたの？　ぼうっとして」

「独りでいたほうがよっぽどいいなあと初めて思ったわ」

「そんなこと言ってはだめ。誓って言うけど、あなたを知ってから、あなたは他の人とは違うということに気づいたの。サーラは頑固者よ。でも、彼女はいつかあなたと一緒にいるようになって、友達になる前に姉妹になるのよ」

「彼女が友情を認めてくれる前に、私は離れてしまうと思うの」

「どういうこと？」とグユーム。リーンは言った。

「もういいのよ、二人とも。ちょっと静かにしましょう」

リーンは買い物をしていたが、その市場でホダーも買い物をしているのを見つけた。リーンは彼女を歓迎し、話しかけた。ホダーはアマルに挨拶したが、グユームに関してはまるでいないかのように関心を示さなかった。

リーンはアマルの耳元でささやいた。

「彼女こそ一緒にいるべき人よ。彼女からいろいろ学べるわ。彼女の服とか、美しさを見て。それに比べて、あの傲慢なサーラときたら」

するとアマルはホダーに聞こえるようにあえて大きな声で「私はサーラを誇りに思っているわ」と言った。

リーンはアマルの手を取り「さあ、行きましょう」と言い、ホダーを見て「話があるから、またあとで会いましょう」と言った。するとグユームが立ち止まり、「私はあなたと話したいのよ、ホダー。許してもらえない？」と言ったが、ホダーは「私はあなたと話せるほど気分が良くないようだから、いやだわ」と答えた。

グユームは「私は別にあなたに許してほしいわけではなくて、ただ、あなたとまた友達に戻りたいだけ」と言った。

「死んだら許してあげるわよ。この市場は大きいから、他にも女の子たちがいるでしょ。彼女らと遊んでその人たちに好意を伝えた後、裏切ってみてよ。そしてその人たちを大泣きさせて失望させてみて。そんなことできる勇気はないと思うけど。そうでしょ？　それとも私は間違ってる？　アマルと彼女のお母さんについて行きなよ、二人が行ってしまう前にね。今までで誰かを想い慕ったことはある？　ないでしょ」

グユームは言った。

「ちょっと歩こう。この場所は好き。2階の小さな広場に二人で集まったの覚えてない？」

ホダーは上を見上げて言った。

「その場所は今は衣料品店になったんだ」

グユームはほほ笑んだ。

「やっぱり、まだ前のこと覚えてたんだね。心に刻まれてたんだろうね」

ホダーは「そんなに喜ばないでよ。じゃあ、行くから」と言ったが、グユームはホダーの手をつかんで、彼女を力いっぱい抱きしめた。

ホダーは「離してよ、この裏切者」と言いながら、両目には、父、そして心に浮かぶ大切な人たちと共に過ごした日々の恋しさに涙を浮かべていた。ホダーはグユームのお腹を殴った後、グユームは自分のお腹に痛みを覚えたが、グユームは「もしそれで嬉しくなるのなら、何でも私にしてほしい。私は、もう一度ホダーの友達に戻れるのなら、どんなことでも耐えられるから。絶対に後悔させないから」と言った。

アマルは母に聞いた。

「彼女にどうしてほしいの？」

すると母は「あなたには関係ないことよ。あの子気に入ったわ。もし息子がいたらあの子と結婚させて巨額の資産を継がせるのにね。でも何て言えばいいのかしら」と言った。

「お母さんは私が生まれてきたことを後悔していて、今は別の息子がいたらよかったと思っているの？　私はそんな接し方されても何も感じない石同然の存在だと思っているの？」とアマルは言った。

「彼女にはあなたにちょうど良い兄弟がいるわね。あなたを彼と結婚させるのはどうかしら。そうそう、彼はあなたより年下ね。大丈夫、あなたの美しさが彼を魅了するわ」とリーンは言った。

アマルは話に夢中の母を放って歩いた。リーンが呼んでいたが、アマルは耳を貸さなかった。左に曲がるとすぐに、衣料品店に入った。左右を見渡し、あらゆる種類のスーツや靴、帽子や高価な時計に目を向けたが、そのまま突き当たりのドアから出た。

突然ホダーがアマルの手を取り、言った。

「弱気にならないで。言いなりになって誰かの餌食になってはだめ。強くなって、アマルを粉々にしたい人たち全員と闘うんだよ。そうしないとその人たちの手でおもちゃにされて人としての権利を踏みにじられるんだから」

アマルはホダーを放って歩き、地面に腰を下ろした。アマルは、それぞれが思う道にアマルを進ませようとすることに対していったいどうしたらよいかわからなくなっていた。どんなことであろうと、自分が望むのであれば、誰かの心を傷つけない限り、人生は自分一人で切り拓いていかなければならないのだ。

その夜、リーンと一緒に家に帰り、アマルはアドナーンを見るなり彼に抱きついた。

父は驚いて言った。

「どうしたんだ？　グユームと母さんとの外出は楽しくなかったのか？」

アマルは言った。

「もちろん楽しかったよ。ただ、疲れたわ。お父さんのハグが好き」

「私はいつも味方だよ、かわいいアマル。私からアマルを奪う若者が妬《ねた》ましいよ」

「誰も私をお父さんから奪ったりしないよ。どんな男の人もお父さんには敵わないからね」

するとリーンは言った。

「あなたは結婚するのよ」

アドナーンは言った。

「うるさい。私の娘は自身の想う男と一緒になるんだ。この子はお前とは違うんだ」

「私はこの子にホダーの兄弟のハッサンを選んだわ。優しくてお金持ちの若者よ。パーティーで彼がこの子をどういう風に眺めていたか見てなかったの？　彼の目はあなたの娘を欲していたわよ」

「仮にそうだとして、そしてもしこの子がそれを望んでいたとしたら、私は『だめだ』とは言わない。しかし、それは本当にそうなのか？　彼女自身の決意が重要だ。しかもこの子はまだ10代だ。この子にも、この子のしたいように生きさせてやろうじゃないか。お前が利己的にそうしたようにだよ、リーン。お前の意見はお前の中だけに留めておいてくれないか。そもそも、お前はもう出発すると言ってなかったか。もう以前になかったくらい長い間ここにいるぞ」

リーンは言った。

「まだいるわ。グユームとの仕事があるもの。彼女が私の手伝いを必要としてるの。だめとは言えないでしょう」

するとアマルが大きな声で「お母さんは誰でも助けるのに私だけは助けてくれない。ピエロみたいに笑って突っ立っているだけじゃない」と言って、自分の部屋に走って行ってしまった。アドナーンは言った。

「お前が嫌いだ。昔好きだったのと同じくらいの強さでだ」

グユームは「ごめんなさい。私のせいであなたたちに問題が起きちゃったみたい。アマルに嫌われたんじゃないかと思うと怖い」と言った。

「いや、アマルは嫌ったりしないわよ。彼女のことはそっとしておいて。甘えん坊なだけだから」

「そうは思わない。彼女の顔を注意して見なかった？　どれだけやつれて、身体も弱り始めているか」

「いや、見なかったわ」とリーンは言った。

グユームは言った。

「あの子の状況に気を配ってあげて、お母さん」

真夜中、サーラは眠りから覚めた。心臓が力いっぱい激しく鼓動していた。アマルが大きく暗い穴の中にいて叫んでいる夢を見た。部屋の窓を開け、空気のにおいをかぎ、狂ったように吸い込んだ。携帯を見た。アマルに電話して彼女の無事を確認しようか悩んでいた。結局電話したが、アマルは応答しなかった。サーラは呟いた。

「もうこんな時間だ。いったい誰がこんな遅い時間に電話なんかするの？　私のバカ」

だが、なぜかはわからないが、サーラは恐怖を感じていた。息苦しさも感じたため少し散歩することにした。

するとマージドが目を閉じて木の下に座っているのが見えた。彼に向かって言った。

「どうしたの？　こんな夜遅く寒い中で座ってる常識的な人っている？」

マージドは立って言った。

「僕は一人で静かに考え事をするのが好きなんだ。風の音が聞こえないかい？　これがどれだけ精神的に快適か」

「ああ、そうね」

「どこへ行くの？」

「少し散歩しようと思って」

「僕も散歩に付き合っていいかい？」

「いいわよ。でも、あまりたくさんしゃべりかけないでね」

「大丈夫だよ、サーラ。僕は口数は少ないけどよく動く穏やかな気質だから。特に愛する人の前では。さあ、行こう」

その道の途中で彼は言った。

「星を見て。なんてきれいなんだ」

「あそこに行って過ごせたらどれだけ良いか」

「火星への旅行があるの知らないの？　そこで生活できる場所が見つかるかもしれないよ」

するとサーラは言った。

「そこも壊すんでしょうね。地球を憎しみと利己心で壊したように」

彼は「それは世の常だよ。僕たちみんなが、お前は間違いで、彼は正しいというようにお互いを見ている。これが人類を互いに惨めに戦わせて憎しみあわせた」と言った。

彼女は言った。

「自然の権利に対する重大な過ちのせいで、地上の全てに見放されている。オゾンホール、飢饉、干ばつ、戦争、全て人間が引き起こしたもの」

彼はポケットからタバコを取り出した。彼女の表情が変わり、彼にこう言った。

「あんたも彼らと一緒よ。それらの誤りの罪人よ」

「僕に何の関係がある？　タバコを吸うから？」

「そうよ。煙を出すものはすべて大気にとっては毒なのよ。それが収縮できなければ、北極と南極の氷が溶けて海水面が上昇し、いずれヨーロッパ大陸が島々と一緒に最初に沈む大陸になるわ。地球温暖化も全ては化石燃料が原因で引き起こされる問題よ」

「わかったよ。タバコは消すよ。参ったよ」

「あんたは負け組よ。自分の身体を燃やし、お金を消耗して。私には関係ないけどね。好きなようにすれば」

彼は言った。

「それで僕が病気になることは心配しないで」

「あんた自身が病気になると言ったということは、それが健康全般にリスクになるということを知っているんじゃない」

「うん、知ってるよ」

「じゃあ、あんたはバカね。こんな体に悪い物質なんかのために時間を無駄にしてるもの。こうやって人間は身体に悪いことをして健康に良いことは捨ててしまうの」

そんな彼女に彼は言った。

「ああそうか、君が運動好きでこういうものを見るのをいつも嫌っていたのを忘れてたよ」

「健康に良くないものは全部嫌い。精神的に良くないものもね。だから、周りの世界全部と距離を置いてるの。もしおばあちゃんがいなかったら、私はあなたたちとは一緒にいない」

「洞窟にでも住むの?」

「バカにしてると、殺すわよ」

「冗談だよ。もうしないよ」

「あそこに私たちのほうに向かってる人がいるでしょ。彼らは犯罪者よ。隠れましょ」

彼女はそう言って路地裏に隠れた。彼は聞いた。

「誰のこと言ってるの?」

「黙って」

彼女は静かに歩いてくる足音に耳をそばだてていた。その音は彼女の目を見開かせた。彼らは3人組の男で、ある銀行に強盗に入ることについて話していた。マージドは「警察に連絡しないとかな?」と言ったが、彼女は「ちょっと待って」と言って、別の方向に移動してから、まるで獲物を狙う鷲のように彼らを観察した。

それから彼の元に戻り言った。

「あいつら泥棒よ。警察に電話して。数分後には中央銀行に強盗に入るわ」

「サーラは？」

「私は警察がこの近くの銀行に着くまであいつらの足止めをするわ」

マージドは携帯を取り出し警察に電話した。サーラは急いで彼らの前に歩いていき、下を向いていた。すると男の一人が彼女を掴み言った。

「こんな時間に女の子が出歩くとは、レイプされるのが怖くないのか？」

サーラは彼らもおびえるほど荒々しい声で「あと一言でも発したらあんたの息の根を止めてやる」と言った。

彼らは彼女をバカにし、彼女に襲いかかったが、サーラは彼ら全員が地面に倒れるまで容赦なく攻撃を加えた。その後、彼らは立ち上がり、彼女から急いで逃げ出した。そのうちの一人はサーラに「人の形をした悪魔め」と言い捨てて去って行った。

サーラは理性も思考も機能しないぼんやりした状態で歩いていたが、広場の前で立ち止まった。無意識にどうやってここにたどり着いたのだろうか。二本の足がサーラの好きなこの場所に導いた。サーラは雨上がりの土のにおいが好きだ。とてもいい匂いで、精神を癒してくれるからだ。誰かが椅子に座っていたので、木の後ろに向かった。別の人の迷惑にはなりたくなかった。するとマージドから電話が来た。

「僕らで彼らを捕まえたね。あいつらを殴ったの？」

サーラは答えた。

「私に喧嘩を売りたがってたから、打ちのめしてやった」

マージドは笑った。

「今どこ？」

「広場。座りたかったけど、人がいて、迷惑かけたくないから」

「わかったよ、サーラ、僕も君のところに行くよ」

数分後にマージドはサーラを見つけて、座っている人を見ながら彼女に近づいていると、その人が振り向いた。それはアマルだった。彼女は一人で座って泣いていた。

マージドはアマルに気がついて、方向を変え、アマルのほうに向かった。彼女のそばに座り、言った。

「なんで泣いているの？　一人で来たの？」

アマルは答えた。

「うん。父には内緒で」

「二人の間に何があったの？」

「誰のことを言ってるの？」

「いや、誰でもないけど」

マージドはサーラを見ていた。サーラは首を横に振り、アマルの前では彼女について何も言うなということを示していた。

マージドは「立って。僕が君を家まで送っていくよ」と言った。

「いや、帰りたくない。ここで座っていたい。静かな場所で瞑想してリラックスするのが好きなの。知ってる？サーラはこの場所が大好きなのよ。彼女は孤独を感じたり、不安になったりした時はよくこの場所に来るの。私も彼女とここで一緒にいるのが好きになったの」

「お父さんとケンカか何かでもしたの？」

「聞かないで、お願い。頭をスッキリさせたいの」

マージドは手首につけていた機器を起動しながら言った。

「アマルに伝えたいことがあるんだけど」

「何？」

「サーラはもう僕たちみたいに食事をとることはないんだ。彼女は死んだ悪魔の魂を食べるんだ。悪魔と面と向かって話すこともできるんだ。でも僕たち人間には、悪魔を見ることも聞くこともできない。この機器が見えるかい？　手に入れたんだ。サーラがこれで僕たちの会話を聞くことができるし、僕もこれでサーラの近くに悪魔がいるかを振動で見分けることができるんだ」

「どういうこと？　サーラはここにいるの？」

マージドはアマルの手を取って言った。

「立ち上がらないでくれ、頼むから。サーラに裏切者と言われちゃう。ああ、なんてこった。なんてバカみたいに口を滑らせてしまったんだか」

アマルは言った。

「彼女は私に会いたくないんでしょ？」

「まあ、ある意味ね。君だってここに来てたってことは彼女に会いたくないんだろう？　もし会いたいんなら彼女に会いに行くはずだからね」

「もう時間も遅いし、サーラは寝てると思ったの。私のいろんな終わりの見えないどうしようもない問題で彼女に迷惑かけたくないし。もういいの。サーラみたいに、自分で何とかするわ。もう誰にも私のことを愛してほしいとも、近くにいてほしいとも思わない。私は強くなってどんな問題も勇敢に乗り切ってみせるわ」

「それはポジティブなことだね。僕たちはより良い方向に変わらないといけない。他の誰のためでもなく、僕たち自身が強く、快適にいられるように」

「そうよ。サーラが私にこれを教えてくれたの。だから私は誰にも利用されないように自分自身を変えていくの。誰もそばにいなくても弱気にならないように。力ずくで注目させるの」

「アマル、君大丈夫？　目が疲れを訴えてるよ」

「寝てないから、少し疲れてるの。目の下にくまができてるの見えるでしょ」

「この黒いのは何かの病気だよ」

「私はもう行くわ。サーラのことをどうかよろしくね。それと、あなたが彼女の夫になるように、神様にお願いするわ」

マージドは赤くなって言った。

アマルは言った。

「話題を変えてくれてありがとう」

「明日はマラソンがあるわね。二人とも来るの？」

「わからない。でもサーラは人混みに紛れるのが好きじゃないから」

アマルはため息をこぼしていった。

「そうね。彼女はむしろ一人で人のいざこざから遠ざかるのが好きだもんね。彼女に会いたいわ。たとえ偶然にでも。今日はいろいろありがとう」

アマルは木を眺めた。その陰には誰もいなかった。マージドも眺めて、ホッとした。サーラがいなくなっていたからだ。サーラは家に帰り、ベッドに横たわり、目を閉じていた。

早朝、アマルは父と座っていた。父の手にキスをして学校に行ってくると言った。リーンは新聞を読み、お茶を飲んでいた。リーンはアマルを見ながら言った。

「私にもキスしに来てちょうだい」

父は彼女を見て言った。

「アマルはそれに慣れてないんだよ。お前があの子を置き去りにしてたから。行ってらっしゃい」

アマルは口げんかを始めた二人から離れた。あの口調や音量もそうだが、何よりリーンから離れたかった。グユームもホダーに会いたかったので、アマルについてきた。

ホダーに会いたいがために、アマルにグユームと一緒に行けというリーンの命令が耐えられない。

リーンは怒って言った。

「そうよ、私はあの子を置き去りになんてしてないわ。あなたに面倒を見てもらうためにあなたといさせたんじゃない。あなたはあの子の父親じゃないの？」

それに対して父は言った。

「あの子が小さい時からお前はいなかったんだ。だから母親の愛情を感じることができなかったんだ。母親が死んだわけでもなかったのにだ。あの子の通った学校はどの学年でもどんな催し物でも、母親の出席が求められていたんだ。アマルはお前があの子から遠く離れているせいでいつも悲しんでいたんだぞ。私がいつも男一人で母親たちの中に入っていって彼女のために出席していたんだ。それでもあの子はお前を恋しがっていたんだ。教えてくれ、これからどうやってあの子の愛を取り戻すつもりなんだ。お前と話していても役に立たない。仕事に行ってくる。お前は完全に孤独で傲慢だ」

リーンは手に持っていたパンを投げ捨てながら言った。

「私の何が悪いのよ。私は一人娘の利益を望んでいるのよ」

彼女は携帯を取り出し、ホダーに電話した。彼女の電話番号は、市場で一緒にいるときにアマルから聞き出していた。学校に向かっていたホダーが電話に出た。リーンは彼女に言った。

「もしもし、私はアマルの母親のリーンよ。放課後に会いたいんだけど」

ホダーは「いいわよ。学校で会いましょう」と言って電話を切ったが、彼女が何を求めているのかわからなかった。ホダーは弟と一緒にいた。弟は彼女に聞いた。

「誰と話していたの？」

「アマルの母親よ」

彼は笑みを浮かべて言った。

「アマルの母親が何の用?」ホダーは弟にその笑いの理由を聞いた。彼は答えた。「何でもない。よし、着いたから、僕は行くよ。姉さん、アマルによろしく言っといて」

ホダーは怒りを込めて彼を睨み、彼は逃げ出した。その後、アマルの教室に向かった。

アマルは携帯で父親と話していた。父親は彼女が元気でいることに安心した。ホダーは、通話が切れたところでアマルに近づき、アマルの母親がホダーに電話し、会いたいと言っていたことを伝えた。

「アマル、お母さんには気をつけなよな。彼女はあなたが思っているよりも強烈な人よ。じゃあ、行くから」

サーラが来て、ホダーがアマルと話しているのを見て、「なんでそんなにしつこいの？ 毎日彼女の所に来て。そんなにアマルが気になるの？」と言った。

ホダーは言った。

「あんたはあんたの利益のために彼女に近づいてるんでしょ。彼女の父のお金を奪いたいんでしょ。あんたの父親がそうしたように」

サーラは大声で言った。

「黙れ」

サーラは狂ったようにホダーを殴り地面に倒した。

ホダーは言った。

「やっぱり思った通りの暴力女だな」

サーラは言った。

「もしまだ黙らないんなら、また痛い目見るよ。アマルの方から私に近づいてきてるんだ。私と友達になりたくても私が拒否してるんだよ」

アマルは言った。

「そうよ。私がサーラの後をついて行ってるの、ペットみたいにね」

そしてサーラの手を取り「ついてきて」と言って屋上まで彼女を引っ張っていった。

「どうしたのよ、サーラ。どうして怒りを抑えようとしないの。彼女なんか好きに言わせておけばいいじゃない。ホダーはサーラを怒らせたいだけよ。彼女ともうまくやっていかないと。ほんともうこの言い争いも十分したよね。もう二人にはあきれたし、私も疲れたわ。二人のことは放っておくから、好きにしたらいいわ」

サーラは言った。

「アマル、鼻から血が出てる」

アマルはハンカチを掴んで鼻を拭いた。

サーラは「どうしたの？　あなた病気なの？」

アマルは怒って言った。

「どうしていつもみんな私のことを弱いと思うの。私は大丈夫。みんなにも今にそれがわかるわ」

少し間をおいてアマルは言った。

「ごめんなさい。もう行くね」

サーラは言った。

「ホダーの前で私が言ったことは、そういう意味で言ったんじゃないんだ。ホダーが私にバカげたことを言わせるように仕向けたんだ。本当にごめん」アマルは振り返ってほほ笑んで言った。「謝ることはないわ。全部はっきりしてるから。それと、謝ってくれてありがとう。またね」

指導教官がサーラのクラスに来た。

サーラとホダーは校長のもとに連れて行かれた。校長は二人に向かって言った。

「騒動を起こすのをやめないと、二人とも停学処分にしますよ。学校最後の一年が欠席扱いでもいいんですか？ケンカなら校外でしてください。ここでは学校のルールを守ってもらいます。わからないんですが、二人は本当に女の子ですか？　それとも男の子ですか？」

ホダーは吹き出した。校長は彼女を見て言った。

「ホダー、あなたの家がとてもお金持ちであることは知っていますが、だから学校を弄《もてあそ》んでも学校の発展に寄与できているなどということはないんですよ。そもそも二人が高校に入ってからずっと騒動を起こしていること自体、耐え難いことなんですよ。しかもそのうち一人は母親がすでに亡くなっていて、もう一人の母親は学校に来てくれないのでは、一体誰に訴えればいいんですか。放課後、今回は私が二人に罰を与えます。休み時間には教室の掃除、今は校庭におりて、学校を8周しなさい。それから、ニワトリ小屋とハト小屋の掃除。わかりましたね？　ほら、行きなさい。二人に品というものを教えてあげます」

二人は校庭に降りるまでの間ずっと口げんかをしていた。二人が走り出すと、校長と教頭さえも含め、学校の皆が二人を見守った。

教頭に関しては、既に何度もこの罰を与えることを主張していたが、今になってそれが叶った。校長は言った。

「あの二人はこれからもケンカし続けるでしょうし、諦めることないことはもちろんわかっています。二人の中に溜まっていく負の蓄積をこういう形で発散しているんでしょうから」

雪が降り始めた。アマルは二人を見ると、ほほ笑んでサーラの写真を撮った。グユームが来て、校庭にいる二人を見ると、大声で言った。

「ホダー！　あなたはどれだけすごいの！　周りがどう言おうと関係ないけど、私から見ればあなたはいつも正しいわ！」ホダーは彼女を見て、眉を吊り上げた。サーラは言った。「おー。頼ってくれる人が見つかったね」

ホダーは言った。

「彼女は迷惑で不愉快よ。なんで私を信頼してるのかしら」

ホダーは彼女がホダーに何度も助けを求める夢を見たのを思い出した。ふと我に返ると、サーラが言った。

「グユームには、まだ間違いがわざとじゃなかったことをあんたに証明するチャンスがあってもいいんじゃない？　だって彼女はあなたと同じでまだ子供だから。あなただって間違いくらいするでしょ、ホダー」

ホダーは驚いて言った。

「不思議ね。あのサーラが他人に仲直りしてほしくてアドバイスするなんて。今日の太陽はどこから昇ったかしら」

サーラは答えた。

「あんたの口よ」

ホダーは「責める気はないわ。アマルの近くにいると、みんな無意識に変わってしまうから」と言った。

サーラはアマルを見た。アマルは笑顔でサーラをまじまじと見つめていた。サーラは心の中で思った。私がそんなに簡単に変わるなんて、あり得ない。ホダーは言葉を続けた。

「私が思うに、悪魔も走ってる時には邪魔してこないみたいね。調子はどんな感じ？」

サーラは答えた。

「今はちょうど、あんたが何も感じない内にあんたを食ってやりたい気分だね」

ホダーはふざけるのをやめた。息を切らしながら腰に手を置いて、空を眺めながら、力一杯呼吸していた。サーラが立ち止まった。ホダーは聞いた。

「あんた息切れすらしてないのね」

「そうね。でも人前ではその逆を見せてる。私を悪魔だと思わせないためにね」

「女悪魔だけどね」

サーラの爪が伸びているのを見たホダーは「今の取り消すわ」と言って走り出した。

走り終わるやいなや、サーラは教室に戻り、座って水を飲んだ。職員の人が来て、彼女に箒と水の入ったバケツを渡して言った。

「これは今日はあなたとホダーの仕事よ。ほら、掃除を始めて」

女子生徒たちは教室の外に出て、彼女らは掃除を始めた。アマルはこれについて何も言わなかった。校長からどんな罰も受けたくなかったからだ。

校長が教室に入ってきた。サーラは音楽を聴きながら楽しく掃除をしていた。サーラは校長にほほ笑んで、イヤホンを耳から外した。すでに掃除はある程度終わり、最後一部が残っているだけだった。

「私、清掃員でいたほうが役立つみたい。彼らと一緒に清掃の仕事してもいいかしら？」

とサーラは言った。

「黙ってください、サーラ。私はホダーの仕事の進捗を見てきます」と校長は言った。

ホダーはゴミを掃きながら火花を散らすほど激怒していた。彼女の友達たちが手伝おうとするほどだったが、彼女を手伝えば校長はその人に罰を与えるので、ホダーは断った。校長は教室の椅子に座っていたが、ホダーに言った。

「秩序と品の意味を学んだら少しは疲れを感じましたか？　あなたとサーラは間違いを犯したんです。ルールというものは、みんなが守るものですよ、お嬢様」

「私はちゃんと働いているでしょ。なんでこんな説教を聞かないといけないのよ。始めたことは終わらせたいから、どっか行って」

「あなたは変わらないでしょうね、ホダー。なんて幼稚なんでしょう」

サーラは終わった後、床に座っていた。アマルが来て、サーラにチーズ入りのサンドイッチとコップ一杯のジュースをあげた。サーラはアマルに言った。

「ちょっと前に私と友達になりたくないって言ってたよね。なんでこのサンドイッチをくれるの？」

アマルは言った。

「人間として接してるの」

「私がみんなと同じものを食べないの知ってるよね」

「私はサーラに私たちと同じものを食べてほしいと思ってるよ。でも、みんなに言わないとダメ。サーラは普通だって」

「この新しい言い方は何、アマル？」

「何でもないから気にしないで」

サーラはアマルの自分に対するこの奇妙な言動に対し、何も言わなかった。

「もしかして私が、アマルが私の後を追いかけてると言ったせい？　アマルは心に傷を負ったと思う」

サーラは時間を無駄にすることなく、ニワトリ小屋を掃除するために校庭に出た。

ホダーはニワトリを見てにおいを嗅いで不快そうにしていた。その場所に我慢できず、入るのを躊躇していた。サーラは彼女を押して中に入り、座って掃除を始めた。ホダーに、入ってこないなら校長にそれを伝えると叫んだ。ホダーは怖がって、掃除を手伝ったが、においを嗅ぎたくなかったので、ハンカチで鼻と口のあたりを押さえながら手伝った。

両手と顔が痛み、制服が汚れ、ニワトリのにおいがついた。雪はこんこんと降り続き、二人が作業を終える頃には、二人とも顔を見合わせるほどに寒さも厳しくなっていた。ホダーはサーラにニヤっと笑って、両手で持っていた水をサーラにかけた。サーラは叫んだ。

「なんてことを！　冷たい！　あんたね！　お返ししてやる」と言って、バケツを持って中にあった水をすべてホダーにかけ、ケンカが始まった。校長はそれを知って、教頭に言った。

「二匹の猫が縄張りをめぐってケンカしているようですが、最後には、友達になるか、永遠に別れてしまうのかのどちらかでしょう」

二人はニワトリ小屋から出た後、教室に入るまでいろいろ歩き回っていた。女子生徒たちは二人を見てからかいはじめた。サーラとホダーはシャワーを浴びた後、普段同じ場所に一緒にいると必ず出す騒音を出すことなく出てきた。

サーラは学校の公園に一人で座って、自分の水筒の水を飲んだ。アマルが他の女子生徒と話しているのを見た。アマルがサーラを友達としても姉妹としても適していないことに気づき始めたので、サーラはほほ笑んだ。彼女の所にグユームが来て、アマルを眺めていたサーラに言った。

「お願いだから、アマルと一緒にいてあげて。一瞬でも、アマルが元気だと考えないで。彼女の心は痛みで大荒れよ。でも彼女はみんなには黙って笑顔でいるの。彼女を見捨てないで。私たちは、時として言葉や声よりも、沈黙を理解してくれる人が必要。沈黙は翻訳やその謎を解くのが困難な語りであり言語なの。でも、真に愛する人なら、秘密を明かす必要すらなく、すぐにそれを見つけることができる」

サーラは言った。

「彼女の中で何が起きてるのかはわからない。私が困っているのは、アマルが葉を落として枝を切られて、ゆっくりだけど怖いぐらい枯れ細った木のように感じることね」

グユームは言った。

「アマルが最近こうなった原因は、彼女の母親だと思う」

サーラは言った。

「アマルの母親ね。この女は最低ね。いつかひっぱたいてやりたかったくらいうざかった」

グユームは水を飲みながら言った。

「あなたに最後のお願いよ。アマルをよろしくね。彼女は精神的に死んでしまうような気がするの。彼女の周りには秘密が漂っているの」

サーラは言った。

「お願い。もし何か恐ろしいことがあったら私に教えて」

「わかった。じゃあね、サーラ」

ホダーはグユームがサーラと話しているのを見ていた。彼女はグユームのもとへ向かった。グユームはホダーに言った。「ホダーの近くにいれて嬉しい。姉妹とか友達みたい。私はたとえサーラみたいに敵視されたとしてもかまわないわ」

ホダーは指を曲げながら言った。

「あんたは老人みたいに誰も聞いてなくても不真面目で無意味なことを何度も繰り返したくさんしゃべるのね」

グユームはホダーの手を掴んで言った。

「ホダー、震えてるのね」

「これは寒さのせいよ、おバカさん」

「いいえ、あなたは私が近くにいると震えるの」

ホダーは緊張して言った。

「バカげてる。誰があんたの近くにいて震えるのよ？」

グユームは言った。

「あなたは私が出会った中で一番恥ずかしがりでおとなしい女子よ。でも最近変わったのね。他人に知られないように、別の仮面をかぶってる。私と同じでね」

「それは正しいわ。あんたみたいな人たちから身を守るための仮面よ。喜んで私に仕える第三者が見える？　この人たちの家族を私が支えてるからよ。だから私が命令したことは何でも聞くわ。たとえ間違ったことでもね。彼らが私自身のことを好きなわけじゃないことは知ってるわ。だから私は彼らを好きなように利用してるの」

グユームは言った。

「人を利用することは私たちをモラルのない人にする、忌《いま》わしくて悲しいことよ」

ホダーは「あんたは私との友情を利用してたんじゃないの？」と言った。

グユームは「誓ってそんなことは考えてなかった。私の父が私をあなたから遠ざけたかったの。その時は私も幼かったから、周りで何が起きてるか気づけなかった。父を怒らせて殴られるのが怖かったの。私は臆病者だったけど、今は成長したから、正しいことをするの」と言った。

「それが今何の得があるのよ。以前と同じで、今もあなたは必要ないの。もう以前の私ではないのよ、グユーム。病気のお父さんの所に帰ってしっかり看病してなさい。もしお金が欲しかったら助けてあげる。ただし、一つ条件があるわ。遠くに行って、二度と戻ってこないで」

グユームは「私たちに何が起きたか知ってるの？」と言った。

「ええ。あんたが戻ったときに、あんたについて調べるために人を送ったの。そしてあなたたちに起きたことを知ったわ。本当に申し訳なかった。あなたたちの不幸をほくそ笑むようなことは決してしないわ。それは私のモラルに反するからね。あんたはサーラみたいに私の敵じゃなかったわ」

「父が私に、あなたに彼を許してほしいと伝えるように頼んできたの」

「彼を許すことはないわ。彼は幼かった私を焼き尽くしたのよ。どれだけ残酷で強大だったか。まるで私の母の夫のようにね」

「違う、そうではなかったのよ。彼はそうするしかなかったの」

「どういうこと？」

「イサームよ。彼が父を脅してあなたにあんな接し方をしたの。もちろん彼の言うことに従う必要はなかったけれど、父は彼に借金があったの。返済した時に、私たちは戻ることなく家を去ったの。それから、父に悪夢が起きて、あなたのために私は戻ってきたの」

ホダーは「この男は、私を傷つける以外に何も残さなかったのね」と言った。

正午になり、女子生徒はみんなフォンデル公園に向かい始めた。この公園では毎年この日にチャリティーマラソンがあるのだ。この公園は美しく、湖や噴水、さまざまな鳥、遊具、カフェ、湖のほとりに生える巨木に集まる人々で賑わう。また、そこにはウォーキングトラックや家族連れや友人同士で利用するレンタル自転車などがあり、休憩したい人、快適に過ごしたい人なら誰でも羽を伸ばせる場所なのだ。生徒はみんなそこまで行ける電車に乗って向かう。

到着すると、ホダー、アマル、サーラはそれぞれ一人ずつ離れて座った。グユームは園内を回っていたが、この公園でホダーに会った時のことを思い出していた。ホダーでさえ、まるで時間が戻ったかのようにその日々と、もうなくなっていると思っていたその時の感情を思い出していた。そして二人の目が合って、グユームが彼女に笑いかけた日のことを思い出していた。グユームはサーラの所に行き、近くに座って言った。

「この場所好き。とっても快適だから」

サーラは言った。

「そうね。きれい。でもこの場所には何度も来たことはないの。学校の行事じゃなかったら来なかったわ」

先生の一人が言った。

「さあ、このユニフォームを着て参加する生徒はスタート地点に向かいましょう」

　アマルはグユームに言った。

「参加しないの？」

「私は関係ないから」

「これは誰にとってもチャリティーイベントよ。ほら、行こう。善い行いは隣り合わせということを考えながら走ろうよ」

「わかったわよ。納得したから、私も父のために走るわ。アマルは？」

「私は走れないわ」とアマルは言った。

　グユームはアマルをじっと見つめた。

「そうだったね、忘れてた」

　そして立ち上がって言った。

「サーラは参加すると思う」

　アマルはサーラを見た。

　ホダーがサーラに聞いた。

「じゃあ、参加するの？」

「そうよ。あんたらの中で一番速いからね。優勝して、みんなから拍手喝さいをもらうの。私はいつも勝利しているとは思わない？」

「いや、絶対ないね。あんたは負けるのよ」

　アマルは振り返って言った。

「今回あなたは正しいわ」

　先生が急いでと叫んだ。アマルはグユームに言った。

「あなたにはサーラをやる気にさせてほしいの。サーラが勝って前向きでいるところを見たいから」

グユームは「命令してるの？」と言って歩き始め、ウォーミングアップを始めた。サーラが来て言った。

「あんたも参加するんだ」

「そうよ。アマルが、これはチャリティーイベントだって言うから、重荷も、憎しみも手放して、善のために頑張るの」

サーラは言った。

「彼女はいつも善のために走ってる。どうしたらまず自分が幸せになれるかを考えてもらいたいのに」

グユームは言った。

「彼女の所にはいつか喜びがやってくるよ。善意は神様《アッラー》のもとで決して忘れられることはないから。アッラーが彼女を幸せにしてくれるわ」

みんなは準備を始めて、会場全体がまるでお祭りのようだった。サーラとホダー、グユームは近くで一緒に立っていた。ホダーは言った。

「今日はあんたに勝ってやる」

サーラは言った。

「あんたが私に勝てるのは、夢の中だけ」

グユームは言った。

「喧嘩は一旦横において、ほら、準備しよう」

ホイッスルが鳴った。みんなが叫び、走り始めた。アマルは薬を取り出して飲んだ。それから3人を見ると、カメラを取り出して、3人の写真を撮った。彼女らの間を風が通り抜けていった。

アマルは言った。

「どうか、天が愛と優しさを降らせ、みんなの心に届きますように。みんなを破滅に導き、迷わせるようなあの嵐の代わりに」

アノワールが座ってアマルに言った。

「その薬は何の薬？　たまに飲んでるのを見かけるけど」

「鎮痛剤よ。頭痛の時に飲むの。ところであなたはどうして参加しないの？」

「走るのが好きじゃないから」

「私も参加できればしたいのに」

アマルは立って、レースが終わるまで、残ってる人の手伝いをしに行こうとした。アノワールがアマルの手を掴んで言った。

「アマルは死ぬの？　サーラにそれを伝えた？」

アマルは言った。

「あなたに嫌なことだけど教えたいわ。あなたにとっては耳にしたくないことかもしれない。あなたのその見方は悪意の塊よ。ホダーがあなたにどれだけ関心がないかはわからないけど」

アノワールは言った。

「あなたは純粋だけど、私には、あなたが賢くて機知に富んでいて、みんなのことをよく知ってくれていると確信を持っているの。私はあなたにそれを感じるし、それは素晴らしいことよ。それと、基本的にホダーは憎しみのせいで自分の心に盲目になっているの。あなたが見るようには彼女には見えない。あなたが、私への感情をホダーに話さないのであれば、私もサーラにあなたについて話さないわ。じゃあね」

レースが終わり、今回のマラソンではホダーが優勝した。ホダーはサーラに「ついに勝ったわよ」と言うと、サーラは「今回あんたが勝ったのは間違いないけど、それはあんたの力じゃなくて、私が集中できていなかったからよ。それくらい理解できるでしょ」と答えた。

ホダーは笑った。

「関係ないわ。大事なのは、みんなが優勝したのは誰かを知ったことよ」

グユームが来て、優勝したホダーに挨拶を交わし、言った。

「ホダーの粘り強さにはいつも驚かされるよ」

ホダーはそれに対し、「誰があなたをこの場所に呼んだのかしら。離れてどっか行って、父親と同じ裏切り者さん」と言った。

サーラは言った。

「そんなひどい言い方はないでしょう。グユームは私と一緒に来たんだし、この場所はチャリティーのためのみんなの場所だし、参加者のための場所でしょ」

ホダーは「あのサーラが一体いつからチャリティーに関心を持つようになったのかしらね。私たちは毎回参加してるけど、あなたはいつも別件で断ってたじゃない」と言った。するとサーラは「それは今年で卒業だから。それだけよ」と、口ごもりながら言った。ホダーはサーラに右目でウィンクした。

「正直ね、信じてあげるわ」

サーラはグユームに「アマルの所に行って。彼女を一人にしないで。ホダーには近づいてくる連れがいるから大丈夫。彼らを見てごらん、まるでホダーの操り人形だよ」と言った。ホダーはそれに対して「そうよ、私は気分で人を動かすのが好きなの」と言った。

サーラは彼女を放って、目の前に湖の広がる、大きな木の下に食事をとりに行った。そこでは、鳥や水鳥たちがそこら中を飛んでいた。マージドが彼女に電話して、いつ戻るのかと聞いてきた。サーラは、食事が終わったら帰ると言った。

彼は「食べるの？」と聞いてきたので、サーラは「そうよ。あんたは私に何も食べずに彼らと一緒にいてほしいの？　魔女だと疑われるでしょ」と答えた。

彼は大声で笑い、通話を切った。サーラは携帯をポケットにしまい、アマルを見た。彼女はグユームと笑っていた。ホダーはアノワールと話していた。

「アマルばかり見てどうしたの？」とホダーは言った。

アノワールは「私が思うに、もしこの疑いが正しければ、彼女は病気に苦しんでいるはず。みんながレースを始める前にアマルが薬を飲んでるのを見た」と言った。

「アマルはあなたにサーラがそれについて知っているか話した？」

「彼女はサーラには言ってないと思う」

アノワールに電話がかかってきた。彼女はホダーを置いて電話に出た。

アマルはグユームに言った。

「ホダーの友達だと不安だわ。本当に怖いの」

「私はその人をよく知らないからなあ。学校でも何日も会ってないし。でもどうして？　その人がどうかしたの？」

「わからないけど、本当に怖いの。彼女がホダーか私に何か悪いことを企んでいる気がするの。ホダーがその人に注意を払ってくれればいいんだけど」

「ホダーにそれを伝えてみるよ」とグユームは言った。

「だめ、お願い、誰を信じて良いかがわかるまで、彼女はそのままにしておいて」

「この人たちは本当の友達じゃない。彼女らはホダーのもとに集まる単なる従業員みたいなもの。だから彼女は友情を受け取らないし、人を置いてさっさと行ってしまう人なの」

アマルは言った。

「グユーム、怖がらないで。彼女の傷はまだ癒えてないの。ホダーはとても優しい子よ。ただ、彼女を絶望に陥れて荒廃させるものに苦しめられているの。それが終わりさえすれば、元のあなたの好きなホダーに戻るわ。でも、あなたには我慢と忍耐が必要ではあるけど。あなたは彼女に無関心になることも傷つけることもなかったよね。正直に言わせてもらったけど、許してね」

グユームは言った。

「私が言ったことがすべて真実だとは言わないし、間違いを犯した人は誰でも耐えなければいけないわ」

サーラは巨大な木々の間を一人で歩いて、その巨大さと、その木に登ってその木々の間を行き来する鳥やリスを見つめていた。地面に腰を下ろし、目を閉じた。木々や土のにおいは、生きとし生けるもの全てについての瞑想に彼女をいざなった。どんな音も、動きも、感じなかった。まるで大空を飛び回る雲の間にいるかのようだった。突然アマルが彼女の近くに姿を現した。サーラは座り直して言った。

「なんでここに来たの」

「サーラの様子を見て安心したくなって。それだけ」

「ありがと。私は大丈夫よ」

サーラはアマルの両手を握って言った。

「アマルの手、冷たい。なんで手袋をつけないの。空は晴れてるけど、寒いよ」

「手袋はつけてたけど、少し外してるの。木の葉とか木の幹を触りたくて。そのほうが手に浸透してよりしっかり感じられるでしょう」

サーラは「どうしてアマルは以前より痩せて顔色も悪くなって声も小さくなったの？」と言った。

「いや、こんなの単なる疲労よ。勉強で相当疲れちゃって」

「お母さんのせいなの？」

アマルは焦ってサーラを見て、「いや、お母さんが何をしてもそれが原因じゃないよ。彼女の声は私の心の周りには浮いてるけど、中に入りはしないわ。彼女の感情はもう私から遠く離れてしまっているからね」と言った。

サーラは上を見ると、彼女を見ている使い魔を見つけた。サーラが彼に少し外してほしいというそぶりをすると、その場からいなくなった。アマルも上を見上げた。

「何を見ているの？」と聞くと、サーラは「リスが見えた」と答えた。

アマルはふざけて「リス食べたいの？」と言った。するとサーラは「バカ！」と言いながら地面に落ちていた葉っぱを投げた。

「やめて、お願い、服汚したわね」とアマルは言った。

「魔法を使ってほしい？」とサーラが言うと、アマルは手を叩きながら「うん。すごく楽しみ」と言った。

「オーケー、見てて」と言って、サーラは目を閉じて、少し上に手を振り上げた。アマルは木の葉が舞い上がって鳥や雲、太陽、星、車、ハートの形になるのを見た。サーラはそのハートに近づいて、それを首筋のあたりにおいて言った。

「いつか、お母さんがアマルの心に入って、二人ともお互いに幸せになるよ。だから、希望を捨てないでね」

アマルは走ってサーラを抱きしめた。

「本当にそうだね、私の友達」

一瞬の後、謝って言った。

「私たち、友達じゃないことはわかってる」

サーラはグッとこらえて、「別にいいよ。さあ、戻ろう。もう時間も遅いし」と言ったその時、サーラは妙な声が聞こえた。アマルは言った。

「どうしたの？」

サーラは後ろを振り返り、においを嗅ぎながら、草と茂みの間を歩き出し、アマルが追いつけないほどの速度で走り出した。アマルは立ち止まって息を切らせていると、サーラが戻ってきた。彼女は鳥を一羽手に抱えていた。それは、白鳥だったが、小さく、頭がガラス瓶に入ってしまっていた。

「どうやって出せばいいの。死んじゃう」

アマルは悲しげな声で言った。

「なんてこと、こんな小さい子が、なんてかわいそう。ガラスを割りましょう」

サーラは言った。

「しっかり持っていて。絶対にひっくり返さないように、わかった？」

「わかった」

アマルは白鳥を掴み、サーラは両手を瓶の両端に置いて、目を閉じた。すると、光の輪が現れ、瓶の周りを旋回し始めた。サーラは手と指を動かすと、稲妻の形をした閃光が現れ、瓶を完全に粉砕した。白鳥は快適に呼吸することができるようになった。アマルはその白鳥を地面に下ろし、言った。

「さあ、お行きなさい」

白鳥は自由に飛んで行った。アマルはサーラにお礼を言った。

「本当にすごい力ね、サーラ。あなたは偉大だったわ」

サーラは言った。

「そう言われると恥ずかしいからやめてくんない。私はいつもアマルがしたがることをしただけよ」

「そうよ、それをいつもサーラにはしてほしいの。残念ながら、ゴミを捨てる人がいて、そのゴミで傷つく動物もいるから」

サーラは、後からついて行くから、アマルに先に行ってほしいと頼んだ。アマルはサーラの状況を理解した。アマルはサーラを置いて草と茂みの間に姿を消した。サーラは言った。

「さあ、出てきなさい。もう彼女は行ったよ」

それは地面にゆっくり降りてきながらサーラに言った。

「ご主人様があなたのこの人道的な行動を見たら、どれほどお怒りになられるか。私たちはあなたを早めに連れて行くことになりますよ。それから、もう一つ、あなた方のような人間との協定があることをお伝えします。その方は現在はご主人様のもとで働いています」

サーラは言った。

「あんたの主人なんかどうでもいい。地獄にでも行けば。私はそんなの怖くない。誰も怖くない。これが私の人間性よ。あんたらが私に何をしようと、私を変えようと、絶対に手放したりしないから」

「あなたは以前はこうではありませんでした。あなたは自分の人間性も何も、全てが嫌いでした。あなたの目には憎しみさえ現れていました。しかし今は、バカなアマルと高慢なマージドの存在が、あなたを善い方向へ導こうとしているのです。ですが、彼らのことは我々には関係ありません。我々の驚くべき事実を知った時、きっと彼らはすぐにあなたから離れるでしょうから」

サーラは言った。

「いや、アマルとおばあちゃんは私のそばにいてくれる。彼らは絶対に私から離れたりしない」

「自信はあるんですか。周りを見なさい。あなたたち人間は裏切りが血の中を通って駆け巡っているのですから。祖国ですら、裏切りからは逃れられません。利益と権力のためにね。友達が、家族がどうして裏切らないと言えるんですか？　ですから、希望は持たないでくださいね。適切な時期がきましたら、我々のものになるんですから。ではまた」

# 第4章

午後6時。ホダーはリーンに電話して、忙しさで会えなかったことを謝った。

リーンは言った。

「大丈夫よ。でも、もし今時間があれば、会いましょう」

ホダーは言った。

「いいわね。あなたの家にしましょうか」

「いえ、家族から離れた場所がいいわ」

「あなたの心には恐怖が入り始めているわ」

「いえ、恐怖ではないわ。ただ、秘密裏に会いたいの。それだけよ」

ホダーは意地悪そうに言った。

「あなたは、アマルが色々知ることによって家族関係が終わるのを恐れているわ。なぜなら、あなたは正直彼女の人生に干渉しすぎた。そしてサーラがアマルの友達だから、無実のサーラに憎しみを募らせた、だからサーラが学校で一番優秀な生徒であっても彼女と友達になってほしくなかった。ここではあなた以外全員知っていることよ、盲目さん」

リーンは言った。

「彼女をかばっているの？　それとも彼ら？　誰が彼女を憎んでいるですって？　この裏切りはどういうこと？」

「マダム、裏切ったわけではないわよ。ただ、彼女は強い女性で負かすのは難しいということを伝えたくて。それに、彼女は私の獲物よ。他の人には関係ないわ」

「あなた二人には介入しないわ。ただ、彼女には教訓を与えて、アマルから遠ざけてやりたいのよ。その後はあなたの好きになさい。あなたはこれで満足かしら？」

「もちろん、満足よ」

「通話を切るから、レストラン『アダム』で会いましょう」

「わかったわ。じゃあそこで会いましょう」

通話は切れた。ホダーは言った。

「サーラはあらゆる面で悩まされることになるわね」

アドナーンはリーンが外出の準備をしているのを見かけた。

「どこへ行くんだ？」

「関係ないでしょ。私のことなんかどうでもいいって言ったでしょ？　私はどこでも好きなところへ行くわ」

「もう午後6時だぞ。今は雨も降っているし。外出しすぎじゃないか？　なぜお前といつもこんな言い争いしないといけないんだ。お前はお客さんみたいなものだ、お客さんは帰る以外にないんだ」

彼女は一言も発することなく部屋を出た。アマルはグユームとビスケットを食べていた。グユームの近くで立ち止まり、リーンは言った。

「あなたたち二人が一緒にいるのを見れて嬉しいわ。私たちに付きまとう、あの黒雲さえいなくなればね。さあ、出かけてくるわ。またね」

グユームは言った。

「彼女はサーラのことを黒雲、つまり、悪の化身とみてるんだと思う」

アマルは言った。

「そうね。私は二つの道の前にいるのね。サーラと一緒にいたい。それと同時に、悪意あるお母さんの恐怖からサーラを遠ざけたい。ホダー、イサーム、お母さん、私の身でさえ、一体これから何が起きるのかしら。みんな不安と困惑を抱えている。私はどうすることが正解なのかがわからないわ」

　グユームは言った。

「アマルの心に素直になって。何が起きても、それは私たち全員に課された運命よ。だから、アマルも世界もサーラの敵にならないで。むしろ、サーラが頼ることができる人になってほしい。誰かが彼女に危害を加えようとするときにはいつでも、彼女はあなたに頼ることになるから」

　アマルは言った。

「サーラのためにも、私は強くなるように頑張るわ」

「アマル、個人的なことで聞きたいことがあるんだけど、私のことではないから、聞いて申し訳ないんだけど」

「何？」

「アマルは何かの病気を患っているの？」

　アマルは目を閉じて言った。

「うん。子供のときからね。貧血なの。好奇心が旺盛になる時期までは、それが何だかわからなかったわ。その後は、神様に任せることにしたの。だから、私は一日一日をそれが最後の一日だと思って過ごしているの」

「どうしてお母さんにそれを言わないの？　そうすれば彼女もアマルを気にかけるでしょうに」

「お母さんには、知られて同情されたくないの。その後の彼女の感情が信じられないから。彼女には、私が病気だからではなく、このままの私を好きになってほしいの」

　イサームは、地下にある秘密のオフィスで、自身のプロジェクトについて、最高の発明家や医者、科学者、ビジネスマンたちとともに議論していた。イサームは言った。

「すべてが、あなた方と魔法使いとの協定通りに進んでいる。私は近く彼女に会いに行く」

発明家の一人が言った。

「目の前でその少女の力が見たい」

イサームは言った。

「ディスプレイでお見せしましょう。これは以前彼女が狼と戦っていた時のものです。悪魔の使い魔といた時です」

イサームは続けた。

「ご満足いただけたでしょうか？」

「ええ。私は今快適な心地だ。もしあなたが何年か前に生み出した成果が実を結び始めたら、我々はサーラに調査をする必要がある。それでどこまで到達できているかがわかるだろう」

イサームは言った。

「怖がる必要はない。彼女は我々のコントロール下になるでしょう。ただ、適切な時期にだ。言った通りに、彼女のためのいくつかの薬と薬草を使う。そして、その魔法がサーラに役立つことを忘れてはならない」

イサームに電話がかかってきた。小声で電話に出た。

「どうした？　今緊急の会議中だから、後でかけ直す」

電話を切って、彼らとの話し合いを続けた。

サーラは毎日の課題を解くことに集中していた。両手を眺めて言った。私は本当に死ぬの？　古い革製の本を取り出し、読みだした。毎日2ページずつ読んでいるのだ。その本は窓際にあったが、誰が彼女にこれを与えてくれたのかわからなかった。部屋から出て、コップ一杯の水を汲み、気分を落ち着かせるためいくつかのハーブを入れた。祖母は言った。

「どうしてこのハーブを飲むんだい？　何日も前からそれを飲んでいるね」

「落ち着くから。いつか私が正気を失ってみんなを襲わないように」

「サーラは私たちを襲うことはないよ。自信があるの」

「私は自信がないから、念のためにこうさせて。これが私たちみんなのためなの、おばあちゃん」

アマルはマージドに会っていた。彼女は彼からその紙を受け取って父に渡したかった。マージドは言った。

「その書類は今彼の所にない。彼らが時期を見て取り出すまで、どこか安全なところに持って行ったよ」

アマルは、彼が、考えていることをみんなに報告しないで行動したことに困惑した。

マージドは帰って、散歩していると、使い魔が彼の前に現れて言った。

「サーラから離れなければ、死ぬことになりますよ」

「彼女から離れるつもりはない。好きなようにすればいい」

「彼女の前で暴露してもいいんですか？」

「何をだ？　彼女には何も隠してないぞ」

「いいだろう」

彼の心に恐怖が生まれた。「ちくしょう、こいつら。これがいつもサーラに会ってるやつか。俺の前に現れるなんて変だな」

使い魔は言った。

「気をつけて下さいよ。今日はここから何も言わずに去ってください。でないと彼女にあなたが何者かばらしますよ。もしそうしたら彼女はあなたをどうするでしょうね。みんなサーラが嘘つきや裏切者が好きじゃないことは知っています」

マージドは言った。

「僕は裏切者じゃない。僕は正しい道を突き進む男だ。彼女をお前らから守ってやる」

「本当に、それ以外に目的はないのですか？」

マージドは怒ってポケットから何か取り出して言った。

「失せなければ、お前にこれを投げつけてやるぞ」

「これはあなたが我々についてよく知っていて、我々の生態を広範囲にわたって研究している証拠ですね」

「そうだ。サーラのために知るんだ」

「嘘ですね。あなた自身の利益のためのくせに。さようなら」

右に目を向けると、向かいの道にホダーとリーンが真面目な顔で話をしていた。

「みんなサーラを傷つけるために集まっているのか。彼女をこの場所から遠ざけなければ、一生彼女を失うぞ」

リーンはホダーに言った。

「あなたはサーラを幼い頃から知っているわね。彼女には弱点があるはず。サーラをアマルから遠ざけたいの」

ホダーは笑いながら言った。

「私も二人を離そうとしたけど、成功しなかった。アマルは強情で、死にでもしない限りサーラを離そうとしないのよ」

リーンは目を見開いた。

「なんてことを。私の一人娘にそういうことは絶対に言わないでちょうだい」

「そこまでアマルを失うことを恐れているのなら、どうしてこの時期に彼女と一緒にいないの？　サーラを遠ざける方法なんか探してる暇があったら」

「母親はみんな自分の娘を真に、純粋に愛するものなのよ。彼女の最も信頼できる友人だったわ。母親以外を愛すことはないの」

「でも、あなたは何の役にも立たないわね。自分の娘も悲しみの独房に閉じ込めた後に精神的に殺したいとは。それで今は彼女の人生における最後の希望を殺そうとするとはね。サーラは嫌いだけど、アマルは内側から潔白と純粋な愛情に満ち溢れているの。だからあなたとこんな絶望の中を生きさせたくないのよ。サーラなんか放っておいて、どうしたらアマルの心を喜ばせられるかを考えて。サーラは私に任せておいて。じゃあ、そろそろ時間的に行かないとだから。ありがとう」

リーンはホダーが手伝ってくれないことに相当腹を立てた。ホダーはアマルに電話して彼女に一言だけ言った。

「お母さんに気をつけて。彼女はお父さんの次にあなたに近い人に、何か恐ろしいことをする計画を立てているわ」

電話を切った。15分後、アマルは父の所に行って、話をした。リーンが帰った時、アマルは彼女に言った。

「ちょっと話があるんだけど、いい？」リーンは、ホダーがアマルに伝えてしまったのではないかということを恐れたが、二人で公園に出て椅子に座り、髪をいじりながら言った。「話って何？ 眠くなってきちゃった」

アマルは、母の手を取りながら言った。

「私はお母さんが私にしてほしいどんなことでもする。マイアミに行くことだって。でも、一つだけお願いがあるの。サーラには手を出さないで。傷つけないで」

リーンは立ち上がった。

「何を言っているの？」

「お母さんの計画を知ってしまったの。ホダーが全部教えてくれたわ。もうこれ以上は私には手に負えないの」

リーンは言った。

「じゃあ、2週間後に私とマイアミに行くのね。グユームにも来てもらうわ。仕事を手伝ってもらうのと、あの子のお父さんの面倒も見てもらうためにね」

「うん。お母さんのしたいようにするよ。サーラは放っておいてね」

リーンはアマルを抱きしめた。そして心の中でつぶやいた。

「アマルがこんなに簡単に言うことを聞くとは思ってなかったわ」

アマルの顔を見ると、鼻から血が流れ出ていた。

「なんてこと！　鼻血が出てるわ！」

「ええ、寒いから、夜のこの時間は私にはよくないのね」

二人は帰宅し、アマルは放心状態で階段を上っている時に、リーンがアドナーンに言った。

「アマルも私と一緒にマイアミに帰るの。勉強もそこで続けさせるわ」

父とグユームは仰天した。

「どういうことだ？　信じられるか！」

アドナーンは叫んで、アマルを呼んだが、返事はなかった。グユームが追いかけたが、アマルは部屋の鍵を閉め、自分の中でつぶやいた。

「私はなんてことをしてしまったの。お母さんに急いで去ってもらうためだったとはいえ」

リーンは言った。

「あなたとは関係ないわ。あの子は今は私が好きだから、一緒にマイアミに帰るのよ」

グユームはアマルに言った。

「ドアを開けて、アマル！　何が起きてるのか説明して！」

アマルは泣きながら小声で言った。

「私はお母さんが他の何よりも好きなの。彼女が私にマイアミに一緒に来てほしいって。私はもう二度と彼女なしで生きることはできないの。だから彼女のために、彼女が望むことであれば何でもそうするの。たとえ私が死のうとも」

グユームは言った。

「お父さんはお母さんとケンカしてるよ！　アマルが止めないと、取り返しのつかないことになるよ！」

グユームは自分の部屋から携帯を持ってきてサーラに電話した。

「あなたの大切な妹のアマルが母親の精神的圧力に苦しんでいるわ。２週間後にはマイアミに行ってしまうの」

サーラは携帯を投げ出し、アマルの家に全力で走った。しかし、道中で出会ったマージドに止められた。

「どこにも行くな。警告するけど、みんなが君を陥れようと企んでいるんだ」

サーラは言った。

「妹は、私に頼れなくなったら一体誰が彼女の姉妹になるのよ。あの子には兄弟も姉妹もいないのよ」

「彼女には両親がいる。誰も君のものではないんだ、たとえその力を使ったとしても」

「どんな人にも特別な力がある。私たちはみんな違っているの。邪魔しないで！　行かせて！」

マージドは言った。

「サーラ、もし君が本当にアマルが好きなら、彼女から離れるべきだ」

「どうして私が離れることにこだわるのよ。あんたは何様よ。私の人生に干渉してくるわけ？」

「僕は君の兄弟だ。もしよければ」

「おばあちゃんのところに行って彼女の所にいなさいよ。私はすぐに戻ってくるから。遅くはならないから。もし、私が戻ってこなかったら、おばあちゃんをどうかよろしくね」

サーラは、光の矢のような驚異のスピードで走り出した。

マージドは、「僕らは君を失ってしまう気がするんだ。神様、どうか彼女をお守りください」と言った。

掃除をしていた祖母の手からコップが落ちた。

マージドが入ってきて、掃除をしている彼女を見た。彼女も彼を見つめて言った。

「私を見てないで、こっちに来てあんたのおばあちゃんの手伝いをしておくれ。サーラはどこだい？」

彼は戸惑いながら言った。

「サーラは出て行った。もう戻らないかもしれないんだ、おばあちゃん」

「冗談を言うのはおよし、そういう痛々しい冗談はよくないのよ。あんたは知ってるでしょ？　サーラはこの私の人生のすべてだってことを。もし神様と、そして彼女がいなければ、私の人生に意味なんてないのよ」

「サーラはアマルの家に行った。それから僕におばあちゃんをよろしくと頼んできた。まるで僕らに最後のお別れをしているかのように」

彼女は膝で立ち、彼をひっぱたき、抱きしめた。

「あんたは嘘つきだね」

彼女の声は恐怖に震えていた。

アマルは彼らの砕け散る波のように大きな声を聞いていた。部屋を出て二人に言った。

「もしケンカを止めないなら、この家から出ていくから」

アドナーンは言った。

「アマル、お前は私のものだ。母親が娘を何年も放っておいて、今になって私から奪うなんて、絶対に許さん。私に親権はあるんだ。教えてくれないか、アマル。どうして彼女の心配をする？　何かで脅されているのか？」

「いいえ、お母さんは何も言ってないわ、お父さん。でも、私は二人の問題を刺激しないために行くの」

「お前の治療は？」

「向こうでする。違いはないわ」

リーンは言った。

った。

「治療って何？」

アドナーンは彼女を強くひっぱたき、家を出ていくように言った。アマルは叫び、そのまま気を失った。サーラはアマルの家のドアのところまでたどり着いたが、ドアが開くのを見て身を隠した。アドナーンがアマルを両腕にかかえ、車に乗せた。彼と一緒にいたグユームは一瞬サーラを見た。リーンはショックを受けた状態で家の中にいた。彼らが出て言った途端、サーラは彼女の前に別の顔で現れた。リーンは混乱と恐怖を感じて言った。

「あんたは一体誰？」

彼女は恐怖と緊張で後ずさった。サーラは彼女に言った。

「もしアマルに痛みが残れば、あんたの首を引き裂く」

リーンは言った。

「あんたなんて怖くないわ」

サーラは毒蛇のような舌を出し、両目を赤く染め、角が伸び、爪は黄色く鋭く、凶悪な声で言った。

「もう一度言ってみろ」

リーンは言った。

「あんたの外見、見てるだけで息が詰まるわ。黒雲が近づいてくるようで怖くて不快だわ。あんたはジンとか悪魔の世界から来たの？」

サーラは言った。

「私はアマルの姉で、彼女の面倒をみるのよ」

リーンは言った。

「いいえ、あんたはアマルの姉じゃないわ。彼女にはあんたのような姉妹も友達もいらないの」

サーラはリーンの手を掴み、脈動が浮き出てくるほど強く圧迫した。

「引っ張らないでよ！　痛いでしょ！　私の目の前から消えて」

サーラは一本の指をリーンの胸のあたりに近づけて言った。

「これをこの中に入れようか？　そうすればアマルの感じてきた苦しみと痛みが少しは感じられるかもしれないよ」

「私はもう彼女を困らせないし、彼女をマイアミに連れて行ったりしないわ。だから、私から離れなさい」

サーラは光のような速度で離れ、ドアのところに立った。そして大声で言った。

「もしあんたが彼女の絶望を呼び起こすようなことがあったと知ったら、あんたを破滅させるまた別の恐怖を目にすることになるから」

リーンは、ホダーがサーラの力について言っていたことを思い出した。まさか自分の目でこの光景を見ることになるとは想像もしていなかった。

アドナーンは病院に到着し、アマルは集中治療室に入っていた。彼は言った。

「彼女は危険な状態だから、すぐに輸血が必要なんだ」

グユームは遠目でサーラが壁から遠くの隅に立っているような気がした。実際、サーラは遠くから見ていたが、スケルトンフラワーの力を使って姿を消し、風のようにアマルの病室に向かった。皆が去った後、病室に入ってアマルを見た。顔は疲労で紫色になり、身体は弱っていた。サーラはアマルの近くに座って彼女の手を取り言った。

「本当にごめん、そしてアマルの前でしてきたふるまいが恥ずかしいよ。全くアマルのことがわかっていなかった。身体の苦痛を表に出さなかったんだね。あんたを助けるよ。この袋に入っている血はあんたには役に立たない。私の新しい血を入れて、神様に良くなるように祈るよ。大好きだよ、アマル」

サーラはアマルの頬にキスし、抱きしめた。彼女の涙がアマルの頬を伝っていった。サーラはネックレスを出して、アマルの首に置いた。

「これがきっとあんたを守るよ」

サーラは姿を消した。

1時間後、看護師が来ると、血が減っておらず、代わりに誰かが別の血を入れたような状況を不思議に思い、アマルの隣に座り観察していた。気温はとても低くなり、サーラは病室の窓のところでアマルの病状に関する動きがないか見ていた。

彼女の健康が確認できるまで、安心して出ていくことはできなかった。深夜12時、リーンはアドナーンに電話したが、彼は電話に出なかったので、グユームが彼女に連絡した。

グユームはアマルが長い間苦しんでいたことをリーンに話した。リーンは狂ったように泣き叫んだ。

彼女はアマルの部屋に入り、部屋全体を見渡した。彼女の服が入っている箪笥を開け、娘の香りを感じ、彼女のベッドに顔をうずめ、目を閉じた。彼女は枕下でアマルの写真を見て、うめき声を上げ続けた。

看護師が入ると、誰かが血液の入った袋を設置して、それがアマルの身体に取り付けられているのを見つけた。看護師は医者を呼び、知らないうちに誰かが彼女に輸血していたことに驚いた。医者はそれが、清潔であることを確かめたかったため、血液サンプルを採取した。アドナーンとグユームも何が起きたかを知った。

二人は家に帰った。全員がアマルを永遠に失うことに関して、失意と激しい恐怖の中にいた。グユームはもしかしたらサーラが血を提供してくれたのかもしれないと思った。しかし、誰にも見られないようにどうやってそんなことができるのか。グユームはマージドに電話し、すべてを話した。彼は言った。

「間違いなく、サーラが提供者だね。彼らが血を調べれば、彼女の血が他の人間のものとは明らかに違うということに気づくだろうね」

電話を切った。マージドは祖母に言った。

「サーラはアマルに血をあげてから去ったって。ああ神様、どうかサーラが無事にこの家に帰ってこれますように。もし彼女に何か恐ろしいことが起きたらと思うと、恐怖で胸が張り裂けそうだ。考えがまとまらないし恐怖に支配されている。おばあちゃんもサーラが心配で恐れている」

イサームは、今夜サーラを彼らに従わせることを決めた。サーラは、はめている指輪を眺めていじりながら、目から涙をこぼしていた。彼女は自分自身に呟いた。

「母が去った後、生まれて初めて誰かのために泣いた」

アマルの症状が悪化するなんて想像していなかった。彼女は、自分が苦しんでいることを一度だって私に言ったことはなかった。

「ああ、私はなんて愚かなの。アマルは私の隣に立って私を支えて、私の痛みを和らげてくれていたのに。なんて恥ずかしいことか。私がバカなのは、一度だって『あなたは本当に元気なの?』と訊かなかったことだ」

彼女は知らない番号からメッセージが来ていることに気づき、それを開いた。彼女は目を大きく見開いて赤くし、目のくまが大きくなり、狂ったように走り出した。一方、ホダーにも同様に見知らぬ番号からメッセージが来ていた。彼女は立ち上がり、寝ている兄弟が起きないように物音を立てないようにしながら、今回は一人で車に乗り込み、伝えられた住所に向かった。

多くの出来事、恐怖、悲しみ、狂気に満ちた早朝、リーンは病院に行く支度をしていた。グユームが彼女に挨拶し、言った。

「アマルはきっと良くなり、彼女に近いみんなもきっと元気になります。だから彼女を心配しないで。彼女は強くてあなたにそばにいてほしいはずです」

リーンは言った。

「そうは思わないわ。アマルは私を嫌っているもの。私が彼女の人生から消えてほしいって思っているのよ。私には心も、感情も、良心すらなかったんだもの。

みんなが私に気づかせようとしてたけど、自惚《うぬぼ》れと尊大が私を愚かな女性にしてしまった。今の私の家族がどうなってしまったか、なれの果てを見て。娘は病院で病に苦しんでる。私は愛する人全てにひどい仕打ちをして、みんなが私の不正と傲慢《ごうまん》に苦しんでる。罰が与えられて当然ね。でも、優しい娘には罰はふさわしくないわ。私は小さな家族が崩壊した原因よ」

「リーン、自分を責めすぎないでね。こんな時にはみんなが必要。あなたのサーラに対する憎しみは川に捨てて、流してしまって。サーラはアマルに良いことしかしたことがない少女よ」

リーンは言った。

「サーラに会って、許しを請わせてほしい。私は彼女にひどく当たってきた。本当に自分が恥ずかしいわ。今になってみると、どうして以前に変われなかったのかと思うわ。アマルを永遠に失った後に」

「ほら、リーン！　勇気を出して。強くなって。彼女に会いに行くわよ。症状は安定してるみたいだから、どうなるか見守りましょう。血液提供者は現れたんだけど、身元がわからないのよね」

アドナーンは家に戻ってグユームに言った。

「私はシャワーを浴びてからまたアマルの所に戻る。そこには君以外入らせたくない」

リーンがアドナーンを後ろから抱きしめて言った。

「私はあなたとアマル以外誰もいらないのよ」

彼は怒って言った。

「放すんだ！　そうしないと城から投げ出すぞ。グユーム、彼女は待たずに、行きなさい。彼女はアマルの所に行ってはいけない。お前はさっさと荷物を準備してマイアミに行くんだ。あの国が心の恋人なんだろう。アマルは私に任せて、私が世話も面倒もみるから」

「いいえ、一度だけチャンスをちょうだい。罪を償うチャンスを。神様《アッラー》は私が悔い改めれば、罪をお許しになられるお方。そして私は二人に対して犯した全ての罪を悔い改めるわ。だから、二人には許してほしいの」

「私は一生お前を許さない。だが、アマルはきっとお前を許すだろう。彼女は優しい心を持っているからだ」

彼は彼女の手を掴み、階段を上り、彼女の部屋に閉じ込め、鍵をかけた。彼女は「ごめんなさい、許して！私は娘に会いたいの！」と言って、ドアを強く叩いた。

「アマルの目が覚めるまではダメだ。私はお前を死ぬまで憎んでいるからな。こんなことが一人娘に起きるくらいなら、お前に恋し、結婚しなければよかったのに。お前があの子の代わりにこうなればよかったのにと願った。あの子はお前と違って、人に悪いことは何一つしていないんだ。お前はまるで天国にいるように、人に対して専制と傲慢を行使していた。この悪魔め」

アドナーンはグユームの所に戻って言った。

「医者が例の血は安全で清潔だったと教えてくれた。そのおかげで今はだいぶ良くなっている。だが、提供者は一体誰なんだ？」

グユームは言った。

「わからないけど、いい人に違いありません」

グユームは彼に提供者がサーラだとは言いたくなかった。

マージドの携帯が鳴った。彼は昨日からサーラに会えていない。その電話に出た。

「ダマルク通り付近で殺人が起きた」

祖母は言った。

「サーラが見つかったのかい？」

「いや、残念ながら違う。殺人が起きたんだって。僕は行ってみるから、おばあちゃんは絶対家から出ないように気をつけてね。もしサーラから電話が来たら教えてね。アマルの所に行きたかったら、僕が後で送るから」

母と一緒にいたハッサンは、ホダーについて聞いた。すると母はホダーの姿は見ていないしどこに行ったのかもわからないと言った。

ホサームはハッサンに連絡し、病院の記録も警察も彼女について何も手掛かりは見つからなかったということを伝えた。

ハッサンは「彼は警察に行って姉の行方不明届を出すことになった」と言った。母は不安に覆われていった。母は言った。

「ホダーのためにできることは全てして。お願い。どうして私たちに何も言わずに消えてしまったのかわからないわ。無謀な子。あの子に何か恐ろしいことが起こらなければいいけど」

「怖がらないで、母さん。じゃあ俺行ってくる」

母は彼の頭にキスをして言った。

「新聞読んでないのかい？　アマルは今病院で貧血の治療をしているんだよ」

ハッサンは言った。

「何？　そんなことは起きるはずがない。俺に嘘つかないでよ」

彼は涙を流した。

「アマルは元気で健康で誰も傷つけない子だよ。どうしてこんなことが」

どの新聞でも彼女について取り上げられていた。

「わかったよ、母さん。俺、彼女の様子を見てくる」

道中、病院にいたマージドに連絡した。しかし、アマルのためではなく、検死についてだった。彼は言った。

「みんなにショックを与えるような犯罪が発生した」

ハッサンは言った。

「なんてこった。今日はなんてひどい日なんだ」

マージドは言った。

「そっちでも何か起きたの？」

「姉のホダーが昨日から姿が見えなくて、あらゆる場所を捜索しても見つからなんだ。誰かに誘拐されたと考えるべきかな？」

「変だな。サーラも昨日家に戻らなくて、アマルは病院だ。この3人の少女の話は実に奇妙で恐ろしいな」

ハッサンは病院に到着し、集中治療室のある病棟へ向かった。グユームがいたので、アマルの症状を聞いた。すると「特に新しいことはないわ。彼女は相変わらず集中治療室よ」ということだった。

「誰かが彼女に輸血したのかい？」

「ええ。提供者がいたわ」

「もしその必要があれば、俺の血を彼女にあげてもいいんだけど」

アドナーンがやってきて、ハッサンと同じことをグユームに質問した。グユームはハッサンにしたのと同じ回答をアドナーンにもした。アドナーンは言った。

「私はお礼がしたいので、何も言わず去ってしまった血液の提供者を知りたい」

それを聞いたハッサンは「サーラとホダーが昨日から行方不明なのを皆さんは知らないんですか？」と言った。

グユームは言った。

「え？　それは本当？」

「うん。僕たちは彼女を探すためにいろんな場所を探したんだけど。それから、今日、殺人が起きた」

アドナーンがため息をつきながら言った。

「そうだ。だが私は彼らに、娘が危機的な状況にあるということを伝えてある。彼女を一人にするわけにはいかない」

ハッサンは言った。

「殺されたのは誰なんですか？」

アドナーンは言った。

「君は信じないだろうな」

「誰なんですか？　教えてください」

「大物実業家のアノワールだ」

「なんですと⁉　あの方がそう簡単に殺されるなんて」

「ああ、これはマフィアの仕業だ。彼もそのうちの一人だったが、アノワールはメディアを通じて、悔い改め、正気に戻った、あんな恥ずべき行為はもうしないと散々言ってきたから、少し前に彼らから離れたんだ」

ハッサンは聞いた。

「殺したのは誰なんです？」

「わからない。だが、彼らは今犯罪現場にいるんだが、その場所が、幽霊ぐらいしか住めなそうな廃屋のような奇妙な場所なんだ。現場には私の指名した賢くて経験豊富、決して負かされない男、ハーリド巡査が行っている」

ハッサンは言った。

「誰か特に疑っている人はいるんですか？」

「特に誰と言うと私が告発することになってしまうからそれは聞かないでくれ」

ホサームはハッサンに電話して、ホダーが故郷から遠く離れた場所に向かってるのを見たという目撃者がいることを伝えた。

その場所は荒涼としていて動物と生い茂った植物以外には誰も住んでいない。彼女が車を止めた道のある場所がそこで、彼女がその地域に入っていったことを示している。不思議なことに、車には、暴行や盗難の跡が見当たらず、鍵がかけられ、キーは車内にあった。ハッサンは言った。

「ホダーは合理的でちゃんとした理由なしにそんな場所へ行くなんてあり得ない。どうして僕に言わなかったんだ、ホダーのバカ」

彼女の携帯に電話したが、携帯はオフになっていた。誰かが彼女に何かしているのではないかと思うと怖かった。

「ハッサン、俺は行って探してくる。俺は弁護士だから、警察からの許可も取ってある。その警察は君の親戚だから、信頼して預けてくれた」

「うん。わかった。僕も今から行く」

ハッサンはアドナーンに言った。

「また訪ねますので、お願いします、もし何か重要なことが起きたら、僕に教えてください」

アドナーンは彼を強く抱きしめた。

「僕はあなたの娘が大好きです」

彼は出て行った。グユームは聞いた。

「いつまでリーンを閉じ込めておくのですか？　目が覚めたらアマルは必ずお母さんに会いたいと思います。リーンがどれだけ彼女にひどく当たっても、こんな状況であっても、アマルはお母さんを恋しく思うし、以前よりも彼女を愛すると思う」

「関係ない。既に彼女の飛行機は予約しておいた。それに職員が彼女を無理やりマイアミに連れ戻しに来るだろう」

「そんなことしちゃダメ。彼女はアマルの母親なの。これ以上彼女をアマルから遠ざけないで。あなたは今は彼女への怒りでいっぱいなのはわかります。あなたを責めるわけではありません。ただ、やけになって後悔する前に、冷静に落ち着いて慎重に考えてほしい」

マージドはハーリドとともに殺人現場で手掛かりと証拠探しを始めた。

調査員の一人はマージドとハーリドを呼んで、言った。

「この血を見つけました。既に乾いていましたが。検査によって、この血が殺害者の者であり、被害者の者ではないことがわかりました」

マージドは言った。

「3階のこの部屋は通りを見下ろす位置にあり、窓が壊れ、破壊されている。分析と検死により、被害者は午前2時に殺害され、死因は窒息死。しかし、彼はここに住んでおらず、しかも別の人との約束があったにもかかわらず、どうしてこのアパートに来たのか。そして、夜のこの時間帯に働いていた従業員でさえ、アノワールがホテルに入らなかったことを証言し、また、このアパートは10年以上彼の名前で所有されており、どうやって第三者がそのアパートに入ることができたのか。カメラを確認しても、夜のその時間は誰も通らず、誰の姿も確認されなかった」

ハーリドは言った。

「これは奇妙な殺人だ。まず、アノワールは既にドイツへの旅行の予約をしており、彼の事業マネージャーはアノワールが空港へ行く途中であったことを証言した。しかし、奇妙なことに、彼の運転手がガソリンスタンドで車を止め、アノワールのために水を買うために降り、車に戻るまでの間に、彼は消えていた。運転手は私にこう言った。『車の音も、複数人が近づいてくる音さえも聞こえなかった。まるで地面が彼を飲み込んだかのようだった』そして突然私たちはこの部屋で彼の死体を見つけた。そのガソリンステーションからホテルまでは約10分だ」

ハーリドは窓から外を見た。マージドは言った。

「紫外線で見てもいいかな？　もしかしたらあれかもしれない」

ハーリドは言った。

「教えてくれ、あれとは何なんだ」

「まず見させてくれ。その後に教えるから」

部屋を暗くし、調査を始めた。エレベーターから始め、部屋の入口まで、その後に窓まで。何の痕跡も見つけられなかった。

マージドは言った。

「妙だな。考えがあったんだけど、この方法では私には難しいみたいだ」

二人は犯罪現場から出て、通りへ向かって進み、窓のあたりで立ち止まった。サーラとホダーの失踪とアノワールの殺人が関係するとは考えられないか？

「ことは複雑に絡み合ってるみたいだね。神様、サーラは一体どこにいるのですか」

ハーリドは言った。

「よく聞くんだ。お前にはサーラ、イサーム、ホダーについて知った最初の日からの全ての情報を集めてほしい。全部だ」

「わかった。まず病院に戻り、その後警察署に行って、欲しい情報を全てかき集めてくる」

「よし、急ごう。遅れれば遅れるほど、ことはより複雑になる」

マージドは出発し、ハーリドはホテルに入った。警察の調査員の一人がやってきて、女性の髪の毛が入っている袋、もう一人はシャツのボタンを彼に手渡した。

「出だしは順調といったところか」

アドナーンはアマルの手を握り、娘の状態に涙し、娘が苦しんでいるのを見るたびにリーンを憎んだ。看護師に出て行くように言われ、彼は出たが、震え、膝から崩れ落ち、壁を全力で殴りつけた。グユームは言った。

「ダメよ。絶望してはダメ。あなたは信仰深い男でしょ。だから知っているはず、これが運命だってこと。私たちはそれに耐えなくてはいけないことも。父が大変な時、私もあなたのようだった。泣き崩れてばかりだった。それでも私は耐えた。彼のために耐え抜いた」

彼は椅子に座って、神に祈りを捧げ始めた。彼は神にアマルのために慈悲と回復を願った。リーンはグユームとテキストメッセージでやり取りをしていた。彼女はリーンにアマルの現状を報告していた。彼女の心はメッセージが届くたびに恐れおののいた。もう部屋から出ようとはしなかった。彼女はそこで、祈ることに専念した。

彼女は自分を責め、心を痛め、娘が回復するか彼女と一緒に死ぬまで留まると自分自身に誓った。グユームの存在は、顔を見合わせることができなかった二人にとって大きな支えになり、二人は落ち着き、冷静さを取り戻していった。

マージドは、アマルを訪ねた後、警察署に向かう途中だった。あのサーラへの警告と恐れを思い出した。それは当たってしまった。

「彼女は頑固で僕に耳を貸さなかった。彼女が今どこにいるのかわからない。彼らがサーラに何かしてきたら、僕は狂ってしまうだろう」

マージドはそれに関して想像したくなかった。

彼は自分の署に入り、急いで事務所に向かった。極秘・緊急ファイルの箱からファイルを取り出してすぐにハーリドのもとへ向かい、その途中で、安心させるためにお祖母さんに電話したが、彼女は電話に出なかった。彼は方向転換し、お祖母さんのもとへ向かった。家に着くと、彼女はサーラの服を見ながら泣いていた。彼女はサーラの長期間の不在には慣れていなかった。彼は隣に座り、言った。

「約束する。そしておばあちゃんも確信をもって。サーラは帰ってくるって」

お祖母さんは言った。

「あの子にはもう二度と会えない気がするの」

彼はお祖母さんを強く抱きしめた。

「もう行かなきゃ」

「アマルに会いに行きたい。彼女の様子を見て安心したい」

「仕事が終わったらすぐに彼女のもとに連れて行くよ。約束する。アマルの回復を祈っていて。彼女の人生は今大変だから」

ハッサンとホサームはホダーが消息を絶った場所に行った。そこは荒涼としていて、居心地の良い場所ではなかった。ハッサンは言った。

「なんだ、この木々と沼地が広がるおぞましい場所は？　悪臭すら放っている。ホダーがこんなところを歩くと思うか？」

ホサームは言った。

「俺はこの道をまっすぐ行く。君は右方向を頼む。もし何か手に入れたら、笛を吹いて知らせてくれ」

ホサームは進んだ。進めば進むほど動物の糞のにおいが増した。鳥たちが飛ぶ音や他の動物の声、水の流れ出る音が聞こえる。

彼の行く道はここまでで終わっていた。川岸を進もうか。ハッサンの笛の音が聞こえた。急いで走って行った。彼の隣に立った、息を切らしながら言った。

「池を見て。ホダーの片方のイヤリングを見つけた。間違いない、姉さんはこの場所に入っていったんだ。僕には彼女が完全に自分の意志でここに来たなんて信じられないよ」

ホサームは言った。

「もしかしたら、イサームが彼女にそうさせたんじゃないだろうか」

ハッサンは言った。

「間違いない。彼以外に姉さんを使って悪いことを企む人はいないよ」

二人は警察署センターへ行き、それらの証拠を渡した。彼らはその証拠の精査と、彼女の失踪の新たな証拠を手に入れるための作業を始めた。ハッサンは警察の怠慢に憤《いきどお》っていた。

「どうしてそこの調査を行っていないんですか？」

「我々は何も見つけられませんでしたし、あなた方はどうやってその場所を見つけたのですか？」

「どんな役に立つものでも手に入れようと、調査も行動もしてきました」

「申し訳ないのですが、今いくつかの事件が重なっています。我々はサーラを探していますが、凶悪事件も起こりました。すみませんが、これは別の事件です」

ホサームはセンターを出てハッサンに、二人で城に戻って母さんに会えるように頼んだ。

ハッサンは言った。

「イサームはどこ？」

母は答えた。

「昨日からハーグに行っているわ」

「どうしてそこに行っているかは知らない？」

「わからないわ。イサームは私に最初『出かけるが、少なくとも二日で戻る』と言っていたわ」

ホサームは言った。

「ハーグに行ってくる。イサームが本当に現地に行っているかどうかがわかるだろう」

ハッサンも「僕も行くよ。母さんは、体調に気をつけてね。もしイサームが戻ったら、僕たちにすぐに連絡してね。それと、できるだけイサームについて聞いてみて」と言った。

母は二人に言った。

「お願い、二人とも気をつけてね。私はホダーのことが心から心配なの。あなたたち二人にもいなくなってほしくないの」

母の額にキスして、二人は出発した。

ハーリドは研究室にいた。彼は犯罪現場で見つかった髪の毛とシャツのボタンの分析結果シートを受け取った。

サーラの指紋の証拠もあった。素晴らしい。事件の霧が晴れてきた。マージドがやってきて、彼にファイルを手渡した。ハーリドは言った。

「どうした？　悲しそうな顔をして」

「お祖母さんの顔を見ると僕はとても悲しくなる。まるで全てを失ってしまった人のような顔なんだ」

「マージド、このシートを手に取って読んでみろ。それから私に意見をくれ」

「わかった」

彼はそれを読み始めた。単語全てに目を通し、ハーリドを見た。

「ここに書いてあることは、冗談か？」

「いや、違うぞ、マージド。これは研究所の分析結果だ。サーラはその場にいた。今は彼女に疑いがかかっている」

「おいおい、ハーリド、まさかお前まで彼女を疑ったりしてないよな？　だってサーラが男を殺すなんて難しいだろ」

「彼女はミュータントで、いつでもジンに姿を変えられる。そして自分をコントロールできないことを忘れるなよ。俺たちは彼女が幼い時からずっと監視してきたんだ。そう怖がるな、現場にはもう一人人間がいた。そいつが殺人者かもしれない。そして犯罪を隠すためにサーラを引っ張ってきた可能性もあるだろう」

「現場にはサーラともう一人いたのか、一体そいつは誰なんだ？」

ハーリドの携帯が鳴って、彼は電話に出た。記者の一人は彼に、「殺人犯はサーラという名前の少女だということを新聞に載せてほしいと電話で頼んできた人物がいる」と言った。

ハーリドは立ち上がって、その若者に住所を聞き、マージドとともにそこに向かった。彼は、ハーリドに何が起きたのか知る由もなかった。

医者は治療室から出てきて言った。

「希望は神のもとにあります。症状は今は安定しています。いくつかの兆候は見られますが、ただ、時期尚早ですので、それは言わないようにします。神に祈り、忍耐強く待ちましょう」

アドナーンは言った。

「神に誓って、あなたは絶対に言わなければなりませんよ。その兆候とは何なのです？」

医者は言った。

「今は説明するべきではありません。なぜなら、それは今は単なる仮説にすぎないからです。数日後にあなた方にそれについてお話することを約束します」

アドナーンは椅子に座った。体は震えていた。グユームが彼の隣で彼を落ち着かせていた。

「私たちに起こるすべては神の御手の内にあるのよ」

彼はグユームに言った。

「私がアマルの代わりに病気になり、娘が苦しむのを見ずに済めばどれほど良いか。もうすでに彼女の苦しむ姿に私は疲弊してきた。もうこれまでの人生全てで耐えてきた以上に耐えることはできない」

「そんなことを言ってはいけないわ。あなたは信仰深い男性です。それにもしアマルがそれを聞いたら、傷ついて、サーラの症状が悪化してしまうわ。リーンも病院に来て、アマルに会って、彼女に許しを請わないと」

「私の前でその名前を口にしないでくれ。その名前を憎んでいる。もしアマルの身に何かあれば、彼女とは離婚だ。彼女と、彼女のその卑劣な傲慢さに対する復讐心の渇きが癒えるまで、彼女を殴ってやりたい。それが彼女に会った時の私の反応だ」

「そんなに憎いの？」

「彼女のせいでアマルを失うかもしれないんだ」

「リーンは関係ありません。アマルは幼い時から元々病気で、リーンはそれを知らなかったんです」

「これは彼女に対する神の罰だ。あいつは卑劣な人間だ。神の創造について傲慢で、人々を笑い、彼らを憎んできた。そしてその罰はアマルに降りかかった」

「何を言っているの？　あなたは神が誰かに不正を働くとでも疑っているのですか？」

「いや、それはあり得ない。今私は混乱している。許してくれ、私の言葉をそのまま受け取らないでくれ。私は本当にバカげたことを言っているんだ。すまんが、ちょっと外の空気を吸ってくる」

彼が視界からいなくなった途端、彼女はリーンに電話して、彼女を勇気づけ、もう一度アドナーンに、一度でもいいからアマルに会うことを許してもらえるように説得を試みさせた。

アドナーンは病院内の廊下に立っていた。携帯を取り出した。アマルのニュースが知れ渡った後、彼への着信は土砂降りのように降り注いでいた。

しかし彼は息苦しさを感じ、誰とも話したくなかった。少し歩いて、その後タバコを不自然に吸いながら、「タバコはやめて」というアマルの言葉を思い出していた。彼はそれでもアマルの言葉を聞かなかった。箱を持ち、ごみ箱に投げ捨てた。これが彼にとって最後の一本だった。アマル、約束だ。アマルが回復したら、私はタバコをやめる。

マージドはグユームに電話し、アマルの症状を尋ねた。アマルはまだ同じ状態だということだった。グユームは言った。

「医者が私たちに言ったことがある」

「それは何だい？　いい知らせだといいが」

「ええ、いい知らせよ」

グユームは言葉を続けた。

「いい知らせではあるんだけれど、確信が得られるまで待たないといけないの。言ってる意味わかるわよね？」

「その血がサーラのだからってことだろう」

「ええ。確信を持ってるわ。アドナーンが外に出た後に医者が私に一対一であの血について聞いてきたくらいだから。彼には、私は何も知らないと言っておいたけど。医者も会いたがっていたわ。血の中に普通の人間ではない遺伝子が含まれていたから。メディアには言わず内密にするように頼んでおいたわ」

マージドはため息をついて言った。

「サーラについては医者ともう話さないでくれ」

「もし彼が何か欲しければ私にはもう話さないわ」

「サーラが心配だ。この医者たちは何者なんだ。信頼はできないな」

マージドはハーリドに言った。

「前にも言ったように、サーラを止めようとしたとき、サーラはアマルの家にいて、それから病院にいた。そこから彼女は姿をくらまし、我々は彼女の痕跡を見つけられなかった。そして今、我々は彼女の髪の毛を犯罪現場で発見した。すると、その瞬間にサーラは姿を消した。さて、殺人は深夜の2時に起きたが、サーラは病院にいた。アマルが病院に運ばれたのが12時だから、その差は2時間ということになる。なぜ彼女はその場所に行ったのか？」

マージドはさらに言った。

「僕は、イサームのことしか頭にない。彼にしかあの狂った現場に彼女を引っ張っていくことはできない。そして彼女と恐ろしい状況で死んだアノワールの役割は一体何なんだ。僕は愚かだ。彼女の言葉をまともに受けず、彼女を追いかけていればよかったのに。彼女は戻らないだろうと読んだが、あれは私の感情だったんだ。僕はなんて無能な男なんだ」

彼は窓を拳で殴りつけた。ハーリドは言った。

「落ち着くんだ。起きたことは運命だったんだ、マージド。絶望するな、いずれ原因がわかるはずだ。イサームに関してなんだが、あいつは俺の捜査から逃れて犯罪が起きた夜にハーグに発っている。そこに何があるのかを理解しなければならない。あいつはアムステルダムに足を踏み入れて以来そこに行っていない。この男は俺の考えを散らせて、全ての計画の邪魔をしてくる。捕まえようとするたびに、残念ながら簡単に逃げられてしまう。マージドにもらったあの資料ですら、目撃者不在で判決にまではたどり着けなかった」

「あいつは今や書類や証拠では投獄できないような重要人物だ。何か具体的な手掛かりが欲しいな、ハーリド」

ハーリドは怒って言った。

「それをどこから持ってくるんだ⁉　もうすでにサーラもホダーも俺から連れ去った。彼女らがどこにいるかもわからない。イサームは我々で止めることも見つけることもできず好きなようにしている。いとも簡単に俺らを出し抜いてね。俺はもうあいつにはうんざりだ。俺たちものんびりできるように、さっさとあいつを殺してしまいたいよ。そうすればサーラも快適にのんびり過ごせるのにな」

イサームは妻に電話して、城に向かっているが、途中で車が故障したため帰りが遅くなると伝えた。

通話が切れた途端、彼女はハッサンに電話した。二人はまだ戻っていなかった。目的地を目指していた。

ハッサンは母に、ホダーのことを心配しているのは伝えてもいいが、それ以外彼には何も言わないように頼んだ。母は、遅れるという連絡だけでどうしてそんなに大きな関心をイサームに抱くのかと驚いた。

「この男は、危険な陰謀を企み、冷静にその準備をする人間だ。奴は何でもやりたいことをする。この男は個人的な利益だけを追い求め、他のものは全て投げ捨てる人間だということを確信しているんだ」

「さて、どうやって手掛かりや証拠を見つけたらいいのか。彼は犯罪現場とは離れており無関係だ」

二人がイサームを事件に関連付けようとすると、母が「ホサーム、イサームは教養のある男よ。だから、彼を疑わないで」と言った。

「これが、全てをゆっくりと間違いなく計画していく彼の狡猾さだ。そして最後には事件が起きるのを目撃するんだ。だが、我々は彼が間違いを犯した際にそのチャンスをつかめるように待っていなければならない」

ハーリドはマージドとともに保健所に着いた。挨拶を交わした後、いきなり本題に入った。

「匿名で届いたこの情報を見てくれ。届け出た人は私にこれを公表してほしいと頼んできた。だが私は、それが真実であるという信ぴょう性が伴わない限り、なにも公表はしたくない。これは年少者を被疑者にしてほしいという奇妙な内容だ」

マージドがメッセージを読みながら言った。

「なんというひどい内容だ。どうしてサーラにこんな危険で攻撃的な罪を着せたいんだ？」

ハーリドは言った。

「落ち着け。判断を急ぐな。これらの証拠によると、彼女は確かにその場にいたんだ。だが、我々は何をするにしてもまず最初に確認をしなければならない。お願いだ、私に連絡するまで何も公表しないでくれ。奴らは奴らの犯罪を隠蔽したいんだ。その女性は昨日から行方不明で、我々は今もどこにいるかわからない」

記者の一人が言った。

「私は絶対に公表しませんが、別のメディアにもこの情報が届いていたら、彼らの利益のためにこれを利用してうわさを流すかもしれませんね」

マージドは怒りを爆発させていた。イサームの所に行って殴ってやりたかった。しかし、ハーリドが毎回彼を止め、怒りを抑えるようにさせていた。なぜなら、怒りは破滅しかもたらさないからだ。ハーリドはマージドに言った。

「おい、冷静になるんだ。もっと忍耐強くなるんだ」

「この男はやりすぎだ。権力を持っているから誰も言うことを聞かせられない。かわいそうなサーラがどう疑いをかけられているかを見てくれ。サーラは彼女の背後で何が起きているかも知らないんだ。親友は病院で生死の境を彷徨《さまよ》っている。18歳の少女が一体どんな人生を歩んでいるんだ。彼女にとって世の中はあんまりだ。そうだろ?」

ハーリドは彼を抱きしめた。

「大丈夫だ。どんな苦しみも困難も、その後には必ず光と喜びがあるんだ」

イサームは城に着いた。傲慢な態度で庭に入り、ホダーの本を見た。まるで城の主になったような気分だ。家のドアを開けると、目の前に妻が立っていた。彼女にコートを渡しながら言った。

「近いうちに出かけてくる」

「どちらへ?」

「お前には関係ない」

彼女は意地悪そうに言った。

「いつから旅人になったんですか？　帰りも遅れるし。それで今はお前には関係ないと？　一体何を考えているの？」

「俺はこの家では唯一好きなことが言える人間だと思うぞ。ところで、ホダーがいないが？　それとハッサンも」

「ホダーは行方不明よ。新聞は読まないの？　ハッサンはホサームと彼女を探してるわよ」

彼はニヤっとして言った。

「本当か。お前から逃げ出したか？」

「逃げたんじゃないわよ。戻ってくるから」

イサームは彼女に近づいて両手を彼女の頬に置いた。

「どうしたらそんな根拠のない自信が持てる？　お前が何を知っている？　お前から離れて安心してるかもしれないだろう？」

彼女はため息をついて言った。

「私の知る娘はあなたが思っているように簡単には屈しませんよ」

彼は彼女をひっぱたいて言った。

「どうだろうな。それから、新聞でアノワールの事件について読んだが、死ぬとはかわいそうだな。誰が犯人なんだろうな。よくもそんなことができたな」

彼女は彼のコートをベッドに置いてその背を見た。少し血がかかっていた。彼がシャワーを浴び始めたので、彼女は急いで彼のコートを調べた。すると、ハーグにあるカフェの名前とともに口座情報の書いてある紙を見つけた。きっと役に立つだろうと、携帯を取り出しハッサンにメッセージを送った。メッセージを読んだハッサンは言った。

「あいつは本当にそこに行っていたんだ。母さんが送ってくれた写真を見てみろ。なんてこった、奴のシャツの背中に血痕があるぞ。これはどういうことなんだ？」

ホサームは言った。

「わからない。奴はアノワールの殺害に加担したのか？　あるいは奴はホダーを殺したのか？」

ハッサンは叫んだ。

「いや、奴がそんなことをするなんてあり得ないだろ！　絶対違う！　ホダーがそう簡単に死ぬもんか！　急いで戻ろう」

「待て待て、どうしたんだ。ただの仮説だろう。否定的に考えるなよ」

「奴のコートのポケットから、これが見つかったようだ」

「これは、つまり午前中に彼女の所に向かい、午後に帰ったっていうことか？」

「全ての準備が整った。だが、我々はこのカフェに行き、正式に確証を得る必要がある」

「そうだ。マージドにも伝える。我々の手に入れた全ての証拠を集結させよう。そして奴を全方向から包囲し、みんなの権利を完全に取り戻そう」

イサームはシャワーを浴びている間、彼は幸せの絶頂だった。体をタオルで拭きながら鏡に映った自分を見た。背中の傷を見た後、血で汚れたシャツを掴んで、不安がよぎった。

「あのばあさんに見られたか？　俺は傷に不注意だったか？　ちくしょう」

彼は服を着た。彼女は部屋にはいなかったので、浴室に戻った。

シャツを取って、彼の書斎に向かい、ライターを手に取り、シャツを燃やした。書斎のドアがノックされた。

「誰だ？」

彼の妻は言った。

「何か燃えるにおいがするんだけど」

「タバコの火が絨毯に燃え移ってそれが少し燃えたんだ。ほら、行きなさい。邪魔だから」

彼は椅子に座り、携帯を取って友人の一人に電話した。

「調子はどうだ？」

「いろいろうまくいって、今はテスト中だ」

彼は過去を振り返った。

凍えるように寒い日、病院の片隅に立っていたサーラは、誰が君のお母さんを殺し、村全体を燃やしたのかを知っているという手紙を受け取った。

その手紙に書かれた住所に行った。正気を失っていた。サーラは狂ったように走っていたため、ホテルの道路の近くで立ち止まるまで、光を失った状態になっていた。

力を使い、「スケルトンフラワー」とつぶやいた。

彼女の姿は透明になり、完全に見えなくなった。前を歩いていた男の後ろについて、アパートに入り、メッセージに書いてあった番号の部屋へ向かった。それから、ドアの前で立ち止まった。彼女は右手の手のひらをドアに置き、目を閉じ、鍵のかかっていないドアから入った。

サーラが前を見ると、周りは男たちで囲まれ、イサームと、殺されたアノワールがいた。

「これは私を陥れる策略なの？」

「そうだ、お前は単純だから、まんまと引っかかったな」

彼女は走って彼を窒息させようとしたが、男の一人が嵐の力で彼女を捕まえた。サーラは動けなかった。

イサームが前に出て、彼女のお腹を殴った。

「もう二度と俺のもとから逃げるなよ。お前とお前のお母さんがしたようにな」

彼女は言った。

「お前が私のお母さんの名前を呼ぶな。燃やすぞ」

彼は彼女に平手打ちをして言った。

「お前は何様だ、サーラ。お前は俺に好きなように焼かれるパンの生地に過ぎないんだぞ。そして何をしようと二度と逃げることはできないんだぞ。逃げようとするんじゃないぞ。過去の教訓も学んでいないのか？　お前を服従させ、支配することがどれだけ簡単かをな。そして俺は人々と世界のすべてにお前を嫌いになってほしいから、お前のためにこの陰謀を仕組んだんだ。今日から誰一人お前を愛する人はいない。なぜならお前は悪魔だからな。そして同時に世界中で有名な男性の殺人犯だ」

彼女は目を赤くして言った。

「お前を殺して血を飲み干してやる。お前は絶対に私を変えることはできない。闘い、抵抗し、抗《あらが》い続けてやる。私は絶対に勝つ。善はいつも最後には勝利するから」

「お前が抵抗すればするほど、俺の仕事は面白くなるんだぞ。言うことを聞くまで痛めつけてやる。わかるか？　俺は決して同情はしないぞ。お前が俺たちのもとに来るのを待ちわびていた。マージドの多忙とアマルの病気は俺にとっては利用する最高の機会だった。お前には誰も頼れる人がいなくなるからな。そこでお前を彼らから引き離して連れてきて、この陰謀を発動させたわけだ。俺も賢くて機転の利く男だと思わないか？　俺たちはお前も後で見ることになる魔女と手を組んでいるんだ」

彼はサーラの手を掴んで彼女の手首を見て、力を込めて握った。サーラは痛みを感じた。

「クリスタルはどこだ？　サーラ」

「それはいつも動き回っているから私は知らない」

「嘘をつけ。お前が俺から隠したんだろう」

彼は後ろに下がり、両手を後ろに回した。

「問題ない。すぐに見つけるさ。さあ、お前の持っている卵はどこだ？ もう孵化《ふか》したのか？ どこにある？ そういえば、お前の祖母の家を捜索させてもらったよ。だが見つからなかった」

イサームの近くに立っていた使い魔が言った。

「私は一人であなたを見つけました。私の存在に気づいていなかったので、卵も探しましたが、見つかりませんでした。誰かに渡したんですか？」

サーラはニヤッと笑い言った。

「お前らは強いと言っておきながら、その在りかすらわからないのか」

イサームは言った。

「お前がその在りかを俺たちに教えるんだよ」

「お前は私がばかで単純だって知らないのか。そんな簡単に私がお前らに教えると思ったか。魔法の卵が欲しいんだろう」

「俺は完全に変身したお前にあの洞窟に入ってほしいだけだ。お前だけがあの呪いを解く暗号を解けるからな。それで俺にあの花を持ってきてほしい。その後はお前を彼らのもとに返し、俺は去る」

突然彼女は彼に近づき、彼の背中を掴み、両肩から引っ掻いた。彼女は彼のコートをほぼ脱がし、彼の顔に唾を吐きかけ、ほほ笑んだ。その後は、彼女が気絶するまで、周りの男たちの猛攻撃が加えられた
「さあ、悪魔ども、サーラを連れて本部に戻れ。俺は使い魔と出かける。アノワールは、地面に置いて、この髪の毛を死体の近くに置いておく。こいつに罪をかぶせるためにな」

使い魔が中くらいの円を描き、そこから全員を移動させた。

サーラは椅子に座っていた。手錠をかけられ、口と鼻からは血が出て、顔には傷があった。その場所を見渡したが、暗くて寂しかった。

「ここはどこ?」

医者の一人が言った。

「私たちを許してくれ。ここは実験場だ。そしてすでに君の実験は始まっている。ソリューションを観察するために私たちは注射を打ち、血液検査と全身検査も行った。それは成功した」

イサームが使い魔とともにやってきた。

「お前は俺たちが想像していた以上に強力だったよ、サーラ。俺はとても嬉しいよ」

彼の手には黒い袋が握られていた。

「その手にあるものは何なの?」

「これはお前に振りかけて俺がお前をコントロールし、お前の人間性と愛する人を忘れさせるためのいくつかの魔術で使う道具だ」

「ダメ、お願い、私の愛する人たちは忘れたくない。人間性も失いたくない。何でも好きなものを私から取っていけばいい。私の手をちぎってクリスタルでも持っていけばいいわ。だけど私の人生は放っておいて。私の一番大切な人たちと彼らとの美しい記憶だけは盗まないで。お願いよ」

「黙って俺の言う通りにしろ。この場所が見えないのか? お前は変身しない限りここからは出られないんだぞ。それより、お前にサプライズがある」

サーラは叫んでいた。

ドアが開いた。サーラが右を向くと、信じられない光景が目に入ってきた。彼らはホダーを担いでいたのである。彼女は目隠しをされ、手足を縛られた状態で椅子に座らされていた。

彼らは彼女をサーラの近くに座らせた。彼は冷たい水の入ったバケツを掴み、その水を全部彼女の頭からかけた。

ホダーは叫んで「ここはどこ？　教えなさい、誰が誘拐したの？」

彼女の目を覆っていた布が外された。左に目を向けた瞬間、サーラの存在に驚いた。彼女の近くで言った。

「何が起きてるの？　なんで私たち一緒にいるの？　私に何をしてるの、イサーム？　このバカ！」

彼女に平手打ちを食らわせた後、イサームは言った。

「二人に俺から話をさせてくれ」

彼は椅子を二人の前に置き、そこに座って言った。

「二人に素晴らしいストーリーを語ろう。俺がお前の母親と離婚した後、彼女の母親と結婚したのは知っているか。彼女はバカで、俺がお前のことを愛していると思っていた。だから、俺は頑張ってお前を苦しめた」

彼は大声で笑った。サーラは言った。

「その点は、この狂った男の言う通りね」

ホダーは言った。

「そうね、こいつは私の母の夫よ」

サーラは言った。

「私は村から逃げた時から記憶がないの」

イサームは言った。

「記憶を失ったのは幸運だったな。俺は今から二人に面白くてエキサイティングな話をしてやる。しっかり耳を傾けておけよ。第一に、明日はサーラが有名な実業家アノワールを殺したことが大きく報道される。そして第二に、俺はサーラの父親じゃないんだ、ホダー。そして俺がサーラの母親と結婚したのも、俺の利益のためだ。なぜなら俺は、いつもケンカばかりしてお互いに憎しみ合う奴らを見るのが好きな男だからさ。だから俺はお前ら二人がいつも不幸な様子でいるのを見るのが好きだったんだ。俺は面白くて賢いことをお前に仕組んだんだ、ホダー。お前が書類の中から見つけたあの手紙は、俺が置いたものだったんだ。お前がいとも簡単に見つけられるようにな。それから、あれはサーラが俺に書いたものではない。俺が餌に使ったのさ。それでお前を混乱させて、憎しみが心に生まれるようにな。だから俺はその憎しみがサーラのために大きく成長するのを願った。なぜなら、サーラは強いから、彼女がお前の訓練相手になって、より強くなったら、お前が経験するどんなことにも備えられるようになるからな。素晴らしいのは、彼女の心に、人に対する不信感、悲しみ、不安を植え付けたことだ。これら全ては、お前の心の中に怪物を出現させるのに役に立つものだ」

ホダーはサーラを見た。その驚きは、まるで頭の上から雪をかけ、それが頭上で溶けていくかのようだった。

彼女は言った。

「一体何を言っているの？　こんな話は全部嘘よ。あんたは彼女の父親でしょう？」

「違う。全くな。サーラの母親は彼女にそれを伝えることができなかった。俺がそうしないように脅したからな。俺は彼女の心に憎しみと怨みを植え付けたかった。そのクリスタルを大きく育てるためにな。それには、敵意、裏切り、憎しみ、悪意のすべてが詰まっている。俺は愛情も心もない人間だから、サーラの母親をわざとサーラの目の前で殴っていたのさ。彼女は俺がどういう意図で接していたのかを知っていた」

サーラは言った。

「確かにそれらの話は本当だ。ただお前が私の父親かと思ってたよ、このクソ野郎。私がこの手でお前の墓を掘って、死ぬまで殴り続けて、その肉を山腹にまき散らして、その骨を虫や動物のために砂漠に投げ捨ててやる。お前が私に父親だと信じさせたせいで、全ての男を憎むべきものだと思ってしまった。何も気づかなかったが馬鹿だった。お前は人間じゃない。怪物の類だよ。私たちの人生を地獄に変えようとした。それじゃあ、私たちの村をなぜこんな形で壊滅させたの？　村に何の罪があったの？」

「なぜならお前ら二人が俺から逃げたからだ。俺は村を焼き尽くしてお前らが二度と戻ってこられないようにした。復讐がしたかったんだ。知っているか、ホダー、お前の友達のうちの一人は俺のスパイで、お前の人生の全てを俺は把握していたのさ。そして俺がそのスパイにその日、サーラの所に行って彼女に父の日のための文章を書いてもらうように頼みに行かせたんだ。文通してるようなもんだろ。俺はサーラが逃げ出した後、彼女を探そうとしていたのがわかるか？　僕はかなり運がいいから、サーラがお前と同じ学校だったのも運が良かった。そこで、これらのアイデア全てを思いついたんだ。その時が来るまで、俺は何年もの間ずっと、サーラと接点を作らないように、あらゆる方法を試して、ついにその時が来たんだ」

彼が話をしている間、サーラは彼を見なかった。涙が止めどなく流れてきた。ホダーは彼女に言った。

「泣かないで。こんなやつ、泣く価値もないわ。サーラ、こいつの前でくじけないで。勇気を出して。こいつはあんたを支配するために、あんたが敗北するのを望んでるのよ。そしてあんたの精神を弄《もてあそ》んでるのよ」

イサームは手足を縛られているホダーを、地面に倒れるくらい強く殴った。

「なんでお前は今はサーラを励ましているんだ？　彼女は一番怨みが深くて憎い人じゃなかったのか？　彼女に対して最も悪意が湧いてくるんじゃなかったのか？」

ホダーは言った。

「私には良心も、道徳も、慈悲もなかった。でも今、目が覚めた！」

ホダーは大声で叫んだ。イサームは言った。

「お前が大声を出したところで、サーラには役に立たないぞ。もう彼女はお前に何年もずっと苦しめられてたんだ。だからお前に仕返しする権利はあるよな。何か言うんだ。サーラ、ほら、したいんなら、彼女に復讐しろ」

サーラは重い声で両目を赤く染めて言った。

「復讐はしない。お前以外にはな！」

サーラは鉄の枷《かせ》を壊そうとした。しかし、彼女はそれを壊すことはできなかった。あの魔術の道具が彼女の頭につけられ、理解不能な呪文が唱えられ、魔術が降りかかった。ホダーは言った。

「彼女に魔術をかけるな！　この犯罪者め！　サーラ、抵抗しろ！」

使い魔はホダーのお腹を殴り、ホダーは口から血を流した。彼女をもう一度座らせて、イサームは「終わった」と言った。

彼女が変化して襲ってくることがないように、サーラの周りに呪文の書かれた円状のものを置いた後、彼女はおとなしくなり、言った。

「私の父は誰？」

すると、彼は答えた。

「お前の母さんを愛する紳士のイサーム。それから、お前が生まれた日には、女の子を授かった。名前は、アマル」

「私の本当の父はどうやって亡くなった？」

「彼は、オランダ南部のある地域で発掘調査を行っていたときに、俺が殺した。そこでは、あの花について、いくつかの痕跡を発見した」

「あの花とは何？」

「その花はとても特徴的な花で、我々はそれを発見することはできないと考えていた。それは、それに関するお話や伝説が古すぎるからだ。古生物学者や医者はこの花のために挫折し、面倒になって離れる人もいれば、故郷に戻る人もいた。しかし、俺とお前の母親は結果的に、見つけるまで探し続けることに成功した。そしてお前だ、ヒロイン、お前が俺に１００年に一度しか育たないその貴重な花を持ってくるのだ。お前の父親は、その花には毒があり、人の身体、そして地上全てに危険をもたらすことを知っていた。だから躊躇《ためら》って俺にそのことについて忘れるように頼んだのだ」

　サーラは彼に言った。

「そんな役割はごめんだ」

「俺たちはそれを手に入れなければならない。そうすれば大金持ちになれるんだ。とある日に、ある世界的に成功している事業家の男に会って、その花について話した。彼は俺にそれを手に入れるように頼んできた。そして彼は俺にたくさんの情報をくれた。その中に、その花を摘んでくることができる唯一の少女についての情報があった。そしてある日、お前の父親が掘って探していた時に、俺はその場所に爆薬を仕掛けて爆発させた。みんな彼は死んだと思った。誰も探し出せないような深さだったからな」

　サーラは叫び声をあげ、牙が大きくなり、目が突き出た。そして枷を破壊し、彼の首を絞めようと首に手を当てたが、彼も力を持っており、彼女のお腹を殴った。彼女は倒れ、悪魔の兵士たちが彼女を捕まえ、彼女に外せないように魔法の枷を取り付けた。イサームはもう一度立ち上がって言った。

「ちくしょう、あの魔術では十分ではなかったか。お前の力はそれに勝っている。次はもっと量を増やそう。続きを話すぞ。お前の実の父親が死んだ後、お前の母親に結婚を申し込んだんだ。あのかわいそうな彼女を守るためということでな。彼女は俺が彼女とお前に対して優しく接すると思った。そして俺は計画を進め、彼女を俺の絶望の村に連れて行った。そこでお前も知っている出来事が起きたってわけだ。そしてお前はな、バカホダー、お前はどれだけ自分が賢いと思ってんだ？　お前は憎しみ深いから、俺が送ったスパイにも気づかなかったな」

　ホダーは言った。

「そのスパイは誰？」

「なんてドラマチックな世界に俺はいるんだ」彼は彼女に近づき、耳に口を近づけた。「アノワールだよ、お前のお友達のな。あいつの父親は俺と一緒に働いていたんだ」

　彼女は目を見開いて彼を見た。

「あんたは、みんなの人生をあんたの利益のためだけに利用するの？」

「そうだ、お前のようにな。お前だってサーラを傷つけるために生徒たちを利用していたんじゃないのか？　お前は俺とそっくりなんだよ、ホダー」

　ホダーは頭を下げた。

「そうよ。あんたと同じよ。私はあんたのようになってしまったから、あんたを責められない。私の父を殺したのは本当？」

「ああ。北海への航海に連れて行って、そこへ行く途中に彼に毒を盛ったんだ。誰も彼が毒で死んだとは知らない。検死で出た死因は単なる心停止。医者の診断書を読まなかったのか？」

「読んだわ。そして私は、お父さんが死んだのは心停止なんかじゃなくて、あなたが殺したということを確信していた。あなた以外を疑ったことはないわ」

「俺はどうするのがよかったんだ？　お前の父親が俺の計画を暴露しようとしたから、マフィアがあいつを始末するようにと俺に頼んできたんだ。それで検死に出ないような猛毒を俺にくれたわけさ」

「でもあんたはお父さんと一緒にいたんでしょ？」

「そうだ、お前が乗ったのと同じ彼が運転する車のハンドルに毒を塗ったのさ。俺は彼にケーキをあげて、彼はそれを道中で食べた。死んだ後は、俺たちの科学者が以前開発したいくつかの物質で証拠が残らないようにふき取った。俺たちはそれをいつも後始末で使っていたのさ。お前らの質問はこれで全部か？　じゃあ、二人には追って通知するから、それまでさよならだな。じゃあな、後で二人には長い話があるからな」

　彼は悪魔たちに二人を監視し、どんな小さな変化でも報告するように言った。

イサームが去ったと、ホダーは言った。

「私は今本当に申し訳なく思ってる。自分のしてきた行為がどれだけひどかったかを思い知った。みんなが私にアドバイスをくれたのも一度だけではなかった。それなのに私は彼らのアドバイスを無視してきた。私は恨みと憎しみで盲目になっていた。サーラ、私のこれまでの行いを思い出して、もしあんたが望むなら、私を殺しても構わない。私は一切弁解しないわ」

サーラは言った。

「忘れて。私はイサームに抱いているような憎しみを他の誰にも抱かないわ。今のつらさに比べれば、あんたがしてきたことなんて何でもないのよ。ここから出たら、アマルと一緒にいて、彼女を助けて、姉になって、親友にもなってあげて」

「あんたが今日ほど負けを認めた日は今までなかったわ。あんたは本当にいつも強情で最強でいるサーラなの？」

「それは私じゃない。強いのはクリスタルのおかげ。私自身はその意志によって動くだけの単なる人形よ」

彼女は上を見上げた。雨のにおいがする。その下で歩くのが恋しい。子供たち、女性たち、友達、私を呼ぶ母の声が恋しい。ホダーに視線を移した。

「あんたのお母さんを愛して、彼女の心の声を聞いて、ここを出たら彼女の所に行ってあげて。それから彼女に許しを請うのよ。彼女はあんたにとっての楽園であり、幸せそのものなのよ」

ホダーは泣いた。サーラの冷たい視線、彼女の涙、彼女の言葉は彼女を泣かせ、内に秘めたものを燃え上がらせた。

ハッサンとホサームはイサームがいたカフェに到着した。中に入り、ウェイターにこのカフェの責任者について尋ねると、彼のもとへ行って説明を求めた。

「イサームと呼ばれる男がここへ来なかったか？」

「はい。お迎えしましたよ。彼と、彼のお連れ様を。少しの間紅茶とケーキを召し上がりました。それからお出になられました。ただ、妙なことに、この場所の写真を撮って、私どものウェブサイトにあげてほしいと頼まれました」

ハッサンは言った。

「おそらく奴は我々にこの事件とは関係ないということを証明したかったんだな。ずる賢いやつめ。どうだ、ホサーム？」

「奴の無実は証明された」

ホサームはため息をついた。二人は意気消沈しながらアムステルダムに戻った。マージドはハッサンに電話した。

「警察はいくつかの証拠を見つけた。だが、残念ながらサーラが第一被疑者だ。放送を聞いてみろ。それが報道されてる」

「イサーム、あの悪者め。今回も逃げられた」

ハッサンは言った。

「母さんが、イサームの背中に血がついているのを見つけたんだ」

「何だって？」

マージドは通話を切って、ハッサンが言ったことをハーリドに伝えた。ハーリドは言った。

「推理させてくれ。もしイサームがハーグにいたとしたら、背中の血は同じ日のことなのか？　そして我々が見つけたボタンは誰のものなんだ？　奴に会う前に、奴の奥さんと話がしたい。もう二度と奴は逃がさない。何年も、奴のすべての犯罪を裏付ける証拠が見つけられなかったんだ」

二人はホダーの家に着き、車から降りた。スーザンがいつものように噴水のあたりでハッサンを待っていた。

彼からホダーに関する知らせが届くのではと、恐怖と興奮に満ちた様子だった。彼女はマージドとハーリドを見た。彼女は二人を知らなかった。

「私は警察官のハーリドです。ある事件について伺いたく、参りました。このことは内密にお願いします」

彼女は言った。

「主人があなた方を見れば理解されるでしょう」

「彼にお会いしましょう。彼の緊張してこわばった表情が見たいものです。お家に入ってもよろしいですか？いくつかあなたに質問がありまして」

マージドは言った。

「イサームに会いたいのですが、彼はいますか？」

「はい。数分前に家に到着されて、彼の書斎へ急いで上がられました」

「どうぞお入りください、彼の居場所をお伝えしますね」

二人は城に入った。彼女は左方向を指した。

「ここから廊下を右側に行けば、彼の書斎のドアがあります」

「ありがとうございます」

ハーリドとスーザンはホールへ行った。彼はコーヒーを一杯飲んでから、口を開いた。

「ご主人について、どう思われますか？」

「嫌いです。私の人生から消えてほしいと思っています。それは私を嫌い、彼のせいで城から出て行ってしまった娘のためです」

「お渡ししたいものがありますが、それが誰のものかご存じか教えていただけますか？」

「わかりました」

彼は小さい袋に入っていたボタンを取り出し、彼女に見せた。彼女はしっかり見ながら言った。

「これは、知っています。今日彼が脱いで私に渡してきたコートはボタンが一つ欠けていましたから、間違いありません。主人のコートのボタンです。彼はボタンもじっくり選んで決めていましたから、間違いありません」


「素晴らしい。そのコートをお借りできますか？」

「もう洗濯してしまいましたよ。彼に頼まれたので」

「なんと。もう遅かったか。わかりました。では、背中の血は何でしょうか？」

「わかりません。シャツで汚れていました。多分彼はそれを燃やしたと思います。シャワーから出ると、彼はそれを手に持って書斎に入り、そこから何かが燃えるにおいがしたんです」

「これでいくつかの事実は明らかになってきたな」

マージドは書斎のドアをノックしていた。するとイサームがドアを開けた。

「どうして俺の城に来た？」

「僕は警官だからだ」

「俺に何の用だ？」

「それが客人をもてなす態度か？」

「ほら、さっさと言え。こっちには早く終えたい仕事があるんだから」

彼は椅子に座りたそうだった。

「サーラはどこだ？」

「俺が彼女に何の関係がある？　そのサーラって誰だ？」

「とぼけるな。あんたには僕の言っている意味がわかるだろう。あんたに関する情報も握ってるんだからな」

「何だそれは？」

「サーラはあんたが彼女の父親だと思ってる。そしてあんたは父親じゃない」

彼は立ち上がった。

「何だ、このでたらめな話は？　俺は一度だって彼女が娘だって言った覚えはないぞ」

マージドは立って言った。

「僕には否定も知らないふりもするんじゃない。何年もあんたを監視していたが、残念ながら、ほんの少し前まではあんたが父親だとは知らなかった。重要なのはあんたが、僕もあんたもよく知っているもののために彼女を利用したことだ。僕が警官だって知っているだろう」

「ああ、知っている」

「少し前から、僕は献血に協力してきたんだ。それは慈善のためじゃない。そこの人たちの共感を得て、その仕事をさせてもらえるようにするためさ。そこで、僕はあんたの血のサンプルを手に入れたんだ」

彼は書斎の中を歩き回っていたが、立ち止まった。イサームはメインドアの近くの隠しドアの枠部分から少し煙が出てきているのを見た。立ち上がり、マージドが煙に気づかないように移動し、タバコに火をつけた。

「それから、サーラの血液の検査もしたかったんだが、偶然ＤＮＡ検査であんたが彼女の父ではないことを発見した」

彼はどもりながら言った。

「で、俺にどうしろと言うんだ？」

「サーラを取り戻し、あんたから、そしてあんたの魔術から解放する。意味はわかるよな？　それから、あんたを牢屋にぶち込む」

書斎のドアの前に立ち、言った。

「またな」

それから数日、希望に満ちた日の朝がやってきた。医者から電話があり、来てほしいと言われたアドナーンは、医者のもとへ駆けつけた。彼の胸はその道中ずっと激しく鼓動し、恐怖を感じ、体は震え、娘の回復を願い神に祈り続けた。医者のオフィスに入った。

「なんと言うべきかはわかりませんが、尋常ではない奇妙なことが起きました。私は、初めのうちは、娘さんは何日か後にお亡くなりになるものと思っていました」

アドナーンの心臓はまるで足元で地震が起きたように激しく鼓動した。

「何が起きたか言ってくれ。私の心臓はもうこれ以上の痛みには耐えられない。私はもうどんなことでも覚悟ができている」

医者はアドナーンの手に自分の手を置いた。

「娘さんは回復に向かっています。彼女の身体はこの病気と闘い始めています。これはこれまで同じ病気にかかったどんな人の中でも未だかつて起きたことがないことです」

アドナーンは涙を流し、医者をしっかりと抱きしめ、彼に感謝した。

「では、私は家に帰ります。家族にこの良い知らせを伝えないといけないので」

「いってらっしゃい。奥さんにも、娘さんに会いに来るようにお伝えください」

「はい、そうします」

「娘さんはいつ目覚めても不思議ではありません。そして必ず皆さんに近くにいてもらいたいはずです。お二人は、娘さんの人生のすべてなのですから」

「良くなった原因を教えてもらうことはできますか？」

「神による奇跡です。これで十分でしょうか？」

「もちろん」

道中、彼は道行く看護師や患者全員にお金を渡した。それから最寄りの銀行に行き、誰か借金している人はいないか尋ねた。すると責任者は言った。

「ええ、たくさんいます」と、該当者の名前を挙げた。

みんな給料の少ない人たちばかりだ。これら全員の借金を返済し、銀行を後にした。

グユームはリーンといた。

「あなたはしばらく部屋を出ていない。アドナーンもついに私に鍵を渡して、あなたのためにドアを開けてと頼んでいるのに」

「アマルに起きたことは私の人生全体に対する見方を変えさせたの。彼女にどうやって会えばいいのかわからないわ。一人でいることが必要なの。私は欲に支配されて、お金欲しさに心を忘れて、それを集めることに夢中になってしまっていたの。でもお金があってもアマルは回復しない」

グユームは彼女を抱きしめた。

「私たちみんなで忍耐強くなりましょう。神に祈って、神を想いましょう」

リーンは言った。

「アマルが元気になったら、私は彼女がしてほしいことをするの。アマルには、私を許してほしい。私も彼女の心の片隅で生きさせてもらうの。そして私は彼女にずっと関心を寄せるわ。この世でこの世で生き続けてる間ずっと」

アドナーンが帰ってきた。彼は叫びながらドアを開けた。両目に涙を浮かべ膝から崩れ落ちながら、二人に何かを伝えようとしていた。リーンはグユームの手を掴みながら、胸に重々しさを感じ、心臓は太鼓のように激しく鼓動していた。グユームは立って言った。

「どうしたのですか?」

リーンは彼に近づいた。彼はどもりながら話を始めたが、単語が口から出てこなかった。彼は彼女の肩を掴み、揺さぶりながら言った。

「アマルが……」

リーンは手で彼の口をふさいだ。彼女が死んだということを聞きたくなかったのだ。彼はリーンを、骨が折れるかと思うほど力強く抱きしめた。

「私たちの娘は回復に向かってる!」

涙があふれ出た。

「医者が言ったんだ」

息切れが激しかった。

「彼女は良くなるって。神に感謝だ。私は何度も祈っていたんだ」

リーンはアドナーンの手にキスして言った。

「私を許してみんな。私はみんなのことが大好き。神様が私に一人娘の病気という罰を下したんだわ。神様は私がしてきたひどい仕打ちについては許してはくれないわ」

アドナーンは言った。

「わかったから、もうこれ以上しゃべらなくていいから、アマルに会いに行くぞ。彼女を励ますんだ」

グユームは言った。

「医者に、何が起きたのかは聞いた?」

「神の奇跡だ」

アドナーンは服を着替え、リーンは顔を洗い、服を着て出発した。グユームも来た。道中、水と大量のお菓子とケーキを買って、道で働いている人たちに愛と笑顔を込めて配った。それを病院に着くまで続けた。彼女はアドナーンに言った。

「初めて胸が安らいで満ち足りた気分になったわ。誓うわ。こんなのは子供の頃から一度も感じたことはなかったわ」

アマルの病室に着いた。女性のグループと3人の小さな女の子が来ていた。リーンは言った。

「どちら様？」

アドナーンは言った。

「この人たちはお前の娘アマルの孤児院の友人たちだ。こちらがリナだ。あの事故から6年経ってるから今は13歳だな」

リナは返事した。彼女はアマルに起きたことを知ってから、彼女に会いたかったのだ。

アドナーンは言った。

「よく来てくれたね、リナ。会えて嬉しいよ」

リーンは言った。

「彼女はどうやってアマルと知り合ったの？」

「覚えてないのか？　アマルがお前と一緒に出かけた時に、もちろんそんなことは滅多になかったが、雨が降り続くある日アマルがお前を待っていた時に6歳の少女が祖父と一緒に通り過ぎた。その少女はアマルが持っていた寒い日に食べていたお菓子に目が釘付けになっていた。アマルはその子に視線を向けた。当時アマルは12歳だった。彼女はその子に近づき、そのお菓子をあげたんだ。リナは大喜びした。お前はアマルが小さい子と遊んでいるのを見て大声で叫んでその小さなかわいそうな子を追い返したんだよ。アマルが彼女より小さい子と遊んでいたからそれを非難した。アマルはお前に言った。『あの子に喜んでほしかったの、それだけ』。その後、その子の面倒をみていた唯一の肉親の祖父が亡くなってから、アマルにそれを伝えると、アマルの頼みで私は孤児院に行ってその子を預かってくれないかと頼んだ。アマルの頼みで私はその子のために毎月必要な資金を援助していたんだ。アマルにとても愛着を持っていたリナは、今日、アマルの人生の中で最も危機的な時に二度目のお見舞いに来てくれたというわけだ」

リーンは言った。

「私の人生の歴史は本当に真っ黒ね」

リナを歓迎し、彼女のおでこにキスをして言った。

「以前あなたにそんなことをしてしまってごめんなさい」

リナは無垢な表情で言った。

「私はあなたが大好きよ。アマルはいつもあなたについて話していたわ。私にもあなたのようなお母さんがいたらなあって思う」

リーンは泣いた。リナは彼女の涙を拭いてくれた。彼らは病室に入った。リーンはアマルを見て、抱きしめた。彼女は今のところ眠っていた。リーンはアマルの頬、手、頭にキスをして、アマルの手をしっかりと握った。それを彼女の胸にのせた。そして彼女の耳元で言った。

「私の愛する娘、アマル、起きて、私が近くにいるから。二度とあなたを一人にしないから。一生よ。私の声、聞こえてる？　私の可愛い子。あなたの治療がうまくいくように応援するわ」

医者はアドナーンと二人きりの際に言った。

「アマルの症状は今のところかなり安定しています。ただ、アマルのために提供されたその血について困ったことがありまして」

「どうしたんですか？」

「細胞の発達と強化が始まっていることがわかりまして、それによって血球が著しく再生しています。これは新型の血液の発見であり、血液疾患に対する強力な解決策になるかもしれませんが、私たちは提供者について何もわかりません」

アドナーンは言った。

「私たちでその方を見つけます。その方の寛大な行動に感謝しています」

「まず神に感謝しなければなりません。その後に、その提供者の方に感謝しましょう。マージドと話してみます。何度も連絡をくれていたようなので」

アドナーンはため息をついて言った。

「それが誰かを知っていれば、アマルのために血を提供してくれたこの方に私の全てのお金を渡したいぐらいなんですが」

ハッサンはアマルの症状が回復に向かい始めたことを知った。そしてグユームとの継続的なやり取りは彼に再び生気を取り戻させ、姉の捜索における希望も生まれた。彼はすぐにマージドらを訪ねた。

彼を見つけ、挨拶した。アマルの奇跡的な回復によって全員が喜びに満ちていたが、残念なことにまだホダーとサーラの居場所はつかめていなかった。

サーラは壁に寄りかかっていた。彼らは彼女に冷水をかけた。激しい冷たさに叫び声をあげた。

イサームが来て、彼女を見た。彼は注射を持っていた。

「これらの薬の投与は1か月間持続する必要があるから、分析のために毎日お前から血を採取しないといけない」

彼女は言った。

「もうその針にうんざりしないの？」

「それをお前の喉に突っ込んでやる」

「ダメだよ。お前はペットかあるいは交雑種だ。お前の人生にとって一番最高の状態だろ」

彼はホダーを見て言った。

「お前はまだ生きてたのか」

彼は新聞の束を取り出して言った。

「お前らに持ってくるのが遅くなったな。見てみろ」

それを地面に置き、二人に読んで聞かせた。

「実業家アノワール殺人の容疑者サーラ、現在行方を捜索中。これはこう書いてあるぞ、怪物サーラ心もなく人間を殺す。この雑誌ではこうある、サーラはその凶悪殺人に基づき死刑にすべき」

ホダーは言った。

「この偽善者が！　自分の欲望のために全てを利用するんだな」

「戦争も愛も、欲しいものを手に入れるためならトリックだろうが欺瞞《ぎまん》だろうが使うだろう」

それから彼はバッグから小さなパソコンを取り出した。

「見ろ。お前らを完全に驚かせるための写真を用意したぞ」

「お前の下劣な行為以上に驚くことなんてない」

「いや、今回はお前にとっても際立って興味深いものだぞ。この写真を見てみろ」

それを見て、言葉を失った。

「そう、これはお前の恋人、マージドだ。彼は長い間奴らと一緒に働いてきた秘密警察だ。お前にわざわざこれを見せに来たんだ。あいつがしたことは全てお前に近づき、利用し、お前から情報を引き出すためだったんだ。政府はその後彼を昇進させ、国民的英雄とみなしたんだ。世界を凶悪な悪魔サーラから救った男としてな。この単純なバカが、あいつを信用し、近くに置くとは、お前の脳みそはどこに行ったんだ？　お前のかわいそうな祖母はお前がそばにいないことに苦しんでるぞ。マージドについて知ったらさぞ憎むことだろうね。本当にお前らに同情するよ」

彼女は叫んだ。

「黙れ！　しゃべるんじゃない。お前の声が嫌いだ。私から離れろ」

邪悪が彼女の心を蝕《むしば》み、占領し始めた。

「私を解き放て。お前を懲らしめる方法を教えてやる」

彼は大きく拍手した。

「これが私の欲しいものだ。もっと栄養を送ろう」

彼は彼女に近づき、注射針を刺した。その熱さと痛みに彼女は叫んだ。彼女の身体は実験場の機械のようになった。彼は医者たちに言った。

「サーラを一日中監視しろ。彼女の心臓の鼓動が検知されるたびに４時間後に赤色４番の注射をするんだ。じゃあ俺はそろそろ行くぞ」

サーラは言った。

「私はあいつを最初から疑ってたんだよ、おばあちゃん。今はあいつの正体がわかったわ。今あいつに会えたら潰して殺して細かく切り裂いて食ってやるのに。神様」

枷を壊そうとしたが、できなかった。その枷は円状で壁の周りにあり、彼女が強力な力を使うことを妨げる。イサームがサーラの手首を掴んだ時、彼女の手に不死鳥が浮いていた。

「ちくしょう、この鳥め！　こいつをお前の手から消したい。こいつが消えるのを見るまでは快適でいられない。あの魔女はその卵が欲しくてどうしようもないのに、お前は反抗的でしゃべりゃしない。お前が俺に許しを請うような最も激しい拷問を使うぞ」

それから、ホダーに向かって言った。

「今のサーラに対する気持ちはどうだ？　お前が彼女にしたことについて後悔していないか？」

ホダーはサーラの行いに対する恥ずかしさから舌を噛みながら目を閉じた。

「お願い、もし私を殺したいのなら、殺して。もはやこの人生において私の存在に意味なんてない。あんたの殺してきた罪のない命と私は関係ない。死は私がしてきたことに比べればたやすいことよ」

「俺が今目の前で見ているこの感情は素晴らしいものだ。強さを主張するが実際には弱く、初めから負けが決まっているお前らのような奴らの精神的、肉体的拷問を楽しむことができるとは」

彼は嬉しそうにため息をついた。ホダーは彼を憎しみの眼差しで見据えながら返した。

「あんたが今進んでいるこの道はあんたを破滅させる。悪人は、どれだけ長く生き延びようと、正義の足元で死ぬ日がやってくることを常に覚えていなさい。それと、あんたへの神様の罰はより重くなるっていうことを忘れるんじゃないよ」

イサームは彼女を蹴飛ばして地面に倒した。

「お前の毒舌が嫌いだ。まるで毒蛇の毒のようだ。お前の母親は家から追い出して、お前の兄弟と一緒に路頭に迷わせてやる」

「お母さんを巻き込むな。彼女はこれに何の関係もないのよ」

「いいや、あいつも関係がある。それでお前の心を燃やしてやる。俺はお前の心にはあいつへの憎しみが抱かれているのを知っている。それを解消させてやる」

「お願いだから、お母さんを傷つけないで。私は彼女の私への仕打ちは我慢できる。それはあんたと結婚したせいだから。あんたを信頼したせいだから。でも、彼女が私から遠ざかるのは耐えられない。私の持つお金も株も会社も全部あげる。でもお母さんにだけは手を出さないで」

彼は彼女の髪の毛を掴み、椅子に戻らせた。

「そうか、お前は今優しくて愛情深いのか」

サーラを見て、彼は言った。

「あいつを見ろ。どれだけ俺に従順か。それに比べてお前は、頑固なままだ。俺に3つの卵の場所も教えないだろう。さあ、ホダー、この書類と譲渡証明にサインするんだ。これで全部俺のものになるんだ」

彼はカバンから書類を取り出した。

「これがその書類だ」

ホダーにペンを渡した。彼女の手は震えていた。彼女の頭からは髪が所々引き抜かれ、血が滴っていた。

「ほら、サインしろ。条件はなしだ」

彼女はサインした後、倒れた。

「これで満足か？　見たか、俺がどれだけ優しくて繊細かをな」

兵士たちに命令し、彼らは後ろから彼女の手を掴んだ。彼女はサーラを見た。彼女は枷をはめられ、壁に縛られていた。彼女の状態は厳しいものだった。サーラは彼女を見た。サーラは悲しげにイサームに言った。

「彼女をどうするの？」

「質問が多くてうんざりだ。俺がそんなに簡単にこいつを解放して俺を告発させるとでも思うのか？　いやいや、俺はもっと合理的で強力だ。お前は黙って見てろ、悪魔め」

イサームはホダーの頭に手を置いて、いくつかの讃美歌を唱え、いくらかの種と砂を彼女の頭上に振りかけた。それから不快なにおいのする飲み物を飲むように言った。初めは拒否したが、結局は飲まざるを得なかった。

彼女はサーラを見た。どうしようもないほど申し訳なく、悲しそうに。

「これはいったい何をしているの？」

「お前を解放する。ただし、お前の記憶は消させてもらう。お前を誘拐した日からこの幸せな瞬間までお前に起こったことを思い出せないようにな。わかったか？　この頑固者」

「あんたは呪われてるよ」

彼女はサーラを見て、それを飲んだ。そして悔やんだ。二人に起きたことを思い出せないし、少なくとも、サーラを助けられなかった。彼は笑った。ホダーが気絶するのに、何分もかからなかった。男たちが彼女を連れて行った。イサームはサーラを見て言った。

「お前はもう一人ぼっちだ。あいつらは幸せに暮らすぞ。お前を一人置き去りにしてな。かわいそうに。なんて運の悪い奴なんだ、母親も父親も死んで。祖母はマージドとアマルといるだろう。彼女はお前を忘れ、マージドはお前を利用し、裏切り、ホダーはお前を友達とはみなさない。お前が頼れる人は残っているのか？」

「誰もいない。逃げる。たとえ全世界と戦うことになっても。いつか脱出してやる」

彼女は叫んだ。

「聞いてるのか⁉」

ドアが閉まり、明かりが消された。彼女は目を閉じた。おぞましい音が聞こえ、混乱した。蟲《むし》や爬虫類が彼女の上に乗り始めた。彼女の上の明かりが完全に消されて何も見えなくなるのはこれが初めてだった。何匹かの蜘蛛と蟲が彼女にくっついた。彼女は叫び声をあげた。

「こいつらを私に近づけるな！」

1時間ごとに明かりが点けられ、彼女の身体に水が浴びせられた。朝から晩まで針を刺された。イサームはいくつかの讃美歌を唱え、鋭い器具で彼女の指から爪をはいだ。彼女は泣き叫んだ。彼女の中からあの悪魔を出現させるための彼の実験のために壁に吊るされ、痛めつけられた身体のサーラに鞭を浴びせた。

負けたと思った時にはいつも彼女の母親が頭の中に現れて、彼女を助けた。そしてサーラに、どれだけ厳しくて悲惨なことが起きても、心に絶望を入り込ませないように、と言った。

彼女の心を殺したのは、マージドがスパイで、祖母が彼に騙されていたことだった。彼女はそのイメージを頭から拭い去ることができなかった。「どうしたら少しの良心も感じずに私たちを裏切ってこんなことができるの。おばあちゃんは本当に冷たくだまされたのね」

その朝、マージドは外で記者団の声が聞こえたので、祖母に外に出ないように言って、彼一人外に出て彼らの取材に答えた。彼女は彼らが、サーラが凶悪な殺人犯であるというのは本当なんですか？ と質問しているのを聞き、耳をふさぎ、涙を流した。

その言葉は彼女を傷つけた。マージドは叫んだ。

「僕は警察だ！ 今ここにいる全員刑務所に入れたっていいんですよ⁉ 彼女は放っておいてください！」

「私たちは、今サーラがどこにいるのか知りたいんです。彼女は本当に正義から逃げているのでしょうか？」

「このまま出て行かないのでしたら、僕は皆さんに武器を使いますよ！」

彼らは下がっていった。彼は家に入った。祖母は言った。

「私が聞いたのは本当なの？」

「おばあちゃん、わかってくれ」

「わからせる必要なんてないのよ。サーラのあんたに対する推測は正しかったんだね。利用したんだね」

「誓って、二人を裏切ってはいないよ。その反対だ。僕は警察に入った時から、二人を守っている。上司に僕にサーラの事件を追えと命令されたんだ。それを断れなかった」

「そりゃあ断らないでしょうね。それがあんたの昇進に繋がるんでしょうから。サーラの感情を売り払ってね」

「おばあちゃんは国民の義務の意味を理解できないでしょうね。サーラは危機に瀕していた。そして僕は彼女のことを詳しく調べるために仮面をつける必要があった」

「あんたはこの件のために彼女に近づいた。彼女の心のためではなくてね」

「僕は彼女のことが好きだし、彼女が欲しい。でも、感情と仕事は関係ない。おばあちゃん、彼女は世界の何よりも大切だ。運命が僕の前に彼女を呼んだんだ。僕がこの事件を担当できるように、上司から直々に頼まれたんだ。なぜなら僕はサーラと同じ村の出身だから、僕たちにとって身元を明かしやすかったんだ」

「黙って。もう出てって。あんたとはもう話したくない。自分自身が憎い。私があんたがここにいることを許したせいで、サーラがこんなことに。私はなんて馬鹿なの」

「この家からは一緒に出るよ。おばあちゃんに記者とイサームの危険が迫ってるからね。行こう、一緒に住もう」

「どこにも行かないよ。いつかサーラが帰ってくるときに、私がいなかったら悲しむからね。私は家にいるよ。絶対に外には出ないから」

マージドは彼女を抱きしめた。

「僕がそばにいて手助けするから、行こう。一緒に住もう。僕は小さい家を持ってるから、この問題が解決するまで、そこでゆっくりしていて」

「私はあんたが嫌いだよ、マージド。私があんたと行くのは、あんたへの愛じゃなくて、サーラのためだから。彼女に私のことで心配してほしくないから。彼女は必ず戻ってくる。彼女と一緒に、どこでも、人間の野蛮な行為から遠く離れた、彼女の好きな土地へ行くの」

ホサームとハッサンは城で母親と話をしていた。ハッサンは言った。

「母さん、あの紙はどこ？」

「ハーリドが、マージドと一緒に持って行ったよ。私は、娘に無事に帰ってきてほしいから彼らに伝えたのよ」

ハッサンは言った。

「マージドに連絡する。彼にも加わってほしい」

イサームは偶然彼らのもとに来て、挨拶した。

「これは何の会議だ？」

ホサームは言った。

「ホダーの捜索だ」

「俺と対立するのが怖くて逃げ出したんだと思いますよ、賢者の皆さん」

ハッサンの携帯が鳴った。彼は電話に出た。

「今すぐ行く」

彼はホサームに一緒に出るように言った。イサームは妻を見た。

「あいつらはお前を俺に託した。これがお前の状況だ。俺以外誰もお前に興味はない。俺の心からの慈悲で、お前の生活を支えてやるよ。ほら、お前の荷物をまとめて俺の家から出ていけ。お前は俺の人生全てにとって不幸の前触れで、お前の娘のようにおしゃべりだからな」

「あなたは私の夫の城から私を追い出すの？」

「俺の城だよ。もう全部終わったんだ。さっさと出ていけ。俺の気が変わらんうちにな。近くお前を必要とするホダーの面倒をよろしくな」

彼はヒステリックに狂ったように笑って、投げキッスを送って彼女に別れを告げた。彼女はその瞬間に彼女のこの城での生活が危機に瀕していることに気づいた。ハッサンとホサームは車であちこちに捜索に出ていた。ハッサンは言った。

「右に行って、その後は真っすぐだ。とにかく急いでくれ」

スピードを上げ、到着した。二人は車から降りた。ホサームは言った。

「何を探しているんだ？」

「ホダーだ。知らない番号からかかってきた電話によると、ホダーはこの場所にいるらしい」

「お前はバカか？　そいつらの言うことを真に受けるなんて。罠かもしれないだろう。ホダーがそれに引っかかったのと同じように」

「それでもいい。俺は姉さんのためなら犠牲になったっていいんだ。しかしなんてこった、いったい何なんだ、この動物小屋のような悪臭は？」

汚い廃屋に足を踏み入れた。ドアを開けた。ホダーが地面で気絶していた。彼は彼女に抱き着いた。

「ホダー！　大切なお姉さん！　大丈夫？」

耳を彼女の心臓のあたりに近づけて、鼓動を確認した。

「彼女は大丈夫だ。俺は彼女を病院に連れて行く。誰がお姉さんにこんなことをしたんだ。この臆病者どもめ」

ホサームはハーリドに連絡し、ホダーについて伝えた。全員でホダーのいる部屋に集まった。マージドは言った。

「ホサーム、彼女に何があった？」

ハッサンは言った。

「わからない。知らない番号から電話がかかってきて、その場所に急いで行ってみると彼女がいて、ここに連れて来たんだ」

医者が言った。

「彼女は大丈夫ですが、彼女の身体にはいくつかの傷とアザがありますね。我々が治療します。きっと回復して元気になるでしょう」

ハッサンは言った。

「ちくしょう！　お姉さんを殴った奴は誰だ。目にもの見せてやる」

ホサームは言った。

「イサームの他に誰がいる。今日は最高に幸運なことに、奴に会った。奴の計画がうまく進んでいる証拠だろう」

ハーリドは言った。

「我々は一丸となってサーラを探す必要がある。その後にその方程式の解き方がわかるだろう。殺人事件については、既にいくつか、解決の糸口をつかんでいる。ホダーが起きたら質問しよう。彼女に訊けば何が起きたのかは全てわかるだろう」

ハッサンに電話がかかってきた。母親が、彼に城まで迎えに来てほしいとのことだった。イサームが彼女を城から追い出したのだ。ハッサンは激怒して彼らに言った。

「俺は母さんを城から連れてくる」

ホサームは言った。

「どうしてだ？」

「イサームがついに母さんを追い出しやがった」

道中、弁護士から電話があった。ホダーが彼女のすべての財産をイサームに売却したということを彼に要約して伝えた。

電話を切った。

「終わった。ついに奴が俺たちから全てを奪いやがった。俺たちがあいつに対して持つ権利の分も俺たちに分けることもなく。奴は姉さんを脅したのか？　サインすることを強制したのか？　姉さんが自分の意志でサインしたのではないことは明らかだ。今、俺は二人にあげられるものは何も持っていない。俺はバカだ。二人を世間からも、人間の悪事からも守れなかった男が、自分のことを兄弟だの息子だのと呼べるか？」

城に着いた。母親を車に乗せて、一番近いホテルへと向かった。母親は言った。

「このアクセサリーを売って。そうすればあなたの役に立つでしょう。イサームのしたことは知っているわ。お願い、ホダーの所に連れて行って。会いたくてどうしようもないの」

「わかった。まずはホダーの所に行こう。その後、俺と母さん、ホダーが泊まれる、どこか小さなホテルを探そう」

　二人が到着するとすぐ、ホサームが二人に言った。

「ホダーはまだ気を失っている。いつ起きるかわからない。これはまるで深い昏睡《こんすい》状態にあるようなんだ」

　母親はショックのあまり、倒れて気を失ってしまった。ハッサンは彼女を抱えた。ホサームは言った。

「これはイサームの仕業だ。魔術と呪いを使ってな。なんという地上の暴君なんだ。俺は奴を起訴する」

　ハーリドは言った。

「証拠はどうするんだ？　あいつに不利なものは何もない。奴には勝てないだろう。我々は冷静にならなくてはならない。お願いだ、怒りは少しも我々の助けにはならない」

　ハーリドとマージドは病院を後にした。二人とも何が起きるかわからなかった。ホダーの症状さえどうなるか不明だ。イサームが犯人だという証拠は何一つない。マージドは手のひらを見つめた。

「僕は役立たずだ。僕は、内に秘めた怒りの感情にいずれ呑み込まれるだろう。おばあちゃんもサーラも失った。僕に行かせてくれ。あいつを殺してやる。お願いだ、ハーリド。捜査も待機ももううんざりだ。彼らの状況を見てみろ。絶望的だ。もう僕らは失敗した。負けたんだ。僕はもう諦めるよ」

　ハーリドの平手打ちがとんだ。

「我々の使命は終わっただと。それがお前の望むものか？　サーラの状況を考えないのか？　祖母も、ホダーも、それ以外のイサームとマフィアの被害者たちの置かれている状況もだ。もしお前が弱々しくわめくなら、家に帰って寝ろ。俺は自分の道を最後まで貫く」

彼はハーリドを抱きしめた。

「僕は完全に自分を失っていたみたいだ。僕を支えて、励ましてくれ。僕を一人にしないでくれ」

「俺はいつもお前の支えだし、兄だ。お前を決して絶望の中に生きさせないさ。俺の意図が伝わったか？　ほら、死ぬまで続けるぞ」

マージドは笑った。

実験場に設置されたカメラを通して、パソコン上で彼らがサーラに何をしているかを見ているイサームは、右手の人差し指に銀の指輪をしていた。

彼は10年前に会ったある魔女との長い話を思い出した。彼女の住所を発見した後、訪ねる約束を取り付け、家に入った。これが少し奇妙だった。彼は、有名人の写真、掛けられた骨、いたるところに散らばるお香、肉食動物の剥製、そしていくつかのサボテンを想像してその家に入り、ドアを閉めた。

彼女の名前はサイラス。この名前はギリシアの魔女の名前で、古代の神話で登場するその魔女を慕っていたことからつけられたという。

彼はテーブルの前に座り、彼女はお茶を差し出した。彼は言った。

「ありがとう。多くの人が君とその君の偉大な力について話をしている。だから俺も直接君に会いに来たんだ。いくつかの術を教えてほしいんだ。俺は君の生徒になりたい」

彼女が口を開けた途端、そこから悪臭が放たれ、黒い歯が覗いた。彼女の口はブロンズ色に、髪は燃えるような赤色に染まり、肌は白く、目はまるでガチョウの目のようで、中程度の長さの鼻、長い指と同様に長い爪をしていた。彼女は言った。

「全ての物に法外な値段が付く」

「そうだ。俺は君が欲しいものを知っている」

「それは何？」

彼女は指を組みながら言った。

「わかった。じゃあ、これは知っている？」

彼女は彼に紙を差し出した。そこには、もし魔法使いの伝統に違反した場合には、その者の魂は永遠に抜き取られ、罰を受ける。その後悪霊の世界へと送られ、永遠の罰を受けるということに誓約するということが記されていた。彼は古代ギリシア語で書かれたその数行に目を通したが、そこに書いてあることは理解できなかった。

「大丈夫、私が翻訳してあげる」

彼女は右の手のひらを置き、すぐに翻訳して、彼はそれを全て読み終え、携帯でその写真を撮り、それにサインした。彼女は言った。

「素晴らしいわ。それじゃあ、右手の人差し指を出して」

彼女はその指に指輪をはめた。

「この指輪は、あなたが魔法使いの一人であるということの証よ。まずは、手始めに毎日私の元へいらっしゃい。1日3時間知りたいことを教えてあげる」

「この指輪は何の役に立つんだ？」

「あなたの健康状態のいいときに、血のサンプルを取っていくの。それで指輪にその魂が入っていって、あなたの魔力が強化されるの。この指輪の効力は強いわ。この指輪をあなたにあげるのは、あなたが私の欲しいものを持っているからよ。イサーム、どうして魔法を習いたいのか教えてくれる？　もし私に嘘をついたら、私はあなたに何をするかわかる？　この部屋にあるこれらの像が見えるかしら？　これら全部、私に嘘をついたから、私がすぐに模型や人によってはミイラに変えた人たちよ」

彼は恐る恐る言った。

「絶対に嘘はつかない。俺は30歳の若者だ。ここに来たのは、君を見つけて、俺が魔法の花を手に入れるのを手伝ってほしかったからだ。それには、強力な効果がある。俺を強化し、誰も恐れず、病気にもならず、寿命さえ延ばしてくれる」

「その花の名前は？」

「その花の名前は、赤いチューリップだ。俺は考古学者だ。10年間探し続けて苦労してやっと見つけた。だが、その時彼らはこう言った。『あの洞窟には、呪いと魔力のせいで誰も入ることができない。ただ一人を除いて。あなたにその花を持ってこれるのは、この一人だけだ。その人とは、クリスタルがその手に見つかった、友人の妻の娘だ』。その子が俺にその花を持ってくることができるんだ」

「その通りよ。全ての古い伝説がそれについて書き記してきたんだけど、私たち魔法使いですら、あの暗号を解読することはできなかった。私たちはあの偉大なクリスタルを持っていないから、その花を手に入れる希望は潰《つい》えたの」

「俺はそのクリスタルを彼女の手に見たんだ。そしてその父親は今は死んでいる」

「あなたが殺したのね」

「そうだ。俺が殺した。なぜならあいつは俺のしたいことを知ったからだ」

「わかったわ。あなたを手伝ってあげる。その代わり、一つ条件があるわ」

「何だ？」

「その少女。その子が欲しい。あなたがその花を手に入れた後、その子を連れてきて。お礼としてそのクリスタルを頂くわ。これで私たち全員が欲しいものを手に入れられるわね」

「どうしてその子が欲しいのか聞いてもいいか？」

「簡単に答えるわね。彼女は人間でありながら悪魔にも変身できる。私は彼女をコントロールして私の力の一部にするの。それと、一番大切なのは、彼女が、私にとっては重要な3つの卵を持っていることよ」

「その卵の力は何に使えるんだ？」

「あなたは、不死鳥の力が強力なことは知っているでしょう。この卵は、私の力を増大させるのに役立つのよ。魔力は、不死鳥とともにある時、その威力を発揮するの。抵抗されることも負けることもない無敵の力よ。重要なのは孵化する前の卵よ。もし見つける前に孵化してしまったら私たちは大きな問題を抱えることになるわ。その時には、彼女は私とあなたの夢の喪失に大きく貢献することになるでしょう。卵の孵化はつまり、その子が自分の中の悪魔を支配できるようになったということを意味するわ。悪魔が出ることは二度となくなり、善の魂が彼女の中の唯一の存在になることになるわ。この意味わかるかしら？　あなたは私のためにその卵を見つけないといけないということ」

「それがその子の所にあることがどうしてわかる？」

「クリスタルを持つ者がその卵も持つの。なぜなら、クリスタルをその子に入れるのは不死鳥だからよ。使い魔があなたを手助けするわ。そうでしょ？」

「はい、ご主人様、仰る通りです」

イサームは言った。

「あの子がその洞窟に入るためには、彼女の中に棲む怪物を引き出さないといけないわけか。もう一つ心配なことがあるんだが」

「何？」

「フェニックスは善の力を持っている。もし悪魔の代わりにそれが出現すれば我々は何も得ない」

「そうね。それは知っているわ。だから私はあなたに、それを引き出すのを手助けするために必要な魔術と、使い魔を与えるわ。あなたは彼女を監視して、彼女の成長のそれぞれの段階で自分たち自身で準備を進めるために、彼女に何が起きているかをすべて報告すること。一番大事なことはね、イサーム、彼女を周りの全員に対する敵意と憎しみで満たし、善を好きにさせず、誰も助けさせないことよ。わかる？　悪魔を最も手間をかけずに引き出すために、彼女の心と魂に恨みと苛立ち、独善を詰め込むの」

サイラスは言った。

「完了しました」

ふと我に返ると、イサームの所に医者の一人から連絡があって、急いで来てほしいとのこと。電話を切って、彼らの元へ向かった。

ホサームとハッサンは母親の様子を確認していた。

彼女は彼らと部屋を出て、二人に、ホダーが目を覚ますまで、彼女の隣にいさせてほしいと頼んだ。彼らは彼女をホダーの所に残して車に乗り込んだ。ホサームはハッサンの顔を見た。

「ハッサン、どうしてそんなに悲しい顔をしているんだ？」

「姉さんと母さんを置いてきてしまった。俺は二人に何もいいことはしてやれなかった。二人に頼り切ってしまっていた。俺は自分の無能が恥ずかしいんだ。男は家族に頼られるべきじゃないか？」

「落ち着け。お前は自分を責めすぎだ。まるでお前が二人を害したように言うな。お前は二人に頼られる存在になるさ。全ては神がお決めになることだ。彼にお任せしろ。ほら、俺の家に、母さんが必要なものを取りに行くぞ」

「うん」

「家までずっとそんな口の開き方をするのはよせ。お前も知っている通り、俺は一人暮らしだ。さあ、お前たち全員分の服を持って、ホダーが良くなるまでは俺の所で寝るんだ。その後は、どこでも好きなところに行けばいい」

「でも」

「でもじゃない！　ほら、黙って従えばいい」

イサームは到着して窓越しにサーラを見た。ドアはまた閉められていた。医者の一人が言った。

「サーラは口から過剰な量の吐血をしました。これは薬を新しくしてからは見たことがない状態です」

「彼女を見てくる。注射をくれ。彼女の血液をもう一度採取してくる」

彼女の部屋に入った。彼女は黙って静かになっており、彼に挨拶した。彼は言った。

「入る前に俺だとわかったな」

「そうよ。お前のような暴虐の塊に気づかないわけないでしょう。もうとっくにお前のにおいは覚えてる」

「鼻血が出てるぞ。俺に伝えたか？　痛みに苦しんでいるのか？」

「痛みだと？　なんて優しいのかしら。もうすでに全身から血がこぼれてる」

「ああ、知っている。だが、お前の身体は強靭だ。こんなに疲れることはなかったが」

「何がしたい。クリスタルを持って私の前から失せろ」

「いや、そんなことはしない。お前は貴重なんだ。俺の脅しは全てお前を怖がらせるためのものだ。クリスタルは後でお前から奪う」

彼は血液を採取した。彼女の泣いている目を見て言った。

「もし休みたいなら、さっさと変身して俺の夢を叶えろ。その後は奴らにお前を差し出して、一丁上がりだ」

彼女は毒蛇のように口を開いて言った。

「あんたの身体を引き裂いて取り囲み、丸呑みにしてやる」

「お前の人生は終わってんだよ、犯罪者。この新聞と雑誌が言っていることを見ろ。書いてあることをお前に読んでやる。殺人犯であるその無慈悲で汚れた少女は、動物に似ている。あるいは今すぐ殺さなくてはならない地球外生命体だ。誰がお前の面倒をみるために残っているんだ？」

「誰と私を作ったんだ？　意味はわかるか？　私は人間だ！　汚れてない！」と彼女が彼に怒鳴っていると、ドアが閉められた。

彼は、医者たちに再度検査し、全ての必要なレポートを彼に送信するように言った。

「さあ、急ぐんだ。どんな遅れも許さんぞ。必要があれば来てやるから連絡しろ、バカども」

ハーリドは警察署に戻り、座ってファイルを見直していた。マージドは祖母と一緒にいて、彼女をなだめていた。彼女は今彼を信用していないからだ。彼女は彼に、もう話しかけず、放っておいてほしいと頼んだ。彼は、彼女に食事だけおいて、出てきた。

グユームはホダーに何が起きたかを知った。彼女の所に行って、ホダーの介抱をしている彼女の母親の近くに座った。彼女を強く抱きしめて泣いた。

「ホダー、起きて！　お願いよ。私たちをあなたのために泣かせないで。あなたは何よりも強いの」

アドナーンとリーンはまだ起きていないアマルの近くに座っていた。全ての検査機器が、ゆっくりとではあるが、彼女は回復に向かっているということを示していた。しかしこれは彼らにとって重要なことではなく、重要なのは彼女が完全に回復することだった。

アドナーンはリーンの手を取って言った。

「お前は変わってくれた。私は世界で一番それを望んでいた」

彼女はため息をついていった。

「私は変わるのが遅すぎたわ」

「どうであれ、お前は変わってくれたんだ。一緒にいよう」

「神様、どうか私たちが再会し、アマルから奪ってしまっていたものの埋め合わせができますように。私はずっと彼女のそばにいて、彼女のしたいことを一緒にし、ずっと彼女を大切にするわ」

「一緒にいよう。そして、私のこれまでのお前に対する仕打ちを許してくれ。最後は、お前に対して本当にひどく当たってしまっていた」

「二人に謝りたいのは私の方よ。二人は信じられないほど私に対して辛抱してくれていたもの」

「過去のことは全て忘れよう。アマルと一緒に新しい人生を始めよう。彼女をマイアミに連れて行くよ。彼女がお前のそばにいられるようにね」

「いいえ、アドナーン、あの子には、いたいところにいさせてあげて。彼女は川の魚のようなものよ。海に入れば死んでしまうわ。彼女には、彼女のことを好きな友達がたくさんいることを忘れないで。私はサーラに謝りたいわ。彼女にはいろいろと教えてもらったわ。彼女のように私の前で叱ってくれた人は誰もいなかったわ。彼女に会ったら、力強く抱きしめてやりたいの。そして許しを請うわ」

「サーラには早く帰ってきてほしいな。そしてアマルのそばにいてやってほしい。あの子には、心からの親友が必要なんだ」

サーラの前に使い魔が現れて言った。

「彼のご主人様はついにお喜びになられました。あなたが彼の支配下にもうすぐ入るからです」

「あんたの主人って誰よ？　このバカ」

「サイラス様です。我々は彼女の召使いなので、彼女がいつもあなたの状況を把握するために、私のことをあなたのもとにお送りしていました。イサーム様のご用が済めば、そのまま無理やりにでもあなたを彼女のもとに連れて行きます。あなたは我々とともに悪魔界で彼女に仕えるのです。今でもあの卵を探していますが、まだ見つかっていません。あなたの友達のアマルの家にさえありませんでした。一体どこに隠したんですか、愚か者さん。孵化する前に見つけないといけないのですが」

「あんたらはたとえ私が死んでも見つけられないよ、わかる？　それは安全で安心できる所にあるのよ。あんたらがそれを探しているのは少し前からわかっていたのよ。バカね。それから、私が誰かに仕えるなんて夢を見ないで。私は誰かに仕えるために作られたんじゃない」

　彼は近づいて言った。

「人間と悪魔、どちらが勝つか見るとしましょう」

「悪魔が人間に勝つなんて話は歴史を通じて読んだこともないわよ。神様がアダムを創造した時から、いつも人間は勝ってきた。そしてあんたらはアダムにひざまづいた」

「それは正しいです。誰もそれを否定はできません。ただ、あなたたち人間は反抗し合い、憎しみ合い、虐殺し合い、奪い合い、抑圧し合いますが、我々悪魔は、いつも協力し合います。あなたたちのように、殺し合うことなどありません。我々は強大な力を持っていますが、人間は弱々しいから、策略を練るのです」

「私たちには、信仰心があるのよ。何が起きようと、この世界は最後には真実と平和が戻ってくると信じられるの。世界は元気を取り戻すのよ」

「そんなことはどうでもいいです。今から角を持つ顔の形をしたこの呪印《じゅいん》をあなたの首につけます。それで悪魔は全員あなたがこちら側の存在であることを知るのです」

「私から離れろ！　近づくな！」

　彼は呪印をつけた後、サイラスの元へ戻り、言った。

「彼は仕事を完璧な形で進めています。彼女に対する私の見方では、彼女の変身は差し迫っています。我々は彼女を監視する必要があります。もし運が味方してくれれば、彼女は近く、あなた様のものになるでしょう、ご主人様」

「わかった。待つとしよう。彼女は貴重な宝石のようなものよ。彼女を取り込むのよ。人間たちの間で生かすなんてもったいないわ。彼らは困難とストレスのせいで彼女を正しく評価できてないもの。彼女の精神状態は変身に近づくことを手助けしている。あなたは、イサームから、彼の彼女への用が全て済んだという報告があり次第、彼女を、逃げられないように縛って枷をはめた状態で私の元に連れてこれるよう準備をしておきなさい。彼女を私たちの世界に連れて行きましょう。そしてあの卵を見つけて」

「わかりました。ただ卵だけどうしても見つからないのですが」

彼女はうろたえた。

「あのろくでなしは卵をどこに隠したの⁉」

「探しましたが、彼女は力を使い、我々にはその在りかがわかりません」

それから3か月が経過した。病室では、アマルがついに目を覚ました。目を開け、左右を見渡した。彼女は一言だけ言った。

「サーラはどこ?」

一日中彼女の隣にいて寝ていた母親は目を覚ました。

時刻は朝の5時くらいだった。彼女はアマルを見ると全力で叫び、愛する娘を抱きしめた。

「ついに起きたのね! 死ぬほど待ちわびてたのよ。許してね、アマル。本当に私は愚かだったわ」

アドナーンに連絡した。彼はこの連絡を毎日毎日心待ちにしていた。みんなが彼女に会うために来てくれ、彼女の様子に安心した。しかし、その中にサーラはいなかった。

グユームが言った。

「あなたが回復してくれて本当に嬉しい。あなたは強いのね、アマル。ホダーに伝えてくるわ」

アマルは言った。

「ホダーはどこにいるの?」

「彼女はまだ気絶したままよ」

「何ですって!?　彼女に何が起きたの？」

　アドナーンは言った。

「全てを話すから、今は休むんだ、アマル。まずはお前の回復を祝わせてくれ」

　グユームはホダーの部屋に入った。彼女は未だに目覚めていない。彼女の隣に座って、彼女の耳元でささやいて、アマルが目覚めて元気になったことを伝えた。

「次はあなたの番よ、ホダー。そしてみんなで喜びを分かち合うのよ」

　ホダーの目から涙が流れ出た。グユームはそれを見て、彼女を抱きしめた。

「あなたが聞こえているのは知ってるわ。でもあなたは反応ができないのね。あなたに一体何が起きているの。最高の医者があなたの治療のために来てくれたけど、あなたにはこの昏睡状態の原因としてこれといった病気が当てはまらないの。あなたのお母さんと私が毎日交替でここに来ているわ。彼女には毎日来て疲れさせないようにしたいから。あなたが私たちの所へ戻ってくるまで、私はいつもあなたのそばにいるわ」

　彼女の手を取って、それを頬に置いた。

「私は嬉しい。それがずっと欲しかった。アマルの回復は私の忍耐強さをより強めてくれるの。なぜなら私はいつも、忍耐は私たちの痛みを癒す、喜びのそよ風を送ってくれるものだと信じているから。だから強くなって、ホダー」

　ハッサンが入ってきて、グユームが泣いているのを見た。

「感情的にならないで、グユーム」

「ホダーが涙を流したのよ。本当よ。彼女は私たちを感じているのよ」

　彼はホダーの手を取り、彼女の胸に置いた。そしてその手に力強くキスをした。

「愛しいホダー、母さんがあなたに会いたがっているよ。ほら、そんなに甘えてないで、起きてよ。あなたのいたずらが、声が、笑いが恋しいんだよ。好きなことをしたらいいんだ。僕たち全員にひどく当たったっていいんだよ。だから、そうやって死体みたいにしてないでくれよ。アマルも起きたんだ。あとは姉さんの番なんだ。外は土砂降りだ。姉さんと傘をさして出かけたことが懐かしいよ。姉さんは僕たちが子供のときみたいにふざけて遊んでたよね。もう一度やり直そう。約束だよ、ホダー」

マージドは祖母と村に行き、彼女にそこで留まるように言った。

「これからどうなるか誰にもわからないんだ。心配だから、おばあちゃんだけは毎日僕に電話してほしい。サーラの事件に関して僕に起こったことは全て報告すると約束するから。それと、吉報がある。アマルが目を覚ましたんだ。もう一度、希望を持ち直そう」

雨は激しく降っている。

「僕には、サーラはきっと大丈夫だっていう確信があるんだ。彼女はどんな状況にもへこたれない女性だ。彼女はどんな状況にも打ち勝ってそれを全力で意地になっても乗り越える人だ」

ハーリドはイサームが来ていた服のボタンから、サーラの指紋を手に入れた。彼はイサームがそのコートを着ている写真を持っている。あのバカはハーグで撮ったその写真のことを忘れ、同じコートを着ていたのだ。その写真のコートには二個目のボタンが欠けていた。

彼の背中の傷を見るために行った時には、どうやったのかはわからないが、残念ながらそのコートはすでに消えていた。彼の持っている唯一のものが、指紋の見つかったそのボタンだった。マージドはホサームに、イサームを起訴するように頼んだ。

イサームは新たな妻とコーヒーを飲んでいた。彼は彼女に、仕事に行くと言い、数時間後に戻ると伝えた。それから彼女に軽い昼食を彼のために用意するように言った。彼女は言った。

「わかったわ、あなた」

ハーリドはイサームの城に着いた。彼に挨拶し、言った。

「あんたは実業家アノワール殺人の罪で起訴された。今すぐ来てもらう」

イサームは言った。

「弁護士に一緒に来てもらう」

「どうぞ。あんたにはその権利がある」

イサームは彼らとともに警察署へ行き、椅子に座った。ハーリドは彼に言った。

「ついにだな、過去何年も苦しみ、今回も数か月かかった」

「どうでもいいことだ。私はどんな告発においても無罪であり、被告人は有罪が確定するまでは無罪である」

ハーリドは言った。

「その日は近いぞ。あんたとあんたの犯罪仲間は冷徹に人々を殺しておきながら、自分たちのことを人間だと言う」

マージドが来てイサームに襲いかかった。彼はイサームの顔面を殴って言った。

「お前はサーラを誘拐した！　そしてホダーには何をしやがった！　ホダーは未だに気絶から目覚めることもできないんだ」

イサームはニヤッとして言った。

「お前らが一体何を言っているのかさっぱりわからない。俺はそんな残忍なことをしている時間のない人間だ。誰も傷つけたことなんてない」

彼の弁護士が駆けつけ、ハーリドの前に座って言った。

「私はイサーム氏を弁護します。こちらは裁判の日までの保釈金です」

ハーリドは言った。

「保釈金は無意味です。彼には嫌疑がかかっており、全て明白なのです」

イサームは言った。

「証拠はどこだ？」

「裁判の日まで、一言たりとも言うものか」

署の電話が鳴った。ハーリドが出て、少し話した後、電話を切った。

「裁判の日にちが決定した。今月、今日から2週間後だ」

マージドとハーリドは署を出た時、少しだけ心の安らぎを覚えた。しかし、心の中ではサーラとホダーに対する悲しみに覆われていた。彼女ら二人はイサームの犠牲者だ。マージドは言った。

「奴が拘留され次第、僕が彼を担当する。奴にサーラの居場所を吐かせる。そして奴を死刑にはしたくない。終身刑がいい。奴が少女たちに味わわせたような苦痛を感じさせなければいけない」

ハーリドは雲に覆われた空を見上げた。

「彼女らは、雨によく似ている。ある時は霧雨のように静かで美しく、穏やかで繊細、ある時には周りのものすべてを破壊するような嵐になる」

「イサームに何か変わったところがなかったか？」

「どこが変わったんだ？」

「奴の指輪だよ。毎回つけていたのに、今日はつけていなかった。変じゃないか？」

「確かに、変だな。あれは魔法の指輪だ。とにかく、俺たちは奴をとらえたんだ。奴の城へ行って隅々まで捜索しよう。もちろん捜索許可は取れる。行こう、ハッサンとホサームにも連絡だ。これは我々だけでの行動だ。我々が信用できない人間は誰も加えない」

アマルは、ホダーとサーラに起こったことを知った。彼女はかなり落ち着いた声で言った。

「ホダーに会いたい。お父さん、私を彼女の所に連れて行ってくれる？」

「ああ、もちろんだ。連れて行ってあげるよ、アマル」

彼女を車いすに乗せた。ホダーの病室のドアを開けた。彼女は近づいて、彼に、二人だけでいさせてほしいと頼んだ。サーラのもとにいたグユームがいた。アマルは彼女に言った。

「あなたはそのままそこにいていいのよ。あなたはホダーに一番近い人なんだから」

アマルはホダーの手を取りながら言った。

「ごめんなさい、あなたのこの苦難の時に一緒にいてあげられなくて。私もあなたたちみんなと一緒にいるべきだったの。みんなの不安と怒りと一緒にいたかった。ホダーがサーラと友達でいてくれてたら。なのに、残念なことに私にはそれができなかった。あなたが目覚めたらすぐ、私たちは人生を共に生きる友人になるの」

グユームはアマルに近づいて、彼女を抱きしめた。

「アマル、あなたはなんてすごいの。あなたはいつも他人の幸せを自分の幸せの上に置くのね。あなたも休んで。何も心配しないで、私たちがいつも彼女の隣にいるわ」

アマルはホダーの手を引きながら言った。

「私はイサームの真実を彼女に隠していたの。そして前々からサーラがイサームの娘だと知っていたの。これら全ての事実を隠していたのよ」

ホダーがアマルの手を引いた。アマルはその意味がわからなかった。

「彼女が私の手を引いたわ」

グユームは言った。

「そう。ホダーはたまに泣いて、たまに私の手を引くの。サーラについて話しているときは特にね。まるで彼女に何かが起こっているかのように」

アマルは言った。

「ホダーが私たちと話すことができて、彼女に何が起こったのかを聞くことができればどれだけいいか」

二人は雷の音を聞いた。グユームが窓を開けた。アマルは窓に近づき、両手を窓から外に出した。

雨が彼女の手に降った。アマルは手を閉じて心の中でつぶやいた。

「どこにいるの、サーラ？　あなたが恋しい。あなたの居場所を教えて、お願い」

アマルは母親と愛情を込めて話しながら彼女の病室に戻った。信じられないほどの喜びだった。しかし、彼女の心はサーラを失うことを怖がっていた。リーンは言った。

「あなたの心がサーラでいっぱいなことはわかっているわ。私たちも彼女についてずっと考えているわ。みんなが完全に喜べるのは、あなたとホダー、サーラの全員がそろった時よ」

「お母さん、私に近づいて、抱きしめて」

「私はあなたのものよ、アマル」

「私を一人にしないでね。お母さん、私、夢を見てるみたい」

リーンはふと彼女のネックレスに目が留まった。

「知らなかった。このネックレスはどこで手に入れたの？」

アマルはそれを見た。

「気づかなかった」

彼女はしばらくそのネックレスを眺めていたが、母親がそれを外して彼女の手のひらに置いた瞬間、こう言った。

「お母さん、これはサーラのよ！　誓ってもいい！」

アドナーンが入ってきた。

「二人とも、どうしたんだ？」

「お父さん、これはサーラのよ！」

「それはアマルが最初に倒れた日から首にかかっていたぞ」

彼は少し考えて、アマルの隣に座った。

「ついにわかったぞ」

「何がわかったの？」

彼はリーンを見、それからアマルを見て、ため息をついた。

「サーラだったんだ。アマルに血を分けたのは。そのおかげでアマルは回復した」

ネックレスを強く引きながら、「私は弱かったの、お父さん。私は彼女との友情の誓いを破ってしまった」

父は彼女を抱きしめた。

「自分を責めるんじゃない。私たちみんなでサーラを探そう。彼女を見つけよう」


男が、狭い通路にある店に入り、老婆からお金を盗み、逃げだした。すると少女が猛スピードで彼の後を追いかけ、彼を捕まえ、お金を取り戻した後、彼が地面に倒れるまで殴り、彼はおびえて逃げていった。

彼女はお金をその老婆に返した。彼女はお礼を言ってそのお金をあげると言ったが、少女はこう言った。

「お礼はいりません。私は慈善活動が好きなんです。私はお礼をもらうためにやったわけではないから」

老婆は言った。

「この暗闇に沈む目は一体何なんだい？」

その少女は住んでいた小さな家に戻ると、その家にいる66歳になる年配の男性が言った。

「昼食のための野菜をいくつか買ってくるように頼まなかったか？」

「買ってきたよ。ほら、これね。ただ、私にとって邪魔なことが起こって、助けたかったの、ごめんなさい」

彼は彼女を見ながら言った。

「私はお前の医者だ。口答えせずに言うことを聞いてもらわないと」

「ジュディはどこ？」

「あの子は遊んでるよ」

彼女が口笛を吹いてジュディを呼ぶと、こちらに来て、彼女はジュディを抱きしめた。

「ジュディ、元気？　一人にしちゃってごめんね」

彼は言った。

「この色黒の子、お前によく似てるねよ。大人しいけど、お前が来ると途端にうるさくなって私の邪魔をするんだ。ほら、サーラ、そのマスクを顔から外してくれ。左目しか見えないじゃないか。なぜつけるのかがわからない」

「みんなが私を見て怖がらないようにするためよ。これが私に言ってほしいこと？」

彼は言った。

「この薬を飲んで、少し寝るんだ。お前のためにな」

「はい、ご主人様。仰せの通りに」

「ヤースィーンと呼んでくれ。敬称は好きじゃないんだ」

「今さっき自分で私はお前の医者だって言ってたじゃない」

「私は心配しているんだよ。お前は帰りが非常に遅いからな」

「私は奴らから自分の力で逃げて助かったの。どうして私のことを心配してるの？」

「新聞を読んでないのか？　彼らは殺人犯サーラを探しているんだぞ。そして俺はかわいそうなサーラを介抱している」

サーラはジュディの髪で遊びながら言った。

「あんた、今かわいそうなサーラって言ったね」

彼は彼女の目を見て言った。

「お前は変身してその後元の姿に戻ることができるのか？」

「ええ。とっても簡単にね」

「それじゃあ、変身してみてくれ。それから少しサンプルを取りたい」

「いいわよ。さあ、どうぞ」

彼は彼女から体液を採取し、それを溶液に浸した。彼は聞いた。

「フェニックスの調子はどうだ？」

「元気よ。でもまだ背中に翼が生えないわ」

「きっと出るよ。心配はいらないさ。私はその悩ましい悪魔を遠ざけてみるよ」

「怖い？」

「ああ。お前は私の保護下であり管理下にあるんだ。もう彼らにお前を利用させることはさせないよ」

「今まであんたが助けてくれた理由がわからなかったけど、そもそも私のこと知らないわよね？」

「お前は質問が多いな。こんな感じで女子っていうのは質問が好きなんだね」

「私たちは好奇心が旺盛だからよ。それを忘れたの？」

「さあ、寝る時間だ」

「少し外に出たい。雨が降ってるからそのにおいがする。その中を歩くのが好きなの」

「前に話してくれたお前の話では、お前は以前は雨が憎いって言ってたから、全く好きじゃなかったんだろ？」

「神様が状況を変えて、季節が地球の生命を変えてくれるのよ。私も変わって、それがとても好きになったの。それと、私の心には雨が大好きな、大切な人がいるからよ。だから、彼女は今この雨に大喜びしているわ」

「会いたくないのか？　一瞬でも」

「いいえ。それは怖いの。私はいつも新聞を読んでくるから、彼女については安心してる。ただ、ホダーの状況については、悲しいわ」

「神様が一緒にいてくれるさ」

「あんたはまだ私が彼らを襲うのを許してくれないわ」

「いや、それは今ではない。まだお前は危険にさらされている。真実はいつか必ず明らかになるんだ。人々はお前が犯罪者だと思って、お前を袋叩きにするだろう。私は言われたことは何でも信じてしまう人間というものの性質をよく理解しているからな」

　彼女は椅子に座り、林檎を取って食べながら言った。

「私は食べてるけど、味も何も感じない。こうやってみんなと同じく噛んでる。私は外見が怪物だから。彼らは間違ってない」

「そういうバカげたことを言うのをやめないと、もう治療してあげないぞ。もうお前には疲れたよ」

「あんたは嘘つきね。私のこと好きなくせに。まるで本当のお父さんみたい」

「お前の父親……」

　彼はその場で凍り付き、彼女を見た。

「ほら、もう行け。私は仕事があるんだ。この機器を持っていけ。それを手につけるんだ」

「なんで？」

「使い魔や魔女の連中がお前を見つけられないようにさ。奴らはお前をあちこち探しまわってるだろ。怖くはないのか？」

「おばあちゃんとアマルを失った後では、将来ですら、私には自分自身を心配する必要はないの」

「ちょっとどこかへ行っててくれるか？　自制心を失い始めた。このシリンダーが終わらん」

彼女は黒いコートを着、髪を隠す帽子をかぶり、外へ出た。ジュディがサーラの右肩に登った。（ジュディは4つの尻尾を持つ狐の形をした小さい精霊である。サーラが見つけた後、ヤースィーンが治療した。）

アムステルダムから少し離れた城壁を歩いていると、彼女は雨の中で遊んでいる女の子たちのグループを見つけた。彼女はジュディに言った。

「私も彼女らと一緒に遊べたらいいのに。彼女らがずっとお互いに幸せでいられることをどれだけ願っているか。あの子たちを喜ばせるために、ちょっと力を使おうかな」

彼女は魔法のように消えた。彼女らの足元の水を噴水のように動かした。それから、滝の形に。そして最後に、ハートを作ってそれぞれの上に置いた。

彼女らは周りを見渡したが、誰も見えなかった。彼女らは遠くへ逃げてしまった。サーラは遠くで姿を見せたが、彼女らは怖がっていた。

「また怒られないようにヤースィーンのところへ帰ろう」

魔女のサイラスは、悪魔の兵士たちに罰を与えていた。未だにサーラを見つけられていないからだ。彼らからうまく逃げ出した3か月前から、今に至るまで見つけられていないのだ。

サイラスとイサームの契約は、サーラを今すぐ連れてくるように彼女が言ったが、彼が拒否したため破棄された。彼の要求はまだ達成されず、サーラはその隙に古城の牢獄から脱出したのだ。その牢獄はその城の地下にあり、政府に知られることもなかったため、ヨーロッパのマフィアや成功を収めた大事業家によって使われていたのだ。

彼女は雨の中を歩いていた。多くの人が雨は好きではないから、みんな急いで歩いたり走り回っていた。みんな太陽を望んでいるのだ。

サーラは笑っていた。彼女も彼らのように以前は悲観的で雨が全く好きではなかったからだ。しかし、雨のおかげで彼女はあの城で陥っていた苦境から救われたんだということを思い出した。

サーラが吊るされ、あの魔女とイサームが彼女について言い争いをしている時に、彼女はそれを盗み聞きしながら、どうにかしてここから脱出する方法について考えていた。魔女は言った。

「いつ彼女を渡してくれるの？　あなたは時間をたくさん費やしてるけど、未だに彼女は変身してないわよ。私は今彼女が欲しいの」

「俺たちの間の契約では、彼女が変身して俺にあの花を取り出した後に、あんたに彼女を渡すということになっている」

「彼女はいつになったら変身するのよ？」

「遅れている原因は未だに消えていないあのフェニックスだ」

サイラスは言った。

「既にあなたが必要としていたものは全て渡したわよ。なのにあなたは失敗した。そしてあの卵すらまだ見つけられず私に持ってこれてないなんて」

「もし俺たちが争えば、俺たち両方が負けることになる。わかってくれ」

「彼女を連れて行って私の欲しい情報を吐かせるわ」

「寝言を言うな。あんたと契約した時から彼女は俺のものなんだ。契約を忘れたのか？」

「契約は破棄するわ。そうすれば彼女は私のものよ」

サーラは二人を笑った。彼らは彼女を得るために争っているのだ。

「あんたら二人は滑稽だ。二人ともお互いを殺すまで争い続けてくれる？　そうすれば私は脱出して二人から相応の権利を得るわ、おバカさんたち」

サイラスは言った。

「あんたが逃げられるとは思わないわ。私の呪いがあんたを包囲してるのを忘れたの？」

「忘れてないよ。でも、それは消える。約束するわ」

サイラスは彼女に少し近づき、手をサーラの手に置いた。サイラスは目を閉じた。サーラは言った。

「考えを読むのはやめてくれない？　それは私だけのものだから」

サイラスは目を開け、後ろに後ずさった。

「クソ、私の考えを読まれた。どうやったらそんな力が」

「クリスタルだ。それがこいつを助けてる。こいつの身体から取り出して別の奴に移植するというのはどうだ？」

「愚か者が。あのクリスタルは彼女以外に移植すれば消えてしまうのよ。しかもサーラはネックレスを持っているわ。でもそれはいま彼女の元にはない。それは力を補完するもの。そしてそれらは相互につながった一つの輪よ。それらが一つ欠けたところで私たちの欲しいエネルギーも力も死にはしないわ」

イサームは言った。

「どんなネックレスだ？」

「いつまであなたに説明すればいいのよ？　サーラはネックレスをしていた。だが、彼女はそれも隠したのよ」

「今度はネックレスか。毎回何かを失ってるな」

サーラは言った。

「サイラスはお前を裏切るぞ、イサーム。彼女の考えを読んだんだ」

イサームはサイラスを見て言った。

「あいつの言っていることは本当か？」

「いや、彼女は嘘をついている。私たちの間に疑心を植え付ける気よ」

「何日かしたら私の言った意味がわかるでしょうね。そしてそれは近いうちに実際に起きるわ」

イサームは言った。

「もういい。もうこれ以上言い争いはしない」

稲妻と雷鳴、嵐が激しくなり、海は荒れ狂い、天候は非常に悪かった。激しく力強い雨の音が聞こえていた。水は城に入り、パイプ管を伝って地下にも入ってきた。水面は上昇し、空洞があったため大量の水が入り始めた。城全体ですさまじい浸水が止まらなかった。

水の割合はますます増え、雨は3日間以上やむことなく降り続いたのだ。

彼の兵士の一人が電話で、水が浸入してきて、彼らのところまで来たので、避難しなければみんな沈んでしまうと言った。

電話を切り、サーラを避難させるのを手伝うように言った。水はその円形の拘束場も濡らし、その一部は消えていた。そこに上から水が覆いかぶさってきて、数か月にわたる拷問や暴力、針、冷水、蟲、彼女の存在に気づくことなく彼女の上を這いずり回った生き物による攻めの末、初めて枷が外れ始めた。

解放された彼女は瞬間、彼ら全員を地面に叩きつけた。彼女が強すぎるので、誰も彼女に抵抗することはできなかった。

「急いで彼女を拘束しろ、ちくしょう、水を利用しやがった。水が彼女を魔法の枷から解放しやがった、彼女を攻撃するんだ」

しかし彼女は勇猛果敢に彼らに応戦し、彼らを地面に投げ飛ばした。事態を予測していなかった魔女とイサームを殴り、全員を倒し、気絶させた。

サーラは自分の周りに円を描き、どこかへ消えた。街の片隅で、その医者、つまり学者ヤースィーンは彼女を見つけた。そして彼女をアムステルダムの出来事から遠く離れた場所に連れて行き、彼女のけがと、彼女が苦しんだ全ての精神的そして肉体的苦痛の治療にあたった。

治療を始めてから3か月後、彼女は起き上がり、少しずつ回復し始めた。彼女は怒りを抑えたが、まだそれでも治療は道半ばだった。

彼は彼女が目覚めた時に、「私はお前を探していた。そしてこのタイプの人間悪魔を監視する装置を発明した。調査によって君たちが人間と悪魔の混合種であることがわかった。お前たちは人知を超えた潜在的エネルギーを使う。そして自然自体でさえお前に耐えられない。お前も彼らの一人だったが、他とは違うから生き残ることができた。そのお前の持つクリスタルが原因でイサームもあの魔女も争い、血眼《ちまなこ》になってお前を探しているんだ。私は残念ながら初めは彼らのプロジェクト成功のために協力していた。私が彼らを止めようとした時、彼らは私を殺そうとしてきた。

そして彼らは私がまだ生きていることを知らない。だから私は彼らを止めるために研究を始めた。そしてそれはお前を見つけることだった。上手く見つけることができたのは、イサームからあの城の情報を聞き出せたことだった。そしてお前がそこにいるということを知った。だが、悪魔と魔女によるそこの警備は厳重で、入ることは困難だった。私は自分に言い聞かせた。もし私が彼女を救える運命ならば、神がきっとお助け下さると。そして私が近くにいた時、装置が非常に強い音を出して動き出し、お前が近くにいることを知らせてくれた。そして近づけば近づくほど振動が大きくなり、ついに雨の中で地面に倒れていたお前を見つけたんだ。そこからお前を引っ張ってきて、目覚めたというわけだ」と言った。

サーラがその医者の元へ帰ってきた。彼は言った。

「ほら、この食事を召し上がれ。試してみろ」

「なんで？」

「お前の治療のためだ、愚か者。私はお前が私たちと同じような普通の人間に戻ってほしい」

「そんなに自分を疲れさせないでよ。私は見ての通り快適なんだから。ジュディも友達のようにいてくれるし」

彼は彼女の頭を軽く叩いた。

「私はお前が苦しんでいるものを治すまで諦めないからな。私はお前をこんな風にしてしまった原因の一つなんだ。だれもこれ以上私のせいで苦しんでほしくないんだ。何としてもその効力を無効にしてみせる」

「あんたは私を迎えてから今まで、私の問題を解決できてないじゃない」

彼女はその食べ物を口にした。

「何も感じないし、何の味もしない。ついさっき悪魔の魂を食べてきたわ。私はみんなと違って毎日食べる必要もないのよ。彼らと一緒で魂が栄養になるの」

アマルは母親と長い間話していた。その後、アマルは母親を抱きしめた。

「何年も待ち続けたけど、ついに私の元に戻ってきてくれたんだね、お母さん。お母さんは、私の魂よりも好き。お母さんのにおい、いい匂い。まるで雨のにおいみたい。好きだよ、お母さん」

リーンは彼女を見た。

「あなたは私の魂よ、アマル」

アマルは質問した。

「サーラは好き？」

彼女はほほ笑んで言った。

「ええ、好きよ。彼女はあなたの友達だから。そしてあの子はいつもアマルの味方でいるから」

「じゃあ、彼女と人生でずっと一緒にいたいな」

「誰がそれに反対するって言ったの？　それに、あなたの将来のことは、あなた自身が決めるのよ。それでいいかしら？」

「うん、それでいい。でも私は彼女を失ったんじゃないかって、助けられなかったんじゃないかって思うと怖いの。彼女の今の状況もわからない。私は、彼女が私の肩が必要だったときに彼女を助けることができなかった。彼女は今苦しんでいるわ。彼女のそばには誰もいない。お母さん、私はいい友達になれていないの。彼女はいつも私のそばにいてくれた。なのに私は、彼女が一番大変な時に彼女を放っておいたのよ。これで自分のことを彼女の親友だと言える？」

「お願いだから、今は泣かないで。まずはあなたに回復してもらわないといけないのよ。あなたが完全に回復したら、あなたには彼女を助ける権利があるわ。彼女は決してあなたを責めないわ。なぜなら彼女は確かにこの数か月のあなたの苦しみを理解しているからよ。あなたの回復は、神様の奇跡だったのよ。だから信じるの。神様があなたを治してくれたように彼女も治してくれるって。さあ、起きて、しっかり食べるのよ。早く良くなるようにね。さあ、アマル。いい子のアマルは母の言うことを聞くでしょう」

「お母さん、前はサーラのこと、頭ごなしに嫌いだったよね。どうして変わったの？」

「あなたに起きたことがきっかけよ。それが私を変えたの。あなたを永遠に失うかもしれないと思った瞬間、気絶したわ。それから我に返ったように気づかされたの。３か月間、苦しんだわ、まるで神様が私の醜い心を治療してくれたみたいにね」

　アマルは泣き出し、母親に抱きついた。

「私は彼女を失うのが怖いの。お母さんの愛をもらえたのに」

「いいえ、絶対に彼女を失ったりしないわ。二人は愛する友達、そして姉妹に戻るのよ。そして一緒に大学を卒業して、オランダで一番の二人組になるのよ。さあ、食べなさい。それから、サーラについて言いたいことがあったわ」

「何、お母さん？」

「お父さんがあなたを病院に連れて行った時、サーラが来てね。私のせいで、彼女は悪魔のようになって、私を殺しそうなほど怒っていてね。後でグユームから、彼女がサーラに電話したということを聞いたの。そしてこれがサーラがこの街にいた最後の夜だった。未だにどう彼女の手が私の首を絞めたか覚えているわ」

アマルは歯を噛みしめた。

「どうして？　なぜサーラはそんなに怒っていたの？」

リーンは言った。

「私があなたを悩ませたから、と言っていたわ。だからサーラが私を脅したのよ」

アマルはほほ笑んで言った。

「ごめんなさい、お母さん」

「違うのよ、アマル。私が謝らなくてはいけないの。私は二人を傷つけ、姉妹の仲を引き裂こうとしたのよ」

「お父さんはどこ？　今日はまだ見てないわ」

「イサームのところに、これまで起きたことについて話し合いに行ったわ。街全体が彼の裁判に注目してるわ」

「ああ、お母さん、この犯罪者から、みんなの権利が取り戻されるように、神様にお願いするわ。ベッドに横たわるホダーを見た時、心が引き裂かれる思いで涙が出たの。私は彼女の光景に死にそうだったのよ、お母さん」

「いいえ、アマル。私はあなたが回復することすら信じていなかったのよ。彼女はいつか必ず起き上がるわ。私たちに今できることは祈りよ。私はあなたと愛で結ばれる関係に戻れるようにと、神様に何度も祈っていたわ」

ホサームとハッサンは城の隅々まで探るために捜索を開始した。彼らは書類から庭まですべて調べた。イサームの新しい妻は言った。

「一体何を捜索しているの？」

ハッサンは言った。

「あなたには関係ありません。ここは私の家です。関係ないことに首を突っ込まないでください。あなたの夫は刑務所にいます。事件に関わろうとしないようにお願いします。さもなければあなたも刑務所行きですよ」

彼女は二人におびえ、城を出た。ホサームは言った。

「鍵が閉まっていた書斎に入りたい」

書斎のドアを壊して、二人は中に入った。

二人は、目の前にあるあらゆる本や雑誌など床の上のものすべてをひっくり返した。ホサームはイサームの椅子に座り、デスクの上のすべてのものを床に投げ落とし、引き出しもすべて開けた。金庫でさえ二人で壊して開けた。ハッサンは言った。

「この書斎はずっと前から入ったことがなかった。大きさは考えてなかったが、大きくなっているな」

ホサームは言った。

「イサームは狂人だ。この大きな書斎には奴の秘密が隠されている。ホダーはいつも言っていた。『その書斎は秘密の書斎よ。全ての秘密のカギはこの部屋にあるわ』とね」

ハッサンはテーブルに飛び乗り、そこに座って言った。

「俺たちの持つ時間全てを使って捜索した後は、この部屋にあるすべてを燃やしてから出るとしよう」

彼が地面に飛び降りると、底に穴があったかのように床から下に落ちた。飛び降りる勢いが強かったため、ドアが開いたのだ。ホサームは彼を助けるために急ぎ駆け寄った。

「大丈夫か？」

「ああ。ただ、左足を少しひねっちまった」

ホサームは飛び降り、彼が立ち上がるのを手伝った。二人は驚いた。その場所はまるで魔法のようだった。

「いったいこんな場所をどうやってつくったんだ」

ハッサンは地面に腰を下ろした。ホサームはその場所を捜索し始めた。そこはまるで分析と発見、発明の中心地のようだった。

「なんてこった。イサームは一体何をしていたんだ。このガラス瓶も、書類も、コンピューターもノートも一体何なんだ？　おまけに血や骸骨、動物の皮や骨まであるぞ」

ホサームは言った。

「容赦なく火をつけて逃げよう。ただその前に、まずお前をここから出さなくてはな」

マージドに連絡し、急いで来てくれるように言った。マージドとハーリドが城に来たが、二人も驚いていた。

ハッサンがそこから出るのを手伝い、ハーリドはそれら光景すべての写真を撮って、彼を永遠に刑務所に入れるために、イサームの名の入った書類を押収した。ハーリドもその場所に入り中の捜索を始めた。長い通路を一人で行き、携帯のライトで通路を照らして眺めた。そこはギリシャやファラオの絵で一杯だった。まるで強い呪いと芳香のようで、彼が近づくたびに、目の前のドアが開き、広い場所に、ミイラ化した鳥や動物が置かれていた。

「なんて場所だ。俺は一体どこにいる。これは一体いつのだ。なぜこんなものを奴は持ってこようと思ったんだ？」

彼はポケットからライターを取り出し、彼が目の前で見たものすべてに火をつけた。火は、壁を呑み込み、そこにあるすべてを呑み込んだ。

「お前を後悔させてやる、下劣な奴め」

急いで走り、彼らの元へ向かい、全員でそこを出た。警察に連絡し、城を警備し、燃え残りは埋めるように要請した。火が収まり、その地域を歩いていた際、城の近くの家が燃えているのを見た。マージドは言った。

「この家は城とつながっているのか？」

ハーリドは言った。

「そうだな。しかしどうやって火があそこまで届いたんだ？　とにかく、我々は奴を暴いた。奴は法外な額を雨のように支払ってくるだろうが、我々は容赦なく彼を攻撃するんだ」

マージドは言った。

「それより、一番大事なのは、サーラを見つけることだ。彼女が3か月も行方不明でいるなんて、理解ができない。奴が彼女を殺してないかが心配だ」

ハッサンは言った。

「それはあり得ない。奴は何かの目的をもって彼女を欲している。殺すのは考えられない。そして、忘れるなよ、サーラは弱い子じゃない。きっと元気だ。俺たち全員が彼女は生きているということに自信を持ってる。絶対に彼女にまた会える」

ホサームは言った。

「ただホダーは困難な状態だ。どんな魔術がかけられているんだ？　そしてどうやったら奴にそう簡単に全財産を売っちまうんだ？」

「ホダーには、目覚めてほしい。まずそれだけだ。そして彼女に起こったことの真実が知りたい。彼女が俺たちにそれを説明してくれたらいいんだが」

ハーリドは言った。

「彼を逮捕し、尋問することで、我々が望んでいるすべての真実が明かされるはずだ」

イサームのスパイの一人はハッサンとホサームがしたことについて彼に伝えた。

「イサーム、いろいろなことが暴かれ始めてる。私も逃げなければ、後ですべてを失ってしまう」

イサームは魔術の一つを使い、使い魔を呼び出した。バーティルが目の前に現れると、彼に刑務所から出すように頼んだ。すると魔術師は言った。

「まずご主人様に相談しないといけません」

数秒後、目の前にサイラスが現れた。

「あなたの全ての計画が失敗し始めたようね。サーラは逃げ、あなたは刑務所にいる。私一人があなたと交わした契約の恩恵を受けられていないわ。このろくでなしが」

「とにかく俺は、あんたにできるだけ早くこの刑務所から出してほしいんだ」

「見返りは何なの？」

「あんたに俺の金をやる。俺はサーラをあいつから俺のもとに来させる方法を知っている。あんたは今のところあいつを見つけられていない。今度こそあいつは逃げられない」

「もしもしくじったら？」

「俺を焼き尽くして北海に投げ捨てたらいい」

「わかったわ。この指輪をして。今度こそ、私にそれを没収させないでよ」

「今度こそ後悔はさせないぜ。俺たちが勝つ。お前はそれを見届けろ」

彼は自分の周りに円を描いて、その中に立った。彼は指輪のおかげで力を取り戻した。彼の姿は消えた。

マージドたちが城から出た後、イサームが何の痕跡もなく刑務所から消えたとハーリドに連絡が入った。彼らはイサームを追ったが、見つからなかった。マージドは武器を見ながら言った。

「次に奴を見た時には、奴の首をもぎ取る。もうはっきりしてるだろう、ハーリド？　今回は止めるなよ。もし止めたら、もう我慢はしないぞ。奴は毎回捕らえるたびにいとも簡単に逃げ出しやがる。まるで奴が圧倒して、僕たちが囚われてるようだ」

ハーリドは言った。

「今回はお前が正しい。裁判所も今回の件については黙っちゃいないだろう。奴は逃げ出したんだからな。これは俺たちに奴を殺す理由を与えたということだ」

サーラは眠りから覚め、起き上がった。ベッドに横たわりながら。手を心臓のあたりに置いた。力強く鼓動していた。ヤースィーンは彼女に言った。

「どうしたんだ？　こんなに恐れて警戒するとは」

「わからない。体が恐ろしいほど汗をかいているの」

彼は手を彼女の額にのせた。

「すごい熱だ」

彼女は手首を見た。クリスタルがまた光を放っていた。

「何か不吉なことが起こるみたい。このクリスタルは何か私に危機が迫っているとき以外には光らないわ」

ヤースィーンはラジオでイサームが逮捕後一晩で脱獄したことについて報道されていたのを聞いた。

「なるほど、これが原因だな、サーラ」

「この男は二度と私を牢に繋ぐことはできないわ。あいつが私にしたことはまだ忘れてないわ。いつか自制心を失ってあいつを襲って、少しずつ切り刻んでしまいそう」

「もしそんなことをしたら、絶対に許さないぞ」

アマルは治療検査室にいた。検査結果は良好だった。

アマルの頭の中にサーラが出てきた。彼女は縛られ、すぐにアマルの助けが欲しいと言ってきた。アマルの目の下にはネックレスがあり、心臓が鼓動するようにドクドクと動いていた。

医者が彼女の周りの装置を外し、注射針を抜いた。彼女は医者に言った。

「もう行っていいですか?」

「はい。ただ、部屋までは車いすで行ってください」

「一人で歩きます」

ベッドで何か月も横になっていた後、初めて彼女は両足を床につけた。

「すみませんが、手伝ってください」

看護師が彼女の肩を持ち、両腕を支えながら、ゆっくり歩いた。自分の両足で歩いているのを、彼女の父親が見た。彼女に近づいて言った。

「どうして疲れるようなことをするんだい? 彼らがお前を手伝ってくれるよ」

「お父さん、もういいのよ。私は元気よ。だから歩きたいの。早く良くなるように。サーラが私を必要としているの。絶対に彼女を見捨てないわ。もう彼女から離れてだいぶたってしまったのよ」

「何をする気だい? 警察が探しているけど、未だに見つかっていないんだ」

「私はサーラがわかるわ。私以外、誰も彼女の考えも心もわからないのよ」

マージドが、アマルの元気になった様子を見に来た。

「今日のアマルは今まででも一番体調がよさそうだね。僕は本当に嬉しいよ、君が元気になったから。ついに戻ってきたんだね」

「ええ。私はサーラを探すわ」

彼女の決意と主張に驚いた彼は言った。

「それは本気かい? どうやって見つける気だい? 僕たちでさえ未だに一つの手がかりも見いだせていないのに」

「私は方法を知っているわ。彼女が私を導くから」

「テレパシーでも使うのかい？」

「わからない。でもそれに近いもの」

それから彼はアマルにネックレスについて聞いた。

「振動していたわ。初めてそれを感じたの。恐ろしかったわ」

彼は近寄ってネックレスを持った。

「つまりこれが探索の秘密道具ってわけだね」

「そう。これが私を助けてくれるの。もしサーラが私たちを欲していないなら、これを私にくれなかったと思うの」

「なるほど。君は正しい。それは彼女のアマルへの愛の証であり、保証だ。僕は彼女を失望させてしまったけど」

アマルは言った。

「彼女はきっとあなたを許してくれるわ。彼女はあなたの就任がやむを得ないものだったとわかっている。でもあなたは彼女にそれを明らかにしなかった。彼女を利用したと誤解されると思ったからでしょ」

「そう、そういうところが、自分の嫌いなところなんだ。いずれにしてもここからは、サーラを見つけるために一致団結しなければいけない」

彼らの前に手をつきだした。そこに、アマル、アドナーン、ハッサン、ハーリドが手を添えた。マージドは言った。

「団結は力だ」

ハーリドは言った。

「イサームは逃げている。これはアノワール殺人事件に奴が関与していることを証明するものだ」

マージドは言った。

「全くその通りだ。そしてそれはサーラが無実だということでもある。彼女は彼女にかけられたこのふざけた告発について知っているはずだ」

ハッサンは言った。

「姉さんの魔術を解くためにも、奴を捕まえなければならない。彼女の姿に僕もハッサンも心をえぐられてきた。母さんだってもう限界だ」

マージドはハッサンの肩に手を載せた。

「神がきっと、僕らが奴とあの魔女を退治するのを助けて下さる」

午後、グユームはリーンと病院の入り口付近の公園でジュースを飲みながら散歩していた。

「知ってますか？　私たちが知り合ってから、こんなに輝いてきれいなあなたの顔は見たことがないです」

「私たちは魂に良いことをすると身体も心も静けさと安心に満ちた状態になるのよ。だから、陽気で光を放っている顔を持つ人を見ることがあるの」

「その通りですね。サーラが導いてくれたから、あなたは光っているのでしょうね」

「そうよ。それは否定しないわ。彼女は驚異の力を持った子よ。同じ時代を生きてるけど、別の世界の人よ」

「サーラがもらう褒賞は何だろう。彼女はどこであなたの言葉を聞けるのかしら」

「サーラがここにいてくれたらどれだけ良いかしらね。彼女に顔を突き合わせて話せるし、彼女の頬にキスもできるのに」

ハーリドは署のオフィスにいて、叫び、怒り狂っていた。

彼は彼の仲間にあらゆる場所を、たとえ地下であっても探し、イサームを見つけるように言った。何としても奴を見つけねばならない。

警察の中にイサームのスパイがいると疑い出した。この貪欲なスパイ以外に国を危機に陥れるものはない。

「ちくしょう、スパイどもめ」

彼は椅子に座って手を顔に置き、運の悪さを嘆いた。奴を見つけ、もう少しで裁判まで持ち込めたのに。しかし、奴の逃亡のよかった点は、奴への嫌疑が確実になったことだ。彼は署長に連絡し、インターポールに彼の捜索を要請するように言った。

もし警察が奴を見つければ、政府に引き渡さなくてはいけない。署長は言った。

「もちろん、そうするつもりだ。君は国境付近に軍を展開して地上全てを捜索したまえ。我々にとって逃げ込まれると厄介な他の国々に伝え、国全体としてどんな緊急の問題にも備えるようにする」

ハーリドは軍の参謀総長に言った。

「イサームは人知を超えた力と、魔法と呪いを使う強力な後ろ盾を持ちます。これらは彼の逃走を困難にしないように手助けするものです。そして何より、彼らはサーラを利用するつもりです。これがどういう意味かおわかりですよね？　彼らは国の法律に違反しており、彼女は見つけて保護しなければなりません。そうしないと、世界は非常に混乱することになるでしょう」

ユースフ参謀総長は言った。

「我々は準備を整える。サーラの安全が何よりも重要であると確信している。もし彼女に我々が接触できれば、事態は安泰だろう。彼らのどんな攻撃にも立ち向かうことができる。魔法や魔術を扱う君の知っているすべての人を動員してくれ」

ハーリドは言った。

「以前は我々には多くのつながりがありましたが、今となっては皆姿を消してしまい、残念ながら誰もいません」

政府は彼らの、その呪いを解読できるという話を信じなかった。

「そんなものは迷信だ。事実ではない。我々はあらゆる場所でサーラを探し出す」

マージドが彼のもとに、新型の装置を使ってほしいと頼みに来た。

「これは何だ?」

「これは悪魔の魂を食べる者を追跡できる装置だ。お前もサーラがそれを食べるのを知っているだろう? もし僕らその死んだ魂を見つけられれば、その近くにサーラがいることになる。イサームも、彼女を見つけて支配下に置かない限りはここを去ったりしないよ。これは今日、10年前につくった秘密の実験室から入手したものなんだ」

「よし、早速装着してみよう」

「お前が使うのか?」

「そうだ。今日から捜索開始だ」

彼はポケットから地図を取り出し、テーブルの上において広げた。ハーリドは言った。

「ちょっと待ってくれ」

明かりを消し、音もたてないように言った。彼はテーブルを見渡して、暗闇の中で光を放つ装置を見つけた。

彼はそれを掴んで壊し、明かりをつけた。

「ここにスパイがいることがわかった。ここでは我々の作戦のほとんどがイサームに伝わってしまう。地図を持って、センターを出て、お前の家に行くぞ。ほら、急げ」

アマルは父親に電話して、家に戻りたいと言った。彼は言った。

「お前はまだ治療中だ」

「病院に縛られたままではいられないわよ。国中がサーラを探しているのに、一体いつまで私はここにないといけないの」

リーンが言った。

「病院を出ましょう。でも、2日後よ」

「3日後でも4日後でもだめだ」

彼女はグユームに代わりに話してもらった。

「私はアマルの近くにいます。彼女はサーラを助けないといけないの。彼女はあらゆる方向からの危機にさらされているのです。アマルは彼女を見つける鍵。私は彼女らの友情を信じます。それは強くて頑丈な、本物の友情だから」

アマルは自身の責任で退院するということにサインした。グユームはホダーの近くに残った。彼女が回復するまで、この場所を離れたくなかった。

そしてもしその時がきたら、彼女を守りたかった。

ハッサンは母親に、事態が収まるまで、国外に行ってもらうように言った。彼女はホダーがあの状態で外国になんて行けないと言った。ハッサンは彼女に言った。

「ホダーにはグユームがついてるから。それにお医者さんたちも。彼女は安全だから、今は母さん自身の心配をして。この場を離れないといけないんだ。さもなければ、奴らは母さんを誘拐するかもしれない。イサームの馬鹿は本当に何を考えてるかわからない奴らなんだ。僕が空港まで送るから。ドイツに行くんだ。そこなら僕らにも近いし。僕の友達に連絡してあるから、そこで少しの間過ごしていて。お願いだ。言うことを聞いてくれ、母さん」

「わかったわ。もしそれがあなたを安心させるのなら」

「うん。もちろんだよ」

彼女を抱きしめた。それから、彼女を空港に送って、別れた。

リーンはアマルと一緒にいた。彼女は自分の物をクローゼットに入れて、新しくて着心地の良い軽い服を取り出し、窓を開けた。アマルは言った。

「ついに私の愛する家に戻ってこれたのね。本当に恋しかったわ。想像できる？　これからまたしばらく留守にするの」

椅子に座り、母に言った。

「私が今お母さんと一緒に見てるこの光景は、それが現実になるとは想像もしていなかった。お母さんが私のために服をしまって、部屋を片付けて、食事を用意して、頬にキスしてくれて、抱きしめてくれるなんて。お母さんのそばにいられるなんて。ここはなんて天国なの」

「まだアマルはそのうちの少ししか見てないわよ。あなたは私に何かねだってもいいのよ」

「私は何も望まないよ、天国さん」

「さあ、もしよかったらお風呂に入っておいで。もうすでにあなたのために準備はできているわよ。服もしっかり入ってるし」

「ありがとう、お母さん。お風呂に入ってくるね。お母さん、サーラの捜索に関しては何も言わないでね。彼女を探すのは私たち全員の責任だからね。もし神様《アッラー》と、それからサーラがいなかったら、私たちはこうやって会えることは二度となかったわ」

彼女は母親を強く抱きしめて、目を閉じた。

「そんなことは言わないで。私はあなたのために犠牲になるわ。私にとってはあなたが私を許してくれて、私をあなたの人生においてくれただけで、もう十分なの」

リーンは出て行った。アマルはドアに近づき、閉めた。ため息をこぼし、椅子に座った。

少し考えてから、窓から左右を見たが、誰もいなかった。後ろを振り返り、二歩前に進んだところで膝立ちした。そこで、床を二度叩いた。ひとりでに扉が開いた。そこから３つの卵を取り出し、ネックレスを外して卵の周りに置き、それを両手で触れた。

「私のつけてたこのネックレスのおかげで、あなたたちは見つからずに済むのよ。あの天才サーラがあなたたちを守るわ。元に戻さないとね。みんなのお母さんが来る前に、みんなの無事を確認したかっただけなの」

サイラスとイサームはサイラスの使っている大きな水晶を覗き込んだ。

イサームは、炎に呑み込まれる彼の城を見た。死ぬほど怒っていた。

「あいつらの人生を地獄に変えてやる」

「そんなことより、最も重要なのはあいつらより先にサーラを見つけることよ。そして強制的に私たちに協力させるのよ」

彼は彼女を見てほほ笑んで言った。

「サーラがあいつらのためには自分を犠牲にしないと思うか？　だが、これにはあんたの助けが必要だ。なぜならこれは最も重要だからだ。だが、俺は静かに混乱なくそれを調理しなければならない」

「私たちはあなたが望むどんなものも準備できてるわ」

「あんたには、月の黒魔術を使ってもらいたい」

「それは最も危険な魔術よ」

「ああ。だが、どんな人間でも思いつかないような手は他にないんだ。あの馬鹿どもでさえ俺があいつらよりもどれだけ上手《うわて》か気づくだろうよ。奴らは、俺の無駄な脱獄がサーラのためだけだと思ってる。他には何もないとな。人の人生において一番大事なものの破壊、その瞬間に俺は生きたいんだ」

「今はよくわからない。あなたは何がしたいの？」

「教えるさ。だが、俺のために黒魔術の準備をしろ。その後、その目に刻み込むといいさ」

　サーラは小さな家から出て、地下室へ向かった。それから、クリスタルを、左右に動かし、監視を始めた。クリスタルは以前から現れており、それから放たれる光は特に夜の闇の中ではいっそう輝きを増し、まるで燦然《さんぜん》と輝く太陽のようだった。

　ヤースィーンが来て、彼女に椅子に座るように言った。それから、彼女を鎖で縛り、ケースの中にある空気を吸い込むように言った。それは卵や雪のように真っ白な煙だった。彼女は吸い込みながら目を閉じた。

「このにおいは物が燃えるにおいに似ている」

「少しだけ痛むが、これはその悪魔を拘束するものだ。私が特に怖れているのは、サイラスが別のタイプの魔法を使ってお前に変身を強制することだ」

「いつこの首の呪印を消してくれるの？」

「それはお前が回復するまで簡単には消せない。それには魔力がかかっているから、消えるときにはひとりでに消えるんだ」

　彼女は目を開けた。彼女の両眼は赤く染まっていた。彼女は口を開いた。その歯は黒く鋭い牙に、舌は悪魔らしい赤色に変わっていた。

「もしその怪物が私の身体から出れば、お前を殺す」

　彼はその怪物に言った。

「お前は出てくるが、黒い煙の形で出てきて、お前を水差しに入れて大海原に投げ込む前に、私はお前を彼女の身体の中で殺さなくてはいけない。サーラに戻すぞ。人間になってもらう」

「お前にそれはできない。私は彼女の潜在意識と心を支配する。見ていろ」

「お前に彼女を弄ばせはしない。彼女の中にあるそのクリスタルがお前から彼女を守る。お前は単なるサーラの別の姿かたちに過ぎないのだ。そして彼女がお前を打ち負かす。そして私が彼女の面倒をみる。サイラスの力がなければ、何年だろうがずっとお前は彼女を支配することはできない」

「いや、私は死ぬまで彼女を支配する」

ヤースィーンは言った。

「お前と戦ってやる。私が死ぬまでな」

サーラが立ち上がった。彼女は、まるで内側が燃えているように、叫び、泣き、嘆き、彼女の身体を殴り始めた。

「サーラ！　悪に抗《あらが》え！　お前を愛する人たちを忘れるな。人間になれ。私の愛するお前になれ。悪にお前を忘れさせるな。みんなにとって、みんなの中でのお前は誰だ。お前は悪魔なんかじゃない、他人に親切で優しい、愛すべき人間だ。思い出せ！　お前の母さんを、おばあちゃんを、アマルを。みんながお前の帰りを楽しみに待っているんだ！」

一筋の火が彼女の口から出ると、彼女は気絶し、地面に倒れた。彼は彼女の所へ行き、両手で抱きかかえて運び、彼女にバラ水といくつかの自然のハーブを少し加えた清潔な水を少々飲ませた。

アマルは父親と一緒にいた。アドナーンはみんなに、この時間の外出は安心できるものじゃないと伝えていた。

アマルは言った。

「私は彼女を探すこと以外何も興味はないの」

彼は言った。

「私もお前と行く。リーンはグユーム、そしてホダーといなさい。彼女らが君を必要とするだろう」

「でも、あなたたち二人が心配よ」

「心配するな。私たちは大丈夫だ」

彼らは一か所に集まり、武装していた。ハッサンはアマルの存在が不安だった。ついさっき彼女に言っていた。

「病院から出たんだって。サーラの件は俺たちで何とかするから」

「いいえ、私の足はみんなの足の上にあるの。私はあなたたちなしでは一歩も進むことはできないわ。彼女は私にとって大切なの。私には家にいて彼女のために何もせず座っているなんてできないわ。そんなんじゃあ、彼女が私にしてくれたことを彼女のためにもしてあげることは難しいわ」

ホサームは言った。

「大丈夫だ。彼女は俺たちの仲間だ。みんなで一緒に協力し合うんだ」

アドナーンは言った。

「彼女は父親と一緒なんだ。心配するな」

ほほ笑んだ。ハーリドは言った。

「さあ行くぞ。みんな、もし何か手掛かりを見つけたら、どんな小さな手掛かりでもみんなに連絡するんだ。この装置を使ってな。手掛かりを見つけた時は、緑のボタンを押すんだ。全員の声がお互いに聞こえるようになる。赤色のボタンは俺たちの誰かが危険な状態に陥ったサインだ。みんなに配る」

ハーリドは地図を取り出して言った。

「3方向に分かれていくぞ。アドナーン、アマル、マージドは北に、俺は南に、ハッサンとホサームは西に進んでくれ。東方向は俺たちの軍が調査を行う。俺たちは水質調査の際には1インチの土地も残さない。どんなものでも調査する。マージドは装置を持っている。俺も悪霊を監視する装置を持っている。これでサーラを発見できる。ハッサンとホサームには申し訳ないが、装置はこれ以上はないんだ」

二人は言った。

「俺たちは何とかするさ。さあ、動こう」

祖母は、街で起きている大騒ぎに、いつも心を突き刺される思いでいた。一人の女性がやってきて彼女に言った。

「村長があなたに会いたがっていますよ」

彼女は村長の元へ行った。彼女は恐怖に震えていた。皆が座った後、彼は言った。

「我々は皆あなたの味方です。怖がらなくていいのです。この戦争で一瞬でもあなたを一人にすることはありませんので安心してください。サーラが戦っているこの戦争は、激しい戦争です」

ザンマールという一人の男性が言った。

「私たちは関係ないだろう？　サーラは村の人間ではなく、村に立ち入るのは禁じるべきだ」

村長は言った。

「やめろ。その言葉は男らしくないぞ。敵を怖がるオスでしかない」

その男は立ち上がって言った。

「村は、誰かの所有物ではない。みんなのものだ。私たちは災いと悪霊に苦しむ狂った10代の少女のせいで村人が苦しむことを望んではいない」

祖母は立ち上がり、彼の頬をひっぱたいた。

「彼女は狂ってなんかないわ。彼女はあなたよりよっぽど利口よ」

ザンマールは村を出た。彼は40歳で、何人かの男を引き連れていた。村長は言った。

「落ち着いて、気にしないでください。彼は責任感のない男です。よく知らなかったんでしょう」

祖母は言った。

「彼はあなたの次の村を引き継ぐ候補者なんですか？」

「いえ、それはあり得ません。私は真っすぐな善悪の分別のつく男に任せるつもりです。私は彼らの二人を指名し、何日か後に公式発表を行います」

「それなら安心です。彼の破壊的な考えと恐ろしい行動から、村のために誰が指名されるかずっとおびえていました。どうして彼は村に戻ったのですか？」

彼は何年も村を出ていたが、突然戻ってきたのだ。

「彼は私に、許しを乞うてきました。なので私は彼を許しました。村は彼の故郷であり、彼の家と彼の家族もここにいるからです」

「ありがとうございました。そろそろ私は家に帰りますね。サーラに何が起こるかを待っている最中ですので」

「進展があったら詳細をぜひ教えてくださいね。私も安心したいので。それから、もし何か必要なことがあれば、私に言ってください。村人全員があなたの味方です」

彼女は会議を後にし、両手を背中の後ろに置き、呟いていたが、立ち止まり、正面を見た。ザンマールが立っていた。彼は彼女をにらみつけた。彼は彼女に向かい歩きながら話しかけてきた。

「村から出ろ。でないと俺が力ずくで村から追い出すぞ。お前とあの凶暴な怪物が街から追い出されたようにな、この悪魔の年寄りが」

彼女は何も言葉を返さなかった。彼の隣を通り過ぎようとしたが、彼は彼女の腕を掴んだ。

「俺はお前に話してるんだよ。耳も聞こえなければ話もできねえのか」

彼女は笑って言った。

「手を離すんだ。でないとあんたのとこにサーラを送って頭を真っ二つにして投げ飛ばしてもらうからね」

彼の手は離れ、彼は何事もなかったかのように歩き出した。彼女は空を見上げた。

「ああ、サーラ。サーラがいなくなってから私は弱ってしまったよ。誰も年寄りを大切にしてくれない。あんたはどこにいるんだい。私を守っておくれ」

マージドは到着し、車から降りた。

「装置を使うぞ。手際よく調べていくんだ。一人で行かせることはない。みんなの安全を守るために、小さなパソコンを使って居場所と目的地を管理し、畑の近くを歩く際のすべての方向を確認する」

アマルは言った。

「サーラがこの場所に来ると思う？」

マージドは言った。

「すべては起こり得る。たとえ偶然であったとしても、彼女がここを通ったかもしれないということ以外の可能性を想定することはできない。悪霊はどんな場所にでもいる。サーラの足取りの速さを忘れるな。つまり、彼女は近くにいてもほんの一瞬しか見えないということだ」

「私が目を閉じていた時、サーラが心の中に来たわ。彼女は私に信号を送っているのかしら。正確にはわからないけど、私が助かることを望んでいたわ」

マージドは立ち止まった。

「もしかすると本当に彼女は助けを求めているのかもしれない。彼女と話せるか試してくれないか？　ただ、僕たちが帰ったときでいいから、彼女にテレパシーを送ってくれるかい」

「後で試してみるわ。でも今は、捜索が先よ」

アドナーンは言った。

「悪霊には特定のにおいや外見はあるのか？」

マージドは言った。

「僕は悪霊を見たことがない。なのでそれらは僕たち人間にはわからない、目に見えないものなんだ。サーラは半悪魔だからそれが見えてそれを食べるんだ。奴らの仲間のあのバカの使い魔が彼女にそれができるよう手伝ったんだ」

彼らは一瞬立ち止まった。いくつかの足跡を見つけたが、それは人間のものではなかった。

「これは何だ。ここを通った悪魔の痕跡か？」

しかしそれは草むらの中で消えていた。

「僕に行かせてくれ。二人はその場にいて。もし2分経っても僕が戻ってこなかったら、この場から離れて。わかった？」

「2分後に行くわ。さあ、行って」

「女子の頑固さにはかなわないな。遺伝の影響かはわからないけど」

マージドは茂みをかき分けて入って行き、目に見えない生き物の存在を感知する時計を開いた。彼は前方に向かって素早く走った。右側に大きな木がある中くらいの大きさの池を見つけるや否や、装置が反応し、振動が強くなった。

「変だな。この木は茂みや草しかない。この場所でどこから来てどこで育ったんだ」

その木に近づいて、手首につけていた装置を置くと、あまりの強さにその装置は壊れた。その瞬間に彼は急いでアマルの方向に逃げ出した。それから彼らに向かってこの場所に近づかず逃げるように言った。

「どうしたの？」

「離れるんだ、後で説明するから」

ホサームとハッサンは道の途中で、サーラのお気に入りの場所を調べていた。アマルが二人を手助けするために以前に教えたのだった。

ハーリドは店で立ち止まり、捜索を始めた。積み重なった家々の間を、まるで標高の高い山々を登るように通過した。路地と廊下には中くらいの高さのドアを見つけ、近づいたが、それを開けることはできなかった。彼は、野菜を売っている男性に言った。

「このドアはどこに通じているんだ？」

彼は言った。

「これは地獄の門だ。そこは20年前に亡くなった女性の家であり、彼女が亡くなった後は誰もそこに住むことはできなかった。そこに住む人が全員狂って出て行ってしまうため、政府によって閉鎖されたんだよ」

ハーリドは彼に言った。

「どういうことだ？　そんなのは今まで一度も聞いたことないぞ」

「なぜなら誰もそれを広めていないからだ。その女性は殺され、彼女の最も大事にしていたものを奪われたのだ。そして彼女がその権利を主張しても、誰も彼女に耳を貸そうとはしなかった。それで狂ってしまったのだ。そして彼女は自分の家で亡くなった。今では誰もそこには住んでいない」

「以前に若い女性がここを通っているのを見たことはあるか？」

「若く美しい女性は毎日何人もここを通り過ぎていくが、そのうちの一人は、そこで立ち止まり、そのドアを不思議なくらい眺めていた。そういえばその女性は両目の色が違っていたな」

「それはサーラだ。しかし、なぜここへ来たんだ？　彼女が食べたかった悪霊がいるのか？」

装置が悪魔の存在を感知した。

「何としてもここに入り探らなくてはならないな」

マージドから連絡が入り、彼に会いたいとのことだった。ハーリドは言った。

「俺がいるこの地域に来るんだ。お前に住所を送る。サーラに関係する新たな痕跡が見つかったんだ」

メンバー全員がハーリドの元へ来た。彼はみんなに言った。

「俺と一緒に入る人は？」

マージドが言った。

「僕はアマルに入ってほしいと言ったが、アドナーンはそれを拒んだ。彼女はその気なんだが」

「悪魔で一杯の木を見つけたんだ。ただ、彼らは人間の魂を食うから。僕らは逃げたんだ。彼らはまだ生きているから、ここでサーラを見つけるのは難しいんじゃないか」

ハーリドは言った。

「この家は死んだ悪霊で満ちている」

その老人は言った。

「あなた方はその目の冷たい、真っ白で短い髪の、一つの目しか見えないマスクをつけた少女のために来たのか？彼女は爪さえ黒くて恐ろしいぞ」

アマルが彼に近寄って言った。

「彼女の見た目は怖いですか？」

彼女は悲しそうにそれを言った。

「ああ、恐ろしい。だが、彼女は美しく大人しい。たまに誰も私の所に買いに来てくれる人がいなくなると、彼女は私の商品を持っていき、それを売ってきてくれて、1分もかからずに戻ってきて、その売り上げをくれるんだ。そして去っていく。だから、彼女にまた会いたいんだ。またそのおかげで私からは恐怖も怖れも消えたんだ。むしろ彼女が好きになった」

彼はアマルのネックレスを見て言った。

「それはとても美しい」

アマルはそれを見た。

「これはサーラがくれたんです。だから私は彼女に返したいんです」

彼女は振り返ってハーリドに近づいた。

「もし私も一緒に入れなかったら、病気になるまで嘆くわ」

その老人は続けて言った。

「たまに彼女はこの路地に来てこのドアを見て、突然恐ろしいスピードで去っていくんだ。私は老人だからぼけているのかもしれんが、人間なら誰もこんなに簡単に視界から消えることはない。ジンや超人的な力を持つ人でない限りはね」

ハッサンとホサームも「自分たちも入る。やれるだけのことはやらなければ」と言った。

マージドは言った。

「この家に入るということは、僕らにとっては危険なことかもしれないんだ。本当に入るのか⁉」

アマルは言った。

「みんなずっと議論を続ける気？　バラ水と斧をちょうだい。私は入るわ。さあ、急いで。みんなのこの長いやり取りにはもううんざりよ」

アマルはドアの前に立って、手で持った斧でそれを壊した。ドアが開いた。

「入りたい人、ようこそ、死霊の世界へ」

マージドとハーリドはほほ笑んで彼女が入る手助けをし、彼女の服に、バラ水を振りかけた。ハッサン、ホサーム、アドナーンは立ち上がった。ハーリドは入る前に言った。

「別の場所を探しに行ってくれ。心配するな、俺たちにはサーラのような強い少女がいる。俺たちは大丈夫だ」

ちょうどその時アドナーンへリーンから着信が入った。リーンがアマルの様子を知りたかったからだ。彼は彼女に、アマルの狂人っぷりを伝えた。彼女は大声で叫んで言った。

「どうしてあの子がジンと悪霊で満ちた家に入ることを許したの⁉」

「彼女にはこだわりがあるんだ。冒険させてやろう。これは彼女の人生だ。あの子には、私があの子が親友を取り返すために何かをしようとしているのに、それを許さずに、あの子に後悔させたくはない。アマルは彼女の愛する人のために自分を犠牲にすることは知っている。お前のために犠牲にしたようにだよ、リーン」

リーンは電話を切った。グユームが言った。

「あなたがヒステリックに叫ぶとは、アマルは何をしたの？　彼女は狂ったような行動に出たんですね」

「全くその通りよ。サーラのせいで娘も狂人よ」

グユームは笑った。彼女はホダーを見た。一瞬ホダーがほほ笑んだ気がした。グユームはホダーに近づいて、リーンに言った。

「彼女が一瞬笑顔になった」

「冗談でしょ？」

「誓って本当です。私の目が麻痺してるからか、本当にほほ笑んだのかはわからないけど」

「彼女のお母さんには連絡してあげた？」

「ええ、1時間前に彼女と話したわ。ホダーから離れて、息子のことも心配で、心が痛みました」

軍は、アムステルダムの東側の地域を捜索していた。ある畑を見つけたところで、一人の兵士が言った。

「この畑は元々肥沃で農業が行われてたのに、どうしてこんなに真っ黒なんだ？　とても奇妙だ。しかもここはあの村に近い。30分ほどしか離れていない」

署長に電話をかけたところ、予想外の出来事だったため、署長は農業大臣に連絡し、それが起きている原因について質問した。

「もともとその土は正常だったはずです。その畑に何が起きているのかわかりません。誰かその上で何かを燃やした人を知っていますか？　数週間そのままにしたせいであんな真っ黒な色になったのですか？　例の問題の解決策を見つける前に新たな問題を大きくしたくはなかったのですが」

ハーリドに連絡したが、彼の携帯には繋がらなかった。なぜなら、彼のいる場所は人間界との全ての通信手段を遮断していたからだ。彼は電話を切った。

「どうやって彼に伝えたらいいんだ。彼はどこにいるんだ？　彼はまだ彼とチームの成果を伝えてきていない」

アマルが最初に階段を下りた。空気は温かく、真っ暗だ。何の音も聞こえない。何かの動きもない。彼女は携帯のライトを使った。ハーリドは彼女を見た。

「僕が先に下りるから。君は気をつけて」

マージドは言った。

「この家は外から見ると小さく見えたが、今は、この高さを見てみろ」

彼らは少しずつ下り始めた。階段の近くのドアが開いた。

「全員、止まれ」

マージドは言った。

「僕があの階段近くの部屋に入る」

アマルが彼に続いた。

「怖いかい？」

「いいえ、もちろん怖くないわ」

マージドは笑った。

「手が震えて汗もかいてるよ。すごくね」

「しぃーっ！　早く行きましょう」

ハーリドは一人で別の階段を進んでいた。そこはまるでホールのようだった。驚くべき家具があった。そこには誰も住んでいないのに、清潔で、キッチンからはパンのにおいがした。

彼はそこに向かった。すると、女性の霊が現れた。それに恐怖を感じ少し後ずさりした。その霊は彼に言った。

「あなたは私たちに出て行けと脅す目的でなく私たちを訪ねた初めての人ね」

「なぜ俺にはあんたが見えるんだ。あんたは悪霊ではないのか？」

「私は人間よ。でも彼らに権利を奪われて。その話、知っている？」

「あんたの名前は？　ここを出た後、あんたの権利を取り戻してやる」

彼女は彼に近づいて言った。

「全ての権利が侮辱され、奪われたわ。警察の男たちが私が人生で初めて出会った腐敗者たちよ。もし彼らが良心を持って行動してくれていたら、私たちは痛み、悲しみ、抑圧で死ぬことはなかったでしょうに」

彼女は、彼の耳がほとんど聞こえなくなるほどの大声で彼に叫んだ。彼は地面に倒れた。

「既に状況は変わったんだ。俺はハーリド。俺があんたの権利を回復してやる。俺はどんな不正にも打ち勝つ。あんたにも見せてやる」

「それを私に証明してちょうだい」

「ここに来たのは、サーラという名前の少女を見つけるためなんだ。彼女は何か月も前から姿を消している。彼女は死んだ悪霊を食べる。彼女がここに来たのは、この家には死んだ悪霊がいるからだろう」

「ええ、彼女に会って長い間話をしたわ。私は彼女がそれを食べるのを許してるの。彼女は何か月も前から招き入れてるわ。でも今月は遅いわね。まだ来てないのよ」

この場所には、彼女の香水の匂いが漂っている。

「さあ、床から立ち上がって、ソファーにお座りなさい。お茶をいれたわ」

彼女はそれを深紅のテーブルに置いた。彼は立ち上がって、ソファーに座った。コップを取ろうとしたが、触れることができなかった。

彼女は彼の前に座って言った。

「ああ、あなたたちが私たちと違ってそれを持つことができないのを忘れていたわ」

一瞬、彼女の口が動いた。

「今、持ってみて。触れることができるはずよ」

彼はお茶を口に持っていこうとしたが、彼女に止められた。

「待って、飲まないで。毒が入ってるの」

「何？ 毒？ 俺を殺したいのか？」

彼女は足を組みながら言った。

「ええ。でも、あなたを見ていて考えが変わったの。あなたはサーラに関する自分の言葉に誠実のようね。あなたと一緒に私の部屋に入ってきた人たちは何者？」

明かりが消えた。彼女の目は夜の恐ろしい猫の目のようだった。右を見ると、彼女が隣にいた。彼女は手を彼の胸に置いた。

「震えもしないのね。あなたはすごいわ。聞きなさい、彼らを私の部屋から出しなさい、私が彼らを永遠にそこに閉じ込める前にね。それと、あなたたち二人と一緒にいるこの少女は誰？」

「彼女はサーラの友達で、名前はアマルだ。我々と一緒にサーラを探すために来た」

「彼女は見る限り怖がっていないようね。彼女の心は恐怖を抱いていないんだと思うわ」

「そうだ。彼女は我々よりもはるかに強い。サーラへの純粋な思いが彼女を命の危険にすらさらして我々と一緒に来たんだ」

明かりが消えた後、二人は部屋のドアをノックしていた。彼は言った。

「明かりをつけてくれ」

「わかったわ」

彼女が手を叩くと、明かりが元通りついた。

「あんたは我々に協力してくれるのか？　それともしないのか？」

「サーラを害するようなことはしないわ。彼女は霊に近いわ。彼女の身体はあなたたちとは馴染めない。彼女が穏やかに暮らせるように、ほっといてあげて」

ハーリドはため息をついた。

「わかった。ありがとう。我々はここを出るとしよう」

「いいえ、それはできないわ。あなたたちは私のお客よ」

彼女にはサーラの足音が聞こえていた。サーラを心配し、彼らに会わせたくはなかった。マージドとアマルは寝室にいた。いくつかの家具と写真を見つけた。タンスは開いていたが、中には服さえ入っていなかった。マージドは言った。

「出ようか」

「ちょっと待って」

彼女は化粧台に近づき、くしをつかんだ。

「これは人間の髪の毛よ」

「それを小袋に入れて持って帰って研究所に持ち込もう。きっと彼女の役に立つはずだ」

「これはサーラの髪かもしれない。この白くて光沢のある髪の色。彼女はきっとここにいるんだわ」

「どうだろうね」

ドアがひとりでに開いた。あの女性だった。

「あなたたち、迷惑なのよ。出て行かないと、全員殺してこの家の地下の生きた悪霊の餌にするよ」

アマルは彼女に近づいて言った。

「この白い髪の毛は誰のなの？」

「それは私のだよ。私の髪も白くて短いのが見えないかい？」

「いいえ、違うわ。あなたの髪の毛はぼさぼさよ。サーラの髪は滑らかで美しいわ」

「あなたは私が怖くないの？」

「サーラに会いたいのよ」

「みんな彼女を探してるのね。彼女を一人ぼっちにして捨てた後で。かわいそうなサーラ。あなたたちは自分勝手よ。あなたが話してたアマルね」

「さあ、彼女は今どこなの？」

「美しいサーラのために、あなたたちは殺さないであげる。だからさっさと出ていきなさい」

彼女は彼らの前から姿を消した。マージドは言った。

「どうする？」

「彼女がサーラの居場所を教えるまでここからは出ないわ」

その霊は屋根裏の上に現れた。

「サーラは安全なところにいるわ。彼女を静かに見守っていてあげて。人間の不義理から離れて休めるようにね。あなたたちは彼女の役に立てないくせに、心配だけはするの。正直言うとあなたたちには幸せに暮らしてほしくないのよ」

アマルは階段を上りながら言った。

「みんなが彼女のことを好きなのよ。私は彼女と話したいだけ。それだけなの」

サーラはドアのところに立っていた。知っているにおいがした。おじいさんは言った。

「彼らがお前を探しに来たぞ」

彼女は彼を見た。彼が誰のことを言っているのかわかり、安心した後、静かに出かけた。

女性の霊は言った。

「ほら、今すぐ出ていきなさいよ。私を怒らせてあなたたちにあの悪霊たちを送って彼らに殺される前にね」

アマルは立ち止まった。彼女の目には涙が浮かんでいた。

「私は、たとえ最後の一人になっても、サーラを見つけるわ。わかった？　あなたがもし彼女に会ったら、今のメッセージを伝えて」

アマルはドアを開け、空を見上げた。

「やっと着いたみたいだけど、彼女は少し前に出て行ってしまったよ」

アマルは走り回って、あらゆる箇所を探した。ネックレスが心臓の鼓動のように振動した。その通路に近づけば近づくほど、振動は大きくなった。彼女は走った。立ち止まって、サーラを見た。サーラも彼女のことを見ていた。

「いつまで私を探すの？」

アマルは2歩だけ踏み出した。

「それ以上近づいたら、後悔するよ」

「生きている限り、後悔はしないわ。お姉ちゃんを元の生活に戻ってもらうために来たのよ」

「私はあんたの姉じゃない。私はもう二度とあんたたちを好きにはならない。あなたたちに近づきたくもない」

アマルは涙をこぼしながら言った。

「嘘つき。あなたの見た目は変わった。でもあなたの心はまだ私たちのことが好きなのがわかる」

サーラはネックレスを見た。

「まだつけてたんだね」

「そうよ。一生ね。あなたはそれがなくても私を生き返らせれば満足なんでしょ？」

「私たちの会話に意味はないわ。気をつけて。幸せになってね」

サーラは振り返って歩き出した。

「私はあなたがいなければ幸せになんてなれない！」

アマルはネックレスをつかんで強く押した。それから光が出た。

「このネックレスは私をあなたに導いてくれるの。そしてこれを私の首にかけてくれたのは、あなたよ！　私にあなたを見つけてほしかったんでしょう、絶対そうよね」

彼女はアマルを見た。そして消えた。アマルは全力で叫んだ。

「戻ってきて、サーラ。お願いだから。私にはあなたが必要なの」

マージドは後ろで二人の会話を聞いていた。彼女が消えた後、振り返った。サーラが目の前に立っていた。彼女は彼の首を掴み、彼を後ろに引きながら言った。

「この裏切り者が。私があんたの秘密に気づかないとでも思った？」

彼はサーラの手を掴んだ。

「僕を絞め殺す気か？　お願いだ、やめてくれ」

サーラの外見は恐ろしくなっていた。アマルが二人を見つけて、叫んだ
「マージドを離して！」

「殺さないさ、おばあちゃんが悲しむからね。おばあちゃんは私を失った。さらににその心を傷つけたくない。とりあえず、今は安心してるわ。昇進するんでしょ？　嬉しいわ。幸せになってね。じゃあね」

アマルは言った。

「大丈夫?」

「大丈夫、少し痛むだけ」

ハーリドは聞いた。

「どうして彼女の髪はこんなに白いんだ? そしてなぜこんなに短いんだ。サーラらしくもない。しかもどうしてマスクをつけてる」

ハーリドは言った。

「たぶん彼女はこの間に過度の苦痛を味わったんだろう。だからそれが髪の色に現れてるんではないだろうか。マリーアントワネット症候群ってやつだ。知ってるか?」

「ええ。以前に彼女のストーリーは本で読んだわ。サーラの状況がどうだったのかを、マリーの状況と重ねて理解したわ」

ハーリドは言った。

「ああ、彼女の状況に似ているかもな。だから彼女の髪は白かったんだ」

マージドは言った。

「自分が憎い。この仕事に関わらなければどれだけ良かったか。サーラを永遠に失った」

ハーリドは言った。

「彼女は今はお前に怒っている。でもいつかお前が彼女を本当に愛し、利用していたわけではないと彼女が気づいてくれるまで、覚悟を決めて立ち向かうんだ。臆病者になってはだめだ。彼女のためなら自分を犠牲にする、彼女を勝ち取るためには不可能なことでもやりのけるマージドを見せてやれ。ほら、みんな、俺たちは彼女が無事だったということと、アムステルダムから少し離れたこの地域にいるということがわかったという成果を得たんだ」

アマルは言った。

「彼女の心を取り戻すのは難しいわ。私たちは彼女を本当に失望させてしまった」

マージドは言った。

「胸のこの部分に窮屈さを感じるよ。泣いて楽になりたいくらいだ」

ハーリドは彼を抱きしめた。

「自分を追い込むな。お互いわかり合えるように頑張ろう、マージド。彼女は今、誤解を解くのは難しい状況にあるんだ。時間が僕たちを一つにし、みんなを団結させ、解決に導いてくれるよ」

アマルは父親に電話した。帰路の中でマージドは道を覚えたので、またこの地に来れるようになった。

ハーリドとマージドは署長と会い、ことのいきさつをすべて説明した。

ハッサンとホサームは、病院に戻った。アマルは彼らに何が起きたかを説明した。アドナーンは彼女の行いに誇りを感じた。

その後夜も深まっていったので、彼女に寝るように言った。リーンが来て、アマルと二人でサーラの写っている写真をいくつか見ていた。

「サーラは見た目が変わったんだよ、お母さん。まるで誰も見ることのできない海の奥底にあるような驚異的で、神秘的、落ち着いているあの視線が忘れられないわ」

「サーラは苦しみを受けながらも、生きることを諦めなかった。これは彼女がどんな悲惨な状況でもそれを乗り越えるための強い動機よ。もしそれが別の女の子だったら、その現実に身をゆだねて周りに愛されるために自分を曲げるんでしょうね。彼女は、力強く行きたいと望んでいるのね」

リーンは言った。

「お母さんは私の心の痛みを和らげようとしてくれているのね。前に一度彼女が少しだけ私に心を開いてくれた時に、彼女はノルウェーへの旅行を夢見ている話をしてくれたわ。オーロラを見たがっていた。この地域は北極に近くてね。彼女は、その場所は一番安全で快適で安心できる場所、動き回って飛び回れるその美しい風景のおかげで他に誰もいなくていい場所なんだって言っていたわ」

リーンはため息をついてアマルの頬にキスをし、明かりを消した。

「さあ、おやすみなさい」

サーラは小さな家に戻った。ヤースィーンは彼女に言った。

「いつも通り、頑固で帰りが遅かったな」

彼女は震えながら言った。

「彼らに目の前で会ってきた。アマルとマージドよ。あの二人、私のことを探してたわ。アマルは元気そうだったよ。彼女に会えて本当に嬉しかった。初めて自分の中に本物の人間を見たの。私は蝶のように飛び回りたくなるような嬉しいことをするために創造されたの。彼女をしっかりと抱きしめるの。彼女はおしゃべりして、泣いて、時にはほほ笑むの。でもマージドは私の心を壊したわ。私を見捨てたのよ。殺してやりたかったわ。彼は私をバカにしたの。爪であいつの動脈を突き刺そうとしたけど、おばあちゃんが止めたの。あいつは嫌いよ」

「私はここにいる。二度と奴らにお前を傷つけさせやしない。ジュディがお前について尋ねていたぞ。あちこちでお前を探しまわっていたぞ」

彼女はジュディを見た。

「ジュディを連れずに出かけちゃってごめんね。食べ物を探してたんだ。次は一緒に出ようね」

「この指輪をつけるんだ」

彼女の指にはめられている指輪を見た。

「今まで指輪を外したことないのか」

「1日も外そうと思ったことないの。もし私の指にこの指輪がないと、アマルが悲しむと思う。私のせいで彼女を悲しませたくないの」

「わかった。じゃあ、左手につけてくれ。これをいつも指につけてくれていれば私はお前の居場所がわかるから、もう心配なくなる。お前のいる道も私の携帯を通して追跡できる。ほら、この通り」

「あんたはとっても賢いね。ほら、もうベッドに行って寝る時間じゃない。おやすみなさい。ほら、いくよジュディちゃん、一緒に寝よう」

ヤースィーンは携帯を持って家の外に出て、タバコに火をつけ、タバコをふかし始めた。新年のお祝いの明かりのように、天気は雨が降って曇っていた。

彼は電話をかけ始め、ある人にこれから会ってほしいと頼み、傘をさしなっがら右に向かって歩いていった。

貧しい人だけが住む小さな居酒屋の近くでその相手に会うまで何時間もかかった。

28歳の青年がやってきた。ヤースィーンは彼に言った。

「私がお願いしたものを持ってきたか?」

「ええ。これがあなたに頼まれた南アフリカ産のハーブ一式だ」

ヤースィーンはお金と金《きん》を彼に手渡した。その後、住んでいる地域から歩いて10分ほどの小さな村へ向かった。

雨は激しく降っていた。その中の一軒のドアのところに立ち、2回ノックした。男がドアを開け、彼は中に入り、このハーブの中から欲しいものの説明をした。

約15分座って話していた。彼には中に素材の入っている瓶を渡した。少し窓を眺めた。その男は彼に言った。

「こいつらは盗賊だ。私らがここに住むのと引き換えに、毎回私ら貧乏人から金を巻き上げていく」

ヤースィーンは言った。

「私が彼らの所に赴き、私が彼らに何をするか見ていなさい」

「気をつけてくれ。彼らは危険な奴らだ。彼らに近づかないほうがいい。一度抵抗したことがあるが」

ヤースィーンは彼のシャツを見た。ロゴがついている。そのロゴは彼らが何年も前にそこの従業員だった会社のロゴだ。彼はその男に言った。

「これが顧客だ」

「小さい女の子たちも連れて行くのか？」

「そうだ。彼らが2年前に連れて行った私の孫は戻っていない。彼らに聞いても、将来のために留学していると言われた。彼らは嘘をついているのを知っている。彼らは私たちの子供たちや移民の子供たちを人身売買し、自分の欲望のために政治を利用するのだ」

ヤースィーンは顔を布で覆い、男の家の後ろから忍び寄って彼らのところへ向かった。

彼はハーブを取り出して水で濡らし、ポケットに入れていた液体の一部を小さなグラスに入れ、誰にも見られることなく彼らの近くに投げ、樽の後ろに隠れた。

数秒で、それは内側から爆発し、バラバラに飛び散った。彼らのリーダーが家の中から出てきて、地面にいる彼の部下が負傷しているのを発見した。彼は叫んでいった。

「誰だ！　よくも私の部下を攻撃してくれたな。もし男なら出てこい」

別の場所にも残りを同じように投げ、それらも同じように爆発した。

リーダーは馬に乗り、急いでそこを出た。その後、ヤースィーンは家に帰ってきた。紙を取り、手紙を書いた。それをジュディに頼んで彼女に教えた住所に送ってもらった。サーラが目の前に立っていた。

「私が行って渡してくる」

「わかった。今日から私たちの戦いを始めよう。この薬はお前が彼らの呪いや魔術を除去する時にとても役に立つ。今飲むんだ」

彼女はそれをつかみ、勇敢にも飲んだ。彼は言った。

「私が探していたものを見つけるまでに時間がかかってしまってすまん」

彼女は紙を取り出し、彼をしっかり抱きしめた。

「お前のおかげで、父親としての気持ちが少しわかったよ」

彼女は出発した。ジュディは彼女を追いかけた。夜明けが近づく空を見上げた。ヒョウの速さで、鷹の目で、鳥のように軽く、ワシのように鋭く、ガゼルのように走り、誰にも見られずに容易くアムステルダムの警察本部に到着した。

ジュディは家の屋根の上から彼女を見守っていた。サーラは〝スケルトン〟を使い、見られないように中にいたハーリドの前にそれを置き、出て行った。

ハーリドは仕事で忙しかったが、何か鳥肌の立つ不思議な感覚を覚え、サーラはドアから出るときに偶然マージドに会い、彼女の周りで動いていたが、装置は完全に故障していたため彼は気づかなかった。

アマルは外にいた。マージドが部署から戻るのを待っていた。彼は立ち止まり、身体に何かを感じ後ろを振り向いた。何か変な感覚がする。ドアをじっと眺めた。

アマルはセンターに隣接するカフェで椅子に座りながらコーヒーを飲んでいた。サーラは彼女にほほ笑みかけ、日の光が彼女に降り注いでいたので、木で彼女の頭上を覆った。

マージドが彼女の後に来て、アマルに言った。

「一瞬サーラがここにいたんだ」

彼は木を眺めた。

「なんでベリーの木がこうなってるんだ？」

アマルは上を見上げた。

「そんな、こんなに近くはなかったはずなのに」

マージドが言った。

「彼女が僕の周りを歩いてたんだ。体の毛が逆立って心臓が締め付けられたよ」

ハーリドが来た。

「俺の机の上にこんな手紙を見つけたんだ。どうやって届いたんだろうか」

マージドが言った。

「早く、開けよう！」

彼は二人のためにそこに書いてあることを読み上げた。

ハーリド殿
ブラックロード盗賊団は、学校から女の子を誘拐し、昨日は家々を廻り、人々からお金を奪っていきました。確認が必要な場合、本日早朝3時に、北海橋へ続く道へお越しください。そこで、彼らのプロジェクトで実験用に使用される10代の少女のグループと不正に利用された他国への移民がお金と交換されます。また、イサームは強力な攻撃の準備をしています。いつ、どのように行われるのかは不明です。彼はホダーの父を殺し、彼の黒魔術のせいで、ホダーは未だに昏睡状態です。また、彼はサーラの村の壊滅の第一責任者です。彼女たちを彼らの罠からお救い下さい。もしこれが止められなければ、サーラのような苦しみを背負う人が次々に生み出されてしまうでしょう。

サーラはホダーの入院している病院にいた。彼女の病室に入った。グユームは洗濯物をし、ハッサンとホサームは外でタバコを吸い、アドナーンと、ホダーの様子について話していた。

サーラはホダーの頭に手を置いた。彼女は力を使った。数分後、グユームが戻ると、何かホダーの周りに不思議な感覚があった。装置も大きな音を立て始めた。

看護師を呼びに行こうとしたが、サーラがそれを止めた。グユームは動けなくなり、それが終わったとたんに窓が開いて、サーラは出た。

グユームが後ろを振り返ると、ホダーが少しだけ動いた。グユームは力強く叫び、みんながその部屋に集まった。ホダーは昏睡状態から目覚めた。そして彼らに言った。

「ここはどこ？　なんでここにいるの？」

ハッサンは彼女に抱きつきながら言った。

「ホダー！　治ったんだね！」

「どういうことか言いなさい、ハッサン」

ホサームは言った。

「今は休んでいて。後でみんなで教えるから」

アマルはグユームからのメッセージを受け取った。ホダーが元気になって起き上がったと。マージドにもハーリドにも伝え、二人とも唖然とした。マージドは言った。

「サーラがホダーを助けたんだ」

アマルは言った。

「間違いないわ。まず私たちに手紙を届けてくれて、今はホダーが治ったのよ。これは本当にいい兆候だわ。本当に良かった。私は彼女の所にお見舞いに行ってくる」

リーンはショッピングセンターの2階で買い物をしていた。アマルが彼女に電話し、ホダーが起き上がったから、彼女は今からお見舞いに行ってくる、母にも後ほど病院に来てほしいという内容だった。

リーンは彼女に、もう買い物も終わるのでそのまま病院に行く旨を伝えた。

電話が切れた。リーンは言った。

「初めて本当の幸せを感じているわ。この心地よさはお金集めでは得られない。愛情に満ちた家族とお互いへの愛でこそ得られるのね」

砂糖の袋に手を伸ばす若い女性が目に入った。彼女はそれに手が届かなかったが、リーンはほほ笑んで彼女の隣に立ち、その袋を彼女にとってあげた。その女性は言った。

「ありがとう、お母さん」

その瞬間、目の前の世界が揺れ始めた。

みんな「地震だ！」と言って叫んだ。リーンは走って安全なところを目指したが、商品が上から彼女に落ちて来た。電気が切れ、その場所は真っ暗になった。

アマルは移動中だったが、地震を感じ、その場に止まり、体を丸めた。車からは何も落ちなかった。車を止め、ドアを開けた。周りを見渡した。その場所は完全に破壊されていて、生き残るのも難しそうなくらいだった。

彼女の父親に電話をかけていたのを思い出した。父親はホダーの病室にいて、テーブルの下に潜っていた。

「みんな無事か？」

その場のみんなが答えた
「うん」

アマルに言った。

「こっちは大丈夫だ。ただ、リーンはアマルに電話してないのか？」

「してないわ。私心配よ」

「私はスーパーに行ってくる。お前は城に戻ってそこから離れるんじゃないぞ。どんなリスクも冒してほしくない」

みんなはラジオをつけた。ニュースでは「この地震は突然のものでしたが、強さは、大勢の死者がでるような地震に比べればそれほどでもなかった」ということだった。

サーラはヤースィーンが注意を促していたにもかかわらず、アマルの無事を確認するために家を出た。彼女は彼に言った。

「私は気をつけるから」

まず村に行き、その無事を確認した後、アマルの城に行った。地震の影響で、道はでこぼこになり、至る所で渋滞が発生していた。

マージドは言った。

「ここで数時間とどまり、その後パトロールに出かけよう。きっと街は騒然としているだろう」

アマルは城に着いた。部屋に入ると服を着替えて、母親に電話したが、応答しなかった。

サーラはカーテンの後ろで、アマルが父親に電話しながら、母親のことで泣いているのを聞いていた。彼は、貿易センターは損壊が激しく、捜索が困難であり、救助隊を派遣し、救助犬を使って生存者の捜索に当たっている旨を伝えていた。彼女は言った。

「お母さんは2階にいたの。それは聞いているわ」

電話を切り、サーラは急いでセンターに向かった。彼女はヤースィーンに電話し、彼女にセンターの2階の地図を送ってもらうように言った。

すぐに彼はサーラの携帯に画像を送った。彼女はセンターの近くに立った。ほとんどの問題が彼女の驚異の視力の前では意味をなさない。彼女は力を集中し、センターの後部に向かった。彼女は自身を見えないようにした。

センターは全体が崩壊したわけではなく、一部が抜け落ちていただけだった。

彼女は火の形となり、瓦礫《がれき》の山の中を歩き、それらの瓦礫を取り除き、その周りを歩いてまわっていると、ドアが現れた。これが1階の非常口のドアであるかを、地図を見て調べた。その隣にはサーラを上の階へ導く階段があった。

彼女の嗅覚と聴覚をつかって、誰かの叫び声を感知した。巨大な瓦礫の下で助けを求めていた。彼女は急いでそこに向かい、その瓦礫をどかすと、子供とその母親を見つけた。

二人を助け、この道を行けば出口にたどり着けることを教えた。その子は「ありがとう、ともだち」と言って彼女に抱きついた。

彼女はこの悲劇的な事故を生き延びた多くの人々を助け出した。

時間が経ってしまったが、彼女はリーンを探していた。2階に着くと、リーンの匂いが漂い始めた。中は暗く、ワイヤーが切れ、水が漏れていた。

「警官は通常の方法ではここに到達できないな」

か細い声が聞こえた。彼女は走り、手だけを見つけた。他の部分は瓦礫に埋もれていた。サーラは言った。

「すみません、今あなたをそこから出すので、少し辛抱して下さいね」

その瓦礫は非常に重たかった。その瓦礫の端に柱があるのを見つけ、それを使って瓦礫をどけた。

残りの瓦礫をどけると、その人はリーンだった。彼女は重傷を負いながら助けを呼んでいたのだ。

彼女を抱きかかえ、いくつかの石や砂をどけ、彼女を引っ張りだした。サーラは彼女の上に倒れかけている柱を見た。それがリーンに倒れてこないように、サーラは背中でそれを支えた。

サーラはほほ笑んだ。鉄骨が彼女の肩に刺さり、そこから血が出た。サーラはリーンに行った。

「さあ、立ち上がってください。早くしないと、建物全体が落ちてきますよ」

サーラは肩に刺さった鉄骨を抜き取った。リーンが入口のところまで行った。サーラは指示した。

「さあ、この道を進んで、その後右に進んで。そしたら出口があるから」

「あなたは一緒に来ないの？」

サーラは言った。

「まだ助けたい生存者が残ってるから。アマルの所に行ってあげて。あなたが心配で泣いていたから」

リーンは手でサーラの顔の血をぬぐいながら、彼女の手を掴んで、彼女を抱きしめた。

「あなたが好きよ、サーラ。もし私たちのもとに戻ってきたら、私は幸せだわ」

サーラはリーンの視界から消えた。リーンはアドナーンに連絡し、彼は狂ったように走ってきて、彼女を抱きしめた。

「大切なリーン、大丈夫だったか？」

「ええ。神様のおかげで。さあ、行きましょう。精神も肉体も疲れ切っているから」

彼は彼女を病院に連れて行き、彼女のけがを治療し、家に連れて行った。狂ったように泣いていたアマルは、母親の声を聞いて彼女のもとに急いで走っていった。

「お母さん、大丈夫なの？　一瞬だけど、お母さんが二度と戻らなかったらどうしようって思ったの。神様、本当にありがとう。お母さんが私の元に戻ってきてくれたよ」

マージドとハーリドのもとに、不審な番号からメッセージが届いた。そこには、こう書いてあった。

「今日の出来事はこの後起こることに比べれば大したことではない。今日はリーン、明日は二人目だ」

二人は立ち上がった。ハーリドは署長に電話し、全員集まった形での会議を開いた。

さらにメッセージが届いた。

「今、私たちは敵対する戦いの最中だ。そこで双方の被害が少なくなるよう、お互いに譲歩すべきだと思うがどうだろう。さもないと誰もが危険にさらされることになるだろう」

メッセージはアマルにも届き、「母親が助かったのは奇跡だ。もしアマルがサーラのために何か行動を起こすのであれば、二度と母親に会えなくなる。よく覚えておけ。さもなければ。サーラから離れろ」という内容だった。

彼女はマージドに電話した。

「イサームはまるで全員を支配する魔法の杖を持っているようね」

グユームはホダーを見た。彼女はこの件に興味がなさそうだった。彼女は一日中ハッサンとホサームと話していた。彼女が元気なのは嬉しい、ただ、ホダーは彼女自身に何が起きたかを何も覚えていなかった。

ハッサンは彼女に、彼女が資産の譲渡文書にサインしたことを伝えた。ハッサンは今ホサームの家に住んでいるということも。彼女は言った。

「本当にごめんなさい、でも私がそんなに簡単にサインするなんてありえない。お母さんに会いたいんだけど」

ハッサンは言った。

「現在の危機的状況からして、母さんをドイツに連れて行くのはやむを得ないことなんだ。もし姉さんも望むなら一緒に行くんだ」

「私は大丈夫よ。アマルの所に行くわ」

ホサームが言った。

「その話し合いはやめろ。知らないのか？」

ハッサンは言った。

「それは一言もしゃべらない」

ホダーは言った。

「教えてよ。私に何が起きたの？」

ハッサンは彼女に話した。彼女はグユームを見た。

「グユームと少し二人きりにしてくれる？」

ホサームが言った。

「ついにわかったのか？」

「黙って。私がすることなんだからあんたには関係ないでしょ」

二人が出ると、ドアに鍵がかけられた。ホサームが言った。

「戦いは内々で起きるのか？　それとも相手に対する文句か」

ハッサンは言った。

「女はどういう思考回路なのか埋解できん。ああでもないこうでもないと忙しいな」

ホダーは言った。

「私が誘拐される前、この二人の間に起きることについて、あなたと話すことを考えてたわ。回復した今、二つのことをあなたに聞きたいわ。一つ目は、誰が私の回復を手伝ってくれたか？」

グユームは答えた。

「わからないわ。あ、私はこの数か月あなたの隣にずっといたわ。でも、何か熱をもつものが私の身体に入ってきた気がするの。まるでこの部屋の中で起きたことのようにね。私が恐怖を感じた時はそこから出たくなったの。私をつかんだ何かは、私を氷漬けにしたように全く動けなかったわ。舌さえ凍って動かすことができなかったわ。まるで拘束と解放を繰り返しているようだったわ。窓のドアが開いて、あなたが起き始めたの。そんなことがあったあと今あなたは健康で元気でいるのよ」

ホダーは言った。

「でも、私に起こったことについては正直、正確には覚えてないのよね。二つ目の質問。これに関して、完璧に面白くて納得のいく答えが欲しいの。本当にあなたはこの3か月間私の面倒をみてくれたの？」

「うん。私よ。あなたの機嫌を取るためとか、同情を誘うためにやったわけではないの。それをしたのは、人としての義務だから。そしてあなたのことがとっても心配だったからよ。あなたに潜んでいた危険のことを考えると泣いてしまったわ。毎日あなたは寝ていて、私が看病してた。まるで姉妹か友達みたいにね。それよりもすごいのがね」

ホダーはため息をついた。

「あんた私を傷つけてるよ、グユーム。誓って言うけど、私の中にある何かが私に起きたことによって壊れたの。どう表現したらいいかわからないいんだけど。私が感じることはね」

グユームは彼女を抱きしめた。

「お願いよ、ホダー。許して。あなたには謝るわ。そしてもう二度とあなたを失望させないわ。私が人生で犯した最大の過ちは、私が父に従ったことと、幼い頃から私たちが愛情深く、真実であり、団結し合い、ずっと続くような関係にしようという私たちの誓いを忘れたことよ。私たちが出会ったことをあなたが思い出す日が来るはずなのよ」

ホダーは彼女を見た。

「私は頑固者過ぎたわ。私はあなたに伝えたかったの、ごめんなさいって」

「忘れてよ。これから新しく始めよう。ところで、この紙は私の所にあったんだけど、誰がここに置いたのかわからなくて。ほら。あなた自身が見るまで私が見ないように、まだ一度も開けてないの」

ホダーはその紙を受け取って、読み始めた。

「これはサーラの字よ。私はよく知っているわ」

「どういうこと？　どうやってここに届いたの？」

「私は自信を持って言うわ。これはサーラよ、ここにはこう書いてあるわ。『私はここに、ホダーを昏睡状態にさせたのはイサームであり、あの夜に彼女の記憶を消したのも彼であるということについて書く。それから、あなたの友人の一人であるアノワールは、裏切り者よ。彼女の父親はイサームの顧問よ。彼女はイサームに全てを伝えていた。彼女はあなたをいつも利用していた。それからイサームは、あなたの父親を殺したことを認めた。そして、家族の中で彼はあなたを警戒していたから、全ての譲渡契約にサインさせたの』」

ホダーは紙を投げて叫んだ。

「ここから出たい！」

ハッサンが来た。

「どうしたの？　なんで叫んでいるのる？」

彼は紙を拾って読み始めた。

「どうして裏切者はどこにでも蝨《むし》のようにいるんだろう？　僕たちにとって一番近い人が裏切る」

ホサームが言った。

「この紙は保存しておきたい。それと、外出したいんなら言ってくれよ」

「いえ、私は大丈夫よ。少し頭痛と倦怠《けんたい》感があるだけ」

サーラは倦怠感で疲れ果てて戻ってきた。ヤースィーンは彼女の傷を治療したが、傷は深く、出血も多かった。

「お前は自分を疲れさせすぎだ。何か食べたのか？」

「うん。途中でね。私は大丈夫よ。冷たい水でシャワーを浴びてリラックスしたいわ」

ジュディは傷をなめてくれた。サーラはジュディを抱いた。

「私は動物が好き」

彼女はジュディをどうやって見つけたか思い出していた。この通りを通るたびにその猫ちゃんはいつもそこにいて、サーラはヤースィーンに持っていくパンや肉をあげていた。

ヤースィーンはサーラが食べているのかと思っていた。昼にはパンを買い、それをジュディにあげ、寒さから温めるためにコートも与えた。

夜にはジュディに肉を買った。ある日、彼女はジュディの姿が見えなかったので、探し始めたが、公道では見つからなかった。

すると、二人の男性がジュディに虐待をしているのを見つけた。彼女は二人をボコボコにした。その後、ジュディをヤースィーンのもとに連れて行き、けがの治療をしてもらった。回復した後、ジュディは彼女にとても懐き、彼女から離れなくなった。

サーラもジュディが好きだったので、彼女の母親が好きだったジュディという名前を付けた。またジュディという名前の妹が夢で何度も出てきていたので、この名前にした。

地元の通信社は声明で、いくつかの町が被害を受けたので、住民全てに注意を促した。

リーンは、自分の手を強く握っているアマルを見ながら言った。

「私のことそんなに心配してくれたのね？」

「うん。危うく魂が身体から出るところだったの」

「それで、誰が私がそこにいるってサーラに伝えてくれたの？」

アマルは驚いて彼女を見た。

「今なんて？　サーラがそこにいたの？」

「ええ。もし神様の優しさで彼女に来てもらえなかったら、今頃は死んでいたわ。彼女が大丈夫だったかはわからないけど。彼女はそこの人たちを瓦礫の下から救出するために必死に頑張っていたわ。生存者にインタビューしてるこのアナウンサーを見て。私が脱出しようとしているときに、私はサーラがこの人を助けるのを見たわ」

彼女はテレビの音量を大きくした。生存者の一人が語っていた。

「あの少女に感謝してるわ。彼女は私とこのワンちゃんを救ってくれたんです」

マージドが彼女らを訪ねてきた。

「イサームが攻撃を始めた。まずはサーラとホダーだったが、今回はあなただった。誰にその順番が回って来るかは簡単にはわからない。今日その秘密の任務がある」

アマルは言った。

「私もみんなと一緒に行きたい」

「いや、今回は警察官、僕、アマルのお母さんだけど、もし彼女が必要であれば」

「ええ、私は今娘が必要よ。これまでにないほどね」

「決まりね。でも次からも、サーラに関するどんな任務でも私は参加するわ」

「約束するよ」

ホダーは病院を出て、ホサームの質素な家に入った。ハッサンは彼女のベッドメイキングを手伝った。ホダーは言った。

「これで少しは快適でしょうね」

ホサームは出て、マージドに電話した。

「これで夜寝る準備はできた」

マージドは言った。

「ホダーの近くにいてやってくれ。お前はあの欺瞞者のイサームが警察や軍のように見せかけて何かをやらかす可能性すらあるのを知っているだろう」

ホサームは戻って、二人に、我々は家に残り、要請がない限り動かないということを伝えた。

夜が明けた。グユームは庭で食事をしていた。アマルが来て一緒に座った。

「例の件は落ち着いた？」

グユームはアマルに話しかけた。

「ええ。やっと許しが出たわ。父に言ったら大喜びだったわ」

「アメリカに行くの？」

「イサームが捕まるまではここに残るつもりよ。ホダーのことが心配だからね。もし彼女が私に残ってほしいと言えば、残るわ」

「アマル、サーラが恋しい？」

彼女はコップをテーブルに置いた。

「ええ、とってもね。最後に会ったときの声が恋しい。サーラは私の心の一部なの。あの犯罪者イサームが彼女に何をしたのかはわからないけど、彼女の表情は痛々しかったわ。少し息苦しさを感じるから、ちょっと一人で外を歩いてくるわね」

アマルは家を出て、学校へ向かった。彼女はそこの屋根の上に座るのが好きで、そこは世界中のどんな場所よりも平穏を感じた。そこで仰向けに横たわって星を眺めた。突然、彼女の視界を影が横切った。アマルは立ち上がって言った。

「そこにいるのは誰？」

サーラが目の前に現れて彼女に言った。

「弱っちい少女がよく独りでこんな場所に立っていられるわね。夜の世界は恐ろしいものなのに、あんたはコウモリみたいにうろうろしてる」

アマルは言った。

「会えて嬉しいわ」

「そんなに喜ばないでよ。私は今からイサームを滅ぼしに、未知の世界に独りで行ってくるの。誰の助けも借りずにね」

「嘘つかないでよ、サーラ。あなたには私たちがいるじゃない。あなたのことを心配して嘆き悲しんでいるおばあちゃんのことを忘れたの？」

「おばあちゃんにはマージドとあんたがいる。彼女はきっと安全で幸せになる。私の人生は危機に瀕しているのよ。あんたは母親の所に戻りなよ。奴らが待ち伏せてあんたを誘拐するかもしれないのに。他の少女たちのようにね。理性的になってよ」

アマルの全身に恐怖が忍び寄った。

「好きなことを言ったらいいわよ。でも関係ないわ。私はあなたをおばあちゃんのもとに戻す。たとえあなたが同意しなくてもよ」

ジュディはサーラの両足の間を歩いていた。

「最近動物を飼いだしてね」

サーラはジュディに右肩に乗るように言った。ジュディはアマルをじっと見つめ続けた。アマルはジュディが好きになった。

「この子は美しいわね。あなたみたい、サーラ。この子はあなたのお気に入りなの？」

「この子は私と一緒にいるの。人間より忠実よ」

「私もその子のように忠実であなたを失望させることはないわ」

「この子はあんたより強いよ」

「じゃあどうして指輪をまだつけてるの？」

サーラは指輪を見てそれを外し、投げた。指輪はどこかに行ってしまった。

全員が犯罪者たちを攻撃する準備ができていた。商品を輸送するための大型トラックが通り過ぎた。ハーリドは言った。

「全員備えろ。全ての準備を整えておきたい。マージド、お前の部下たちに有刺鉄線の鎖を通りの向こう側に設置するように言ってくれ。数分後にトラックがそちらに行く。鎖を設置し、通路の間に隠れてくれ」

そのトラックが通過した。すると前のタイヤがパンクし、そのスピードのため運転手はトラックを制御できなくなり、木の幹に衝突した。それを見て軍の部隊は一斉に展開し、そのトラックを包囲した。

運転手に運転を止めさせ、ハーリドは彼らに言った。

「積み荷を開き、中身を検査しろ！」

その後何分かが経過した。しかし、彼らは誰も見つけることができなかった。さらにその運転手は単に首都に商品を届ける運送人に過ぎなかった。ハーリドは言った。

「やられた。我々の中にスパイがいる。狂ってしまいそうだ」

装置を地面に投げ捨てた。

「ちくしょう」

マージドは言った。

「心配するな。奴は必ず見つけ出す」

イサームはサイラスといた。そして別の道を通ってきた同じ色の別のトラックが到着した。彼らは少女たちを連れ出した。彼女らは奴隷市場で売られるのである。イサームは言った。

「俺たちはこれで大金が稼げるだろう」

サイラスは言った。

「そうね。これは収益性が高いわね。よく彼らを騙せたわね、イサーム」

「ああ。俺のスパイはどこにでもいるからな。金のためなら祖国も裏切り、親も売るんだ。お前は知っているだろう、この時代に金と地位がどう人を互いに争わせるのかを」

「これは太古の昔からの闘いよ」

彼は部下に少女たちを密室へ連れて行くように言った。

「後は、ドイツの国境を越えて国際公開オークションで彼女らを売り飛ばすってわけだ」

サーラは遠くからハーリドたちの作戦失敗の様子をじっくり眺めていた。それから、姿を消して彼らに近づき、全員の兵士の肩に手を置き、彼らの考えと過去を読んだ。そして裏切者を見つけた。激しい暴風雨が吹き、アマルは窓から手紙が届いたのに気づいた。彼女はそれを取って読み、マージドに電話して言った。

「あなたたちの中に、クサイ中尉という人はいる？」

「ああ」

「その人について書かれた手紙によると、この男は祖国の裏切り者で、捕まえなければならない。今日イサームから現金を銀行振込で受け取った、とあるわ」

「誰から届いたの？」

「バルコニーの下から届いたの。おそらくサーラよ」

「わかった。切るね」

マージドはハーリドに電話した。その電話の後、署長に電話し、中央銀行の責任者に検証してもらうように要請した。

数分後、アマルの言っていたことが全て真実だとわかり、軍の部隊が彼の家を訪ね、彼らを率いるハーリドは彼の家のドアをノックし、クサイとの面会を申し出て、彼に「あなたを、祖国を裏切った罪、陰謀を企てた罪、治安を乱した罪で逮捕する」と伝えた。

彼は言った。

「私は無実だ。国に背くことなど一切していない」

ハーリドは彼に紙を突き出した。

「ではあなたが過去数年間にわたって莫大なお金を受け取ったことを証明するこの書類は何です？　私の後ろでビジネスマンにでもなっていたのですか？」

「投資ビジネスだ」

「私と口論したいのですか？　さあ、連れて行け。金のために祖国を売る裏切り者全員を裁判にかけてやる」

次の日、スパイが捕まり、全ての罪を告白したというニュースがイサームに届いた。サーラに、そのスパイの雇い主はイサームであり、皆を脅かすこれらすべての陰謀を実行している犯罪者集団が存在するというものだった。

彼は携帯を投げ捨てた。

「最後の計画に頼るしかない。これがとどめの一撃だ」

サイラスが来た。

「始める？」

「ああ。行こう。準備ができているんだろうな？」

「ええ、この箱の中にあるわ」

ヤースィーンはサーラに言った。

「今日、この家を出て、首都に引越すぞ。新しい家を見つけたんだ」

「私たちに彼らの近くにいてほしいの？」

「ああ。事態ははっきりしてきた。だが、私は彼が怒って我々全員に対して何か別の強大な災いをもたらすことを恐れているんだ」

ヤースィーンの警報機が鳴った。監視カメラを見た彼は言った。

「ちくしょう、奴らに居場所がバレた」

重要な荷物を抱えてきた。彼は円を描いて言った。

「さあ、私と一緒にここに立って。奴らがたどり着く前にすぐ出発しよう」

彼らが家に侵入した途端にヤースィーンは装置のボタンを押した。激しい爆発が起き、彼は後ろに置いてきた全ての痕跡を消し去った。首都の中心部に着いた。

「これらの建物の後ろを回って、左に進むと、コーヒーショップがあるから、そこに入る。そこには地下室があって、そこをそのフレンチコーヒーを売っている老人の男性からもらい受けたんだ。少量の金額しか求められなかった。私は、彼が単純機械製造の分野で働いた後に開いたこの店が繁盛するように手伝ってきたからな。今では彼のコーヒーはみんなに好かれるようになったよ」

地下室のドアを開け、物音を立てずに中に入り、彼は荷物を置き始めた。サーラは言った。

「私は今から外に出て彼らがどこにいるか見てくるね」

「くれぐれも気をつけてくれ。もしお前が奴らに捕まれば、何が起きるかわからない」

サーラはその建物の上に立った。雨が降っていた。

マージドとハーリドはスパイのクサイといた。

「奴らのアジトがどこにあるのか教える気はないんだな？」

クサイは言った。

「知らないんだ。私は彼らに欲しい情報を与えていただけだから、彼らについては他に何も知らないんだ」

「嘘をつくな！」

ハーリドは彼を顎が砕けんばかりに強く殴った。

「不法な金を食らうことがあんたとあんたの家族の望むものなのか？　もし国が混乱したら、誰がそれを止められるんだ？　あんたらみたいな人たちは、望むものが手に入れられるような、あんたらのために尽くしてくれるような国に住んじゃいけないんだ。宗派間の紛争や戦争によって人々が疲弊させられた国々、扇動と裏切りのために破壊された国がどうなったのかを見たことがないのか？　なんと愚かなんだ」

サーラは、イサームの仲間たちが、まるでドブネズミのように怖いほどあちこちで話をしているのを、鋭い目で見つめ、奴らがイサームとの電話で「私たちの中で、逃亡や離脱が相次いでいる」と話す声に鋭い耳を傾けていた。

クサイはハーリドに言った。

「イサームはお前たちに対する優先順位を変えるつもりだ。彼は電話であの魔女と、扇動をまき散らそうと言っていた。だが、それがどこでされるのかはわからない」

ハーリドは言った。

「何だと？　扇動で国を内戦に引きずり込む気か。何たる狂気なんだ？」

マージドは立ち上がってクサイにもう一度しっかりした男になってくれと頼んだ。

「その地域はどこなんだ？　一言でいいんだ！」

彼はそれについて考えるようにしていたが、結局は無駄だった。その場所がどこなのかはわからなかった。

「本当にすまない。許してくれ」

ハーリドは言った。

「俺たちはお前を許す。だが、許しはお前を育ててくれた祖国に乞うんだ、この馬鹿が」

マージドの携帯が鳴った。祖母からだった。彼は独房を出て、彼女に言った。

「どうしたの、おばあちゃん？」

彼女は言った。

「ここで何か恐ろしいことが起きていて、怖いんだ」

「なんてこった。信じられない。あの村でそれが起き始めたのか」

彼は祖母を叱った。彼女は初めから伝えなかったからだ。電話を切り、ハーリドの所へ行った。

「ついにイサームのやりたいことがわかった。さあ、急いでいくぞ」

彼はアマルに電話して、どんな方法でもいいから、サーラと連絡を取りたいと伝えた。

「君だけなんだ、彼女とテレパシーで繋がれるのは」

「わからないけど、やってみる」

彼女はネックレスをつかんで、目を閉じた。大きな閃光がほとばしった。

サーラはヤースィーンのいる地下室に戻った。彼は食事をとっていた。彼女は言った。

「あんたは私みたいに左手で食べるんだね」

「ああ。左手で食べる人は世界中にいるぞ」

「いや、そうじゃなくて、スプーンの持ち方が私と一緒ってこと」

彼は戸惑って言った。

「私がお前を真似たんだ。お前が私とずっと一緒に食べてるから、真似したくなってな」

「私から新たな習慣を得るとは。私は休むよ。本当は寝てる暇なんかないんだけど。ジュディがこの地域のパトロールしてくれてるから、もし何か起きたら教えてくれるはずよ」

彼女は目を閉じた。ある考えが彼女の周りを巡り始めたが、彼女はそれがどういう意味なのかを理解できなかった。

アマルは彼女と繋がろうとしたが、それはうまくいかなかった。手を胸に当てて言った。

「彼女が危機に瀕しているのよ、アマル。あなたが必要なの、お姉ちゃん」

サーラははっと目を開け、大声で言った。

「アマル!!」

その場から起き上がったが、ヤースィーンはぐっすり眠っていた。彼に毛布を掛け、書類を整理していると、彼女の名前が書いてある紙を見つけた。それを読んで、驚愕した。彼をおいてそこを出て、アマルの家に向かった。

サーラは鳥のような声を出した。アマルが窓を開け、大声で言った。

「サーラ！　いるんでしょ。出てきてよ」

彼女は目の前に現れた。

アマルは彼女を力強く抱きしめた。

「やっと来てくれたのね」

「どうして彼は私に隠していたの？　驚いたじゃない」

「誰のこと？」

「何をしたいの？」

彼女の目の前にマージドとハーリドが現れた。

「行かないでくれ。我々は今人道的な問題に直面している。もしお互いに協力し合わなければ、村も、家族も大変なことになるんだ」

「どういうこと？　どの村のこと？」

「サーラのおばあちゃんとその村に異変が起きている。イサームはそこで扇動を巻き起こそうとしている。もし我々がそれを阻止しなければ、村は壊滅するだろう。しかも今回は、汚い政治的手段でな」

「私はイサームのところへ行って奴を止める。みんなは村に行って彼女を守って」

アマルは言った。

「私はサーラと大事な話があるから、二人だけにしてくれない？」

彼らは理解し、扉を閉めた。サーラは言った。

「何がしたいの？」

「卵のこと覚えてる？　持って行って。きっとあなたを助けるわ」

「私にそれは必要ないわ。それはあんたのよ、あんたが面倒をみてあげて。たとえ私が死んだとしても、あんたが持っていれば安全よ、アマル」

「私たちのところに戻ってきて、サーラ。もう二度と私を置いていかないで」

「やってみる」

彼女は消えた。

アマルはマージドとハーリドとともに村に行った。彼女はサーラが戻るように説得できなくて悲しんでいた。

風は激しく吹き、早朝の空は黒ずんでいた。何が起こるかはわからなかったが、彼らはとにかく時間通りに村に着くように願っていた。

雨が降り出した。アマルは卵をカバンに入れて持ってきた。

サーラは、アムステルダムで最も高い建物の頂上に立ち、目を凝らして彼らが公道に出るのを見ていた。イサームは言った。

「あいつは俺たちを見つけて追ってくるだろう。絶対にな」

サーラは彼らの目の前に現れ、車の前に立っていた。サイラスはニヤッとして言った。

「ようこそ。イサームの言った通りね。この子は怒りっぽいのね。それに愛する人が傷つけられるのが耐えられないのね」

車が止まった。サイラスは使い魔に言った。

「お前が彼女の相手をしてちょうだい。私たちは村に直接向かうわ」

使い魔が現れてサーラを蹴った。彼女は地面に倒れた。彼らはサーラを見ながら目的地に向かった。サーラは立ち上がり、使い魔を見た。

「やっとあんたを殺せるわ。この臆病者」

彼は笑った。

「私は臆病者ではありません」

「いいえ、臆病者よ。だってあんたはサイラスの命令を聞いてる、つまり彼女に支配されてる。あんたには個性もなければ決定権もない」

「彼女は私の主人で、私はあの方に従います。さあ、かかってきなさい」

彼女が一言「火の石」と言うと、彼女の前に無数の岩が現れ、凄まじい速度で使い魔に向かっていった。使い魔はそれを一刀で切り落とした。するとサーラは矢のように素早く走り、彼の顔を殴った。彼は倒れ込み、彼女はそのまま上空に飛び、「雨の矢」と言うと、降り注ぐ雨の水滴が止まり、まるで鋼鉄でできているかのように鋭い矢を形作った。その切っ先は使い魔を指していた。

彼はそれを見て立ち止まり、恐怖を覚えた。

「まずいですね、水滴が全部こっちに向いてますね」

２０００回以上にわたる猛烈な攻撃が彼を襲った。

その結果、彼はその強烈な攻撃によってつくられた深い穴に落ちていた。立ち上がろうとしてもできなかった。右足を骨折していた。

彼女は彼を見下ろした。彼女の大きな反抗的な目は雨に、彼に降り注ぐように命令した。彼はそれを自分の長い髪で作った盾で防いだ。

「ふざけてますね、あの攻撃。この盾の力でも貫かれてしまう。私のエネルギーも弱まってきました」

彼女の攻撃はまるで原子爆弾のようだった。彼は言った。

「大移動」

彼は消えて彼女の後ろに現れた。彼は息切れしていた。

「では、次はこちらの番ですね」

彼女は彼を見た。

「窒息煙」

煙が現れ、蛇の形となってサーラに襲いかかった。彼女に巻きついて窒息させようとした。彼女が言った。

「あなたの力はこんなもん？」

彼女が押すと煙は消えてしまった。彼女は弓と矢を取り出し、彼に向かって狙いを定めた。燃え盛る火が矢を包み、骨の形が出てきた。彼女は言った。

「この骨は、あんたが私の首に押した呪印の形よ。あなたにお返しするわ」

「どうぞ、役立たずさん」

彼女はほほ笑んだ。矢が彼に向かっていった。しかし、それは彼の目の前で止まった。彼も動けなくなっていた。

彼女は走って彼の後ろに立った。それから右手を彼の首の部分に置いた。手が触れるや否や、ドクロの形で燃え上がった。彼は彼女の攻撃に対抗しようとしたが、身動きが取れなかった。彼女は矢をつかんだ。

「私の力を見くびらないでね。私は、怯えていて意志がバラついていた、かつての未熟な弱いサーラではないの。今ならどんな戦いにも勝てるわ」

彼の目は出血し、恐怖で舌がもつれていた。

「私のつけた呪印に抗うこともなく、どうして私の身動きを封じれるんですか？　その中にはバラ水が含まれています。あなたの血液に入っていって、静かに死んでいくはずなのに」

彼女の姿は通常の状態に戻った。彼は彼女を止めようとしたが、できなかった。冷たさを感じて、地面に倒れ込んだ。彼女が堂々と歩いていく後ろ姿を見た。

「初めてこんなに強い彼女を見ました。一体何をしたらここまでのレベルに到達できるのだろう？」

サーラの背中には薄くて赤い翼が現れた。彼は理解した。それは無敵のフェニックスだった。

アマルのカバンが動き始めた。彼女はカバンを押さえ、ボタンを開けた。卵は光を放ち、孵化が始まっていた。

彼女の前に座っていたマージドは言った。

「どうしたの？」

「みんなに隠していたことがあるの」

マージドは後ろを向いた。彼女は二人の前にカバンを置いた。マージドはそれをつかんで中身を確認した。彼女は二人に説明した。

「これはフェニックスの卵よ。サーラのものなの。この瞬間までずっと私のところに隠していたの」

マージドは言った。

「これはすごいな。どうして僕らから隠していたの？」

ハーリドは言った。

「それはあの魔女が探してる卵だ。彼女が我々が持っているのを見たら、彼女はそれを手に入れるまで我々と戦うだろうな」

卵から音が聞こえた。それはそのうちの孵化した卵からだった。最初の一匹が出てきた。赤色で鳴き声を上げていた。マージドは驚き、ハーリドを見て、アマルに渡して、世話は任せたと言った。アマルはその雛をまじまじと見た。

「なんて美しいの！」

その雛も愛情を込めて彼女を見ていた。ネックレスは彼らの誕生を祝福して振動した。

サイラスは、鏡を見てサーラを見つけた。獲物を追いつめていくヒョウのように、周囲の様子をうかがっていた。彼女はイサームに言った。

「もっとスピードを上げて。もう追いつかれてしまったわ。クソ、あの子、使い魔を倒したんだと思う」

「あれはあんたんとこの最強の戦士だったたんだろ？　なんてやつだ。よし、ほら、村に着いたぞ」

「行って。私があの子と戦うわ。あなたは村に入って、私と同意した通りにことを進めて」

「喜んで」

サーラは魔女に近づいた。彼女の肩にはジュディがいた。

「行って、あの煙を止めてきて。村にたどり着かせないで。もしおばあちゃんかアマルを見たら、最後まで彼女らを守ってあげて。わかった？　私が訓練したから、今は私があなたに頼るわね」

ジュディは大きな翼を広げて、村に向かって稲妻のように飛び立った。煙の前に降り立つと、翼は二本の剣と化した。そこから火を取り出し、彼らに投げ、彼らはそれを避けようとした。サイラスは彼女を見て言った。

「今の私の役割は、あなたに負かされないことよ、サーラ」

「あなたは負けるわ。かわいそうな使い魔が負けたようにね」

「わからない、どうやってあいつに勝ったのか。でも私はあいつとは違うわよ」

サーラは赤い剣を抜いた。

「この剣であんたの心臓を突き刺して、あんたの魂をいただくわ、この魔術師め」

「それはどうでしょうね。私はこの煙であなたを死ぬまで地面に叩きつけるわ」

サイラスは巨大な煙を取り出した。それは伝説の怪物クラーケンに変身した。それは巨大だった。それは致命的なウイルスで汚れた墨を投げてきたが、サーラはそれを軽々とよけた。

「次は『7つの腕』の剣であなたの身体を7つに切り裂いてあげる」

サーラは剣を持ち上げ、7つのうちの一本を切り落とした。しかしその腕はもう一度再生した。

「ちっ。弱点を見つけないとね」

三連続斬りでその体の心臓部分を三角形の形にくり抜くと、その怪物は彼女の前から消滅した。

彼女はサイラスに視線を向けると、彼女は驚きと怒りに震えていた。彼女は杖を使って円を描くと、そこからアナコンダの形をした巨大な怪物が現れた。地面を這いずりながらサーラに近づいてきた。サーラは大量の蝶を周りに発生させて、左手を剣の後ろに直接おいて、「時間の屈折」という、相手の時間を前に戻す技を使うと、その蛇はもとの場所に戻っていった。

サーラはサイラスに「降参しなさい」と言った。

「降参はしない。もうちょっとであんたに勝てるんだ。誰も私に刃向かえる奴はいなかったんだ。他の魔女でさえもだ。それなのにこの小さな女の子は何なの？　私に盾突こうというの？　ないわ、そんなことは絶対にない。絶対に屈しない」

彼女は黒いひもを取り出した。それを地面に投げ、その上に彼女の手のひらを載せ、何かの呪文を唱えた。すると、サーラは頭痛がしてきた。

サーラの目の前に母親が現れた。サイラスは感情や精神を弄んでいるのだ。サーラは彼女を弱らせたかった。ヤースィーンが着いて、彼女を見た。

サーラには、恐怖や愛情の表情が一度に現れていた。サーラは言った。

「お母さん、私の元に戻ってきたの？」

「ええ。私はあなたと一緒にいるわ。あなたはサイラスの側につかないといけないの。彼女に抵抗してはダメ、諦めて、私のためによ、私の大事な娘、サーラ」

ヤースィーンはいくつかの薬と赤い砂を取り出し、瓶に入れて混ぜた。その後、瓶に書かれているいくつかの言葉を唱えた。雨は激しく降っていた。

「サーラが危険な状態だ。あの犯罪者に精神的に支配され始めてしまっている。絶対にそんなことはさせん」

サーラは言った。

「でも、サイラスは悪い女性で、私を支配してコントロールしたいのよ。あいつのやることは非人道的なの」

母親は彼女の目の前まで来て、彼女を抱きしめた。

「怖がらないで。彼女は優しい人よ。あなたの面倒もみてくれるわ。お母さんが嫌いなの？　言うことを聞きたくないの？　一緒に幸せになるためよ。もう一度人生をやり直すの。誰とも別れることのない人生をね」

「私が言うことを聞いたらお母さん、喜ぶ？」

「ええ。彼女の言うことを聞きなさい。さあ、彼女に屈服するのよ。頑固になっちゃだめよ」

ヤースィーンがサイラスに少し近づいて、あの瓶を投げた。閃光が走り、彼女の母親は消えた。ヤースィーンは叫んだ。

「どうしたんだ？　彼女はお前の感情を弄びたいんだ。悪魔のような女性だ、気をつけろ」

サイラスは彼を見た。

「この老いぼれが、まだ生きていたのか？　また戻ってくるとは」

彼は言った。

「私の娘のために、私は今回戻ってきた。彼女を諦めはしない」

サイラスは彼に呪いを唱えて、彼を石化させた。サーラは彼女に飛びかかった。剣を取り出し、彼女の胸に刺した。

「ほら、死んで、人殺し、暴力女、殺人犯！」

サイラスは最後の力を振り絞って言った。

「もし私が死んだら、お前の父親は生き返らないぞ」

「いいえ、私のためにあんたに抵抗してくれた勇敢なお父さんは生き返るわ」

サイラスは力尽きた。サーラは父のもとに走った。

「動いてよ、お父さん！」

村の方を見た。ジュディはもう強烈な打撃と攻撃に耐えられなかった。彼女は彼の手に袋が握られていることに気づいた。それを取って、父親の顔を見て、彼の頭に手を置き、考えを読み取った。すると、最後の戦いの際にこの薬を飲むようにと彼女に頼んでいた。

ハーリドとマージド、アマルは侵入しようとするイサームから村を守っていた。

ジュディはエネルギーの壁で村全体を取り囲み、襲いくる悪を村から遠ざけ、まるで子供たちを危険から守る凶暴な肉食獣のように立っていた。

村人たちは皆外に出て、遠くから彼らのもとに迫りくるあのどす黒い雲を見ていた。ザンマールは言った。

「彼とその連れは村長に、村を管理するにはふさわしくないとして、辞任するように求めてる。既に彼に村長の権限はない」

　祖母は言った。

「この恩知らず。よかったじゃない、しばらくこの村の住まわせてもらって。それなのに今日この地位が欲しいからって村を裏切るの？」

　村長は言った。

「ザンマールよ、私はどうして33年間も村長を務めてこられたと思う？　その間ずっと働いて、努力して、お前の父親もかつて一緒に協力して村の建設と再建に努めてきたんだ」

「今日、俺がそれを支配する。村の何人かは俺の味方だ。お前は村を他の村と比べて時代から取り残したんだ。見てみろ、小さい女の子が無知と時代遅れに苦しめられているのを」

　村長の助手の一人は言った。

「お前は偽善者だ。お前にとっては村の問題なんて、まして村の女の子たちのことなんてどうでもいいんだろう。これらはお前が作り上げた不完全な言い訳であり、本性は私たちに武器を向ける愚か者だ」

　村長は言った。

「落ち着きなさい。ザンマールよ、どうやって外からの助けを得るんだ？　お前は彼らが村のことや、ましてお前のことについて面倒をみるとでも思っているのか？　彼らには彼らにとってこの場所が必要なだけだ。だからお前たちと合意しても、用が済んだらお前は破滅させられるぞ。だから、村人の中で扇動を煽るのはよすんだ。しばらくたっても武装蜂起はない。それどころか、お互いに手を取り合って一歩一歩前に向かって進んでいるんだよ」

　ザンマールは言った。

「もう話し合いはやめだ。お前たちが自分自身で明け渡さないのであれば、俺の部下にその隅々まで破壊するように命じるだけだ。俺は力と武器でそれを支配する。そしてあの雲はすぐに村に到達する。俺はお前ら全員を支配するんだ」

お祖母さんは言った。

「あんたは一生村に恥をかかせ続け、あんたも恥をかかせられ、侮辱されるのよ。彼らがあんたに約束しお金を与えるのは、あんたを私たちの間で彼らの奴隷にしてスパイにするためなんだよ」

ザンマールは言った。

「金と権力を持つ奴は、そいつが好きなことをする権利があるんだ。なぜなら、約束を信じた馬鹿な住民は今日は自分たちの権利を取り戻すために黙ってはいないからだ」

村長は言った。

「どうして人々の仲を裂こうとする？　我々は村を発展させるための平和と快適さ以外望んでいない」

村長は皆に向かって言った。

「皆さん、村に足りないと思うことはなんでしょう？」

ザンマールを支持する女性の一人は言った。

「私の娘は、昔から学びたいと思っていましたが、あなたとあなたの支持者は学校を設立することを拒否しました。マージドの父親と、男性だけでなくすべての人にとって正当な権利であるために学校を建設することを要求したサーラとの会話を思い出してください」

「それは現在権利が守られている。サーラの指摘は正しかった。彼女による請求の結果、何年か後に女子校が造られた。今でもこの問題のために女性が我々の前に立ちふさがる」

村長は言った。

「皆さんのご要望には応えます。しかし、私たちの中で争いを起こしてはいけません。私たちの故郷を失うわけにはいきません」

ザンマールは言った。

「本当に今それを考えてるのか？　自分の地位が奪われるのが怖いんじゃないのか？　俺たちは満足しない。村が描く将来の地図を書き換えてやる。それがいつかわかるだろうよ」

お祖母さんは言った。

「サーラとその仲間が来てあんたの企ても止められるよ」

男たちはお祖母さんと村長、彼と一緒にいる人たちをザンマールの家に閉じ込め、彼らが諦めない限り死ぬまで外に出さず監視するように言った。若者の一人が言った。

「どうして彼らを攻撃しないの？　僕たちのほうが正しいのに」

村長は言った。

「この村は私の母親のようなものだ。誰であれ他人を傷つけたり泣かせたりするのを許しはしない。ザンマールの問題点は、彼がまだ幼くて、私の後を継ぐということの責任の意味を理解していないことだ」

お祖母さんは言った。

「村は以前までとは様子が変わったようだね。昔私たちは何度も何度も苦労し、それに耐え、苦しみ、絶望してきたけど、それでも村を少しずつ構築し、何かに到達するまで、村長は私たちが頑張って仕事をすることに対して最も熱心に受け止めてくれて、私は幸せを感じてた。村は今その情熱が必要よ」

イサームは兵士たちに障壁を破壊するように言った。マージドは言った。

「何が何でも村に入れてたまるか」

拳銃を彼に向けた。イサームは言った。

「何だ、その弱っちい武器は？　そんなのを俺の前で使うってことは、俺を笑わせてるのか？」

イサームは指輪を開き、地面に埃のようなものを撒き、その上に立ち、マージドに言った。

「ほら、かかってこい」

マージドは走り出し、彼を殴ろうとした。その瞬間、イサームは彼の目の前から消え、あのカバンを抱えていたアマルの近くに現れた。

「どうも、アマル。お前はどんなに暗い状況でも、いつも通り美しいな」

マージドが攻撃したが、彼はまた消えた。彼は村の入り口の反対側の山でアマルと一緒に立っていた。アマルは叫んだ。

「この場所はとても高くて怖いわ」

「お前のカバンには何が入ってる?」

「何も入ってないわ」

彼女から強引にカバンを奪い、ボタンを開けた。するとフェニックスたちが山の周りに飛び出した。

「なるほど、これが卵だったわけか。ついに、なんて素晴らしいんだ」

彼はサーラがこちらに向かってくるのを遠くから眺めた。

「サイラスは負けたのか。なんて弱いんだ」

アマルを押し、彼女は叫んだ。フェニックスたちが彼女の方向に風のように飛んできて、彼女を支えた。既にフェニックスは大人になっていた。イサームは驚愕した。

「どうやってこんな速度で成長するんだ」

フェニックスたちはアマルを地面に下ろした。彼女は愛を込めてフェニックスたちを抱きしめ、言った。

「ジュディを支えてあげて」

彼らは空へ舞い上がった。彼らはその力を、煙を止めるために使った。

イサームは山から地面に降り、サーラを見た。彼女の翼は開いていた。彼は言った。

「なるほど、お前は善によって勝利を収め、俺が求めていた夢は叶わなかったというわけか」

「お前らを殲滅《せんめつ》させる。それで私はより幸せになるの」

ジュディは3匹のフェニックスとともに、火と破壊力の強い放射線の残酷極まりないあらゆる攻撃に対して勇敢にそして激しく戦っていた。

お祖母さんは、雲が入らないように村を保護していると見られているグループと一緒にいた。なぜならその雲は村人の脳を支配するための呪いや魔術の一種で、その影響は大きくなるからだ。そして、イサームはサーラを支配したいがために、貪欲なザンマールの憎しみという感情をうまく利用し、彼と連携していた。

イサームは彼を手伝うと言い、彼が村に戻る前から合流していた。それは、イサームが、サーラに対抗するために使えるのであればどんな小さな要因でも見逃さなかったことが関係している。ザンマールは部下に言った。

「我々は、村を支配するためにはイサームを支援しなければならない。いいか、我々は村の中央通りを進み、彼の軍を村の中に入れるのだ。その後、穴をあけ、煙が入ってこられるようにし、それで村を完全に支配することで戦いは終わる」

お祖母さんは言った。

「私たちは手をこまねいているわけにはいかないのよ。私たちの村を守るためにできることをしなければいけないのよ」

「臆病になってはだめだ」

若者の一人が言った。

「言ってくれ。私たちにできることとは？」

「あなたは怖いの？　村を守るにはどうすればいい？」

「いや、怖いなんてありえない。私は村のおかげでここまで生きてこれた。こんなネズミのような寄生虫に私たちの土地を盗ませて、戦場に変えさせてなるものか」

お祖母さんは言った。

「それなら、ここからどうにかして出られる方法を試してみましょう。誰か携帯を持っている人はいる？」

村長は言った。

「携帯は靴の中に隠してある。みなさんは私に歩行障害があるのは知っていますね。携帯はその中に隠してあるんです」

彼は床に座って携帯を取り出し、お祖母さんがマージドに電話した。しかし彼は応答しなかった。

お祖母さんは彼に彼らがザンマールの家にいて、助けてほしいというメッセージを送信した。

ジュディは彼らとの熾烈《しれつ》な戦いの末、地面に倒れた。イサームはジュディを見た。彼らは彼女より強力なので、彼女は長くは持たない。サーラは遠くから言った。

「ジュディは休んで。フェニックスたちに任せて」

ジュディは泣きながら言った。

「私は命を懸けてサーラとヤースィーンに恩返しするわ」

サーラはアマルに言った。

「アマルに一つお願いしてもいい？」

「私はあなたのためなら犠牲になる覚悟すらできているのよ」

「このサイラスの髪の毛と私の血を擦《こす》り合わせて、父のヤースィーンの口に入れて。そうすれば彼は生き返るの。今はそのやり方で魔女に石にされてしまっているの」

「そうするわ。私を信じて」

アマルはマージドに聞いた。

「このヤースィーンって誰？」

「彼はサーラの本当の父親だよ。彼は爆発で亡くなったと噂されてたけど、時間がだいぶ経過した後に、イサームがその爆発を起こしたということが明らかになったんだ」

「なんということなの。サーラの人生はまるで荒れ狂う海のようね。毎日新たな秘密が目の前に現れるのね。父と思っていた人が本当の父を殺したと知った。そして今はその本当の父はまだ生きていて、名前はヤースィーン」

イサームはアマルが別の道を進んでいるのを見逃さなかった。彼女の邪魔をしにかかったが、サーラに押し返され、彼の車に衝突した後、地面に倒れ込んだ。

彼は立ち上がって服の埃を叩いた。

「一体どうやってこんなに早くここに来れたんだ？」

「あの魔女は殺した。次はお前の番よ。かかってきなさい」

アマルが言った。

「サーラ、大丈夫なの？」

「ええ。早く行って、お父さんを助けてあげて」

マージドは「急いで村の住人を助けてほしい、彼らが危機に陥ってる」と言ったお祖母さんのメッセージを読んだ。ハーリドは彼の部隊に連絡して、こちらに来るように要請した。あの魔女が死んだため、道は開けており、彼らは難なくたどり着くことができる。イサームは怒っていた。

「毎回お前は私のプロジェクトも計画もぶっ壊してくれるな」

彼は指輪を開き、そこからとても小さな杖を取り出し地面に置くと、巨大な杖になった。彼はそれをつかんで言った。

「黒き森の怪物の王よ」

彼の中に隠された怪物が現れた。それは黒い狼のようで、イサームに近づき、無慈悲に、荒々しく戦い始めた。

アマルはヤースィーンの隣に立った。溶液を混ぜ合わせ、彼の開いていた口に入れた後、彼女は後ろに下がった。数分が経過し、彼は呼吸を始め、地面に倒れ込んだ。アマルは彼を抱きかかえた。

「大丈夫ですか？」

彼は「ああ、ありがとう。私の娘はどこだ？」と言った。

「彼女はイサームと戦っています。私は彼女のもとに行きます」

「休んでいてください。疲れているでしょう」

「私の娘のほうが私自身より大切なんだ。この何年もずっと彼女を一人にさせてしまった。イサームの悪事から守ってやれなかった」

「どうして彼女を一人にしたの？　そうするべきではなかったんじゃない？」

「私はそれを申し訳なく思っている。彼女の前に現れた時に、彼女に許されないことが怖かったんだ。彼女が私のせいで道に迷って孤独でいたとね。それで私は奴らの企みを失敗させるための研究を続けていたら、サーラを見つけ、彼女を奴らから守ったんだ」

「あなたは彼女に厳しく接して、彼女の感情に鈍感だったのよ」

「そんなに厳しいことを言わないでくれ。お願いだ」

二人はサーラのもとに戻ってきた。彼女は激しい戦いの最中だった。

「これを村全体に撒くんだ。さあ、ここは君の出番だ。君の友達、サーラの村を守ってくれ」

「サーラの喜ぶことなら何でもするわ」

「これは村中に広がるイサームの魔術から村人を守るものだ」

ヤースィーンはアマルに手渡しながら言った。

「君を信じてるよ」

アマルは走り出した。

お祖母さんはマージドからのメッセージを見つけた。彼は今そこに向かっているということだった。彼は彼女にザンマールの部下の人数などを教えてくれるよう求めた。

「彼らは１０００人以上よ」

それから彼に、道には地雷が敷かれているので気をつけて、と伝えた。

彼らは村に侵入し始め、開いた穴から出てきたどす黒い雲は村を徘徊し始めた。

「急がないと」とアマルは呟いた。

持っているネックレスをつかみ、力強く引くと、まばゆい光を放った。

その光は彼女を持ち上げ、ヒョウのような速度でそれを広大な村全体に撒いた。煙が彼女の道を阻もうと追ってきた。

ザンマールと彼のグループは計画を練っていた。メンバーの一人が言った。

「村に侵入したよそ者がいる。奴らを止めなければ」

ザンマールは彼らを知っていた。彼の兵士とともに出発し、侵入者の前に立ちはだかった。

「俺たちの埋めた地雷をよくよけきれたな」

マージドは言った。

「僕らはお前たちを止めて、村と村の人々の安全と安心を守る」

彼らは武器を取り出した。

「一歩でも動けば殺す」

「僕らは諦めない。もし殺し合いたいなら、こちらも容赦はしないぞ、故郷の裏切り者め」

ザンマールは言った。

「俺は昔からお前が嫌いで憎んでいたんだ。お前はいつも村の人々の前で自分が強く、平和を愛し、みんなに愛される男であるように見せていた。挙句の果てに村長はお前を奴の後任に指名しやがった。俺はその瞬間からこの村をひっくり返してやりたかった。俺の方がお前より年上なんだから、俺がその役に指名されるべきなんだ」

「僕は一度も村長になろうと思ったことはない。それは責任の重い仕事で、僕には無理だ。恨みと嫉妬でお前の心は蝕《むしば》まれている。だからこれは将来の世代にとって、模範にすべきではない教訓として語り継がれるだろうよ」

「俺はお前と戦いたい」

「僕も同じさ」

ハーリドはマージドに言った。

「お願いだ、馬鹿な真似はよせ」

「どうしたんだ？　俺はあいつらのために後の裁判のことも考えて準備したいんだ」

マージドはザンマールと戦い、彼の全身に強力なパンチをお見舞いした。

煙は地面に到達し、村人たちを包み込み、彼らの耳や鼻、口から侵入し、彼らの心に入っていった。村人の数は、１５００人だ。

サーラは矢と弓を取り出し、イサームに向かって弓を引き絞った。彼は言った。

「俺はベテランの犯罪者であり、無慈悲な殺人者であり、サディスティックな男だ。俺はすべての暴力と殺人でさえ大好きだ。俺と一緒にいて、特に俺に従わない奴を拷問するのが大好きだ。お前を殴り、鞭を振るい、骨を粉砕していた時は俺にとって最も楽しいひと時だった。覚えてるか、サーラ？」

「お前が私の家族にしたことは忘れない。お前が私の目の前でお母さんを燃やしたことを思い出したわ。もし神様の配慮がなければ、私はお前から生き延びて逃げることもできなかったわ」

彼は笑った。

「ほら、狂ったように俺を殺せよ。お前の母親はかわいそうな奴だよ。俺なんかを愛してたんだから。しかも俺がお前を愛すると思ってやがった。俺はあいつを鞭で打った。それと、たまにあいつの髪の毛を切ったな。俺の目の前で泣きわめくのが見たくてな」

「私の精神を利用しようったって、そうはいかないわ。私はもう以前のように弱くはないから」

「それはどうかな。お前の過去をお前の目の前で繰り返してもか？　お前の母親はいつも俺に懇願していた。あいつを俺は手で殴り、足で蹴り、あいつの髪の毛を引っ張っていたからな。俺はあいつが地面に倒れるまで蹴り、体から流れ出る血を拭いた。そしてあいつの体はまた良くなって、まるで一度も殴られていないかのように健康になると、俺はまた相変わらず攻撃を続け、殴り続けた」

彼はサーラの手首をつかみ、力強く噛みついた。彼女は叫んだ。

彼は「ついに、クリスタルを呑み込んでやる。俺は落ち着いて、お前の中をよく見ていて見つけたんだ。それはお前の中を動き回っているからな」と言った。

彼は彼女の静脈と血液の間に舌を突っ込んで探し、クリスタルにたどり着いた。それを取り出し、彼の中に取り込んだ。

「何という力だ」

サーラの身体からは血が流れ、彼女は左手で傷を押さえた。彼女の翼が開いた。彼女の後ろにはフェニックスが現れ、三匹のフェニックスたちも彼女のもとに集まってきて、彼女の隣に止まった。

「みんなついに揃ったのね」

サーラは魔法の言葉を唱え、彼らと合体した。巨大な鷲が出現し、途方もない空の彼方に舞い上がった。

アマルはそれを見て、両手をクリスタルの上に置いて、泣いた。煙が彼女をとらえ、耳から侵入していった。彼女は叫んで、地面に倒れ込み、そのまま気を失った。

イサームは、サーラに襲いかかった。彼女は赤い矢を撃った。彼女は手を彼の腹部に置くと、強力な光を放って彼を遠くへ吹き飛ばした。彼は彼女の方に走り、彼女に強力なパンチを食らわせた。

さらに彼女の肩をつかんで上空へ投げ、地面に落ちるまで攻撃を加えた。そして彼女の髪の毛をつかんで彼の周りに振り回し山に近い方まで投げ飛ばした。彼女は彼を笑い、顔についた血をふき取った。

「さあ、死ぬまで殴ってやるわ。やりたいようにすればいい。お前が怒るのを見るのが好きなの。お前が人生を終えるまで楽しんでやるわ。お前の将来は壊滅よ。この臆病者。いつもカーテンの後ろでも戦っていろ」

彼は先端が黒いオーラの剣を出した。サーラは地面に星の形を描き、その上に手のひらを置くと、その星は光を放った。その星の一本の線をつかみ、彼に標準を合わせた。彼は彼女に向かって走り出し、彼がその星を踏んだ途端彼女は後ろに下がり彼の手をつかんだ。

「あんたはこれで私のコントロール下よ。さあ、痛みを感じて。この星はタコのようにあんたを引っ張るわ」

その星は彼の周りに広がり、彼の動きを封じた。彼女は右足で彼の顔それから腹を蹴り、それを1分間に3、4回も繰り返した。この打撃によって、イサームは疲弊した。

「こんなに殴りやがって」

彼は彼女の動きを数秒防いだ後、後ろに退いた。彼女は目を閉じた。それから、「十二の分身」と言うと、彼女は12人以上に分身した。

彼には、どれが本物かわからなかったため、その全員を攻撃した。その途端彼女の反撃をくらい、彼は血を流し、痛がりながら地面に倒れ込んだ。彼女は戦場の地に降りて行った。

「これで満足？」

彼は言った。

「俺がお前に勝つ。アマルを見ろ」

彼女が振り向いた瞬間、彼はサーラに襲いかかり、煙で彼女を拘束した。彼女は心の底から叫んだ。

「この馬鹿が！　優しさがお前の弱点になるからこうやっていつかやられるんだ」

「違う。彼女はむしろ私の生きるエネルギーだ」

煙はアマルを戦場に連れてきた。マージドは遠くからアマルとサーラの状況を見て、下唇をかんだ。二人が心配で叫んだ。３人の若者が飛び出して、見張りと戦い、彼らを地面にねじ伏せた。ザンマールは銃声を聞き、彼のグループとともに走っていった。

マージドは言った。

「よし、僕らはアマルとサーラのところへ向かおう」

イサームは言った。

「ついに倒れたな、サーラ」

「アマルは私とお前の戦いに関係ない」

「いや、大ありだ。彼女はお前の友達で、俺はあいつが大嫌いだ。もう二度と俺の前で邪魔をさせたくないんだ。むかつくやつだよ、あいつは。俺たちがお前に憎しみを植え付けるたびにあいつがやってきて優しさによって憎しみの代わりに愛と善意を植え付けやがる」

軍と警察の応援部隊が到着した。彼らは村を取り囲み、疲れ果てたジュディは邪悪なイサームの餌食となったサーラを見て、彼女はサーラの最も近くにいたマージドに彼女のエネルギーを与えようと考えた。

ハーリドは、必死に彼に向かって走っているジュディを見た。彼女はマージドの体内に入った。彼は大きく叫び声をあげた。サーラはアマルのネックレスを見ることで、それを彼女の首から消し、代わりにマージドにつけさせた。

彼の血管は浮き出て、目はまるでサーラの目のようになった。ナイフを出してイサームに言った。

「お前の今戦う相手は僕だ」

彼は次々に襲いかかるマージドの強力な攻撃をかわそうとし、サーラから目を離し、マージドに向き直った。

彼は心の中でつぶやいた。

「なんてこった。奴のパワーは俺のとは比較にならない弱さのはずだが」

サーラは3匹のフェニックスにもマージドを支えるように言った。3匹ともイサームに攻撃を仕掛け、彼はそれに必死に抵抗していた。ハーリドは、煙の魔術を解こうとしていたサーラに駆け寄った。

「これを解くためには俺はどうしたらいい？」

「私の手を傷つけて血を出してそれをかければこの魔術は解けるわ」

「わかった」

彼は彼女の手を傷つけるための何か鋭いものを探し、鋭利な石を持ってきた。それで彼女の手を傷つけた。

「ほら、血を取るよ」

彼は自分の手のひらに彼女の手から流れる血をつけた。その血は熱かったが、彼は耐えた。イサームはハーリドを見て、彼に言った。

「彼女から離れろ。誰も助けられないんだからな」

マージドは彼を殴り、彼は地面に倒れ込んだ。それからマージドは彼の首にかみついた。サーラが立ち上がって、マージドに向かい、ハーリドにはアマルを父のところに連れて行って治療してもらうように言った。サーラはマージドをつかんだ。

「このままだとあんたはイサームに魂を取られて彼のように邪悪になってしまうわ。ジュディは愛情のある妖精だから、人の首に噛みついて悪霊を食べるの。マージド、もしあんたが私のことが好きなら、やめて、お願いよ」

マージドは泣きながらサーラを見て、口から血を垂らしながら言った。

「君のためなら、自分を殺すことだってできる。でも、君の心だけは傷つけたくない。それは僕にとって一番大事なものだから。さあ、僕の心を安心させてくれ」

イサームはその会話で二人が油断しているのを利用して、マージドの腹部にナイフを突き立てた。マージドは叫んだ。サーラはイサームの首をつかんで、二人から遠く離れるくらい強く後ろに押し倒した。マージドに言った。

「大丈夫？」

「ああ。大丈夫だ。でも、身体はそうは思ってない」

「それは自然なことよ。ジュディが中にいるから、彼女が助けているのよ」

「僕のこと、好きかい？」

サーラはほほ笑んで言った。

「ええ。ほら、立って。怠けてないで」

マージドは立ち上がった。二人はイサームを見た。彼はエネルギーを放出し、ボールのようになっていた。それはみるみる大きくなっていった。

「お前ら二人に今この巨大なエネルギーボールを投げてやる」

マージドはサーラの前に立って彼女をかばった。

村の人々は非常に疲れた状態で外に出た。彼らに一体何が起きているのかわからなかった。彼らは、家々を壊し、木々を燃やし、手をかきむしってそれによって出た血を村では貴重な水に投げて、水を無駄遣いしていた。軍が入って彼らを止めようとしたが、できなかった。

彼らは村人の様子に恐怖を抱いた。彼らは誰の言うことも聞かなかった。まるで誰かに操られているようだった。ヤースィーンはアマルを治療しようとしたが、それはできなかった。彼はハーリドに、彼女を村の外に連れ出してほしいと言った。ヤースィーンは村の方を向いた。

それはまるで墓場と化していた。彼らは彼ら自身で村を破壊していたのだ。ザンマールと彼の兵士たちは操られている人々を見た。

「何だ、この光景は？　奴らはまるで原爆が落とされているように行ったり来たりしている。俺とこいつらはこの村を壊してしまった。あいつらにこの村を無意識に、何も考えなしに引き渡してしまうとは、なんと愚かだったんだ。俺はなんて馬鹿だったんだ。村長、これが俺のやりたかったことか。彼らを見てみろ、彼らはまるで死人のようだ。何も感じることなく、村を這いずり回り、破壊している。これが村が欲していた自由なのか？　それとも、権力への欲望が俺に我々の故郷を愚か者たちに売らせたのか。俺はなんと愚かで馬鹿なんだ」

彼は武器を捨て、膝をついて泣いた。

「違う、この光景は恐怖そのものだ。これは俺の見たかった景色じゃないんだ、お願いだ」

ザンマールは彼の兵士たちに言った。

「さあ、奴らに抵抗するぞ、俺たちの故郷を売らせてなるものか」

彼らの枷を外し、元の美しい村を取り戻すため、精一杯努力し始めた。

マージドは言った。

「もし諦めないのなら、そして村にかけた呪いを解かないのなら、誰もお前に慈悲をかけることはないぞ。この地上にお前の逃げられる場所はないぞ。この場所はこの土地を愛する人たちによって包囲されているんだ。自分たちの故郷を守ろうとする人たちに殺される前に、大人しく投降しろ」

「お前ら全員に死んでもらう必要はない」

彼は、そのエネルギーボールを村に向けた。マージドはサーラを見た。彼女には疲労が見え、目を開けるのも必死の様子だった。マージドはサーラを心配した。彼女はイサームを攻撃したがっていた。

「動けないなら無理をするな。大量の血が出てるじゃないか。イサームは彼を支える人たちが死んだ後、ほとんどのエネルギーを使い切ったようだ」

ヤースィーンはサーラのそばにいようと、戦場に近づいていた。イサームは言った。

「この愉快なショーを終わらせようじゃないか。地獄に行きな。俺は人間が嫌いだが、俺もそのうちの一人だ」

彼は、狙いを直接村に向けた。彼らを笑い、馬鹿にしながら。

「よく見ておけ、これが村の最後だ。明日には存在がなかったかのようになるだろう」

突然、次々と銃声が聞こえてきた。後ろを向くと、彼は背中に銃撃を受けていた。撃ったのはホダーだった。そのあと彼女は銃に残っていた弾丸を全て使い切る勢いで彼を撃った。ホダーは振り返って言った。

「ついに、あんたから権利を奪い返したわ」

イサームは笑いながら地面に倒れた。彼は死んでいた。

村全体にかけられていた呪いが全て解けた。村の住人たちは気絶し、地面に倒れた。雨が降り始め、みんなの不安を洗い流し、みんなの身体から悪意と恐怖をふき取っていった。それはまさに、恵みと慈悲の雨だった。

村長は言った。

「祖国への裏切りは許されるものではないのだよ、ザンマールよ。お前と、お前に共鳴し、美しい故郷を傷つけた人は全員罰を受けなければならない。お前たちには、仕事と愛情で満ちた、以前の村の再興に向けて尽力してもらう。これで村は改善していくだろう」

お祖母さんは、誰か一人を中心に人が集まっているのを遠くから不安げに見ていた。アマルは起き上がった。

「サーラはどこ?」

ハーリドが答えた。

「彼女はあそこだ」

彼はサーラを指さした。彼女は死が近かった。マージドとヤースィーンが彼女の肩を抱えていた。彼女は地面に倒れ込んだ。マージドが彼女に言った。

「君が僕を許した後に、死んじゃだめだからな。サーラ、僕たちと一緒にいよう。自分勝手になるんじゃない。僕たちは全員で一緒にいるんだよ」

ジュディがマージドの身体から出てきた。サーラの傷をなめた。マージドは言った。

「おばあちゃんとアマルのためにも起きてくれ」

ホダー、ハッサン、ホサーム、アドナーンもその場にいた。彼は狂ったように娘のもとに走り、ハーリドとともに彼女を抱えた。みんなサーラを見に行った。アマルは彼女の隣に座った。

「遠くに行かないで。別れはダメよ」

サーラはアマルを見ながら言った。

「知ってる？　子供の頃にアマルと出会った日から、あんたのえくぼが好きだったのよ。あんたのようなえくぼが私にもあったらなと思ってたの。それを見るのが本当に恋しくなるわ。私のいなくなった後は、お花の面倒をお願いいね」

アマルは泣きながらほほ笑んだ。涙が、彼女の目を覆いつくした。サーラを見るのが難しくなるほどだった。

サーラは続けた。

「あんたはあの時に博物館であった少女よね」

アマルはうなずいた。彼女は心の苦痛で言葉が出せなかった。彼女に一言も伝えることができなかった。

サーラの身体は、空気に乗って散り散りになり始めた。彼女の欠片一つ一つが青色の蝶になっていった。アマルは黙っているマージドを見た。彼の肩は震えていた。

「何とかしてよ！　マージド！　サーラが死にそうなのよ」

目の前で起きていることに対して、恐ろしい沈黙以外、それを表す言葉はなかった。大きくため息をついた。

「彼女は、僕たちと一緒にいるよりもっと幸せな場所に行こうとしているんだ。そこで穏やかに暮らしてもらおう」

ヤースィーンは言った。

「サーラ、私を許してくれ。お願いだ。私をどうか許してくれ」

サーラは彼の手にキスをしていった。

「あなたは私の愛するお父さんよ」

そして彼女は目を閉じた。全員が立ったまま彼女を見ていた。蝶は、まるで、どこに降り立ったら良いかわからない一つの身体のように、舞い上がった。


それから5年が過ぎた。

アマルとホダーは土砂降りの中を、大学に向かって歩いていた。大学も最後の卒業の年だった。ホダーは言った。

「もしお母さんがあなたと雨の中で傘なしでいっしょに歩いていることを知ったら、叱られるだろうな」

アマルは言った。

「雨の匂いは本当にいい匂いね」

「うん。でも、ここは地理的に雨の多い場所だから、とても退屈なのよね」

「ええ、みんなが、雨が嫌いって言うことに悲しくなるのよね。乾燥した国では、むしろそれを神の恵みだって言って感謝するのにね。黙って私とその中を歩きましょうよ」

「あなたは雨の子ね」

ホダーはそのあとアマルの首にかかってるネックレスをつかんで、言った。

「まだこのネックレスをつけてるの？」

「ええ。マージドが私にくれたの。これはずっと持っておくの。何が起きても手放さないわ」

「サーラは偉大な子だったわ。誰も彼女を忘れることはできないわ」

アマルはため息をついた。

「ええ。良い友達で、良い姉で、愛される人だったわ。お母さんの調子はどう？」

ホダーは嬉しそうに答えた。

「理想的な状態よ。一時は大変だったけど、忍耐の後にはいつも、喜びと幸福がやってくるものね。彼女はアムステルダムに戻れて喜んでいるわ」

「重要なのは、あなたがお母さんを許してあげたことよ」

「両親を許さない人なんていないわよ。毎朝お母さんの顔を見るたびに嬉しくて涙が出るの。私は馬鹿で不合理な人間だったわ」

アマルは彼女の前で立ち止まった。

「いいえ、あなたはそんな人ではなかったわ」

アマルは自分の右手をホダーの胸に置いた。

「この場所は愛に満ちているわ。でも闇で歪んでいたのよ。その闇が晴れた後、もとの愛情深いホダーに戻ったのよ」

ホダーは手を頭の後ろに回した。

「そんなこと言われたら照れるじゃない」

　アマルは輝くようにほほ笑んだ。

「サーラですら、母親を許したのよ。私はこれをすごく喜んだの。そうでなければ、いつも母親を思い出すたびにつらくなるでしょう」

「あなたが彼女の心に善の心と許しの心を植え付けたのよ。私はあなたをよく知っているわ。大学に入った今でも、まだあの少女たちを支えているもんね。変わってないよね」

「あなたは静かなにおいを放つバラみたいよ。それで周りの人たちを快適に、幸せにするの。サーラの言葉を借りと、あなたには不思議な魅力があるのよね」

　アマルは笑って言った。

「この言葉は私がサーラを想う時にはいつも思い出すことなの。きっと彼女はいつかこれを聞いて、私に返事をしてくれるような気がするの。だから私は、自分をより良くしていきたいの。これが私の野望よ」

　アマルの携帯が鳴った。それは母親からの電話だった。彼女の妹のアラーが電話で彼女と話したがっているとのことだった。

「うん。お母さん、お話しさせて。どうしたの？」

「ケーキが欲しいの」

「持って行ってあげるから、大人しくしていて。お母さんを困らせないでね」

「お母さんは大好きよ。いつ大学を卒業するの？　アマルが遠くにいるからつまんないよ」

　アマルはほほ笑んだ。

「私は戻るわよ。でもあなたはお母さんの言うことをよく聞くのよ。お母さんはあなたが好きで、あなたを支えたいと思っているの。私に代わって彼女にキスしてあげてね」

ホダーは言った。

「妹の名前はどうやって決めたの？」

「それは、彼女が本当に私たちの心を穏やかにしてくれるからよ。お母さんが私に妊娠のことを伝えてくれた時のことが忘れられないわ。私に小さい妹ができると思うと、嬉しくてたまらなかったの。妊娠中、いつも私はお母さんに、サーラに接するように妹と接すると言っていたの。強くて、でも暴力とは縁のない子になってほしくて。お母さんは私が自分のことよりサーラのことについてのほうがよくしゃべってるのに笑っていたわ」

「私もあなたの言葉のおかげでアラーが好きになったわ。今週末にも会いに行くわ」

アマルは歓迎して言った。

「アラーはサーラと似てきた部分があるわ。それで妹のことがどんどん好きになっているの。何年も悲しんでいた後に、なんという幸せがやってきたことかしら」

アマルは首都とは1時間5分ほど離れたロートルダムで学んでいた。離れて医学部で学ぶことが好きになっていた。

お祖母さんは農業をしていた。マージドが一緒にいて彼女を手伝っていた。

彼女はサーラがいなくなってから、言葉を発していない。あの瞬間から、一言もしゃべらないのだ。激しい悲しみが彼女を覆いつくしていた。

マージドがあらゆるマイナスの感情から遠ざけようとしてきたが、彼女のサーラを想う強さから、彼も希望を失ってしまっていた。お祖母さんはサーラの急な旅立ちには耐えられなかったのだ。彼女の心にも、魂にも。マージドはサーラを失った後、昇格した地位を辞任した。農業に興味を持ち、村で子供たちに教えるようになっていた。彼はお祖母さんに会うたびに後悔と自責の念に駆られていた。ハーリドが彼に電話し、辞職を撤回するように言った。しかし、マージドの心は決まっていた。

グユームは父のところに戻り、グユームの父親が治療を続けられるようにホダーは金銭的に手伝い、また毎年夏になると必ず会いに行くことを約束した。その時まで電話で連絡を取り合うように約束もした。

マージドはアマルに電話し、村の学校建設が終わり、道路ももうすぐ工事が完成すると伝えた。

また、村の住人が毎日苦労しないように、井戸も掘った。アマルはサーラの夢が実現に近づいていることを知り、喜んだ。

「嬉しいかい。ところで、村にはいつ来るの？」

「近々行くわ、学校オープンの際には。おばあちゃんに伝えてほしいわ。彼女が一番喜ぶと思うの」

「不思議なんだけど、どうしてアマルはその費用を全部出してくれて、おばあちゃんにオープンさせるということまでしてくれるの？」

「ええ。彼女が一番待ち望んでいるからよ。なぜなら、これはサーラの夢だからよ。彼女が私より嬉しくなるのは当然よ」

「父がそこでの勉強を認めてくれた時には、妹のハニーンでさえとても喜んでいたよ。彼女の夢だったからね。サーラに会えて彼女のしてくれたことのたくさんお礼が言えたらいいのにと言っていたよ。彼女には、何かを成し遂げたい時には、忍耐こそが人生で必要なものだと伝えたよ。神様がいつも一緒にいてくれるから、どんな状況でも僕たちは負けないんだということもね」

「これは私もそうしてほしいことね」

１週間後、学校オープンの日がやってきた。みんなが幼稚園から中学校まで一貫型の女子学校のオープンを見守っていた。高校については、みんな街の高校に通っていた。

村長はみんなの前に立って言った。

「今日は、歴史に刻まれる日となるでしょう。かつて、この村では全ての女の子が知恵と知識を夢見ていました。

本日、この村は根本的な変革を目にするのです。何年もの忍耐の後、父親の方々にはぜひお許しをいただきたい。私たちには、本当に、及ばない点が多々ありました。しかし、皆さんの夢は実際に現実のものとなったのです」

リボンを切る役目としてアマルがお願いされた。しかし、アマルは視線を祖母に向けた。彼女の手を取り言った。

「愛しのおばあちゃん、あなたがこれを切るのよ」

お祖母さんは彼女を見て、感激と喜びの表情を浮かべた。彼女は、自分が選ばれたことに驚いていたが、ハサミを手に受け取った。

「さあ、切ってきて。そして女の子たちの心に喜びを植えましょう」

お祖母さんは涙を浮かべ、リボンを切った。その場にいた全員が彼女に拍手を送り、「学校の建設と読書と知への愛は、いつも私たちの人生をより良くしてくれるものです」と言った。

雨は激しく降っていた。彼女は自分自身につぶやいた。

「あなたの心にも降るといいわね、サーラ。私は毎日お前に会うために待っているわ」

マージドはアマルの耳元でささやいた。

「サーラがここにいない原因は僕にある。もし僕が彼女といて、あそこから離れさせていれば、サーラはきっとここにいただろう」

アマルはため息をついた。

「運命は、私たちには変えようのないものなのよ、マージド」

ハッサンは、アマルと婚約した後、ホサームと中国に行っていた。アマルの父親はその後の何年間で、ハッサンが彼女にとてもお似合いだということを彼女に伝えていた。しかし彼女はすぐには結婚したくなかった。サーラの夢を全て叶えてからと考えていたのだ。ホダーはホサームと婚約した。

彼女から彼のことを本当に愛していると伝えたのだ。

マージドは、アマルが父親に電話するために連絡帳をめくっている時に、連絡帳の間に祈りの文を見つけた。

「この文は誰に向けてのものなの？」

「サーラに向けてのものよ」

「なぜサーラにしたの？」

「このページを通過する時にはいつも彼女のために祈れるようにするためよ」

「いつまでサーラを待っているの？」

「わからない、でも待つの。彼女は私のそばにいるけど、私には見えないの」

「これは僕ら皆に求められてる、愛情に裏付けられた真の友情だね。知っているかい？　もし全ての人が真の友情を得られたら、自分よりも相手を大切に想えるんだってね。なぜなら友情は、愛の証だからね」

「その通りよ。あなたも待っているんでしょう。二人とも彼女を愛しているから」

「うん。でも、彼女は僕らには興味ないだろうね。僕は彼女以外とは結婚しない」

「これから私はある場所に行ってくるわ。どれだけそこに行きたかったか。美しい夢をみたの。その夢が現実になることを神様にお願いしたわ」

「どこに行くの？」

「時には二人だけの秘密ってものがあるでしょ。秘密を二人だけのものにするのって素敵よね」

「すごく知りたくなってきた。サーラに関することだとは思うけど。そうでしょ？」

アマルは眉をサーラのように上げ、うなずきながら言った。

「ええ、彼女は私の心の中に生きているわ。たとえ私たちが別の世界に生きていたとしても、地上の全ての生き物にとって、心は一番大切なもの。それでももしあなたが誰か好きな人の心に住んだら、それは永遠に残るのよ」

ヤースィーンはノルウェーに行き、リーンが出産する際には、彼らのところに戻り、子供が生まれて大喜びした。なぜなら、その後みんなで、名前はサーラにすると決めていたからだ。彼がそれをとても喜んだのは、彼女がまるで孫のように感じられたからだ。

彼女には、プレゼントやお菓子を送ってやった。アマルは彼にノルウェーでの生活について聞いた。彼は、それは美しくて素晴らしいと答えた。

それから、寒い夜のその静かな地点がサーラのお気に入りだというトロムソの街に彼が住んでいるということもアマルを喜ばせた。アマルはその地にたどり着いた時、彼女は愛しさと幸せの絶頂にいた。

カメラを持って、地面に座り、身体を温めるお茶を飲んだ。

空の色とりどりの光は輝きを放ち、おどり出した。空は照明のように輝いていた。これは稀な現象だ。この現象が好きな人たちにとっては、この瞬間は何よりも愛おしいのだ。この光景はユニークだ。

「あなたの最後の夢がかなったわよ、サーラ」

一人が彼女の隣を通り過ぎた。その際に、肘が当たり、彼女の手からカメラが落ちた。

「ねえ、前見てないの？　今すぐ謝って」

その女性は答えなかった。彼女は写真を撮るのに忙しかった。アマルはその女性のペットを見た。それは女性の両足の周りをまわっていた。アマルはためらいながら言った。

「あなた、ジュディ？」

ジュディは彼女を見て、眉を上げた。写真を撮っていた女性は言った。

「ジュディ、賢くなりなさい、怒っちゃだめよ」

雪が降っていた。そこは撮影スポットで混雑していた。

「オーロラの写真が撮りたいの」

指先が凍り付いた。

「ちょっと、乱暴な子ね。ジュディ、少し離れてなさい。集中したいの」

ジュディはアマルの肩に飛び乗り、猫のような声を出した。アマルは驚愕していた。彼女のもとに行き、肩をつかんだ。するとその女性は振り返った。

「はい」

彼女の表情は変わり、手からカメラを落とした。アマルは彼女を全力で抱きしめた。そしてサーラの友達は言った。

「大好きよ」

作家のガブリエル・ガルシア・マルケスが晩年に記憶をなくした時、隣に座った友人に言った。

「私は君を知らない。君を好きなことを除いては」

著者プロフィール

## ソジ・ミキ (Soji Mki)

ドバイ出身。お金のスピリチュアルなエネルギー（『マネーレイキ（Money Reiki）』と呼ばれる）を引き寄せる資格の保有者。

小説家、イラストレーター、霊媒師としても活動している。

読書とスポーツが大好き。また「日本への旅行が大好きで、日本が特別に大好きだから」との理由から日本での出版を決意。強い個性を持ち、冒険を好み、楽しさと自由を好む。人生を愛し、人生に愛されながら平和と愛を奏で、愛は希望に対するすべての鍵と説く。


thesojimki@gmail.com

訳者プロフィール

## イハーブ・エベード (Ehab Ebeid)

1970年、エジプト・ギザ生まれ。91年カイロ大学文学部日本語日本文学科卒業、97年大阪大学言語文化研究科博士後期課程満期退学。カイロ大学文学部日本語日本文学科助講師、東京外国語大学世界言語社会教育センター外国語主任教員（2011年～15年）を経て、サウジアラビア国立イマーム・ムハンマド・イブン・サウード・イスラーム大学東京分校アラブ・イスラーム学院、東京大学、早稲田大学、上智大学、共立女子大学などで非常勤講師を務めた経験がある。今現在アラビア語イハーブ塾の代表を務めている。編著には『パスポート日本語アラビア語』、『基礎日本語学習辞典アラビア語版』、『大学のアラビア語　文法解説』、『大学のアラビア語表現実践』がある。

# 雨の少女達

2023年２月１日　初版第１刷発行

著　者　ソジ・ミキ
訳　者　イハーブ・エベード
発行者　瓜谷 綱延
発行所　株式会社文芸社
〒160-0022　東京都新宿区新宿１－10－１
電話　03-5369-3060（代表）
03-5369-2299（販売）

印刷所　株式会社晃陽社


ISBN978-4-286-24056-5